Ein schöner Ort zum Sterben ist die Eröffnung des Zyklus um Detective Sergeant Emmanuel Cooper. Er soll in einer Kleinstadt einen Polizistenmord aufklären, doch Dünkel, Rassismus und Repressalien erschweren die Wahrheitsfindung, die Geheimpolizei will Kommunisten jagen, es gibt ständig Machtgerangel. Cooper, behindert durch strukturelle Eiertänze und kriegstraumatische Halluzinationen, folgt mit dickschädeliger Konsequenz und mit zunehmendem Risiko den Spuren von Gewalt und Gier.

Der Emmanuel-Cooper-Zyklus verbindet den Reiz historischer Romane mit exzellenter Kriminalliteratur und zeigt das Alltagsgesicht der Apartheid. Immer neue Segregationsgesetze verstärken die soziale und ökonomische Kluft zwischen Nachkommen europäischer Kolonialherren und eingeborenen sowie eingewanderten »Nichtweißen«. Erkennbar wird, wie das sich von Ungleichheit nährende System Alltag und Entscheidungen Einzelner beherrscht, von Lügen und kleinen Fehltritten bis zu großen Verbrechen.

Band 1 und 2 von Malla Nunns Edgar-nominierter Krimireihe über die südafrikanische Apartheid waren lange vergriffen und werden jetzt nachträglich ins Ariadne-Programm eingereiht, wo bereits Band 3 und 4 erschienen sind. Es sind ›Fenster zur Welt‹, epische Spannungsromane mit intensiven Bildern: Lektüre, die den Horizont weitet und der Vorstellungskraft auf die Sprünge hilft.

Else Laudan

Malla Nunn wurde in Swasiland geboren. In den 1970ern emigrierte ihre Familie nach Australien, um der Apartheid zu entgehen. Malla Nunn studierte Englisch, Geschichte, Theaterwissenschaften und schuf als Drehbuchautorin drei preisgekrönte Dokumentarfilme, darunter *Servant of The Ancestors*. Malla Nunn lebt und arbeitet in Sydney.

Ein kurzes Glossar befindet sich am Ende des Buchs.

Malla Nunn

Ein schöner Ort zum Sterben

Ariadne 1261
Argument Verlag

Ariadne
Herausgegeben von Else Laudan

Titel der Originalausgabe: A Beautiful Place to Die
© 2008 by Malla Nunn

Deutschsprachige Neufassung auf Grundlage der
Übersetzung von Armin Gontermann
Lektorat: Jan Karsten und Else Laudan

Die deutsche Erstausgabe erschien 2009 bei Rütten & Loening, Berlin.
Rütten & Loening ist eine Marke der Aufbau Verlage GmbH & Co. KG.
© Aufbau Verlage GmbH & Co. KG, Berlin 2009
(für die deutsche Übersetzung
von A. Gontermann)

Alle Rechte dieser Ausgabe vorbehalten
© Argument Verlag 2022
Glashüttenstraße 28, 20357 Hamburg
Telefon 040/4018000 – Fax 040/40180020
www.argument.de
Umschlag: Martin Grundmann
Foto: »Sunrise on the H7« von Jenny & Mario Fazekas
Druck und Bindung: CPI books GmbH, Leck
ISBN 978-3-86754-261-6
Erste Auflage 2022

Für die Vorfahren

1

Südafrika 1952

Detective Sergeant Emmanuel Cooper stellte den Motor ab und sah durch die schmutzige Windschutzscheibe. Er steckte im tiefsten Nirgendwo. Tiefer ging es nicht, es sei denn, man drehte die Zeit zurück bis zu den Zulu-Kriegen. Doch zwei Ford-Pickups, ein weißer Mercedes und ein Polizeitruck rechts neben ihm stellten klar, dass er sich im 20. Jahrhundert befand. Auf einer Anhöhe weiter vorn stand von ihm abgewandt eine Gruppe schwarzer Landarbeiter. Was dahinter lag, war von ihren angespannten Schultern verdeckt.

Emmanuel schaute hinaus auf die heißen grünen Hügel und entdeckte zwischen fünfzehn abgemagerten Kühen einen scheuen Hirtenjungen, der den für eine solch gottverlassene Gegend ungewöhnlichen Menschenauflauf anstarrte. Es handelte sich wohl nicht um blinden Alarm, wie die Polizeizentrale vermutet hatte – die Farm war tatsächlich ein Tatort. Emmanuel stieg aus dem Wagen und lüpfte den Hut vor den Frauen und Kindern, die im Schatten eines wilden Feigenbaums kauerten. Einige von ihnen nickten höflich zurück, schweigsam und besorgt. Emmanuel vergewisserte sich, dass er sein Notizbuch, seinen Federhalter und seine Waffe dabeihatte.

Ein alter Schwarzer in einem zerlumpten Overall trat aus dem Schatten des Polizeitrucks. Mit seiner Baumwollmütze in der Hand kam er näher.

»Sind Sie der Baas aus Jo'burg?«

»Bin ich«, sagte Emmanuel, warf einen Blick zurück zum Wagen und steckte die Schlüssel in seine Jackentasche.

»Der Polizist sagt, Sie sollen zum Fluss kommen.« Mit einem knochigen Finger deutete der Alte in Richtung der Landarbeiter, die auf der Kuppe standen. »Sie müssen bitte mit mir kommen, ma'Baas.«

Der Alte ging voraus, und Emmanuel folgte ihm auf die Landarbeiter zu, die sich nun zu ihm umwandten. Beim Näherkommen studierte er ihre Gesichter und versuchte die Stimmung abzuschätzen. Hinter ihrem Schweigen spürte er Angst.

»Sie müssen da lang, ma'Baas.« Der Alte wies auf einen schmalen Pfad, der sich durchs hohe Gras bis ans Ufer eines breiten, glitzernden Flusses schlängelte.

Emmanuel nickte dankend und folgte dem Trampelpfad. Eine Brise raschelte im Buschwerk, zwei Gimpel flogen auf. Er roch feuchte Erde und zertrampeltes Gras. Was mochte ihn erwarten?

Am Ende des Pfades erreichte er den Fluss und schaute hinüber zum anderen Ufer. Unter dem klaren Himmel schimmerte eine Ebene flachen Buschlands, das Veld. In der Ferne ragten am Horizont die zerklüfteten blauen Gipfel einer Bergkette auf. Afrika pur. Wie die Fotos in englischen Zeitschriften, wenn sie die Vorzüge der Auswanderung priesen.

Langsam ging Emmanuel am Ufer entlang. Zehn Schritte weiter sah er die Leiche.

Eine Armlänge vom Flussufer trieb ein Mann im Wasser, Gesicht nach unten, die Arme ausgebreitet wie ein Fallschirmspringer im freien Fall. Sofort erkannte Emmanuel die Polizeiuniform. Ein Captain. Breitschultrig und kräftig, das blonde Haar kurz geschoren. Kleine silbrige Fische umtanzten etwas, das aussah wie ein Einschussloch im Kopf und eine zweite klaffende Wunde mitten im breiten Rücken der Leiche. Ein Schilfgestrüpp hielt den Körper in der Strömung fest.

Am Ufer deuteten eine blutgetränkte Decke und eine umgekippte Laterne mit niedergebranntem Docht auf einen Angelplatz. Im groben Sand lagen aus einem Marmeladenglas verschüttete Würmer, jetzt vertrocknet.

Emmanuels Herz hämmerte gegen seine Rippen. Man hatte ihn allein losgeschickt, solo im Einsatz beim Mord an einem weißen Police Captain.

»Sind Sie der Detective?« Die auf Afrikaans gestellte Frage klang, als spräche ein mürrischer Schuljunge den neuen Direktor an.

Emmanuel drehte sich um und sah einen schlaksigen Teenager in Polizeiuniform. Ein breiter Ledergürtel fixierte die blaue Baumwollhose und die Jacke an den schmalen Hüften. Auf den Wangen spross spärlicher Flaum. Die Politik der National Party, verstärkt Afrikaaner in den öffentlichen Dienst zu holen, war auf dem Land angekommen.

»Ich bin Detective Sergeant Emmanuel Cooper.« Emmanuel streckte die Hand aus. »Sind Sie der für den Fall zuständige Polizist?«

Der Junge errötete. »Ja, ich bin Constable Hansie Hepple. Lieutenant Uys ist noch zwei Tage auf Urlaub in Mosambik, und Captain Pretorius ... also ... der ist ... tot.«

Sie schauten beide zum Captain, der im Fluss der Ewigkeit trieb. Aus dem seichten Wasser winkte ihnen eine tote weiße Hand zu.

»Haben Sie die Leiche entdeckt, Constable Hepple?«, fragte Emmanuel.

»Nein.« Dem halbwüchsigen Afrikaaner schossen Tränen in die Augen. »Irgendwelche Kaffernjungs aus der Location haben den Captain heute Morgen gefunden ... er war die ganze Nacht hier draußen.«

Emmanuel wartete, bis Hansie sich wieder fing. »Haben Sie die Kriminalpolizei verständigt?«

»Ich bin nicht zur Zentrale durchgekommen«, erklärte der allzu junge Polizist. »Da hab ich meiner Schwester gesagt, sie soll es weiter versuchen, bis sie durchkommt. Ich wollte den Captain nicht allein lassen.«

Ein Stück weiter oben am Ufer standen drei Weiße dicht beieinander und ließen einen zerbeulten silbernen Flachmann kreisen. Es waren massige Hünen, die Sorte Männer, die den Planwagen selbst durchs Veld zog, wenn die Ochsen längst tot waren.

»Wer sind die?« Emmanuel nickte hinüber zu der Gruppe.

»Drei von den Söhnen des Captains.«

»Wie viele Söhne hat der Captain denn?« Im Geiste stellte Emmanuel sich die Mutter vor, eine breithüftige Frau, die zwischen Brotbacken und Wäscheaufhängen Kinder gebar.

»Fünf Söhne. Es ist eine gute Familie. Echtes Stammvolk.«

Der junge Polizist vergrub die Hände in den Hosentaschen und trat mit den beschlagenen Stiefeln einen Kiesel weg. Acht Jahre nach den Stränden der Normandie und den Ruinen von Berlin erging man sich in der afrikanischen Savanne immer noch über den Volksgeist und die Reinheit der Rasse.

Emmanuel musterte die Söhne des ermordeten Captains. Waschechte Afrikaaner, keine Frage. Muskelbepackte Blondschöpfe, die geradewegs vom Sieg in der Schlacht am Blood River zu kommen schienen und im Voortrekker-Denkmal verherrlicht wurden. Jetzt löste sich das Grüppchen auf, und die Söhne des Captains kamen auf ihn zu.

Bilder aus seiner Kindheit erwachten zum Leben. Jungs, die vom Hals abwärts und von den Ellbogen aufwärts so weiß waren wie die Milch ihrer Mutter. Zerbeulte Nasen von Kämpfen mit Freunden, mit den Indern, den Engländern oder auch farbigen Jungs, die dreist genug waren, ihnen den Platz an der Spitze streitig machen zu wollen.

Die Brüder traten so nah an ihn heran, dass sie ihn hätten wegstoßen können. Der vorderste und größte der drei war ganz klar der Boss. Rechts von ihm stand mit mahlenden Kiefern der Vollstrecker des Trios, einen Schritt dahinter der dritte, der auf Instruktionen von weiter oben wartete.

»Wo ist der Rest der Einsatztruppe?«, wollte der Boss in kantigem Englisch wissen. »Wo sind Ihre Leute?«

»Die Einsatztruppe bin ich«, gab Emmanuel zurück. »Sonst ist keiner da.«

»Machen Sie Witze?« Der Vollstrecker half mit einem ausgestreckten Zeigefinger nach. »Da wird ein Police Captain ermordet, und die Kriminalpolizei schickt nur einen lausigen Detective?«

»Ich sollte streng genommen nicht allein hier sein«, räumte Emmanuel ein. Bei einem toten Weißen war ein Ermittlerteam üblich. Bei einem toten weißen Polizisten eine ganze Abteilung. »Die Zentrale hat eine unklare Meldung erhalten. Keinerlei Angaben über Hautfarbe, Geschlecht oder Beruf des Opfers –«

Der Vollstrecker unterbrach ihn. »Lassen Sie sich was Besseres einfallen.«

Emmanuel beschloss, sich auf den Boss zu konzentrieren.

»Ich habe gerade den Mordfall Preston bearbeitet. Das weiße Paar, das in seinem Gemischtwarenladen erschossen wurde. Wir haben den Mörder auf der Farm seiner Eltern eine Stunde westlich von hier gestellt und verhaftet. Major van Niekerk hat mich angerufen und gebeten zu überprüfen, ob hier möglicherweise ein Gewaltverbrechen verübt wurde –«

»Möglicherweise ein Gewaltverbrechen?« Der Vollstrecker ließ sich nicht beiseiteschieben. »Was zum Teufel soll das heißen?«

»Das heißt, die Zentrale hat vom Anrufer nur einen einzigen brauchbaren Hinweis bekommen, nämlich den Namen der Stadt, Jacob's Rest. Mehr Informationen hatten wir nicht.«

Die These vom blinden Alarm ließ er tunlichst weg.

»Wenn das stimmt«, sagte der Vollstrecker, »wie haben Sie dann hergefunden? Das hier ist nicht Jacob's Rest, sondern die Farm vom alten Voster.«

»Ein Schwarzafrikaner hat mich an der Hauptstraße rausgewinkt, und ein anderer hat mir den Weg zum Fluss gezeigt«, erklärte Emmanuel. Die Brüder wechselten einen verdutzten Blick. Sie hatten keinen Schimmer, wovon er redete.

»Kann doch nicht sein.« Der Boss sprach den halbwüchsigen Polizisten an. »Hansie, du hast ihnen doch gesagt, dass ein Police Captain ermordet worden ist, oder?«

Der Teenager zog sich hinter Emmanuel zurück. In der plötzlich eintretenden Stille hörte man ihn schwer atmen.

»Hansie ...« Der Vollstrecker witterte Blut. »Was hast du denen erzählt?«

»Ich ...«, antwortete der Junge mit belegter Stimme, »ich hab Gertie gesagt, sie soll alles erzählen. Sie soll erklären, was passiert ist.«

»Gertie ... deine kleine Schwester hat angerufen?«

»Ich bin nicht durchgekommen«, jammerte Hansie. »Ich hab's ja versucht ...«

»Domkop!« Der Boss trat zur Seite, um ausholen und Hansie eine verpassen zu können. »Bist du wirklich so dämlich?«

Mit geballten Fäusten groß wie Kohlköpfe rückten die Brüder in geschlossener Front vor. Der Constable klammerte sich an Emmanuels Jackett und duckte sich hinter seine Schulter.

Emmanuel wich nicht zurück und sah dem vordersten Bruder fest in die Augen. »Wenn Sie Constable Hepple verprügeln, fühlen Sie sich danach vielleicht besser, aber hier geht das nicht. Das ist immer noch ein Tatort, und ich muss meine Arbeit machen.«

Die Pretorius-Brüder hielten inne und richteten ihre Blicke auf die Leiche ihres Vaters, die im klaren Flusswasser trieb.

Emmanuel nutzte die Pause und streckte die Hand aus. »Detective Sergeant Emmanuel Cooper. Mein Beileid zum Tod Ihres Vaters.«

»Henrick«, sagte der Boss, und Emmanuels Hand verschwand in seiner fleischigen Pranke. »Das sind meine Brüder Johannes und Erich.«

Die beiden Jüngeren nickten zum Gruß und beäugten argwöhnisch den Detective aus der Stadt mit seinem gebügelten Anzug und dem grün gestreiften Schlips. In Jo'burg mochte er darin wie ein smarter Profi aussehen, aber hier im Veld bei Männern, die nach Land und Diesel stanken, wirkte er eindeutig fehl am Platz.

»Constable Hepple sagt, Sie sind insgesamt zu fünft.« Emmanuel erwiderte die Musterung der Brüder und bemerkte die roten Flecken um Augen und Nasen.

»Louis ist zu Hause bei unserer Ma. Er ist zu jung für so einen Anblick.« Henrick nahm einen Schluck aus dem Flachmann und wandte sich ab, um seine Tränen zu verbergen.

Erich, der Vollstrecker, sprang ein. »Paul hat von der Armee Sonderurlaub bekommen. Wir rechnen morgen oder übermorgen mit ihm.«

»In welcher Einheit ist er?«, fragte Emmanuel unwillkürlich. Seit sechs Jahren war er Zivilist, doch noch immer hatten seine Hosen und Hemdsärmel so scharfe Bügelfalten, dass der Sergeant Major zufrieden gewesen wäre. Die Armee hatte ihn entlassen, doch losgelassen hatte sie ihn nicht.

»Paul ist bei der Aufklärung«, erklärte Henrick, dessen Gesicht jetzt vom Branntwein glühte.

Emmanuel überschlug kurz die Wahrscheinlichkeit, dass Bruder Paul zur alten Garde des Geheimdienstcorps gehörte – Leute, die Finger brachen und Köpfe einschlugen, um an Informationen zu kommen. Genau die Sorte, die man bei einer sauberen Mordermittlung am wenigsten brauchen konnte.

Er prüfte die Körpersprache der drei Brüder, hängende Schultern und schlaff geöffnete Hände, und entschied, die Situation unter Kontrolle zu bringen, solange er Gelegenheit dazu hatte. Er war allein ohne Verstärkung und hatte einen Mord aufzuklären. Er begann mit der klassischen Eröffnungsfrage, auf die man immer eine Antwort bekam, von Idioten wie von Genies: »Fällt Ihnen jemand ein, der Ihrem Vater das angetan haben könnte?«

»Nein. Niemand«, gab Henrick voller Überzeugung zurück. »Mein Vater war ein guter Mann.«

»Auch ein guter Mann hat mal Feinde. Besonders als Police Captain.«

»Kann sein, dass Pa Leuten in die Quere gekommen ist, aber was Ernstes gab es nie«, beteuerte Erich. »Alle haben ihn respektiert. Keiner, der ihn kannte, hätte das tun können.«

»Sie glauben also, es war ein Fremder?«

»Schmuggler benutzen diesen Flussabschnitt, um nach Mosambik rein- und wieder rauszukommen«, sagte Henrick.

»Waffen, Schnaps, sogar kommunistische Propaganda, das ganze Zeug kommt ins Land, wenn keiner hinschaut.«

Zum ersten Mal meldete sich Johannes zu Wort: »Wir dachten, vielleicht hat Pa einen Kriminellen überrascht, der nach Südafrika reinwollte.«

»Gesindel mit Zigaretten oder Whiskey, Diebesgut von den Docks in Lorenzo Marques.« Erich nahm Henrick den Flachmann ab. »Ein Kaffer, der nichts zu verlieren hat.«

»Das grenzt die Sache nicht gerade ein«, sagte Emmanuel und spähte das Ufer entlang. Ein Stück flussaufwärts saß ein älterer Schwarzer im gefleckten Schatten eines Indonibaums, er trug einen schweren Wollmantel und eine Khakiuniform. Zwei verängstigte schwarze Jungen kuschelten sich dicht an ihn.

»Wer ist das?«, fragte er.

»Shabalala«, antwortete Henrick. »Der ist auch Polizist. Halb Zulu und halb Shangaan. Pa sagt, der Shangaan in ihm spürt jedes Tier auf, und der Zulu in ihm bringt es zur Strecke.«

Die Pretorius-Brüder lächelten versonnen in Erinnerung an den Spruch des Captains.

Dienstbeflissen trat Hansie vor. »Das sind die Jungs, die die Leiche gefunden haben, Detective. Sie haben es Shabalala erzählt, und der ist in die Stadt geradelt und hat uns verständigt.«

»Ich würde gern hören, was sie zu sagen haben.«

Hansie förderte aus seiner Brusttasche eine Trillerpfeife zutage und ließ einen schrillen Ton erklingen. »Constable Shabalala! Bringen Sie die Jungs her. Beeilung!«

Bedächtig erhob sich Shabalala zu seiner ganzen Größe von über einem Meter neunzig und kam auf sie zu. In seinem Schatten folgten die beiden Jungen. Emmanuel wurde unvermittelt klar, dass dies der Polizist sein musste, der die Kette von Eingeborenen postiert hatte, um ihn zum Tatort zu leiten.

»Schneller, Mann«, rief Hansie. »Sehen Sie das, Detective Sergeant? Da sagt man ihnen, sie sollen sich beeilen, und das ist das Ergebnis.«

Emmanuel drückte mit den Fingern auf den Knochen über

seiner linken Augenhöhle, wo ein Kopfschmerz pochte. Das gleißende Licht hier draußen, ungetrübt vom Dunst der Fabriken, brannte auf seiner Netzhaut wie eine Lötlampe.

»Detective Sergeant Cooper, das ist Constable Samuel Shabalala«, stellte Hansie vor und versuchte so erwachsen wie möglich zu klingen. »Shabalala, der Detective ist den ganzen Weg aus Jo'burg gekommen, damit wir mit seiner Hilfe herausfinden, wer den Captain umgebracht hat. Seien Sie ein guter Mann und sagen Sie ihm alles, was Sie wissen, okay?«

Shabalala, ein paar Köpfe größer und ein bis zwei Jahrzehnte älter als sämtliche Weißen vor ihm, nickte und schüttelte Emmanuels ausgestreckte Hand. Sein Gesicht, glatt wie ein stiller See, verriet nichts. Emmanuel sah ihm in die dunkelbraunen Augen und erblickte nur sein eigenes Spiegelbild.

»Der Detective ist Engländer.« Henrick sprach Shabalala direkt an. »Du musst Englisch sprechen, okay?«

Emmanuel wandte sich zu den Brüdern um, die in einem Halbkreis hinter ihm standen.

»Bitte treten Sie zwanzig Schritte zurück, während ich die Jungen befrage«, sagte er. »Ich rufe Sie, wenn wir so weit sind, dass wir Ihren Pa da rausholen können.«

Henrick grunzte, und die Brüder zogen sich zurück. Emmanuel wartete, bis sie sich ein Stück entfernt aufgestellt hatten.

Er ging in die Hocke, um mit den Jungen auf Augenhöhe zu sein. »Uno bani wena?«, fragte er Shabalala.

Shabalalas Augen weiteten sich überrascht, dann hockte er sich neben Emmanuel auf Kinderhöhe und berührte nacheinander beide Jungen sanft an der Schulter. Auch er sprach Zulu, als er Emmanuels Frage beantwortete. »Dieser hier ist Vusi und das hier ist sein kleiner Bruder Butana.«

Die Jungen mochten neun und elf Jahre alt sein, sie hatten fast glatt geschorene Schädel und riesige braune Augen. Runde Bäuche wölbten sich unter den zerlumpten Hemden.

»Ich bin Emmanuel. Ich bin ein Polizist aus Jo'burg. Ihr seid tapfere Jungs. Könnt ihr mir erzählen, was passiert ist?«

Butana hob die Hand und wartete, dass man ihn drannahm.

»Yebo?«, ermunterte ihn Emmanuel.

»Bitte, Baas.« Butanas Finger bohrte sich durch ein Loch in seiner Hemdbrust. »Wir sind zum Angeln hergekommen.«

»Von wo seid ihr gekommen?«

»Vom Haus unserer Mutter in der Location«, sagte der Ältere. »Wir sind im ersten Licht des Tages gekommen, weil Baas Voster nicht mag, wenn wir hier angeln.«

»Voster sagt, die Einheimischen stehlen die Fische«, sagte Hansie, der sich dazuhockte, um nichts zu verpassen.

Emmanuel ignorierte ihn. »Wie seid ihr zum Fluss gekommen?«, fragte er.

»Über den Weg da.« An der Decke und der Laterne im Sand vorbei deutete Vusi auf einen schmalen Trampelpfad, der im grasbestandenen Veld verschwand.

»Wir kamen her und ich sah, dass da ein Weißer im Wasser lag«, sagte Butana. »Es war Captain Pretorius. Tot.«

»Was habt ihr da gemacht?«, fragte Emanuel.

»Wir sind weggerannt.« Vusi fuhr mit einer Handfläche über die andere und erzeugte ein sausendes Geräusch. »Ganz schnell. Ohne anzuhalten.«

»Nach Hause?«

»Nein, Baas.« Vusi schüttelte den Kopf. »Wir sind zum Haus des Polizisten gelaufen und haben ihm erzählt, was wir gesehen haben.«

»Um wie viel Uhr?«, fragte Emmanuel Shabalala.

»Es war nach sechs Uhr morgens«, antwortete der schwarze Polizist.

»Die wissen einfach, wie spät es ist«, half Hansie eilfertig aus. »Uhren wie unsereiner brauchen die nicht.«

Die Schwarzen in Südafrika brauchten ja so wenig. Und jeden Tag noch ein bisschen weniger, das war die allgemeine Devise. Kriminalermittler waren von den neuen Gesetzen ausgenommen, die den Kontakt zwischen Menschen verschiedener Hautfarbe verboten. Kriminalermittler gingen den Fakten nach, schrieben einen Bericht und sagten vor Gericht aus, um die Anklage zu untermauern. Ob Weißer, Schwarzer, Farbiger oder Inder – Mord war ein Kapitalverbrechen, unabhängig von der Hautfarbe des Täters.

Emmanuel wandte sich an den älteren Jungen. »Als ihr heute Morgen an den Fluss gekommen seid, hast du da etwas Ungewöhnliches gesehen oder gehört?«

»Das Ungewöhnliche war die Leiche vom Captain im Wasser«, sagte Vusi.

»Und du?«, fragte Emmanuel den Kleineren. »Ist dir etwas aufgefallen, das anders war als sonst? Außer dem Captain im Wasser?«

»Nein, nichts«, sagte der kleine Bruder.

»Als ihr den Toten entdeckt habt, musstet ihr da an jemanden denken, den ihr kennt und der Captain Pretorius wehgetan haben könnte?«

Angestrengt dachten die Kinder über die Frage nach.

Vusi schüttelte den Kopf. »Nein. Ich dachte nur, heute ist kein guter Tag zum Angeln.«

Emmanuel lächelte. »Es war genau richtig, dass ihr beide Constable Shabalala erzählt habt, was ihr gesehen hattet. Aus euch werden eines Tages gute Polizisten.«

Vusi warf sich stolz in die Brust, aber sein kleiner Bruder fing an zu weinen.

»Was hast du denn?«, fragte Emmanuel.

»Ich will gar kein Polizist werden, Nkosana«, sagte der Kleine. »Ich will Lehrer werden.«

Endlich hatte das Entsetzen über die Entdeckung der Leiche den kleinen Zeugen eingeholt. Shabalala legte dem weinenden Jungen eine Hand auf die Schulter und wartete auf das Signal, dass er die beiden gehen lassen konnte. Emmanuel nickte.

»Wenn du Lehrer werden willst, musst du zuerst in die Schule gehen«, sagte der schwarze Polizist und gab einem der Landarbeiter auf der Anhöhe ein Zeichen. »Musa bringt euch nach Hause.«

Shabalala führte die Kinder an den Pretorius-Brüdern vorbei

zu einem Mann, der oben auf dem Pfad stand und die Jungen zu sich winkte.

Emmanuel musterte das Flussufer. Nur üppiges frühlingsgrünes Veld und weiter Himmel, wohin er auch sah. Er zog sein Notizbuch hervor und schrieb das Wort »idyllisch« hinein, weil ihm dies bei der Betrachtung des Tatorts und der Umgebung als Erstes einfiel.

Es dürfte einen Moment gegeben haben, in dem der Captain, nachdem er die Decke ausgebreitet und die Laterne angezündet hatte, über den Fluss blickte und dieser schöne Ort ihm ein Gefühl der Freude bescherte. Vielleicht hatte er sogar gerade gelächelt, als die Kugel ihn traf.

»Und?« Es war Erich, immer noch gekränkt, dass man ihn von der Vernehmung ferngehalten hatte. »Haben Sie etwas herausbekommen?«

»Nein«, sagte Emmanuel. »Nichts.«

»Der einzige Grund, warum wir Pa noch nicht nach Hause gebracht haben«, sagte Henrick, »ist, weil er gewollt hätte, dass wir uns an die Vorschriften halten ...«

»Aber wenn Sie sowieso nichts rausfinden«, diesem Erich konnten jeden Moment die Sicherungen durchbrennen, »gibt es ja wohl keinen Grund, dass wir hier rumstehen wie Ameisenhaufen, statt uns um Pa zu kümmern.«

Die lange Warterei auf den Großstadtbullen, der die Tat aufnehmen sollte, hatte die Brüder zermürbt. Emmanuel ahnte, wie sie gegen den Impuls ankämpfen mussten, den Captain auf den Rücken zu drehen, damit er Luft bekam.

»Ich sehe mir noch die Decke an, danach bringen wir Ihren Vater zurück in die Stadt«, versprach er, als Shabalala wieder zu ihnen stieß. »Hepple und Shabalala, Sie bleiben bei mir.«

Sie beugten sich über die blutige Decke. Der Stoff war grau, grob und kratzig, zum Sitzen etwa so gemütlich wie ein verrostetes Eisenblech. Trotzdem kam keine Veranstaltung im Freien, kein Truck und kein Braai ohne solche Decken aus.

Blut war als rostbraune Flecken im Gewebe eingetrocknet und

über den Rand in den Sand gelaufen. Tiefe Schleifspuren, an mehreren Stellen unterbrochen, führten von der Decke bis hinunter zum Wasser. Der Captain war erschossen, danach zum Fluss gezogen und ins Wasser gezerrt worden. Ein ziemlicher Kraftakt.

»Was schließen Sie daraus?« Emmanuel deutete auf den blutdurchtränkten Stoff.

»Woll'n mal sehen«, meldete sich Hansie. »Der Captain ist zum Angeln hergekommen, wie eigentlich jede Woche, und dann hat ihn jemand erschossen.«

»Ja, Hepple, so weit, so gut.« Emmanuel warf einen Blick zu Shabalala. Wenn der Captain recht behielt, mochte die Shangaan-Seite des schweigsamen Schwarzen mehr wahrnehmen als das, was an der Oberfläche lag. »Nun?«

Der schwarze Polizist zögerte.

»Sagen Sie mir, was Ihrer Ansicht nach geschehen ist«, ermunterte ihn Emmanuel, dem bewusst war, dass Shabalala nur ungern Hansies unterentwickelte Beobachtungsgabe bloßstellen wollte.

»Der Captain wurde hier auf der Decke angeschossen und dann über den Sand ins Wasser gezogen. Aber der Mörder ist nicht stark.«

»Wieso?«

»Er musste sich viele Male ausruhen.« Shabalala deutete auf die flachen Mulden im Sand, wo die Schleifspur auf dem Weg von der Decke zum Wasser unterbrochen war. »Diese Abdrücke stammen von den Stiefeln des Captains. Hier wurde seine Leiche abgesetzt. Hier war sein Kopf.«

In der Mulde lag in einer getrockneten Blutlache ein verfilztes blondes Haarbüschel. Die Mulden tauchten immer öfter auf, und die größer werdenden Blutlachen lagen jetzt dichter beieinander, weil der Mörder öfter haltgemacht hatte, um zu verschnaufen.

»Da wollte jemand ganz sichergehen, dass der Captain nicht mehr zu den Lebenden zurückkehrt«, murmelte Emmanuel. »Sind Sie sicher, dass er keine Feinde hatte?«

»Ja«, antwortete Hansie ohne Zögern. »Der Captain ist mit jedermann gut ausgekommen, sogar mit den Eingeborenen, oder, Shabalala?«

»Yebo«, bestätigte der schwarze Constable und starrte auf den Tatort, der eine andere Geschichte erzählte.

»Anderswo gibt es oft Ärger zwischen den verschiedenen Gruppen, aber bei uns nicht«, beharrte Hansie. »Das muss ein Fremder gewesen sein. Jemand von auswärts.«

Bisher hatten sie nicht viele Anhaltspunkte. Wenn es ein Verbrechen im Affekt gewesen war, hatte der Mörder vielleicht Fehler begangen: kein Alibi, die Mordwaffe an einem offensichtlichen Ort versteckt oder getrocknetes Blut an den Schnürsenkeln. Bei einem vorsätzlichen Mord hingegen konnte der Täter nur durch penible Ermittlungsarbeit gefasst werden. Ob Fremder oder Einheimischer, auf jeden Fall brauchte es Mumm, einen weißen Police Captain umzubringen.

»Durchkämmen Sie das Flussufer!«, wies Emmanuel Hansie an. »Laufen Sie bis zu dem Pfad, den die beiden Jungen hinaufgestiegen sind. Gehen Sie langsam. Wenn Sie etwas Außergewöhnliches finden, fassen Sie es nicht an. Rufen Sie mich!«

»Jawohl, Sir.« Hansie rannte los wie ein Labrador.

Emmanuel nahm noch einmal den Tatort in Augenschein. Der Mörder hatte den Captain bis ans Wasser gezogen, ohne irgendetwas fallen zu lassen.

»Hatte er Feinde?«, fragte er Shabalala.

»Die Bösen mochten ihn nicht, aber die guten Leute schon.« Das Gesicht des Mannes verriet nichts.

Emmanuel sah ihn eindringlich an. »Was ist hier Ihrer Meinung nach wirklich passiert?«

»Es hat heute Morgen geregnet. Viele Spuren sind weggespült worden.«

Emmanuel ließ sich nicht abwimmeln. »Sagen Sie es mir trotzdem.«

»Der Captain hat hier gekniet, mit Blick nach dort.« Shabalala zeigte in die Richtung, in die Hansie davongehastet war. »Die

Stiefelspuren eines Mannes kommen von hinten. Eine Kugel in den Kopf, der Captain fiel nach vorn. Dann noch eine in den Rücken.«

Ein deutlicher Abdruck, die Umrisse eines Stiefels mit tiefen, geraden Profilrillen, hatte sich in den Sand gedrückt.

»Wie zum Teufel konnte der Mörder im Dunkeln einen so sicheren Schuss abgeben?«, fragte Emmanuel.

»Gestern Nacht hatten wir Vollmond, es war hell. Außerdem brannte die Laterne.«

»Wie viele Leute mag es geben, die selbst bei Tageslicht einen solchen Treffer landen könnten?«

»Viele«, antwortete der schwarze Polizist. »Die weißen Männer lernen das Schießen mit dem Gewehr in ihrem Club. Captain Pretorius und seine Söhne haben viele Preise gewonnen.« Shabalala dachte einen Moment nach. »Und Mrs. Pretorius auch.«

Wieder drückte Emmanuel gegen seine linke Augenhöhle, wo der Kopfschmerz sich meldete. Er war in einem Nest voller inzüchtiger Afrikaaner-Scharfschützen gelandet.

»Wo ist der Mörder hin, nachdem er die Leiche im Wasser hatte?«

»In den Fluss.« Shabalala trat ans Ufer und wies auf die Stelle, wo die Schleifspur des Captains und die Abdrücke des Mörders in der Strömung verschwanden.

Emmanuel spähte hinüber auf die andere Seite und entdeckte dort Binsen, deren Stängel abgeknickt waren. Dahinter verschwand ein schmaler Pfad im Veld.

»Da drüben ist er rausgekommen?« Er deutete auf die niedergetrampelten Halme.

»Ich nehme es an.«

»Wessen Farm ist das?«, fragte Emmanuel und spürte den vertrauten Adrenalinstoß der Erregung, die eine heiße Spur bei jedem neuen Fall auslöste. Vielleicht konnten sie den Mörder bis zu seiner Türschwelle verfolgen und den Fall noch heute abschließen. Mit ein bisschen Glück war er zum Wochenende wieder in Jo'burg.

»Keine Farm«, kam die Antwort. »Mosambik.«
»Sind Sie sicher, Mann?«
»Yebo. Mo-Sam-Bik.« Shabalala wiederholte den Namen langsam und deutlich, schloss jedes Missverständnis aus. Die drei Silben stellten klar, dass da drüben ein anderes Land lag, mit eigenen Gesetzen und eigener Polizei.

Eine Weile standen Emmanuel und Shabalala nebeneinander und blickten über den Fluss. Vielleicht könnten sie am anderen Ufer binnen fünf Minuten einen Hinweis finden, der zur Lösung des Falles führte. Emmanuel überschlug rasch die Lage. Wenn man ihn jenseits der Grenze erwischte, würde er die nächsten zwei Jahre damit zubringen, in den öffentlichen Toiletten für Weiße die Ausweise zu kontrollieren. Selbst der schlaue Major van Niekerk, ein gewiefter Taktiker, der über allerbeste Verbindungen verfügte, würde einen vermasselten Grenzübertritt nicht ausbügeln können.

Emmanuel wandte sich wieder der südafrikanischen Seite zu und konzentrierte sich auf die Indizien vor seiner Nase. Die fehlenden Spuren am Tatort und die wie von einem Scharfschützen abgegebenen Schüsse auf Kopf und Wirbelsäule des Opfers ließen auf eine ruhige, überlegte Vorgehensweise schließen. Auch der Fundort der Leiche schien bewusst gewählt. Warum hatte der Täter die Leiche ins Wasser gezogen, wenn er sie ebenso gut im Sand hätte liegen lassen können?

Die Schmugglertheorie der Brüder war nicht stichhaltig. Wenn es ein Schmuggler gewesen war, warum war er dann nicht einfach ein Stück weiter flussaufwärts marschiert, um aller Aufmerksamkeit und jedem Ärger zu entgehen? Und nicht nur das – warum hätte er seinen geheimen Grenzübergang auffliegen lassen sollen, indem er hier einen Mord beging?

»Ist der Mörder aus dem Fluss gekommen?«, fragte Emmanuel.

Der schwarze Polizist wiegte den Kopf. »Als ich kam, waren schon die Hirtenjungen mit ihren Ochsen zum Tränken da gewesen. Falls es Spuren gegeben hat, sind sie jetzt weg.«

»Detective Sergeant.« Hansie kam anmarschiert, das Gesicht puterrot vor Anstrengung.

»Was gefunden?«

»Nur Sand, Detective Sergeant.«

An den Pretorius-Brüdern vorbei blickte Emmanuel auf die im Fluss treibende Leiche. Ein Frühlingsregen hatte eingesetzt, sanft wie Sprühnebel.

»Lassen Sie uns den Captain bergen«, sagte Emmanuel.

»Yebo.«

Er sah einen Anflug von Traurigkeit über das Gesicht des Schwarzen huschen, doch schon im nächsten Moment war sie verschwunden.

2

Der Kaffee war heiß und schwarz und mit einem ordentlichen Schuss Brandy versetzt, der ausreichte, um den Schmerz in Emmanuels Muskeln zu betäuben. Eine volle Stunde hatte es die Männer gekostet, den Captain aus dem Fluss zu ziehen und zu bergen. Jetzt saßen sie wieder in ihren Autos, die Schultern und Beine zitterten vor Erschöpfung. Den Captain vom Tatort wegzuschaffen war kaum einfacher gewesen, als einen Sherman-Panzer aus einem Schlammloch zu ziehen.

»Koeksister?«, fragte die Gattin des alten Voster, eine froschgesichtige Frau mit lichtem grauem Haar.

»Danke.« Emmanuel nahm ein klebriges Gebäckstück und lehnte sich an den Packard.

Er beobachtete die Ansammlung von Menschen und Fahrzeugen um sich herum. Zwei schwarze Mägde gossen frischen Kaffee aus und verteilten trockene Handtücher, indessen schürte eine Gruppe Landarbeiter das Feuer für heißes Wasser und heiße Milch. Der im Rollstuhl sitzende Voster und seine Familie, ein Sohn und zwei Töchter, waren mit den Pretorius-Brüdern ins Gespräch vertieft, während zu ihren Füßen eine Rotte drahtiger Rhodesian Ridgebacks am Boden schnüffelte. Lärmend rannten schwarze und weiße Kinder gemeinsam zwischen den Wagen hin und her und spielten Verstecken. Der Captain lag, eingewickelt in saubere weiße Laken, auf der Ladefläche des geländegängigen Polizeitrucks.

Emmanuel trank den letzten Schluck Kaffee aus und trat zu den Pretorius-Brüdern. Die Ermittlung musste schleunigst in Gang kommen. Alles, was sie bislang hatten, waren eine Leiche und ein Mörder, der frei in Mosambik herumlief.

»Zeit zum Aufbruch«, sagte Emmanuel. »Wir bringen den Captain ins Krankenhaus, damit ein Arzt ihn sich anschauen kann.«

»Wir bringen ihn nach Hause«, widersprach Henrick. »Meine Ma hat lange genug gewartet.«

Die drei Brüder starrten Emmanuel an. Er spürte ihre Entschlossenheit, doch er hielt ihren Blicken stand und ließ die von Alkohol und Erschöpfung noch verstärkte Anspannung und Wut an sich abprallen.

»Wir brauchen ein medizinisches Gutachten über den Zeitpunkt und die Ursache des Todes. Und einen unterschriebenen Totenschein. Das ist Standard-Polizeiroutine.«

»Verdammt, sind Sie blind und taub?«, blaffte Erich. »Brauchen Sie einen Arzt, um zu erkennen, dass er erschossen wurde? Was für ein Ermittler sind Sie denn, Detective?«

»Ich bin die Art Ermittler, die Fälle aufklärt, Erich. Deshalb hat Major van Niekerk mich hergeschickt. Wäre es Ihnen lieber, alles ihm zu überlassen?« Er zeigte zum Feuer, wo Hansie im Schneidersitz saß, mit einem Teller Koeksisters im Schoß. Während er sich ein neues Stück aussuchte, summte er leise vor sich hin.

»Wir lassen nicht zu, dass ein Doktor unseren Vater aufschneidet wie ein Stück Vieh«, sagte Henrick. »Auch wenn seine Seele seinen Körper verlassen hat, ist er trotzdem noch ein Geschöpf Gottes. Pa hätte dem nie zugestimmt, und wir tun es auch nicht.«

Waschechte Afrikaaner und auch noch fromm. Schon an Geringerem hatten sich Kriege entzündet. Die Pretorius-Söhne wären imstande, ihren Glauben mit der Waffe zu verteidigen. Jetzt war Vorsicht geboten. Emmanuel war hier draußen auf sich allein gestellt. Eine oberflächliche Untersuchung des Leichnams war besser als gar keine.

»Keine Autopsie«, sagte er. »Nur eine Leichenbeschau, um Ursache und Zeitpunkt des Todes zu bestimmen. Damit wäre der Captain bestimmt einverstanden, da bin ich mir sicher.«

»*Jaa*, na gut.« Erichs Aggressivität verebbte.

Emmanuel fügte hinzu: »Sagen Sie Ihrer Ma, dass wir ihn so bald wie möglich nach Hause bringen. Constable Shabalala und ich werden gut auf ihn aufpassen.«

Henrick reichte ihm die Schlüssel des Polizeitrucks, die er in der Hosentasche des Captains gefunden hatte, als sie ihn aus dem Fluss gezogen hatten.

»Hansie und Shabalala zeigen Ihnen den Weg zum Krankenhaus und danach zum Haus meiner Eltern. Lassen Sie sich nicht zu viel Zeit, Detective, sonst kommen meine Brüder und ich nachsehen, wo Sie bleiben.«

* * *

Emmanuel warf einen Blick durch den Rückspiegel des Polizeitrucks und sah, dass Hansie ihm im Packard folgte. Auf dem Dach war Shabalalas Fahrrad festgezurrt. Hinter dem Steuer taugte der Junge was, er war reaktionsschnell und sicher. Wenn der Mörder zufällig Rennfahrer ist, dachte Emmanuel, dann bekommt Hansie womöglich zum ersten Mal Gelegenheit, sein Gehalt bei der Polizei auch wirklich zu verdienen.

Über die Piet Retief Street, die einzige geteerte Straße in der Stadt, fuhren die beiden Wagen nach Jacob's Rest ein. Ein Stück weiter bogen sie auf einen Feldweg ab und passierten eine Reihe niedriger, in den Schatten mehrerer purpurroter Jacarandabäume geduckter Häuser. Shabalala dirigierte Emmanuel auf eine kreisrunde, mit weiß getünchten Steinen gepflasterte Einfahrt. Emmanuel stellte den Motor ab und warf einen Blick auf den Haupteingang des *Grace of God*-Krankenhauses.

In die hölzernen Eingangstüren waren plumpe Darstellungen von Christus am Kreuz geschnitzt. Emmanuel stieg aus dem Polizeitruck und warf einen Blick auf die verdreckte Motorhaube. Schlammbespritzt und schweißfleckig, wie sie waren, stanken sie förmlich nach Hiobsbotschaft.

»Was jetzt?«, fragte er Shabalala. Es war fast Mittag, und der Captain hinten im Truck wurde langsam gargekocht.

Die Krankenhaustüren schwangen auf, und eine riesige Dampfwalze von einer Schwarzen in Nonnentracht erschien oben an der Treppe. Neben ihr tauchte eine zweite Nonne auf, so bleich und winzig wie ein Zwerghuhn. Unter ihren Kopfbedeckungen hervor starrten sie herüber.

»Schwestern.« Emmanuel lüpfte den Hut wie ein Landstreicher, der sich in guten Manieren übt. »Ich bin Detective Sergeant

Emmanuel Cooper. Der andere Polizist hier ist Ihnen sicherlich bekannt.«

»Natürlich, natürlich.« Die zierliche Nonne flatterte die Treppe herunter, gefolgt von ihrem robusten Schatten. »Ich bin Schwester Bernadette, und das ist Schwester Angelina. Bitte verzeihen Sie unsere Überraschung. Wie können wir Ihnen behilflich sein, Detective?«

»Wir haben Captain Pretorius hinten auf dem Truck ...«

Die Schwestern schnappten nach Luft, und Emmanuel unterbrach sich. Als er es erneut versuchte, bemühte er sich um einen freundlicheren Ton.

»Der Captain ist –«

»Tot«, plärrte Hansie. »Er ist ermordet worden. Jemand hat ihn in den Kopf geschossen und in den Rücken ... da ist ein Loch ...«

»Constable.« Emmanuel legte dem Jungen schwer die Hand auf die Schulter. Unnötig, dass schon so früh Details über den Fall herausposaunt wurden. Die Stadt war klein. Die blutigen Einzelheiten würden sich bald genug herumsprechen.

»Der Herr schenke seiner Seele Frieden«, sagte Schwester Bernadette.

»Möge Gott seiner Seele gnädig sein«, fiel Schwester Angelina ein.

Emmanuel wartete, bis die beiden sich bekreuzigt hatten, dann kam er zur Sache.

»Der Arzt muss Captain Pretorius für uns untersuchen, damit Ursache und Zeitpunkt des Todes eindeutig geklärt sind. Außerdem muss er den Totenschein ausstellen.«

»Oje, oje, oje«, murmelte Schwester Bernadette leise, ihr irischer Akzent war jetzt deutlich hörbar. »Ich fürchte, wir können Ihnen nicht helfen, Detective. Der Herr Doktor ist heute Morgen zu seiner Visite aufgebrochen.«

»Wann ist er wieder zurück?« Emmanuel schätzte, dass ihm höchstens vier Stunden blieben, bevor die Pretorius-Brüder aufkreuzten und den Toten haben wollten.

»In zwei oder drei Tagen«, antwortete Schwester Bernadette. »In einem Internat bei Bremer ist Bilharziose ausgebrochen. Je nach Anzahl der Erkrankungen bleibt er vielleicht auch länger weg. Es tut mir ehrlich leid, Detective.«

Also nicht Stunden, sondern Tage. Für Emmanuels Geschmack ging es auf dem Lande eindeutig zu gemächlich zu.

»Was würden Sie tun, wenn der Captain schwer verletzt, aber noch am Leben wäre?«, fragte er.

»Sie nach Mooihoek schicken. Im dortigen Krankenhaus ist rund um die Uhr ein Arzt vor Ort.«

Das machte ihm nicht gerade Hoffnung. Die Situation war *fubar*, wie die Ami-Soldaten so gern sagten: *fucked up beyond all recognition*. Also beschissen. Er versuchte es trotzdem. »Wie lange fährt man dahin?«

»Wenn die Straße in gutem Zustand ist, knapp zwei Stunden.« Schwester Bernadette begleitete die Auskunft mit einem scheuen Lächeln und hielt Ausschau nach einem freundlicheren Gesicht oder wenigstens jemandem, der die Geografie hier kannte. »Das ist doch richtig, Constable Shabalala?«

Shabalala nickte. »So lange dauert es, wenn die Straße in Ordnung ist.«

»Und ist sie in Ordnung?«, fragte Emmanuel. Unvermittelt versprühte der Schmerz hinter seiner linken Augenhöhle rotweiße Fünkchen. Er wartete, dass irgendwer ihm eine Antwort gab.

»Bis zu ver Maaks Farm geht es«, übernahm Shabalala, als er erkannte, dass sonst niemand sprechen würde. »Ver Maak hat dem Captain neulich erzählt, dass ein Donga die Straße unterspült. Er konnte die Stelle umfahren, als er in die Stadt gekommen ist.«

Der unterspülte Straßenabschnitt war also passierbar, trotzdem würde sie das zusätzlich Zeit kosten. Ein Polizeitruck mit einem toten Polizisten fiel mit Sicherheit auf, besonders in Mooihoek, wo schon ein einziger Anruf ausreichte, um in null Komma nichts die Presse am Hals zu haben.

»Detective …« Schwester Bernadette berührte das silberne Kreuz an ihrem Hals, und Jesu scharfkantige Rippen machten ihr Mut. »Sonst gäbe es noch Mr. Zweigman.«

»Wer ist Mr. Zweigman?«

»Nur ein alter Jude«, referierte Hansie eilig. »Er hat an der Bushaltestelle einen Krämerladen. Die Kaffern und die Farbigen kaufen da ein.«

Emmanuel konzentrierte sich auf Schwester Bernadette, Gottes Taube im schwarzen Habit, die beim geringsten Geräusch davonflog. »Was ist mit Mr. Zweigman?«

Schwester Bernadette stieß den angehaltenen Atem aus. »Vor ein paar Monaten wurde ein Eingeborenenjunge überfahren, und Mr. Zweigman hat ihn am Unfallort behandelt. Später kam der Junge her, und man konnte sehen … er war von einem behandelt worden, der viel davon verstand.«

Emmanuel warf Shabalala einen Blick zu. Shabalala nickte. Die Geschichte stimmte also.

»Ist er Arzt?«

»Er sagt, er war Sanitäter in deutschen Flüchtlingslagern, aber …« Ganz fest umklammerte Schwester Bernadette ihr Kreuz und bat den Herrn um Vergebung für den Vertrauensbruch, den zu begehen sie im Begriff stand. »Ein- oder zweimal, als Dr. Kruger nicht da war, haben wir Mr. Zweigman gebeten, sich einen Patienten anzusehen. Ganz inoffiziell, Sie verstehen schon. Nur einen kurzen Blick, nichts weiter. Es wäre uns lieb, wenn der Doktor das nicht erfährt.«

»Der alte Jude ist doch kein Doktor.« Hansie sträubte sich gegen die Vorstellung. »Jeder hier weiß, dass Dr. Kruger der einzige Arzt im Distrikt ist. Was erzählen Sie da für Blödsinn?«

Schwester Angelina trat mit engelsgleichem Lächeln vor. Leicht hätte sie Hansie in ihrer riesigen schwarzen Pranke zerquetschen können, doch sie war bereit, sich vor dem aufgeblasenen Polizeibübchen klein zu machen. »Aber natürlich«, sagte sie warm. »Der einzige *richtige* Arzt ist Dr. Kruger, da haben Sie völlig recht, Constable. Mr. Zweigman ist eher für uns Eingeborene gut, die nicht so sorgsam medizinisch behandelt gehören. Nur für Eingeborene.«

Emmanuel wusste immer noch nicht, ob der alte Jude nun Arzt war oder ein Krämer mit Erste-Hilfe-Kenntnissen. »Shabalala.« Er winkte den Polizisten hinter den Polizeitruck, wo sie beide außer Hörweite waren. »Was halten Sie von der Sache?«

»Der Captain hat mir gesagt, wenn du krank bist, geh zum alten Juden. Der flickt dich besser zusammen als Dr. Kruger.«

Besser, nicht schlechter. Das war die Ansicht des Captains, und dies war seine Stadt. Emmanuel zog die Schlüssel zum Packard aus der Hosentasche.

* * *

»Hier.« Shabalala deutete auf eine Reihe Läden, die sich unter rostigen Blechdächern duckten. Jeder hatte seine Tür zur Straße hin weit geöffnet, und der mit Schlaglöchern übersäte Trampelpfad davor verstärkte den Eindruck von Schäbigkeit. *Khan's Emporium* verströmte einen beißenden Geruch nach Gewürzen. Nebenan residierte *Feine Spirituosen*, bemannt mit zwei gelangweilten Mischlingsjungs, die davor Karten spielten. Dann kam noch *Poppies General Store*, der gefährlich danach aussah, als würde sein hölzernes Fundament zum leeren Nachbargrundstück hin wegrutschen.

Auf der gegenüberliegenden Straßenseite lag eine ausgebrannte Werkstatt mit einer angekokelten Benzinpumpe und Stapeln blasiger Autoreifen. Geduldig arbeitete sich ein schlaksiger walnussbrauner Mann durch die Trümmer, hob Ziegelsteine und verbogene Metallteile auf und warf sie in eine Schubkarre.

Eine schwarze Eingeborene lief vorbei, ihren Säugling hatte sie sich auf den Rücken geschnürt. Ein Mischling, ein kleiner »farbiger« Junge schob ein aus Draht gebasteltes Spielzeugauto den Pfad entlang. Keine Engländer oder Afrikaaner weit und breit. Sie waren nicht mehr im Afrika der Weißen.

»Der hinterste Laden gehört dem alten Juden.« Shabalala zeigte auf Poppies General Store. Emmanuel stellte den Motor ab und legte seinen Optimismus auf Eis. Eine Bruchbude auf der falschen Seite der Hautfarbengrenze war wohl kaum der passende Ort für einen studierten Mediziner, außer er hatte einen Sprung in der Schüssel oder war achtkantig aus der Ärztekammer geflogen.

Drinnen war Poppies General Store vollgestopft mit Mais in Jutesäcken, Konserven und Pökelfleisch. Emmanuel atmete den Geruch roher Baumwolle und sah am hinteren Ende einer langen hölzernen Theke ballenweise ungefärbte und gemusterte Stoffe. Hinter der Theke stand ein Männlein mit Nickelbrille und dichtem schneeweißem Haarschopf, der wie ein Ausrufezeichen von seinem Kopf abstand.

Ein Spinner, urteilte Emmanuel rasch, und der »alte Jude« war gar nicht so alt, wie er ihn sich vorgestellt hatte. Trotz seiner Haarfarbe und des gebeugten Rückens dürfte Zweigman die fünfzig kaum überschritten haben. Seine braunen Augen, aus denen er jetzt unbeteiligt die beiden schlammbespritzten Männer musterte, glänzten hell wie die einer Kuh.

»Womit kann ich Ihnen helfen, Officer?«, fragte Zweigman mit einem Akzent, den Emmanuel gut kannte. Bildungsdeutsch, transplantiert in ein holpriges, schmuckloses Englisch.

»Holen Sie Ihre medizinische Ausrüstung und Ihre Zulassung. Wir brauchen Sie im Krankenhaus.« Er klatschte seinen Dienstausweis auf die Theke, direkt vor Zweigmans Nase.

»Einen Augenblick bitte«, erwiderte Zweigman höflich und verschwand in einem Hinterzimmer, das durch einen gelb-weiß gestreiften Vorhang vom Laden abgetrennt war. Das mechanische Summen von Nähmaschinen drang heraus und erstarb plötzlich. Emmanuel hörte Stimmen, die leise und dringlich aufeinander einredeten, dann tauchte der Ladenbesitzer wieder auf, eine Arzttasche unterm Arm. Eine dunkelhaarige Frau im eleganten blauen Satinkleid, das auf die üppigen Kurven ihres Körpers maßgeschneidert war, folgte ihm dichtauf.

Der alte Jude und die Frau passten zueinander wie ein Gummistiefel zu einem Ballkleid. Zweigman sah aus wie ein x-beliebiger alter Mann hinter einer staubigen Verkaufstheke irgendwo in Südafrika, diese Frau hingegen gehörte an einen klimatisch kühleren Ort mit Perserteppichen und einem Flügel in der Ecke.

Gebetsmühlenartig wiederholte die Frau das Wort »Liebchen« und hörte erst auf, als Zweigman ihr sanft einen Finger auf den Mund legte. Die beiden standen dicht beieinander, umflort von einer solchen Traurigkeit, dass Emmanuel sich in der Defensive fühlte.

Der Kopfschmerz meldete sich wieder, glühte heiß hinter dem Augapfel. Er presste sich eine Handfläche aufs Auge, um den Schleier loszuwerden, und sah plötzlich ein Bild von seiner Ehefrau Angela vor sich, als wäre es in seine Netzhaut gestanzt. Bleich und schemenhaft rief sie aus einem dunklen Winkel der Vergangenheit nach ihm. Hatten sie beide je so vertraut beieinandergestanden wie der alte Jude und seine besorgte Frau?

»Gehen wir«, sagte Emmanuel und wandte sich zur Tür.

Das Licht draußen war von einem milchigen Weiß, durchwebt mit kleinen Staubpartikeln. Die farbigen Jungen vor dem Schnapsladen sahen auf und konzentrierten sich dann schnell wieder auf ihre Karten. Es war besser, wenn ein Polizist einfach vorbeiging, als wenn er anhielt und Fragen stellte.

Emmanuel glitt auf den Fahrersitz, ließ den Motor an und wartete, bis Zweigman sich neben ihn gesetzt hatte, die Arzttasche auf den Knien. Niemand sprach, als der Wagen sich vom Straßenrand löste und in Richtung Krankenhaus rollte.

»Wo haben Sie Ihre medizinische Ausbildung gemacht?«, fragte Emmanuel schließlich. Bevor Zweigman sich an der Leiche des Captains zu schaffen machte, ging er besser die ganze Checkliste durch.

»Am Universitätskrankenhaus Charité in Berlin.«

»Sind Sie befähigt, in Südafrika als Arzt zu praktizieren?« Kaum vorstellbar, dass die National Party ausgerechnet eine deutsche Ausbildung nicht anerkannte, selbst wenn es sich bei der betreffenden Person um einen Juden handelte.

Zweigman tippte mit einem Finger auf das harte Leder seiner Arzttasche und schien über die Frage nachzudenken.

Sie bogen von der Piet Retief Street mit ihren Geschäften nur für Weiße in die General Kruger Road ein. In Jacob's Rest war wohl jeder Straßenname die Antwort auf eine Prüfungsfrage zur Geschichte der Buren.

»Dürfen Sie hier praktizieren?«, fragte Emmanuel nochmals.

Mit einer wegwerfenden Handbewegung tat der Krämer die Frage ab. »Ich fühle mich nicht mehr befähigt, überhaupt zu praktizieren, egal in welchem Land.«

Emmanuel ging vom Gas und machte sich bereit, den Wagen zu wenden. »Hat man Sie in Deutschland oder Südafrika aus der Ärztekammer ausgeschlossen, Dr. Zweigman?«, fragte er.

»Nein, nie. Und den Doktor können Sie sich sparen. Nennen Sie mich einfach ›alter Jude‹ wie alle anderen.«

»Das würde ich ja.« Emmanuel hielt vor dem *Grace of God*-Krankenhaus. »Aber so alt sind Sie gar nicht.«

»Ahhhh …«, machte Zweigman, und es klang wie vertrocknetes Pergament. »Lassen Sie sich von meiner jugendlichen Erscheinung nicht täuschen, Detective. Tief drinnen bin ich in Wahrheit der *uralte* Jude.«

Seltsame Formulierung, aber exzentrisches Gerede mochte einer der Gründe sein, warum dieser kauzige Kraut hier neben ihm saß statt in einer protzigen Praxis in Kapstadt oder Jo'burg.

»Ich würde Sie eher als ›sonderbarer Jude‹ bezeichnen. Das trifft es besser. Und jetzt möchte ich Ihre Papiere sehen.«

Freundschaftlicher Umgang mit einem Mann, der verrückt genug war, lieber Krämer als Arzt sein zu wollen, stand auf Emmanuels Prioritätenliste ganz unten. Er wollte nur die Frage der Zulassung abhaken und dann die hämmernden Schmerzen in seinem Kopf loswerden.

Ein Sonnenstrahl traf auf den silbrigen Rand von Zweigmans Brille, als er sich vorbeugte, dadurch war Emmanuel nicht sicher, ob in den braunen Augen kurz ein Lachen aufgeblitzt war. Zweigman reichte ihm seine Papiere, die ersten waren auf Deutsch abgefasst. »Können sie Deutsch lesen, Detective?«

»Nur die Speisekarte im Brauhaus.« Emmanuel blätterte weiter zu den südafrikanischen Urkunden, las sie gründlich durch und dann gleich noch einmal. Ein Chirurg, gar ein Mitglied des Royal College of Surgeons. Es war, als fände man in einer dreckigen Socke eine Goldmünze.

Emmanuel warf Zweigman einen scharfen Blick zu, der starrte ungerührt zurück. Es musste eine einleuchtende Erklärung geben, warum dieser weißhaarige Deutsche sich in Jacob's Rest verkroch. Das Hinterland war ideal als Versteck für einen Chirurgen mit zittrigen Händen. Sprach der gute Doktor vielleicht dem Alkohol zu?

»Nein, Detective Sergeant.« Zweigman erriet seine Gedanken. »Ich greife niemals zur Flasche.«

Achselzuckend reichte Emmanuel ihm die Papiere zurück. Zweigman war mehr als befähigt für das, was er jetzt tun sollte. Und nur das war für den Fall relevant.

* * *

Eine Rundhütte aus Gras und Ziegeln, weit genug vom Hauptgebäude entfernt, um eine Pufferzone zwischen Lebenden und Toten zu gewährleisten, diente als Leichenschauhaus und zugleich als Geräteschuppen.

Emmanuel blieb im Schatten eines Jacarandabaums stehen und ließ Shabalala und Zweigman vorgehen. Über einen Teppich herabgefallener Jacarandablüten schritten der gebeugt gehende Arzt und der hochgewachsene Schwarze zum Leichenschauhaus. Am Ende des Weges flößten Schwester Angelina und Schwester Bernadette einer Reihe zerlumpter Kinder Lebertran ein. Hansie schlief derweil den festen Schlaf des Dorftrottels, sein Kopf ruhte an der Tür zum Leichenschauhaus.

Das ist also meine Mannschaft, dachte Emmanuel. Er trat aus dem Schatten und sofort stach wieder der Kopfschmerz zu. Das Strohdach der Hütte blutete in den Himmel aus und ihre weißen

Mauern verschwammen im Gras, sodass ihm alles vorkam wie ein mit Wasserfarben gemaltes Kinderbild. Er presste die Handfläche gegen den Augapfel, doch die verschwommene Sicht und der Schmerz blieben. Bis zum Abend dürften die Kopfschmerzen sich in einen heißen Lichtstrahl verwandeln, der das Auge komplett lahmlegte. Nach der Untersuchung des toten Captains würde er sich von den Schwestern eine dreifache Dosis Aspirin besorgen. Zwei Tabletten für sofort und eine, die er vor dem Zubettgehen mit einem Schluck Whiskey herunterspülen konnte. Wenigstens wusste er jetzt, wo der Schnapsladen war.

»Schlafen im Dienst.« Emmanuel schlug Hansie unsanft auf die Schulter. »Das könnte ich melden, Hepple.«

Hansie sprang in Habachtstellung, um seine Wachsamkeit unter Beweis zu stellen. »Ich habe gar nicht geschlafen, nur meine Augen ein bisschen ausgeruht«, beteuerte er. Dann entdeckte er Zweigman. »Was macht der denn hier? Ich dachte, Sie wollten die Söhne des Captains holen.«

»Wir haben uns verfahren.« Emmanuel stieg über Hepple hinweg und drückte die Tür zum Leichenschauhaus auf. Drinnen war es kühl und dunkel. Er warf einen Blick über die Schulter und sah Zweigman zu den Schwestern treten, die erröteten und unbehaglich wirkten in Gegenwart des Mannes, dessen Geheimnis sie preisgegeben hatten.

»Schwester Angelina und Schwester Bernadette.« Der weißhaarige Deutsche machte keinerlei Andeutung, dass die Polizei ihn quasi zwangsverpflichtet hatte. »Ob Sie mir bitte zur Hand gehen könnten?«

»Ja, Doktor«, sagte Schwester Bernadette. »Entschuldigen Sie uns kurz, wir bereiten alles vor.«

Die Schwestern brachten die Kinder ins Hauptgebäude, wo sich gleich darauf schwarze und braune Gesichter an die Fensterscheiben drückten. Der nur für Weiße bestimmte Trakt war leer. Heute Nachmittag würden die Nichtweißen ihren Besuchern etwas zu erzählen haben. »Der Captain, der große Boss Pretorius ist tot!«

»Doktor?« Hansie war jetzt hellwach und funkelte Zweigman wütend an. »Das ist der alte Jude. Der ist kein Arzt. Er verkauft Bohnen an Kaffern und Farbige.«

»Er ist befähigt, Eingeborene, Farbige und Tote zu untersuchen«, gab Emmanuel zurück und suchte Zuflucht im dämmrigen Leichenschauhaus. Das Pulsieren hinter seinem Auge ließ eine Spur nach, aber nicht genug. Als er die Untersuchungslampen einschaltete, traten Hansie und Shabalala ein und postierten sich an der Wand. Wenn die Schwestern wiederkamen, würde er sich als Erstes ein Schmerzmittel geben lassen. Ohne hatte er keine Chance, in diesem stickigen Leichenschauhaus und bei dem grellen Licht die Untersuchung durchzustehen.

Er schlug das Laken zurück und entblößte den uniformierten Körper des Captains. Zweigman sah aus, als würde er im nächsten Moment seinen Mageninhalt auf dem Betonboden verteilen. An den Knöcheln seiner Finger, die die Arzttasche umklammerten, trat das Weiße hervor.

»Waren Sie mit dem Captain befreundet?«, fragte Emmanuel.

»Wir waren miteinander bekannt.« Zweigmans Stimme klang schwächlich, der kehlige Akzent trat deutlicher zutage als vorher. »Eine Bekanntschaft, die nun, wie es scheint, ein jähes Ende gefunden hat.«

Zweigman bekam wieder Farbe im Gesicht und begann mit mechanischer Präzision einen Klapptisch abzuräumen. Hatte in seiner Bemerkung zum jähen Ende ein hauchfeiner Unterton von Befriedigung gelegen?

»Also keine Freunde«, sagte Emmanuel.

»Es gibt hier nur wenige Weiße, die mich als Freund bezeichnen würden«, sagte Zweigman, ohne sich umzudrehen. Gelassen krempelte er sich die Ärmel hoch und ließ seine Arzttasche aufschnappen.

»Wie kommt das?«

»Ich bin nicht auf einem der ersten *Trekboer*-Planwagen hergekommen und ich begreife nicht, wie man Rugby spielt oder auch nur warum.«

Emmanuel schirmte seine Augen vor dem grellen Licht ab, um Zweigman deutlicher zu sehen. Sein Kopfschmerz pochte hinter dem Augapfel. Zweigman hatte im Bruchteil einer Sekunde von Schock zu vollkommener Ruhe gefunden.

»Wohin damit, Doktor?« Schwester Angelina kam mit einer riesigen Schüssel heißen Wassers in ihren muskulösen Armen herein. Eine gestärkte weiße Schürze, die bis zu den Knien reichte, bedeckte jetzt ihren Nonnenhabit.

Zweigman zeigte auf den freigeräumten Klapptisch. Schwester Bernadette schleppte einen Stapel Handtücher und Lappen herein, unter dem sie fast verschwand. Wie Tänzerinnen in einem gut einstudierten Ballett bereiteten die Frauen schweigend alles vor. Zweigman schrubbte sich Hände und Unterarme und trocknete sich mit einem kleinen Handtuch ab.

»Doktor?« Schwester Bernadette hielt ihm einen weißen Arztkittel hin, auf dem in Dunkelblau der Name *Kruger* eingestickt war. Zweigman schlüpfte hinein und gestattete Schwester Bernadette, die Bändel am Rücken zu verknoten. Es war deutlich zu merken, dass sie schon öfter zusammengearbeitet hatten.

»Was brauchen Sie von mir?«, fragte Zweigman.

»Den Todeszeitpunkt. Die Todesursache und einen unterschriebenen Totenschein. Keine Obduktion.«

Emmanuel zückte sein Notizbuch, doch die Kopfschmerzen verwandelten seine Schrift in dunkles Geschmier.

»Detective?«

Emmanuel stellte seine Sicht scharf und sah, dass Schwester Angelina vor ihm stand, in einer Hand ein Glas Wasser und in der ausgestreckten anderen vier weiße Pillen. »Der Doktor sagt, die sollen Sie sofort nehmen.«

Er schluckte die Tabletten und spülte mit dem Wasser nach. Doppelte Dosis, so wie er es immer machte, wenn die Sehstörungen nicht besser werden wollten. Vielleicht passte »kluger Jude« als Benennung noch besser.

»Danke.«

»Keine Ursache.« Zweigman wandte sich dem Leichnam zu. Das Licht der nackten Glühbirne verlieh dem Gesicht einen geisterhaften Schimmer. »Beginnen wir mit der Kleidung.«

Schwester Angelina nahm eine Gartenschere und schnitt an der steifen Knopfleiste entlang vom Hals bis zur Taille, dann pellte sie den Stoff ab wie die Schale einer Frucht und legte den bleichen aufgedunsenen Torso des Captains frei.

Emmanuel trat näher. Solange die Sehtrübung anhielt, musste er es langsam angehen und ganz grobe Stichpunkte festhalten. Für Eindeutiges würden ein oder zwei Wörter im Notizbuch reichen müssen – zumindest bis er wieder richtig sehen konnte.

Schwer war das erste Wort, das er notierte. Die Pretorius-Brüder hatten Größe und Stärke von ihrem Vater geerbt. Der Captain war deutlich über eins achtzig mit einem von körperlicher Aktivität gestählten Körper.

»Hat der Captain noch Sport getrieben?«, fragte Emmanuel in die Runde. Die Nase des Mannes, sichtlich mehrfach gebrochen und unbeholfen wieder gerichtet, dürfte diese Spuren den schlammigen Spielfeldern verdanken, die man überall im Afrikaanerland fand.

»Er hat das Rugby-Team trainiert«, sagte Hansie.

»Und er hat Dauerlauf gemacht«, ergänzte Schwester Bernadette. »Durch die ganze Stadt ist er gelaufen und manchmal auch übers Land.«

»Jeden Tag? Immer um dieselbe Zeit?«

»Jeden Tag außer sonntags, weil das der Tag des Herrn ist.« Man hörte Schwester Bernadette ihre Bewunderung an. »Manchmal ist er morgens gelaufen, manchmal haben wir ihn vorbeilaufen sehen, wenn es längst dunkel war.«

Das war eine Erklärung dafür, warum der Captain – anders als so viele ältere Kollegen – kein Fett angesetzt hatte. Es verstieß ja geradezu gegen die Polizei-Etikette, nach mehr als zehn Dienstjahren immer noch Normalgewicht zu haben.

»Ja.« Zweigman löste einen Schnürsenkel. »Frühmorgens oder spät am Abend. Man wusste nie, wann der Captain vorbeikam.

Oder wann er stehen bleiben würde, um ein bisschen nett zu plaudern.«

Emmanuel schrieb *Zweigman vs. Captain?* in sein Notizbuch. Er meinte in den Worten des Arztes eine Spitze wahrgenommen zu haben. Genaueres konnte er später noch herausfinden.

»Ach, ja.« Schwester Bernadette seufzte. »Der Captain machte immer bei uns halt, wenn er Zeit hatte. Sämtliche unserer kleinen Waisen kannte er mit Namen.«

»Hose.« Zweigman trat beiseite, und Schwester Angelina schnitt mit der Gartenschere ein Hosenbein nach dem anderen auf. Die oberen Knöpfe des Hosenstalls standen offen, auch die Schließe des ledernen Gürtels schien in der Strömung des Flusses aufgegangen zu sein.

»Schwester Bernadette, bitte entfernen Sie die Hose, wenn wir ihn anheben.« Er ging hinter dem Captain in Position.

»Herr Doktor, ich bitte Sie!« Schwester Angelina wedelte ihn mit einer Handbewegung beiseite und hievte allein das ganze Gewicht des Captains in Sitzhaltung, während ihre zierliche irische Kollegin die verdreckte Uniformjacke auszog und auf den Boden warf. Anschließend machten sie dasselbe mit der Hose, dann lag der Captain nackt und bleich auf der Bahre. Diskret warf Schwester Angelina ein Handtuch über die entblößten Genitalien.

»Armer Captain Pretorius.« Schwester Bernadette legte einen herunterhängenden Arm zurück auf die Bahre. »Ganz gleich, wie schlimm seine Leiche zugerichtet ist – ihn würde ich immer wiedererkennen.«

Am Körper des Mannes waren keine unveränderlichen Merkmale zu sehen. Gab es an dem nackten Captain etwas, das nur die kleine Nonne erkennen konnte?

Schwester Bernadette hob eine tote Hand hoch. »Nie, nicht ein einziges Mal habe ich ihn ohne diese Uhr gesehen. Die hat der Captain immer getragen.«

»Er hat sie nie abgelegt.« Hansie bekam feuchte Augen. »Mrs. Pretorius hat sie ihm zum vierzigsten Geburtstag geschenkt. Das Armband ist echtes Krokodilleder.«

Trotz der Schmutzschichten war die Qualität der Uhr leicht zu erkennen. Mattiertes Gold und das deutlich strukturierte Armband. Elegant. Nicht gerade ein Wort, das einem in Zusammenhang mit dem bulligen Captain oder seinen Söhnen als Erstes in den Sinn kam. Emmanuel hob die Hand an und besah sie sich näher. Über den Fingerknöcheln waren frische Prellungen. Captain Pretorius hatte erst kürzlich mit voller Kraft zugeschlagen. Auf der großen Handfläche verteilten sich einige Schwielen.

»Was für körperliche Arbeit hat der Captain verrichtet?«

»Er hat gern mit Louis an Motoren herumgeschraubt. Die beiden haben zusammen ein altes Motorrad aufgearbeitet.« Hansie schniefte.

»Das meine ich nicht«, sagte Emmanuel. Ein paar der Schwielen hatten weiche, ausgefranste Ränder wie von verheilten Blasen. Das war die Hand eines Arbeiters, der bis zu seinem letzten Tag auf Erden richtig zugepackt hatte. »Ich meine schwere körperliche Arbeit. Bei der man ins Schwitzen kommt.«

»Manchmal hat er Henrick auf der Farm ausgeholfen«, sagte Hansie leise. »Wenn das Vieh desinfiziert oder markiert werden musste, war er gern dabei, weil er selbst auf einer Farm aufgewachsen war und ihm das Landleben fehlte ...«

Shabalala sagte nichts. Er hielt die Augen starr auf den Betonboden gerichtet, wo achtlos die zerschnittene Uniform des Captains lag. Falls der schwarze Polizist die Antwort kannte, war er nicht geneigt, sie mitzuteilen.

Emmanuel drehte die kalte Hand wieder um und trat zurück. Vielleicht wussten die Söhne ja etwas. Er schrieb *harte Arbeit/ Schwielen* in sein Notizbuch. Die schwarze Zeile geriet ihm einigermaßen gerade. Die Wirkung der Pillen hatte eingesetzt.

Zweigman verschaffte sich einen ersten Überblick über die Leiche. »Schwere Verletzung am Schädel. Scheint die Eintrittswunde einer Gewehrkugel zu sein. Abschürfungen an Schultern, Ober- und Unterarmen ...«

Weil der Tote weggeschleift wurde, dachte Emmanuel. Der Mörder musste fest zugepackt und wie ein Maultier gezogen haben, um bis zum Wasser zu gelangen. Wozu die ganze Mühe? Warum hatte er nicht einfach abgedrückt und war in der Nacht verschwunden?

Zweigman arbeitete sich weiter den Körper hinab und achtete auf jedes Detail. »Schwere Verletzung am Rückgrat. Offensichtlich die Eintrittswunde einer weiteren Gewehrkugel. Hämatome an den Fingerknöcheln. Blasenbildung an den Handflächen ...«

Der deutsche Chirurg war ganz in seine Aufgabe versunken, sein konzentrierter Blick wirkte nahezu erfüllt. Warum verschanzte er sich bei all seiner Kompetenz hinter der Theke eines heruntergekommenen Krämerladens?

»Waschen wir den Körper«, sagte Zweigman.

Schwester Angelina wrang warmes Wasser aus einem Waschlappen und machte sich daran, die bleiche Haut abzuschrubben, resolut wie eins der Kindermädchen, die in jedem englischen und Afrikaaner-Haushalt Südafrikas anzutreffen waren. Nach über vierzig Jahren auf Erden schied der Captain genauso aus dem Leben, wie er zur Welt gekommen war: unter den kundigen Händen einer schwarzen Frau.

»Nein, nein, nein!« Schwer atmend drängte sich Hansie nach vorn. »Das wäre dem Captain nicht recht.«

»Was denn, Hepple?«, fragte Emmanuel.

»Dass eine Kaffernfrau ihn da unten anfasst. Gegen so Sachen hatte er was.«

Eine angespannte Stille trat ein, hässlich verdüstert von den Schatten der jüngsten Geschichte. Das Unsittlichkeitsgesetz, das jeden sexuellen Kontakt zwischen Weißen und Nichtweißen strikt verbot, war mittlerweile in Kraft getreten, Verstöße wurden mit öffentlicher Demütigung und Gefängnisstrafen geahndet.

»Gehen Sie nach draußen und schnappen Sie ein wenig Luft«, sagte Emmanuel. »Ich rufe Sie, wenn ich Sie brauche.«

»Bitte, Detective Sergeant. Ich will helfen.«

»Sie haben schon geholfen. Jetzt machen Sie eine Pause. Raus an die frische Luft.«

»*Jaa.*« Mit verkrampften Schultern schlurfte Hansie zum Ausgang. Das Bild des nackten Captains, an dem sich eine schwarze Frau zu schaffen machte, dürfte ihn eine Weile verfolgen.

Emmanuel wartete, bis die Tür wieder zu war, erst dann wandte er sich an Schwester Angelina und Zweigman, die bei dem Koller des jungen Polizisten vom Leichnam zurückgetreten waren. Ein weißes Bürschchen mit Uniform und Marke hatte fraglos mehr Autorität als ein ausländischer Jude und eine schwarze Nonne.

»Machen Sie weiter«, sagte er und versuchte, die Verlegenheit im Raum zu bezwingen. Die Stimmen der Afrikaaner hatten die National Party zur Regierungspartei gemacht. Die Rassentrennung gehörte zu Leuten wie Captain Pretorius und seinen Söhnen. Ein Detective musste sich nicht so strikt an die neuen Gesetze halten. Mord hatte keine Hautfarbe.

»Vielleicht besser so«, sagte Zweigman und murmelte den Schwestern eine Anweisung zu. Sie entfalteten ein weißes Laken und hielten es vor den Leichnam des Captains, sodass er vor Blicken von der Tür aus geschützt war. Zweigman griff nach dem Fieberthermometer, zögerte und warf Shabalala einen besorgten Blick zu.

Emmanuel wandte sich an den Zulu-Constable. »Sie können jetzt gehen, wenn Sie wollen.«

»Nein.« Shabalala rührte sich nicht. »Ich bleibe hier bei ihm.«

Zweigman nickte und fuhr mit der makabren Arbeit fort, dem Toten seine Geheimnisse zu entreißen. Er las die Temperatur vom Thermometer ab, inspizierte erneut den milchigen Film, der sich über die Pupillen des Captains gelegt hatte, und untersuchte dann ein zweites Mal den jetzt gewaschenen Leichnam.

»Die Todesursache waren durch Gewehrkugeln verursachte Verletzungen des Schädels und der Wirbelsäule. Beide sind so schwer beschädigt, dass das Opfer meiner Meinung nach höchstwahrscheinlich schon tot war, bevor es ins Wasser gelangt ist. Um ganz sicherzugehen, müsste ich mir die Lungen ansehen, aber ich bin eigentlich auch so davon überzeugt.«

»Woher wissen Sie, dass er im Wasser gefunden wurde?«
Emmanuel war sich ganz sicher, dass er Zweigman nichts davon erzählt hatte.

»Rückstände an seinen nassen Kleidern und in den Haaren. Captain Pretorius riecht nach dem Fluss.«

Emmanuel schaute auf seine mit Schlamm und verrotteten Blättern besudelten Schuhe. Er und Shabalala sahen aus, als hätte man sie ins Flussbett eingebaggert und dann zum Trocknen aufgehängt.

»Todeszeitpunkt?«, fragte er.

»Schwer zu sagen. Da der Captain kaum Körperfett besaß und das Wasser, in dem die Leiche gefunden wurde, kühl war, lässt sich das schlecht berechnen. Irgendwann gestern Abend zwischen acht Uhr und Mitternacht, würde ich schätzen.« Der weißhaarige Krämer reichte Schwester Bernadette das Thermometer und streifte sich die Handschuhe ab.

Emmanuel warf einen flüchtigen Blick auf das Häuflein Uniform am Boden. Die Knöpfe glänzten noch.

»Shabalala, ist der Captain immer in Uniform zum Angeln gegangen?«

»Manchmal, wenn es spät wurde, ist er direkt von der Wache zum Fluss gegangen. Er wollte die Madam nach dem Abendessen nicht mehr stören.«

»Oder vielleicht«, Zweigman zog den aufgebundenen Arztkittel aus und legte ihn achtlos auf den Beistelltisch, »trug er seine Uniform einfach gern.«

Emmanuel blätterte in seinem Notizbuch zurück und machte hinter *Zweigman vs. Captain?* ein Häkchen. An sich war die Bemerkung über die Uniform harmlos, aber mit einer gewissen Schärfe darin. Hatte Pretorius seine Stellung ausgenutzt, um dem Ladenbesitzer wegen irgendeiner kleinen Ordnungswidrigkeit die Hölle heiß zu machen? Jedes Jahr erfand die National Party ein Dutzend neue Gesetzesübertretungen. Zweigman wäre nicht der Erste, der sich in diesem Netz verfing.

»Wenn Sie mich jetzt entschuldigen, ich schreibe noch den

Totenschein aus und mache mich dann auf den Weg. Hier haben Sie noch ein paar Schmerztabletten für Ihren Kopf.« Zweigman reichte ihm eine volle Arzneiflasche. »Nehmen Sie es nicht persönlich, Detective, aber ich hoffe, Sie nicht wiederzusehen.«

»Fällt Ihnen jemand ein, der das hier getan haben könnte?« Emmanuel steckte die Pillen ein und hielt dem Arzt die Tür auf.

»Ich bin nur der alte Jude. Ich verkaufe Trockenwaren an Eingeborene und Farbige. Niemand vertraut mir Geheimnisse an, Detective.«

»Und wenn Sie raten müssten?«

»Soweit ich weiß, hatte er keine Feinde. Falls der Mörder aus dieser Stadt stammt, hat er seine Gefühle gut verborgen.«

»Sie glauben also, es war ein vorsätzlicher Mord, und es ging um etwas Persönliches?«

Zweigman hob eine Augenbraue. »Dazu kann ich nichts sagen, da ich nicht eingeweiht bin, was zum unglückseligen Ableben des Captains geführt hat. Wäre das dann alles, Detective?«

»Fürs Erste ja.«

In diesem frühen Ermittlungsstadium gab es wenig Gewissheiten, aber eins wusste Emmanuel genau: Den alten Juden würde er wiedersehen, und nicht, um Linsen einzukaufen.

»Constable Hepple!«, rief er nach draußen. Der halbwüchsige Polizist kam eifrig herbei. »Holen Sie die Pretorius-Brüder. Sagen Sie ihnen, ihr Vater kann jetzt nach Hause.«

3

Der vordere Teil der Polizeiwache von Jacob's Rest bestand aus einem großen Raum mit zwei Schreibtischen, fünf Stühlen und einem Aktenschrank aus Stahl an der Wand. Graue Abnutzungsspuren auf dem geschliffenen Betonboden zeigten die Wege, die jeder Polizist Tag für Tag von der Tür zum Schreibtisch und von dort zum Aktenschrank nahm. Eine Seitentür führte zu den Zellen, eine zweite in ein separates Büro. Shabalala war nirgends zu sehen.

Emmanuel betrat das hintere Büro. Captain Pretorius' Schreibtisch war größer und aufgeräumter als die anderen, und auf einer Ecke stand ein schwarzes Telefon. Er nahm den Hörer ab und wählte die Nummer der Polizeizentrale.

»Glückwunsch.« Major van Niekerks kultivierte Stimme meldete sich knisternd beim dritten Versuch der Zentrale, sie zu verbinden.

»Wozu, Sir?«

»Dass Sie das Land geeint haben. Sobald die Geschichte bekannt wird, dürften Eingeborene, Engländer und Afrikaner sich in zumindest einem Punkt einig sein: nämlich dass die Kriminalpolizei unterbesetzt und schlecht informiert ist und nicht gegen das Verbrechen ankommt. Ein einziger Detective für den Mord an einem weißen Polizeibeamten. Die Zeitungen werden ein Extrablatt drucken.«

Emmanuel stutzte. »Sie wissen schon von dem Fall, Sir?«

»Gerade haben die Herren von der National Party angerufen.« Die Lässigkeit dieser Aussage klang gespielt. »Die Security Branch höchstpersönlich. Sie glauben, der Mord an Pretorius könnte politisch motiviert sein.«

»Die Security Branch?« Emmanuel spannte sich an. »Wie hat die so schnell Wind von der Sache bekommen?«

»Von mir hat sie es nicht, Cooper. Das muss denen einer bei Ihnen gesteckt haben.«

Ausgeschlossen, dass Hansie Hepple oder Shabalala solche Schwergewichte an die Strippe bekamen. Die Security Branch war keine Regionalbehörde, die sich für Niederschläge und Ernteerträge interessierte. Diese Leute waren mit Angelegenheiten der nationalen Sicherheit betraut und konnten buchstäblich jedem den Boden unter den Füßen wegziehen, einschließlich Major van Niekerk und der gesamten Kriminalpolizei. Verfügten die Pretorius-Brüder über so gute Verbindungen?

»Was soll das heißen – politisch motiviert?«, fragte Emmanuel.

»Seit der Kampagne für zivilen Ungehorsam sind die Herrschaften kopfscheu. Sie glauben, der Mord könnte der Auftakt zu einer von Kommunisten gelenkten Eingeborenenrevolte sein.«

»Wie kommen sie denn darauf?« Die Schnapsidee von der Revolution wäre zum Lachen, käme sie nicht von der Security Branch. »Die Aktivisten der Kampagne verbrennen ihre Pässe oder demonstrieren während der Ausgangssperre vor dem Rathaus. Sie wollen, dass die Rassentrennungsgesetze aufgehoben werden. Polizisten töten ist absolut nicht ihr Stil.«

»Vielleicht wissen die von der Security Branch mehr als wir. Auf jeden Fall haben sie ihr indirektes Interesse an diesem Fall bekundet. Sie wollen umgehend über jede neue Entwicklung informiert werden.«

»Ob es wohl beim indirekten Interesse bleibt?« Selbst die Plattfüße vom Streifendienst wussten, »indirektes Interesse« hieß, dass die Security Branch bestimmte, wo es langging.

Es gab eine lange Pause. »Ich vermute mal, dass sie sich zurückziehen, wenn die Kampagne für zivilen Ungehorsam im Sande verläuft. Wenn das nicht passiert, kann kein Mensch vorhersagen, was sie machen. Die Zeiten haben sich geändert, Cooper.«

Emmanuel sah keinerlei Anzeichen dafür, dass die Kampagne für zivilen Ungehorsam im Sande verlaufen würde. Kaum im Amt, hatten Premierminister Malan und die National Party ihre Pläne in die Tat umgesetzt. Die neuen Segregationsgesetze teilten die Menschen per »Rassentrennung« ein und schrieben ihnen vor, wo sie zu leben hatten und wo sie arbeiten durften.

Das Unsittlichkeitsgesetz ging so weit, ihnen vorzuschreiben, wen sie lieben und mit wem sie schlafen durften. Die Kampagne für zivilen Ungehorsam hatte enormen Zulauf, und das hieß, die Special Branch, wie die Security Branch landläufig hieß, würde bald auf der Matte stehen und bei Emmanuels Ermittlung den Ton angeben.

»Wann können Sie weitere Männer für den Fall abstellen, Sir?«

»In vierundzwanzig Stunden«, sagte van Niekerk. »Im Moment konzentrieren sich alle auf eine weibliche Leiche, die an den Eisenbahngleisen gefunden wurde. Zum Glück eine Weiße. Das bedeutet, dass die Presse an der Sache dranbleibt. Und das heißt, ich gewinne einen Tag und kann in aller Stille ein paar Mann vom Dezernat abziehen und auf Ihren Fall ansetzen.«

Major van Niekerk, Sprössling einer Engländerin aus besten Kreisen und eines reichen kapholländischen Farmers, versuchte stets, sein oberstes Ziel im Auge zu behalten: den Posten des Polizeipräsidenten. Sein gegenwärtiger Majorsrang genügte ihm nicht. Sein Motto lautete schlicht: Was gut für mich ist, ist gut für Südafrika. Dass er auf den Anruf eines Spinners hin einen einzelnen Ermittler zu einer Angelegenheit losgeschickt hatte, die sich nun tatsächlich als Mordfall entpuppte, war nichts, was er gern publik machte.

»Und die Security Branch?«, fragte Emmanuel.

»Um die kümmere ich mich schon.« Van Niekerk tat so, als sei das eine Kleinigkeit, aber in Wahrheit wäre es leichter, einem Gangster sein Messer abzunehmen. »Inzwischen können Sie so tun, als wäre es ein ganz normaler Mord und kein Bewährungsfall für die neuen Rassentrennungsgesetze. Seien Sie f-«

Der Rest des Satzes wurde von statischem Rauschen verschluckt, dann zischte es nur noch in der Leitung.

»Major?«

Ein *Piep Piep Piep* verkündete, dass die Verbindung abgerissen war. Emmanuel hängte ein. *Froh?* War dies das letzte Wort des Majors gewesen? *Seien Sie froh?*

Emmanuel kippte den Inhalt der Schublade auf den Schreibtisch des Captains und sah ihn durch. Formulare, Büroklammern, Bleistifte und Gummibänder schob er zur Seite. Übrig blieben eine kleine Schachtel Munition und eine Zeitung, schon eine Woche alt. In der Schachtel einige Reihen goldglänzender Patronen. Die Artikel in der Zeitung hatte er schon letzten Mittwoch gelesen. Pech.

»Detective Sergeant?«

Shabalala stand in der Tür, einen dampfenden Becher Tee in der Hand. Für einen so großen Mann bewegte er sich erschreckend leise. Er trug nur noch Unterhemd und Hose, die an mehreren Stellen feucht war von dem Versuch, den Stoff zu säubern. Die schwarze Location, fünf Meilen nördlich der Stadt, war zu weit weg, um sich mal eben umziehen zu gehen.

»Danke, Constable.« Emmanuel nahm den Tee entgegen und sah auf das gebügelte Hemd, das er vor einer halben Stunde frisch angezogen hatte. Das Protea Guesthouse, die Pension, wo er seine Tasche abgestellt und sich gewaschen und umgezogen hatte, lag im Herzen der Stadt. Die Häuser ringsum gehörten alle Weißen. Shabalala würde bis zum Abend warten müssen, ehe er sich den Geruch des toten Captains abwaschen konnte.

»Wo ist Ihr Schreibtisch?« Das Vorderzimmer war hier wie im Polizeihauptquartier europäischstämmigen Polizisten vorbehalten.

»Da drin.« Shabalala trat zurück und ließ Emmanuel den Vortritt durch die Seitentür. In dem Raum befanden sich zwei Arrestzellen und eine schmale Nische mit Schreibtisch und Stuhl. An einer Reihe Haken über dem Schreibtisch hingen die Zellenschlüssel und eine *Shambok* genannte Peitsche aus Rhinozeroshaut, die tödliche südafrikanische Variante des englischen Bobby-Schlagstocks. Unter einem auf den Hinterhof hinausgehenden Fenster stand ein Tischchen mit einer Schachtel Rooibos-Tee, einer Teekanne und einigen nicht zueinanderpassenden Porzellanbechern. Teller, Becher und Löffel für den eingeborenen Polizisten, allesamt aus Blech, befanden sich auf einem separaten Bord.

»Was ist da draußen?«

Shabalala machte die Hintertür auf und ließ Emmanuel höflich vorgehen. Emmanuel nahm den Tee des schwarzen Mannes vom Tisch mit und reichte ihm draußen den Blechbecher. Der Hof der Polizeiwache war ein kahler staubiger Flecken. Am anderen Ende stand ein riesiger Avocadobaum, sein Schatten bauschte sich wie ein Rock um seinen Stamm. Näher an der Hintertür brannte in einem aus Steinen zusammengelegten Kreis ein kleines Feuer. Shabalalas Mantel und Uniformjacke, die er mit Hilfe eines nassen Lappens aus einem dreckstarrenden in einen nur noch schmutzigen Zustand überführt hatte, hingen über der Lehne von zwei Stühlen, die dicht bei der improvisierten Kochstelle standen. Man brauchte nur einzuatmen, um sich den Grillgeruch vorzustellen, wenn es hinter der Wache freitagabends Braai und frisches Bier gab.

»Kannten Sie den Captain schon lange?« Emmanuels Tee war milchig und süß. Vermutlich hatte Pretorius ihn so gemocht.

Der Schwarze trat unbehaglich von einem Bein aufs andere. »Schon seit früher.«

Emmanuel wechselte ins Zulu. »Zusammen aufgewachsen?«

»Yebo.«

Stille breitete sich zwischen ihnen aus, während sie dastanden und ihren Tee tranken. Emmanuel bemerkte die Anspannung in Shabalalas Nacken und Schultern. Der Mann hatte etwas auf dem Herzen. Emmanuel wartete schweigend ab.

»Der Captain ...« Shabalala starrte über den Hof. »Er war nicht wie die anderen Kapholländer.«

Emmanuel machte ein zustimmendes Geräusch, sagte aber nichts. Er wollte das zarte Band der Verständigung, das er zwischen sich und dem eingeborenen Constable spürte, nicht zerreißen.

»Er war ...«

Emmanuel wartete. Als nichts kam, blickte er in Shabalalas Gesicht und sah die seltsam ausdruckslose Miene, die ihm schon am Tatort aufgefallen war. Als ob der Zulu-Shangaan irgendwo in sich einen Schalter umgelegt und die Energieversorgung unterbrochen hatte. Die Verbindung zwischen ihnen war gerissen. Was auch immer Shabalala bewegte – er hatte sich entschieden, es unter Verschluss zu halten.

Trotzdem musste Emmanuel herausbekommen, warum die Security Branch in diesem Mordfall herumschnüffelte.

»Zu welchen Vereinen hat der Captain gehört?«, fragte er Shabalala.

»Er ist jeden Sonntag in die holländische Kirche gegangen und außerdem in den Sportclub, wo er und seine Söhne Ball spielten.«

Sollte der Captain einer geheimen Burenvereinigung wie dem *Broederbond* angehört haben, hätte Shabalala davon sicher als Letzter erfahren. Es musste einen einfacheren Weg geben, das Bindeglied zur Security Branch zu finden.

»Gibt es außer dem Telefon hier in der Wache noch eins in der Stadt?«

»Das Krankenhaus hat Telefon, der alte Jude, die Werkstatt und das Hotel«, sagte Shabalala. »Das Postamt hat einen Apparat für Telegramme.«

Emmanuel trank seinen Tee aus. Er wusste bisher von zwei Telefonaten im Zusammenhang mit dem Mord. Eines mit van Niekerk, der eher Pferdescheiße essen würde, als die Security Branch auf den Plan zu rufen, das andere mit Paul Pretorius vom Militärgeheimdienst. Höchste Zeit, dass er direkt zur Quelle ging, ins Haus der Familie, und dort nachforschte.

»Ich statte der Witwe einen Kondolenzbesuch ab«, erklärte er. »Ist das Haus des Captains weit von hier?«

»Nein.« Shabalala öffnete die Hintertür und ließ ihn wieder vor. »Sie gehen bis zur Tankstelle und dann rechts die van Riebeeck Street entlang. Es ist das weiße Haus mit vielen Blumen.«

Emmanuel stellte sich einen Zaun aus Wagenrädern vor und ein schmiedeeisernes Tor, verziert mit dahinziehenden Springböcken. Das Haus selbst trug vermutlich einen Namen wie

Die Groot Trek, der über dem Eingang prangte. Echte Buren brauchten keinen Geschmack, schließlich hatten sie Gott auf ihrer Seite.

* * *

Die späte Nachmittagssonne begann zu schwinden, blaue Schatten fielen auf die ebene Hauptstraße. Die wenigen Geschäfte hielten sich mit der Handvoll Urlauber über Wasser, die auf dem Weg zu den Stränden von Mosambik und dem Krüger-Nationalpark hier durchkamen. Es gab den *OK Bazaar* mit geblümten Kleidern, einfarbigen Hemden und Schuluniformen, alles sehr gediegen und aus Baumwolle. Sowie *Donny's All Goods* – alles von einzeln verkauften Zigaretten bis zu Schnittmusterbögen. *Kloppers* führte Bata-Schuhe und Farmerstiefel. Dann kam *Moira's Hairstyles*, heute geschlossen. Und an der Ecke lag hinter einem Maschendrahtzaun *Pretorius Farmzubehör*.

Ein handgeschriebener Zettel hing an den Maschen. *Wegen unvorhergesehener Umstände geschlossen.* Unvorhergesehen. Vermutlich war es so am einfachsten, mit dem Mord am eigenen Vater fertigzuwerden. Drinnen auf dem Gelände patrouillierte ein schwarzer Wachmann vor dem großen Lagerhaus, während ein Deutscher Schäferhund, den man an eine Eisenstange im Boden angekettet hatte, rastlose Kreise zog.

Auf der anderen Seite der kleinen Straße lag die Tankstelle, die Shabalala erwähnt hatte. Auf dem Schild über den drei Tanksäulen stand *Pretorius Kraftstoff und Werkstatt*. Es war geöffnet. Ein alter Farbiger im ölverschmierten Overall, den man vermutlich schnell herbeibeordert hatte, überwachte drei schwarze Halbwüchsige an den Zapfsäulen. Warum hieß die Stadt nicht gleich Pretoriusburg? Der Familie schien ja der Löwenanteil davon zu gehören.

Emmanuel bog rechts in die van Riebeeck Street ein. Die hübschen Landhäuser mit den gepflegten Beeten voller Aloe und Protea wirkten verlassen. Weit und breit waren keine Gartenboys in Sicht, die doch normalerweise um diese Zeit ihr Tagwerk beendeten. Auf den Leinen hinter den Häusern trocknete Wäsche. Kein einziges Hausmädchen. Auch keine »Missus« und kein »Baas«.

Die Sache hatte sich wohl herumgesprochen. Ein Blick die van Riebeeck Street hinunter bestätigte seinen Verdacht. Vor einem Haus am Ende der Straße hatte sich eine Schar Nachbarn versammelt. Hausmädchen und Gartenboys, trotz ihrer Berufsbezeichnungen vielfach schon grauhaarig, standen in einer gesonderten Gruppe zwei Häuser weiter: nah genug, um alles mitzubekommen, aber weit genug weg, um Respekt zu zeigen.

Das Aufschluchzen einer Frau drang herüber. Emmanuel betrat eine breite, bis auf den letzten Meter zugeparkte Kieseinfahrt. Das Haus im kapholländischen Stil schmiegte sich in den gepflegten Garten. Ein dunkles Reetdach hockte über grazilen Giebelsparren und schneeweiß getünchten Mauern. Geschlossene Holzfensterläden, genau im Farbton des Reetdachs gestrichen, sperrten die Welt aus. Über die ganze Breite des Hauses erstreckte sich eine lange, mit Blumentöpfen geschmückte Veranda. Und kein einziges Wagenrad.

Wie die handgefertigte Uhr des Captains war auch das Haus eine Überraschung. Wo blieb das ausgebleichte Antilopengeweih, das über der Eingangstür hätte angenagelt sein müssen? Er drückte sich an der Stoßstange eines vor dem Haus geparkten staubigen Mercedes vorbei und trat in den Garten.

»He! Wer sind Sie?« Eine Hand legte sich auf seine Schulter und blieb dort liegen. Ein spindeldürrer Weißer mit wässrigen blauen Augen stierte ihn an. Leute drehten sich um und musterten den Eindringling.

»Ich bin Detective Sergeant Emmanuel Cooper.« Er klappte seinen Dienstausweis auf und hielt ihn dem Mann unangenehm dicht vor die Nase. »Ich bearbeite diesen Fall. Gehören Sie zur Familie?«

Die Hand sank herab. »Nein. Ich pass bloß auf, dass sich alle Captain Pretorius und seiner Familie gegenüber manierlich verhalten.«

Emmanuel steckte seinen Ausweis ein und zeigte durch ein kurzes Lächeln, dass er es nicht krummnahm.

»Er ist in Ordnung, Athol. Lass ihn durch.« Hansie stand in seiner verdreckten Uniform auf der Veranda, seine Wangen leuchteten rosig. Dass er seine Autorität so öffentlich zur Schau stellen konnte, gefiel ihm sehr. »Hier entlang, Detective Sergeant.« Hansie winkte ihn durch den Garten, der vor frühlingshaftem Grün strotzte. Eine Treppe führte zur imposanten Eingangstür hinauf.

»Ich bin hier, um Mrs. Pretorius mein Beileid auszusprechen. Ist die ganze Familie da?«

»Alle bis auf Paul.« Hansie zog die Eingangstür auf und führte ihn hinein. »Mrs. Pretorius und ihre Schwiegertöchter kümmern sich um den Captain. Der Rest ist draußen auf der hinteren Veranda.«

Sie betraten eine kleine Diele, von der weiter hinten eine Reihe verschlossener Türen abging, vermutlich die Schlafzimmer. Hansie wandte sich nach links in einen großen Raum, beherrscht von schweren Holzmöbeln der Sorte, die dafür gebaut war, über Generationen hinweg die Beanspruchung durch unbändige Jungen und lederhäutige Männer auszuhalten. Der polierte Fliesenboden wirkte im gelben Licht der mit Glasschirmen versehenen Lampen geschmeidig wie Schlangenhaut. Ein riesiges Sideboard quoll über vor Trophäen. An einer Wand hingen gerahmte Fotografien.

Die Bildergalerie zeigte mehrere Generationen des Pretorius-Klans. Ein Mädchen mit Pferdeschwanz, das im Schnee spielte. Daneben ein sauertöpfisch dreinblickender Geistlicher, umringt von einer Armee ähnlich humorloser Kinder. Das nächste Foto zeigte den jungen Captain Pretorius und eine hübsche Frau Anfang zwanzig auf einer Parkbank. Dann kam ein Bild, das Emmanuel abrupt anhalten ließ. Die Pretorius-Jungs standen wie Orgelpfeifen von fünf bis fünfzehn Jahren Schulter an Schulter in ihren *Voortrekker*-Scout-Uniformen. Es war Nacht, Gesichter und Uniformen glänzten im Schein der lodernden Fackeln, die sie hochhielten. Ihre Augen starrten ihn an, glühend vor Afrikaanerstolz. Unwillkürlich dachte Emmanuel an Nürnberg: all die rotbackigen deutschen Knaben, die in die Niederlage marschierten.

»Das Groot-Trek-Fest«, sagte Hansie. »Der Captain und Mrs. Pretorius haben uns *Voortrekker*-Scouts nach Pretoria mitgenommen, damit wir dabei sein konnten. Die Fackeln durften wir in ein riesengroßes Feuer werfen.«

Emmanuel erinnerte sich an seine Fahrt zu ebendiesem Fest. Daran, wie die Hitze der Flammen auf seinem Gesicht gebrannt hatte, und an das unbehagliche Gefühl, im Kreis derer, die von Gott als die Reinen auserwählt waren, der Außenseiter zu sein.

»Ich habe davon in der Zeitung gelesen«, sagte er und ging weiter zum nächsten Foto. Paul in Armeeuniform, groß und stiernackig wie seine Brüder. Daneben ein Porträt der Familie Pretorius, nicht älter als ein oder zwei Jahre. Er nahm den jüngsten Sohn in Augenschein, feingliedriger als seine Brüder, mit empfindsamem Mund und blonden Wuschelhaaren, die ihm in die Stirn fielen. Zu der Zeit, als sie Louis gezeugt hatten, war dem Captain und seiner Frau wohl die Muskelmasse ausgegangen.

»Da war ein Engländer mit seinem Fotoapparat in der Stadt, pro Foto hat er ein Pfund genommen. Bei uns zu Hause haben wir auch so eins, da bin ich mit meiner Ma und meinen Schwestern drauf.«

Sie gingen weiter in die Küche, wo zwei schwarze Hausmädchen kaltes Fleisch und Brotscheiben auf eine riesige Servierplatte luden. Ein drittes Hausmädchen, steinalt und weißhaarig, saß an einem Tischchen und schluchzte stumm vor sich hin.

»Das ist Aggie«, flüsterte Hansie. »Sie ist schon bei der Familie, seit Henrick ein Säugling war. Jetzt taugt sie nicht mehr viel, aber der Captain mochte sie nicht entlassen.«

Sie durchschritten ein Esszimmer, dominiert von einem Tisch und Holzstühlen, die etwas von Bayerischem Wald an sich hatten. Große Fenster gingen hinaus auf die weinumrankte hintere Terrasse, wo eine Gruppe älterer Männer, derbe Farmer in Khaki, dicht beisammenstand.

»Die Schwiegerväter«, erläuterte Hansie. Sie traten aus dem Haus auf die Veranda. Sechs Kinder, von kniehoch bis schulterhoch, spielten mit einem hölzernen Kreisel, der zwischen ihnen hin und her tanzte. Ein schwarzes junges Mädchen schaukelte auf den Knien ein dickes weißes Kind. Die Pretorius-Brüder hielten draußen auf dem Rasen ihren eigenen Kriegsrat. Alle außer Louis.

Emmanuel ging zu ihnen. Erich kam sofort zur Sache.

»Hansie hier sagt, es war der alte Jude, der Pa untersucht hat. Was soll das?«

»Ich habe seine Papiere überprüft. Alles bestens. Der Mann ist dazu ausgebildet, eine solche Untersuchung durchzuführen.« Er wartete auf wütenden Protest, aber es kam keiner. Die Brüder starrten ihn nur an, ihr Ausdruck unverändert.

»Pa hatte recht.« Henrick sprach eine Spur zu langsam, das Ergebnis beharrlichen Trinkens über den Nachmittag. »Er hat immer gesagt, der alte Jude hat was zu verbergen.«

»Verschlagen«, warf Erich ein. »Wer außer dem alten Juden würde denn bei so was lügen, hä? Wahrscheinlich weiß der gar nicht, wie man die Wahrheit sagt. Keine Übung.«

Die Pretorius-Brüder waren ziemlich abgefüllt und hatten offenbar nicht vor, es langsamer angehen zu lassen.

»Hatten Ihr Vater und der alte Jude in letzter Zeit eine Meinungsverschiedenheit?«, fragte Emmanuel.

»Schon länger nicht mehr«, sagte Henrick. »Letztes Jahr hat Pa ihn ein paarmal aufgesucht, um ihm klarzumachen, wie die Dinge hier in Jacob's Rest laufen. Hat ihm ein paar Benimmregeln beigebracht, damit er sich keinen Ärger einbrockt.«

»Nett von ihm«, sagte Emmanuel zurückhaltend und dachte an Zweigmans Bemerkung, dass der Captain gelegentlich haltgemacht hatte, ›um ein bisschen zu plaudern‹. »Und Sie vermuten, der alte Jude hat Ihrem Vater seine Hilfe übelgenommen?«

Henrick zuckte die Achseln. »Kann sein.«

»So übel, dass er ihn dafür umbringen würde?« Emmanuel

machte Druck. Den angeheiterten Zustand der Brüder musste er ausnutzen. Nüchtern kam man schwerer an sie heran.

Erich schnaubte. »Der, meinen Vater?«

»Der alte Jude hat Schiss vor Waffen«, erklärte Henrick. »Er würde nie eine anrühren. Verkauft nicht mal Patronen in seinem Laden.«

»Ohne Hilfe könnte der nicht mal ein Huhn erwürgen«, warf Johannes ein.

»Könnte nicht mal ein Feuer auspissen, außer seine Frau zielt für ihn«, ergänzte Erich mit gehässigem Kichern, worauf die Brüder in Gelächter ausbrachen.

Emmanuel wartete, bis das Lachen verebbte. In ein paar Stunden, wenn der Whiskey-Schneid sich verflüchtigt hatte, würde der Mord an ihrem Vater mit seinem ganzen Gewicht auf ihnen lasten. Dann würde ihnen einfallen, dass der Mörder noch frei herumlief.

»Guck doch, Pa. Guck dir das an!«, rief ein etwa zehnjähriger Junge von der Veranda, als der Kreisel die Treppe hinunter ins Gras hüpfte. Kreischend liefen die Kinder ihm nach.

Henrick hob ein kleines Mädchen hoch und warf es in die Luft. Die anderen Kinder umringten Henrick bettelnd, weil sie das auch wollten. Emmanuel fragte sich, wo der jüngste Bruder sich verbarg.

»Wo ist Louis?«

»Im Schuppen«, antwortete Henrick. »Den ganzen Tag hockt er schon da drin und fummelt an diesem bescheuerten Motorrad rum.«

»*Jaa.*« Erich wuschelte dem Kind vor ihm durch die Haare. »Hansie, geh doch mal hin und sieh zu, ob du ihn da rausbekommst. Ma braucht ihn gleich.«

Hansie wandte sich dem hinteren Ende des Gartens zu, wo unmittelbar am Zaun ein kleiner Schuppen stand. Hinter der verrosteten Blechhütte reckten ein paar Bäume mit flachen Kronen ihre zottigen Äste in den weiten Himmel.

»Ich komme mit.« Emmanuel löste sich aus der Familiengruppe und schloss zu Hansie auf. Der Schuppen eines Mannes konnte einem oft viel über den Mann selbst verraten. Irgendetwas am Captain hatte für seinen gewaltsamen Tod gesorgt, und irgendetwas an seinem Tod hatte die Security Branch auf den Plan gerufen. Je eher er mehr darüber herausfand, desto besser.

Hansie klopfte an die Schuppentür. »Louis, ich bin's.«

»Komm rein.« Die Tür schwang auf, und Louis, ein etwa neunzehnjähriger Junge, trat einen Schritt zurück, um sie einzulassen. Er war ein Federgewicht und wirkte leibhaftig noch zarter, als die Fotografie im Haus erahnen ließ. Wenn die anderen Brüder Stein waren, war Louis Papier.

»Louis, das hier ist der Polizist aus Jo'burg.« Hansie brachte die Vorstellung eilig hinter sich, es schien ihm peinlich zu sein, vor seinem Jugendfreund die Rolle des Erwachsenen zu spielen.

»Detective Sergeant Emmanuel Cooper«, sagte Emmanuel und schüttelte Louis die Hand. Der Händedruck des Jungen war erheblich kräftiger, als sein sanftes Aussehen vermuten ließ.

»Detective Sergeant Emmanuel Cooper«, wiederholte Louis, als wolle er sich den Dienstgrad einprägen. Dann bemerkte er die Ölflecken auf Emmanuels Hand. »Verzeihen Sie, Detective, ich habe Sie schmutzig gemacht.«

»Nicht der Rede wert.« Emmanuel wischte sich die Hände an seinem Taschentuch ab, während Louis sich schon wieder einem Haufen Motorteilen zuwandte, der auf einem alten Teppich ausgebreitet war. Nahe der Hintertür ruhte auf Böcken der restaurierte Rahmen eines schwarzen Motorrads, einer Indian.

Louis kniete sich hin und machte sich wieder daran, mit einem Lappen Metallteile zu säubern. Die druckvolle Bewegung ließ seinen Körper erzittern. »Ich hab den ganzen Tag Teile saubergemacht und dabei vergessen ...«

»Ach so?« Hansie hockte sich neben seinen Freund. »Ich dachte, ihr hättet den Motor schon fertig.«

Louis schüttelte den Kopf. »Wir warten noch auf ein Teil aus Jo'burg. Verstehen Sie was von Motoren, Detective?«

»Nicht besonders gut«, antwortete Emmanuel wahrheitsgemäß. Die rechte Seite des Schuppens beherbergte Jagdausrüstung. Über einem Waffenschrank, in dem drei Gewehre mit Zielfernrohr standen, hing ein riesiges Kudu-Geweih. Vor den Gewehren prangte ein wunderschöner Zulu-Assegai, der Speer eines Kriegers, umflochten mit Löwenhaut. Darunter stand ein Holztisch mit zwei Schubladen. Auf der linken Seite des Raums lagen rund um die Indian Motorteile und Werkzeuge. An die Wand waren Zeichnungen und Berechnungen geheftet, darüber hing eine Illustration vom Hersteller, die die zerlegte Maschine in ihren besten Tagen zeigte. Die Ordnung im Schuppen zeugte von einem klaren, systematisch denkenden Kopf. Ein Ziegelstein hielt die Hintertür einen Spalt breit offen, um die Nachmittagsbrise hereinzulassen. Man konnte sich leicht vorstellen, dass der Captain gern hier gearbeitet hatte.

»Sie kennen sich mit Motoren gut aus.« Emmanuel stieg über die Metallteile hinweg und näherte sich dem Tisch mit den Jagdutensilien.

»Ach, nein«, sagte Louis. »Pa ist bei uns der Bastler, der alles heil bekommt.«

Es entstand eine unbehagliche Stille, gefolgt vom lauten Klirren von Metall auf Metall, als Louis mit zitternden Händen einen Haufen Schraubenschlüssel durchwühlte.

»Ach komm, die Maschine kriegst du hin, Louis.« Hansie pumpte seine Stimme voll mit Ermunterung. »Sonst hilft dir eben der farbige Mechaniker, und schon hast du sie am Laufen.«

»Vielleicht«, sagte Louis leise und begann, die gesäuberten Schrauben und Muttern in separate Häufchen zu sortieren. Emmanuel sah einen Augenblick bei dem zwanghaften Tun zu, dann ging er auf die andere Seite des Schuppens. Trauer brachte Menschen zu seltsamem Verhalten; die einen kehrten ihr Innerstes nach außen, andere verschlossen sich gänzlich.

Eine Prüfung der Waffen ergab, dass sie gereinigt und unbenutzt waren. Im Schreibtisch fand Emmanuel Zeitungsausschnitte über ländliche Verrichtungen wie die Kunst der

Biltong-Herstellung und die richtige Pflege von Jagdmessern. Er kniete sich hin und spähte in das leere Schubfach.

»Suchen Sie nach Schmuddelmagazinen, Detective?«, fragte Louis.

Als Emmanuel aufsah, traf ihn der erboste Blick des Jungen.

»Vielleicht zeigst du mir ja, wo er sie versteckt hat, Louis«, erwiderte er lässig, ein plumper Versuch, den Burschen aus der Reserve zu locken, aber versuchen konnte man es ja.

Louis wurde rot und fing wieder an, in der Kiste mit den Schraubenschlüsseln zu wühlen. »Nein, weil es nämlich keine gibt. Mein Pa war in der Hinsicht ganz sauber. Wenn Sie ihn gekannt hätten, wüssten Sie das.«

»Genau.« Hansie warf sich für Louis in die Bresche und bedachte Emmanuel mit einem entrüsteten Blick.

»Ich war es nicht, der von Schmuddelmagazinen angefangen hat«, stellte er klar. Hatte der Captain irgendwo ein geheimes Versteck? Oder war Louis so nervös wegen einer eselsohrigen Zeitschrift in seinem eigenen Schlafzimmer?

Zwei Hausmädchen und ein Gartenboy eilten an der Schuppentür vorbei, ohne ihre Schritte zu verlangsamen oder hineinzuschauen. Emmanuel spähte hinaus und sah die drei Gestalten im langsam dunkel werdenden Veld verschwinden.

»Was ist das da?« Er zeigte auf den Pfad im Gras, den sie entlanggelaufen waren.

»Ein Kaffernpfad. So was benutzen die Kaffern, um von hier nach da zu kommen«, erklärte Hansie. »Die Pfade verlaufen durch die ganze Stadt und treffen sich in der Nähe der Location. Es geht schneller, als die Hauptstraßen zu benutzen.«

»Stört das niemanden?«

»Nein. Nach halb neun abends benutzt ja keiner mehr die Pfade. Von da bis zum Morgengrauen darf sich kein Kaffer draußen erwischen lassen, sonst gibt es gewaltig Ärger.«

»Nehmen Sie diese Pfade auch schon mal?«

»Es sind Kaffernpfade. Für Kaffern.« Hansie hatte den verblüfften Ausdruck eines Idioten, der einem Trottel die Welt erklären sollte. »Die Farbigen benutzen sie wohl manchmal, aber wir doch nicht.«

»Woher wissen Sie dann, dass sie nachts nicht benutzt werden?« Emmanuel verließ den Schuppen und trat auf den Pfad.

»Vom Captain«, erwiderte Hansie. »Der ist jede Woche drei- oder viermal da langgelaufen. Mal morgens und mal abends. Shabalala hat die Pfade in der Nähe der Location übernommen.«

Emmanuel drang weiter ins Veld vor. Eine zweite Gruppe Dienstboten, darauf bedacht, den weißen Teil der Stadt noch vor der Ausgangssperre zu verlassen, zog singend im Dauerlauf an ihm vorbei. Emmanuel kannte das Lied:

»*Shosholoza, shosholoza ... Kulezontaba ...*«

Grob übersetzt lautete der Text: *Mach schneller, du schleichst ja in Schnörkeln durch die Berge. Der Zug kommt aus Südafrika.* Das Wort *shosholoza* klang selbst wie eine Zugpfeife.

Der rhythmische Gesang wehte zu ihm zurück, und er spürte die afrikanische Nacht warm auf seiner Haut und im Haar. Die Stimmen wurden schwächer und schwächer. Schließlich wandte er sich wieder dem Haus des Captains zu.

»Wie oft sind Sie und Lieutenant Uys auf Patrouille gegangen?«

»Immer, wenn der Captain es wollte«, sagte Hansie. »Manchmal sind wir eine Woche lang jeden Abend losgegangen, dann wieder längere Zeit gar nicht. Da gab es kein festes Muster.«

»Stichprobenartig«, sagte Emmanuel, der die geniale Einfachheit am System des Captains erkannte. Zweigman war sich bewusst, wie sehr man ihm bei den Patrouillen auf die Finger schaute, und es gefiel ihm nicht. Wie viel sah und hörte der Captain, wenn er regelmäßig, aber zu wechselnden Zeiten kreuz und quer durch die Stadt lief? Hatte er ein Geheimnis entdeckt, für dessen Wahrung jemand bereit gewesen war zu töten?

Emmanuel ging zurück in den Schuppen, wo Louis gerade sein Werkzeug zusammenpackte und in einem roten Metallkasten verstaute. Der Junge schien ganz in seine Tätigkeit vertieft, doch seine Schultern wirkten verspannt, als sei er in Alarmbereitschaft und höchst wachsam.

»He, Louis!« Die Schuppentür schwang auf, Henrick kam herein. »Mach dich sauber. Es ist Zeit fürs Abendessen, und Ma braucht dich.«

»*Jaa.*« Geduckt schob Louis sich an seinem älteren Bruder vorbei und eilte zum Haus. Er wieselte die Treppe hinauf und über die Veranda wie eine Krabbe, die einen rettenden Felsvorsprung erreichen will.

»Ma wird Sie jetzt empfangen, Detective«, sagte Henrick. »Es geht ihr nicht besonders gut, also machen Sie es kurz.«

»Natürlich«, sagte Emmanuel. Henricks Ich-bin-jetzt-der-Boss-Gehabe ging ihm langsam auf die Nerven.

* * *

Das Licht der Lampe schien flackernd auf eine Gruppe junger Frauen in Trauerkleidern, die sich um eine zierliche Blonde in einem viel zu großen Sessel scharte. Ihr blasses, gramzerfurchtes Gesicht schien nur aus Wangenknochen und einem breiten Mund zu bestehen. Man sah immer noch einige Spuren der jungen Schönheit, die einst einen hünenhaften Polizisten geheiratet und fünf Kinder in die Welt gesetzt hatte, um die Reihen der Voortrekker-Scouts und der Niederländisch-reformierten Kirche zu füllen.

»Wer ist das?«, fragte sie. Emmanuel spürte ihre blauen Augen auf sich. »Wer ist dieser Mensch?«

»Der Ermittler«, erklärte Henrick von der Tür aus. Das Zimmer war jetzt eine weibliche Domäne, in die er nicht vordringen mochte. »Detective Cooper ist aus Jo'burg gekommen, um die Ermittlungen zu leiten. Er wird uns helfen, herauszufinden, wer Pa das angetan hat.«

Mrs. Pretorius setzte sich auf wie eine wach gewordene Schlafwandlerin. »Was suchen Sie hier? Sie sollten da draußen sein und den verhaften, der diese böse Tat begangen hat.«

»Ich brauche Ihre Hilfe. Ich weiß, es ist schwer, aber es gibt ein paar Dinge, die nur Sie mir über Ihren Mann erzählen können.«

»Willem ...« Es war das erste Mal, dass der Name des Captains ausgesprochen wurde. »Mein Willem ist tot ...«

Die kleine Frau heulte gequält auf, ihr Körper schwankte wie eine Marionette an kaputten Strippen. Emmanuel setzte sich, atmete tief und fügte sich in die Rolle dessen, der beobachtet, aber ungerührt bleibt. Ungerührt bleiben war das Schwierigste an ihrer Arbeit, und er war außergewöhnlich gut darin.

»Schsch, Ma, schsch ...« Louis schlüpfte ins Zimmer und kniete sich neben seine Mutter. Er küsste sie auf die Wange, und eine ganze Weile klammerten sich Mutter und Sohn aneinander. Es gab eine verblüffende Ähnlichkeit zwischen dem jüngsten Pretorius-Sohn und der zerbrechlichen Frau, die ihn in den Armen hielt.

Louis, jetzt ohne seinen ölverschmierten Overall, fühlte sich in diesem Zimmer voller Frauen offenbar nicht unwohl. Er war blonder und feingliedriger als seine Schwägerinnen, dralle Farmerinnen mit der nötigen Konstitution, um einer Hungersnot im Veld zu trotzen.

Emmanuel warf einen Blick auf Henrick an der Tür und bemerkte ein Aufflackern von Unbehagen. Wie hatte wohl der Captain über seinen Sohn gedacht, der so gar keine Ähnlichkeit mit den vierschrötigen Pretorius-Männern besaß?

»Ist schon gut«, flüsterte Louis. »Ich kümmere mich um dich, Ma. Ich versprech's.«

Emmanuel wartete ab, bis Mutter und Sohn sich voneinander lösten. Die Schwiegertöchter murmelten tröstende Worte.

»Mrs. Pretorius ...« Emmanuel wusste, dass er im Begriff war, sich unbeliebt zu machen. »Darf ich Sie bitte allein sprechen? Ich habe ein paar Fragen, auf die ich Antworten brauche, und es wäre besser, wenn wir dafür unter uns wären.«

»Aber nicht Louis«, verlangte Mrs. Pretorius. »Louis bleibt hier.«

Die Schwiegertöchter funkelten ihn böse an und gingen aus dem Zimmer, gesellten sich zu den Familiengrüppchen, die sich auf der hinteren *Stoep* versammelt hatten. Er wartete, bis ihr Geflüster ganz verklungen war, dann fragte er: »Mrs. Pretorius, wann haben Sie Ihren Mann zum letzten Mal lebend gesehen?«

Sie griff nach Louis' Hand. »Gestern Morgen. Wir haben zusammen gefrühstückt, dann ist er los zur Arbeit.«

»Hat Ihr Mann erwähnt, dass er an diesem Tag etwas Ungewöhnliches vorhatte oder jemand Bestimmten treffen wollte?«

»Nein. Er sagte, dass er nach der Arbeit angeln gehen würde, wir sähen uns dann am nächsten Morgen.«

»Schliefen Sie üblicherweise schon, wenn er vom Angeln nach Hause kam?«

»Ja. Willem hat dann das Gästezimmer benutzt, um mich nicht zu stören.« Sie umklammerte die Hand ihres Sohnes noch fester. »Ich hatte keine Ahnung, dass er nicht zu Hause war, bis Hansie kam ...«

Sie fing an zu weinen, und Henrick trat ins Zimmer. Emmanuel hob eine Hand wie ein Verkehrspolizist, und Henrick blieb wie angewurzelt stehen.

»Fällt Ihnen jemand ein, der Ihrem Mann das angetan haben könnte, Mrs. Pretorius? Alles, was er Ihnen erzählt hat, könnte nützlich sein.« Emmanuel sprach leise, aber eindringlich.

»Komm schon, Ma«, sagte Louis. »Erzähl dem Detective, was du weißt.«

Die blonde Frau atmete tief durch. Als sie wieder aufsah, war ihr Blick hart wie ungeschliffene Diamanten.

»Der alte Jude«, sagte sie rundheraus. »Willem hat gesagt, dass er ihn abends bei den Farbigen hat herumlungern sehen. Der führte nichts Gutes im Schilde.«

»Hat Ihr Mann ihn bei irgendetwas ertappt?« Das würde Zweigmans versteckte Feindseligkeit erklären.

»Nein. Man weiß doch, wie durchtrieben diese Juden sind. Willem hat ihn nach Sonnenuntergang bei verschiedenen farbigen Mädchen ein und aus gehen sehen. Es war offensichtlich, was er vorhatte, also hat Willem ihn gewarnt.«

»Hat er Ihnen erzählt, wie Zweigman reagiert hat?«

»Es hat ihm nicht gepasst, so viel weiß ich. Willem musste ihn mehrmals aufsuchen, ehe er sicher war, dass Zweigman damit aufhört.«

»Hatte Captain Pretorius sonst noch mit jemandem Ärger?«

Sie war darauf gefasst und hatte die Antwort schon parat. »Dieser Perverse Donny Rooke. Willem hat ihn ins Gefängnis geschickt, weil er von den du-Toit-Mädchen unanständige Bilder gemacht hat. Seit vier oder fünf Monaten ist er wieder in Jacob's Rest.«

»Er wohnt außerhalb, noch hinter den Farbigen«, meldete sich Henrick von der Tür. »Kommt nur in die Stadt, wenn er unbedingt muss. Den Laden führt jetzt sein Bruder.«

Emmanuel erinnerte sich an Donny's All Goods an der Hauptstraße. »Er war wütend auf den Captain, der ihn ins Gefängnis geschickt hat?«

»Natürlich. Gerade die schlimmsten Sünder glauben ja nie, dass sie für ihre Sünden bestraft werden sollten.« An ihrer Verachtung für moralisch verwerfliche Menschen ließ Mrs. Pretorius keinen Zweifel. »Willem hat dazu beigetragen, dieser Stadt den rechten Weg zu weisen, und nun hat man ihn gefällt. Ich bete zu Gott, dass der Mörder bald Vergeltung erfährt.«

»Amen«, sagte Louis.

Emmanuel setzte sich anders hin. Die Inbrunst dieser Frau irritierte ihn. Bei ihr gab es keinen Spielraum für Vergebung.

»Sonst noch jemand?«

Mrs. Pretorius seufzte. »Es gab immer Probleme mit den Farbigen. Sauferei und Prügeleien, solche Sachen. Es fällt ihnen schwer, sich zu beherrschen, da können sie noch so viel weißes Blut in ihren Adern haben. Willem hat das verstanden und versucht, nicht zu hart mit ihnen umzuspringen.«

Emmanuel schlug eine neue Seite in seinem Notizbuch auf. Er kannte sämtliche Rassentheorien in Südafrika, keine konnte ihn noch überraschen. »Können Sie sich da an bestimmte Namen erinnern?«

»Nein. Lieutenant Uys müsste alle Fälle mit Farbigen kennen

und Shabalala die mit den Schwarzen. Die beiden waren ein gutes Team, Willem und Shabalala. Jeder hat sie geachtet. Jeder ...«

Wieder flossen Tränen, und Emmanuel stand auf, bevor Henrick ihn hinauswerfen konnte. Er klappte sein Notizbuch zu und schob es in seine Tasche. »Danke, dass Sie sich die Zeit genommen haben, Mrs. Pretorius. Bitte nehmen Sie mein Beileid zum Tod Ihres Mannes entgegen.«

Louis sprang auf und schaffte es noch vor ihm zum Vordereingang. Er riss die Tür auf und lehnte sich gegen den hölzernen Türrahmen. »Sie werden den Mörder doch fassen, oder, Detective?«

»Ich versuch's.« Emmanuel trat auf die Veranda hinaus. »Mehr kann ich nicht versprechen, Louis.«

»Mein Großvater war Frikkie van Brandenburg, und Pa war Captain der Polizei. Ihr Major hat doch wohl den besten Detective hergeschickt, oder?«

Louis hatte den ganzen Tag in seinem Schuppen gehockt und keine Ahnung von dem verqueren Anruf der kleinen Gertie bei der Polizeizentrale. Er musste annehmen, dass die Zentrale ganz bewusst ihn ausgesucht hatte, um den Fall zu lösen.

Behutsam wich Emmanuel aus. »Ich habe durchaus schon eine Menge Fälle gelöst, und ich werde alles in meiner Macht Stehende tun, um auch diesen aufzuklären. Gute Nacht, Louis.«

»Gute Nacht, Detective.« Louis' Stimme folgte ihm über die Veranda und die Treppe hinab in den Vorgarten. Emmanuel machte sich auf den Weg zur Polizeiwache.

An der Ecke von van Riebeeck Street und Piet Retief Street blieb er stehen. Der Schnapsladen zog ihn an wie ein Magnet. Doch stattdessen wandte er sich der Wache und Constable Shabalala zu.

Jetzt verstand er: Frikkie van Brandenburg war der Grund, warum die Security Branch mit von der Partie war. Captain Pretorius war der Schwiegersohn des mächtigen Löwen der Afrikaaner-Nationalisten, eines Mannes, der die heilige

Geschichte der weißen Zivilisation predigte wie ein alttestamentarischer Prophet. Kein Wunder, dass die Pretorius-Brüder Zweigman hassten. Jacob's Rest war zu klein für zwei Stämme, die beide für sich in Anspruch nahmen, das auserwählte Volk Gottes zu sein.

Die Hauptstraße lag verlassen da. Das Licht der Tankstelle bildete einen gelben Kegel in der Dunkelheit. Bruchstückhaft erwachte eine Erinnerung zum Leben. Er rannte barfuß über einen Feldweg. Überall um ihn herum roch es nach Holzfeuern. Er rannte schnell auf das Licht zu. Die Erinnerung wurde deutlicher, und Emmanuel schob sie beiseite. Dann blendete er sie ganz aus.

4

»Da.«

Shabalala deutete auf eine verrostete Blechhütte, die mit Steinen und Tauen am Boden verankert war. Das also war Donny Rookes Behausung, seit er in Ungnade gefallen war. Emmanuel stellte die Limousine auf dem staubigen Streifen Erde ab, der als Vorgarten herhielt. Das frühe Morgenlicht trug nichts dazu bei, den Eindruck größter Ärmlichkeit zu verwischen.

Er stieg aus, und der erste Stein, spitz und klein, traf ihn so hart an der Wange, dass es blutete. Der zweite und dritte Stein erwischten ihn mit voller Wucht auf der Brust und am Bein. Die Steine flogen treffsicher, und als er hinter dem Wagen in Deckung ging, hatte er längst aufgehört zu zählen. Er duckte sich neben Shabalala, der sich gelassen das Blut von einem Treffer am Hals wischte.

»Die Mädchen«, rief Shabalala über den Lärm der aufs Autodach prasselnden Steine hinweg.

»Was für Mädchen?«, rief Emmanuel zurück.

Shabalala deutete zur Vorderseite des Wagens. Emmanuel riskierte einen kurzen Blick. Zwei Mädchen, dürr wie Straßenköter, standen neben der Hütte, jede mit einem Haufen Steine vor sich. Hinter ihnen sah Emmanuel einen Mann mit feuerroten Haaren ins Veld davonrennen.

»Verfolgen Sie ihn«, sagte der schwarze Polizist ruhig und stopfte sich die Taschen mit Kieselsteinen voll. »Ich schnappe mir die Mädchen.«

Emmanuel nickte und sprintete los über den staubigen Hof. Ein Stein schickte seinen Hut zu Boden, ein anderer streifte ihn an der Schulter, aber er preschte weiter hinter dem Rothaarigen her, der auf die Ebene hinauslief.

»Au!« Ein spitzer Aufschrei, dann ein Jaulen. Shabalala ging in aller Ruhe auf die Mädchen zu, seine Steine trafen mit der Genauigkeit eines Scharfschützen. Die Mädchen flüchteten und suchten Schutz in der Hütte.

Emmanuel ließ das überwucherte Gemüsebeet hinter sich und rannte mit aller Kraft. Der Abstand verringerte sich. Donny blieb außer Atem stehen und verschnaufte mit auf den Knien abgestützten Händen. Gleich darauf warf sich Emmanuel mit seinem ganzen Gewicht auf Donny, der mit einem Ächzen hinschlug. Länger, als nötig gewesen wäre, drückte er ihn mit dem Gesicht in den Staub und hörte, wie sich der Mund des Mannes mit Erde füllte. Die zahlreichen Beulen im Packard bedeuteten, dass er einen ausführlichen Schadensbericht würde schreiben müssen. Er drückte noch einmal fest zu.

»Wo soll's denn hingehen, Donny?« Er rollte den würgenden Mann auf den Rücken und blickte in das verdreckte Gesicht.

»Ich war's nicht. O Gott, bitte, ich hab dem Captain nichts getan.«

Er setzte ihm ein Knie auf die Brust. »Wie kommen Sie darauf, dass ich wegen Captain Pretorius hier bin?«

Donny fing an zu weinen, und Emmanuel riss ihn mit einem Ruck hoch. »Wieso denken Sie, dass ich wegen Captain Pretorius hier bin?«

»Das weiß doch jeder«, stieß Donny zwischen zwei abgewürgten Schluchzern hervor. »Er war es, der mich ins Gefängnis gesteckt hat. Er hat mich gezwungen, hier draußen zu leben wie ein Kaffer.«

Emmanuel stieß Donny in Richtung Hütte. Seine Wange brannte, wo der Stein ihn getroffen und die Haut aufgerissen hatte, und sein Anzug war voller Staub. Und all das nur, um einen Kerl mit einem Spatzenhirn zu ergreifen.

»Da drüben ist Ihre Truppe.« Er versetzte Donny einen Stoß zwischen die Schulterblätter und zwang ihn, sich die Mädchen anzusehen, die jetzt neben Shabalala im Staub hockten. Sie wirkten grimmig und ausgemergelt.

»Rein!«, befahl er. »Wir werden uns alle mal ein bisschen unterhalten.«

Die Mädchen rappelten sich hoch und schlüpften durch die verrostete Tür. Emmanuel folgte ihnen mit Shabalala und Donny.

»Nett hier«, sagte er. Es gab kein einziges Möbelstück, das nicht mit einem Backstein abgestützt oder von irgendwelchen in Streifen gerissenen Lumpen zusammengehalten wurde. Selbst die Luft in dem Schuppen war mies.

»Früher hatte ich ein schönes Zuhause«, verteidigte sich Donny von der Kante des kaputten Sofas aus. »Ich war Geschäftsmann. Mit eigenem Haus.«

»Und was ist dann passiert?«

»Ich wurde …«, begann Donny, dann krümmte er sich stöhnend. Sein rechter Arm hing schlaff herab.

»Sie haben ihn verletzt«, sagte das ältere Mädchen. »Sie hatten kein Recht, ihm wehzutun. Er hat keinem was getan.«

Emmanuel trat zu Donny und zog ihn hoch in sitzende Haltung. Er hatte den Mann unsanft angefasst, aber mehr nicht. Diese Schmerzen mussten eine andere Ursache haben.

»Ziehen Sie das Hemd aus!«, befahl er sachlich.

»Nein. Es geht schon wieder. Ehrlich.«

»Los.« Das verwaschene Hemd wurde aufgeknöpft, und auf Bauch und Brust kam eine Ansammlung dunkelblauer Blutergüsse zum Vorschein.

»Was ist passiert?«

»Bin vom Fahrrad gefallen und auf ein paar Steine geflogen.«

Emmanuel starrte in das tränenverschmierte Gesicht und entdeckte in einem Winkel des schlaffen Mundes eine Schwellung. »Haben Sie auch einen Stein aufs Maul gekriegt?«

»*Jaa*. Hätte mir fast die Zähne ausgeschlagen.«

Emmanuel blickte zu Shabalala, der mit seinen breiten Schultern zuckte. Wenn Donny Prügel bezogen hatte, wusste er jedenfalls nichts davon.

»Sie wollten gerade über Ihr Geschäft sprechen.«

»Donny's All Goods – so hieß mein Laden.«

»Was ist passiert?«

Donny zog sich ein Ohrläppchen lang. »Die Grenzpolizei hat Captain Pretorius von ein paar Fotos erzählt, die ich aus Mosambik mitgebracht hatte. Die gefielen ihm nicht, da hat er mich in den Knast geschickt.«

»Was für Fotos?«

»Künstlerische.«

»Und warum gefielen sie dem Captain nicht?«

»Weil er mit dieser zähen alten Schachtel verheiratet war – und ich hier zwei Frauen für mich habe.«

»Er war eifersüchtig?«

»Es passte ihm nicht, wenn einer mehr hatte als er. Wollte immer ganz oben auf dem Baum sitzen. Hat immer seine Nase in anderer Leute Angelegenheiten gesteckt.«

»Sie konnten ihn nicht leiden?«

»Er konnte *mich* nicht leiden.« Donny war jetzt in Fahrt. »Er hat mir die Fotos und den Fotoapparat gestohlen und mich dann in den Knast gesteckt. Und jetzt sehen Sie mich an! Arm wie ein Kaffer. Ihn hätte man einbuchten sollen, nicht mich.«

»Wo waren Sie gestern Abend, Donny?«

Donny blinzelte, die Frage hatte ihn auf dem falschen Fuß erwischt.

»Wir waren den ganzen Abend mit Donny zusammen«, beteuerte das ältere Mädchen. »Die ganze Zeit waren wir zusammen.«

Emmanuel blickte abwechselnd in die verstockten Gesichter der beiden. Zusammengerechnet konnten sie nicht mehr als dreißig Jahre zählen. Sie starrten zurück, gewalttätige Auseinandersetzungen und Schlimmeres waren sie gewohnt. Er wandte sich wieder an Donny.

»Wo waren Sie?«

Die Mädchen hatten dem Mann die Zeit verschafft, sich wieder zu sammeln. »Ich war den ganzen Tag und den ganzen Abend hier bei meiner Frau und ihrer Schwester. Gott ist mein Zeuge.«

»Warum sind Sie weggerannt?«, fragte Emmanuel ruhig.

»Ich hatte Angst.« Wieder flossen Tränen und verwandelten Donnys Gesicht in eine Schlammpfütze. »Ich wusste doch, dass die versuchen, mir das anzuhängen. Ich bin abgehauen, weil ich dachte, Sie tanzen nach ihrer Pfeife.«

»Wir waren die ganze Zeit bei ihm«, beharrte die Kindfrau. »Sie müssen ihn in Ruhe lassen. Wir sind Zeugen.«

»Sicher, dass Sie hier waren, Donny?«

»Hundertprozentig. Hier und sonst nirgends, Detective.«

Emmanuel sah sich noch einmal in der schäbigen Ruine um, die Donny Rookes Leben ausmachte, und wandte sich zur Tür. Der Mann war ein Lüstling und ein Lügner, der sich ein fadenscheiniges Alibi zurechtgeschustert hatte, aber er konnte nirgendwohin.

»Sie verlassen die Stadt nicht«, sagte er. »Ich will Sie nicht noch mal einfangen müssen.«

»Detective!« Donny eilte hinter ihnen her und hielt Emmanuel seinen ruinierten Hut hin wie eine Opfergabe. »Ich hätte gern meinen Fotoapparat zurück, falls Sie ihn finden. Er war teuer, und ich hätte ihn gern wieder. Danke, Detective.«

Emmanuel warf seinen Hut ins Auto und sah dem spindeldürren Rotschopf ins Gesicht. »Nur dass Sie es wissen, Donny: Das sind Kinder, keine Frauen.«

Er schwang sich in die Limousine und gab Gas, bloß weg von dieser Bruchbude. Die Reifen holperten über den mit Schlaglöchern übersäten Weg und zogen eine dünne Staubwolke hinter sich her.

»Wo sind die Eltern?«, fragte er Shabalala.

»Die Mutter ist tot. Der Vater – du Toit – hat mehr fürs Trinken übrig als für seine Töchter. Er hat Donny die Große zur Frau gegeben und die Kleine zur Nebenfrau.«

Den Rest der Strecke legten sie schweigend zurück.

* * *

Das mechanische Rattern von Nähmaschinen erfüllte Poppies General Store, als Emmanuel und Shabalala zum zweiten Mal eintraten. Zweigman stand hinter der Theke und bediente gerade eine ältere schwarze Frau. Sie steckte ihr Wechselgeld ein und verließ mit einem Packen Stoff unter dem Arm den Laden. Zweigman folgte und schloss die Tür hinter ihr ab. Er drehte das Schild auf *Geschlossen* und wandte sich seinen Besuchern zu.

»Wir können uns ins Zimmer setzen«, sagte er und verschwand

nach hinten. Emmanuel ging ihm nach. Für einen Mann, dem gleich ein Verhör im Zusammenhang mit einem Mordfall bevorstand, war Zweigman bemerkenswert gelassen, wenn nicht gar kaltschnäuzig. Offenbar hatte er mit ihnen gerechnet.

Das Hinterzimmer war ein kleiner Arbeitsbereich mit fünf Nähmaschinen und mehreren Schneiderpuppen, die mit Stoffbahnen behängt waren. Die farbigen Frauen an den Maschinen sahen auf, Polizei im Haus machte sie nervös.

»Meine Damen.« Zweigman lächelte. »Dies ist Detective Sergeant Emmanuel Cooper aus Johannesburg. Constable Shabalala kennen Sie ja bereits.«

»Bitte stellen Sie uns die Damen vor«, bat Emmanuel höflich. Er wollte die Näherinnen unter die Lupe nehmen. Vielleicht war an Mrs. Pretorius' giftigen Anschuldigungen etwas dran. Immerhin hatte Zweigman hier fünf gemischtrassige Frauen unter vierzig zur Auswahl.

Zweigmans Lächeln gefror. »Natürlich. Das hier ist Betty, dann Sally, Angie, Tottie und Davida.«

Emmanuel nickte den Frauen zu und fasste ihre Gesichter ins Auge. Im Geiste versah er sie mit groben Merkmalen. Betty: pockennarbig und fröhlich. Sally: mager und nervös. Angie: schon älter und keinerlei Humor. Tottie: ein Honigtopf, der einen ausgewachsenen Mann zum Weinen bringen kann. Davida: scheue braune Maus.

Wenn er hätte wetten müssen, auf welche Zweigman stand, hätte er seine ganze Habe auf Tottie gesetzt. Hellhäutig mit üppigen Kurven, genau die Sorte Frau, die Cops von der Sitte bei verdeckten Ermittlungen als Köder einsetzten und anschließend mit heimnahmen für Spiel und Spaß nach Feierabend.

»Meine Herren.« Zweigman schob einen zweiten Vorhang beiseite und führte sie in ein kleines, mit Tisch und Stühlen möbliertes Zimmer. Die schwarzhaarige Frau, die gestern so nervös gewesen war, goss mit ruhiger Hand Tee in drei Becher.

»Das ist meine Frau Lilliana.«

»Detective Sergeant Cooper«, grüßte sie höflich und winkte

ihn und Shabalala an den Tisch, auf dem der Tee und ein kleiner Teller mit Gebäck standen. Emmanuel setzte sich, alle Sinne geschärft. Der alte Jude und seine Gattin hatten nur wenige Stunden gebraucht, um sich wieder zu verschanzen und alle Fenster zu vernageln.

»Welche von den Frauen ficken Sie also?«, fragte er im Plauderton und benutzte den deutschen Kraftausdruck, um die Wirkung zu verschärfen.

Zweigman lief rot an, seiner Frau entglitt der Gebäckteller und schepperte lautstark auf den Tisch. Eine peinliche Stille folgte, während sie die Kekse einsammelte und zurücklegte.

»Bitte«, sagte Zweigman leise, »das ist kein Thema, das ein Mann in Gegenwart seiner Frau erörtern sollte.«

»Sie muss ja nicht dableiben«, gab Emmanuel zurück. »Wir befragen sie dann später.«

»Geh mit den Damen spazieren, Liebchen. Die frische Luft wird euch guttun.«

Rasch verließ die elegante Frau das Zimmer. Emmanuel nippte an seinem Tee und wartete darauf, dass die Tür ins Schloss fiel. Dann wandte er sich Zweigman zu, der plötzlich niedergedrückt und sterbensmüde aussah. Unter seinen braunen Augen lagen tiefe Schatten.

»Das war grausam und unnötig«, sagte Zweigman. »Das hätte ich nicht von Ihnen erwartet.«

»Diese Stadt bringt meine schlimmsten Eigenschaften zum Vorschein«, antwortete Emmanuel. »Und, welche der Damen ist nun die Glückliche?«

»Keine. Allerdings bin ich mir sicher, dass Sie selbst sich Tottie aussuchen würden. Es ist mir nicht entgangen, wie Sie sie angesehen haben.«

Emmanuel zuckte die Achseln. »Gucken war noch erlaubt, als ich das letzte Mal im Strafgesetzbuch nachgeschlagen habe. Allerdings hat Captain Pretorius vermutet, dass Sie weit mehr tun als das.«

»Da hat er sich geirrt«, kam es kurz und bündig. »Ich habe

die Damen nach Einbruch der Dunkelheit nach Hause begleitet, weil ein …«, Zweigman suchte nach dem richtigen englischen Wort, »ein Triebtäter die Gegend unsicher machte. Es war eine reine Vorsichtsmaßnahme.«

»Tatsächlich?«

»Constable Shabalala, bitte sagen Sie Ihrem Kollegen, dass ich mir den Triebtäter nicht ausgedacht habe.«

Shabalala starrte auf seine Füße, es war ihm unangenehm, in das Verhör mit hineingezogen zu werden. Schließlich räusperte er sich. »Es gab da jemanden. Der Captain hat nach ihm Ausschau gehalten, aber niemanden gefunden.«

»Niemand wurde verhaftet?«

»Nein«, antwortete Shabalala.

»Wenn europäische Frauen belästigt worden wären, hätte man den Mann gefunden«, sagte Zweigman. »Irgendwann hörte es auf, und keiner verlor mehr ein Wort darüber.«

»Hatten Sie Gelegenheit, die verängstigten Frauen zu trösten? Emotionen schaukeln sich schnell hoch, wenn Gefahr im Spiel ist.«

»Ah.« Zweigman hatte seine Fassung wiedergefunden. »So arbeitet Ihr Verstand: Immer suchen Sie nach dem schmutzigen Geheimnis. Ich wiederhole: Ich *ficke*, wie Sie sich so taktvoll auszudrücken beliebten, keine der bei meiner Frau beschäftigten Damen und habe es auch nie getan.«

»Captain Pretorius ist dieses Jahr gleich mehrere Male bei Ihnen aufgekreuzt. Wozu?«

»Um mir Ratschläge zu erteilen: Lassen Sie sich nach Einbruch der Dunkelheit mit keiner Frau außer Ihrer eigenen blicken! Gehen Sie mit Ihren Angestellten nicht zu freundschaftlich um! Gehen Sie nicht zu irgendwelchen Treffen von Farbigen oder Schwarzen! Vergessen Sie nicht, dass Sie ein Weißer sind und nicht zu denen gehören! Soll ich fortfahren?«

»Sie mochten ihn nicht.«

»Das ist richtig.«

»Haben Sie ihn umgebracht?«

»Nein.« Zweigman nahm seine Brille ab und polierte sie an einem Hemdzipfel. »Ich besitze keine Waffe und kann auch nicht damit umgehen. Anton, der Mechaniker von gegenüber, und meine Frau Lilliana können Ihnen beide bestätigen, dass ich bis nach zehn Uhr abends hier im Laden war und – allerdings erfolglos – versucht habe, die Bücher in Ordnung zu bringen.«

Emmanuel notierte die Namen der Zeugen. Er hatte keinen Zweifel, dass die beiden Zweigman mit erstklassigen Alibis ausstatten würden. Zwei Verdächtige, und beide hatten Entlastungszeugen für die Zeit, in der man den Captain erschossen hatte. Schon nach dem ersten Tag seiner Ermittlung konnte er seine ohnehin dürftige Liste wegwerfen. Ab sofort würde er mit Hansie von Haus zu Haus gehen. Es wurde Zeit, dass er ein paar Steine umdrehte und nachsah, was für Spinnen darunter hervorgekrochen kamen.

* * *

Mit aufgerissenem Mund fuhr Emmanuel im Bett hoch und rang nach Luft. Dunkelheit umgab ihn, auf seiner Stirn perlte Schweiß. Tief in seinen Eingeweiden spürte er das vertraute Grimmen der Angst. Mit einer Hand fuhr er über seinen Körper und suchte ihn nach Verletzungen ab. Die Schusswunde an seiner Schulter war schon lange verheilt, und die Wunde an seiner Wange von dem verrückten Mädchen-Blitzkrieg bei Donny nicht mehr als ein Kratzer. Kein Messer, kein Blut.

Er schwang die Beine über den Bettrand. Der Traum kam und ging, aber diese Frau war noch nie darin vorgekommen. Sie war neu. Er hatte keine Ahnung, wer sie war. Der Keller in seinem Traum war immer stockdunkel. Alles spielte sich stets nach dem gleichen Muster ab. Eine ausgebombte Stadt, die Wachmannschaft patrouilliert von Ruine zu Ruine und durchkämmt alles nach Feinden. Irgendwann dann die Routinedurchsuchung eines Weinkellers. Er dreht sich um, will gehen. Das Messer fährt tief in sein Fleisch, und er fällt vornüber, hinein in die Finsternis und den Schmerz.

Das war der Traum, der sich immer wieder abspulte wie in Endlosschleife. Jedes Mal, wenn er Hausbefragungen durchführte, kehrten Erinnerungen aus der Tiefe seines Unterbewusstseins zurück. Mittlerweile war es nicht mehr so schlimm. Er schrie nicht mehr laut oder tastete panisch nach dem Lichtschalter, um in die Wirklichkeit zurückzufinden.

Emmanuel atmete tief durch, schloss die Augen und beschwor das Bild des Kellers wieder herauf. Überall der Geruch dieser Frau. Seine Exfrau vielleicht? Nein, die roch höchstens nach englischen Teerosen und Eiswasser. Kratzen und lecken und beißen war nichts für die wohlerzogene, prüde Angela. Sex war etwas für die letzte halbe Stunde vorm Einschlafen. Ein primitiver Fick im Keller war nicht ihr Ding. Ficken war an sich nicht ihr Ding.

Er legte sich wieder hin. Dieser Frau war er in seinen wachen Stunden noch nie begegnet, sonst würde er sich an sie erinnern. Warum hatte der Traum nicht damit enden können, dass sie beide warm und nackt in tiefen Schlaf fielen?

Das Geräusch war ein deutliches Knirschen. Schritte auf dem Kiesweg, der zu seiner Tür führte. Er rührte sich nicht. Dies war kein Traum. Dies war Jacob's Rest, und das Knirschen kam näher. Er glitt aus dem Bett und tastete sich in der Dunkelheit zur Tür. Aus einer Ritze im Vorhang drang Mondlicht herein. Er duckte sich dicht an der Türklinke. Die äußere Fliegengittertür ging auf und wurde gleich wieder geschlossen. Er hörte, wie etwas Schweres sich gegen die Maschen drückte, dann wurden die Schritte schwächer.

Ruckartig riss Emmanuel die Tür auf. Am anderen Ende des Hofes eilte eine Gestalt in den Schatten eines ausladenden Jacarandabaumes und schlüpfte in die Nacht. Emmanuel warf sich gegen die Fliegentür, bereit zur Verfolgung. Die Tür klemmte, blockiert vom Gewicht eines weiß getünchten Steins, den sich jemand aus der Beetumfassung geborgt hatte. Er drückte mit aller Kraft, und die Tür gab nach.

»He! Stehen bleiben!«

Emmanuel sprintete in die mondbeschienene Nacht hinaus. Die deutlich hörbaren Schritte des rennenden Eindringlings trieben ihn weiter. Er spürte hohes Gras und Äste an seinem Körper entlangstreifen. Hinter ihm verschwanden die dunklen Häuser. Er jagte einen der Kaffernpfade entlang, der wer weiß wohin führte. Er rannte schneller und sah die Gestalt vor sich um eine Biegung verschwinden. Nach der Kurve gabelte sich der Pfad. Er rannte nach links, hetzte noch ein paar Minuten in vollem Lauf weiter, bis er erkannte, dass er allein war und blindlings ins mondbeschienene Veld hineinlief.

Plötzlich wurde ihm übel, und er beugte sich vornüber. Seine Lungen brannten, die Galle stieg ihm hoch. Seit vier Jahren war er bei der Kriminalpolizei, und noch nie war ihm jemand weggelaufen. Ob durch schmale Gassen oder über Zäune – keiner im Dezernat war schneller als er. Aber wer auch immer ihn zu diesem Barfuß-Marathon über Stock und Stein verleitet hatte, war nicht schwächer oder langsamer geworden. Gierig sog Emmanuel die kalte Nachtluft ein. Er war ganz klar geschlagen worden – um Längen.

Er schloss die Augen, und ohne jede Vorwarnung war sie wieder da. Die Frau im Keller, das Licht genügte gerade dafür, dass er sah, wie sie ihm ihre braunen Arme entgegenstreckte. Eindeutig nicht europäischer Abstammung. Eine der Frauen aus Zweigmans Laden: Vielleicht die köstliche Tottie mit ihrem saftigen Mund und diesen Hüften, die zum Hingreifen einluden? Oder sollte es doch Betty gewesen sein, pockennarbig und erbötig?

Du musst dringend mal raus und dich flachlegen lassen, dachte er. Er sollte die Brünette anrufen, die bei Belmont Menswear hinter der Hut- und Schlipstheke stand. Sie war ideal. Anziehend, willig, und das Wichtigste: weiß. Schwarze und farbige Frauen waren etwas für Cops von der Sitte mit fleischlichen Gelüsten, aber ohne Ehrgeiz. Mrs. Pretorius würde ihn schon dafür aufknüpfen lassen, dass er sündig genug war, davon zu träumen.

»Eine Bewegung, und ich blase Sie weg, Mister.«

Emmanuel spürte die Wärme einer starken Taschenlampe auf seinem nackten Rücken und hörte das Klicken, mit dem eine Waffe entsichert wurde. Er erstarrte.

»Nehmen Sie die Hände hoch, sodass ich sie sehen kann, und dann drehen Sie sich zu mir um. Schön langsam.«

Emmanuel tat wie geheißen, und das gleißende Licht einer Taschenlampe schien ihm ins Gesicht. Er kniff die Augen zusammen und machte zwei dunkle, nebeneinanderstehende Gestalten aus.

»Wer sind Sie?«, fragte der Mann mit der Waffe.

Emmanuel hielt die Arme hoch und die Handflächen geöffnet wie weiße Fahnen. Er war ein barfüßiger Fremder in einer Pyjamahose, den man schwer atmend in der Dunkelheit erwischt hatte. Wenn sie ihn jetzt erschossen, würde die Jury sie freisprechen.

»Ich bin Detective Sergeant Emmanuel Cooper. Ich ermittle hier im Mordfall Captain Pretorius. Mein Ausweis ist in meiner Pension.« Er konzentrierte sich darauf, möglichst vernünftig zu klingen.

»Am Arsch!« Der Mann mit der Taschenlampe spuckte auf den Boden. »Nicht mal Weiße können Polizisten werden, wenn sie verrückt sind.«

»Es ist das Protea Guesthouse.« Emmanuel setzte auf Vertrautes. Die Männer waren von hier und klangen wie Farbige. »Heute Nachmittag war ich in Zweigmans Laden. Sie können alle fragen, die dort arbeiten. Sie werden Ihnen sagen, wer –«

»Klappe, Mister.« Der Mann mit dem Licht trat näher. »Ihr Burschen glaubt wohl, jetzt, wo der Captain weg ist, könnt ihr wieder herkommen und euch an unsere Frauen ranmachen.«

»Das ist nicht –«

»Auf die Knie, sonst sag ich meinem Mann hier, er soll Sie abknallen, nur so zum Spaß.«

Emmanuel drehte den Kopf weg vom schmerzhaft gleißenden Licht und sank langsam auf die Knie. Die Männer traten an ihn heran, und er holte scharf Luft in Erwartung des Trittes, der bestimmt gleich kam. Die heiße Taschenlampe brannte in seinem Gesicht.

»Wen habt ihr da?«, rief eine Stimme übers Veld. Noch ein Farbiger, der zu der Jagdgesellschaft stieß.

»Ein weißer Spinner«, rief der Revolverheld. »Sagt, er ist Polizist.«

Die Schritte des dritten Mannes kamen rasch näher, schließlich rannte er auf sie zu.

»Du liebe Güte, Tiny«, keuchte er. »Das ist er. Das ist der Detective aus Jo'burg.«

»Machst du Witze? So wie der aussieht?«

»Auf meine Ehre«, schwor der Neuankömmling. »Das ist der Detective. Er war am Nachmittag mit Shabalala bei mir.«

Emmanuel erkannte die Stimme. Sie gehörte dem farbigen Mechaniker, der für Zweigman ausgesagt hatte. Ein schlaksiger Kerl mit dunkelbrauner Haut und einem Schneidezahn mit Goldfüllung.

»Anton Samuels«, sagte Emmanuel, immer noch kniend. »Der beste Mechaniker von Jacob's Rest. Sagt jedenfalls Constable Shabalala.«

»Sobald mein Laden wieder auf Touren ist, bin ich das auch.« Anton streckte Emmanuel die Hand hin. »Ich brauche noch ungefähr einen Monat, bis ich alles wieder aufgebaut habe, aber ich schaffe es schon.«

Als Anton ihn hochgezogen hatte, war die Waffe wieder gesichert und die Taschenlampe zu Boden gerichtet. Es herrschte eine gespannte Stille. Die Männer warteten auf ein Stichwort. Angriff auf einen weißen Polizisten, das hieß Knast. Angriff auf einen weißen Polizisten durch bewaffnete Farbige, das hieß Arbeitslager und regelmäßiges Auspeitschen. Am besten waren sie wahrscheinlich dran, wenn sie ihn abknallten und verschwanden.

»Tut mir leid, mein Fehler«, entschuldigte sich Emmanuel. »Ich muss Ihnen einen Schrecken eingejagt haben, weil ich mitten in der Nacht wie ein Irrer durch die Gegend renne. Ich kann froh sein, dass Sie mich nicht auf der Stelle erschossen haben.«

»Da können wir alle froh sein, Detective«, sagte Tiny. Er war ein kleiner Mann, der seine wenigen verfilzten Haarsträhnen mit Grandezza um den Kopf gewickelt trug. Was ihm an Körpergröße und Haarwuchs fehlte, machte er an Körperumfang wieder wett. Sein Bauch wölbte sich vor ihm und setzte die Hemdknöpfe unter Spannung. »Ich bin Tiny Hanson.« Er räusperte sich, um das Beben in seiner Stimme loszuwerden. »Das hier ist mein Sohn Theo.«

»Ein halbnackter Weißer auf einem Kaffernpfad«, sagte Theo. Er war einen Kopf größer als sein Vater, wurde aber ebenfalls schon fett. »Dass ich so was mal zu Gesicht bekomme. Ist das in Jo'burg Mode, Detective?«

Die Männer lachten nervös, ihnen war bewusst, wie viel noch in der Schwebe hing. Eine falsche Bewegung konnte sie in den Abgrund schicken, ohne Hoffnung, dass eine Rettungsmannschaft sie wieder hochholte.

»Ich dachte, Sie wären weiße Polizisten auf diesen Pfaden gewohnt. Ist nicht der Captain hier immer entlanggelaufen?«

»Schon, aber er hatte Klamotten an.«

»Da ist was dran.« Emmanuel lächelte. »Wo kommt ihr Jungs überhaupt her?«

»Aus dem Schnapsladen«, antwortete Anton. »Tiny und Theo sind heute Abend aus Lorenzo Marques zurückgekommen. Wir haben im Hinterzimmer Karten gespielt, als wir Sie vorbeirennen hörten.«

Jetzt sah Emmanuel linkerhand ein schwach erleuchtetes Fenster. Er hatte keine Ahnung, wo er sich befand. Sobald er das Netz der größeren Straßen verließ, fehlte ihm jede Orientierung. Auf den Kaffernpfaden war er ins Abseits geraten, mit Blick nach drinnen.

»Wollen Sie was trinken, Detective?«, bot Tiny höflich an. »Danach zeigt Theo Ihnen den Weg zurück.«

Unter normalen Umständen brach diese Einladung sämtliche Regeln. Farbige Männer und weiße Polizisten tranken nicht miteinander.

»In Ordnung«, sagte Emmanuel. Er würde ohnehin keinen Schlaf finden, im Bett warteten nur seine Träume auf ihn. »Da werde ich auch den Staub im Mund los.«

»Der Schnapsladen gehört mir«, verkündete Tiny stolz, während sie auf das Licht zugingen. »Ich habe genug da, wir können den Staub aus Ihrer Kehle spülen und auch gleich noch aus Ihrem Bauch. Gerade habe ich eine neue Ladung aus Mosambik reinbekommen. Port, Whiskey, Gin. Was immer Sie wollen.«

»Haben Sie das Zeug durch den Grenzposten gebracht oder über den Fluss?«

»Ich mache alles legal. Der Captain hat das gewusst, und ich hatte noch nie Ärger deswegen. Ein, zwei Flaschen für die Grenzer, ein Fässchen Bier für die Polizeiwache. Ich sorge dafür, dass jeder seinen Anteil kriegt.«

Tiny drückte ein Holzgatter auf und führte die Männer in einen kleinen Hof hinter dem Schnapsladen. In den Dachsparren eines Anbaus hingen an Haken über der Hintertür drei Kerosinfunzeln.

»Gut, mein Anteil ist ein Glas Whiskey.« Emmanuel warf einen Blick auf den Kartentisch, der in der Mitte des Anbaus stand. »Was spielen Sie?«

»Poker.« Theo goss einen dreifachen Whiskey in ein sauberes Glas und schob es über den Tisch. »Spielen Sie auch?«

»Früher mal«, sagte Emmanuel. »Wo ist der vierte Mann?«

»Harry!«, rief Theo in eine dunkle Ecke hinein. »Kannst wieder rauskommen. Es ist nur der Detective aus Jo'burg.«

Ein schmalbrüstiger Mann mit gewichstem Schnurrbart schlurfte aus einer dunklen Ecke herbei und glitt auf den freien Stuhl. Sein dürres Gerippe ächzte schier unter einem schweren Feldmantel, an den Verdienstorden und ausgebleichte Ordensbänder aus dem Ersten Weltkrieg geheftet waren.

Emmanuel setzte sich neben den alten Soldaten, den man offenbar hier im Hinterhof des Empires entsorgt hatte, mit nichts als einem warmen Mantel, um die Erinnerungen an das

Gas und das Trommelfeuer abzuhalten. So hätte es mir auch leicht ergehen können, dachte Emmanuel.

»Keine Sorge, Harry«, sagte Anton freundlich. »Es ist erst kurz nach Mitternacht. Du hast noch eine Stunde, bevor es Ärger gibt. Ich pass auf, dass du pünktlich zu Hause bist.«

»Harry ist mit Angie verheiratet, die für den alten Juden arbeitet«, erklärte Theo. »Sie ist sehr streng mit dem armen Kerl. Stimmt doch, Harry?«

»Hart, ganz hart«, murmelte der furchtsame Mann vor sich hin. »Hart gegen alles und jeden.«

Emmanuel erinnerte sich an Angie. Schon älter und kein Humor, so hatte er sie eingeordnet. Ein Treffer, wie es schien.

»Machen Sie mit, Detective?«, fragte Anton.

Emmanuel nahm einen kräftigen Schluck Whiskey. Hierzubleiben war töricht. Wenn die Weißen das herausbekamen, würde es sie befremden und die Ermittlungen schwieriger machen als nötig.

»Teilen Sie aus«, sagte er. »Um was spielen wir?«

»Um fünf Streichhölzer«, informierte ihn Tiny in aller Ernsthaftigkeit. »Können Sie sich das auch leisten? Wie man hört, wird die Polizei dieser Tage nicht mehr so gut bezahlt.«

»Das schaffe ich noch«, antwortete Emmanuel ebenso feierlich. »Aber jemand muss mir was vorstrecken. Ich habe nichts dabei.«

Theo schob ihm die Streichhölzer herüber. »Mann, Sie sehen vielleicht aus. Wie ein Tsotsi. Wo sind Sie denn reingeraten?«

»Die Kratzer sind von meinem kleinen Abendspaziergang. Die Schusswunde aus dem Krieg.«

»Mein Großvater war Deutscher«, sagte Tiny und goss ringsum nach. »Aus Düsseldorf, hat er gesagt.«

»Meiner auch«, murmelte Harry, »meiner auch.«

»Nein, Mann«, klärte Theo ihn auf. »Dein Großvater war der schottische Prediger, der gesoffen hat wie ein Loch. Frag Granny Mariah, die kann dir alles erzählen.«

»Aus was für einem Stall kommt unser Freund eigentlich?«

Es dauerte einen Moment, bis Emmanuel begriff, dass die Frage an ihn gerichtet war. Bevor er antwortete, nahm er einen ordentlichen Schluck aus seinem Glas. An diesem Tisch schämte sich niemand, ein Produkt des Empires zu sein: eine widerstandsfähige Promenadenmischung.

»Mutter Engländerin, Vater Afrikaaner.« Er wusste selbst nicht, warum er die Wahrheit sagte. Es kam nicht oft vor, dass er über seine Eltern sprach, und in den letzten vier Jahren hatte er es auf van Niekerks Anweisung hin überhaupt nicht mehr getan. Seine Eltern gehörten zu dem, was er tief in seinem Innern verborgen hielt.

»Ah.« Anton legte theatralisch seine Karten ab. »Dann sind Sie auch ein Mischling wie wir. Sieh mal einer an.«

Das Gelächter war locker und entspannt, befördert vom Whiskey und der späten Stunde. Südafrika mit seinen vielen Gesetzen, jedes drakonischer als das vorherige, war noch lange nicht so weit wie der Hinterhof von Hanson's Feine Spirituosen. Der künstliche Burgfriede würde bis zum Morgen halten.

»Ich hoffe bloß, es war keiner von meinen Verwandten, der Ihnen das da verpasst hat.« Tiny zeigte auf die Schusswunde. »Wir sind gar nicht alle so blutrünstig, wie die Engländer erzählen.«

»Den Eindruck habe ich aber schon«, erwiderte Emmanuel. »Sie hätten mich doch vorhin um ein Haar kaltgemacht. Muss der Kraut in Ihnen sein.«

»Nein! Ehrlich«, protestierte Tiny, während alle gelöst lachten. »Wir dachten, Sie sind dieser Triebtäter. Wer weiß schon, was jetzt passiert, wo der Captain weg ist.«

»Man hat den Kerl nie geschnappt?«

»Nicht, dass wir wüssten«, sagte Anton. »Der alte Jude hat ein riesiges Tamtam gemacht, aber die Polizei sagte ihm: Vergiss es. Geh nach Hause. Es ist vorbei.«

Tiny trank sein Glas auf einen Zug aus. »Deshalb stört es mich auch nicht, Donny Rooke nach wie vor in meinem Laden zu bedienen. Das weiße Hotel hat ihm Hausverbot erteilt, aber ich finde, er hat seine Strafe abgesessen und sich den Mädchen gegenüber anständig verhalten. Es gefällt mir nicht, was er getan hat, aber ich weiß immerhin Bescheid. Die ganze Stadt weiß es.«

»Sie hätten Donny mal sehen sollen, als der Captain neulich abends in den Laden gekommen ist«, erzählte Theo weiter. »Der hatte so viel Schiss, dass er sich fast in die Hose gemacht hätte. Wäre schön, wenn der Mann, der unsere Frauen schikaniert, auch so wäre. Stattdessen läuft er frei herum.«

»An welchem Abend war das?«, fragte Emmanuel. Als er die Anwohner befragt hatte, waren Theo und Tiny nicht in der Stadt gewesen. Von ihnen gab es noch keine Aussage.

»Mittwoch.« Knurrend warf Tiny sein schlechtes Blatt hin. »Am selben Abend, als der Captain von uns ging.«

»Um wie viel Uhr?«

»Irgendwann nach sechs. Donny war spät dran, und ich habe den Laden nur für ihn noch mal aufgemacht. Er hängt mehr an der Flasche als früher, unser Donny.«

»Und dann kam der Captain vorbei?«

»*Jaa*, einmal im Monat kam er auf ein Fläschchen vorbei. Nur ein Schlückchen.«

»Und Donny hat ihn gesehen?«

»Gehört hat er ihn«, Theo prustete. »Und sich gleich hinterm Tresen versteckt wie ein altes Weib.«

»Wusste Pretorius, dass er da war?«

»Nein. Der Captain ist nicht lange geblieben. Musste noch beim alten Lionel vorbei und sich Würmer besorgen, also ist er wieder los. Donny hat noch eine halbe Stunde oder so herumgelungert, bis er sicher sein konnte, dass der Captain aus der Stadt war.«

Emmanuel warf seine Karten ab und bemerkte, wie mühelos seine Hände in die alte Routine fanden. Donny war wieder auf der Liste, und zwar mit Zeit, Gelegenheit und Motiv.

»Tja, ich bin hinüber. Jetzt brauche ich eine Mütze Schlaf, morgen wird ein langer Tag.«

»Wir auch«, stimmte Tiny zu. »Bei einer Beerdigung muss man manierlich aussehen, so viel weiß ich immerhin noch aus der Missionsschule.«

Anton tippte Harry auf die Schulter. »Zeit zum Aufbruch, Kumpel, wenn du nicht wieder eine Bratpfanne an den Kopf kriegen willst wie letzte Woche.«

»Nach Hause.« Harry kippte den letzten Rest seines Glases hinunter. »Nach Hause.«

»Ich bringe Sie zurück, Detective«, erbot sich Anton, während sie hinaus auf den Kaffernpfad traten. »Ich muss sowieso Harry nach Hause bringen, und der wohnt gleich am Rand vom holländischen Viertel.«

Emmanuel winkte zum Abschied und ging hinter Anton und Harry her. Morgen früh würden er und Shabalala als Erstes Donny einen Besuch abstatten, dann mussten er und seine minderjährige Frau die Wahrheit sagen. Diesmal würde er Donny guten Grund zum Weinen geben.

»Das Protea Guesthouse ist da vorne rechts.« Anton leuchtete mit der Taschenlampe auf einen schmalen Fußpfad zwischen zwei Häusern. »Es wäre besser, wenn Sie jetzt allein weitergehen. Dieser Teil der Stadt ist für uns nachts tabu.«

»Danke.« Emmanuel schüttelte Anton die Hand und sah ihm nach, als er mit Harry im Schlepptau im Veld verschwand. Die Stimme des alten Soldaten wehte herüber, eine dünne, brüchige Version von »It's a Long Way to Tipperary«.

Emmanuel folgte dem Fußpfad und erreichte den Garten des Protea Guesthouse. Der farbige Mechaniker hatte ihn vor Prügeln und Schlimmerem bewahrt. Donny würde nicht so viel Glück haben. Die Fliegengittertür stöhnte, und im nächsten Moment erhaschte sein Blick etwas Weißes. Zwischen Rahmen und Maschen klemmte ein Zettel. Er zog ihn heraus. Sein nächtlicher Besucher hatte ihm ein Geschenk hinterlassen. Mondlicht fiel auf das Blatt. Zwei Wörter in schwarzer Tinte: *Elliot King.*

5

Die rostige Eisentür gab nach, und Emmanuel war drin, duckte sich ins Halbdunkel des Schuppens. Donny Rooke lag schlafend zwischen seinen Frauen, den Kopf hochgereckt wie ein Walrossbulle, der seinen Harem mit rumpelndem Schnarchen beschützt. Noch ehe Donny die Augen aufschlug, war Emmanuel auch schon bei ihm. Er packte den Rotschopf an der Kehle und hob ihn aus dem dreckigen Bett. Unter der Decke waberte der Mief ungewaschener Körper hervor. Als er Donny hochriss und nackt an der Wand festnagelte, hörte er die Mädchen aufkreischen.

»Sie haben mich angelogen, Donny.«

»Lassen Sie ihn los!«, schrie die Ältere angriffslustig. Emmanuel spürte ihre Faustschläge auf seinem Rücken, dann hörte er die wütend in der Luft strampelnden Arme und Beine. Shabalala hatte das wütende Mädchen im Griff. Emmanuel konzentrierte sich auf Donny.

»Sie haben mich angelogen«, wiederholte er ruhig und lockerte den Griff um Donnys Hals nur eine Spur. »Warum haben Sie gelogen?«

»Angst ...«, röchelte Donny.

»Das war gestern schon Ihre Entschuldigung fürs Weglaufen. Heute müssen Sie mir etwas Überzeugenderes liefern, sonst gebe ich Ihnen wirklich einen Grund, sich zu fürchten. Haben Sie mich verstanden, Donny?«

»Bitte ...«

»Sie da! Engländer!« Diesmal war es das andere Mädchen. »Sagen Sie dem Kaffer, er soll die Finger von mir nehmen. Der darf mich nicht anfassen. Das ist gegen das Gesetz.«

Emmanuel stieß Donny in einen Sessel und drehte sich zu dem Mädchen um, das nackt auf dem Sofa saß. Shabalala stand hinter ihr, eine Hand fest auf ihrem Kopf, und sah zu Boden. Die seltsam väterlich anmutende Szene wurde dadurch untergraben, dass sie breitbeinig mit vorgestrecktem Becken dasaß, was alles zwischen ihren Schenkeln seinem Blick preisgab.

»Schließen Sie die Beine.« Emmanuel hob ein dünnes Laken auf, das zu Boden gefallen war, warf es dem Mädchen über den Schoß und wandte sich wieder Donny zu. »Sagen Sie mir jetzt die Wahrheit, oder muss ich Ihrer Erinnerung auf die Sprünge helfen?«

»Nein.« Donny kauerte in seinem Sessel. »Ich hatte gestern zu viel Angst, um es Ihnen zu erzählen. Ich schwöre bei Gott.«

»Warum?«

»Ich wusste doch, wie ich dann dastehe. Als der Letzte, der Captain Pretorius in der Stadt begegnet ist.«

»Im Schnapsladen?«

»Nein«, widersprach Donny. »Auf dem Kaffernpfad hinter den Häusern von den Farbigen.«

Emmanuel zog einen Stuhl heran und setzte sich Donny gegenüber. Der Stuhl neigte sich windschief zur Seite, wackelig wie alles in Donnys Leben. Er klaubte ein hingeworfenes Hemd vom Boden und reichte es dem nackten Mann.

»Also Mittwoch«, hakte er nach.

»*Jaa*. Einmal die Woche gehe ich in die Stadt und besorge Vorräte. Diesmal war ich spät dran, und als ich bei Tinys Laden ankam, war es schon Abend.« Donny unterbrach sich und streifte das Hemd über seinen zerschundenen Oberkörper. Das Zuknöpfen sparte er sich. »Während ich noch meine Flaschen einpackte, kam Captain Pretorius rein, da hab ich mich hinter der Theke versteckt. Ich wollte nicht, dass er mich sah. Ich dachte, dann nimmt er mir die Flaschen weg.«

»Weiter.«

»Der Captain ging wieder, und ich blieb da. Ich dachte, ich lasse ihm ein bisschen Vorsprung, damit er sich seine Würmer holt und angeln geht. Dann bin ich raus auf den Kaffernpfad. Die Sonne war schon untergegangen, also habe ich mir Zeit gelassen. Als ich an die Abzweigung kam, die zum Krankenhaus führt, sah ich hinter einem Baum den Polizeiwagen stehen.

Da habe ich mich versteckt und darauf gewartet, dass er wegfährt.« Donny zog sich das Hemd eng um die Brust. »Ich habe nicht spioniert. Nur gewartet, dass er wegfährt, das war alles. Ich schwöre.«

»Und dann?«

»Dann habe ich Schritte gehört. Als ich hochgucke, steht er direkt vor mir und richtet seine Taschenlampe auf mich. ›Spionierst du mir etwa nach, Donny?‹, fragt er. Ich sage: ›Nein, Captain, so was würde ich nie machen. Im Leben nicht.‹ Er lachte, und ich habe mir fast in die Hosen gemacht. Er hatte was von …«, Donny kämpfte mit seinem geringen Wortschatz, »… von einem Stein an sich. Steinhart. Hat nicht rumgebrüllt, nichts in der Art. Ich sag noch: ›Hören Sie, Captain –‹, und bamm!«

Donny riss den Kopf zur Seite, um einen Schlag ins Gesicht vorzuführen. »So eine hat er mir verpasst und dann die Fäuste genommen. Er schlägt mich, bis ich am Boden liege, dann packt er mich an den Haaren und sagt: ›Das ist nur ein Vorgeschmack auf das, was du abkriegst, wenn ich dich noch mal beim Spionieren erwische.‹ Ich habe ja gar nicht spioniert, aber ich sage brav: ›Ja, Captain.‹ Er reißt mich hoch und klopft mir ein bisschen Staub vom Hemd, so als wäre ich ganz von selbst hingeflogen. Dann hebt er meine Flaschen auf und gibt sie mir. ›Vergiss die nicht, die kannst du heute Abend brauchen‹, sagt er. ›Danke, Captain‹, habe ich gesagt und bin weggehumpelt, so schnell ich konnte.«

»Um wie viel Uhr waren Sie zu Hause?«

»Weiß ich nicht«, greinte Donny. »Er hat mich geprügelt wie einen Hund. Alle Knochen taten weh. Ich habe keinen blassen Schimmer, wie lange ich aus der Stadt zurück gebraucht habe.«

»Besitzen Sie eine Uhr?«

»Die ist kaputt.«

»Besitzen Sie ein Gewehr?«

»Ja, natürlich.« Donny zeigte auf ein Sims hinter dem Spülbecken. Emmanuel stand auf und holte die Waffe. Er zog den

Schlagbolzen zurück und war nicht überrascht, als die ganze Mechanik auf den Boden klackerte.

»Haben Sie noch andere Waffen?«

»Nein.« Donny zeigte auf die Kleine auf dem Sofa. »Sie ist gut mit der Steinschleuder ...«

Emmanuel stellte das Gewehr zurück an seinen Platz und setzte sich wieder auf den wackeligen Stuhl. Der Anblick von Donny, der nichts an seinem nackten Leib trug als ein gähnend offenes Hemd, ging ihm auf die Nerven. Er legte sich beide Handflächen auf die Augen. Schon rutschte Donny wieder von der Liste der Verdächtigen. Der Mörder war geduldig und umsichtig. Donny Rooke war ein wandelnder Scherbenhaufen. Sein Körper, sein Grips und sein Schuppen – alles im Eimer. Der Mann würde es glatt fertigbringen, neben der Leiche einen Flachmann zu hinterlassen, auf dem sein Name und seine Adresse eingraviert waren.

»Sie waren wütend auf Captain Pretorius, weil er Ihnen Prügel verabreicht hat. Sie wollten es ihm heimzahlen. Sie wollten Rache.« Emmanuel hielt seinen Kurs.

»Ich wollte so weit weg von ihm, wie ich nur konnte. Etwas war ...«, wieder rang er nach Worten, »... ganz komisch an ihm. Anders als sonst.«

»Sind Sie ihm gefolgt?«

»Damit ich mir noch mehr Prügel einhandle? Nein danke. Ich bin schnurstracks nach Hause und habe die Tür verrammelt.«

Emmanuel sah hinüber zum älteren der beiden Mädchen. Sie war abgebrühter als die meisten Gangster, mit denen er es in Jo'burg zu tun hatte. Er hielt sich besser an die jüngere Schwester, die stumm unter einer ausgefransten Flickendecke kauerte. Langsam ging er auf sie zu und hockte sich neben das Bett.

»Ich bin Detective Cooper. Wie heißt du?«

»Marta.« Ihre Stimme war kaum vernehmbar.

»Hat Donny dir erzählt, wie er zu seinen Beulen gekommen ist, Marta?«

»*Jaa.*«

»Und wie?«

Die Halbwüchsige nagte an ihrer Unterlippe, bevor sie antwortete. »Er hat gesagt, Captain Pretorius hat die Scheiße aus ihm rausgeprügelt. Hat ihn grün und blau geschlagen, ohne Grund.«

»Was hat Donny gemacht, als er letzten Mittwoch nach Hause gekommen ist?«

»Hat sich ins Bett gelegt und geheult. Am Schluss haben wir ihm noch eine zweite Flasche gegeben, damit er einschläft, weil er so viel Krach gemacht hat.«

»Er ist nicht noch mal weg?«

»Nein. Er war zu besoffen, um aufzustehen.«

»Mir tat alles weh«, mischte sich Donny zu seiner Verteidigung ein. »Ich hab immer noch Probleme mit dem Arm, wo er mich geschlagen hat. Gucken Sie mal hier!«

Er versuchte den rechten Arm über die Schulter zu heben. Es stand außer Frage, dass Donny gründlich aufgemischt worden war und dass die geprellten Fingerknöchel an den Händen des Captains genau zu so einer Abreibung passten.

»Warum haben Sie das alles nicht gestern erzählt? Sie haben doch Ihre Verletzungen und obendrein noch Zeuginnen, die Ihre Geschichte bestätigen.«

Donny lachte auf, es klang hohl und verbittert. »Wer hätte mir schon geglaubt, dass er mich grundlos verprügelt hat? So ein ›guter Mensch‹ wie er? Hat nie in Anwesenheit von Frauen geraucht oder geflucht. Immer wohlwollend und so. Und ich, ich bin ein Nichts. Die ganze Stadt hätte mich ausgelacht. Und einen Lügner genannt.«

»Lügen Sie denn?«

»Nein. Und wenn Sie Captain Pretorius an dem Abend gesehen hätten, würden Sie mir glauben.« Donny ging auf die Knie und riss sich das Hemd vom Leib, um seine furchtbare Notlage zu unterstreichen. »Ich habe ihn auf dem Kaffernpfad zum letzten Mal gesehen und bin direkt nach Hause gegangen. Und mehr wusste ich nicht, bis einer von den farbigen Jungs Marta erzählt hat, dass er tot ist. So wahr mir Gott helfe.«

Emmanuel bezweifelte, dass Gott und Donny miteinander Umgang pflegten, aber sein Bauchgefühl hatte sich mittlerweile zu einer annähernden Gewissheit verdichtet: Dieser erbärmliche Kerl, der da vor ihm kniete, war aller Wahrscheinlichkeit nach nicht der Mörder.

»Constable Shabalala. Was glauben Sie? Sagt unser Freund hier die Wahrheit?«

Shabalala klang zutiefst mitleidig. »Ich glaube, dieser Mann hätte den Captain nicht töten können. Dieser Mann ist dafür nicht stark genug.«

»Das stimmt. Sehen Sie mich nur an.« Donny sprang auf und präsentierte seinen hageren Körper. »Sehen Sie? Ich habe ja kaum Muskeln. Nie im Leben wär ich mit so einem Kraftprotz wie dem Captain fertiggeworden.«

»Ziehen Sie sich wieder an, Donny. Das war es nicht, was Shabalala meinte.«

Körperlich war der Mörder nicht unbedingt stark: Das wusste er so gut wie Shabalala. Der hatte von innerer Stärke gesprochen, von Willenskraft. Der verschlossene Constable war Emmanuel ein Rätsel. Nie steuerte er freiwillig irgendwelche Informationen bei, seine Meinung sagte er nur, wenn man ihn ausdrücklich dazu aufforderte. Da war doch irgendein Widerstand, eine beharrliche Verweigerung, sich in die Sache hineinziehen zu lassen.

»He, Sie da!« Das ältere Mädchen ärgerte sich, dass man sie links liegen ließ. »Stimmt das, was man über euch Engländer sagt? Dass ihr es gern mit kleinen Jungs treibt?«

»Halt sofort die Klappe, verstanden!« Mit geballten Fäusten ging Donny auf seine Frau los, als wolle er zuschlagen. Sie starrte ihn nur verächtlich an.

»Hinsetzen«, befahl Emmanuel ihm leise. Der Schuppen und seine Bewohner gingen ihm allmählich unter die Haut. Er hob ein Baumwollkleid auf, das achtlos zu Boden geworfen worden war, und reichte es der Älteren. Sie stand auf und stellte sich vor ihm zur Schau. Der flache Bauch und die hohen kleinen

Brüste, das rotblonde Büschel auf ihrem Schamhügel. Und das vielleicht Prickelndste, die trotzige erotische Einladung, die in den dunkelbraunen Augen glänzte.

Emmanuel sah an dem Mädchen vorbei Shabalala an. »Wir müssen zur Beerdigung.« Auf freche blutjunge Mädchen sprang seine Libido nicht an.

»Yebo«, stimmte der schwarze Polizist erleichtert zu. Auch ihm setzte der dreckstarrende Schuppen langsam zu.

Emmanuel fixierte wieder Donny. »Wenn ich noch einmal herkommen muss, kriegen Sie die doppelte Packung von dem, was Captain Pretorius Ihnen verabreicht hat. Das ist ein Versprechen.«

»*Jaa*, natürlich, Detective.« Donny war geradezu ausgelassen vor Erleichterung. »Alles, was ich gesagt habe, ist so wahr wie die Bibel. Das schwöre ich beim Grab meiner Mutter.«

Die Ältere warf Emmanuel einen abschätzigen Blick zu, als er hinausging.

»Schwanzlutscher«, sagte sie auf Afrikaans, sicher, dass der englische Detective nicht auf Mädchen stand. Emmanuel trat hinaus ins Sonnenlicht.

Donny folgte ihnen zum Wagen, das Hemd flatterte wie eine Zeltklappe. »Detective, wenn Sie meinen Fotoapparat finden …«

Emmanuel zog knallend die Wagentür zu und drehte den Zündschlüssel. »Dann bringe ich ihn Ihnen vorbei.« Er legte den ersten Gang ein und fuhr behutsam an. Dann gab er Gas. Bald lagen Donny und sein armseliger Hof hinter ihnen.

»Ist der Captain öfter rabiat geworden?«

»Nein«, antwortete Shabalala mit Nachdruck.

»Und warum dann bei Donny?«

»Der da«, Shabalala wies mit dem Daumen nach hinten auf Donnys kleiner werdende Gestalt, »ist zur Wache gekommen und hat von Captain Pretorius seinen Fotoapparat zurückverlangt. Der Captain hat ihm gesagt, dass er nichts dergleichen hat, und Rooke hat ihn einen Lügner und Dieb geheißen.«

»Und Captain Pretorius hat ihm eine verpasst?«

»Nein, aber ich glaube, dass er sich gemerkt hat, was dieser Mann gesagt hat.«

Emmanuel bog auf die Hauptstraße ein, die zurück nach Jacob's Rest führte. Er sah die kaputten Fingerknöchel des Captains vor sich, ebenso wie die Gesichter der Leute von Jacob's Rest, die er auf den ermordeten Polizeichef angesprochen hatte. ›Rechtschaffen‹ und ›aufrecht‹ waren die beiden am häufigsten gebrauchten Begriffe. Das war das Problem. Die Rechtschaffenen glaubten zumeist fest an Strafe und Vergeltung.

* * *

»Hier rauf«, befahl Emmanuel einem Hansie mit verquollenen Augen, der daraufhin auf den Kotflügel des Wagens sprang. »Sagen Sie Bescheid, wenn Sie ihn sehen.«

Hansie rieb sich die geschwollenen Lider und blinzelte in Richtung der Menge, die sich anschickte, den Friedhof der Niederländisch-reformierten Kirche zu verlassen. Zuerst kamen die Schwarzen, die am Rand der Trauergemeinde gestanden hatten, dann die Farbigen und zuletzt der innere Kreis der Weißen. Der ganze Bezirk hatte sich zur Beerdigung eingefunden. Jeder Zentimeter der Straße, die zur Kirche hinaufführte, war zugeparkt von Fahrrädern, Autos und Traktoren, mit denen die Leute von den umliegenden Farmen hergefahren waren. Noch weit mehr Schwarze waren zu Fuß aus der Location in die Stadt gekommen. Der Tod des Captains hatte Jacob's Rest in eine geschäftige Großstadt verwandelt.

»Und?«, drängte Emmanuel. Shabalala war in die Ehrengarde der Familie Pretorius eingeladen worden. Damit blieb ihm Hansie als einziger Schlüssel zur hiesigen Lebens- und Denkweise. Dieses Bild brachte ihn fast zum Lachen.

»Ich kann ihn nicht sehen«, rief Hansie. »Vielleicht ist er nicht gekommen.«

»Wenn er noch lebt, ist er da. Halten Sie weiter Ausschau.«

»Tu ich ja«, maulte Hansie, während die Menge vom Friedhofsgelände herandrängte.

Emmanuel folgte Hansies Blick zu einer üppigen Brünetten, die auf die Straße zustrebte. »Ist das da Elliot King, mit den braunen Haaren und den großen Brüsten?«

»Nein.« Der junge Polizist bekam vor Überraschung Schluckauf. »Mr. King hat helle Haare.«

Emmanuel suchte in Hansies Gesicht nach einem Hinweis auf Humor, doch in den blauen Augen funkelte nichts als eine pennälerhafte Sehnsucht nach Naschereien. Eine kraftvolle Mischung aus Trauer und Begierde hatte einem Hirn ohne Notstrom auch noch den letzten Saft entzogen.

»Gehen Sie«, sagte Emmanuel. Höchste Zeit, dass er Ballast abwarf und sich einen anderen Ortskundigen suchte. Hansie war so nützlich wie ein blinder Papagei. »Wir treffen uns später am Nachmittag auf der Wache.«

Noch bevor er den Satz beendet hatte, war Hansie schon unten und drängelte sich durch die Menge. Die vollbusige Brünette war noch auf dem Kirchengelände, als der ranghöchste Polizist von Jacob's Rest, der achtzehnjährige Hansie Hepple, ihr eine Hand auf die Schulter legte.

Wenigstens fühlt er noch etwas, dachte Emmanuel. In einer Gruppe Farbiger entdeckte er Anton, den besonnenen Mechaniker, der ihm mindestens Prügel erspart hatte. Er winkte ihn herbei.

»Elliot King«, sagte er, nachdem sie sich begrüßt hatten. »Können Sie mir sagen, wer es ist, ohne auf ihn zu zeigen?«

Anton nickte, er verstand auf Anhieb, worum es ging. Rasch ließ er seine Augen über die Menschenansammlung schweifen. »Unter dem Baum da rechts von Ihnen, er kondoliert gerade der Familie. Der Blonde im Safarianzug.«

Emmanuel entdeckte ihn sofort. Der Mann verströmte eine unaufgesetzte Lässigkeit, wie sie nur Menschen hatten, die auf einem Haufen alten Geldes saßen. Der maßgeschneiderte Khakianzug trug auch dazu bei. Er verlieh ihm einen ländlichen Mann-des-Volkes-Charme, ohne seinen gehobenen gesellschaftlichen Status zu mindern.

»Altes Geld?«

»Zuckerfabriken und neuerdings auch Wildfarmen.«

Elliot King schritt die Reihe der Familienangehörigen ab und schüttelte Hände. Die Frostigkeit der Pretorius-Männer schien die Mittagshitze um ein paar Grad zu senken. Sogar Louis gelang eine abweisende Miene.

»Was ist da los?«, fragte Emmanuel.

»Captain Pretorius hat King vor etwa einem Jahr die alte Familienfarm verkauft. Jetzt glauben sie, dass King den Captain beim Preis übers Ohr gehauen hat.«

»Und? Hat er?«

Anton zuckte die Achseln. »Der Captain hat sich nie über die Summe beschwert, nur seine Söhne.«

»Und was wurde daraus?«

»Nur heiße Luft. Dummes Geschwätz von den Brüdern, King sei ein Schwindler. Aber King ist zu mächtig, als dass sie sich mit ihm anlegen könnten. Die Pretorius-Brüder haben es nicht so gern, wenn sie nicht ihren Willen bekommen.«

»Sie kennen sich damit aus, von ihnen angefeindet zu werden?«

»Jeder in Jacob's Rest kann ein Lied davon singen. Ich bin da kein Sonderfall.«

Emmanuel wollte gerade nach Einzelheiten fragen, als zwei Neuankömmlinge bei der Familie seine Aufmerksamkeit erregten. Die Männer, Bürstenhaarschnitt vom Schlag Kommandosoldat, hatten sich in billige dunkle Baumwollanzüge gezwängt, wie man sie für Aussagen vor Gericht und bei inoffiziellen Zellenverhören trug. Sie wirkten wie Paradebeispiele aus dem Kapitel *Harte Bandagen* des Polizeihandbuchs. Keiner der beiden kam für die Rolle des verständnisvollen Bullen infrage, der dem Häftling mit Einfühlungsvermögen und Raffinesse ein Geständnis entlockt. Sie waren eindeutig Security Branch.

»Freunde von Ihnen?«, fragte Anton.

Emmanuel sprang vom Kotflügel und half Anton herunter. Die Menschenmenge umspülte sie wie ein dunkles Meer, in dem man die Haie nicht sah. Emmanuel atmete einmal tief durch. Zwei Tage. Gerade genug, um Leute für den Einsatz auszusuchen, ihnen Instruktionen zu geben und sie herzubefördern. Die Security Branch hatte nie vorgehabt, hier nur Zaungast zu spielen. »Indirektes Interesse« war nur der Blödsinn, den man van Niekerk aufgetischt hatte, damit er die Füße still hielt, während die anderen ihre Truppen aufmarschieren ließen.

»Die zwei kenne ich nicht«, antwortete Emmanuel. »Aber ich habe das Gefühl, sie werden sich uns allen noch früh genug vorstellen.«

Anton schluckte. »Muss ich mir Sorgen machen, Detective?«

»Sind Sie politisch engagiert? Gehören Sie der Kommunistischen Partei oder einer Gewerkschaft an, die gegen die Gesetze der National Party ist?«

»Nein«, antwortete der Farbige hastig. »Ich kann nicht behaupten, dass mir das gefällt, was da läuft, aber ich habe noch nie was dagegen unternommen.«

»Sind Ihre Ausweispapiere in Ordnung?«

»Soweit ich weiß.«

»Dann sorgen Sie dafür, dass das so bleibt«, riet Emmanuel. »Die Security Branch ist hier, um politische Aktivisten aufzustöbern. Und wenn die Security Branch etwas sucht, findet sie es auch.«

»Habe ich auch schon gehört«, antwortete Anton leise. Wenn die Security Branch die Macht besaß, einen weißen Polizisten einzuschüchtern, was für Chancen hatte dann ein Farbiger?

»Sie wissen, wie das Spiel läuft, Anton. Spielen Sie einfach mit.«

»Sie sind ein komischer Kauz«, sagte Anton leichthin. »Was wissen Sie denn von diesem Spiel?«

»Ich bin hier geboren. Jeder in Südafrika muss wissen, wo sein Platz ist. Manche von uns sind Bauern, und andere ...«, er nickte in Richtung Elliot King, der gerade auf einen am Straßenrand geparkten Landrover mit Verdeck zuschritt, »... andere sind eben Könige. Wir sehen uns später.«

Anton nickte zum Abschied, und Emmanuel drängte sich durch eine Ansammlung weißer Farmer, bis er neben dem eitlen Pfau stand, der gerade an seinem Wagen ankam. Ein älterer Eingeborener in einer grünen Wildhüteruniform, auf der *Bayete Lodge* eingestickt war, hielt die Tür des Landrovers auf.

»Mr. King?« Emmanuel trat dem anderen in den Weg und streckte die Hand aus. »Ich bin Detective Sergeant Emmanuel Cooper. Hätten Sie vielleicht einen Moment Zeit für mich?«

»Natürlich, Detective Sergeant.« Das Lächeln war kühl, der Handschlag kurz und fest. »Womit kann ich Ihnen helfen?«

Auf dem Friedhof waren die Gorillas von der Security Branch ins Gespräch mit Paul Pretorius vertieft. Noch heute Nachmittag würden sie auf der Polizeiwache aufkreuzen und einmal in jede Ecke pissen, damit auch jeder wusste, dass sie die Ermittlungen leiteten.

»Ich hätte ein paar Fragen über Captain Pretorius. Wäre es Ihnen recht, wenn wir bei Ihnen zu Hause reden? In der Stadt ist viel los, und ich halte es für besser, wenn wir dazu unter uns sind.«

»Werde ich verdächtigt, Detective Cooper?«

»Es handelt sich nur um ein informelles Gespräch«, versicherte Emmanuel, der merkte, wie die Menge sich allmählich zerstreute und er Gefahr lief, dass die Schlaghand der National Party auf seine wenigen Fährten aufmerksam wurde. »Freiwillige Hilfe bei der Ermittlung.«

»In dem Fall erwarte ich Sie gern in etwa einer Stunde auf meiner Farm.« King schlüpfte in den Landrover. »Und wenn Sie sowieso zu mir rauskommen, seien Sie ein netter Kerl und fahren Sie noch beim alten Juden vorbei, um meine Haushälterin und ihre Tochter abzuholen. Das erspart Matthew die Fahrt. Sie sind in einer Stunde bereit für den Rückweg auf die Farm.«

Die Tür schlug zu, ehe Emmanuel antworten konnte. Er sah nur noch sein unscharfes Spiegelbild im staubigen Fenster. Elliot King hatte einen Befehl erteilt und erwartete, dass er ausgeführt wurde.

Emmanuel salutierte spöttisch, der Wagen fuhr an und rollte die Hauptstraße hinab. Auf dem Schlachtfeld waren ihm arrogante Engländer jeder Couleur untergekommen, und immerhin hatte dieses Exemplar hier in seinem maßgeschneiderten Khakianzug und seinem nagelneuen Landrover nicht die Befugnis, ihn über einen mit Landminen gespickten Hügel zu jagen. Er würde also den Lakaien spielen, bis er dahinterkam, warum jemand ihm mitten in tiefster Nacht Elliot Kings Namen zugeschanzt hatte.

* * *

»Wann kommt meine Verstärkung?«, fragte Emmanuel. Er hatte Major van Niekerk zu Hause erreicht, in seinem roten viktorianischen Backsteinhaus mit riesigem Grundstück in einem schnieken nördlichen Vorort von Johannesburg. »Ich kann diese Ermittlung unmöglich allein bewältigen.«

»Verstärkung kommt überhaupt nicht«, antwortete van Niekerk über den Lärm eines pfeifenden Wasserkessels hinweg. »Der Polizeipräsident hat mir befohlen, mich rauszuhalten. Die Security Branch hat jetzt das Sagen.«

»Und ich?«

»Sie sind auf sich gestellt. Die Security Branch will, dass man Sie abzieht, aber ich konnte den Polizeipräsidenten überreden, Sie an dem Fall dranzulassen. Das bedeutet, dass die anderen Sie nicht gerade mit offenen Armen empfangen werden.«

»Und warum ziehen Sie mich nicht ab?«, fragte Emmanuel.

»Weil Sie eben keiner von diesen Geheimpolizei-Schergen sind«, ließ van Niekerk ihn wissen. »Sie werden dafür sorgen, dass für dieses Verbrechen der Richtige baumelt.«

Ungeachtet dieser Beteuerung war van Niekerk nicht der Typ, dem es bei der Strafverfolgung in erster Linie um Gerechtigkeit ging. Der ehrgeizige Major sorgte lediglich dafür, dass ein ihm verpflichteter Ermittler vor Ort war und seine Interessen vertrat. Um nichts in der Welt würde van Niekerk den schlagzeilenträchtigen Mord an einem weißen Police Captain kampflos der Security Branch überlassen. Schön und gut, dachte Emmanuel. Nur dass van Niekerk gemütlich in Jo'burg saß und Tee schlürfte, während er selbst sich leibhaftig mit der fiesesten Truppe der nationalen Strafverfolgung herumschlagen musste.

»Wie sind die denn so?«, fragte van Niekerk ohne besonderes Interesse.

»Sie sehen aus, als könnten sie noch aus einem Farbeimer ein Geständnis herausprügeln.«

»Prima. Dann können Sie sie erst recht blöd dastehen lassen.«

»Und wie soll ich das machen?«, fragte Emmanuel trocken zurück.

»Indem Sie den Mörder finden«, belehrte ihn van Niekerk. »Finden Sie ihn, bevor die es tun.«

* * *

Als Emmanuel das Büro des Captains verließ, sah er die beiden Security Branch-Männer den Aktenschrank durchwühlen. Ihre Gesichter sahen aus wie zwei gleich hässliche Seiten einer Medaille. Sie drehten sich zu ihm um, und Emmanuel spürte die unverhohlene Feindseligkeit. Nicht mit offenen Armen empfangen? Major van Niekerk hatte wirklich einen Sinn für Untertreibung.

»Wir können uns entspannen, Dickie«, sagte der hagere Ältere zu seinem stämmigen Kollegen. Sein Lächeln war nur ein kurzes Entblößen der gelblichen Zähne. »Gott ist mit uns. Endlich.«

»Sie müssen der Schlauberger des Teams sein«, sagte Emmanuel und warf seinen Hut auf Sarel Uys' verwaisten Tisch. Er wartete auf die zweite Salve. Die Jungs von der Security Branch würden ihm den Arsch aufreißen, damit er kapierte, wer das Sagen hatte.

»Wieso Gott?« Dickies Verstand kam nicht ganz mit.

»Emmanuel«, sagte der Ranghöhere. »Das bedeutet der Name. Gott ist mit uns. Und wenn man Major van Niekerk glauben darf, kann unser Detective Sergeant Cooper hier übers Wasser laufen. Er kann Wunder wirken.«

Emmanuel ließ das unkommentiert. Wenn die Security Branch auf Zoff aus war, mussten sie schon bessere Treffer landen.

»Wo wollen Sie denn hin, Cooper?«

»Ich erstatte Major van Niekerk Bericht», sagte Emmanuel. »Und sonst niemandem.«

»Das galt bis gestern. Ab heute bin ich Ihr direkter Vorgesetzter, Lieutenant Piet Lapping von der Security Branch. Ihr Major ist von meinem Colonel darüber informiert.« Er ließ das einen Moment sacken. »Also, wo wollen Sie hin, Cooper?«

»Zu einer Farm«, sagte Emmanuel.

»Wollen Sie das wirklich auf sich nehmen?«, fragte Lapping. »Farmen sind ziemlich schmutzig. Am Ende kriegen Sie noch Kuhscheiße auf Ihre Schuhe.«

Dickie, der Muskelmann des Duos, platzierte seinen Bierbauch auf Hansies Schreibtischkante. »Das haben wir schon gehört, stimmt's, Lieutenant? Dass unser Manny sich nicht gern schmutzig macht. Immer fein gebügelte Hemden und gewichste Schuhe.«

Piet zündete sich eine Zigarette an und warf seinem Sergeant das Päckchen zu. »Vermutlich ist das der Grund, warum sein Freund Major van Niekerk ihn so schnell befördert hat. Adrette Junggesellen halten gern zusammen.«

»Ist wahr?«, fragte Dickie leutselig.

»Ja.« Piet stieß mit vorgestülpten Lippen eine Rauchwolke aus. »Sie treffen sich heimlich und stärken einander die Unterhosen, bis sie schön steif sind.«

Emmanuel unterdrückte den Impuls, Piet mit dem Kopf voran in den Mülleimer zu befördern. Die Akten der Security Branch waren legendär, aber Pockennarben-Piet und sein Partner hatten wenig Zeit gehabt, diese Quellen anzuzapfen. Sie wussten, dass er schnell Karriere gemacht hatte, zu schnell für den Geschmack einiger älterer Kollegen. Seine persönlichen Hygienegewohnheiten und das hässliche Gerücht einer Liaison konnten nur aus dem inneren Kreis der Kriminalpolizei stammen. Jemand hatte gequatscht.

»Wo lernt ein Mann nur so unnatürliche Sachen?« Dickie legte seinen Nilpferdkopf schief.

»Bei der britischen Armee«, antwortete Piet. »Deshalb ist unser Manny wahrscheinlich im Krieg so gut vorangekommen. Vom Fußsoldat zum Major in ein paar Jahren, dazu die vielen glänzenden Medaillen, die er sich an die Uniform heften durfte.«

Im Geiste ging Emmanuel die Liste seiner Gegner durch und landete bei einem Namen: Head Constable Oliver Sparks, ein verbitterter Holzkopf, der nach zwanzig durch und durch mittelmäßigen Dienstjahren kurz vor der Pensionierung stand. Das Gerücht über eine homosexuelle Beziehung kam zweifellos von ihm, die Rache für van Niekerks Weigerung, ihn an größere Fälle heranzulassen.

»Wie geht es Head Constable Sparks?«, fragte Emmanuel. »Fälscht er immer noch Beweise und säuft im Dienst?«

Piets breiiges Gesicht spannte sich an, er nahm einen langen Zug aus seiner Zigarette und stieß den Rauch aus. Emmanuel wusste, dass er mit Sparks' Namen einen Treffer gelandet hatte. Die stechenden Augen des Lieutenants verdüsterten sich.

»Zu welcher Farm wollen Sie?« Lapping kam bruchlos zum vorherigen Thema zurück, und Emmanuel verspürte wachsendes Unbehagen. Lieutenant Piet Lapping und sein Helfer waren nicht ganz die Macker-und-Macker-Kombination, als die er sie bei der Beerdigung eingestuft hatte. Unter Piets grobschlächtiger Maske und dem betonharten Körper verbarg sich ein Hirn mit mehr als durchschnittlichem Fassungsvermögen.

»Zu Elliot Kings Farm«, sagte er. »Ich will ein Gerücht überprüfen, dass King Captain Pretorius bei einer finanziellen Transaktion betrogen hat. Zwischen den beiden könnte es böses Blut gegeben haben.«

»Sie verfolgen also den Ansatz persönlicher Motive.« Lapping ließ das nach vergebener Liebesmüh klingen.

»Gibt es denn noch einen anderen?«, fragte Emmanuel.

»Keinen, über den ich mit Ihnen sprechen könnte.« Lapping machte eine wedelnde Handbewegung in Richtung Tür. »Nun machen Sie schon, ab auf die Farm, und erstatten Sie mir Bericht, sobald Sie wieder da sind. Ich habe die Leitung für den gesamten Fall, verstanden?«

Emmanuel hatte das Gefühl, dass die Security Branch wesentlich mehr wusste als er. Die beiden suchten nach ganz bestimmten Informationen. Und die »persönlichen Motive«, wie der Lieutenant es genannt hatte, rangierten in ihren Augen ganz unten auf der Liste.

* * *

»Sie schon wieder, Detective?« Zweigman sah von dem Päckchen auf, das er gerade in einen Bogen braunes Papier einschlug. »Haben Sie vielleicht Interesse an unserer Aprikosenmarmelade? Die ist im Sonderangebot. Beste Qualität, Sie werden nirgendwo bessere finden, nicht mal in Jo'burg.«

»Die Beerdigung scheint Sie in gute Stimmung versetzt zu haben«, bemerkte Emmanuel. »Feiern Sie später noch ein Fest?«

»Höchstens ein Gläschen mit meiner Frau«, kam die schlagfertige Antwort.

»Ich dachte, Sie greifen nie zur Flasche, Doktor.«

»Nur zu besonderen Anlässen«, gab Zweigman zurück, verschnürte das Paket ordentlich und stapelte es mit einigen anderen auf der Theke. »Haben Sie vor, am Leichenschmaus im Standard Hotel teilzunehmen, Detective? Ich höre, Henrick Pretorius lässt dort bis Sonnenuntergang Getränke zum halben Preis ausschenken.«

Emmanuel stellte sich vor, wie die Pretorius-Brüder und ihre Burenfreunde bis spät in die Nacht kapholländische Volkslieder grölten. Vielleicht holte sogar noch jemand seine Quetschkommode hervor, damit es auch richtig zünftig herging. Das Blut gefror ihm in den Adern.

»Nicht so mein Geschmack«, sagte er. »Zunächst soll ich Kings

Haushälterin und ihre Tochter mit raus zur Farm nehmen. King hat gesagt, die beiden würden hier sein.«

Zweigman erstarrte. »Mr. King hat doch einen Fahrer.«

»Ich weiß, aber da ich sowieso raus zu Kings Farm muss, fand er, ich könnte doch ein ›netter Kerl‹ sein und als Gefälligkeit seine Angestellten mitnehmen. Dann muss Matthew nicht zweimal fahren.«

»Verstehe.« Ohne aufzusehen klaubte Zweigman ein paar Stücke Packschnur von der Theke.

»Und, sind die beiden hier?«

»Natürlich.« Der deutsche Krämer besann sich. »Ich gehe nach hinten und sage ihnen, dass Sie ihnen eine Fahrgelegenheit anbieten.«

»Danke«, sagte Emmanuel, trat ans Fenster und spähte hinaus auf die Straße. Ein Pulk weißer Männer querte die Kreuzung zur van Riebeeck Street auf dem Weg zum Leichenschmaus im Standard Hotel, alles zum halben Preis. Grüppchen von Schwarzen verschwanden von der Straße auf die Kaffernpfade, die hinaus zur Location führten. Die Stadt leerte sich.

Als er sich wieder umdrehte, stand Zweigman da, neben sich die scheue braune Maus Davida sowie eine anmutige Frau, die ein schwarzes Baumwollkleid und dazu eine unechte indische Perlenkette trug.

»Das ist Mrs. Ellis, und ihre Tochter Davida kennen Sie ja bereits.« Zweigman wirkte, als ginge es ihm persönlich gegen den Strich, sie miteinander bekannt zu machen.

»Mrs. Ellis. Ich bin Detective Sergeant Emmanuel Cooper.«

»Detective.« Kings Haushälterin bedachte ihn mit einer ehrerbietigen Verbeugung, wie sie mächtigen Weißen vorbehalten war. Sie hatte grüne Augen und braune Haut. Ihre Lippen waren so voll, dass darauf der Kopf eines müden Mann ruhen konnte. Davida hielt sich im Hintergrund, den Kopf gesenkt wie eine Novizin, die auf Anweisungen wartet. Die Tigerin hatte ein Lamm geboren.

»Freut mich, Sie kennenzulernen«, sagte Emmanuel und angelte die Autoschlüssel aus der Hosentasche. »Ich fürchte, wir müssen sofort los.«

»Natürlich.« Mrs. Ellis eilte zur Theke, und Zweigman scheuchte sie wieder weg, während er und die scheue braune Maus die Pakete unter sich aufteilten.

Emmanuel trat nach draußen. Eine hagere Farbige mit strohigem gelbem Haar und einem pausbackigen Kleinkind an der Hand ging an Antons ausgebrannter Werkstatt vorbei. Die Ruine erinnerte ihn an die Hunderte französischer Städte und Dörfer, die sie bei ihrer Friedensoffensive dem Erdboden gleichgemacht hatten.

Über ihm zog eine Wolkenbank vorbei, deren dunkler Schatten über die Straße wanderte, gefolgt vom blendend hellen Sonnenschein, als die Wolken übers Veld davonzogen. Das wechselnde Licht ließ Emmanuel heftig blinzeln. Auf der Ladenschwelle stand jetzt Mrs. Ellis und davor, einander zugewandt, Davida und Zweigman. So nah zusammen, dass Emmanuel fast spüren konnte, wie sich die Atemluft zwischen ihnen mischte. Die Kühlerhaube des Wagens reflektierte schmerzhaft blendendes Weiß, dann wich es einem matten Schimmern.

»Macht Ihnen Ihr Kopf wieder zu schaffen, Detective?«

»Nein, es ist nur die Sonne«, sagte Emmanuel. Er warf einen Blick auf Mrs. Ellis, um ihre Reaktion zu prüfen, doch sie sah nicht aus, als wäre die Ehre ihrer Tochter in irgendeiner Weise kompromittiert worden.

»Sind Sie so weit?« Emmanuel öffnete die Wagentür und stieg ein. Er gab nicht viel auf Mrs. Pretorius' wollüstiges Shylock-Märchen: In ihrer Welt wimmelte es nur so von trickreichen Juden, besoffenen Farbigen und primitiven Schwarzen. Der übliche von der National Party verbreitete Schwachsinn, auf den arme Afrikaaner schworen und über den sich gebildete Engländer gern lustig machten, während ihr Hauspersonal den Rasen mähte.

Die Beifahrertüren hinten schlossen sich, und Emmanuel ließ

den Motor an. Was er da eben, ganz kurz, zwischen Zweigman und dem stummen Mädchen beobachtet hatte, verstieß nicht gegen das Unsittlichkeitsgesetz. Hatte er es sich nur eingebildet?

»Wo lang?«, fragte er Mrs. Ellis, die so steif auf der Sitzkante hockte, als fürchte sie, die Federung zu beschädigen.

»Sie nehmen zunächst die Piet Retief Street bis zum Botha Drive, biegen dann am Standard Hotel links ab und fahren weiter bis zur Hauptstraße. Bayete Lodge liegt etwa dreißig Meilen westwärts.«

»Gibt es einen Weg aus der Stadt, der nicht am Standard Hotel vorbeiführt?«, fragte Emmanuel.

Jeder Weiße aus dem gesamten Bezirk würde da sein, einschließlich der Pretorius-Brüder. Dort mit zwei braunhäutigen Frauen im Fond vorbeizufahren, statt am offiziellen Totenmahl teilzunehmen, konnte schnell dazu führen, dass ihm sämtliche Türen vor der Nase zugeschlagen wurden.

»Es gibt nur einen Weg aus der Stadt hinaus«, erklärte die ältere Frau. »Wir müssen auf jeden Fall am Standard Hotel vorbei.«

Emmanuel bog auf die Piet Retief Street ein und fuhr dann langsamer. Mit einem mulmigen Gefühl blickte er in den Rückspiegel. »Ich muss Sie beide um einen Gefallen bitten.«

»Ja?«, sagte Mrs. Ellis, während ihre Hände nervös mit den Perlen an ihrem Hals spielten. Wenn weiße Männer nichtweiße Frauen um einen Gefallen baten, verhieß das nichts Gutes.

»Ich möchte, dass Sie sich flach auf die Rückbank legen, bevor wir am Standard vorbeikommen. Für die Ermittlungen wäre es besser, wenn niemand Sie sieht.« Er haspelte die Sätze rasch herunter. Von einer ehrbaren Weißen und ihrer Tochter hätte er so etwas nie im Leben verlangt. »Sobald wir aus der Stadt raus sind, können Sie wieder hochkommen.«

»Oh.« Mrs. Ellis nestelte noch nervöser an ihren rosa gefärbten Perlen. »Ich denke, das geht in Ordnung. Ja, Davida?«

Davida lächelte ihre Mutter an, neigte sich langsam zur Seite und legte den Kopf auf die Rückbank, wie ein Kind ein Spiel spielt, dessen Regeln es schon lange kennt. Mrs. Ellis tat es ihr nach und legte sich neben ihre Tochter.

Vor dem Standard Hotel standen etliche Männer auf dem Bürgersteig. Es war erst früher Nachmittag, und die Menge hatte sich noch nicht auf die Straße ergossen. In etwa einer Stunde würde der Verkehr in Schrittgeschwindigkeit an den zahlreichen Trauergästen vorbeikriechen müssen.

Im Vorbeifahren warf Emmanuel einen Blick auf die Gesichter. Er hatte Glück. In dem Pulk am Straßenrand befand sich keiner aus dem Pretorius-Clan. Er bog nach links ab und gab Gas. Bald darauf hatte er die Stadtgrenze hinter sich und rollte auf der Hauptstraße nach Westen.

Er bremste ab und sah über die Schulter nach den beiden Frauen auf der Rückbank. Davida lag mit der Wange an das warme Leder geschmiegt da, ein Arm verbarg die obere Hälfte ihres Gesichts. Sie atmete langsam und tief, ihr Mund stand leicht offen. Im ersten Moment dachte er, sie sei eingeschlafen.

»Wir sind raus«, sagte Emmanuel und konzentrierte sich wieder auf die Straße. Zu beiden Seiten zog das Veld vorbei, ein Gewirr aus wilden Feigenbäumen und Akazien. Gegen den Hintergrund der unscharfen Landschaft sah er das Bild des Mädchens vor sich, entwürdigt und verletzlich auf dem Rücksitz seines Wagens.

6

»Wie finden Sie es?« Elliot King deutete auf ein halbfertiges Gebäude am Flussufer.

Emmanuel kannte die einzig richtige Antwort auf die Frage. »Sehr eindrucksvoll.«

»Das wird das exklusivste Safaricamp im ganzen südlichen Afrika. Fünf luxuriöse Jagdhütten mit Blick auf das Wasserloch, erstklassige Fährtenleser und Wildhüter und ein ständiges Angebot an individuellen Jagdausflügen. Das beste Essen, der beste Wein, die größte Vielfalt an Tieren. Allein für die Vorräte habe ich ein verfluchtes Vermögen hingeblättert. Aber die Leute, die herkommen, werden dafür auch ein Vermögen bezahlen, also gleicht es sich wieder aus.«

Emmanuel hörte den Stolz in der Stimme des Engländers: ganz erfüllt von der Freude darüber, unangefochtener Herrscher seines eigenen Stückchens Afrika zu sein.

»Das hier war doch früher die Pretorius-Farm.« Emmanuel dachte an die Familie des Captains, der ebenfalls ein riesiger Brocken von Transvaal gehörte.

»Richtig.« King griff nach einem silbernen Glöckchen, das neben ihm auf einem Beistelltisch stand, und läutete damit. »Captain Pretorius hat sie mir vor etwa einem Jahr verkauft, als ihm klar wurde, dass weder Paul noch Louis Farmer werden würden.«

»Ich habe gehört, es gab wegen des Verkaufs ein bisschen Ärger.«

»Ach, das.« King lächelte. »Das war eher ein Problem zwischen Pretorius und seinen Söhnen. Ihnen fehlt der Geschäftssinn ihres Vaters … Er war ein intelligenter Mann.«

»Mr. King?« Das war Mrs. Ellis, die auf das Läuten hin erschienen war. Sie trug nicht mehr ihre schwarze Trauerkluft, sondern die Haustracht, ein maßgeschneidertes grünes Hemdkleid, auf dessen Brusttasche *Bayete Lodge* eingestickt war. Selbst darin sah sie noch elegant aus.

»Tee«, sagte King. »Und etwas Gebäck bitte.«

»Sofort.« Mrs. Ellis deutete einen Knicks an und verschwand im kühlen Inneren des Hauses. In Gesellschaft von Elliot King kam man sich vor wie in einem altmodischen englischen Roman. Jeden Moment erwartete man, das Schlagen von Trommeln und die aufgebrachten Schreie zu hören, die zur Verteidigung des Hauses gegen einen Eingeborenenaufstand riefen.

»Intelligent?« Emmanuel wiederholte das Wort. Immerhin redeten sie hier über einen Afrikaaner-Captain mit einem Hals so dick wie ein Baumstamm.

»Ich weiß schon.« King lächelte. »Er sah genauso aus, wie man sich einen dummen Buren vorstellt, aber dahinter verbarg sich eine vielschichtige Persönlichkeit.«

»Wie darf ich das verstehen?«

»Kommen Sie mal mit.« King erhob sich und ging ins Haus, dabei erzählte er weiter. »Ja, das hier war die Pretorius-Farm. Der Captain war schon die dritte Generation, die hier draußen lebte. Und er ist erst weggegangen, als er geheiratet hat und in die Stadt gezogen ist.«

Emmanuel folgte ihm. Der geräumige Salon war mit weichen, opulenten Sofas ausgestattet, auf dem Boden lagen Tierfelle. Englische Landschaftsmalerei und Familienfotos an den weiß getünchten Wänden, alles von Mrs. Ellis makellos in Schuss gehalten. Stammesmasken, Assegais und Schilde verliehen der Einrichtung gerade genug Urtümliches, dass man sich in Südafrika wusste statt in Surrey.

»Schauen Sie sich das hier mal an.« King zog im Büro eine Schublade auf und holte einen Stapel vergilbter Papierumschläge hervor. Jedes Couvert trug eine verblasste, aber noch lesbare Aufschrift. »Lesen Sie und sagen Sie mir, was Sie davon halten.«

»Fruchtbarkeit bei Vollmond«, las Emmanuel laut vor. »Nach Mitternacht auf den Eingang des Kraals streuen.«

»Weiter.« King war offensichtlich ganz begeistert von seinem Fund.

»Frühlingsregenmacher. Einen Tag nach der Aussaat in das am höchsten gelegene Feld eingraben.« Rasch blätterte Emmanuel die restlichen Umschläge durch. Alle waren mit einer mystisch anmutenden Gebrauchsanweisung versehen. »Das ist Schwarze Magie, irgendwelche Zaubermittelchen. Die Eingeborenen schwören auf so was.«

»Nicht bloß die Eingeborenen. Die hier haben wir gefunden, als wir das Haus ausgeräumt haben. Sie gehörten dem alten Pretorius, dem Vater des Captains.«

Weißer Polizist macht in Schwarzer Magie: Für die englischen Zeitungen wäre das ein gefundenes Fressen.

»Als ich sie fand, habe ich meinen Fahrer Matthew über Pretorius senior ausgefragt.« King steckte die Umschläge zurück in die Schublade und schlenderte zurück zur Veranda. »Er wurde früh Witwer und lebte danach hier draußen ganz allein mit seinem Sohn. Die anderen Buren hielten ihn für verrückt und mieden ihn offenbar. Diese ganze Schnapsidee vom Stamm der weißen Buren in Afrika hat er Wort für Wort geglaubt.«

»Das tun viele«, sagte Emmanuel. An die zwei Drittel der gegenwärtigen Regierung.

»Mag sein. Aber wie viele von denen würden ihrem Sohn einen schwarzen Gefährten zur Seite stellen, damit er die Lebensweise der Eingeborenen kennenlernt? Wie viele lassen ihren Sohn im Alter von vierzehn bis achtzehn zu einem Zulu-Amabutho ausbilden und dabei sämtliche Qualen erleiden, die dieser Drill mit sich bringt?«

»Das hat Pretorius gemacht?«

»Er und Shabalala sollen damals barfuß von einem Ende der Farm bis zum anderen gerannt sein, fünf oder sechs Mal hintereinander, ohne einmal anzuhalten oder zu trinken. Matthew sagt, es war spektakulär. Denen, die sich noch an die alten Zeiten erinnerten, trieb es wohl Tränen in die Augen. Das Echo der großen Zulukrieger, der Impi, die donnernd übers Veld stürmten.« Mit einem nostalgischen Seufzer sank King auf seinen Lehnstuhl.

Der maßlos weite Himmel und die sanften Hügel, einst Stammesgebiet der Eingeborenen, gehörten jetzt zu Kings kleinem Königreich. Was war das bloß mit den Briten und ihrer Hinwendung zu Völkern, die sie in blutigem Krieg unterworfen hatten?

»Sein Gefährte war Constable Shabalala?«

»Richtig. Shabalalas Vater war ein Zulu. Er hat die beiden ausgebildet.«

»Warum hat der Vater des Captains das gewollt?«, fragte Emmanuel. Den meisten Weißen genügte es, ihren Führungsanspruch als Geburtsrecht zu betrachten.

»Das ist das Verrückte an der Sache.« King fand augenscheinlich großen Gefallen daran, über die Schrullen der Buren zu reden. »Der alte Pretorius fand, weiße Männer müssten sich den Eingeborenen in jeder Hinsicht als ebenbürtig oder überlegen erweisen. Er hat seinen Sohn zu einem weißen Induna erzogen, einem Häuptling in jedem Sinne des Wortes.«

Mrs. Ellis kam mit einem Teetablett und stellte es auf das Tischchen zwischen ihnen. Ihre Bewegungen waren zurückhaltend und funktional, die Körpersprache einer Person, die in ein Dienstverhältnis hineingeboren war. Sie reichte King seinen Tee. Weshalb ausgerechnet dieser vornehme Engländer so sprach, als wären die Tage der weißen Häuptlinge gezählt, wollte Emmanuel nicht in den Sinn.

Mrs. Ellis, die perfekte Dienstbotin, verschwand im Innern des Hauses.

»Wissen Sie, Captain Pretorius kannte jede Pflanze und jeden Baum, den es im Veld gibt«, fuhr King fort. »Er sprach sämtliche Eingeborenendialekte und kannte alle Gebräuche. Anders als die anderen Kapholländer hier brauchte er keinen Bürohengst in Pretoria, um seinen Führungsanspruch zu rechtfertigen.«

»Kannten Sie ihn gut?«, fragte Emmanuel. Es war nicht zu übersehen, dass der Engländer Captain Pretorius in dieselbe

Kategorie des »geborenen Herrschers« einordnete wie sich selbst. Der Rest der Menschheit, Polizisten eingeschlossen, war nur zum Dienen da.

»Als wir über den Verkauf verhandelten, habe ich ihn ein wenig kennengelernt. Und noch viel besser, als er mit dem Bauen anfing.« King unterbrach sich und wählte vom Tablett ein Stück Gebäck. »Wie ich schon sagte, für einen Buren war er wirklich sehr vielschichtig und sehr intelligent.«

»Was hat er denn gebaut?« Emmanuel setzte seine Teetasse ab. Deshalb also hatte man ihm die Notiz zugespielt. Jetzt war er sich sicher.

»Nichts Großartiges. Nur eine kleine Steinhütte auf der Parzelle, die er für sich behalten hat.«

»Er hat hier draußen ein Haus?«

»Eher eine Hütte als ein Haus«, sagte King und biss in seinen Kuchen. Er ließ sich Zeit, kaute genüsslich, dann sprach er weiter. »Sie sieht aus wie aus einer Kaffern-Location, aber ihm schien das zu gefallen.«

»Hat er viel Zeit dort verbracht?« Kein Mensch – weder Shabalala noch einer der Pretorius-Brüder – hatte bisher erwähnt, dass es einen zweiten Wohnsitz gab, welcher Art auch immer.

»Nicht dass ich wüsste. Ein paarmal ist er in der Jagdsaison da gewesen, danach nur noch sporadisch. Mir kam das alles ein wenig wirr vor. Aber schließlich war es sein Land und seine Hütte.«

Captain Pretorius hatte sich vor jedermann als Mann mit frommem Lebenswandel und festen Gewohnheiten präsentiert. Mittwochs zum Angeln, donnerstags zum Training des Rugby-Teams und jeden Sonntag in die Kirche, und doch tauchte im Zusammenhang mit ihm immer wieder auch Abweichendes auf.

»Wo ist diese Hütte?« Der Autoschlüssel in seiner Hosentasche und der Zettel, auf den jemand Kings Namen gekritzelt hatte, schienen auf einmal gegen sein Bein zu drücken. Schluss mit dem Fünf-Uhr-Tee.

»Etwa zehn Meilen zurück auf der Hauptstraße. Direkt an der

Abzweigung steht ein riesiger Witgatboom. Auf dem Hinweg sind Sie dran vorbeigekommen.«

Der Witgat oder Hirtenbaum mit seinen weit ausladenden, flachen Ästen war ein guter Wegweiser. Eine optische Quintessenz Afrikas. »Ich muss mir das mal ansehen«, sagte Emmanuel.

»Das kann ich Ihnen weder gestatten noch verbieten, Detective. Auf dem Grundstück dort habe ich nichts zu sagen, Sie können also tun und lassen, was Sie wollen.«

Emmanuel blieb an der Verandatreppe stehen. »Ich dachte, Sie haben Captain Pretorius die gesamte Farm abgekauft.«

»Das meiste«, verbesserte King. »Eine kleine Parzelle hat er für sich behalten. Und genau das haben seine Söhne nicht verstanden. Bei dem Verkauf ging es nicht um Geld. Ihr Vater wollte nur ein Stück von seinem alten Leben wiederhaben.«

Emmanuels Instinkt sagte ihm, dass die Pretorius-Söhne nicht die geringste Ahnung von der Hütte hatten, noch vom Vorhaben ihres Vaters, sein Leben als weißer Induna wieder aufzugreifen.

»Wenn ich mich dort umgesehen habe, fahre ich direkt zurück zur Polizeiwache«, erklärte Emmanuel. »Danke für Ihre Hilfe, Mr. King, und für den Tee.«

»Gern geschehen«, antwortete King, und im selben Moment schoss ein zweitüriger roter Sportwagen mit runden Kotflügeln und gewölbten Scheinwerfern auf die Kieseinfahrt und kam nur Zentimeter hinter der Stoßstange des Packard zum Stehen. Die Fahrertür schwang auf, und ein Mann Anfang zwanzig entstieg dem lederbezogenen Schalensitz. Emmanuel sah strahlend weiße Zähne aufblitzen.

»Winston!«, rief Elliot King, als der gutaussehende Bursche auf die Treppe zukam. »Ich habe dich erst morgen erwartet. Darf ich dir Detective Sergeant Emmanuel Cooper vorstellen? Er wollte gerade gehen.«

»Ein Gesetzeshüter.« Winston gab Emmanuel lächelnd die Hand. »Haben Sie endlich etwas gegen meinen Onkel in der Hand, Detective Sergeant?«

Beide Kings lachten herzlich. Das Gesetz war bloß ein Dienstbote, dem man keine Rechenschaft schuldete.

Der schnittige Sportwagen und die Strandbräune regten Emmanuel genauso irrational auf wie das schlichte Armband aus Elefantenhaar, mit dem sich Winston »echt afrikanisch« ausstaffiert hatte.

»Nur eine Routinebefragung«, sagte er.

»Was war denn los?«

»Captain Pretorius.« King kehrte zu seinem Lehnstuhl zurück und setzte sich. »Er wurde am Mittwochabend ermordet. Mit zwei Schüssen.«

»Mein Gott ...« Winston lehnte sich ans Geländer. »Wirst du etwa verdächtigt?«

»Natürlich nicht.« King nippte an seiner Teetasse. »Ich habe den Detective nur mit ein paar Hintergrundinformationen versorgt – als Hilfe bei der Ermittlung.«

Emmanuel strebte zur Treppe. Zwischen King und seinem in Leinen gewandeten Neffen festzustecken war das Letzte, was er wollte. Die geheime Hütte zog ihn magnetisch an.

»Wie sind Sie darauf gekommen, mein Onkel könnte irgendetwas über Captain Pretorius wissen?«, fragte Winston.

Der Junge hatte nur halb so viel Körpermasse wie die Pretorius-Brüder, doch was ihn mit ihnen verband, war die Selbstverständlichkeit, mit der er sich alles herausnahm. Emmanuel trat auf die oberste Treppenstufe.

»Routinebefragung.« Er ging zwei Stufen treppab, dann drehte er sich um. »Wissen *Sie* vielleicht etwas über den Mord?«

»Ich?«

»Ja. Sie.«

»Wie denn? Ich habe doch gerade erst davon erfahren.«

»Natürlich.« Emmanuel wartete kurz, um Winstons Unbehagen auszukosten. »Nochmals danke für Ihre Hilfe, Mr. King.«

An Winstons Jaguar vorbei ging er zum Packard, der neben seinem teuren englischen Cousin breit und schwerfällig wirkte. Auf dem Beifahrersitz des Sportwagens lagen keine Landkarten oder leeren Getränkedosen. Alles, was Winston King zum Reisen benötigte, waren ein schnelles Auto, eine dicke Brieftasche und ein Lächeln. Emmanuels Abneigung kam wieder hoch, und er schob sie beiseite.

Er legte den ersten Gang ein und lenkte den Packard aus der kreisförmigen Einfahrt. Im Rückspiegel sah er, wie Winston im Haus verschwand, während sein Onkel sich noch eine Tasse Tee nachgoss.

Bedächtig suchte Elliot King sich noch ein Stück Kuchen aus und sah dem davonfahrenden Detective hinterher. Dann läutete er die Silberglocke.

»Mr. King?« Die Haushälterin trat auf die Veranda.

»Bring Davida her«, sagte er. »Ich will mit ihr reden.«

* * *

Ein Zaun aus langen Stöcken, verbunden mit Seil und Rindenstreifen, stand am Ende der lehmroten Piste. Genauso umzäunten die Eingeborenen ihre Kraale, die sich wie riesige Pilze in die Landschaft schmiegten.

Emmanuel stieg aus dem Wagen und lief an der Einzäunung entlang. Der Eingang, nur eine kleine Öffnung, halb so hoch wie ein durchschnittlich großer Mann, befand sich auf der Rückseite, von der Straße abgewandt. Zufallsbesuche waren offenbar nicht erwünscht. Er bückte sich und betrat den Kraal wie ein Bittsteller, und da, direkt vor ihm, stand ein steinernes *Rondavel*, eine Rundhütte mit Strohdach und hellblauer Tür.

»Der Sitz des weißen Induna«, murmelte Emmanuel und nahm seine Umgebung in Augenschein. Der Eingang der Steinhütte war mit Bedacht auf den Zugang hin ausgerichtet, sodass alle Besucher nur unter dem wachsamen Blick des Oberhaupts ein und aus gehen konnten. Selbst hier, meilenweit von der Stadt entfernt, ging es um Sicherheit und Überwachung.

Das Wasser eines nahegelegenen Baches plätscherte und gurgelte. Emmanuel verspürte tiefe Befriedigung. Der Bastelschuppen in Jacob's Rest gehörte zur Fassade. Ein Ort, wo das zur Schau gestellt wurde, was Familie und Freunde leicht nachvollziehen konnten. Dieser Kraal hier unter dem klaren Frühlingshimmel, das war der wahre Spielplatz des Captains.

Emmanuel ging über das Gelände zu einem Steinhaufen, der am Zaun aufgestapelt war. Was hatte King noch gesagt? »Als er mit dem Bauen anfing.« Das dürfte die schwieligen Hände und sehnigen Muskeln erklären, die ihm bei der Untersuchung der Leiche aufgefallen waren. Pretorius hatte diese Hütte selbst gebaut, Stein für Stein.

Emmanuel schob die hellblaue Tür auf und spähte blinzelnd ins schummrige Innere. Es gab zwei Fenster, deren Vorhänge zugezogen waren. Er ließ die Tür offen, um etwas sehen zu können, und trat ein. Kuhfelle auf dem Boden. Er zog die Vorhänge auf und sah sich um. Als Unterschlupf klassischer Männlichkeit war dies die reinste Pleite. Alles war tipptopp aufgeräumt: die Betten gemacht, die Teller gespült und auf der Anrichte gestapelt, der kleine Tisch sauber abgewischt. Selbst seine Tante Milly würde hier gern einen Nachmittag verbringen.

»Ach, komm schon«, knurrte Emmanuel. Es musste hier doch irgendetwas geben. Kein Mann baute sich heimlich eine Hütte, wenn er sie nur dazu benutzen wollte, seine haushälterischen Fertigkeiten zu üben.

Nichts in diesem Raum wirkte auf Anhieb abweichend oder ungewöhnlich, aber das war ja immer so, wenn es um den Captain ging. Alles hatte den *Anschein* des ganz Normalen, bis man nahe genug herankam, um die Nase gegen das schmutzige Fenster zu drücken. Die brutalen Prügel, die er Donny im Schutz der Nacht verpasst hatte, die unermüdliche Überwachung der Stadt, getarnt als tägliches Fitnessprogramm, der Bau einer Hütte, von der niemand in der Familie wusste. Es musste einen Grund geben, dieses bescheidene steinerne *Rondavel* geheim zu halten.

Emmanuel zog das Bett ab und befühlte das Kissen, die Matratze und die Laken aus einem besonders weichen Baumwollstoff. Angenehm. Einer Frau zuliebe? Oder hatte der Captain empfindliche Haut gehabt? Als Nächstes nahm er sich die Kommode vor, dann den kleinen Küchenschrank mit Besteck und Geschirr. Jedes Einrichtungsstück untersuchte er von oben bis unten, doch als er schließlich wieder an der Tür angelangt war, hatte er nichts gefunden.

Er ging im Türrahmen in die Hocke. Der Raum zeigte ihm sein geschrubbtes, unschuldiges Gesicht. Irgendetwas hatte er übersehen. Aber was? Er hatte doch alles durchsucht, alles außer der Decke und dem Boden.

Was hatte seine Einheit bei der Durchsuchung französischer und deutscher Dörfer nicht alles für unglaubliche Verstecke gefunden. Küchenschränke mit doppelten Rückwänden. Falltüren in der Decke. In einem Hohlraum unter einer Treppe hatte eine ganze Familie Platz gefunden. Der Captain mit seiner Vorliebe für Fassade hatte die interessantesten Sachen sicher gründlich versteckt.

Emmanuel griff nach dem Rand des Kuhfells und zog es zu sich heran.

Das kleine, quadratische, mit einem Holzdeckel verschlossene Loch war gut getarnt. Nur eine fingerlange geflochtene Seilschlinge wies darauf hin, dass man den Boden aus festgestampfter Erde hier aufgebrochen hatte. Auf Knien rutschte Emmanuel vorwärts und zupfte an dem Seil. Die Falltür ging leicht auf, die Scharniere waren gut geölt wie in weiser Voraussicht auf regelmäßigen Gebrauch. Er griff hinein, erwartete den üblichen Stapel abgegriffener pornografischer Hefte. Die Razzien der National Party hatten den Handel mit unsittlichen Magazinen eingedämmt, aber nicht ganz abstellen können. Seine Hand ertastete weiches Leder, eine Art Riemen. Er zog daran und spürte ein Gewicht am anderen Ende.

»Mein Gott ...«

Es war Donny Rookes Fotoapparat. In das feste Lederetui war mit goldenen Buchstaben sein Name eingestanzt, mitsamt der Initiale seines zweiten Vornamens: *J.* Emmanuel schnippte die Druckknöpfe auf und untersuchte den schönen Apparat. Was hatte Donny noch gesagt? Der Fotoapparat war teuer gewesen, und der Captain hatte ihn gestohlen. Und die Bilder der du-Toit-Mädchen gleich mit.

»Selbst eine kaputte Uhr geht zweimal am Tag richtig«, murmelte Emmanuel und drückte das Etui wieder zu. Dann griff er erneut in das Loch und angelte einen dicken braunen Papierumschlag heraus. Wenn Donnys Geschichte stimmte, mussten sich darin die »künstlerischen« Bilder seiner Ehefrauen befinden. Hatte der Captain am Ende eine Vorliebe für den Anblick unbekleideter Minderjähriger gehabt? Er drehte den Umschlag um, da fiel von der Tür her ein Schatten in den Raum.

Emmanuel wandte den Kopf und sah gerade noch die scharfen Umrisse eines *Knobkierie* auf sich zukommen. Mit einem leisen Schwirren sauste der Zulu-Knüppel nach unten und traf ihn seitlich am Kopf.

Der Knall explodierte in seinem Trommelfell wie eine Mörsergranate. Er fiel vornüber, den Geschmack von Blut und Erde im Mund. Wie ein Blitz schlug grellweißer Schmerz hinter seinen Augen ein, dann fuhr der Knüppel ein zweites Mal nieder. Er hörte sein eigenes Röcheln und roch Ammoniak. Ein blauer Schatten flackerte auf, dann war da nur noch ein mechanisches Rattern.

7

»*Du fauler Mistkerl! Wie lange willst du noch da rumliegen und die Erde rammeln?*« Es war der Sergeant Major aus seiner Grundausbildung, die Stimme rau von der Kohle und dem Dreck des Edinburgher Elendsviertels, aus dem er hervorgekrochen war. Emmanuel spürte den Atem des Mannes in seinem Nacken.

»*Du willst Soldat sein? Alles, was du kannst, ist deutsche Nutten bumsen. Hast du dich deshalb freiwillig gemeldet? Du mieses Stück afrikanische Scheiße! Hoch jetzt, oder ich schieß dich persönlich über den Haufen. Auf die Beine mit dir oder raus aus meiner Armee!*«

»Detective?«

Emmanuel schüttelte den Kopf und sah den dunkelblauen Schatten über sich.

»*Du lässt zu, dass dieser Kraut dich von oben bis unten vollpisst? Was habe ich euch beigebracht? Wenn ihr schon sterben müsst, dann nehmt wenigstens noch einen mit!*«

»Hallo, Detective?«

Emmanuel drückte sich vom Boden hoch, wirbelte herum und hechtete auf die Stimme zu. Er spürte, wie sich unter seinem Griff Halsmuskeln anspannten, hörte den Körper auf den Boden krachen, dann hockte er sich auf das um sich schlagende Bündel und gewann die Oberhand. Er hörte, wie jemand keuchend die Luft ausstieß.

»De-tec-tive …!«

Emmanuel schüttelte den Kopf. Detective. Das Wort sagte ihm etwas. Langsam kämpfte sich die Erinnerung an einen Dienstausweis durch den prasselnden Schmerz, der sich von der Schädeldecke bis zum Kiefer hinabwand. Er lockerte seinen Griff und merkte, wie klein der Körper unter ihm war, ohne Gegenwehr: nur ein Knabe, eingezogen, um sinnlos für sein Vaterland zu sterben.

»Geh nach Hause«, sagte Emmanuel und ließ los. Seine Hände waren steif und gekrümmt wie Tierkrallen. »Geh heim zu deiner Mutter.«

Ein unablässiges *Bumm, Bumm, Bumm* hämmerte mit verbissener militärischer Präzision in seinem Kopf. Pisse und Blut, der typische Gestank des Schlachtfelds, hingen in der Luft.

»Bitte, Detective.«

Er löste den Blick von seinen Händen, sah geradeaus und erkannte Davida, die scheue braune Maus. Mit einem feuerroten Striemen am Hals lag sie unter ihm.

»Sie können ja sprechen«, sagte er.

»Ja.«

»Was machen Sie hier?«

»Wissen Sie überhaupt, wo Sie sind?« Sie blieb still liegen, aus Angst, ihn wieder aufzuschrecken.

Emmanuel starrte um sich. Aus dem Nebel traten allmählich Konturen hervor: ein Tisch, ein Stuhl, ein abgezogenes Bett. In seinem Kopf wummerten immer noch Paukenschläge. Er brachte keinen klaren Gedanken zustande.

»Wo kommt dieser Gestank her?«, fragte er. »Es ist doch so sauber hier.«

»Der kommt von Ihnen, Detective.« Ihre Stimme zitterte leicht. Ihr Akzent war kaum wahrnehmbar, als habe sie von jemandem Englisch gelernt, der Wert auf richtige Aussprache und Grammatik gelegt hatte. »Er hängt an Ihrer Kleidung.«

Jackett und Hemd, noch vor ein paar Stunden sauber und gebügelt, starrten vor getrocknetem Blut und Urin. Emmanuel sprang auf und betastete entsetzt seinen Schritt. Der Stoff war zerknittert, aber trocken.

»Es ist hauptsächlich hier oben.« Unsicher stand sie auf. »Da, wo mein Kopf lag.«

Beide starrten auf die dunkle Lache, die noch feucht war und stank. Emmanuel griff sich wieder in den Schritt. Trocken. Er riss sich die Jacke vom Leib und beschnüffelte den Stoff wie ein Hund. In einer Ammoniakwolke waberte der Uringestank hoch. Irgendwer – irgendein gottverdammter inzüchtiger Kapholländer – hatte auf ihn gepisst.

»Verfluchte Scheiße!« Angewidert schleuderte Emmanuel das Jackett von sich. »Wo bin ich hier bloß gelandet? Kann man in dieser Gegend nicht mal zwei Tage hintereinander denselben Anzug tragen?«

Das Jackett landete am Rand des Safes, den der Captain gebaut hatte, und rutschte hinein. Einzelne Bilder blitzten in Emmanuels Kopf auf, zunehmend klarer, bis schließlich ein kompletter Film daraus wurde. Der Fotoapparat, der Umschlag, der blaue Schatten, dann der Knüppel, der auf seinen Kopf gesaust war ...

Emmanuel ging auf die Knie und kroch auf das Versteck zu. Von der gestampften Erde des Fußbodens wirbelten Staubwölkchen hoch, während er verzweifelt nach Donny Rookes Fotoapparat und dem braunen Papierumschlag suchte.

»Verdammt.« In der Hoffnung, dass bei seinem Sturz etwas unter einen Stuhl oder das Bett geschleudert worden war, dehnte er seine Suche aus. Wie ein Betrunkener in einem Minenfeld tastete er mit den Händen den Boden ab, doch alles, was ihm das einbrachte, waren dreckige Fingernägel.

»Weg.« Er warf den Holzdeckel zu und die Scharniere zuckten.

»Was ist weg?« Es war Davida, so still, dass er ihre Anwesenheit ganz vergessen hatte.

»Die Beweise«, knurrte er. »Jemand hat den Fotoapparat und die Fotos mitgehen lassen.«

Vom Adrenalin wurden ihm die Halsmuskeln steif, sein Herz hämmerte wie ein Maschinengewehr. Wer außer King hatte gewusst, dass er hier war? Einer von diesen scheinheiligen Farmern mit der Bibel unter dem Arm? Oder am Ende die Wachhunde von der Security Branch?

Emmanuel schlug mit der Faust auf den Holzdeckel. Nie mit dem Rücken zur Tür: die absolute Grundregel. Sogar Hansie hätte das gewusst. Aus einem Riss auf seinen Fingerknöcheln quoll Blut. Das *Bumm, Bumm, Bumm* hämmerte in seinem Kopf wie Artilleriefeuer. Dann kippte die Welt zur Seite.

»Setzen Sie sich hin!« Zwei Hände zogen ihn hoch und lehnten ihn an einen Stuhl. »Ich besorge Ihnen etwas. Bleiben Sie sitzen! Nicht bewegen!«

Er hörte, wie geräuschvoll Schubladen aufgezogen und Schränke durchwühlt wurden, dann war Davida wieder an seinem Stuhl.

»Machen Sie den Mund auf!«

Er gehorchte und spürte, wie ein feines, nach Bitter Lemon und Salz schmeckendes Pulver sich auf seine Zunge legte.

»Und jetzt schlucken.« Er roch Whiskey, dann füllte auch schon der brennende Geschmack seinen Mund und spülte das Pulver feurig durch die Kehle in seinen Magen.

»Bleiben Sie hier, Detective! Ich bin gleich wieder da.«

»Warten Sie!« Fester als beabsichtigt packte er die junge Frau am Handgelenk und fühlte unter seinen Fingern ihre zarten Knochen.

»Sie zittern ja«, sagte er.

»Ich ... ich ...«

»Was?«

»Ich bin es nicht gewohnt, von jemandem ...«, sie spähte zur offenen Tür hin, »von jemandem Ihrer Art angefasst zu werden.«

»Meiner Art?« Er wiederholte die Worte leicht amüsiert. Was meinte sie damit?

Sie hob die Hand, die er noch umklammerte, und hielt sie ihm vor die Augen. Gegen die dunkle Haut ihres Handgelenks waren seine Finger weiß wie das Fruchtfleisch einer Birne. Er ließ sie los. Nicht nur die National Party und ihre Burenanhänger glaubten, dass Südafrika aus verschiedenen »Arten« bestand, die für sich und unveränderlich bleiben sollten.

»Wo wollen Sie hin?« Emmanuel knetete seine Hand. Es war ein Fehler gewesen, sie anzufassen. Alles, was er von jetzt an tat, konnte die Security Branch als Munition gegen ihn verwenden. Körperkontakt über die Hautfarbengrenze hinweg war absolut tabu.

»Ich hole nur Wasser vom Fluss.«

Emmanuel sah zu, wie sie an der Tür stehen blieb und einen Eimer aufhob. Sie zitterte immer noch. Als sie rasch zu dem Loch in der Umzäunung lief, tanzte der Eimer an ihrem Bein hin und her.

Sie hat Angst vor mir, dachte er. Angst vor dem verrückten Weißen, der sie erst zu Boden gerissen und ihr dann fast den Arm gebrochen hat, ohne ein Wort der Entschuldigung. Emmanuel schloss die Augen und ignorierte das Ziehen in seiner Brust. Man hatte ihn bewusstlos geschlagen. Und was hatte er vorzuweisen? Weder einen Verdächtigen noch eine heiße Spur, und die Beweise futsch, bevor er sie hatte überprüfen können. Die Jungs von der Security Branch würden sich die Hände reiben, wenn sie von dem gestohlenen Beweismaterial erfuhren. Das war genau der Vorwand, den sie brauchten, um ihn vollends von den Ermittlungen auszuschließen.

Das Geräusch von über den Eimerrand schwappendem Wasser verriet ihm, dass sie wieder da war. Er machte die Augen auf und sah sie genauer an.

»Kein Wunder, dass ich Sie für einen Jungen gehalten habe«, sagte er, als sie den Eimer vor ihm abstellte. Sie hatte lose sitzende Männersachen an, ein verschossenes blaues Hemd und eine weit geschnittene Hose, die ihre Körperform verbarg. Ihr schwarzes Haar war raspelkurz geschnitten und glitzerte feucht, offenbar hatte sie sich im Fluss schnell gewaschen.

Sie berührte die nassen kurzen Locken. »Mir gefallen sie so.«

»Warum verstecken Sie sie dann?« Der einfache Baumwollschal, den sie normalerweise um den Kopf trug, lag auf dem Erdboden, wo er bei ihrem Handgemenge hingefallen war.

»Weil die Leute mich sonst anstarren.«

»So wie ich jetzt?«, fragte Emmanuel. Ihre Augen besaßen einen höchst ungewöhnlichen Grauton. Sie hatte den Mund ihrer Mutter, voll und weich.

»Sie sollten sich das Gesicht waschen, Detective«, erwiderte Davida und stellte sich hinter den Stuhl, wo er sie nicht mehr sehen konnte. Auf manche Fragen gab es einfach keine richtige Antwort, besonders, wenn Weiße sie stellten.

Emmanuel wusch sich Schmutz und Blut aus dem Gesicht und vernahm hinter sich ihren flachen Atem, der in der Stille des Raumes umso deutlicher zu hören war. Er warf einen Blick über die Schulter.

»Ich werde Ihnen nichts tun«, sagte er. »Falls Sie sich davor fürchten.«

Sie starrte auf die Spitzen ihrer ausgetretenen Lederstiefel. »Nein. Aber Mr. King wird wütend, wenn er erfährt, dass ich hier drin war.«

»Warum?«

»Das ist die Hütte vom Captain. Niemand außer dem Captain darf hier rein.«

»Warum sind Sie trotzdem hergekommen?« Sie musste die Limousine gesehen und gewusst haben, dass einer von »seiner Art« hier drin war.

»Sie sind schon vor einer ganzen Weile bei Mr. King abgefahren. Ich bin vorbeigeritten und dachte, vielleicht ist Ihr Auto kaputt.«

Emmanuel lehnte sich vor und spritzte sich das kühle Flusswasser auf Gesicht und Nacken. Irgendetwas stimmte hier nicht. Normalerweise hielten sich Schwarze und Farbige nach Kräften fern von den Angelegenheiten der Weißen, erst recht, wenn die Staatsgewalt im Spiel war. Und doch befand sie sich mit ihren zitternden Händen und der unregelmäßigen Atmung hier in die Hütte.

»Waren Sie vorher schon mal hier drinnen?«

»Nein.« Das klang scharf. »Was sollte ich denn in Captain Pretorius' Wohnung wollen?«

»Ich weiß es nicht«, erwiderte Emmanuel trocken. »Vielleicht putzen?« Auch die Sauberkeit in der Hütte passte irgendwie nicht ins Bild. »Hat Ihre Mutter je für den Captain saubergemacht?«

Jetzt verbarg sie ihre Hände hinter dem Rücken, wo er sie nicht sehen konnte. »Ich habe Ihnen doch schon gesagt, nur Captain Pretorius durfte hier rein.«

»Wer weiß noch von diesem Ort?«

»Nur die in Bayete Lodge. Mr. King hat uns verboten, den Leuten in der Stadt davon zu erzählen. Alle mussten es versprechen. Die Hütte sollte eine Weihnachtsüberraschung für die Söhne des Captains werden.«

»Haben Sie irgendwem davon erzählt?« Emmanuel untersuchte seine zerschrammten Fingerknöchel, die jetzt eine gespenstische Ähnlichkeit mit denen des Captains hatten.

»Nie«, antwortete sie mit Nachdruck.

»Wie viele Leute arbeiten in Bayete Lodge?« Allmählich kehrten sein klarer Kopf und die Konzentrationsfähigkeit zurück, die beide von dem blutigen Kuss des Holzprügels arg in Mitleidenschaft gezogen worden waren. Zunächst ging es darum, den Kreis der Verdächtigen einzuengen und sich die vorzuknöpfen, die von der Hütte wussten.

»Ungefähr zwanzig«, antwortete Davida. »Die meisten sind übers Wochenende zur Location gefahren. Mr. King hat ihnen wegen der Beerdigung zwei Tage freigegeben.«

Das schränkte die Anzahl der Verdächtigen für den Angriff auf eine Handvoll ein. »Wer ist im Augenblick noch auf der Farm?«

»Meine Mutter, der Fahrer Matthew, Mr. King, Winston und Jabulani, der Nachtwächter.«

»Das macht mit Ihnen sechs«, sagte Emmanuel. Der Kreis der Verdächtigen passte allmählich auf einen Stecknadelkopf. Darauf konnten vielleicht Engel tanzen, aber kein Dieb oder Mordverdächtiger. »Hat einer von denen das Haus verlassen?«

»Nur ich.«

»Sind Sie sicher?«

Ihr Blick zuckte hoch. »Als ich los bin, waren noch alle da.«

Er musterte sie einen Moment lang, dann blickte er zur Tür. Die scheue braune Maus konnte kaum den Kopf auf den Schultern halten, geschweige denn so mit einem Prügel ausholen, dass sie einen ausgewachsenen Mann bewusstlos schlug. Trotzdem, irgendwie irritierte es ihn, dass sie in der Hütte war. »Als

Sie hergekommen sind, haben Sie da irgendetwas gehört oder gesehen?«

»Na ja ...« Sie dachte einen Augenblick nach. »Da war etwas ...«

»Was?«

»Ein Geräusch. Eine Maschine.«

»Ein mechanisches Rattern wie von einem Motor.« Die Erinnerung, noch verschwommen und vage, drängte hervor ans Licht. Kurz bevor er ohnmächtig geworden war, hatte er das Geräusch wahrgenommen. »Jetzt fällt es mir wieder ein.«

Der stecknadelgroße Kreis der Verdächtigen fiel in einen Heuhaufen. Sein Angreifer war nicht nur mit einem Holzprügel und einer vollen Blase, sondern auch mit einem eigenen Fahrzeug zur Hütte gekommen. Es war unwahrscheinlich, dass einer der Angestellten von Bayete Lodge ein größeres Verkehrsmittel besaß als ein Fahrrad. Blieben noch die Kapholländer, die auf Traktoren, Motorrädern, Autos oder Lastwagen in die Stadt gekommen waren. Hatte einer von denen sich davongeschlichen und ihn bis zur Hütte verfolgt? Unmöglich, das herauszufinden.

Emmanuel trat wieder an das Versteck heran und öffnete den Deckel. Er würde Lieutenant Piet Lapping Bericht erstatten und ihm die Wahrheit sagen: dass der Besuch auf Kings Farm nichts erbracht hatte. Emmanuel streckte die Hand in das Versteck, um sein Jackett wieder hervorzuholen. Seine Finger berührten den zerknitterten Stoff und noch etwas anderes.

»Nanu?«

»Was ist das?«

Er warf sein Jackett beiseite und musterte den quadratischen Karton. Es war ein Wandkalender mit Monatsblättern zum Abreißen. Mit einem roten Stift hatte jemand die Tage vom 14. bis 18. August markiert. Der 18. war kräftig umringelt.

»Zwei Tage vor dem Mord«, sagte Emmanuel, während seine Finger rasch die übrigen Monate durchblätterten. Auf jeder Seite dasselbe. Immer fünf bis sieben Tage rot markiert, der letzte jeweils besonders hervorgehoben. Emmanuel überprüfte noch einmal die Daten. Das Muster war klar, aber der stark umkringelte Tag konnte alles Mögliche bedeuten.

»Fotoatelier Carlos Fernandez, Lorenzo Marques«, las Emmanuel laut vor. Der Name war unter einem Foto eingedruckt, das fröhliche Eingeborene zeigte, die Weißen am Strand Andenken verkauften. Donny Rooke war dabei erwischt worden, dass er pornografische Bilder aus Mosambik über die Grenze schmuggelte. Hatte der Captain am Ende Donnys Schmuddelbilder-Geschäft übernommen?

»Ist Captain Pretorius oft nach Lorenzo Marques gefahren?«

»Das machen alle hier«, entgegnete sie. »Sogar meine Leute.«

»Wie weit ist das weg?«

»Mit dem Auto weniger als drei Stunden.«

Die rot markierten Tage konnten auch Abhol- oder Liefertage für irgendwelche andere Schmuggelware sein. Als Polizist kam man leicht über die Grenze. Durch den Fluss waten mussten nur Kriminelle und Eingeborene. Ein hochrangiger Kriminalbeamter konnte in aller Bequemlichkeit schmuggeln.

»Wie oft ist der Captain rübergefahren? Einmal im Monat oder so?«

»Das weiß ich nicht«, antwortete sie. »Was die Kapholländer tun, ist ihre Sache. Da müssen Sie schon Mrs. Pretorius oder ihre Söhne fragen.«

Emmanuel rieb sich die malträtierten Fingerknöchel. Die rot markierten Tage leuchteten ihn geradezu hypnotisch an. Sollte er diese wichtige Information an Lieutenant Piet Lapping weitergeben, der ihm doch klipp und klar zu verstehen gegeben hatte, dass der »Ansatz persönlicher Motive« ihn kein Stück interessierte? Dann würde der Kalender bloß in irgendeiner Schublade verschwinden, weil er nicht zu dem politischen Ansatz passte, auf den die Security Branch aus war.

»Können Sie ein Geheimnis bewahren, Davida?«

»Äh …« In ihrer Stimme bebte Nervosität. Hals und Gesicht erröteten und ließen ihre dunkle Haut leuchten. Sich als Weiße auszugeben war für die scheue braune Maus nie eine Option gewesen.

»Nicht die Sorte Geheimnis«, sagte er. »Sie dürfen nur niemandem von heute erzählen. Nicht von mir, nicht von dem Geheimversteck und nicht von dem Kalender. Abgemacht?«

Sie nickte.

»Sie müssen mir ins Gesicht sehen und versprechen, dass Sie es keinem erzählen.«

Sie hob den Kopf und blickte ihn kurz an. »Ich verspreche es.«

»Nicht mal Ihrer Mutter, ja, Davida?«

»Nicht mal meiner Mutter.« Sie wiederholte den Satz wie ein braves Kind, das man gerade in dunkle Geheimnisse eingeweiht hatte.

»Gut«, sagte Emmanuel und fragte sich, wie viele weiße Männer farbigen Frauen schon so ein Versprechen abgerungen hatten, wenn der Schweiß erst getrocknet war und der drohende Schatten der Polizei über ihnen schwebte. Schon wenn er sie mit ihrem Vornamen ansprach, kam er sich vor, als würde er eine unsichtbare Linie überschreiten.

Emmanuel verschloss das Versteck und legte das Kuhfell an seinen ursprünglichen Platz zurück, dann bezog er das Bett wieder. Staunte erneut über die Laken. Er faltete den Kalender zusammen und steckte ihn in seine Jackentasche. Davida war die ideale Komplizin. Falls er beschloss, den Kalender für sich zu behalten, würde die Security nie auf die Idee kommen, ihr Fragen zu stellen. Er duckte sich durch die niedrige Lücke im Zaun und folgte Davida nach draußen.

Ein reinrassig aussehender Rappe war neben dem Packard am Zaun festgebunden. Der Hengst schien nur aus glänzendem Fell und spielenden Muskeln zu bestehen, er würde mit Sicherheit nicht so bald in einer Leimfabrik landen.

»Ihrer?«

»Nein.« Sie errötete. »Ich reite ihn nur für Mr. King aus.«

»Ach so.« Das erklärte das merkwürdige Gespann. In Kings Welt war die ermüdende Pflege von Haus und Hof selbstredend

Sache der Dienstboten. Letztlich hatten die Reichen überall auf der Welt dieselben Gewohnheiten.

Emmanuel kramte die Wagenschlüssel aus der Jackentasche. »Sie vergessen doch nicht, was wir besprochen haben?«

»Natürlich nicht.« Sie sah ihm in die Augen, ließ ihn die Macht spüren, die er über sie hatte. »Ich erzähle es niemandem, Detective Sergeant. Versprochen.«

Sein Verlangen, ihr über die feuchten Haare zu streicheln und sie »braves Mädchen« zu nennen, war so stark, dass er sich ohne ein weiteres Wort umdrehte und zum Wagen stapfte. Wenn er sich nicht vorsah, wurde aus ihm am Ende noch die ausgewachsene Version von Constable Hansie Hepple: ein aufgeblasener Tyrann, der sich an der Macht berauschte, die die National Party den weißen Polizisten verliehen hatte.

* * *

Emmanuel lehnte sich zurück und schloss die Augen. Er brauchte einen Moment, um einen klaren Kopf zu bekommen, bevor er nach Jacob's Rest zurückfuhr und dem Lieutenant Bericht erstattete.

»*Hat sich doch gut angefühlt, oder?*« Der Sergeant Major war wieder da. Wie aus dem Nichts. »*Könnte man sich glatt dran gewöhnen. Sogar regelrecht drauf stehen.*«

Emmanuel machte die Augen auf und starrte durch die dreckbespritzte Windschutzscheibe. Wie ein weiches rotes Band wand sich die Piste bis zum Horizont. Über ihm zogen sich dunkle Wolken zusammen, die den Flüssen und Wildblumen ihren Regen spenden würden. Er ließ die Landschaft auf sich wirken und spürte ihr wogendes Auf und Ab in sich.

»*So läuft das nicht, Jungchen. Keiner ignoriert mich, verstanden?*«

»Verschwinde«, sagte Emmanuel und ließ den Motor an, um die Stimme zu verscheuchen. Er fuhr bis zu der Piste, die zu Kings Farm führte, und bog nach links auf die Teerstraße ab. Nur Gott wusste, was für ein Pulver er da in der Hütte geschluckt hatte.

»Ich brauche keine Scheiß-Medizin, um dich an den Kanthaken zu nehmen, Soldat. Wenn du mich loswerden willst, musst du dir schon den Kopf absäbeln, weil ich da nämlich hause. Da oben drin.«

»Was willst du?« Emmanuel konnte es selbst nicht fassen, dass er geantwortet hatte. Dabei vermoderte der Sergeant Major wahrscheinlich längst mit Haut und Haar in einem schäbigen schottischen Altersheim für ehemalige Soldatenschinder.

»Nur mal nebenbei«, sagte der Sergeant Major. *»Weißt du, weshalb ich so gern hier draußen bin? Wegen der Weite. Hier gibt es so viel Platz, dass ein Mann gut herausfinden kann, wer er eigentlich ist. Du verstehst mich doch, oder?«*

Emmanuel antwortete nicht. Beim Idiotentest der Army hatten sie ihm bescheinigt, dass er in Ordnung war. Geheilt und wieder fähig zum aktiven Dienst, so stand es in den Entlassungspapieren vom Krankenhaus.

»Die zitternden braunen Hände der Kleinen. Und das Gefühl in deiner Brust, so eng und so brennend.«

Emmanuel fuhr langsamer, jetzt bloß keinen Unfall bauen.

»Du weißt ja sicher, was das war. Nicht wahr, Emmanuel? Du Vorzeigesoldat, du geborener Anführer, du cleverer kleiner Detective?«, hackte der Sergeant Major weiter auf ihm herum. *»Du würdest zwar gern glauben, dass es nur die Scham war. Aber wir beide, ich und du, wir kennen die Wahrheit.«*

»Verpiss dich.«

»Es ist schon so lange her, seit du etwas empfunden hast.«

»Ich habe keine Ahnung, wovon du redest.«

»Hast du doch«, widersprach der Sergeant Major. *»Es hat dir doch Spaß gemacht, sie zu malträtieren und dich nicht dafür zu entschuldigen. Hat sich gut angefühlt. Stimmt's, mein kleiner Soldat?«*

Emmanuel hielt an und atmete tief durch. Es war helllichter Tag. Noch Stunden, bevor die Veteranenkrankheit sich wieder anschleichen und die Alpträume ihn schweißgebadet aufwachen lassen würden.

Er riss sich das Hemd auf und warf es zusammen mit der Jacke auf den Rücksitz. Der Gestank, der in den Sachen hing, hatte einfach nur tief vergrabene Erinnerungen wieder an die Oberfläche befördert, mehr nicht. Die absurden Anschuldigungen des Sergeant Major enthielten keinerlei Wahrheit.

»Bist du fertig?«, fragte Emmanuel. Wenn die Security Branch Wind davon bekam, dass er am helllichten Tag halluzinierte, wäre er schon Ende der Woche den Fall los und steckte in einem Sanatorium. Van Niekerk würde ihm nicht helfen können. Man würde ihn bis zur Erstellung eines psychiatrischen Gutachtens suspendieren, und es war sogar gut möglich, dass das nicht günstig für ihn ausfiel.

»*Mach dir keine Sorgen*«, säuselte der Sergeant Major. »*Ich werde nicht alle naselang zu Besuch kommen. Wenn ich was Wichtiges zu sagen habe, schaue ich kurz vorbei und sag's dir. Ich bin doch dafür verantwortlich, dass du am Leben bleibst, schon vergessen?*«

8

Emmanuel blieb noch eine Weile draußen vor der Polizeiwache stehen. Er sah, dass Piet und Dickie über gut und gern einem Jahrzehnt an Polizeiakten hockten. Auf dem Aktenschrank stand eine Batterie leerer Bierflaschen. Nachdem sie einen ganzen Nachmittag lang nur getrunken und stumpfsinnig in Unterlagen geblättert hatten, waren die beiden Jungs von der Security Branch jetzt bestimmt mieser Laune und würden sich begierig auf alles Neue stürzen. Emmanuel drückte die Tür auf und betrat den Raum.

»Wo zum Teufel haben Sie denn gesteckt?«, rief Lapping und zündete sich eine Zigarette an.

»Ein Bad genommen«, antwortete Emmanuel. »Sie hatten recht. Auf dem Land ermitteln ist wirklich Drecksarbeit.«

»Ich dachte doch, ich hätte Lavendel gerochen«, bemerkte Dickie.

Piet ignorierte seinen Partner. »Wie lief Ihr Besuch bei King? Haben Sie irgendwas herausgefunden, das Sie uns gern mitteilen würden, Cooper?«

Emmanuel spürte einen Anflug von Angst in der Magengrube. Hatte er wirklich den Nerv, vor der Security Branch Indizien zu unterschlagen? Wenn sie dahinterkamen, würden sie Blutzoll fordern.

»Ich habe die Hütte von Captain Pretorius untersucht«, sagte er. »Habe aber nichts gefunden. Sie war sehr sauber, so als hätte vorher jemand ordentlich aufgeräumt.«

»Hütte?«, fragte Dickie, dessen Hirn noch auf Sparflamme lief. »Welche Hütte?«

»Der Captain hat sich auf Kings Land eine gebaut. Für Kameradschaftsabende, falls ihr beiden wisst, was das ist.« Er sprach jetzt direkt zu Dickie. »Mit Junggesellengebräuchen in der Armee kennt sich ja nicht jeder aus.«

Dickie drückte seine Zigarette so fest im Aschenbecher aus, dass es knirschte. »Eines schönen Tages wird Ihnen mal einer die Fresse polieren, mein Freund. Warten Sie's nur ab.«

Emmanuel grinste. »Fressepolierer ist immerhin eine Stufe höher als Arschpolierer, oder? Ihre Mutter muss stolz auf Sie sein.«

Die Adern an Dickies Hals schwollen an. Er sprang auf und ballte die Fäuste.

»Setz dich hin, Dickie!«, befahl Pockennarben-Piet seelenruhig. »Cooper hier will dich doch bloß hochnehmen. Stimmt's, Cooper?«

Emmanuel zuckte die Achseln.

»Noch mal zu der Hütte …«, nahm Piet den Faden wieder auf, den Dickie verloren hatte. »Sie bringen uns morgen hin und zeigen uns alles Wesentliche.«

»Das wird nicht möglich sein«, sagte Emmanuel. »Morgen ist Sonntag. Da bin ich beim Morgengottesdienst in der Kirche.«

»Sie sind religiös?«, fragte Piet ein wenig ungläubig. In seiner dünnen Geheimdienstakte hatte davon nichts gestanden.

»Sie etwa nicht?«

Der Lieutenant nahm einen tiefen Zug aus seiner Zigarette. »Das ist jetzt das zweite Mal, dass Sie eine Frage mit einer Gegenfrage beantworten, Cooper. Einmal bei Dickie und einmal bei mir. Scheint eine Angewohnheit zu sein.«

»Offenbar«, gab Emmanuel zurück und sah seine Chancen steigen, bei der Unterschlagung von Indizien erwischt zu werden. Piet Lapping war kaltblütig und clever.

»Ach, lassen Sie sich auch endlich mal blicken.« Das war Paul Pretorius, der drohend in der Tür zu den Arrestzellen stand.

»Ich war in Sachen Ermittlung unterwegs«, sagte Emmanuel. Der wie aus dem Ei gepellte Soldat stolzierte ins Zimmer und machte es sich hinter Hansies Schreibtisch bequem.

»Sagen Sie mal«, Paul lehnte sich auf dem Stuhl zurück und schob das kantige Kinn nach vorn, »wieso sind alle Verdächtigen auf Ihrer Liste Weiße?«

Emmanuel warf Lieutenant Lapping einen Blick zu: Wer leitete hier die Ermittlungen, Lapping oder dieser Zinnsoldat?

»Beantworten Sie die Frage«, knirschte Piet mit zusammengebissenen Zähnen. Paul Pretorius mit an Bord zu haben war ganz offensichtlich nicht Lappings Idee. Irgendein hohes Tier musste Strippen gezogen haben.

»Finden Sie denn, dass Juden richtige Weiße sind?« Emmanuel warf die Frage als Köder hin und wartete ab, ob er geschluckt wurde.

»Nein«, antwortete Paul ohne Zögern. »Sie sind anders als wir, aber zum Aufbau des neuen Südafrikas brauchen wir ihr Köpfchen und ihr Geld. Und wir brauchen uns keine Gedanken zu machen, dass sie ihr Blut mit unserem mischen oder mit dem der Kaffern, denn das ist gegen ihre Religion. Die Reinheit des Blutes gehört zu ihrem Glauben.«

»Sind sie das auserwählte Volk?«, sinnierte Emmanuel laut und unterzog den Zweitgeborenen des Captains einer genauen Musterung. Dessen fassgroße Brust dehnte sich wie ein Blasebalg.

»In früheren Tagen mögen sie das auserwählte Volk gewesen sein, aber jetzt sind wir an der Reihe. Gott hat mit uns einen neuen Bund geschlossen, auf dass wir dieses Land beherrschen und rein halten.« Paul Pretorius lehnte sich über den Schreibtisch, als wäre er seine private Kanzel, und fuhr mit der Predigt fort. »In künftigen Zeiten wird die ganze Welt sich an unserer Führung orientieren. Denken Sie an meine Worte! Wir werden ein Leuchtfeuer sein.«

»Führung in allen Belangen oder nur –«

»Detective Sergeant Cooper!« Piet Lapping konnte nicht länger an sich halten. »Ich sagte: Beantworten Sie die Frage! Wie haben Sie Ihre Liste von Verdächtigen zusammengestellt?«

Dickie und Paul waren leicht abzulenken, aber Piet behielt immer das Wesentliche im Auge. Wenn jemand Emmanuel auf die Schliche kam, dann am ehesten Piet Lapping.

»Erste Befragungen haben ergeben, dass sowohl Zweigman

als auch Rooke ein Motiv hatten. Zweigman wurde vom Captain verdächtigt, gegen das Unsittlichkeitsgesetz zu verstoßen, und erwiesenermaßen mehrmals ermahnt. Rooke machte den Captain für seine Verhaftung und Gefängnisstrafe verantwortlich. Beide Namen hat mir Mrs. Pretorius genannt. Beide Verdächtigen konnten allerdings Alibis vorweisen.«

»Was ist mit diesem King?«, fragte Piet. »Gab es zwischen ihm und Captain Pretorius böses Blut?«

»Ich habe nichts dergleichen herausgefunden. Die beiden schienen einander zu mögen. Der Captain hat sich sogar auf Kings Land eine Buschhütte gebaut.«

»Blödsinn.« Paul Pretorius lehnte sich noch weiter über den Schreibtisch. »Mein Vater hatte mit diesem Engländer nichts gemein. Sie kannten sich kaum.«

»Das ändert nichts an der Tatsache, dass Ihr Vater mit King die Vereinbarung getroffen hat, einen Teil der alten Familienfarm für sich zu behalten.«

»Noch mehr Blödsinn.« Paul machte eine wegwerfende Handbewegung. »Alles, was King über meinen Pa sagt, ist erstunken und erlogen.«

»Na schön.« Lieutenant Lapping drückte seine Zigarette aus. »Belassen wir es erst mal dabei. Haben Sie noch jemanden auf Ihrer Liste, Cooper?«

Emmanuel unterdrückte den Impuls, die Beule an seinem Hinterkopf zu betasten. Ganz oben auf seiner persönlichen Liste stand der Mistkerl, der ihm den Schädel verbeult, ihn vollgepisst und dann noch die Beweise gestohlen hatte.

»Ich verfolge noch eine andere Spur. Einen Triebtäter, der vor etwa einem Jahr eine Reihe farbiger Frauen behelligt hat.«

»Wer war das?«

»Das weiß ich noch nicht«, erwiderte Emmanuel. »Es wäre möglich, dass dieser Mann den Captain getötet hat, um sein Geheimnis zu wahren.«

Paul schnaubte laut. »Kein Mann, kein Weißer in Jacob's Rest würde sich mit farbigen Weibern einlassen. Solche Geschichten passieren vielleicht in Durban oder Johannesburg, aber nicht hier. Haben Sie irgendwelche Eingeborenen oder Farbigen verhört?«

»Von denen steht bislang keiner unter Tatverdacht«, antwortete Emmanuel ruhig.

»Die werden sich doch nicht von alleine stellen.« Paul klang gewaltbereit. »Man muss durchgreifen und denen klarmachen, wer der Boss ist, dann fangen sie an zu reden.«

»Gut …« Lieutenant Lapping versuchte die Diskussion wieder in ruhigeres Fahrwasser zu lenken.

»Nein, Mann, gar nichts ist gut!« Die Nähte von Paul Pretorius' blauer Militäruniform knackten unter der Spannung seiner Muskelpakete. »Wenn Sie uns ranlassen, könnten meine Brüder und ich die Ermittlungen sofort in Schwung bringen. Mal dafür sorgen, dass ausgepackt wird, anstatt irgendeinem dämlichen Gerücht hinterherzulaufen, das die Farbigen in die Welt gesetzt haben, um die Sache einem unschuldigen Weißen in die Schuhe zu schieben.«

Piet zog eine weitere Zigarette aus seiner Schachtel und zündete sie gemächlich an, bevor er antwortete. »Sie und Ihre Brüder sind die geschädigte Partei, aber nicht das Gesetz. Das Gesetz bin ich, verstanden?«

»*Jaa.*« Paul schmollte förmlich. Für einen Soldaten konnte er mit Befehlen nicht sonderlich gut umgehen.

Die Beule an Emmanuels Kopf meldete sich pochend zurück. Die Pretorius-Brüder auch nur ansatzweise an den Ermittlungen zu beteiligen konnte leicht zum Desaster führen. Gefiel dem Lieutenant die Vorstellung eines familiären Rachefeldzugs, oder versuchte er nur, Paul und seine mächtigen Strippenzieher auf seiner Seite zu behalten?

»Glauben Sie, an der Geschichte mit dem Triebtäter ist was dran?«, fragte Piet.

Jedenfalls genug, dass zwei aufgebrachte Farbige mit Gewalt drohten, um ihre Frauen zu beschützen. Ein Hirngespinst war der Triebtäter gewiss nicht.

»Die neuen Gesetze machen Männer mit bestimmten Gelüsten nervös«, sagte er. »Öffentliche Demütigung und eine Haftstrafe reichen durchaus als Motiv für einen Mord. Sogar hier in Jacob's Rest.«

»Gibt es irgendwelche politischen Verdachtsmomente?«

»Das habe ich noch nicht überprüft. Aber die Leute, die zum Busboykott aufrufen und ihre Pässe verbrennen, haben hier draußen nicht viel Eindruck gemacht.«

»Noch nicht«, sagte Piet düster. »Diese verdammte Widerstandskampagne ist wie eine verfluchte Seuche. Das ganze Land kann dabei in Flammen aufgehen. Diese Genossen würden vor nichts zurückschrecken, um die Regierung zu stürzen. Sie wollen eine Revolution. Sie wollen das vernichten, was unser Leben –«

Krachend flog die Tür zur Polizeiwache auf, und die Pretorius-Männer überschwemmten den kleinen Raum mit einer Welle aus zerknitterten schwarzen Anzügen und Bierdunst. Shabalala blieb draußen auf der Veranda, nüchtern und unerschütterlich.

»Wie steht's? Was läuft?« Henrick sackte auf die Kante von Hansies Schreibtisch. Sein sonnengebräuntes Gesicht war marmoriert mit roten Flecken vom hemmungslosen Heulen im Wechsel mit hemmungslosem Trinken.

»Detective Sergeant ...« Hansie hatte sich nach ein paar Gläsern zu viel vollends hirntot gesoffen. »Was gefunden? Ham Sie bei King was Gutes gefunden?«

»Nichts«, sagte Piet Lapping und warf Emmanuel einen Blick zu. Welche Informationen herausgegeben wurden, war einzig und allein Sache der Security Branch.

Emmanuel schwieg. Er brauchte Zeit, um der Sache mit dem Kalender nachzugehen, während Piet und Dickie sich in Rammbockmanier mit dem politischen Aspekt der Ermittlung befassten.

»Sie haben nichts herausbekommen, Detective?«, fragte Louis, der als einziger Pretorius keine glasigen Augen und entgleisten Kiefermuskeln hatte.

»Nichts«, sagte Piet.

Unbehaglich spürte Emmanuel Louis' forschenden Blick auf sich. Trotz Piets entschiedener Entgegnung wartete der Junge noch auf seine Antwort. Er sah ihm direkt in die Augen und schüttelte leicht den Kopf.

Aus den Augenwinkeln nahm Emmanuel wahr, dass Shabalala eilig die Veranda verließ und auf die Piet Retief Street hinauslief. Man hörte Gerangel und dann einen lauten Ausruf.

»Captain!«, schrie eine betrunkene Stimme. »Captain! Bitte!«

»Was zum Teufel ist da los?« Im Nu war Paul auf den Beinen und einsatzbereit.

»Captain! Bitte, Captain!«

Die Pretorius-Männer stürzten Hals über Kopf aus der Wache. Emmanuel eilte hinterher und sah Harry, den alten Soldaten, mitten auf der Straße stehen. Shabalala versuchte ihn wegzuführen, aber der Mann im grauen Mantel weigerte sich mitzukommen.

»Captain«, greinte er immer wieder. »Captain! Bitte ... meine Briefe ...«

Paul und Henrick waren als Erste draußen. Ein Stoß gegen die Brust, schon landete der klapprige alte Mann rücklings auf dem harten Straßenbelag, alle viere von sich gestreckt.

»Wir haben meinen Pa heute früh beerdigt.« Henrick beugte sich dicht über das Häufchen Elend. »Pass auf, was du sagst. Kapiert?«

»Meine Briefe ...« Die Warnung war bei Harry nicht angekommen. Er rappelte sich hoch und wankte weiter auf die Polizeiwache zu. »Captain. Bitte. Kommen Sie raus.«

Erich packte den verwirrten Soldaten am Kinn. »Mein Vater ist tot. Und jetzt halt die Klappe.«

Emmanuel drängte sich an Piet und Dickie vorbei, die das Spektakel milde lächelnd verfolgten. Suff und Schlägereien gehörten zum normalen Samstagabendprogramm, und sich zwischen weiße Männer und einen schwachsinnigen Farbigen zu stellen, lohnte die Mühe nicht.

»Halt's Maul!« Paul packte den Soldaten am Revers und schüttelte ihn wie einen trockenen Maisstängel. Johannes und Erich schlossen zu ihren Brüdern auf, und die Orden an Harrys Mantel rasselten ein dissonantes Lied, als die Brüder ihn zwischen sich hin und her stießen. Louis hielt sich heraus.

Emmanuel näherte sich der Phalanx der Brüder und merkte, dass Shabalala bei ihm war. Sie zwängten sich in den Kreis und nahmen den alten Mann in die Mitte.

»Was fällt Ihnen ein?« Erichs Blut war in Wallung und drohte überzukochen.

»Er ist verrückt«, sagte Emmanuel ruhig. »Constable Shabalala und ich bringen ihn jetzt nach Hause. Seine Frau wird ihm eine schlimmere Abreibung verpassen, als Sie es je könnten.«

»Nach Hause?« Harry krallte sich in Emmanuels Ärmel. »Nicht nach Hause! Nein! Nicht nach Hause!«

»Sehen Sie?«, sagte Emmanuel. »Er würde lieber hier bei Ihnen bleiben, als nach Hause zu seiner Frau zu müssen.«

»Nicht nach Hause!« Harrys dünnes Stimmchen sprang eine Oktave höher. »Nicht nach Hause!«

Paul lachte als Erster los, dann auch seine Brüder.

»Der klingt ja wie ein altes Weib, oder?« Erich äffte den alten Mann nach: »Nicht nach Hause! Nicht nach Hause!«

Das Gelächter schwoll an. Vorsichtig verließen Emmanuel und Shabalala mit Harry zwischen sich den Kreis. In gleichmäßigem, nicht zu schnellem Tempo schritten sie die Piet Retief Street hinunter. Schön weitergehen. Einfach nur nach Hause gehen.

»Ab zu deinem Weib!«, rief Henrick ihnen nach. Die Gewalt und die komische Reaktion des Alten hatten seine Laune gebessert. »Hast noch mal Glück gehabt, Harry.«

»Captain ...«, wimmerte Harry leise. »Bitte, Captain.«

»Hier.« Shabalala deutete auf einen schmalen Pfad, der seitlich an der Polizeiwache vorbeiführte. »Wir gehen hier lang.«

Sie entwichen auf den Pfad und marschierten schneller. Harry drehte sich noch einmal um, die gichtigen Hände ausgestreckt wie ein Bettler. »Captain«, flehte er, »meine Briefe.«

Shabalala packte den alten Soldaten, hob ihn hoch und rannte den engen Kaffernpfad entlang. Emmanuel hatte Mühe, mit dem schwarzen Polizisten Schritt zu halten, der alles daransetzte, den Abstand zwischen ihnen und den launischen Pretorius-Brüdern zu vergrößern. Wachhunde knurrten und bellten, als sie vorbeihasteten, zwischen Häusern hindurchschlüpften, die vom sanften Schein der Gaslampen beleuchtet wurden. Es begann zu dunkeln.

An einem wackligen Holzgatter blieb Shabalala stehen und stellte den alten Mann wieder auf die Beine. Nur ein feiner Schweißfilm auf der Stirn des schwarzen Constable verriet, dass er Anstrengenderes hinter sich hatte als einen Spaziergang von der Polizeiwache.

»Das ist sein Haus«, sagte Shabalala. »Sie müssen hineingehen und ihn seiner Frau übergeben.«

»Sie kommen mit.«

»Bei den Farbigen gehen immer der Captain oder Lieutenant Uys hinein. Nicht ich.«

»Der Captain ist tot«, sagte Emmanuel und schob den Riegel des Tors zurück. »Heute Abend gibt es nur uns zwei.«

Shabalala nickte und folgte ihm durch das Holztor und an einem schmalen Gemüsebeet vorbei, das sich über die Länge des Hinterhofs bis zur Veranda erstreckte. Emmanuel hämmerte gegen die Tür.

»Die Briefe.« Harry strebte zurück in Richtung Tor. »Die Briefe.«

»Halten Sie ihn fest«, bat Emmanuel, als er hörte, wie sich Schritte der Hintertür näherten. »Polizei. Wir haben Harry dabei.«

Die Tür ging auf, und Angie trat heraus, die Frau des alten Soldaten. Sie trug ein Hauskleid aus brauner Baumwolle, das an Kragen und Ärmeln umgenäht war, um den ausfransenden Stoff zu verstärken. Ihr dunkles Kraushaar war fest um riesige Lockenwickler gewunden.

»Wo haben Sie ihn aufgegabelt?«, fragte sie knapp. Harry ging fast jeden Tag stiften. Meistens fand er den Weg nach Hause ohne Probleme.

»Vor der Polizeiwache«, sagte Emmanuel.

»Die Briefe«, heulte Harry. »Die Briefe.«

Mit fünf schnellen Schritten überquerte Angie die Veranda. »Du hast über die Briefe geredet? Was hast du von den Briefen erzählt, du blöder Kerl?«

Emmanuel legte ihr warnend eine Hand auf die Schulter, zog sie im nächsten Moment wieder zurück. »Er hat schon Schläge bezogen. Noch mehr ist doch nicht nötig.«

Sie sah die Schwellungen um das linke Auge ihres Mannes. »Wer hat dich geschlagen, Harry?«

»Madubele. Er und seine Brüder.«

Angie nahm ihren Mann am Arm und führte ihn rasch in das kleine Haus aus Betonziegeln. An der Schwelle spähte sie kurz zurück zum Tor, ängstlich, was in der hereinbrechenden Dunkelheit dahinter liegen mochte.

»Rein da. Schnell«, sagte sie zu Harry, der vor ihr ins Haus schlurfte.

Emmanuel folgte ihnen uneingeladen. Er winkte Shabalala heran, der nur zögernd eintrat und mit dem Rücken an der geschlossenen Hintertür stehen blieb.

Das Ziegelhaus bestand aus zwei schlichten Räumen, verbunden mit einem rissigen Saum aus Lehm und Gips. Die Küche, ein Sammelsurium von Töpfen und Tellern auf einer ramponierten Anrichte, lag direkt gegenüber einem Alkoven mit Vorhang, in dem sich ein Doppelbett und eine kleine Kommode mit gerahmtem Spiegel befanden.

Sie standen im Wohnzimmer: vier Holzstühle und ein mottenzerfressenes Zweiersofa, das wohl vor vielen Jahrzehnten per Schiff und Viehwaggon den Weg aus dem Mutterland an den Rand Südafrikas zurückgelegt hatte. Auf einem runden Tischchen mit dem Durchmesser eines Blecheimers standen in angelaufenen Rahmen zwei Fotos. Eins zeigte Harry als jungen Soldaten auf dem Weg zum Feld der Ehre. Das andere war ein

Familienporträt mit Harry, Angie und einem Trio weißhäutiger Mädchen. Die Anordnung auf dem Bild war identisch mit dem, das er im Haus des Captains gesehen hatte: eine Familie, steif vor einem neutralen Hintergrund platziert. Der reisende Fotograf hatte in Jacob's Rest gute Geschäfte gemacht.

Harry setzte sich auf die Kante des Doppelbetts, die gichtigen Hände rastlos auf den Knien. Angie zog den Vorhang zu. Man hörte das Klimpern der Kriegsorden, dann das metallische Seufzen der Bettfedern, als der alte Soldat sich zur Ruhe legte.

Emmanuel nahm das Familienfoto hoch und winkte Shabalala herbei. »Wo sind die Töchter?«, fragte er. Im Haus gab es keine Spur von ihnen, nicht einmal ein Haarband oder eine Spange.

»Weg«, antwortete Shabalala. »Nach Jo'burg oder Durban. Zum Arbeiten.«

Die Mädchen auf dem Foto kamen nach ihrem Vater. Dünn und blass, mit blonden Haaren und Sommersprossen, waren sie der Alptraum der Etikettierung nach Hautfarbe. Wenn man sie vor die Klippen von Dover stellte, wären sie perfekt getarnt. Sie waren weiße Mädchen, ganz einfach. Nur wer die ganze Familie kannte, konnte etwas anderes behaupten.

»Was steht in ihren Papieren?«, fragte er Shabalala. »Gemischtrassig oder europäisch?«

Shabalala sah zu Boden. »Ich habe ihre Papiere nicht gesehen.«

»Das sind meine Mädchen.« Angie kam zurück und nahm Emmanuel das Foto aus der Hand. Sie wischte den Bilderrahmen mit dem Ärmel ab, als müsse sie ihn von Krankheitserregern säubern.

»Wo sind sie?«

Angie hielt das Foto schräg, damit das volle Licht darauf fiel. »Das hier ist Bertha, sie lebt in Swasiland. Und Alice und Prudence, die wohnen jetzt in Durban.«

»Wie lange sind sie schon weg?«

»Ungefähr sechs Monate.«

»Die Briefe, nach denen Harry gefragt hat – waren die von Alice und Prudence?«

»Nein.« Angie stellte das Foto wieder hin und drehte es weg, vom Raum abgewandt. »Harry weiß gar nicht, was er da redet. Das Senfgas – seitdem spinnt er sich was zusammen.«

»Bei den Briefen schien er sich aber ziemlich sicher zu sein«, sagte Emmanuel.

»Harry ist sich bei vielem ziemlich sicher. Deshalb ist es noch lange nicht wahr.«

Angie stellte sich in sein Blickfeld und versperrte ihm die Sicht auf das Foto. Sie war die Löwin, die das Tor bewachte, ihre Aufgabe das Hüten der Familiengeheimnisse.

»Sehen Sie zu, dass Harry bis morgen früh im Haus bleibt«, riet Emmanuel ihr. Er wandte sich um und ging zur Hintertür. »Heute Nacht wäre es ungünstig, wenn er durch die Gegend wandern würde.«

»Ich passe auf, dass er sich nicht vom Fleck rührt.« Als Angie die beiden zur Hintertür brachte, glätteten sich die Falten in ihrem zerfurchten Bulldoggengesicht. »Danke, dass Sie meinem Harry nach Hause geholfen haben, Detective.«

Emmanuel und Shabalala gingen zum Gartentor hinaus. Das Licht des abnehmenden Mondes war noch hell genug, um alles zu erkennen. Draußen auf dem Kaffernpfad wandte sich Emmanuel dem schwarzen Polizisten zu.

»Erzählen Sie mir von den Briefen«, sagte er.

»Ich habe keine Briefe gesehen«, antwortete Shabalala einfach.

Emmanuel blickte in das verschlossene Gesicht seines Partners.

»Hat der Captain die Briefe gesehen?«

»Äh …« Shabalala räusperte sich nervös. »Er hat sie gesehen, ja.«

»Hat der Captain gesagt, von wem sie waren?«

»Von denen da drin. Den beiden Jüngsten des Alten.«

»Warum hat der Captain für Harry Briefe aufbewahrt?«

»Äh …« Diesmal verschlossen sich die Lippen des schwarzen Constables fest, er würde nichts mehr preisgeben.

Emmanuel musterte ihn und sah, wie er die Schotten dichtmachte. »Niemand sonst wird erfahren, was Sie mir heute Abend erzählen, Constable«, sagte er. »Das ist ein Versprechen.«

Shabalala nahm den Hut ab und drehte ihn in seinen großen Händen wie ein Spinnrad. Dann hörte der Hut auf zu rotieren, und Shabalala atmete aus. »Die Töchter des Alten leben unter den Weißen. Sie können nicht an ihre Leute schreiben, es ist zu riskant.«

»Wie sind sie an weiße Papiere gekommen?«

»Sie sind weiß, so weiß wie die Kapholländer. Der Captain sagte, sie sollten sich in der Stadt anmelden, und wenn es Probleme gab, würde er behaupten, sie stammten aus einer europäischen Familie.«

»Hat der Captain Ihnen das erzählt?«

»Ja.«

»Warum hat er das getan?« Nach allem, was Emmanuel mitbekommen hatte, stand Familie Pretorius felsenfest auf Seiten der Segregation. In ihrer Welt war ›Rassenvermischung‹ nicht bloß schlechter Geschmack; es war ein Verbrechen.

»Ich weiß nicht, warum er es getan hat.« Shabalala setzte seinen Hut wieder auf und zog ihn tief in die Stirn.

»Wenn Sie es wüssten, würden Sie es mir sagen?«

Der Constable breitete versöhnlich die Hände aus. »Ich habe Ihnen alles gesagt, was ich konnte«, sagte er höflich.

Der schwarze Polizist würde ihm alles sagen, was er konnte, nicht alles, was er wusste. War es möglich, dass die starke Bindung zwischen schwarzen und weißen Spielgefährten, in der Kindheit nichts Ungewöhnliches, im Falle von Captain Pretorius und Constable Shabalala tatsächlich den Übergang ins Erwachsenenleben überdauert hatte?

»Die Männer auf der Polizeiwache«, sagte Emmanuel, »die werden nicht darauf warten, dass Sie ihnen erzählen, was sie wissen wollen. Die verschaffen sich Informationen auf dem schnellstmöglichen Weg. Ist Ihnen das bewusst?«

»Voll und ganz.«

»Die können tun, was ihnen passt.«

»Das habe ich gesehen«, antwortete Shabalala.

Emmanuel wandte sich zum Gehen, blieb dann noch einmal stehen. »Sie sagten vorhin: ›Madubele und seine Brüder‹ hätten Harry geschlagen. Wer ist Madubele?«

»Der dritte Sohn des Captains und seiner Frau.«

»Erich?«

»Ja. Der dritte Sohn ist jähzornig. Er kann losgehen wie ein Gewehrschuss, deshalb hat er diesen Namen bekommen.«

»Sagen Sie mir die anderen Namen«, bat Emmanuel. Die Namen, die die Eingeborenen den Leuten gaben, trugen immer eine unmittelbar einleuchtende Wahrheit in sich.

Shabalala hob die Hand wie ein Schulmeister und zählte an seinen fünf Fingern ab. »Der erste ist Maluthane. Er belügt sich selbst, indem er sich für den Boss hält. Der zweite heißt Mandla, weil er stark wie ein Ochse ist. Der dritte ist Madubele, und der vierte ist Thula, weil er still ist. Nummer fünf ist Mathandunina, das bedeutet, er wird von seiner Mutter geliebt und liebt sie wieder.«

Jeder Name enthielt eine grobe Charakterisierung der Pretorius-Söhne, jeder war recht aussagekräftig. Wie bei Louis, dem Kümmerling des Wurfs, sein Name stand nicht für sich, sondern in Beziehung zu seiner Mutter.

»Wie lautet Ihr Name?«, wollte Emmanuel wissen.

»Er ist lang. Sie sprechen Zulu, aber selbst Ihnen wird es nicht gelingen, ihn auszusprechen.«

Emmanuel schmunzelte. Es war das erste Mal, dass der schwarze Constable in seinem Beisein einen Witz gemacht hatte. In fünf oder zehn Jahren wäre Shabalala möglicherweise so weit, ihm die Wahrheit über den Captain zu verraten.

»Nennen Sie ihn mir.«

»Mfowemlungu.«

Emmanuel übersetzte rasch im Kopf. »Bruder des weißen Mannes.«

»Yebo.«

»Der Captain war der weiße Bruder?«
»Das ist richtig.«

Emmanuel stellte sich vor, wie den Leuten auf der alten Pretorius-Farm das Herz aufging, wenn der junge Shabalala und der junge Pretorius gemeinsam in schnellem Lauf das Anwesen durchmaßen wie einst die Krieger eines Zulu-Impi.

»Was hält denn Mrs. Pretorius von diesem Namen?«
»Sie glaubt, dass aus Gottes Sicht alle Menschen Brüder sind.«
»Waren Sie und der Captain wie Zwillinge?«
»Nein«, sagte Shabalala. »Ich war immer der kleine Bruder.«

Emmanuel spürte Shabalalas Resignation. Niemals der Mann, immer der Gartenboy. Niemals die Frau, immer das Hausmädchen.

»Hat der Captain Sie auch so gesehen?«
»Nein.«
»Sie empfanden ihn als echten Bruder?«
»Yebo«, sagte der Constable.

Die Anführer des ›Weißen Afrikaanerstammes‹ machten ein großes Gewese um Blutsbande. Ihre größte Geheimorganisation, der *Broederbond,* spielte auf Blutsverwandtschaft an. Was geschah, wenn Bindungen die Hautfarbengrenze überschritten und Schwarz mit Weiß verbanden?

»Ich werde alles herausfinden«, sagte Emmanuel. »Selbst wenn es Ihnen und der Familie des Captains wehtut – ich bekomme es heraus.«

»Ich weiß, dass das zutrifft.«
»Gute Nacht, Shabalala.«
»Hamba kahle. Gute Wege, Detective Sergeant.«

Emmanuel folgte dem schmalen Kaffernpfad, der zu den Häusern der Farbigen und der Handvoll schäbiger Geschäfte für Nichtweiße führte. Er brauchte einen Drink, und das Standard Hotel war der letzte Ort, wo er jetzt hinwollte. Also würde er Tiny und seinem Sohn einen späten Besuch abstatten.

Der Pfad umrundete das Gelände des Sportclubs, wo zur Beerdigung angereiste Farmerfamilien in ihren Trucks und

Pritschenwagen kampierten, die sie wie Wagenburgen aus der Pionierzeit im Kreis aufgestellt hatten. Emmanuel duckte sich und sah zu, dass er ungesehen vorbeikam. Erst als er die dunkle Silhouette des *Grace of God*-Krankenhauses vor sich sah, richtete er sich wieder ganz auf.

Er passierte ein Stück Brachland, verziert mit herbeigewehtem Müll, und betrat den kleinen, in sich geschlossenen Vorort, den die Behausungen der Farbigen bildeten. Das erste Haus stand auf einem großen Grundstück und verbarg sich hinter einem hohen Holzzaun und einer Reihe ausgewachsener Eukalyptusbäume. Emmanuel strich mit der Hand über den Zaun. Seine Fingerkuppen glitten über das Holz und das schmale Tor, das in den Garten führte. Im Dunkeln unterwegs zu sein hatte Vorteile: Man kam und ging still und unbemerkt.

So musste sich Captain Pretorius gefühlt haben. Frei wie ein Gott beim Überschreiten jeder Grenze in seiner kleinen Stadt. Genau hier, auf diesem Stück des Kaffernpfades, hatte der Captain Donny Rooke windelweich geprügelt. Draußen auf den Hauptstraßen, in den Häusern und Geschäften galt der Captain als guter Mensch: moralisch und rechtschaffen. Aber hinter der Fassade, im Schatten der Kaffernpfade, wer war er da?

Emmanuel kam an Antons ausgebrannter Werkstatt vorbei. Noch zwei Häuser und eine kleine Kirche. Der Pfad machte einen scharfen Linksknick und führte an dem leeren Grundstück neben Poppies General Store entlang. Danach kam auch schon Feine Spirituosen. Am Tor blieb Emmanuel stehen, ging aber nicht hinein. Über den rückwärtigen Zaun wehte eine schrille, hörbar beschwipste Frauenstimme herüber.

»Du bist ein schlimmer Kerl, Tiny. Ein ganz schlimmer Kerl.«
»Wie kann ich ein schlimmer Kerl sein, wenn ich dir so guttue? Wie gefällt dir das hier, hm?«

Emmanuel suchte sich eine Lücke am Zaun, durch die er hindurchspähen konnte, und legte ein Auge daran. Tiny und sein Sohn, beide hemdlos und betrunken, machten sich an den Kleidern von zwei sichtlich angeschickerten farbigen Frauen zu schaffen. Emmanuel erkannte die Frau wieder, die sich über Tinys prallen Bauch schob wie ein Öllappen. Sie war mit einem Kleinkind an der Hand an Poppies General Store vorbeigekommen.

»Mmm ... *jaa* ...« Die Frau mit den wuscheligen Haaren gab ein routiniertes Stöhnen von sich und zog an einer selbstgedrehten Dagga-Zigarette. »Du bist schlimm, Tiny.«

»Gleich werde ich noch schlimmer«, versprach Tiny mit verruchter Stimme. »Lass mich mal ran.«

Die Frau warf ihr aufgeknöpftes Hemd zu Boden und hob eine ihrer Brüste zur Begutachtung hoch. »Willst du die hier?«

In Sekundenschnelle hing Tiny an ihrer Brustwarze. Das nasse Sauggeräusch schien Theo nicht zu stören, der eine dicke braunhäutige Frau mit zwei fehlenden Schneidezähnen rammelte. Dank der Federung ihrer Leibesfülle brachte sie es fertig, kräftige Schlucke aus einer Whiskeyflasche zu nehmen, während Theo sich an ihr abarbeitete.

Emmanuel zog sich zurück. Zu trinken bekam er hier im Moment nichts, aber Captain Pretorius war an irgendetwas dran gewesen. Ein Abend auf dem Kaffernpfad brachte so viel wie zwanzig Zeugenbefragungen.

Weiter vorn sah er die Gabelung, wo er seinen nächtlichen Besucher verloren hatte. Das Rascheln von Schritten durchbrach die Stille. Es war noch jemand hier draußen, strich bei Nacht und Nebel um die Stadt. Emmanuel trat in den Schatten.

Louis kam an ihm vorbei. Emmanuel ließ ihm einen ordentlichen Vorsprung, dann folgte er ihm. Der Junge hatte sich nicht hierher verlaufen, er schritt auf dem Kaffernpfad dahin, als gehörte er ihm. Das Licht aus Tinys Hinterhof durchschnitt die Dunkelheit. Louis schwirrte direkt darauf zu wie eine Motte.

Der Junge blieb stehen und klopfte ans Tor. Der Lärm von drinnen übertönte es. Er versuchte es erneut.

Emmanuel schlüpfte in die Lücke zwischen Schnapsladen und Khan's Emporium. Mit nacktem Oberkörper machte Tiny Louis das Tor auf.

»Was willst du?«, fragte der Farbige. Er war übler Laune.

»Gib mir ein bisschen was«, bat Louis.

»Läuft nicht. Ich hab's deinem Vater versprochen. Nie wieder.«

»Der Captain ist tot«, erinnerte Louis ihn.

»Und was ist mit deinen Brüdern? Was passiert, wenn die dahinterkommen?«

»Werden sie nicht.«

»Na schön ... aber wehe, sie kriegen es raus«, knurrte Tiny. Er ging zurück über den Hof und erschien wieder mit einer kleinen Flasche Whiskey.

»Gibt's auch was zu rauchen?«, fragte Louis, während er sich die Whiskeyflasche in die Tasche schob.

»Was? Soll ich mir den Laden abfackeln lassen, wenn Madubele das mitkriegt?« Tiny scheuchte den Jungen weg. »Zieh Leine!«

»Er kriegt es bestimmt nicht mit.«

»Und wenn doch? Sorgst du dann dafür, dass er mir eine Entschädigung zahlt wie der Captain bei Anton? Sei froh, dass du überhaupt was kriegst. Und jetzt verschwinde, bevor dich jemand sieht.«

»Der Captain ist im Jenseits«, wiederholte Louis. »Es ist keiner mehr da, der uns sehen könnte.«

Tiny beendete die Unterredung, indem er Louis das Tor vor der Nase zuschlug. Der Junge drehte die Whiskeyflasche auf, nahm einen kräftigen Schluck, spreizte dann die freie Hand und reckte sie gen Himmel. Noch ein Schluck, dann beehrte Louis das leere Grundstück und den nächtlichen Himmel mit seiner klaren Stimme.

Er sang *Werk in My, Gees van God*, »Atme in mir, Atem Gottes«, ein beliebtes Afrikaaner-Kirchenlied. Die Melodie rief in Emmanuel unangenehme Erinnerungen wach, er kannte den Text immer noch auswendig: *Dringe ein in meine Seele, bis dein göttlich Feuer lässt erglühen mein irdisches Wesen.*

Ob Louis noch unterscheiden konnte zwischen dem Feuer des Whiskeys in seinem Bauch und dem göttlichen Feuer des

Heiligen Geistes? Da schwang das Gartentor des Schnapsladens auf, und Tiny steckte den Kopf heraus.

»Heb dir das für die Kirche auf, Pretorius. Du verdirbst uns hier die Stimmung.«

Louis hob grüßend die Flasche und verdrückte sich dann in Richtung der Häuser der Farbigen und des Sportclubs mit den kampierenden weißen Familien. Was wollte er dort? Eine Predigt halten? Oder sich ein dunkles Eckchen suchen, um ein bisschen Teufelswerk zu vollbringen?

Der Kaffernpfad war die reinste Goldgrube, was Informationen anging, und Emmanuel spürte, dass sich zumindest ein Teil der Antwort auf die Frage, wer den Captain ermordet hatte, hier draußen im Schattenreich der Stadt verbarg.

Die Hauptstraße lag still und dunkel da, ebenso der Weg zum Protea Guesthouse. Er kam an dem Packard vorbei, in dessen verschlossenem Kofferraum sein verdreckter Anzug und der markierte Kalender des Captains lagen. Morgen würde er für diesen heiklen Schatz ein passendes Versteck suchen. Ein Kofferraumschloss aufzubrechen war für die Security Branch ein Kinderspiel.

Die Tür zu seinem Zimmer stand offen, drinnen brannte Licht. Er trat ein. Piet und Dickie lümmelten sich links und rechts auf dem Bett. Kleidung und Papiere waren auf dem Fußboden verstreut.

Piet gähnte und zündete sich eine neue Zigarette an.

»Reisen Sie immer mit so leichtem Gepäck, Cooper?«

»Armeetradition«, sagte Emmanuel. »Wollten Sie sich einen sauberen Schlips leihen, oder waren Sie auf gestärkte Unterhosen aus?«

»Und Ihr Faible für alte Soldaten?«, fragte Dickie. »Ist das auch so eine Armeetradition?«

Emmanuel zog einen Stuhl heran und setzte sich. »Ich gestehe. Ich habe es zum Major gebracht, indem ich sämtliche alliierten Generäle rangelassen habe. Was wollen Sie sonst noch wissen?«

»Wir sind nicht hier, um Sie etwas zu fragen«, erklärte Piet. »Wir sind hier, um Ihnen etwas zu sagen.«

»Ich höre.«

»In ein oder zwei Tagen«, sagte Piet durch einen Vorhang aus Qualm, »werden wir alles über Sie wissen, Cooper. Was Sie trinken. Mit wem Sie ficken. Wo Sie diese weibischen Schlipse kaufen. Einfach alles.«

Emmanuel lehnte sich in seinem Stuhl zurück. »Ich trinke meinen Tee mit Milch und ohne Zucker. Whiskey immer pur. Wenn ich Durst habe, Wasser. Seit meine Frau vor sieben Monaten nach England abgehauen ist, ficke ich niemanden mehr. Und meine weibischen Schlipse kaufe ich bei Belmont Menswear auf der Market Street. Fragen Sie nach Susie. Sie kann Ihnen auch Übergrößen zeigen.«

»Freut mich, dass Sie Humor haben«, antwortete Piet. »Den werden Sie brauchen.«

»Wenn Sie die Lorbeeren für irgendeine Festnahme einheimsen? Oder wenn Sie mir einen Misserfolg in die Schuhe schieben?«

Piets Lächeln sah aus, als hätte man es ihm mit dem Messer in das aknenarbige Gesicht geritzt. »So oder so werden Sie und Ihr Deckhengst van Niekerk es bereuen, sich in unsere Ermittlung eingemischt zu haben.«

»Ich dachte, Sie beide wären auf mein Zimmer gekommen, weil Sie sich mit mir anfreunden wollten. Heißt das, Sie übernachten heute doch nicht hier?«

Dickie lief rot an. »Kein Wunder, dass Ihre Frau Sie verlassen hat.«

»Sie sind es doch, die ohne Einladung in meinem Zimmer herumlungern. Hat es Spaß gemacht, in meiner Unterwäsche zu wühlen, Dick?«

Dickie sprang auf.

»Setz dich hin«, befahl Piet. »Ich muss Cooper noch einiges sagen.«

»Dann drohen Sie mal los«, sagte Emmanuel. Es wurde spät, und er hatte genug von der Security Branch.

»Um sieben Uhr morgen früh fahren wir raus zu Kings Farm. Sie zeigen uns den Weg zu der Hütte. Danach kümmern Sie sich um die Geschichte mit dem Sittenstrolch. Alles andere überlassen Sie uns.«

»Sie sind nur zu zweit«, erinnerte ihn Emmanuel.

»Nein«, verbesserte Piet. »Die hiesige Mannschaft, Hepple, Shabalala und Uys, gehört auch zu unserem Team.«

Es fiel Emmanuel nicht schwer, die Bedeutung dieser Information zu entschlüsseln. Die Security Branch schloss ihn offiziell von dem Fall aus.

»Gut zu wissen, dass es noch Leute gibt, die Hausbesuche machen«, sagte er, als Piet und Dickie sich aus der Tür zwängten.

Piet blieb stehen und schnippte seine brennende Kippe in den Garten. »Ich sage Ihnen, worauf es hinausläuft, Cooper. Sollten Sie gegen uns arbeiten, werde ich das erfahren, und dann prügelt Dickie hier den englischen Rotz aus Ihnen heraus, das verspreche ich Ihnen.«

Emmanuel schloss die Tür. Sein Brustkorb fühlte sich eng an. Er widerstand der Versuchung, seine verstreuten Sachen zusammenzuklauben, in seine Tasche zu werfen und nach Jo'burg zu fahren, zurück in seine Wohnung. Er war auf Major van Niekerks Befehl in Jacob's Rest. Die Entscheidung, zurückzufahren, lag nicht bei ihm.

* * *

»Mach sie fertig.« Es war der Sergeant Major mit einem netten nächtlichen Rat. *»Geh hart ran. Keine Gefangenen.«*

Emmanuel starrte hoch zur Decke. Er hatte gehofft, den Schotten und seine kranken Ansagen draußen auf der Straße zum letzten Mal gehört zu haben.

»Nimm das Brecheisen. Lass sie Stahl schmecken.«

Emmanuel befühlte die Beule an seinem Schädel. Er hatte Kopfweh, aber nicht so schlimm, dass es seine Wahnvorstellungen hervorrufen dürfte. Er schüttete sich fünf weiße Pillen in die Hand und spülte sie mit Wasser hinunter. Dann legte er sich wieder hin. Sobald das Medikament wirkte, würde die Stimme verschwinden.

»*Mach dir den Überraschungseffekt zunutze!*« Das Trommelfeuer des Schotten ging weiter. »*Mach sie fertig, bevor sie dich fertigmachen, Soldat!*«

»Wir haben Frieden.« Emmanuel machte sich nicht die Mühe, laut zu antworten. Er wusste, dass der Sergeant Major ihn gut hören konnte. »Leute umbringen ist nicht mehr erlaubt.«

»*Was willst du denn sonst machen?*« Wenn nackte Gewalt nicht infrage kam, geriet der Sergeant Major in Verlegenheit.

»Den Fall knacken«, sagte Emmanuel. »Den Mörder finden.«

»*Hmm …*« Die Aussicht auf eine friedliche Lösung brachte den Schotten aus dem Konzept. »*Wie willst du das anstellen?*«

»Weiß ich noch nicht.«

»*Hast du einen Plan?*«

»Noch nicht.«

»*Verstehe …*« Die Stimme des Sergeant Major erstarb in der Finsternis.

Das Schattenmuster an der Decke veränderte sich, wenn der Wind den Baum vor dem Fenster bewegte. Den Fall knacken? Leicht gesagt, aber was hatte er vorzuweisen? Zwei farbige Mädchen, die sich als Weiße ausgaben, einen Vater nebst Sohn, die sich mit billigen Huren vergnügten, und ein verschlagenes Bürschchen mit einer Vorliebe für Whiskey und Dagga. Große Sensationen für so eine kleine Stadt, aber nichts im Vergleich zu den greifbaren Indizien, die er sich in der Hütte hatte abnehmen lassen. Und wer hatte ihm mitten in der Nacht den Zettel mit Kings Namen hinterlassen? Der Mörder oder jemand, der ihm bei der Ermittlung zu helfen versuchte?

»*Immerhin hast du den Kalender.*« Der Sergeant Major kämpfte gegen die Medikamente an.

Richtig, er hatte den Kalender. Aber wie sollte er über die Grenze kommen, ohne die Aufmerksamkeit von Piet und seinem Gorilla zu erregen?

»*Schlaf jetzt*«, befahl der Sergeant Major lallend. »*Ich halte dir die Hunde vom Hals.*«

Dunkelheit sank herab, und Emmanuel schwebte zu einer verkohlten Scheune, die im Dämmerlicht vor sich hin schwelte. Vor der Ruine saß der Sergeant Major, umgeben von einem Dutzend Soldaten in zerrissenen, blutbeschmierten Uniformen. Einer der Soldaten wandte sich Emmanuel zu. Sein Gesicht bestand nur noch aus zerfetztem Fleisch und zerschmetterten Knochen.

»*Alles herhören!*«, befahl der Sergeant Major. »*Kommt, wir setzen uns zusammen und reden übers Saufen und Huren. Und über Frauen und Kinder und Heimat. Unser Freund Cooper hier braucht eine Mütze Schlaf.*«

Der Soldat mit dem zerschmetterten Gesicht lachte. Die Truppe scharte sich dicht um den Sergeant Major. Emmanuel machte die Augen zu und schlief ein.

9

Um fünf vor sieben am nächsten Morgen lenkte Emmanuel den Packard in die Parklücke neben dem Chevrolet der Security Branch. Im morgendlichen Dämmerlicht sah die Polizeiwache klein und verwaist aus. Piet kurbelte sein Wagenfenster herunter und lehnte sich raus.

»Neuer Plan, Detective. Fahren Sie uns nach«, befahl er, während Dickie den Motor anließ. »Wir machen einen Abstecher zur schwarzen Location, bevor es zu Pretorius' Hütte geht.«

»Wie Sie wollen, Lieutenant.«

Dickie und Piet bogen am Standard Hotel rechts ab und fuhren auf der Hauptstraße nach Westen. Emmanuel folgte ihnen und gab Gas.

Er kam nicht darauf, was die Security Branch in einer schwarzen Siedlung bei einer ländlichen Kleinstadt suchte. Keine einzige Spur wies in diese Richtung.

Sie bogen auf eine holprige Piste ab und erreichten Minuten später die schwarze Location, eine planlose Ansammlung von Ziegelhäuschen und Lehmhütten auf einer staubigen Lichtung mitten im Veld. Kinder in Sonntagskleidung spielten Hüpfspiele vor einer baufälligen Kirche mit rostigem Blechdach.

Der Chevrolet hielt dicht neben ihnen, und Piet winkte einen Jungen herbei. Emmanuel erkannte ihn wieder. Es war Butana, der kleine Zeuge vom Tatort.

»Shabalala«, Piet sprach überlaut, damit der Kaffernjunge ihn ja verstand, »los, hol Constable Shabalala her. Kapiert?«

»Ja, Baas.« Auch Butana sprach extralaut, damit der Weiße ihn verstand, dann streifte er seine zu großen Schuhe ab und rannte den Pfad entlang, der die Location durchschnitt. Die anderen Kinder rannten hinterher, dankbar für einen Grund, von diesen Weißen in den großen schwarzen Automobilen wegzukommen.

Emmanuel stieg aus dem Packard und schaute sich um. Es war ein klarer Frühlingstag. Gelbbraune Maisfelder zogen sich vom Rand einer Grasfläche bis zu einem Flüsschen, das der nächtliche Regen hatte anschwellen lassen. Dahinter erstreckte sich unter einem blauen Himmel mit weißen Wölkchen ein üppiger Teppich aus frischem Gras und Wildblumen.

Atemberaubend, dachte Emmanuel. Aber vom Ausblick wird man nicht satt.

Er wandte seine Aufmerksamkeit den uneinheitlichen Behausungen zu. Lauter Bruchbuden, zusammengezimmert aus allem, was gerade zur Hand war. Ein verrostetes Blechdach mit Mehlsäcken gegen den Regen abgedichtet. Ein leeres 200-Liter-Fass im Türrahmen, um den Wind draußen zuhalten. Es war Frühling, aber über den Häusern der Eingeborenen lag noch die Erinnerung an einen harten Winter.

Die Jungen und Kräftigen konnten nach E'goli ziehen, in die Goldgräberstadt Johannesburg, wo manchmal sogar ein Schwarzer reich werden konnte. Oder bei ihren Familien in der Location ausharren und arm bleiben. Die meisten entschieden sich für die Stadt.

Die Kirchentür ging auf, und ein hutzeliger Pfarrer mit wässrigen Augen äugte heraus. Emmanuel lüpfte grüßend den Hut und erhielt ein vorsichtiges Nicken zur Antwort. Vom Pfad her hörte man Kinderstimmen.

Constable Shabalala kam auf die Wagen zugeeilt, eine große Kinderschar hinter sich. Der schwarze Polizist trug seine Sonntagskleidung: leicht angerautes weißes Hemd, schwarze Hosen und ein Cordjackett mit Lederflicken an den Ellbogen. Die Hosensäume waren ausgelassen, aber trotzdem noch drei Fingerbreit zu kurz, um Socken und Stiefel zu bedecken. Vielleicht abgelegte Sachen vom Captain.

Mit dem Hut in der Hand trat er an den Wagen der Security Branch heran. Er wusste genau, wie viel Wert Buren und die meisten anderen Weißen auf Respektbekundungen legten. Piet kramte einen Zettel aus der Tasche.

»N'kosi Duma«, sagte er. »Wo ist der?«

Shabalala spreizte entschuldigend die Hände. »Dieser Mann

ist nicht hier. Er ist im Eingeborenenreservat. Vielleicht kommt er morgen zurück.«

»Himmelherrgott!« Piet zündete sich eine Zigarette an und blies Rauch in die klare Frühlingsluft. »Wie weit ist das weg, dieses Reservat?«

»Es liegt vor Baas Kings Farm. Anderthalb Stunden mit meinem Fahrrad.«

Piet besprach sich kurz mit Dickie, der eingeklemmt hinter dem Steuer saß.

»Steig ein«, befahl Piet Shabalala. »Wir fahren hin und holen ihn.«

Emmanuel trat hinzu, entschlossen, irgendwie dranzubleiben. Er spürte seinen Herzschlag. Piet war mit einem Namen hergekommen. Woher zum Teufel wussten sie, dass in einer Location in der Nähe von Jacob's Rest ein Mann namens N'kosi Duma wohnte?

»Constable Shabalala kann bei mir mitfahren«, schlug er vor. »Ich habe genug Benzin.«

»Er fährt mit uns«, beschied Piet ihm kühl. »Sie sollen uns nur die Hütte zeigen.«

»Das Reservat liegt zwischen hier und der Hütte.« Emmanuel wusste, dass er sein Glück herausforderte, aber er gab nicht auf. »Sollen wir nicht zuerst dort vorbeifahren?«

»Zur Hütte«, sagte Piet.

* * *

»Das ist doch bloß eine Jagdhütte«, sagte Dickie, als sie das saubere kleine Refugium des Captains gesichtet hatten. »Nur ein englischer Stadtbulle kann darin was anderes sehen.«

»Reine Zeitverschwendung, genau wie ich dachte«, knurrte Piet. »Also weiter.«

Das Versteck in der Hütte zeigte Emmanuel ihnen nicht.

Sie duckten sich aus dem Durchgang im Zaun und stießen wieder zu Shabalala, der geduldig bei den Autos wartete. Piet schob Dickie in Richtung Chevrolet und drehte sich zu Emmanuel um.

»Sie fahren zurück in die Stadt«, befahl er, Genugtuung im Blick der flachen stumpfen Kieselsteinaugen. »Ihre Aufgabe ist die Geschichte mit dem Sittenstrolch. Alles klar?«

»Es ist Sonntag. Ich glaube nicht, dass ich dort heute groß vorankomme.«

»Sie sind doch so religiös, nicht? Jetzt haben Sie die Chance, es pünktlich zum Gottesdienst zu schaffen. Das wollten Sie doch, oder?«

»Amen«, sagte Emmanuel und ging zu Constable Shabalala, der ein paar Schritte zurückgetreten war, um den Weißen Platz zum Einsteigen zu lassen. Die Geschichte mit dem Sittenstrolch war sein einziger Vorwand, in der Stadt und nahe am Geschehen zu bleiben. Also musste er diesen Ansatz verfolgen und gute Miene dazu machen.

»Die Kirche der Farbigen«, fragte er Shabalala, »wo liegt die?«

»Sie fahren am Laden vom alten Juden vorbei. Die ma'Coloutini-Kirche steht am Ende der Straße.«

»Los jetzt.« Dickie scharrte mit den Hufen wie ein Nilpferd beim Pferdelotto.

Shabalala zögerte. »Sie sind ja heute Nachmittag auf der Wache, Detective Sergeant.«

Es war keine Frage, sondern eine Bitte.

»Ich komme hin«, sagte Emmanuel, während Dickie den Motor aufheulen ließ. Das Chassis des Chevrolet sackte gut zwei Handbreit tiefer, als Shabalala sich in den Wagen setzte. Mit der vereinten Muskelkraft in diesem Fahrzeug hätte man einen Stahlträger in Form hämmern können.

Piet streckte den Kopf aus dem Fenster. »Sie fahren zuerst«, befahl er. »Wir kommen nach.«

Emmanuel tat wie geheißen. Die Security Branch wollte sehen, wie er sich mit eingezogenem Schwanz davonmachte. Das bereitete ihnen Vergnügen. Es war nicht schwer, ihnen zu geben, was sie wollten. Er stieg in den Packard und fuhr zurück in die Stadt.

* * *

Emmanuel ging die gesamten Polizeiakten durch und landete beim Buchstaben Z, ohne etwas gefunden zu haben. Keine Akte unter P wie Perverser oder V wie Voyeur. Überhaupt nichts zu irgendeiner der Frauen im Laden des alten Juden oder Zweigman selbst. Nicht einmal eine protokollierte Zeugenaussage, die belegte, dass es den Fall je gegeben hatte.

Er zog willkürlich einzelne Akten heraus. Viehdiebstahl. Eine Messerstecherei. Landfriedensbruch. Die üblichen Kleinstadtquerelen. Er suchte nach Donny Rooke und fand ihn: Verdacht auf Herstellung und Einfuhr verbotener Güter. Die Fotos von den Mädchen waren als Beweisstücke vermerkt, nicht aber der Fotoapparat.

War es möglich, dass man die Anzeigen der farbigen Frauen nicht ernst genug genommen hatte, um sie schriftlich festzuhalten? Oder waren die Akten entfernt worden? Donny Rookes gestohlener Fotoapparat bewies, dass der Captain sich nicht gescheut hatte, Beweismittel zu konfiszieren, wenn es ihm in den Kram passte.

Die Security Branch und die National Party wollten einen respektablen weißen Polizisten präsentieren, der in Ausübung seiner Pflicht gestorben war. Was sie nicht wollten, war irgendetwas, das diese Version infrage stellte. Unter den neuen Rassengesetzen hatte alles schwarz oder weiß zu sein. Grauzonen gab es nicht mehr.

Körperliche Einschüchterung, Diebstahl und möglicherweise Einfuhr pornografischen Materials – Captain Pretorius mochte den Anschein eines aufrechten Afrikaaners erweckt haben, doch unter dieser Oberfläche verbarg sich etwas sehr viel Komplexeres.

* * *

Das kleine Gotteshaus quoll über von Kirchgängern. Familien, alle im besten Sonntagsstaat, standen bis auf die Vortreppe, die zu den weit geöffneten Holztüren hochführte. Der vorzeitige Tod des Captains war wohl gut fürs Geschäft.

Drinnen röchelte eine Orgel *Näher, mein Gott, zu dir,* und die farbige Gemeinde erhob sich zum letzten Choral. Ein Zwillingspärchen in gepunkteten Kleidern löste sich aus den Armen der molligen Mutter und rannte auf den Kirchhof. Am Rand eines Blumenbeets legten die beiden sich auf den Boden und spähten ins Blätterwerk, wo unterm Margeritenbusch der alte Soldat Harry lag und fest schlief.

Emmanuel lehnte sich an die Mauer, die das Kirchengelände von der Straße trennte, und sah zu, wie die Sonntagsgemeinde herausströmte.

Alle Farbschattierungen von frischer Milch bis zu verbranntem Zucker waren vertreten. Auf diesem Kirchhof war die Legende von der Unnatürlichkeit hautfarbenübergreifender Verbindungen mannigfach widerlegt: jede Menge Leute, die das Gegenteil bewiesen.

Ein Grüppchen würdiger älterer Damen mit ausladenden Hüften, geblümten Kleidern und Sonntagshüten stellte Töpfe mit Essen auf einen langen Tisch, der im Schatten eines großen Eukalyptusbaums stand. Männer in dunklen Anzügen und gewichsten Schuhen schlenderten umher und erwarteten das Signal zum Sturm aufs Buffet.

Am Fuß der Treppe leisteten Tiny und Theo zwei ehrbaren farbigen Frauen Gesellschaft. Emmanuel brauchte jemanden, der ihn in die Gemeinde einführte und allen vorstellte. Ein weißer Mann, der sich in der Nähe eines Treffpunkts von Farbigen herumtrieb, würde Anstoß erregen. Außerdem musste er die Security Branch überzeugen, dass er mit vollem Einsatz hinter dem Triebtäter her war, nachdem die Polizeiakten nichts erbracht hatten.

»Tiny.« Er streckte die Hand zum Gruß aus, sich des Getuschels ringsum bewusst.

»Detective.« Der Farbige war wie aus dem Ei gepellt, nichts zeugte von den Ausschweifungen der letzten Nacht. »Das ist ja eine Überraschung. Was kann ich für Sie tun?«

Der Schnapshändler wirkte unbehaglich, sein Händedruck

halbherzig. Die Menge lichtete sich, die Umstehenden gingen auf Abstand, bis die Situation überschaubarer war.

»Tut mir leid, dass ich Sie an einem Sonntag störe, Tiny. Ich muss noch einmal alle Frauen befragen, die sich über den Triebtäter beschwert haben.« Mit freundlich beflissener Geste nahm er den Hut ab. »Ich habe gehofft, dass Sie mir dabei zur Hand gehen.«

»Ähm ...« Tiny zögerte. Das Thema passt nicht recht zum sonntäglichen Gemeindepicknick, wo all die anständigen Familien versammelt waren.

»Ich spreche sie natürlich nicht hier darauf an«, versicherte Emmanuel. »Alles, was ich brauche, ist eine Liste mit Namen.«

»Also ...«

»Es waren vier.« Die etwas zu eng geschnürte Frau neben Tiny mischte sich ein. Sie war hellhäutig mit Rouge-Klecksen auf den hohen Wangenknochen. »Tottie und Davida, die beim alten Juden arbeiten. Della, die Tochter des Pastors, und Antons kleine Schwester Mary.«

»Detective, das ist meine Frau Bettina.« Tiny fasste sich und zog mit. »Und das hier ist unsere Tochter Vera.«

Während Tiny und Theo sich zu später Stunde mit den Huren vergnügten, saßen die Frauen der Familie brav daheim und schufteten mit dem Glätteisen. Mutter und Tochter waren geschniegelt und gebügelt, die Haare leblos und glatt wie ein gestärkter Vorhang. Am Haaransatz sah man blassrote Brandwunden, die Narben aus der Schlacht gegen die Krause.

»Sind all diese Frauen noch in der Stadt?«, fragte Emmanuel.

»Tottie steht da unten an der Treppe ...«

Honigtopf Tottie war umringt von einem Schwarm Verehrer. Sie trug ein maßgeschneidertes grün-weißes Kleid, dessen Ausschnitt gerade tief genug war, um unchristliche Gedanken hervorzurufen. Das Mädchen war wie Eiscreme an einem heißen Tag.

»Della steht da drüben neben ihrem Vater.« Vera, Tinys Tochter, zeigte auf ein langes dünnes Mädchen mit Brüsten, die zu umfassen ein Riese Schwierigkeiten gehabt hätte. Die Pastorentochter hatte ein unscheinbares Gesicht, aber mächtig Holz vor der Hütte.

»Davida wohnt sonst bei Granny Mariah, aber heute ist sie bei ihrer Mutter auf Mr. Kings Lodge, und Mary ist da drüben und hilft beim Essenausteilen.« Tinys Frau deutete auf eine koboldhafte Halbwüchsige, die zwischen zwei kräftigen Matronen eingekeilt war. Mary stand noch auf der Schwelle zwischen Kindheit und Erwachsenenalter.

Die Frauen unterschieden sich sehr voneinander, zugleich stach jede auf ihre Weise aus der Masse hervor. Tottie, die Schönheitskönigin, die einem feuchte Träume bescherte, die gutbestückte Pastorentochter Della, und Mary, die winzige Kindfrau. Blieb noch Davida, an der seiner Kenntnis nach das Auffälligste war, dass sie absolut nicht auffiel. Man musste dicht an sie herankommen, um etwas Interessantes zu entdecken.

Nachdem er jetzt die Namen der Frauen hatte, war es an der Zeit, der Geschichte mit der ausgebrannten Werkstatt nachzugehen. Der Mechaniker Anton war nicht bei der versammelten Gemeinde.

»Geht Anton nicht in die Kirche?«, fragte er.

»Wir gehen alle in die Kirche, Detective«, belehrte ihn Tinys Frau. »Das hier ist eine anständige Stadt, nicht wie Durban oder Jo'burg.«

Von den leicht zu habenden Frauen aus dem Schnapsladen fehlte jede Spur.

»Sie meinen die Sauferei und das Dagga-Rauchen, lockere Frauen und lose Sitten.« Er warf Theo einen vielsagenden Blick zu. »Ich bin froh zu hören, dass so etwas in Jacob's Rest nicht vorkommt, Mrs. Hanson.«

»Sie suchen Anton, Detective?«, fragte Theo, bemüht, das Thema zu wechseln. »Er ist in der Kirche. Kommen Sie, ich bringe Sie zu ihm.«

»Danke für Ihre Hilfe«, sagte Emmanuel zu den beiden sittenstrengen Damen, tippte sich an den Hut und folgte Theo durch die Menge in die Kirche. Drinnen war Anton dabei, Gesangbücher zu stapeln. Die Kirchenfenster warfen ein buntes Muster auf den Steinboden.

Der Mechaniker sah auf.

»Man lässt sie am Sonntag arbeiten, Detective?«, fragte Anton.

»Jeden Tag, bis der Fall gelöst ist.«

»Wie geht es voran?«

»Zäh«, sagte Emmanuel und wartete, bis Theo die Kirche verlassen hatte. »Ich brauche Informationen über den Captain und seine Familie.«

Anton sammelte die Bücher aus der letzten Kirchenbank ein. »Da kann ich nicht helfen, fürchte ich. Die Kapholländer bleiben unter sich, die Schwarzen bleiben unter sich und wir auch.«

»Was war mit dem Brand? Wie haben der Captain und Sie sich auf die Entschädigung geeinigt?«

Es entstand eine Pause, während der schlaksige Mann die Gesangbücher neben der Kanzel aufstapelte. »Woher wissen Sie davon?«, fragte er.

»Ich habe große Ohren«, sagte Emmanuel. »Erzählen Sie mir von dem Brand.«

Anton schüttelte den Kopf. »Ich will keinen Ärger mit den Pretorius-Brüdern. Jetzt, wo der Captain sie nicht mehr im Zaum halten kann, könnte alles Mögliche passieren.«

»Weiß King über den Brand Bescheid?«

»Er ist einer meiner Investoren«, sagte Anton. »Er weiß alles.«

»Gut. Wenn nötig, erzähle ich den Pretorius-Brüdern, dass King die Sache ausgeplaudert hat. King ist ja wohl zu mächtig, als dass sie ihm querkommen könnten, oder?«

»Das ist wahr«, stimmte der Mechaniker zu, holte aus einem Schrank ein Tuch und polierte damit energisch das Lesepult. Eine Weile rieb er schweigend vor sich hin. Emmanuel ließ ihm Zeit.

»Früher habe ich in der Pretorius-Werkstatt gearbeitet«, sagte Anton. »Fünf Jahre. Es war keine schlechte Stelle, obwohl Erich ein Hitzkopf ist und sich ständig über irgendwas aufregt. Eines

Tages hat mir Dlamini, ein Eingeborener, dem drei Busse gehören, draußen in der schwarzen Location was zu tun gegeben, das hat mich ins Grübeln gebracht, ob ich mich nicht selbständig machen könnte, verstehen Sie?«

Emmanuel nickte. Er konnte sich denken, worauf die Geschichte hinauslief.

»Ich sprach also mit ein paar Leuten. King, der alte Jude und Granny Mariah gaben mir das Startkapital, und los ging's. Eine Zeitlang lief alles wie geschmiert. Die Pretorius-Brüder behielten alle weißen Kunden und die Urlauber, die durch die Stadt kamen.« Anton ging mit dem Poliertuch zu den Kirchenbänken über. »Ich bediente die Schwarzen und die Farbigen. Eine faire Aufteilung, wenn man bedenkt, dass die meisten Autos Kapholländern gehören.«

»Und dann?«

»Irgendwann kam Kings Neffe zu Besuch, und sein Sportwagen brauchte neue Zündkerzen«, fuhr Anton fort. »Er brachte den Wagen zu mir, und damit ging es los.«

»Ein roter Flitzer mit weißen Ledersitzen?«, fragte Emmanuel.

»Genau der«, antwortete Anton. »Tja, Sie können sich ja vorstellen, was das in einer Kleinstadt wie unserer für Aufsehen erregte. Ein echter Jaguar XK 120. Weiße, Schwarze, Farbige, alles kam in meine Werkstatt gelaufen, um mal zu gucken. Ich war ja selber hingerissen. So einen Wagen kriegt man nicht alle Tage unter die Finger.«

»Und da haben Sie es einfach vergessen«, bemerkte Emmanuel.

»Genau.« Der farbige Mechaniker rang sich ein Lächeln ab. »Ich habe vergessen, dass es das Auto eines Weißen und damit für mich tabu war. Ist mir überhaupt nicht in den Sinn gekommen, bis dann abends der alte Jude gegen meine Tür bollerte.«

»Was hatte Zweigman damit zu tun?«

»Er hat alles gesehen«, sagte Anton. »Wie Erich das Benzin verteilte, das Streichholz dranhielt und davonspazierte. Zweigman war es, der am nächsten Morgen zur Polizeiwache ging und eine Aussage machte. Ließ sich von niemandem davon abbringen, nicht mal von seiner Frau.«

Für jemanden, der unbemerkt in einer Kleinstadt abtauchen wollte, zog Zweigman ziemlich viel Aufmerksamkeit auf sich.

»Haben Sie versucht, ihn davon abzubringen?«

»Ich hatte Angst, dass als Nächstes eine Brandbombe in mein Haus fliegt«, gab der Mechaniker zu. »Ich wollte, dass King die Sache regelt.«

»Und hat er das?«

»Musste er gar nicht. Am nächsten Morgen kam Captain Pretorius höchstpersönlich bei mir vorbei und sagte, Erich werde den Wiederaufbau der Werkstatt bezahlen, plus Ersatz für meine Lagerbestände.«

»Im Gegenzug wofür? Dass Zweigman seine Aussage widerrief?«

Der Mechaniker wurde rot. »Wenn man hier lebt, darf man es sich nicht mit den Pretorius-Jungs verderben, Detective. Ich hab den alten Juden gebeten, seine Aussage zurückzuziehen, so wie der Captain es verlangte. Er war darüber nicht glücklich, aber er hat es gemacht.«

»Wie lange ist das her?«

»Vier Monate.«

»Hat Erich die ganze Summe bar bezahlt?« Woher nahm irgendjemand außer King eine solche Summe?

»Die Hälfte im Voraus, die andere Hälfte wäre nächste Woche fällig gewesen.«

»Wie viel?«, fragte Emmanuel.

»Hundertfünfzig Pfund sind noch offen.« Anton knüllte das Poliertuch zusammen und warf es mit einem Zungenschnalzen in die Ecke. »Nicht, dass ich jetzt, wo der Captain dahin ist, auch nur einen Penny davon sehen werde. Es gibt keine Papiere, nichts, was belegt, dass Erich mir das Geringste schuldet.«

»Keine Polizeiakte, die ihn mit dem Brand in Verbindung bringen könnte, und keine Schulden mehr«, sagte Emmanuel. So langsam wurde der hitzköpfige Erich zum Verdächtigen.

»Was hielt denn Erich davon, dass er zahlen sollte? Wissen Sie etwas darüber?«

»Er war außer sich.« Anton setzte sich auf eine frisch polierte Kirchenbank. »Marcus, der alte Mechaniker von der Tankstelle, sagt, der Captain und Erich sind sich heftig in die Haare geraten. Erich fand, sein Pa würde zu den Eingeborenen halten anstatt zu seiner Familie.«

Diese Information überraschte Emmanuel nicht. Die Pretorius-Brüder waren die Prinzen von Jacob's Rest, die Protektion ihres Vaters setzten sie stillschweigend voraus. Erich musste fassungslos gewesen sein festzustellen, dass er die Grenze vom privilegierten Afrikaaner zum Kriminellen überschritten hatte.

»Warum hat der Captain Ihrer Meinung nach Erich gezwungen zu zahlen?«

»Wegen dem alten Juden«, sagte Anton. »Der war sich hundertprozentig sicher, dass er Erich beim Legen des Brandes gesehen hatte, und bereit, das vor Gericht zu beschwören. Notfalls sogar auf die neutestamentarische Bibel, hat er gesagt. Ich musste eine volle Stunde betteln, ehe er zur Wache gegangen ist und seine Aussage zurückgezogen hat.«

Der Captain war klarsichtig genug, um zu erkennen, dass Erstattung die beste Lösung war. Frikkie van Brandenburgs Enkel durfte nicht hinter Gittern landen, eingepfercht mit dem Abschaum der europäischen Zivilisation. Auch wenn eine handverlesene weiße Jury bei der Wahl zwischen einem reinblütigen Afrikaaner und einem Juden wahrscheinlich zu Erichs Gunsten entschieden hätte. Captain Pretorius war offenbar gut darin, die Dinge inoffiziell zu regeln und aus der öffentlichen Wahrnehmung herauszuhalten.

»Wann ist die nächste Rate fällig?«

»Am Dienstag.«

»Wollen Sie sie einfordern?«

Anton stand auf. »Glauben Sie, ein Farbiger kann einfach zum Haus eines Weißen gehen und sein Geld verlangen? Glauben Sie das im Ernst, Detective?«

Emmanuel sah zu Boden, betroffen von der Gemütsbewegung in Antons Tonfall. Der Mechaniker hatte keine Chance, sein Geld zu sehen, solange nicht ein Weißer, der mehr Macht hatte als Erich Pretorius, sich für ihn einsetzte. Sie wussten beide, dass das die bittere Wahrheit war.

Die Kirchentür ging einen Spalt auf, und die Kindfrau Mary spähte herein.

»Anton?« Sie bemerkte Emmanuel, kniff die Lippen zusammen und stand reglos da wie eine im Lichtkegel eines Jägers gefangene Gazelle.

»Was ist?«, fragte Anton.

»Granny Mariahs Curry ...« Mary zog den Kopf ein und verschwand.

Anton rang sich ein Lächeln ab. »Das ist meine Schwester Mary. Ich glaube, sie wollte mir sagen, dass von Granny Mariahs Curry nicht mehr viel übrig ist. Es ist bei unseren Gemeindefesten heiß begehrt.«

Emmanuel erhob sich. »Sie war doch eins der Opfer bei den Übergriffen?«

»Ja.« Der Mechaniker fuhr mit dem Finger über die Lehne einer Kirchenbank. »Seitdem ist sie so, wie Sie es gerade erlebt haben. Vor Männern, die sie nicht kennt, hat sie Angst.«

»Wer hat damals ihre Aussage aufgenommen?«

»Erst Lieutenant Uys und dann Captain Pretorius.«

Emmanuel trat in den Mittelgang und ging langsam zur Tür. »Wurde Mary auf der Polizeiwache vernommen oder zu Hause?«, fragte er.

»Sowohl als auch.« Anton kam ihm nach. »Warum? Wird der Fall neu aufgerollt?«

Emmanuel blieb an der Tür stehen. »Ich rolle ihn auf«, sagte er.

»Gut.« Diesmal kam das Lächeln des Mechanikers von Herzen. »Es hat uns nie gepasst, dass damals auf die Anzeigen hin nichts passiert ist.«

»Irgendwas an dem Fall passt mir auch nicht«, sagte Emmanuel. Er dachte an die fehlenden Polizeiakten und an Paul

Pretorius' geringschätziges Abtun der Vorstellung, einer aus seinem auserwählten Volk könnte sich seinen Kitzel jenseits der Hautfarbengrenze suchen.

Anton schob die Tür auf und ließ Emmanuel den Vortritt. Draußen war das Gemeindepicknick in vollem Gang. Der Duft von Maisbrot und Curry lag in der Luft. Die meisten Familien saßen mit Tellern vor sich im Gras oder standen im Schatten der Eukalyptusbäume. Die federführenden älteren Damen bedienten sich aus den inzwischen fast leeren Schüsseln auf dem langen Tisch.

»Meinen Sie, von Granny Mariahs Curry ist noch was übrig?«, fragte Emmanuel. Der ohnmächtige Ausdruck auf Antons Gesicht, als er über das Geld sprach, verfolgte ihn.

»Das hoffe ich.« Anton winkte in Richtung Tisch. »Mögen Sie einen Teller mitessen, Detective? Sie müssen nicht. Bestimmt macht die Kirche der Weißen auch ein Sonntagspicknick, nur ... Ich dachte, vielleicht ...«

»Ich nehme gern einen Teller«, sagte Emmanuel. Mittagessen mit Hansie und den Pretorius-Brüdern erschien ihm etwa so verlockend wie der Moment, als ihm der Feldsanitäter mit seinem Taschenmesser eine Kugel aus der Schulter gepult hatte. Und da die Security Branch darauf bestand, dass er die Spur der sexuellen Übergriffe verfolgte, würde er in nächster Zeit öfter mit der farbigen Gemeinde zu tun haben. Dies war eine gute Gelegenheit, dass sie ihn kennenlernten und sich an seine Anwesenheit gewöhnten.

Als Anton und Emmanuel auf den Tisch zugingen, wurde es still. Eine Mutter schlug ihrer Tochter auf die Hand, damit sie den Mund hielt. Argwöhnisch verfolgte die Gemeinde sein Näherkommen.

Emmanuel gab sich entspannt und lässig. Ein weißer Ermittler aus der Großstadt konnte beim Sonntagspicknick der Farbigen keinen Beliebtheitswettbewerb gewinnen. Anton reichte ihm einen Emailleteller mit blauem Rand. Emmanuel schlenderte am Tisch entlang und bekam wie beim Essenfassen in der Army von den älteren Damen nacheinander einen großen Schlag Kartoffelsalat, Linsen, Brathähnchen und Spinat, wobei sie alle den Blick strikt auf seinen Teller gerichtet hielten.

Die Letzte sah ihm direkt ins Gesicht. Er nickte ihr grüßend zu. Die hellgrünen Augen in ihrem dunklen Gesicht glühten wie Leuchtfeuer. Ihr krauses graues Haar, das zu einem nachlässigen Knoten geschlungen war, hatte noch nie ein Glätteisen zu spüren bekommen.

»Haben Sie einen von unseren Leuten wegen des Mordes am Captain im Verdacht, Detective?« Nichts im Ton der alten Frau ließ darauf schließen, dass hier eine Farbige mit einem weißen Gesetzesvertreter sprach. Auf dem Kirchhof wurde es still.

Emmanuel erwiderte ihren Blick und lächelte. »Eigentlich bin ich hier, weil ich gern etwas von Granny Mariahs Curry hätte«, sagte er. »Ist noch was da?«

»Hmm …« Sie griff unter den Tisch und holte einen silbernen Topf hervor. »Sie haben Glück, dass wir was für Anton aufbewahrt haben.«

Die respekteinflößende alte Dame teilte das Curry in zwei Portionen auf, und die Gespräche setzten wieder ein.

»Danke«, sagte Emmanuel und wandte sich der Gemeinde zu.

»Am besten essen wir da drüben«, sagte Anton, und sie gingen auf ein rotes Gatter zu und stellten ihre Teller auf der Mauer ab. Sie waren so weit weg von den anderen, wie es möglich war, ohne den Kirchhof zu verlassen.

Emmanuel deutete auf die dunkelhäutige Matrone, die jetzt den Tisch abräumte. »Wer ist die Frau mit den Katzenaugen?«

»Granny Mariah.« Anton lachte. »Mit dem Spruch über das Curry hätten Sie ihr beinahe ein Lächeln abgerungen. Das wäre in die Geschichte eingegangen.«

»Wieso?«

»Tja …« Der Mann belud seine Gabel mit gelbem Reis. »Für Männer hat Granny nicht viel übrig. Egal welcher Hautfarbe. Wenn es nach ihr geht, sind wir alle ein Haufen Idioten.«

»Das kam rüber«, sagte Emmanuel und machte sich über sein Essen her. Sie schwiegen, bis ihre Teller halb leer waren.

Anton wischte sich den Mund. »Wenn Sie wissen wollen, was wirklich vor sich geht, sollten Sie mit Granny Mariah reden. Sie weiß alles. Noch ein Grund, warum Männer in ihrer Gegenwart den Mund halten.«

Emmanuel dachte an Tinys und Theos nächtliche Possen. »Weiß sie auch was über Sie?«, fragte er.

»Nur das Übliche.« Anton lächelte, und die Goldplombe in seinem Schneidezahn blitzte auf. »Nichts, was einen Exsoldaten oder einen Mordermittler schockieren könnte.«

»Ich weiß nicht recht«, sagte Emmanuel. »Was geht denn in Jacob's Rest als das Übliche durch?«

»Ich hab nicht vor, der Polizei meine Sünden zu beichten. Nehmen Sie es nicht persönlich, Detective Sergeant.«

»Das ist klug«, sagte Emmanuel. Harry, der Veteran aus dem Ersten Weltkrieg, kroch unter dem Margeritenstrauch hervor und schnappte sich den Teller mit Essen, den man ihm hingestellt hatte. Mit den Händen schaufelte er sich Reis in den Mund. Ohne groß zu kauen schlang er alles hinunter.

»Harry isst nur alle zwei, drei Tage etwas«, sagte Anton. »Dazwischen rührt er nichts an. Keiner weiß warum.«

Weil er noch im Graben hockt, dachte Emmanuel, und so lange hungert, bis die nächste Ration von der Feldküche durchkommt. Körperlich war Harry wieder in Südafrika, doch im Geiste steckte er immer noch knietief im europäischen Morast. Emmanuel kannte das Gefühl.

»Arbeitet irgendwer hier beim Postamt?«, fragte er Anton, während Harry in Windeseile seinen Teller abschleckte.

»Miss Byrd.« Der Mechaniker sah zur Kirchentreppe hoch. »Das ist die mit dem Hut.«

Mehrere Frauen auf der Treppe trugen Hüte, trotzdem entdeckte Emmanuel Miss Byrd auf Anhieb. Der Hut, auf den sich Anton bezog, war ein echter Blickfang mit seinen Schichten aus lila Filz und wogenden Federn. Miss Byrds Sonntagskrone verwandelte sie von einem Spatz in einen stolzierenden Pfau.

»Was tut sie im Postamt?«

»Sie sortiert die Briefe«, sagte Anton. »Und jetzt, wo die Weißen ihren eigenen Schalter haben, sitzt sie hinter dem für Nichtweiße.«

Emmanuel aß zu Ende und wischte sich Mund und Hände mit seinem Taschentuch ab. Miss Byrd war genau die Person, die er brauchte.

»Ich wäre dankbar, wenn Sie mich ihr vorstellen«, sagte er zu Anton.

* * *

Die Stadt döste im sonntäglichen Nachmittagsschlaf vor sich hin. Alle Geschäfte waren geschlossen, die Straßen menschenleer. Nur ein streunender Hund humpelte von der Piet Retief Street auf einen Kaffernpfad, der an Pretorius Farmzubehör entlangführte. Emmanuels Schritte klangen laut auf dem Bürgersteig. Beim Schuhladen Kloppers blieb er stehen und schaute ins Fenster. Derbe Farmerstiefel und stupsnasige Schulhalbschuhe scharten sich um ein Paar rote Stöckelschuhe mit Strass am Absatz, die in der Mitte der Auslage prangten wie ein glühendes Herz. Die Bestellung für die roten Pumps musste aufgegeben worden sein, als Tagträume von Tanzvergnügen und Champagner kurzfristig die staubige Wirklichkeit von Jacob's Rest verdrängt hatten.

Vor der Polizeiwache stand der Chevrolet der Security Branch mit hochgekurbelten Fenstern und verriegelten Türen. Ein Mann mit spitzem Gesicht und scharf gestutzten Koteletten saß auf der Veranda und starrte auf die leere Hauptstraße. Den Schlips hatte er gelockert und die Hemdsärmel bis über die Ellbogen hochgekrempelt, so dass rosa Streifen eines Sonnenbrands zu sehen waren. Lieutenant Uys war zurück aus seinem Urlaub in Mosambik.

»Lieutenant Uys?« Emmanuel streckte seine Hand aus. »Detective Sergeant Emmanuel Cooper vom Marshal Square CID.«

»Lieutenant Sarel Uys.« Der Lieutenant erhob sich zur Begrüßung, und Emmanuel spürte den kurzen kräftigen Druck sehniger Finger um seine Hand. Sarel Uys erreichte nur knapp die für den Polizeidienst vorgeschriebene Mindestgröße, was auch den demonstrativ festen Händedruck erklärte.

»Haben Sie es schon gehört?«, fragte Emmanuel.

»Vor ungefähr einer halben Stunde.« Der Lieutenant ließ sich wieder auf seinen Stuhl fallen. »Ihre Freunde haben es mir gesagt.«

Emmanuel ignorierte den Hinweis auf die Security Branch. Tiefe Unmutsfalten führten von Sarels Mundwinkeln zum Kinn. »Kannten Sie den Captain gut, Lieutenant?«, fragte er.

Sarel grunzte. »Der Einzige, der den Captain gut kannte, war dieser Eingeborene.«

»Constable Shabalala?«

»Genau der.« Sarel sah drein, als hätte er zum Frühstück eine Kiste Zitronen gelutscht. »Er und der Captain waren dicke Freunde.«

Eingekeilt zwischen den beiden Hünen Captain Pretorius und Constable Shabalala war der drahtige kleine Lieutenant bei der Polizei von Jacob's Rest die ewige Nummer drei. Das machte ihm anscheinend mehr zu schaffen als der Mord am Captain.

»Sind Sie schon lange hier stationiert?« Emmanuel sammelte beiläufig Informationen.

»Seit zwei Jahren. Vorher war ich in Scarborough.«

»Ziemliche Umstellung«, bemerkte Emmanuel. Scarborough war ein Traumposten. Polizisten rissen sich darum, in diese reiche weiße Enklave versetzt zu werden, und wenn sie schlau waren, schlossen sie dort Freundschaft mit einflussreichen Leuten und verließen Scarborough erst wieder, um an einem sonnigen Plätzchen ihren Ruhestand zu genießen. Eine Versetzung von Scarborough nach Jacob's Rest roch nach unfreiwilligem Exil. Er würde jemanden in der Zentrale bitten auszugraben, was Lieutenant Uys für Dreck am Stecken hatte, dass man ihn nach hier draußen auf die Viehweide versetzt hatte.

»Deshalb verbringe ich meinen Urlaub in Mosambik oder Durban.« Sarel Uys lächelte und zeigte Zähne, nicht größer als getrocknete Maiskörner. Alles an dem Mann war klein und hart. »Das Meer ist mir lieber als das Land.«

»Die meisten Leute hier fahren ein paarmal im Jahr nach Mosambik, oder?«

»Alle außer den Eingeborenen«, sagte Sarel. »Die haben es nicht so mit Wasser.«

Dass Schwarze kein Wasser mochten, war ein ödes Vorurteil, das immer nur so lange galt, bis Weiße ihre Wäsche gewaschen oder ihren Garten bewässert haben wollten.

»Ist Captain Pretorius oft rübergefahren?«

»Zwei, drei Mal im Jahr.«

»Mit der Familie oder allein?«

Der Lieutenant wurde neugierig. »Glauben Sie, einer von da drüben war es?«

»Vielleicht. Wissen Sie, ob der Captain je dienstlich in Lorenzo Marques zu tun hatte?«

»Fragen Sie den Eingeborenen«, wehrte der Lieutenant ab. »Der kann es Ihnen sagen, falls ihm danach ist.«

»Sie sind schon zwei Jahre hier«, beharrte Emmanuel geduldig. Es fiel ihm zunehmend schwerer, diesem Mann gegenüber freundlich zu bleiben. »Da haben Sie Captain Pretorius doch bestimmt ein wenig kennengelernt.«

»Sogar sein Mord ist typisch für ihn.« Sarel schüttelte fassungslos den Kopf. »Ganz typisch, sage ich Ihnen, für die Art, wie er mich behandelt hat.«

Emmanuel hatte Mühe, dieser Logik zu folgen. »Inwiefern?«

»Hat sich prompt genau dann umbringen lassen, als ich im Urlaub war und weder die Leiche finden noch die Ermittler rufen konnte. Meine einzige Chance, wieder nach Scarborough zu kommen, und er sorgt dafür, dass ich sie nicht ergreifen kann.«

»Captain Pretorius hat sich wohl kaum absichtlich ermorden lassen«, sagte Emmanuel.

»Er wusste alles, was in dieser Stadt vor sich ging. Da muss er auch gewusst haben, dass er in Gefahr war. Ich hätte ihm helfen können, wenn er mir nur erzählt hätte, was los ist.« Die schmalen Finger des Lieutenants rieben über eine abgewetzte Stelle an seiner Hose.

Vielleicht brauchte Sarel Uys dauerhaften Urlaub von der Polizei und nicht nur sechs Tage in Mosambik.

»Er hat mich nie um Hilfe gebeten.« Uys starrte über die stille Straße. »Ich hätte seine rechte Hand sein können, wenn er mir die Chance gegeben hätte.«

Statt Verbitterung sprach jetzt Sehnsucht aus seinem Ton. Uys war nie aus dem Spielplatzalter herausgekommen, er wollte immer noch mit dem Sportidol der Schule befreundet sein. Der Captain hatte ihm das kleine Vergnügen verwehrt, sich in seinem Glanz zu sonnen.

»Ich habe gehört, dass Sie dem Captain bei etlichen Fällen geholfen haben. Den Triebtäterfall haben Sie doch gemeinsam bearbeitet, oder?«

»Ach, das.« Der kleine Mann winkte ab. »Einen zu schnappen, der farbige Frauen schikaniert, trägt einem nicht gerade die Aufmerksamkeit von denen da oben ein, das können Sie mir glauben.«

Emmanuel lehnte sich mit der Schulter an die Mauer und dachte daran, wie er Tiny und Theo draußen im Veld begegnet war, mit geladener Waffe und Finger am Abzug. Sie hatten das Gesetz in eigene Hände genommen, weil die Polizei sich einen Dreck darum scherte, was ihren Frauen widerfuhr.

»Captain Pretorius war nie auf Beförderung aus«, fuhr Sarel fort. »Er war glücklich und zufrieden hier bei ›seinen Leuten‹, wie er sie nannte. Er wollte nie aufsteigen. Ganz anders als ich.«

Emmanuel bezweifelte, dass Lieutenant Uys irgendwohin aufsteigen würde, er würde höchstens abrutschen und letztlich aus dem Dienst scheiden, seine alten Tage auf einem Kneipenhocker verbringen und sich über verpasste Chancen beklagen.

»Hat die Ermittlung lange gedauert?«, fragte Emmanuel.

»Vielleicht zwei Monate. Manchmal verging keine Woche, ohne dass sich wieder irgendeine Farbige beschwerte, dass man sie verfolgt oder begrapscht hätte.«

Emmanuel dachte an Mary, die von der Kirchentür geflüchtet war wie eine erschrockene Antilope. Wer hatte ihr so viel Angst vor Männern eingejagt? Der Triebtäter oder Lieutenant Uys?

»Haben Sie die Vernehmungen alle protokolliert?«

»Ein dicker fetter Hefter voll. Unter U für ungelöst«, sagte Sarel zufrieden.

So ein Hefter befand sich weder unter U noch unter einem anderen Buchstaben. Die Akte fehlte nicht einfach, sie war entfernt worden. Sarel hatte keine Ahnung, dass sie weg war, aber selbst wenn, wäre es ihm gleichgültig: ein Fall, der lediglich Nichtweiße anging, brachte eben keinen Ruhm. Die neuen Gesetze machten alte Vorbehalte noch schlimmer. Was Nichtweiße betraf, landete ganz unten im Stapel. Deshalb hatte die Security Branch die Triebtäterermittlung freudig bei ihm abgeladen. Nur Knechte mit zu viel Zeit und zu wenig Grips machten sich an nichtweißen Angelegenheiten die Finger schmutzig.

Emmanuel drückte sich von der Wand ab. Warum, fragte er sich, ließ jemand die Akte verschwinden, wenn es darin nicht etwas gab, was sich zu vertuschen lohnte?

Er überließ Uys seiner verdrossenen Grübelei. Er musste den Aktenschrank noch einmal durchsuchen, sich dann Constable Shabalala vorknöpfen und zusehen, dass er dem Mann ein paar Krümel Wissenswertes entlockte.

Er betrat den Vorderraum der Wache. Auf Hansies Tisch lag ein eselsohriger Papphefter. Anders als die im Aktenschrank war dieser dunkelblau. Auch im Dezernat der Kriminalpolizei hatte er eine solche Farbe noch nie gesehen. Auf den Deckel war mit der Hand ein blassgelbes, schlangenförmiges *S* gezeichnet – eine Akte der Security Branch. Emmanuel überprüfte die Eingangstür und die zu den Zellen. Keine von beiden konnte er abschließen, ohne Aufmerksamkeit auf sich zu lenken. Er musste schnell machen.

Er löste den Verschlussriemen. In dem Hefter befand sich ein Stapel Durchschläge, auf jedem dünnen Blatt prangte oben ein signalrot warnender Stempel: *Streng geheim*. Und auf jeder Seite stand das Wort *Kommunisten* und darunter fein säuberlich in zwei Spalten getippte Namenslisten.

Ein Pamphlet mit dem optimistischen Titel *Neubeginn für Südafrika* war an ein verschwommenes schwarzweißes Schulabschlussfoto geheftet. Das Gesicht eines jungen Schwarzen mit dickrandiger Brille war rot umkringelt. Unten stand der Name der Schule, *Fort Bennington College*.

Emmanuel kannte das College vom Hörensagen. Eine anglikanische Missionsschule, die dafür berühmt war, die schwarze Bildungselite hervorzubringen. Der erste schwarze Anwalt, der eine eigene Kanzlei eröffnete, der erste schwarze Arzt mit eigener Praxis nur für Schwarze, der erste schwarze Zahnarzt, sie alle kamen von dieser Schule. Fort Bennington College bildete Schwarze aus, die einmal das Land regieren sollten, nicht Wasserträger für die Weißen. Afrikaaner und konservative Engländer hassten das College inbrünstig.

Ein Husten von den Zellen her zwang Emmanuel, den Hefter zuzuklappen und wieder zu verschnüren. Dieser Hefter war der Beweis, dass Piet und Dickie Kampfhunde einer mächtigen politischen Kraft waren, die Zugriff auf alle möglichen Informationen hatte. Mit zitternden Händen legte Emmanuel den Hefter zurück und ging zum Aktenschrank, wo er unter *U* suchte und nichts fand.

Die Tür zu den Zellen ging auf. Es war Piet mit hochgekrempelten Hemdsärmeln, zwischen den wulstigen Lippen klemmte eine Zigarette. Der Security Branch-Mann schnürte den blauen Hefter auf und schob ein Blatt Papier hinein.

»Hatten Sie Spaß in der Farbigenkirche?«, fragte Piet und zog an seiner Zigarette.

»Nicht besonders«, sagte Emmanuel.

»Zu dumm.« Piet grinste. »Van Niekerk wird nicht begeistert sein, wenn er hört, dass sein Lieblingsknabe mit leeren Händen nach Hause kommt.«

Piet blies ein paar Rauchringe in die Luft, und Emmanuels Herz schlug schneller. Die Security Branch hatte etwas gefunden. N'kosi Duma hatte ihnen etwas Brauchbares geliefert. Piet konnte kaum an sich halten vor Befriedigung.

»Ist Constable Shabalala da?«, fragte Emmanuel. Es brachte nichts, sich mit der grenzenlos selbstzufriedenen Security Branch anzulegen. Er musste sie umgehen und so viel wie möglich über andere Quellen herausfinden.

»Draußen im Hof«, sagte Piet. »Sie können hier durch, aber machen Sie schnell.«

Emmanuel ging zum Hof durch und sah an einer offenen Zellentür Dickie stehen. Ein ausgemergelter Schwarzer, vermutlich Duma, kauerte sich an die harten Gitterstäbe.

»Mach dir keine Gedanken …« Dickie redete in einer grotesken Parodie mütterlicher Besorgnis auf den verängstigten Minenarbeiter ein. »Bestimmt verstehen deine Genossen, warum du es getan hast.«

»Dickie.« Piet bedeutete seinem Partner, den Weg frei zu machen, woraufhin der seine gewaltige Leibesfülle weiter in die Zelle schob. Der Schwarze zuckte zusammen und hielt sich schützend die Arme über den Kopf. Dunkle Blutergüsse prangten auf Dumas dürren Armen, und aus der Kehle des Mannes drangen tiefe, wimmernde Tierlaute. Die Security Branch bekam immer, was sie wollte, so oder so.

»Los, weiter«, befahl Piet. »Ab nach draußen.«

Zwei Tassen Tee dampften auf dem kleinen Tisch an der Hintertür. Er trat hinaus und sah Shabalala an der Herdstelle bei einem kleinen Feuers sitzen. Piet schlug die Tür zu.

»Detective Sergeant.« Shabalala stand auf, um ihn zu begrüßen.

Emmanuel schüttelte die Hand des Schwarzen und sie setzten sich.

»Was ist da drinnen passiert?«, fragte er auf Zulu.

»Ich war draußen«, antwortete Shabalala.

»Was *glauben* Sie, was passiert ist?«, drängte Emmanuel. Anders als Sarel Uys und Hansie Hepple besaß der schwarze Polizist echtes Geschick für die Finesse guter Ermittlungsarbeit. Constable Shabalala musste sicher sein, dass nichts, was er sagte, später von der Security Branch gegen ihn verwendet werden konnte.

Der schwarze Polizist warf einen Blick zur Hintertür. »Die zwei Männer, sie wollen wissen, ob Duma Zettel mit …«, er stockte kurz auf der Suche nach einem ihm unvertrauten Wort, »… kommunistischen Texten gesehen hat, als er in der Mine gearbeitet hat.«

»Haben sie eine Antwort von ihm bekommen?«

»Diese zwei da haben von Duma keine Antwort bekommen«, sagte Shabalala mit einer Spur Verachtung. »Der *Shambok*, der hat die Antwort gekriegt.«

Emmanuel holte tief Luft und blickte lange ins Feuer. Der freizügige Gebrauch der Rohlederpeitsche, des *Shambok*, erklärte die Blutergüsse an den Armen des Minenarbeiters. Harte Verhöre waren eine ›Spezialität‹ der Security Branch.

»Was hat Duma gesagt?«

»Ich habe es nicht gehört.« Shabalala sah weg. »Ich konnte nicht mehr zuhören.«

Diesmal drängte Emmanuel ihn nicht. Die Schreie eines Menschen, der beim Verhör gebrochen wurde, konnten dem stärksten Mann den Magen umdrehen. Shabalala war weggegangen, und Emmanuel konnte es ihm nicht verdenken.

»Haben sie irgendetwas über den Mord am Captain herausgefunden?«

»Nein«, sagte Shabalala. »Sie wollten nur etwas über den Zettel hören.«

Wenn eine noch so fadenscheinige Verbindung zwischen einem Kommunisten und dem Mord an einem Captain der

Afrikaanerpolizei nachgewiesen wurde, konnten Piet und Dickie mit Glanz und Gloria nach Pretoria zurückkehren und sich auf eine persönliche Audienz beim Premierminister freuen. Und nach dem staatsmännischen Händedruck würde man sie flugs befördern und noch größere *Shamboks* schwingen lassen.

Die Security Branch hatte anscheinend eine Ermittlung laufen, die sich irgendwie mit dem Mord an Captain Pretorius überschnitt. Piet Lapping war kein Idiot. Er war in Jacob's Rest, weil etwas in seinem streng vertraulichen Hefter ihn in diese Stadt geführt hatte mit der Aussicht, einen echten kommunistischen Revolutionär ins Netz zu bekommen.

»Werden alle Polizeiakten der Wache da drin aufbewahrt?« Emmanuel lenkte das Gespräch fort von dem finsteren Sumpf aus Folter und politischer Verschwörung, in dem zu waten Piets und Dickies Lebensunterhalt ausmachte. Sollte die Security Branch weiter ihre kommunistischen Agitatoren jagen. Er würde derweil auf seinen Verdacht setzen, dass der Mord mit einem der vielen Geheimnisse zusammenhing, die der Captain unterm Deckel gehalten hatte.

»Manchmal«, sagte Shabalala, »hat der Captain Akten zum Lesen mit nach Hause genommen. Viele Male.«

»Hatte er zu Hause ein Büro?«, fragte Emmanuel. Warum hatte er bei seinem Besuch nicht daran gedacht?

»Kein Büro«, sagte der schwarze Constable. »Aber es gibt ein Zimmer im Haus, wo Captain Pretorius viel Zeit verbracht hat.«

»Wie käme jemand in so ein Zimmer hinein?«, überlegte Emmanuel laut.

»Der Jemand müsste zuerst die Missus fragen. Wenn sie ja sagt, dann kann er in das Zimmer gehen und selbst nachsehen.«

»Und wenn die Missus nein sagt?«

Der schwarze Mann zögerte, dann sagte er sehr deutlich: »Dann muss man es mir sagen, und ich besorge den Schlüssel zu dem Zimmer von der Alten, die im Haus arbeitet. Sie wird das Zimmer aufsperren.«

Emmanuel atmete langsam aus.

»Ich frage die Missus«, sagte er und beließ es dabei.

Sie saßen nebeneinander und starrten schweigend ins Feuer. Das noch dünne Band zwischen ihnen festigte sich. Die Security Branch besaß Akten voller Staatsfeinde, aber er hatte einen internen Zugang zur verborgenen Schattenwelt des Captains.

Die Hintertür ging auf, und Piet kam mit seiner Tasse Tee in den Hof. In seinen Kieselaugen lag ein unnatürlicher Glanz, als hätte er ein Hexengebräu getrunken und festgestellt, was andere umbrachte, machte ihn stärker.

»Wir sind fertig.« Piet sprach Shabalala an. »Du kannst ihn jetzt zurück zur Location bringen. Sieh aber zu, dass er nirgendwohin abhaut, bevor die Ermittlungen abgeschlossen sind. Verstanden?«

»Ja, Lieutenant.« Shabalala ging rasch auf die Hintertür zu. Als er an Piet vorbeikam, streckte der Security Branch-Agent die Hand aus und tätschelte seinen Arm.

»Guter Tee«, sagte er grinsend. »Deine Mutter hat dich gut erzogen, Junge.«

»*Dankie*«, antwortete Shabalala auf Afrikaans und betrat die Wache, ohne ihn anzusehen.

Emmanuel konnte nur staunen über Piets Fähigkeit, einen Nachmittag lang zu foltern und anschließend harmlos zu plaudern. Es spielte keine Rolle, dass Shabalala und Duma sich kannten, vielleicht sogar Verwandte waren. Wenn Pockennarben-Piet Constable Samuel Shabalala anblickte, sah er keine Person; er sah nur irgendein schwarzes Gesicht, das ohne Rückfrage tat wie geheißen.

Der Security Branch-Lieutenant nippte an seinem Tee und blickte seufzend über den staubigen Hof.

»Mir gefällt es auf dem Land«, verkündete er. »Alles so friedlich.«

»Überlegen Sie herzuziehen?«, fragte Emmanuel und ging zur Hintertür. Er hatte nicht den Nerv, sich anzuhören, wie Piet von der Schönheit des Landes schwärmte.

»Noch nicht.« Piet ließ sich nicht bei seinem romantischen Sinnieren stören. »Wenn alle bösen Buben hinter Gittern sitzen und Südafrika sicher ist, dann ziehe ich auf eine kleine Farm mit Blick auf die Berge.«

»Home sweet home.« Emmanuel zog die Tür auf und betrat die Wache. Captain Pretorius hatte diesen Traum gelebt. Ein mächtiger weißer Mann auf einer kleinen Farm mit Blick auf die Berge. Am Ende hatte er eine Kugel im Kopf.

»Woza. Steh auf, Duma, ich bring dich nach Hause.« Shabalala versuchte, den traumatisierten Mann aus der Zelle zu locken. Der verletzte Minenarbeiter presste sich immer noch mit den Armen überm Kopf ans Gitter.

Shabalala streckte beide Hände aus, wie Eltern ein Kleinkind ermuntern, zum ersten Mal zu laufen. »Woza«, wiederholte er leise. »Komm. Ich bringe dich zu deiner Mutter.«

Duma rappelte sich auf und hielt sich an den Gitterstäben fest, dann humpelte er mühsam zur Tür. Das linke Bein des Minenarbeiters war kürzer als das rechte und seltsam verdreht. Schon vor der Misshandlung durch die Security Branch musste Duma einen erbärmlichen Anblick abgegeben haben.

Emmanuel spürte, wie ihm heiß wurde. Es war nicht der vertraute Adrenalinschub, den er bei sich kannte, wenn ein Fall die entscheidende Wende nahm, sondern weißglühende Wut. Der Captain war von einem leistungsfähigen Mann mit scharfen Augen und sicherer Hand erschossen worden, der mit beiden Beinen fest auf dem Boden stand. Duma passte nicht einmal annähernd ins Täterprofil.

Shabalala nahm den verkrüppelten Minenarbeiter an die Hand und führte ihn aus der Zelle zur Hintertür. Die Vordertür und das Büro dort waren Weißen vorbehalten. Emmanuels Zorn verwandelte sich in Unbehagen, als er zurücktrat, um die Schwarzen vorbeizulassen. Shabalala und sein Schützling würden sich die nächste Stunde übers Veld schleppen, bis sie die Location fünf Meilen nördlich der Stadt erreichten.

»Warten Sie vor dem Haupteingang des Krankenhauses«, sagte

er schnell, bevor er es sich anders überlegen konnte. »Ich komme vorbei und hole Sie ab.«

»Wir werden da sein«, sagte Shabalala.

Emmanuel schritt durch das vordere Büro hinaus auf die Veranda, wo Dickie und Sarel drei Wagen beobachteten, die hintereinander die Hauptstraße entlangrollten. Der griesgrämige Lieutenant sah neben seinem ungeschlachten Nachbarn aus wie eine Bauchrednerpuppe.

»Wochenendausflügler, die aus Mosambik zurückkommen.« Sarel deutete auf den ländlichen Verkehrsstau. »Sie wollen schnell nach Hause, bevor es dunkel wird.«

Dickie trank mit geräuschvollem Behagen seinen Tee. Genau wie Pockennarben-Piet wirkte er wie ein Mann, der den Wind im Rücken hatte und dem die Welt zu Füßen lag. Was hatte Duma ausgesagt? Die Security Branch hatte ihn gehen lassen, also gedachten sie nicht, ihm den Mord am Captain anzuhängen. Aber was dann? Er konnte versuchen, es herauszufinden, aber Duma war nicht im Zustand für eine Befragung. Die Verbindung zwischen einer kommunistischen Verschwörung und dem Mord an Captain Pretorius blieb vorerst ein Rätsel.

»Schon was Neues über den Sittenstrolch?«, rief Dickie bester Laune.

»Noch nicht«, sagte Emmanuel und ging in Richtung Protea Guesthouse, wo der Packard stand. Scheiß auf das Gesetz, dachte er. Er würde den Mörder zuerst finden, nicht um dem Gesetz zu dienen, sondern um Dickies Gesicht zu sehen, wenn er ihm die Lösung in den Rachen stopfte.

* * *

Duma hockte zusammengesunken mit verdrehten Augen auf der Rückbank des Packard. Ein leises Wimmen war das Einzige, was er von sich gab. Emmanuel hielt vor der Kirche und sah sich nach Shabalala um, der sich um den halb wahnsinnigen Mann kümmerte.

»Wie ging es ihm vor heute Nachmittag?«, fragte er Shabalala. Der schwarze Constable zuckte die Achseln. »Seit ihm der Felsbrocken das Bein zertrümmert hat, ist es ihm schlecht gegangen. Jetzt geht es ihm noch schlechter.«

Eine Gruppe älterer schwarzer Frauen näherte sich dem Wagen. Ihre Bewegungen verrieten Vorsicht und Angst. Sie wussten nicht, was auf sie zukam, wenn sich die Wagentüren öffneten. Wie angewurzelt blieben sie stehen, als Shabalala ausstieg und auf sie zuging. Es gab ein leises Gemurmel auf Zulu, dann stieß eine spindeldürre Frau im gelben Kleid einen Schrei aus und rannte auf den Packard zu. Emmanuel rührte sich nicht, als die Frau den Minenarbeiter auf der Rückbank aufrichtete und laut weinte. Es klang wie ein ganzes Meer aus Kummer.

Shabalala zog die Frau weg und hob Duma aus dem Wagen. Die Frauen folgten dem schwarzen Polizisten, der den Krüppel den schmalen Weg entlang nach Hause trug.

Das Weinen der dünnen Frau drang herüber, und Emmanuel ließ den Motor an, um sie auszublenden. Nach fünf Jahren als Soldat und vier Jahren Leichenfleddern tat ihm das Wehklagen einer gramgebeugten Frau immer noch in der Seele weh.

10

Früh am nächsten Morgen schritt er auf das große weiße Haus zu und sah Mrs. Pretorius im Garten Setzlinge pflanzen. Ihren Kopf bedeckte ein breiter Strohhut, und ihre zarten Hände steckten in derben Baumwollhandschuhen, damit sie nicht schmutzig wurden.

»Detective.« Ihre blauen Augen strahlten hoffnungsvoll auf, als sie ihn bemerkte.

»Noch nichts Neues«, beantwortete Emmanuel ihren Blick. »Ich bin hier, um Sie zu fragen, ob ich wohl das Gästezimmer sehen dürfte, in dem Captain Pretorius geschlafen hat.«

»Nur mittwochs«, verbesserte sie ihn mit dem diamantharten Ausdruck im Gesicht, den er vom ersten Zusammentreffen kannte. »Nur in Angelnächten hat Willem da geschlafen, Detective.«

»Verzeihen Sie. Ich weiß, dass Sie und der Captain einander sehr zugetan waren. Jeder in der Stadt hat das erwähnt. Selbst die Nichtweißen.«

»Wir haben versucht, Vorbild zu sein. Wir hofften, andere würden auf uns schauen und dem Pfad eines wahrhaft christlichen Bündnisses folgen.«

»Eine gute Ehe ist etwas Seltenes«, sagte Emmanuel. Mrs. Pretorius mochte sich als Teil einer christlichen Partnerschaft sehen, doch von der Sünde des Stolzes war sie nicht unbelastet.

»Sind Sie verheiratet, Detective?«

Emmanuel berührte die Stelle an seinem Finger, wo sein Ehering gesteckt hatte. Wenn er von Scheidung anfing, würde sie das gegen ihn einnehmen, und die Tür zum Gästezimmer bliebe verschlossen. Niemals würde Mrs. Pretorius billigen, dass ein Außenseiter mit zweifelhafter Moral die Besitztümer ihres heiligen Gatten berührte.

»Ich habe meine Frau vor sieben Monaten verloren.« Er blieb

so nah wie möglich an der Wahrheit und hoffte, dass sie sich etwas zusammenreimte.

»Die Wege des Herrn sind unerforschlich.« Sie berührte seine Schulter. Selbst im tiefen Tal der Trauer musste Mrs. Pretorius noch ihr Licht in die Welt hinaustragen.

»Ich bemühe mich, es zu verstehen«, sagte Emmanuel. Was er dabei im Sinn hatte, war der Captain und sein selbstgebauter Safe, so raffiniert versteckt. Allmählich entdeckte er die dunklen Winkel in Willem Pretorius, denen seine Frau mit dem Licht ihrer Tugend nicht beikam.

»Sie können in das Zimmer«, sagte sie mit einem Nicken. Seine Bedürftigkeit, in der sie einen Glaubenskampf zu erkennen meinte, machte ihn ihrer Hilfe würdig. »Kommen Sie.«

Emmanuel folgte Mrs. Pretorius durch den Garten und bemerkte die Abdrücke ihrer Stiefel in der frisch umgegrabenen Erde. Arbeitsstiefel mit tiefen, geraden Profilrillen, nahezu identisch mit den Spuren am Tatort. Ihm fiel ein, was Shabalala erzählt hatte: dass die Pretorius-Männer und auch Mrs. Pretorius beim Scheibenschießen schon viele Preise gewonnen hatten.

»Wir brauchen Aggie, damit sie Ihnen aufschließt. Willem hat das Zimmer zum Arbeiten benutzt und immer verschlossen gehalten, wenn er nicht zu Hause war.«

Die Worte berührten etwas in ihr, und mit einem leisen Wimmern fing sie an zu weinen. Ihr Gesicht verzerrte sich vor Kummer. Falls die zerbrechliche blonde Frau ihren Mann umgebracht hatte, bereute sie das jetzt.

Sie zog die Gartenhandschuhe aus und wischte sich die Tränen ab. »Warum sollte jemand meinem Willem ein Leid zufügen? Er war so ein guter Mann ... so ein guter Mann.«

Emmanuel wartete, bis das Schluchzen nachließ.

»Ich werde herausfinden, wer Ihrem Mann das angetan hat. Und warum.«

»Gut.« Die Witwe holte tief Luft und hatte sich wieder im Griff. »Ich will, dass der Gerechtigkeit Genüge getan wird. Ich will, dass der Täter dafür hängt.«

Der diamantharte Blick war wieder da, und Emmanuel wusste, dass sie jedes Wort ernst meinte. Sie wollte dabei sein, wenn die Falltür aufging und der Mörder ins Jenseits fiel.

»Aggie«, rief Mrs. Pretorius in das große Haus hinein. »Aggie. Komm her.«

Sie warteten schweigend, bis eine greise Schwarze durch den Flur zur Haustür geschlurft kam. Ihr ausladender Körper war gebeugt von lebenslanger Hausarbeit, die Hände knotig vom jahrelangen Wäschewaschen und Bodenschrubben für die kapholländische Vorzeigefamilie. Emmanuel bezweifelte, dass sie noch viel tun konnte.

»Aggie.« Mrs. Pretorius verringerte ihre Lautstärke kaum. Zu allem Überfluss war die alte Dienstmagd wohl auch taub. »Du musst Detective Cooper zum Gästezimmer bringen, das der Captain immer benutzt hat. Mach es für ihn auf und schließ wieder ab, wenn er fertig ist.«

Das greise Dienstmädchen nickte und winkte Emmanuel wortlos herein. Welche Stellung sie wohl in diesem Haushalt einnahm? Hansie hatte gesagt, dass die Alte zu nichts mehr taugte, der Captain sie aber nicht entlassen wollte. Die meisten Afrikaaner und Engländer hatten ein schwarzes Dienstmädchen, das beinahe zur Familie gehörte. Beinahe.

»Danach müssen Sie Tee mit mir trinken, Detective Cooper«, sagte Mrs. Pretorius. »Aggie soll Sie dann zur hinteren Veranda bringen.«

»Danke sehr.«

Nach dem Tee mit Mrs. Pretorius würde er Erich aufsuchen. Die Tür zum Haus der Familie Pretorius würde ihm vor der Nase zugeschlagen werden, sobald er den jähzornigen dritten Sohn zu dem Werkstattbrand und dem Streit mit seinem Vater über die Entschädigung verhört hatte. Er musste Informationen sammeln, solange es noch ging.

Aggie blieb vor einer verschlossenen Tür stehen und kramte in ihrer Schürzentasche. Sie brauchte eine Ewigkeit, bis sie den Schlüssel im Schloss hatte und ihn mit ihren gichtigen Händen umdrehte. Sie stieß die Tür auf und bedeutete ihm wortlos hineinzugehen. Emmanuel fragte sich, ob die schwarze Dienstmagd auch noch stumm war.

Er betrachtete das Zimmer, bevor er etwas anrührte. Es war ein großer, gemütlicher Raum mit einem ordentlich gemachten Bett, einem Nachttisch, einem Schrank aus dunklem Holz und einem Schreibtisch vor dem Fenster mit Blick auf den vorderen Garten. Ein weiteres Beispiel für des Captains Vorliebe für makellos ordentliche Räume.

Emmanuel ging zum Nachttisch und zog die Schublade auf. Sie enthielt eine in schwarzes Kalbsleder eingebundene Bibel, sonst nichts. Er nahm sie in die Hand und musterte die abgegriffenen Seiten. Das Buch der Bücher lag nicht nur zum Schein dort. Offenbar hatte Captain Pretorius regelmäßig das Wort Gottes gelesen. In der Steinhütte allerdings hatte keine Bibel gelegen – nur ein Fotoapparat, einem weinerlichen Perversen entwendet, und ein Umschlag mit etwas drin, wofür es sich lohnte, jemanden anzupissen.

Emmanuel drehte die Bibel um und schüttelte sie, um zu sehen, ob etwas herausfiel.

»Ayy ...« Das war Aggie, die Dienstmagd, schockiert von seinem Umgang mit der Heiligen Schrift. Also doch nicht stumm oder blind, nur nicht willens, ihre schwindenden Kräfte aufs Sprechen zu vergeuden. Sanft klappte Emmanuel die Bibel zu und drehte sie wieder um. Unter dem Blick der alten Magd blätterte er durch die Seiten wie ein Priester, der nach Perlen der Weisheit für die nächste Predigt sucht.

Dann legte er die Bibel zurück in die Schublade und schloss sie. Das Buch enthielt nichts als das Wort des Allmächtigen. Das Bett war mit sauberen gelben Laken bezogen, darüber lag eine karierte Decke. Er hob das Kissen an. Darunter lag ein blauer Baumwollpyjama. Die Magd ließ eine weitere leise Unmutsbekundung vernehmen, und Emmanuel legte das Kissen exakt an seinen Platz zurück. Schon jetzt vermittelte das Zimmer den Eindruck eines Schreins, alles hier sollte unverändert bleiben, bis der Captain dereinst am Jüngsten Tag zurückkehrte.

Der doppeltürige Schrank war ein schönes Möbelstück mit Perlmuttgriffen. Zwei gebügelte Polizeiuniformen hingen Seite an Seite darin. Zwei Paar auf Hochglanz polierte Stiefel Größe 46 warteten darauf, dass der Captain seine Füße hineinsteckte.

»Geduld«, sagte sich Emmanuel. Dieses Zimmer war nicht ohne Grund verschlossen. Er zog die oberste Schreibtischschublade auf, und sein Herz begann zu klopfen. Da lag eine dicke Polizeiakte neben einem dünnen Buch mit festem Einband. Er schnürte sie auf und schaute hinein. Beim ersten Blatt handelte es sich um eine Anzeige von August 1951, in der die köstliche Tottie James angab, vor ihrem Schlafzimmerfenster ein Keuchen gehört zu haben. Keine große Überraschung. Er nahm an, dass die meisten Männer keuchten, wenn sie in der Nähe war.

Er blätterte zum Ende der Akte und fand nichts Amüsantes an der Aussage der Pastorentochter Della. Sie war in ihrem Zimmer von hinten gepackt und mit dem Gesicht nach unten auf den Boden gedrückt worden, während der Täter seine Hüften an ihrem Hinterteil rieb. Bei Sittenstrolch dachte man an einen Voyeur, der Abstand hielt, das Objekt seiner Begierde heimlich von ferne anschmachtete. Ein körperlicher Angriff, der Prellungen und eine angeknackste Rippe zur Folge hatte, war etwas ganz anderes.

Heute Abend würde er die Akte genauer durchsehen, sich ein Bild von dem Mann machen, der diese Verbrechen beging, und herausfinden, warum es dem Captain und seinem Lieutenant nicht gelungen war, ihn zu finden und festzunehmen.

Emmanuel legte die Polizeiakte hin und wandte sich dem Buch in der Schublade zu. Das schmale Bändchen war so klein, dass es in eine Jackentasche passte, aber sehr liebevoll aufgemacht. Er strich über den glatten Ledereinband. Der Titel ließ ihn stutzen: *Himmlische Freuden.*

Er schlug die handgebundenen Seiten auf und überflog ein

paar Zeilen. *Pflaumenblüte streckte sich auf dem Plüschpolster der Sänfte aus. Das Einzige, was sie bedeckte, war eine rotgoldene Troddel, die von ihrem erlesenen Hals herabhing. Opiumwölkchen entwichen ihren geöffneten Lippen und stiegen in die Höhe.*

Die Neugier packte ihn, und er blätterte vor bis zur Mitte. Dort war eine Zeichnung von einem nackten orientalischen Mädchen, mit gesenktem Blick kniete sie auf einem Kissen. Nobel, dachte Emmanuel, vielleicht sogar literarisch angehaucht, aber doch eindeutig Masturbationslektüre. Er steckte es ein.

»Hmmm …« Aggie gab ihm zu verstehen, dass sie sehr wohl gesehen hatte, wie er das Buch an sich nahm.

Emmanuel reagierte nicht. Ganz gleich, wie empört die taube Dienerin war, er würde das Pretorius-Haus mit der Polizeiakte und dem Buch verlassen.

Die übrigen Schubladen bezeugten die Vorliebe des Captains für gestärkte Unterhemden, karierte Schlafanzüge und langweilige graubraune Socken. Er ging noch einmal zum Bett, spähte darunter und fand nicht einmal ein Stäubchen.

Emmanuel trat zu der gut gepolsterten Magd, die ihr Gewicht am Türrahmen abstützte. Es war erst halb zehn, aber sie sah aus, als könnte sie ein Nickerchen gebrauchen.

»Was machen Sie hier im Haus?«, schrie er auf Zulu. Ein Gespräch auf Englisch würde das alte Hausmädchen womöglich ins Koma versetzen.

»Sauber«, antwortete sie in ihrer Muttersprache. »Und den Schlüssel verwahren.«

»Welchen Schlüssel?«

Sie kramte in ihrer Schürzentasche und zog den Schlüssel zum Gästezimmer hervor. Den zeigte sie ihm in der offenen Hand, sagte aber nichts.

»Sie haben den Schlüssel zu diesem Zimmer?«

Die Magd nickte.

»Wie ist der Captain reingekommen?«

»Er hat nach dem Schlüssel gefragt.«

Die getreue Haushälterin Aggie war also die Torhüterin, aber wie erhielt Willem Pretorius Zutritt, wenn er spätnachts vom Angeln kam?

»Hat er Sie geweckt und sich den Schlüssel geholt, wenn er erst im Dunkeln heimkam?«

»Nein. Er hat gesagt, wo ich den Schlüssel lassen soll.«

»Sie haben den Schlüssel auf einen Tisch gelegt oder so etwas?«

»Er hat gesagt, wo ich den Schlüssel lassen soll«, wiederholte Aggie und wedelte ihn ungeduldig aus dem Zimmer. Sie wollte weiter.

Emmanuel trat auf den Flur. »Wo haben Sie den Schlüssel dann gelassen?«

»Im Blumentopf, hinter dem Zuckersack, im Teekessel. Wo immer er ihn haben wollte.«

»Im Ernst?« Emmanuel staunte über des Captains unermüdlichen Drang zur Geheimhaltung. Er benahm sich wie ein verdeckter Ermittler, dessen größtes Risiko in seiner wahren Identität lag.

»Warum, glauben Sie, wollte er jedes Mal ein anderes Versteck?«, fragte er, als Aggie mit ihren knotigen Händen den Schlüssel einführte.

Dem Achselzucken der abgearbeiteten Frau war zu entnehmen, dass sie es schon lange aufgegeben hatte, die seltsamen Anwandlungen des weißen Mannes zu begreifen. »Der Baas sagt: Leg ihn in den Teekessel. Da lege ich ihn in den Teekessel.«

Für die Magd war damit alles gesagt. Einer Dienerin stand es nicht zu, die Wünsche des Hausherrn zu hinterfragen oder den Grund dafür zu kennen, dass die Missus Hemden auf bestimmte Art aufgehängt haben wollte.

»Aggie!«, rief Mrs. Pretorius von der hinteren Veranda. »Aggie?«

Die schwarze Magd hörte die Missus nicht. Sie hatte vollauf zu tun damit, den Schlüssel im Schloss zu drehen, so schnell ihre morschen Finger es zuließen.

»Ich gehe nach draußen und trinke Tee mit der Nkosikazi«,

sagte Emmanuel und ging allein nach hinten. Wenn er auf Aggie wartete, war es Zeit fürs Mittagessen, bevor sie endlich hinauskamen.

An der langen Vitrine, die die Längsseite des großen Wohnzimmers einnahm, blieb er stehen und nahm das alte Foto von Frikkie van Brandenburg und seiner Familie hoch. Von Bildern kannte er den sauertöpfischen Geistlichen, das Orakel der Afrikaaner, als älteren Mann mit zerfurchter Stirn und Feuer in den Augen, aber schon in seiner Jugend hatte der niemals lächelnde Frikkie ausgesehen wie einer, der die Welt zu ihrem Glück zwingen will.

Was hätte van Brandenburg über die Familie seiner Tochter gedacht? Der Dagga rauchende Louis, der Brandstifter Erich und der Betrüger Willem waren alle durch Blut oder Heirat mit ihm verwandt. Wäre Frikkie stolz oder würden ihn doch Zweifel beschleichen, und sei es nur vorübergehend, ob Afrikaaner wirklich dem Rest der Menschheit überlegen waren?

Emmanuel stellte die Fotografie zurück an ihren Platz und ging weiter zur Küche, wo ein jüngeres Dienstmädchen das Teeservice auf ein silbernes Tablett stellte.

»Sawubona.« Er wünschte ihr einen guten Morgen und trat hinaus auf die mit Weinreben bewachsene Veranda. Mrs. Pretorius winkte ihn an einen Tisch, von dem man auf einen kleinen Gemüsegarten neben dem Haus blickte. Ein Gartenboy, ein stämmiger Mann Mitte dreißig, jätete Unkraut und grub mit einer Mistgabel die Erde um.

Emmanuel setzte sich Mrs. Pretorius gegenüber und legte die Polizeiakte auf den Boden. Das Buch behielt er in seiner Jackentasche. Das junge schwarze Dienstmädchen kam mit dem Teetablett heraus und stellte es auf den Tisch, dann verschwand sie wieder im Haus.

»Wie mögen Sie Ihren Tee, Detective Cooper?«, fragte Mrs. Pretorius.

»Mit Milch, ohne Zucker«, antwortete er und musterte die Gattin des verstorbenen Willem Pretorius. Sie war eine kultivierte Schönheit. Trotz ihres stählernen Kerns war nichts Kantiges an ihr.

»Sie haben einen reizenden Garten«, sagte Emmanuel und nahm den Tee entgegen. Er wusste, dies war seine erste und letzte Chance, etwas über das Familienleben des Captains zu erfahren.

»Mein Vater war Gärtner. Er glaubte, mit Gottes Hilfe und harter Arbeit sei es möglich, hier auf Erden einen Garten Eden zu schaffen.«

»Ich dachte, Ihr Vater war Geistlicher. Sogar ein außerordentlich berühmter.«

Sie unternahm einen halbherzigen Versuch, den Hinweis auf ihres Vaters Berühmtheit abzuwiegeln. »Pa hat gar nicht beachtet, was über ihn geschrieben wurde. Lieber arbeitete er in seinem Obstgarten, als dass er vor einem Saal voller Menschen sprach.«

Wie vielen mächtigen Männern war Frikkie van Brandenburg seine Bedeutung anscheinend aufgezwungen worden.

»Er war ein Stubenhocker?«, fragte Emmanuel mit einem Lächeln. Die neu verfassten Geschichtsbücher legten größten Wert darauf, mit welchem Eifer van Brandenburg die Botschaft von Weißer Überlegenheit und Erlösung verbreitet hatte. Keine Versammlung war zu klein oder zu unbedeutend, keine Stadt zu entlegen, um dem Evangelium des Frikkie zu entgehen. Der große Prophet bereiste sie alle.

»Wann immer er konnte, war er daheim. Wir wussten ja, wie wichtig seine Arbeit für das Land war. Vier meiner Brüder sind in seine Fußstapfen getreten und Geistliche der Niederländisch-reformierten Kirche geworden. Meine beiden Schwestern haben Pastoren geheiratet.«

»Dann sind Sie ja ziemlich aus der Reihe gefallen.«

»Durchaus nicht«, antwortete Mrs. Pretorius. »Willem hätte sehr gut Pastor unserer Kirche werden können. Die Kraft dazu hatte er, aber er wurde nicht berufen.«

»Verstehe«, sagte Emmanuel. Vielleicht hatte der Captain

chon in jungen Jahren erkannt, dass der Pfad moralischer Rechtschaffenheit nicht sein Weg war. Einen Porno-Kleinganoven mit bloßen Fäusten zu verprügeln gehörte nicht zu den Pflichten eines Pastors. Und natürlich war *Himmlische Freuden* keine Lektüre fürs Priesterseminar.

»Louis wird Pastor«, sagte Mrs. Pretorius befriedigt. »Er hat bereits das erste Jahr am Theologiekolleg absolviert.«

Emmanuel verbarg seine Überraschung. Nachdem er Zeuge geworden war, wie Louis Tiny um Schnaps und Drogen anging, konnte er sich nur schwer vorstellen, wie er eine Gemeinde leitete und die christliche Botschaft unters Volk brachte.

»Was macht er dann zu Hause?« Es war keine Ferienzeit, an allen Schulen und Colleges wurde noch unterrichtet. Die Sommerferien fingen erst Ende Dezember an.

Mrs. Pretorius nippte an ihrem Tee und ließ sich Zeit mit der Antwort. Sie brauchte einen Moment, um die richtigen Worte zu finden. »Louis will an dem neuen Bund unseres Volkes mit Gott teilhaben, aber er ist noch zu jung, um lange von zu Hause fort zu sein. Die Trennung hat ihm nicht gutgetan.«

Emmanuel wartete. Durch einen Riss im heiligen Harnisch der Witwe hatte ein Zweifel aufgeblitzt. Louis war ihre Schwachstelle, da steckte noch mehr hinter seiner vorzeitigen Heimkunft vom Theologiekolleg.

»Wissen Sie, auch mein Vater hat einmal sein Studium unterbrochen. Als er sich der Kirche wieder zuwandte, war er stärker denn je und noch besser befähigt, dem Volk den Weg zu weisen. Louis wird eine gewisse Zeit auf Johannes' Farm verbringen, das Land und die Sorgen des Volkes kennenlernen … dann geht er zurück ans Theologiekolleg, und wenn er damit fertig ist, wird er ein Löwe Gottes sein.«

In ihrem Blick stand unerschütterlicher Glaube.

»Vielleicht wird Louis auch einfach Farmer oder Geschäftsmann wie seine Brüder?«

»Nein, nicht Louis.« Ihr Lächeln hinterließ Eiszapfen am Rand ihrer Teetasse. »Er ist nicht wie die anderen. Schon als

Kind hatte er die Gabe der Sanftheit und des Mitgefühls. Er ist zu Höherem bestimmt, als diese Stadt ihm bieten kann.«

Mrs. Pretorius hatte große Träume, das musste er ihr lassen. Ihre Söhne beherrschen Jacob's Rest, doch sie hatte größere Ambitionen. Sie wollte einen Anführer des Volkes, der die Nation in ein Heiliges Land verwandeln konnte. Dass der Junge für diesen Job absolut ungeeignet war, entging ihr vollkommen.

»Hatte der Captain in Bezug auf Louis dieselben Träume wie Sie?«

»Das sind nicht meine Träume, Detective. Es sind Louis' Träume.« Diesmal kroch die Kälte ihres Lächelns Emmanuel bis in die Knochen. Eindeutig van Brandenburgs Tochter. Wer sich ihrem Willen widersetzte, widersetzte sich dem Willen Gottes.

Kein Wunder, dass Willem Pretorius und sein Sohn sich nachts auf den Kaffernpfaden herumtrieben. Zu Hause herrschte eine Frau mit Feuer in den Augen und Eis im Herzen.

Emmanuel trank seinen Tee. Mrs. Pretorius' Heim war das Vorzeigemodell ihrer Vision, wie Afrikaaner ihr Leben zu führen hatten. Sollte er eine Verbindung zwischen dem Captain und dem Import anstößigen Materials nachweisen, dann würde sie zur Läuterung das Haus niederbrennen.

»Willem hat diesen Ort und diese Menschen geliebt.« Die blauen Augen der Witwe wurden tränennass, als sie über den Zaun ins Veld blickte. »In der Hinsicht war er wie ein Eingeborener. Das Land bedeutete ihm alles. Ich weiß, ihr Engländer lacht darüber, dass wir uns für den weißen Stamm Afrikas halten, aber auf Willem traf das zu. Er war ein echter Afrikaner.«

Zweifellos hatte der Captain sich den Afrikanern verbunden gefühlt. Seine Vertrautheit mit Shabalala hatte Lieutenant Sarel Uys verbittert, und vielleicht war er nicht der Einzige, dem das Verhältnis zwischen Willem Pretorius und dem schwarzen Constable missfallen hatte.

»Glauben Sie, die guten Beziehungen des Captains zu den Schwarzen waren manchen Weißen ein Dorn im Auge?«, fragte er und dachte an Uys, der gerade aus Mosambik zurückgekehrt war. Hatte der mürrische kleine Mann seinen Wagen jenseits der Grenze abgestellt, war dann quer durch den Fluss geschwommen und wieder zurück, nachdem er das Verbrechen verübt hatte? Dann hätte er sich nur noch zwei Tage unauffällig verhalten und Sonnenbräune zulegen müssen, bevor er wieder in Jacob's Rest auftauchte.

»Auf gesellschaftlicher Ebene pflegte Willem keinen Kontakt mit Schwarzen«, sagte Mrs. Pretorius entschieden. »Er kannte jeden, weil er hier aufgewachsen war. Als Police Captain musste er mit ihnen sprechen und sich mit ihnen abgeben. Die Leute haben das verstanden.«

»Natürlich.« Emmanuel stellte die Teetasse ab. Willem Pretorius hatte die Eingeborenen nicht nur als Gesetzeshüter betreut. Er hatte sich Shabalala und die gichtige alte Magd Aggie dafür ausgesucht, seine Geheimnisse zu bewahren. Das war ein Vertrauensbeweis.

Die neuen Rassentrennungsgesetze schrieben die schon länger existierende Vorstellung fest, dass der Stamm der Schwarzen und der Stamm der Weißen von Gott getrennt erschaffen waren, um sich in unterschiedliche Richtungen zu entwickeln. Jeder Stamm hatte seinen natürlichen Lebensbereich. Nur Entartete übertraten die Grenze zum für sie unnatürlichen Terrain. In den Augen mancher Weißer hatte Captain Pretorius vielleicht genau das getan: Er hatte die Grenze zur Welt der Schwarzen übertreten.

»Er war nicht wie die anderen Kapholländer«, hatte Shabalala am ersten Tag der Ermittlungen gesagt. Vielleicht hatte dieser Unterschied den Captain das Leben gekostet.

»Danke für den Tee, Mrs. Pretorius.« Emmanuel nahm die Akte über die sexuellen Übergriffe auf und erhob sich. Er musste mit Erich sprechen, und dann würde er der Spur mit dem ›schwarz gewordenen Weißen‹ nachgehen. »Ich melde mich, wenn sich etwas Neues ergibt.« Er streckte Mrs. Pretorius die Hand hin und war sich darüber im Klaren, dass dies der letzte Kontakt sein würde. Wenn er erst ihren Sohn verhört hatte, würde Mrs. Pretorius ihn verfemen.

Sie schüttelte ihm die Hand und musterte die Akte. »Was ist das?«, fragte sie.

»Eine Akte über sexuelle Übergriffe gegen farbige Frauen hier in der Stadt.« Er sagte ihr die Wahrheit. Solchen Schmutz mochte sie bestimmt nicht im Haus haben, und er wollte ihr eine Reaktion auf die Erkenntnis entlocken, dass Willem etwas Dunkles in ihre Welt eingeschleust hatte.

»Oh …« Sie trat einen halben Schritt zurück. »War die im Gästezimmer?«

»Ja«, sagte Emmanuel. »Der Fall blieb ungelöst und muss wohl noch einmal aufgerollt werden, falls sich neue Spuren ergeben.«

Angewidert zog sie die Stirn in Falten. »Das war bestimmt einer von denen. Einer von ihrer Sorte muss das getan haben.«

»Hat Captain Pretorius das gesagt?«

»Das musste er gar nicht.« Sie hatte sich wieder gefasst und wandte sich einem Thema zu, mit dem sie sich gut auskannte: der Schwäche anderer. »Der Mann, der diese Taten begangen hat, besitzt noch stark primitive Wesenszüge. Wir Europäer haben uns bereits weiter vom Tier wegentwickelt als die Schwarzen oder die Farbigen.«

Gern hätte Emmanuel ihr erzählt, dass er jede Nacht von den Gräueln träumte, die zivilisierte Europäer einander mit Schusswaffen, Messern und Brandbomben antaten.

Er klemmte sich die Akte unter den Arm und wandte sich zum Gehen. In Südafrika verging kein Tag und keine Stunde, ohne dass jemand eine Bemerkung über das abwegige Verhalten der Leute außerhalb der eigenen Gruppe machte. Inder, Schwarze, Farbige und Weiße, alle zeigten mit gleicher Begeisterung mit dem Finger aufeinander.

»Seltsam«, murmelte Mrs. Pretorius leise. »Willem hat gar nichts davon gesagt, dass er an dem Fall arbeitete. Er sagte, der sei abgeschlossen.« Die Witwe musterte die dicke Akte voller Wissbegier. Beinahe als wollte sie von der Schattenwelt, an deren Eindämmung ihr Mann gearbeitet hatte, einmal kosten.

»Er hat seine Fälle mit Ihnen besprochen?«

»Nicht alle«, sagte sie. »Aber der war etwas Besonderes. Es machte ihm zu schaffen. Manchmal konnte er nachts nicht schlafen, so sorgte er sich um die Moral der Stadt.«

»Ungelöste Fälle können einen Polizisten verfolgen.«

»Deshalb«, sie hatte nur noch Augen für die Akte, »verstehe ich nicht, warum er nicht erwähnt hat, dass er sich den Fall noch einmal vornimmt. Er … Willem hat mir doch alles gesagt.«

Dass diese Akte ohne ihr Wissen in ihrem Haus lag, erschütterte ihre Fantasiewelt in den Grundfesten. Die Gewissheit ihrer wahrhaft christlichen Ehegemeinschaft stand infrage.

»Bestimmt wollte er Sie nicht beunruhigen.« Emmanuel bot ihr eine einfache Erklärung. Falls er herausfand, dass die Umtriebe des Captains in Mosambik krimineller Natur waren, würde ihr Glaube einem echten Härtetest unterzogen werden.

»Natürlich.« Sie belächelte ihre eigenen Zweifel. »Willem hatte einen ausgeprägten Beschützerinstinkt. Er lebte nur für die Sorge um seine Familie und seine Stadt.«

Bei dem Wort »lebte« kamen die Tränen wieder. Vergangenheitsform. Alles, was sie von jetzt an über ihren Mann sagte, würde Vergangenheit sein. Mrs. Pretorius' Trauer war echt, und doch wurde Emmanuel das Gefühl nicht los, hätte sie ihren geliebten Willem bei etwas Anstößigem erwischt, sie hätte selbst abgedrückt.

»Entschuldigung«, sagte sie. »Ich halte Sie von Ihren Ermittlungen ab. Sie könnten die Zeit besser nutzen, um den Mörder zu jagen und seiner gerechten Strafe zuzuführen.«

»Ich muss in der Tat noch mit ein paar Leuten sprechen. Sobald wir neue Erkenntnisse haben, lasse ich es Sie wissen.«

Trauer und Rachegedanken würden in den kommenden Monaten ständige Begleiter von Mrs. Pretorius sein.

Emmanuel ging durch den Garten hinaus. Er musste sehr bald mit Erich Pretorius sprechen, aber zuerst würde er die farbige Postangestellte Miss Byrd um den zweiten Gefallen in zwei Tagen bitten.

* * *

»Wo ist der Nkosana?«, fragte Emmanuel den schwarzen Halbwüchsigen, der an der Pretorius-Tankstelle die Zapfsäule bediente.

»Im Büro.« Der dünnbeinige Junge wies auf einen Raum neben der Werkstatt.

Emmanuel klopfte zweimal an die Tür mit der Aufschrift *Pretorius Pty. Ltd* und wartete auf Antwort.

»Wer ist da?«

»Detective Sergeant Emmanuel Cooper.«

»Worum geht's?«

Emmanuel drückte die Tür auf. Wenn er diese Begegnung ohne Faust im Gesicht überstand, konnte er von Glück reden. Der dritte Pretorius-Sohn war schlechter Laune, und das Verhör hatte noch nicht mal angefangen.

»Was wollen Sie?« Erich sah von einem Stapel Papierkram auf seinem Schreibtisch auf.

»Höflich sagt man: Was kann ich für Sie tun?« Überall im Büro lagen Ersatzteile und alte Rechnungen. Anders als seine Mutter hatte Erich Pretorius nichts gegen Unordnung.

»Wollen Sie was?« Erich schob die unerledigte Büroarbeit von sich weg und lehnte sich im Stuhl zurück.

»Muss ein einträgliches Geschäft sein«, sagte Emmanuel und beäugte den Kalender einer Firma für Landwirtschaftsbedarf, der das Neueste auf dem Traktorensektor zur Schau stellte. »Eine Ecklage an der Hauptstraße. Da geht es Ihnen bestimmt gut.«

»Ich komme zurecht. Was geht Sie das an?«

»Ich meine nur, Ihre Geschäfte müssen doch gut laufen, zumal Sie jetzt die einzige Werkstatt in der Stadt sind.«

Erich lehnte sich über den Schreibtisch, sein Lächeln verhieß eine Welt voller Schmerzen. »Wer hat Ihnen was geflüstert? Dieser Farbige?«

»King hat mir gesagt, dass Ihre nächste Rate hier fällig ist.« Emmanuel trat zum Kalender und tippte mit dem Finger auf Dienstag.

»Was für eine Rate?«

»Brandschutzversicherung«, sagte Emmanuel. »Oder müssen Sie die jetzt, wo Ihr Vater tot ist, nicht mehr zahlen?«

Im Bruchteil einer Sekunde war Erich auf den Beinen. »Was zum Teufel hat die Rate mit Pas Tod zu tun?«

»Er war der Einzige, der ehrlich um die Abmachung bemüht war.« Emmanuel spürte die Rage, die Erich abstrahlte. Gleich würde er vor Wut platzen. »Jetzt, wo Ihr Pa tot ist, gibt es keinen Beweis mehr, dass Sie Anton etwas schulden.«

»Glauben Sie etwa, ich hätte meinen eigenen Vater ermordet wegen hundertfünfzig Pfund?«

Emmanuel wich nicht zurück, als der massige Afrikaaner um seinen Schreibtisch herum auf ihn zukam.

»Es sind schon Leute wegen weniger umgebracht worden, Erich«, bemerkte er in freundlichem Tonfall und versuchte einzuschätzen, wie schnell er bei der Tür sein konnte, wenn es drauf ankam.

»Raus.« Erich war nahe genug, um Speicheltröpfchen zu versprühen. »Raus aus meinem Geschäft, Sie englisches Stück Scheiße!«

Emmanuel rührte sich nicht. Erich war laut, aber er war es gewohnt, die Nummer zwei zu sein. Im Hause Pretorius war er der Mann fürs Grobe, nicht der Kopf, und er würde einknicken, wenn sich erwies, wer hier das Sagen hatte.

»Wo waren Sie an dem Abend, als Ihr Vater ermordet wurde?«, fragte Emmanuel ruhig.

»Das muss ich nicht beantworten.«

»Doch, das müssen Sie.« Emmanuel starrte den wütenden Mann nieder und ließ sich trotz hoffnungslos schlechter

Chancen keinerlei Furcht anmerken. Der Afrikaaner war stark genug, ihm mit einem Schlag den Kiefer zu brechen.

»Ich war bei meiner Familie.« Erich verlor das Blickduell. »Meine Frau und unser Hausmädchen können das bestätigen. Wir waren wegen dem kleinen Willem bis elf Uhr auf. Krupphusten.«

Emmanuel zog sein Notizbuch hervor. »Ich muss mit Ihrer Frau sprechen und Ihr Alibi überprüfen.«

»Von mir aus«, sagte Erich ohne Zögern. »Sie ist gleich um die Ecke. Moira's Hairstyles, das ist ihr Laden.«

Moira's Hairstyles, mitten auf der Hauptstraße, noch ein Scheibchen von Jacob's Rest, das dem Pretorius-Clan gehörte. Die Familie des Captains brauchte die pro-weißen Rassentrennungsgesetze nicht, um sich gesellschaftlichen Status zu verschaffen. Sie kamen prima zurecht, auch ohne dass die neue Regierung den Weißen Vorteile verschaffte.

Emmanuel versuchte den Berg von Mann, der vor ihm stand, einzuschätzen. Umgebracht hatte er seinen Vater wohl nicht, aber war er wegen der Erstattung wütend genug gewesen, um ihm einen ernsthaften Denkzettel verpassen zu lassen?

»Wie finden Sie es, dass Sie einem Farbigen all das Geld zahlen sollen?«

»Ich habe keine Wahl.« Mit grimmigem Blick wandte Erich sich wieder seinem Schreibtisch zu. »Pa hat gesagt, wenn ich nicht zahle, überschwemmt dieses englische Arschloch Elliot King die Stadt mit indischen Anwälten.«

Emmanuel machte ein verständnisvolles Geräusch. Indische Anwälte, so die allgemeine Ansicht, konnten es in Sachen Grips und Ehrgeiz mit den Juden aufnehmen.

Erich machte eine Schublade auf und zog einen prallen Papierumschlag hervor.

»Hundertfünfzig Pfund.« Er ließ den Umschlag dumpf auf die Schreibtischplatte klatschen. Ein Bündel Zwanzig-Pfund-Noten rutschte heraus. »Die würde ich Ihnen gern in den Arsch schieben, aber ich muss sie heute Abend beim alten Juden abliefern.«

»Was hat sich Ihr Vater bloß dabei gedacht?«, sinnierte Emmanuel laut. »Sie müssen einem Juden Geld für einen Farbigen geben?«

Erich hielt sein Temperament im Zaum. »Sie sind clever«, sagte er. »Aber nicht clever genug, um mich dazu zu kriegen, dass ich einen Mord gestehe, den ich nicht begangen habe. Mein Lebtag habe ich nicht die Hand gegen meinen Vater erhoben.«

»Aber wütend waren Sie schon auf ihn, oder?«

»Natürlich«, sagte Erich. »Fragen Sie die Jungs draußen. Die können Ihnen erzählen, wie wir uns über das Geld gestritten haben. Aber wenn der alte Jude bei seiner Geschichte geblieben wäre, hätte ich mir zur Verteidigung einen Anwalt nehmen müssen. Dann hätte ich für die Dauer des Verfahrens den Laden dichtmachen müssen, was sich wochenlang hinziehen kann. Letzten Endes war es verdammt viel billiger, das Geld zu bezahlen und Schluss.«

Interessant, dass der Captain anscheinend mit seinem Sohn nicht über richtig und falsch diskutiert hatte. Er hatte Erich am Säckel gepackt. Es ging ums Geld. Mrs. Pretorius lebte in einer vom Moralkodex regierten Welt, doch ihr dahingeschiedener Mann war Pragmatiker gewesen.

»Weiß Ihre Ma von dem Brand?«, fragte Emmanuel. Er war neugierig, inwieweit Willem Pretorius die Traumwelt seiner Frau beschirmt hatte.

»Nein.« Erich wurde rot, ein seltsamer Anblick bei einem solchen Hünen. »Pa hielt es für das Beste, sie nicht mit solchem ... äh, Kleinkram zu behelligen.«

»Verstehe.«

Willem Pretorius war es geglückt, bemerkenswert viel äh, Kleinkram unterm Teppich zu halten, aber irgendwann hatte er es nicht mehr geschafft, all seine Geheimnisse zu wahren. Jemand wusste von der Steinhütte. Jemand wusste von den dort gebunkerten Sachen. Der Diebstahl der Beweisstücke war kein Zufall gewesen. Der Holzknüppel bewies, dass der Täter bereit war, Gewalt anzuwenden, um dem Gesetz einen Schritt voraus zu bleiben.

Während Captain Pretorius die Leute von Jacob's Rest im Auge behielt, hatte irgendwer auch ihn im Auge behalten.

»War das alles?« Erich stopfte das Geld zurück in den Umschlag, eine Tätigkeit, die ihn sichtlich erboste.

Emmanuel beschloss, seine Theorie vom ›schwarz gewordenen Weißen‹ auszuprobieren. Er musste jeder Fährte folgen und hoffen, dass eine ihn zu den gestohlenen Beweisen führte.

»Ihr Vater war ziemlich dicke mit Nichtweißen, oder?«

»Pa ist mit den Kaffern aufgewachsen, aber er war kein *Kaffirboetie*, wenn Sie darauf hinaus wollen.« *Kaffirboetie* – Kaffernbruder – war eine der schlimmsten Beleidigungen, die man einem weißen Mann an den Kopf werfen konnte.

»Glauben Sie, manche von den Weißen fanden, dass er den Eingeborenen zu nahestand?«

»Vielleicht ein paar von den Engländern. Euereins kapiert einfach nicht, dass wir die Schwarzen nicht hassen. Wir lieben sie. Sie gehen in unseren Häusern ein und aus, kümmern sich um unsere Kinder und unsere Alten. Die Schwarzen gehören für uns zur Familie.«

»So wie Aggie?«

»Ganz genau. Sie taugt zu nichts mehr, trotzdem hat Pa sie behalten, weil sie bei uns ist, seit ich in den Windeln lag. Aggie war für mich und meine Brüder wie eine zweite Mutter.«

Emmanuel zweifelte Erichs Aussage nicht an. Seine Zuneigung zu der alten schwarzen Frau mit den knotigen Händen war echt. Allerdings verlor die Liebeskutsche der Afrikaaner immer sofort ihre Räder, sobald Nichtweiße etwas anderes sein wollten als brave Ehrenmitglieder des gesegneten weißen Stammes.

»Schön.« Emmanuel steckte sein Notizbuch ein. »Ihres Wissens also keine Probleme unter den Weißen?«

»Gar keine«, sagte Erich.

Das brachte Emmanuel zurück zu Sarel Uys. Er war der einzige Weiße, der sich feindselig über die enge Verbindung zwischen Captain Pretorius und Shabalala geäußert hatte. Wie viel Bitterkeit hatte der eifersüchtige Polizist wohl in sich aufgestaut?

»Danke für Ihre Zeit.« Emmanuel beendete das Verhör mit der Standardformel. »Ich gehe auf dem Rückweg noch bei Moira's Hairstyles vorbei.«

»Tun Sie das«, sagte Erich und warf das Geld wieder in die Schublade.

Emmanuel schloss die Bürotür hinter sich. Er hörte, wie der Telefonhörer von der Gabel genommen wurde. Erich rief seinen Kommando-Bruder auf der Wache an, um von dem Verhör zu berichten. Die Security Branch hörte bestimmt auch mit.

Von der Wache würde er sich den Rest des Tages tunlichst fernhalten. Er musste sich einen anderen Arbeitsplatz suchen, irgendwo jenseits der Hautfarbengrenze.

11

Emmanuel verließ Moira's Hairstyles und ging zum Kaffernpfad. Er hatte alles überprüft. Der kleine Willem mit seinem Krupphusten war um elf und dann noch einmal um zwei Uhr nachts wach geworden. Dora, das schwarze Hausmädchen, schwor es beim Leben ihrer eigenen Söhne. Erich Pretorius mochte ein menschlicher Flammenwerfer sein, aber am Abend des Mordes war er zu Hause gewesen.

Der dritte Sohn des Captains war ohnehin ein abwegiger Verdächtiger, von daher war es keine Überraschung, dass er an der Ausführung des Mordes nicht beteiligt war. Die Spuren am Tatort deuteten auf einen nicht übermäßig kräftigen Mörder hin. Erich hätte einen beladenen Güterzug an einem Nachmittag bis nach Durban ziehen können. Und der Täter war besonnen vorgegangen. Erich bestand aus siebzig Prozent Muskeln und dreißig Prozent leicht entzündlichem Brennstoff.

Emmanuel überquerte ein leeres Grundstück, auf dem überall Unkraut und Grasbüschel wucherten. Es war nahezu Mittagszeit und die Straße fast leer, als er scharf rechts abbog und in Richtung Poppies General Store ging. Der alte Jude saß hinter der langen Holztheke und las ein Buch. Aus dem Hinterzimmer drang das Summen der Nähmaschinen. Zweigman blickte auf, als er hereinkam.

»Detective.«

Emmanuel war gekommen, um das Telefon des Ladens zu benutzen, aber dann war ihm noch etwas eingefallen.

»Woher wusste Captain Pretorius, dass Sie Arzt sind?«, fragte er. Zweigman der Chirurg und Zweigman der Krämer, das schien nach wie vor ein Widerspruch. Hätten Schwester Angelina und Schwester Bernadette ihr Versprechen gehalten, wäre Zweigman für ihn nur irgendein Jude, der seine Waren feilbot, praktisch unsichtbar.

»Bescheid wissen war das Spezialgebiet des Captains«, erwiderte Zweigman trocken.

Da steckte mehr dahinter. Emmanuel las es im Gesicht des Deutschen, in der Art, wie er beim Sprechen den Kopf leicht schief legte. Wenn Shabalala Informationen zurückhielt, ging es ihm darum, das Andenken und den Ruf seines Kindheitsfreunds zu schützen. Wen beschützte Dr. Zweigman?

Emmanuel nahm sein Notizbuch und schrieb auf eine neue Seite: *Arztempfehlung Shabalala – Zeitpunkt?* Wann hatte der Captain seiner schwarzen rechten Hand gesagt, er solle zu Zweigman gehen und nicht zu Dr. Kruger, wenn ihm etwas fehlte? War das, bevor oder nachdem man den kleinen Jungen vor dem Laden überfahren hatte? Wenn es eher gewesen war, hatte Pretorius vor allen anderen von Zweigmans wahrem Beruf gewusst.

»Ich bin hier, um zu fragen, ob ich Ihr Telefon benutzen darf«, sagte Emmanuel.

»Genau dafür gibt es doch ein Telefon in der Polizeiwache.« In Zweigmans braunen Augen stand genug Neugier, um sechs Katzen zu killen.

»Der Mordfall und die Polizeiwache sind von der Security Branch übernommen worden.« Emmanuel hielt sich an die Wahrheit. »Ich brauche einen Ort, von wo aus ich meine Ermittlung weiterführen kann.«

»Sie wollen den Triebtäter-Fall wieder aufrollen?«

»Das und einiges anderes«, sagte Emmanuel und dachte an die Akte in ihrem sicheren Versteck, die darauf wartete, gelesen zu werden. Zuerst jedoch würde er van Niekerk Bericht erstatten und die Fühler nach neuen Informationen ausstrecken.

»Wenn das so ist ...« Zweigman griff unter die Theke und holte ein klobiges schwarzes Telefon mit einem endlos langen ausgefransten Kabel hervor. »Dann tue ich Ihnen den Gefallen gern, Detective. Im Hinterzimmer können Sie ungestört telefonieren.«

Die Frauen an den Nähmaschinen schauten auf, als er eintrat, aber weniger beklommen als beim letzten Mal. Er nickte jeder der Näherinnen zu und achtete darauf, Tottie mit einem langen Blick zu bedenken, als er zum Teezimmer durchging. Die Vorzeigeschönheit anzustarren war die beste Tarnung, um von seiner Begegnung mit der scheuen braunen Maus in der Hütte des Captains abzulenken.

Totties smaragdgrüne Augen funkelten amüsiert. Sie war eine Königin und er nur ein weiterer Bittsteller, der ihr sein Verlangen zu Füßen legte.

Davida breitete unter Lilliana Zweigmans Anleitung ein Schnittmuster auf dem Zuschneidetisch aus. Ihr in einen grünen Schal gehüllter Kopf blieb gesenkt. Nichts wies darauf hin, dass er mit ihr gesprochen, sie berührt und gebeten hatte, sein Geheimnis zu wahren.

»Bitte.« Zweigman stellte das schwarze Bakelittelefon auf den Teetisch und zeigte auf einen Stuhl. »Meine Frau und die Damen kommen in zwanzig Minuten auf dem Weg zum Hinterhof hier durch. Mittagspause.«

»So lange brauche ich nicht.« Emmanuel setzte sich und zog den Apparat heran. Zweigman ging hinaus, und Emmanuel wartete, bis das geschäftige Summen der Nähmaschinen wieder losging. Die zarte Lilliana hatte alle Räder stillstehen lassen, bis ihr Ehemann unversehrt wieder aus dem Hinterzimmer auftauchte. Irgendetwas aus der Vergangenheit warf seinen Schatten auf das jüdische Paar. Wie viele Menschen lebten in Dörfern, kleinen und großen Städten, die am eigenen Leib erfahren hatten, dass man niemals sicher war? Wo Geschichte mit Kugeln und Bomben geschrieben wurde, riss sie alles nieder.

Emmanuel rief die Zentrale an und wartete darauf, mit dem Bezirkshauptquartier verbunden zu werden. Die Leitung war frei.

»Cooper?« Van Niekerk klang kurz angebunden. Irgendetwas ging da vor sich.

»Ja, Sir.«

»Rufen Sie mich in zehn Minuten unter folgender Nummer an. Hiesige Vorwahl.«

Der Major gab Emmanuel die Nummer durch und legte ohne weitere Erklärung auf. Das vertraute *Piep Piep Piep* war zu hören, dann die Stimme aus der Zentrale. »Ihre Verbindung wurde unterbrochen, Sir. Soll ich es noch einmal versuchen?«

»Nein. Danke.« Emmanuel hängte ein und sah auf die Uhr. Zehn Minuten gaben van Niekerk gerade genug Zeit, um die zwei Häuserblocks vom Hauptquartier zur nächsten öffentlichen Telefonzelle zu laufen. Die Security Branch hatte den Major aus seinem eigenen Büro vertrieben.

Das Hintergrundsummen der Nähmaschinen vertrug sich schlecht mit seinem hämmernden Herzschlag. Er überflog seine Notizen vom Tatort. War der Mord an Captain Pretorius das Eckstück eines viel größeren Puzzles, an dem die Security Branch arbeitete?

Emmanuel vergegenwärtigte sich seine Umgebung. Er saß in einem kleinen Teezimmer im Anbau einer vermutlich halblegalen Werkstatt, die auf der dunklen Seite der Hautfarbengrenze operierte. Die Security Branch und ihre hochrangigen politischen Hintermänner saßen an den Schalthebeln der Macht, während er selbst das schmuddelige Privatleben des Opfers durchkämmte. Ein Zweifel beschlich ihn, und er schloss die Augen, um nachzudenken. Nadelspitzer Schmerz durchfuhr seine Augenhöhle.

»*Herrgott …*«, der Sergeant Major flüsterte. »*Was, wenn die Scheißkerle recht haben und es wirklich ein politischer Mord war?*«

Emmanuel schob die Stimme beiseite und besann sich auf die Grundregeln einer Mordermittlung. Die meisten Morde sind die Folge banaler menschlicher Impulse: Ein Räuber tötet für Geld, ein Ehemann aus Rache, ein Außenseiter zur sexuellen Erleichterung. Gewöhnliche, traurige und verwirrte menschliche Bedürfnisse machen Leute zu Mördern.

»*Die Security Branch spielt nicht in deiner gewöhnlichen Welt mit, Jungchen*«, sagte der ungehobelte Schotte. »*Während du in*

Unterwäscheschubladen wühlst und dich auf Kaffernpfaden herumdrückst, verändern sie das Gesicht Südafrikas und der Länder ringsum. Du bist ein Fußsoldat, und sie sind die Adjutanten des Generals.«

Emmanuel versuchte die Kommentare des Sergeant Major zu ignorieren, konnte es aber nicht. Es steckte zu viel Wahrheit darin. Warum war die Security Branch so schnell und so eifrig an diesem Fall dran, wenn sie nicht vorher schon Hinweise gehabt hatten, die zu ihrer These vom politischen Umsturz passten?

In seinen Notizen sprangen ihm die Worte *fehlende Spuren am Tatort* und *wie von einem Heckenschützen* ins Auge. Berufskiller zielten auf Kopf und Wirbelsäule. Berufskiller hinterließen keine Spuren. Hatte er den Tatort fehlinterpretiert, indem er nach persönlichen Motiven suchte, die es gar nicht gab?

Er wählte die Nummer, die van Niekerk ihm gegeben hatte.

»Cooper?« Der Major war außer Atem und verstimmt, als er beim zweiten Klingeln dranging.

»Ja, ich bin's. Warum mussten wir das Telefon wechseln?«

»Die Security Branch hat große Ohren, und ich habe nicht vor, ihnen Informationen frei Haus zu liefern«, antwortete van Niekerk. »Rufen Sie von der Polizeiwache an?«

»Nein, von einem Privatanschluss.«

»Gut. Was gibt es Neues?«

»Die Security Branch verfolgt intensiv die kommunistische Spur. Sie haben eine Geheimakte mit Namenslisten von Parteimitgliedern und deren Umfeld. Es scheint, dass der Mord an Captain Pretorius mit bereits laufenden Nachforschungen in Verbindung gebracht wird.«

»Operation Speerspitze«, sagte van Niekerk mit der beiläufigen Überheblichkeit, wegen der ihn die Hälfte der Detectives, die im Mord- oder Einbruchsdezernat arbeiteten, nicht ausstehen konnte. »Die National Party will der kommunistischen Bewegung das Rückgrat brechen, indem sie die Agenten aus dem Verkehr zieht, die mit verbotenen Schriften und Pamphleten über die Grenze kommen. Sie führt Razzien an illegalen Grenzübergängen durch und hofft, dass ihr ein dicker roter Fisch ins Netz geht, den sie wegen Hochverrats grillen kann.«

»Captain Pretorius wurde an einem Flussabschnitt getötet, der von Schmugglern benutzt wird«, bemerkte Emmanuel. »Die Security Branch könnte da auf der Lauer gelegen haben.«

»Der Übergang an der Watchman-Furt, wo der Captain gefunden wurde, stand für nächsten Donnerstag auf der Liste. Sie haben einen Tipp bekommen. Die Security Branch will die Operation damit rechtfertigen, dass sie eine Verbindung zwischen dem Mord und einem ganz bestimmten kommunistischen Agenten findet, den sie seit längerem überwacht.«

Die Effizienz von Major van Niekerks politischen und gesellschaftlichen Verbindungen beeindruckte Emmanuel und gab ihm zu denken. War überhaupt irgendetwas vor dem Zugriff des ehrgeizigen Kapholländers sicher?

»Ist der verdächtige Agent zufällig ein schwarzer Absolvent des Fort Bennington College?«

»Jetzt bin zur Abwechslung mal ich beeindruckt«, antwortete van Niekerk mit einem Hauch Humor. »Dieser Umstand ist weniger als hundert Leuten in ganz Südafrika bekannt. Sind Sie sicher, dass Sie nicht zur Security Branch wollen? Die suchen nach gescheiten jungen Männern.«

»Mit Daumenschrauben und Stahlrohr die Weltkarte neu zeichnen ist nichts für mich.«

»Sind sie so weit gegangen?«

»Ja.« Die zerschlagenen Arme und der wilde Blick des verkrüppelten Minenarbeiters drängten sich ins Bild.

»Haben Sie was abgekriegt?«

»Noch nicht«, sagte Emmanuel. »Ist aber nur eine Frage der Zeit.«

»Was haben Sie über Captain Pretorius?« Van Niekerks Tonfall klang drängend.

»Nichts Greifbares. Allerdings bin ich einer Sache auf der Spur, die den Captain vom Sockel stürzen könnte.«

Die gestohlenen Beweise erwähnte er nicht. Diese Wunde war noch zu frisch, um sie van Niekerk einzugestehen.

»Finden Sie alles raus«, sagte der Major. »Informationen über Frikkie van Brandenburgs Schwiegersohn sind die einzige Munition, die die Security Branch aufhalten kann, wenn sie Sie aufs Korn nimmt.«

»Sie glauben, die werden mich in die Enge treiben?«

»Ich spreche aus einer verdreckten Zelle in einer Seitengasse. Sie rufen von Gott weiß wo an. Wir stehen schon mit dem Rücken zur Wand, Cooper.«

»Wenn ich etwas ausgrabe, was mache ich damit?« Die Sicherheitsmaßnahmen, die er in Jacob's Rest getroffen hatte, würden einer Razzia der Security Branch nicht standhalten. Er brauchte ein zweites Netz, das ihn auffing, wenn er abstürzte.

»Gehen Sie zum örtlichen Postamt. Ich telegrafiere Ihnen in einer halben Stunde alles Nötige durch.«

Das Summen der Nähmaschinen ließ hörbar nach. Für Lilliana Zweigman und die Näherinnen fing gleich die Mittagspause an.

»Ich muss los«, sagte er zum Major, als er Stühlerücken hörte.

»Emmanuel ...«

Dass van Niekerk seinen Vornamen gebrauchte, ließ ihn stutzen. »Sir?«

»Morgen früh überbringt ein Kurier der Security Branch eine Tasche voller Informationen. Unter anderem befindet sich darin ein Dossier über Sie. Ich kann es nicht verhindern. Tut mir leid.«

»Was steht drin?« Er konnte sich die Frage nicht verkneifen. Er musste es wissen.

»Alles. Umso mehr Grund für Sie, so viel Schmutz wie möglich über die Familie Pretorius auszugraben. Das werden Sie brauchen, egal, wer den Mörder zuerst fängt.«

»Danke, Sir.«

Emmanuel hängte ein und langte in seine Tasche nach einer Handvoll magischer weißer Pillen. Zu seinen Zweifeln kam jetzt

Angst, und er fragte sich, wie lange er sein Leben noch in den schmalen Gleisen halten konnte, die er seit seiner Rückkehr nach Südafrika mühsam gelegt hatte. Er schluckte die Tabletten mit etwas Wasser herunter. Es war zu spät, um das Dossier aufzuhalten, und zu spät, um sich aus den Ermittlungen zurückzuziehen.

»*Hör mit dem Selbstmitleid auf, verdammt und zugenäht*«, meldete sich der Sergeant Major. »*Beweg deinen Arsch und ab an die Arbeit. Du hast immer noch einen Mord aufzuklären.*«

Die Frauen gingen hintereinander durch in den Hof, und Emmanuel strebte zu dem Kaffernpfad, der zum Postamt führte. Vor seinen Füßen flog ein Schwarm gelb geflügelter Grashüpfer auf und ließ sich auf gebogenen Feldgrashalmen nieder. Er wollte nicht an das Dossier denken, aber es verfolgte ihn.

»*Sie ist ziemlich dunkel, was?*«, sinnierte der Sergeant Major. »*Was sagt das über dich, Emmanuel ... der Umstand, dass Davida dich reizt?*«

»Es bedeutet nichts«, sagte er leise.

»*Wirklich?*« Der Sergeant Major klang belustigt. »*Ich frage mich nämlich, ob das, was die Jury über deine Mutter gesagt hat, am Ende doch stimmt. Wie siehst du das, Jungchen?*«

Emmanuel antwortete nicht. Bald würden die Pillen wirken, die er bei Zweigman geschluckt hatte. Er schloss den Sergeant Major aus und verriegelte das Tor. Auf gar keinen Fall würde er über das nachdenken, was der verrückte Schotte gesagt hatte.

* * *

Harry der traumatisierte Veteran saß auf der Treppe vor dem Postamt, als Emmanuel herauskam, van Niekerks Telegramm sicher in der Tasche. Es war früher Nachmittag, und die Hauptstraße war in schimmerndes Frühlingslicht getaucht. Ein Stück die Straße hinunter pfiff ein stämmiger weißer Farmer ein Lied, während seine Landarbeiter den Laster mit Säcken voller Dünger und Saatgut beluden.

Emmanuel trat auf den Bürgersteig und suchte sich die nächste Passage zum Kaffernpfad.

»Kleiner Captain«, Harrys Stimme war nur ein heiseres Flüstern, »kleiner Captain ...«

Das Rasseln der Orden und das beharrliche Zupfen an seinem Ärmel verrieten ihm, dass der Veteran tatsächlich mit ihm sprach und nicht mit einem Senfgas-Phantom.

»Ich bin Detective Sergeant Emmanuel Cooper aus Jo'burg«, erinnerte er den alten Soldaten. »Wir haben uns in Tinys Laden kennengelernt, wissen Sie noch?«

»Kleiner Captain.« Harry achtete überhaupt nicht auf das, was er sagte. »Kleiner Captain.«

Emmanuel gab es auf, Harry zu belehren. Er musste von der Hauptstraße verschwinden, bevor die Security Branch mitbekam, wo er steckte, und beschloss, ihm ihren Unmut über Erich Pretorius' Befragung mitzuteilen.

»Wie kann ich Ihnen helfen, Harry?«

»Heute Abend?« Harrys knochige Hand legte sich um sein Handgelenk und ließ nicht los. »Heute Abend, kleiner Captain?«

Emmanuel sah sich um, um abzuschätzen, wie viel Aufmerksamkeit er schon auf sich zog. Niemand von den Leuten auf der Straße nahm Notiz von dem seltsamen Anblick, dass ein verwirrter Farbiger sich ans Handgelenk eines Weißen klammerte. Harry war der Dorftrottel. Kein Mensch erwartete, dass er sich benahm wie ein normaler Einwohner von Jacob's Rest.

»Vielleicht heute Abend«, antwortete Emmanuel, als ihm der Sinn der Frage aufging. »Vielleicht heute Abend. Ich weiß noch nicht.«

»Gut, gut.« Ein Lächeln breitete sich auf Harrys Gesicht aus, und man sah, wer er vor dem Krieg gewesen war: ein charmanter hellhäutiger Mann, der seine Sinne noch beisammenhatte. »Gut, kleiner Captain, gut.«

»Bis dann also. Ich komme heute Abend.«

»Gut, gut.« Der alte Soldat ließ seine Hand los und wandte sich in Richtung Polizeiwache. Emmanuel tippte ihm auf die Schulter und flüsterte ihm ins Ohr: »Gehen Sie nicht zur Wache, Harry. Captain Pretorius ist da nicht mehr.«

»Nach Hause«, sagte Harry. »Nach Hause.«

Er schlich die Straße entlang wie ein Gespenst am helllichten Tag. Was wäre aus Harry geworden ohne die Bulldogge Angie, die auf ihn aufpasste, und seine Töchter, die sich als Weiße ausgaben? Die Welt war kein freundlicher Ort für alte Soldaten.

»Sind Sie mit Harry befreundet?«

Louis materialisierte sich im Frühlingslicht wie eine Erscheinung.

»Wir sind uns ein paarmal begegnet«, sagte Emmanuel.

»Er ist Soldat wie Sie. Aber deshalb ist er trotzdem nicht wie Sie.«

»Ach, ja?«

Die Information über seine Zeit in der Armee musste Louis von seinen Brüdern haben.

»Wir müssen bei unseren Gefühlen für sie auf der Hut sein«, sagte der junge Pretorius. »Geistig können sie nie mit uns auf einer Stufe stehen, darum müssen wir uns von ihnen fernhalten und rein bleiben.«

Das Glimmen in Louis' Augen machte Emmanuel nervös. Die Bordsteinpredigt kam völlig unvermittelt und erinnerte ihn an das Kirchenlied, das Louis hinter Tinys Schnapsladen angestimmt hatte.

»War Ihr Vater in der Armee?« Eine Verbindung unter Waffenbrüdern könnte Captain Pretorius' Entscheidung erklären, Harry die Briefe zuzustellen und seinen Töchtern zu einer weißen Identität zu verhelfen.

»Mein Vater hat nicht im Krieg der Engländer gekämpft.« Louis schien seiner Mutter zu gleichen: äußerlich weich mit diamanthartem Kern. »Zwei meiner Großväter waren kommandierende Generäle im Burenkrieg. Meine Familie ist echtes Volk.«

Die Schwarzen hatten recht. Louis und seine Mutter teilten einen überwältigenden Stolz auf die kapholländische Blutlinie ihrer Familie und den Dünkel geistiger Überlegenheit. Wenn Hochmut vor dem Fall kam, dachte Emmanuel, waren Louis und seine Mutter Kandidaten für einen Kopfsprung direkt in die Hölle.

»Sind Sie hier, um das fehlende Teil für Ihr Motorrad abzuholen?«, fragte Emmanuel. Er dachte unvermittelt an das mechanische Rattern, das er an der Steinhütte gehört hatte, kurz bevor er das Bewusstsein verlor. Konnte das ein Motorrad gewesen sein?

»Ist noch nicht angekommen«, sagte Louis.

Dickie kam auf die Veranda vor der Wache geschlendert und zündete sich eine Zigarette an.

»Vielleicht haben Sie ja heute Glück«, sagte Emmanuel. Zeit, sich auf den Kaffernpfad abzusetzen. Der Nachmittag verging, und er musste noch die Akten aus dem Versteck holen und durchlesen.

»Detective …«, rief Louis ihm nach. »Hätte ich fast vergessen: Meine Brüder suchen nach Ihnen.«

»Die finden mich noch früh genug«, sagte Emmanuel und eilte an den Geschäften der Weißen vorbei die Piet Retief Street hinunter. Er musste auf den Kaffernpfad wechseln, bevor er auf die Höhe von Pretorius Farmzubehör, Moira's Hairstyles und der Tankstelle kam. Die Familie des Captains war allgegenwärtig.

Am Durchgang zum Pfad hielt er inne. Louis stand auf der Treppe zum Postamt und starrte ihm mit derselben Eindringlichkeit nach, mit der seine Mutter die Polizeiakten fixiert hatte. Dann winkte der Junge zum Abschied und verschwand im Gebäude, wo die kaffeebraune Miss Byrd und die rosahäutige Miss Donald die Post nach Rassenzugehörigkeit sortierten und Briefmarken verkauften.

Draußen auf dem Kaffernpfad dachte Emmanuel über Louis nach. Es musste im Hause Pretorius Spannungen gegeben haben, was den Jungen und seine Zukunft anging. Mrs. Pretorius sah in Louis einen heiligen Propheten. Ein Pragmatiker wie Willem Pretorius dürfte etwas anderes gesehen haben.

12

Die Äste des Zitronenbaums hinter Poppies General Store brachen das Sonnenlicht und warfen ein Schattenmuster auf die Fallakte zu den Übergriffen auf farbige junge Frauen. Sechs Monate Gewalt und Quälerei, und keinerlei Ergebnis.

Emmanuel überprüfte noch einmal die Daten. Es gab zwei klar abgegrenzte Zeitspannen, an denen der Täter aktiv gewesen war. Die erste war eine Art Distanzangriff Ende August, da hatte er zehn Tage lang Frauen durchs Fenster bespitzelt. Dann, im Dezember 1951, ging er zu einem zweiwöchigen Amoklauf mit immer heftigeren körperlichen Attacken über. Von Mal zu Mal lasen sich die Berichte schlimmer.

Der Täter begann auch seine Dezember-Übergriffe zunächst damit, heimlich durch Fenster zu spähen, steigerte sich aber im Verlauf von vierzehn Tagen bis zum tätlichen Überfall mit Freiheitsberaubung und gebrochenen Rippen. Ein Weißer, der solcher Verbrechen für schuldig befunden wurde, war in den Augen von Justiz und Öffentlichkeit abartig und ein Verräter an seiner Rasse. Paul Pretorius hatte die Vorstellung von sich gewiesen, der Mord an seinem Vater könnte etwas mit einem unappetitlichen Sexualdelikt an nichtweißen Frauen zu tun haben, aber gerade ein weißer Mann wäre womöglich zu drastischen Maßnahmen bereit, um sein schändliches Geheimnis zu wahren.

Emmanuel nahm sich den letzten Bericht vor, auf Afrikaans abgefasst von Captain Willem Pretorius persönlich.

Abschlussbericht zum Fall sexueller Übergriffe
28. Dezember 1951

Nach nochmaliger Befragung der betroffenen Frauen glaube ich aus folgenden Gründen nicht, dass eine Verhaftung des Täters wahrscheinlich ist:

1. Keine der Frauen ist imstande, den Täter zu identifizieren, da die Übergriffe stets nachts stattfinden und die Opfer von hinten gepackt werden.
2. Die Rassenzugehörigkeit des Täters ist bis heute ungewiss.
3. Der Akzent des Täters legt nahe, dass er Ausländer ist, der möglicherweise unbemerkt nach Südafrika einreist, um außerhalb seines gewohnten Umfelds Frauen zu überfallen. Die Nähe zu den Grenzen spricht für Swasiland oder Mosambik als wahrscheinlichste Herkunftsländer.
4. Da die Übergriffe mit großer Wahrscheinlichkeit von einem Ausländer oder einem im Grenzgebiet kampierenden Herumtreiber begangen werden, bleibt die Festnahme des Täters schwierig.
5. Der Fall wird neu aufgerollt, falls weitere Übergriffe stattfinden.
Gezeichnet
Captain Willem Pretorius

Schnelle Arbeit. Zwei Tage nach dem letzten Angriff hatte Pretorius den Fall abgeschlossen und die Akte zu Hause in seinem Privatzimmer verwahrt. *Falls weitere Übergriffe stattfinden ...* Der Captain hatte damit gerechnet, dass die Übergriffe aufhören würden, obwohl alles darauf hindeutete, dass der Täter in immer brutalere und zwanghaftere kriminelle Verhaltensmuster abglitt. Eine Woche, nachdem der Captain sich eingeschaltet hatte, war Schluss. Keine weiteren Vorkommnisse. Nichts als beschauliche ländliche Stille, wo eine Woche zuvor der Klang brechender Rippen zu hören war.

Emmanuel trommelte mit den Fingern auf dem Bericht. Ein Ausländer oder ein im Grenzgebiet kampierender Herumtreiber: Wer hätte gedacht, dass Pretorius über eine so lebhafte Phantasie verfügte? Einen Akzent vorzutäuschen überstieg folglich die Fähigkeiten eines in Südafrika geborenen Mannes. Da war etwas faul an diesem dürftigen Abschlussbericht. Hatte der Captain den Angreifer aufgespürt und ohne Verhaftung an die Leine genommen?

Hinten in der Akte lag eine Liste von Verdächtigen, die der Captain im Verlauf der Nachforschungen verhört hatte. Der Mechaniker Anton Samuel und Tinys Sohn Theo waren zweimal ergebnislos befragt worden. Am Ende der Liste stand ein gewisser Frederick de Sousa, Handelsreisender aus Mosambik, der mit einem Musterkoffer billiger Unterwäsche durch Jacob's Rest gekommen war. Er war zum Zeitpunkt zweier Übergriffe in der Stadt gewesen, sonst konnte ihm jedoch keine Verbindung nachgewiesen werden.

De Sousa war der Vorwand, den Emmanuel brauchte, um über die Grenze nach Mosambik zu fahren und das Fotoatelier von der Anzeige in Captain Pretorius' Kalender aufzusuchen. Er würde sich morgens der Security Branch stellen und dann so tun, als müsse er widerwillig nach Lorenzo Marques, um seinem Sittenstrolch-Fall nachzugehen.

Emmanuel schob die Akten von sich weg. Es gab keine Entschuldigung für eine so eklatante Missachtung der Regeln, wie sie in diesen schlampigen Akten dokumentiert war. Er glaubte an das Gesetz und seine Bedeutung für das Leben der Menschen. Er stand auf und ging zum Hintereingang von Poppies General Store.

»Mrs. Zweigman?« Er steckte den Kopf in den Arbeitsraum und bat so sanft wie möglich um Aufmerksamkeit. »Ob ich wohl mit Davida und Tottie sprechen könnte? Es geht um eine Ermittlung.«

»Ich bitte … zu …«, die zerbrechliche Frau stolperte durch die Worte, »… warten.«

Lilliana Zweigman verschwand nach vorn in den Laden und kam mit ihrem Mann zurück, dessen Hand auf ihrem Arm ruhte.

»Ich muss mit Davida und Tottie reden«, erklärte Emmanuel. Das Summen der Nähmaschinen erstarb, eine erwartungsvolle Stille entstand.

»Ich werde Sie begleiten. Davida, Tottie, kommen Sie bitte mit. Angie, könnten Sie wohl vorne an die Theke gehen?«

»Ja, Mr. Zweigman.« Angie, die Frau des alten Soldaten, schob ihren Stuhl zurück und nahm den Platz im Laden ein. Die Nähmaschinen erwachten wieder zum Leben, und die beiden verbliebenen Frauen nähten weiter Ärmel an halbfertige Kleider.

Emmanuel bat die Frauen hinüber an einen Tisch im Schatten des Zitronenbaums. Die scheue braune Maus ignorierte er vorerst. Er konnte es sich nicht leisten, sie und das, was sie über den Kalender wusste, bloßzustellen. Zweigman stand am Hinterfenster des Ladens und drückte sich die Nase an der Scheibe platt. Er legte eine beinahe väterliche Fürsorge für die bei seiner Gattin tätigen Frauen an den Tag. Oder steckte mehr dahinter? Captain Pretorius jedenfalls hatte das angenommen.

»Setzen Sie sich.« Emmanuel schob Tottie und Davida zwei leere Blätter und zwei Bleistifte über den Tisch. »Ich möchte, dass Sie mir einen Plan Ihrer Häuser zeichnen. Schreiben Sie dazu, welche Zimmer was sind. Zeichnen Sie Fenster und Türen ein. Markieren Sie den Raum, wo der Angreifer aufgetaucht ist.«

»Gern, Detective.« Tottie bedachte ihn mit einem Blick, bei dem einem erwachsenen Mann die Knöpfe vom Hosenschlitz springen konnten. Die farbige Schönheit scherte sich nicht darum, wie viele Motten in ihrem Feuer verbrannten.

Emmanuel warf einen Blick auf Davida und sah, dass sie sich mit voller Konzentration über ihr Blatt Papier beugte. Sie zeichnete den Grundriss eines Hauses mit einem kleinen Dienstbotenanbau im Hinterhof.

»Detective?« Tottie, verwirrt vom ungewohnten Mangel an männlicher Aufmerksamkeit, meldete sich zu Wort. »Wollen Sie es so haben?«

Emmanuel nahm ihr das Blatt ab und sah ihr bewusst tief in die Augen, dann schaute er sich den Plan an, der schlurig gezeichnet war, aber seinen Zweck erfüllte.

»Genau was ich brauche«, sagte er und lächelte.

Wortlos schob die scheue braune Maus ihren fertigen Plan über den Tisch. Sie blickte nicht auf. Emmanuel legte die Zeichnungen nebeneinander und studierte sie mit Hauptaugenmerk auf die Lage der Räume, wo der Triebtäter zugeschlagen hatte.

Er tippte mit dem Finger auf Totties Zeichnung. »Ihr Zimmer liegt hier im hinteren Teil des Hauses?«

»Früher ja.« Die Schönheit schob sich eine dunkle Haarsträhne über die Schulter, damit ihr Ausschnitt besser zur Geltung kam. »Nachdem es zum zweiten Mal passiert war, hat mich mein Daddy nach vorn verlegt.«

»Und Ihr Zimmer ist hier, getrennt vom Rest des Hauses?«, fragte er Davida.

»Ja. Es ist die alte Dienstbotenunterkunft.«

»Wohnen Sie bei Granny Mariah?«

Ihre grauen Augen blitzten überrascht auf. »Ja.«

Emmanuel hätte gern gefragt, warum sie nicht mit ihrer Großmutter im Haus wohnte, konzentrierte sich aber auf die Zeichnungen. Sowohl das Zimmer von Davida als auch das ehemalige von Tottie lagen nach hinten raus, mit Fenster zum Kaffernpfad. War das eine Gemeinsamkeit aller Tatorte?

»Kennt eine von Ihnen die Zimmerverteilung von Antons Haus?«, fragte er.

»Du kennst dich doch aus mit den Schlafzimmern bei Anton, oder, Davida?«, sagte Tottie und schnurrte fast vor Zufriedenheit, als Davida zwei Töne dunkler wurde.

Davida biss jedoch nicht an, zog nur ein Blatt Papier über den Tisch und fertigte eine rasche Zeichnung an.

»Marys Schlafzimmer geht nach hinten raus.« Sie schob ihm den Plan von Antons Haus hin. »Dellas Schlafzimmer ist auch im hinteren Teil.«

»Führt der Kaffernpfad an der Rückseite aller Häuser vorbei?«

»Mit dem Kaffernpfad kenne ich mich nicht aus«, sagte Tottie. »Mein Daddy lässt mich nur auf den richtigen Straßen gehen. Also da müssen Sie schon Davida fragen, Detective.«

Emmanuel musterte Tottie abwägend. Die kurvenreiche Schönheit war ein verzogenes Fräulein, das gern mal unter die Gürtellinie zielte. Sie hatte soeben ihre Arbeitskollegin praktisch als Kaffer verunglimpft, indem sie andeutete, dass anständige Mädchen, die einen fürsorglichen Daddy hatten, nie einen Fuß auf den Eingeborenenpfad setzen würden. Warum war die scheue braune Maus eine Zielscheibe für Tottie?

»Der Pfad führt bei allen vorbei«, sagte Davida, ohne den Blick von ihren Fingernägeln zu heben.

Die Verbindung zum Kaffernpfad war zu offensichtlich, um sie nicht zu bemerken. Wie hatte der Angreifer es geschafft, dem Captain aus dem Weg zu gehen, der fast täglich auf dem Pfad und den Straßen patrouillierte? Dann schoss ihm ein aberwitziger Gedanke durch den Kopf.

»Der Angreifer? War das ein großer Mann wie Captain Pretorius?«

»Ich weiß es nicht«, verkündete Tottie mit triumphierendem Lächeln. »Der Mann hat ja nie Hand an mich gelegt. Mein Daddy und meine Brüder haben schließlich auf mich aufgepasst.«

Honigtopf Tottie – ein Teelöffelchen reichte, um lange vorzuhalten. Emmanuel hatte für diese Woche mehr als genug davon. »Sie können wieder an die Arbeit gehen«, sagte er zu ihr. »Ich habe noch ein paar Fragen an Davida.«

»Sind Sie sicher, Detective?«

»Ich will Sie nicht mit hässlichen Einzelheiten über die Angriffe in Verlegenheit bringen. Solche Scheußlichkeiten sollte man Ihnen ersparen.«

»Natürlich.« Tottie sah enttäuscht aus, weil sie das Beste verpasste.

Er wartete, bis sie in die Werkstatt stolziert war, dann wandte er sich Davida zu.

»War der Angreifer so groß wie Captain Pretorius?«, fragte er noch einmal.

»Er war größer als ich, aber nicht so groß wie der Captain.«

»Wie können Sie da so sicher sein?« Die Verbindung zwischen dem Captain und dem Täter war zu deutlich, um sie einfach beiseitezuschieben. Willem Pretorius trieb sich Tag und Nacht ungestraft auf den Kaffernpfaden herum und besaß die Macht, die Ermittlung einfach abzuwürgen, wenn es ihm zu heiß wurde. Hatte er die ganze Zeit sich selbst geschützt?

»Kannten Sie den Captain gut genug, um sicher zu sein, dass er nicht der Mann war, der Sie gepackt hat?«

»Captain Pretorius war sehr groß und breitschultrig. Jeder in der Stadt wusste das.« Sie nahm die Hände vom Tisch und legte sie in den Schoß, wo er sie nicht sehen konnte. »Der Mann, der mich gepackt hat, war nicht so groß.«

»Glauben Sie, es war ein Weißer?«

»Es war dunkel. Ich habe ihn nicht gesehen. Er hatte einen fremden Akzent. Wie ein Weißer, der nicht aus Südafrika kommt.«

»Könnte er Portugiese sein?«

»Möglich, aber ich glaube nicht.«

Emmanuel stellte fest, dass der alte Jude immer noch seine Nase an die Fensterscheibe drückte. Zweigman ging es also nicht um Tottie. Er hatte ein Auge auf die scheue braune Maus.

»Und Sie sind wirklich nicht daran gewöhnt, von einem meiner Art angefasst zu werden?«, fragte Emmanuel rundheraus. Vielleicht wahrte die junge Frau mit den grauen Augen nicht nur seine Geheimnisse, sondern noch ein paar mehr.

Sie rutschte auf dem Stuhl herum, ohne den Blick zu heben. »Nur weil ich keinen Daddy habe, heißt das noch lange nicht, dass ich mich herumtreibe.«

»Was ist mit Anton? Haben Sie sich mit ihm herumgetrieben?« Er wollte wissen, ob er falsch lag mit der Einschätzung, dass sie eine stille, wachsame Frau war, die lieber für sich blieb.

»Ich habe mich ein paarmal mit Anton getroffen, aber es wurde nichts draus.«

»Haben Sie mir die ganze Wahrheit gesagt, Davida?«

»Warum sollte ich lügen?«

»Keine Ahnung.«

Er empfand ein höchst unpassendes Verlangen, ihr den Schal vom Kopf zu ziehen und das unförmige Kittelkleid aufzuknöpfen, um nach geheimen Stellen zu forschen. Plötzlich blickte sie auf, und er musste wegsehen.

»Sie können wieder an die Arbeit gehen.« Er tat, als sortierte er seine Berichte, und sah ihr nach, als sie im Hinterzimmer des Ladens verschwand. Verbarg Davida etwas, oder verspürte er nur wieder dieses verruchte Machtgefühl, das ihn schon bei der Hütte heimgesucht hatte?

* * *

Emmanuel verließ den Pfad und lief am Postamt vorbei, ehe er den Hintereingang der Polizeiwache ansteuerte. Er lehnte sich gegen einen Baum und wartete darauf, dass Shabalala auf seinem Fahrrad auftauchte. Es dämmerte, und der Kaffernpfad war voller Schwarzer, die zurück zur Location strömten, bevor die Nacht hereinbrach.

»Die haben nach Ihnen gesucht«, informierte ihn der Constable, nachdem sie sich begrüßt hatten.

»Suchen sie immer noch?«

»Es gab eine Menge Anrufe aus Graystown, und jetzt suchen sie nicht mehr nach Ihnen.«

»Worum ging es bei den Anrufen?«

»Um einen Mann. Einen Kommunisten«, sagte Shabalala. »Das ist alles, was ich mitbekommen habe.«

»Und wie haben Sie das mitbekommen?«, fragte Emmanuel. Wie konnte ein über eins neunzig großer schwarzer Mann lauschend durch die Ermittlung der Security Branch spazieren, ohne aufzufallen?

»Tee.« Shabalala verzog keine Miene. »Meine Mutter hat mir beigebracht, wie man guten Tee macht.«

»Ah.« Der unsichtbare schwarze Diener als Bestandteil weißer Lebensführung. Shabalala wusste das für sich zu nutzen.

Sie liefen an der Rückseite der an der van Riebeeck Street gelegenen Grundstücke vorbei und gelangten hinter das Haus des

Captains. Die Schuppentür stand offen, ein zufriedenes Summen drang auf den Kaffernpfad. Drinnen arbeitete Louis an dem Indian-Motorrad, das jetzt fast vollständig zusammengebaut war. Der Overall des Jungen war ölverschmiert, die ledernen Arbeitsstiefel fettig und verdreckt. War es der Inhalt eines Gesangbuches, der Louis so laut und glückselig summen ließ?

»Der da«, Emmanuel zeigte mit dem Daumen über die Schulter in Richtung Louis, als sie am Haus des Captains vorbei waren. »Wird der mal Prediger?«

»Die Madam hat allen erzählt, dass es so ist.«

»Sie sehen das nicht kommen?«

»Ich sehe nur, dass er anders ist.«

»Das sehe ich auch so.« Sie gingen weiter den schmalen Pfad entlang. Die frostige Mrs. Pretorius war sich bewusst, dass Louis nicht so war wie ihre anderen Söhne, aber sie wollte das gern als Zeichen seiner Größe deuten. »Mir geht da etwas durch den Kopf …« Emmanuel blieb noch einen Moment bei der Afrikaanerfamilie. »Wann hat Ihnen Captain Pretorius gesagt, dass der alte Jude ein Arzt ist?«

»In der ersten Jahreshälfte«, antwortete Shabalala. »Ich glaube, im April.«

»Vor dem Unfall vor seinem Laden.« Emmanuel sah den Zulu-Constable von der Seite an. »Woher hat er gewusst, dass Zweigman Arzt war?«

»Der Captain hat mir nicht gesagt, woher er das wusste. Er hat nur gesagt, der alte Jude könnte mich besser zusammenflicken als Dr. Kruger.«

Besser. Das war ein Werturteil. Willem Pretorius hatte gewusst, dass Zweigman mehr war als ein Feld-, Wald- und Wiesendoktor. Der clevere Captain hatte jeden in Jacob's Rest im Auge behalten, nur nicht den Mörder.

»Wo wohnt der alte Jude eigentlich?«, fragte Emmanuel.

»An derselben Straße wie die Kirche der Kapholländer. Ein kleines Ziegelhaus mit rotem Dach und einem Eukalyptusbaum am Tor.«

Schweigend liefen sie weiter, bis sie ans *Grace of God*-Krankenhaus kamen. Schwester Angelina und Schwester Bernadette kickten auf einem Stück Brachland mit einer Gruppe Waisen einen geflickten Fußball hin und her. Staub wirbelte im Dämmerlicht auf, als die winzige irische Nonne den Ball durch die gegnerische Abwehr dribbelte und aufs Tor zurannte. Dann ein Jubelschrei der barfüßigen Mannschaft, denn Schwester Angelina hatte sich zur Seite geworfen und den auf sie zusausenden Ball gefangen. Wenn Nonnen in Afrika etwas erreichen wollten, mussten sie auch gut gezielte Schüsse aufs Tor abgeben und halten können.

Emmanuel winkte grüßend, während er und Shabalala zum Viertel der Farbigen weitergingen. Vor einem Holztor stand ein Laster mit der Aufschrift *Khan's Emporium*. Zwei indische Männer luden unter Granny Mariahs wachsamem Blick Holzkisten voller Gläser mit Eingemachtem auf.

»Detective. Constable Shabalala.« Die stahläugige Matriarchin grüßte mit einem knappen Nicken. »Wie geht's mit der Ermittlung voran?«

»Wir überprüfen noch einiges«, sagte Emmanuel. Ein riesiges Gemüsebeet mit Reihen umgegrabener Erde zog sich über das ganze hintere Grundstück. Ganz rechts lag der Anbau mit nur einem Raum, wo früher die Dienstboten gewohnt hatten.

»Ist das Davidas Zimmer?« Er zeigte auf das weiß getünchte, von blühenden Kräutern gesäumte Häuschen, an dessen Außenwänden bis zum Fensterbrett leere Holzkisten gestapelt waren.

»Ja. Was hat das damit zu tun?«, fragte Granny.

Emmanuel trat ans offene Tor und blickte hinüber zu dem kleinen weißen Anbau. Vom Kaffernpfad aus hatte man freien Blick auf das mit Vorhängen geschützte Zimmer. Er untersuchte die Verriegelung des Gatters; zu beiden Seiten des Tores gab es eine Holzbohle, die in Krampen geschoben wurde und das Tor fest verschloss.

»War dieser Riegel schon immer da?«

»Ich habe ihn einbauen lassen, nachdem dieser Kerl Davida überfallen hat. Danach hatten wir keine Probleme mehr.«

Hatte der Angreifer von seinem triebhaften Tun abgelassen, als der Zutritt zu den Frauen schwieriger wurde? Tottie hatte man nach vorne verlegt, wo sie von ihrem Vater und ihren Brüdern umgeben war, und das Tor zu Davidas Grundstück war verriegelt.

»Wurden auch bei den anderen Frauen, die angegriffen wurden, die Sicherheitsvorkehrungen verstärkt?«

»Allerdings.« Granny Mariah unterbrach sich, um einen der Inder zu der letzten Kiste Essiggurken zu dirigieren. »Als es letzten August zum ersten Mal geschah, haben die Männer angefangen, abends auf dem Kaffernpfad Patrouille zu gehen, aber nach drei Wochen – nichts. Es sah so aus, als wäre der Mann einfach verschwunden, also haben sich alle wieder um ihre eigenen Angelegenheiten gekümmert. Dann kamen die Geschichten im Dezember, und wir haben alle Schlösser eingebaut.«

»Was hat denn der Captain zu diesen Patrouillen gesagt?«

Nach Einbruch der Dunkelheit gehörte der Kaffernpfad Willem Pretorius. Vielleicht wollte er keine Konkurrenz.

»Er fand das in Ordnung, solange die Männer sich auf das Viertel der Farbigen beschränkten. Sie durften nicht weiter als bis zum Krankenhaus und auf der anderen Seite bis zu Kloppers Schuhgeschäft.«

Trotz Davidas Aussage über die Größe des Angreifers wurde er das nagende Gefühl nicht los, dass Pretorius durchaus ins Bild des Täters passte. Der Afrikaaner kannte die Kaffernpfade wie seine Westentasche und konnte sie benutzen, ohne Verdacht zu erregen. Zudem kannte er die Frauen und wusste, wo sie wohnten. Die Patrouillen stellten für ihn kein Hindernis dar. Kein Trupp farbiger Männer hätte es gewagt, einen weißen Police Captain anzuhalten und zur Rede zu stellen.

Wenn Willem Pretorius mit den Übergriffen zu tun hatte, eröffnete dies in Bezug auf seinen Tod völlig neue Möglichkeiten. Welchen Rechtsweg konnte ein Farbiger schon beschreiten, wenn er herausfand, dass ein weißer Police Captain seine

Schwestern behelligte? Tiny und Theo waren sogar auf Emmanuel mit geladener Waffe losgegangen.

Er lehnte sich mit der Schulter an den Pfosten des offenen Tors. Hinter den Vorhängen von Davidas Zimmer flackerte Kerzenlicht. Ein Schatten glitt am Fenster vorbei. Zeichen eines kleinen heimlichen Lebens. Was genau tat die scheue braune Maus, wenn es dunkel wurde?

»Sehen Sie sich auch die Zimmer der anderen Mädchen an oder nur das von Davida?« Granny Mariahs Frage klang scharf.

»Ich frage mich, wie der Angreifer Captain Pretorius aus dem Weg gegangen ist. Der Captain war doch ständig hier draußen?«

»Hier? Wer sagt, dass er hier an meinem Haus war?«

»Ich meinte den Kaffernpfad. Auf dem ist der Captain doch mehrmals pro Woche hier vorbeigekommen, oder?«

»Manchmal kam er vorbei und manchmal nicht. Er hat keine Zeitpläne verteilt.«

»Nein, das wohl nicht.« Emmanuel lüpfte seinen Hut und zog mit Shabalala ab.

Sobald die letzten Bediensteten heimwärts geeilt waren, wurde der Pfad zum alleinigen Revier des Captains und einer Handvoll farbiger Männer, die einmal die Woche von ihrer Pokerrunde aufbrachen. Hatte der Captain seine Macht missbraucht und Frauen behelligt, bei denen er wusste, dass das Gesetz ihre Beschwerden nicht ernst nehmen würde? Was konnten Mischlinge anderes tun, um zu ihrem Recht zu kommen, als zur Waffe zu greifen und dem Täter selbst nachzustellen?

»*Hamba kahle*. Guten Weg, Shabalala«, sagte Emmanuel, und der große Polizist schwang ein Bein über sein Fahrrad und packte den Lenker. Es war nicht der richtige Zeitpunkt, um seinen Verdacht gegen den Captain zur Sprache zu bringen.

»*Sala kahle*. Bleiben Sie gut, Detective Sergeant.« Der schwarze Mann fuhr davon in die Dämmerung. Bald war er verschwunden, nur der rote Sonnenuntergang blieb.

Emmanuel ging weiter, vorbei an der Kirche der Farbigen und ihren Geschäften. Er passierte Hinterhofzäune, deren Tore für die

Nacht verschlossen und verriegelt waren, und den Abzweig zum Protea Guesthouse, wo sich sein Zimmer befand, nahm dann den Bogen, der sich außen um die Stadt zog und ihm gepflegte Hinterhöfe zeigte, die sich gegen das ungezähmte Veld stemmten.

Er ging zügig weiter, bis er an ein wackeliges Gatter gelangte. Dort zog er einen Brief aus der Tasche, den er am frühen Nachmittag bei Miss Byrd im Postamt abgeholt hatte. Adressiert an den Captain, aber eigentlich war er für Harry von einer seiner Töchter. Da sie jetzt als Weiße lebte, konnte sie nur auf diesem Wege mit ihrem Vater Kontakt halten, ohne ihren gesellschaftlichen Status zu gefährden.

Wie der Geist von Willem Pretorius trat Emmanuel an Harrys Hintertür, klopfte zweimal und schob den in Durban abgestempelten Brief unter der Tür zur schäbige Bude des alten Soldaten durch. Dann entfernte er sich rasch, genau wie es der brave Captain getan hatte, und lief auf dem Pfad weiter.

Dunkelheit umgab ihn. Hier und da blieb er stehen und hörte auf die Stimmen, die aus den Hinterzimmern drangen. Ein abendliches Tischgebet, ein Streit, der unruhige Aufschrei eines Kindes … Für die Menschen von Jacob's Rest ging ein weiterer Tag zur Neige.

Als er wieder zu Granny Mariahs Hinterhof kam, lehnte er sich an das nun verriegelte Tor und stellte sich Davidas kleines Zimmer vor, umgeben von Kräutern und Blumen. Eukalyptusblätter raschelten, der Wind seufzte.

Irgendwo rechts im Unterholz hörte er ein Geräusch wie von einer schleichenden Katze, dann war es wieder still. Emmanuel rührte sich nicht. In der Dunkelheit hörte er einen zweiten Schritt, diesmal näher. Etwas oder jemand bewegte sich langsam auf ihn zu. Er verlagerte sein Gewicht, und die Schlossfalle des Tors rastete mit einem lauten Klicken ein.

Ein scharfes Luftholen und ein Huschen im Dunkeln. Emmanuel trat blitzschnell vom Pfad und drehte sich um die eigene Achse, um festzustellen, aus welcher Richtung die Fluchtgeräusche kamen. Das Flüstern von Gras und Laubwerk war das einzige Geräusch weit und breit. Leise atmete er aus und ließ sich von der Nacht umfangen. Im Schatten der Dunkelheit spürte er ganz in der Nähe die Gegenwart eines Menschen. Irgendwer hockte da draußen im Veld und beobachtete ihn.

* * *

Um zwanzig nach neun am nächsten Morgen betrat Emmanuel die Polizeiwache, nach dem Verhör von Erich Pretorius auf alles gefasst. Doch statt der erwarteten lauernden Aufmerksamkeit fand er die Security Branch-Polizisten und Elitesoldat Paul um den Schreibtisch des Captains versammelt. Das Telefon klingelte, und Piet nahm eilends ab.

»*Jaa?*« Er klopfte eine Zigarette aus seinem Päckchen und schob sie sich in den Mundwinkel. Paul und Dickie beugten sich vor. Es lag eine Spannung in der Luft, die einen größeren Vorstoß ankündigte. Die Security Branch war in Einsatzbereitschaft.

»Unternehmt gar nichts.« Piet saugte das Nikotin aus seiner Zigarette. »Wir sind in drei Stunden da. Ihr wartet auf uns, verstanden!«

Er knallte den Hörer auf die Gabel und wirbelte herum zu Dickie.

»Geh ins Hotel und pack unsere Sachen. Wir reisen heute Abend ab.« Er wandte sich zu Paul um. »Sind Sie dabei?«

»Das lasse ich mir um nichts in der Welt entgehen.« Der bullige Soldat bebte vor Tatendrang, erwartungsvoll quollen seine Hals- und Rückenmuskeln hervor.

»Packen Sie nur für eine Nacht«, wies Piet ihn an. »Wir bringen das Paket morgen im Laufe des Tages hierher. Und schön unterm Radar bleiben.«

Emmanuel drückte sich von der Wand ab. Er wollte kurz Bericht erstatten und sich rasch wieder abmelden. Der Grenzübergang nach Mosambik lag nur Minuten entfernt.

»Kann ich irgendwie behilflich sein?«, fragte er die Geheimdiensttruppe.

Piet stieß eine Rauchwolke aus. »Wo sind Sie gewesen?«

»Ermittlungen in dem Sexualfall. Ich verfolge die Spur eines Verdächtigen, der in Lorenzo Marques lebt. Ein Handelsvertreter für Unterwäsche.«

Piets Augen wurden schmal, und Emmanuel fragte sich, ob er zu weit gegangen war, als er die Unterwäsche erwähnte. Der Mann von der Security Branch beäugte ihn einen Moment und versuchte zu erahnen, was hinter der Spur nach Mosambik stecken konnte.

Das Telefon klingelte. Piet nahm ab, bevor Dickie oder Paul die Chance dazu hatten. Pockennarben-Piet liebte es, das Kommando zu haben.

»Ihr unternehmt gar nichts!«, zischte er ins Telefon. »Bleibt dran und haltet die Augen offen, mehr nicht. Wir leiten die Operation, sobald wir da sind.«

Er knallte den Hörer auf die Gabel und wandte seine Aufmerksamkeit wieder Emmanuel zu. Sein Lächeln teilte das asymmetrische Gesicht wie ein grimmiger Graben.

»Ich hoffe für Sie, dass diese Fahrt nach Mosambik wirklich mit dem Sexualfall zu tun hat. So etwas wie gestern will ich nicht noch einmal erleben.«

»Das war ein Fehler.« Emmanuel lieferte Piet, was der hören wollte. »Ich habe meine Kompetenzen überschritten. Kommt nicht wieder vor.«

»Besser wär's.« Paul Pretorius kam auf ihn zu, Zeigefinger voraus wie ein Schwert. »Sie hatten Glück, dass wir Sie gestern nicht finden konnten, mein Freund.«

Emmanuel spürte einen Stich auf der Brust, als Paul fest mit dem Finger zustach. Die Tatsache, dass Emmanuel seiner Strafe entgehen sollte, machte Paul wütend.

»Los, gehen Sie Ihre Klamotten packen«, befahl Piet ruhig. »Sollte Cooper noch mal übers Ziel hinausschießen, werden wir uns sehr viel gründlicher um ihn kümmern. Klar?«

»Gut«, sagte Paul. Die Aussicht auf künftige Prügel reichte, um ihn zu besänftigen und zum Abgang zu bewegen.

Piet sammelte die Akten auf dem Schreibtisch ein und gab sie

Dickie. »Pack die ein und tank den Wagen auf. Wir treffen uns am Hotel.«

Emmanuel trat einen Schritt zurück, damit die Security Branch ungehindert abziehen konnte. Er würde ihnen eine Stunde Vorsprung geben, um die Stadt zu verlassen, und sich dann zur Grenze aufmachen. Der Name des Fotoateliers steckte in seiner Jackentasche.

An der Tür blieb Piet noch einmal stehen und warf ihm über die Schulter einen kalten Blick zu. Die Spur nach Mosambik gab ihm zu denken, und es passte ihm nicht, dass der englische Detective ohne Aufsicht die Staatsgrenze überquerte.

»Erinnern Sie sich, was ich Ihnen versprochen habe?«

»Dass Sie den englischen Rotz aus mir rausprügeln lassen«, zitierte Emmanuel. »Ja, ich erinnere mich.«

Das Team der Security Branch verschwand auf der Straße. Sie hatten einen dicken roten Fisch an der Angel, das war weit wichtiger, als dem Bullen eine Lektion zu erteilen, der einen Sittenstrolch jagen sollte.

Emmanuel ging nach hinten durch, wo Hansie und Shabalala im Hof saßen. »Wo ist Lieutenant Uys?« Er setzte sich zwischen den halbstarken Polizisten und den Zulu-Constable.

»Weg«, sagte Hansie. »Er darf mit den anderen mitfahren.«

Bei der Wagenladung Schlägertypen nicht dabei sein zu dürfen machte ihm sichtlich zu schaffen. Sogar Hansie begriff, dass es in seiner Karriere als Gesetzeshüter einen Tiefpunkt markierte, wenn man ihn mit dem Kaffer nach draußen schickte, während die anderen Weißen zur Sache kamen.

»Gehen Sie rein«, wies Emmanuel ihn an. »Sie können sich an den Schreibtisch des Captains setzen und das Telefon bemannen.«

Hansie lief los, bevor er den Satz beendet hatte. Offenbar hatte er noch nie auf dem Stuhl des Captains sitzen dürfen.

»Was haben die Ihnen befohlen?«, fragte Emmanuel Shabalala auf Zulu.

»Hierbleiben. Nach Hause gehen, wenn es dunkel wird, und morgen wiederkommen.«

»Ich muss für einen Tag nach Lorenzo Marques. Können Sie dafür sorgen, dass der Junge da drin bleibt, keine Dummheiten macht und seinen Job erledigt?«

»Ich werde mein Möglichstes tun«, sagte Shabalala.

»Detective Sergeant …«, rief Hansie schrill. »Detective Sergeant Cooper?« Er hüpfte an der Hintertür aufgeregt von einem Bein aufs andere. »Ein Kurier. Er hat einen Umschlag dabei.«

Emmanuel spürte, wie sich ihm der Magen zusammenzog. Sollte er wirklich so viel Glück haben? Er eilte ins vordere Büro, wo vor dem Schreibtisch des Captains ein mit Staub überzogener Kurier wartete. Hansie folgte ihm auf dem Fuß.

»Kann ich helfen?«, fragte Emmanuel.

»Sonderzustellung für Lieutenant Piet Lapping«, nuschelte der junge Mann in der braunen Motorradkluft gereizt.

»Sie sind vom Botendienst?«, fragte Emmanuel, der genau wusste, dass die Security Branch niemandem außerhalb der eigenen Organisation die Überbringung von Nachrichten anvertraute.

»Nein.« Der Mund des Kuriers wurde zu einem missmutigen Strich. »Security Branch.«

Emmanuel war klar, warum der Kerl so maulfaul reagierte. Der junge Kurier, frisch von der Polizeiakademie zur handverlesenen Elite der Security Branch geholt, war nicht begeistert, dass man ihn losgeschickt hatte, um einen Umschlag in irgendein Kaff zu bringen. Der Wert von Geheiminformationen war ihm noch nicht in Fleisch und Blut übergegangen.

»Detective Sergeant Emmanuel Cooper«, stellte Emmanuel sich vor. »Sie haben Lieutenant Lapping gerade verpasst, fürchte ich. Er ist zu einem Einsatz raus und wusste auch nicht, wann er wieder zurück sein würde.«

»Alle sind sie weg.« Hansie fuhr auf dem Drehstuhl des Captains Karussell. »Sogar Lieutenant Uys haben sie mitgenommen.«

»Ich bin gern bereit, Ihnen den Empfang des Umschlags zu bestätigen.« Emmanuel trat näher an den verdrossenen Kurier und sein Päckchen heran. »Ich sorge dafür, dass Lieutenant Lapping es erhält, sobald er zurückkehrt.«

»Es darf nur von Lieutenant Lapping persönlich in Empfang genommen werden. Gegen Unterschrift. So lautet mein Befehl.«

»Der Lieutenant muss den Empfang des Päckchens selbst quittieren?«

»So ist es.«

»Sie könnten es beim Postamt im Fach der Polizei deponieren«, schlug Emmanuel vor. Miss Byrd hatte ihm bei ihrem ersten Zusammentreffen diese Dienstleistung der Post genau erklärt.

»Dann kann nur Lieutenant Lapping es in Empfang nehmen, er muss sich ausweisen, damit sie ihm die Sendung aushändigen.«

»Ich weiß nicht ...« Der Kurier rieb an dem Staub herum, der sich auf sein glattrasiertes Kinn gelegt hatte, als er versehentlich in eine Farmzufahrt abgebogen war, woraufhin er die ganze Strecke bis zur Hauptstraße hatte zurückfahren müssen. In den Speichen des Motorrads hing immer noch frische Kuhscheiße.

»Möglicherweise ist Lieutenant Lapping wieder da, wenn man Sie morgen noch einmal mit dem Päckchen herschickt«, sagte Emmanuel. »Oder vielleicht auch erst übermorgen. Versprechen kann ich nichts.«

Der Kurier musterte die Kleinstadtwache wie ein Arzt ein von der Pest heimgesuchtes Haus. Er wollte nicht erneut vor Morgengrauen aufbrechen und über Stock und Stein brettern, nur um wieder und wieder unverrichteter Dinge abziehen zu müssen.

»Nur Lieutenant Lapping bekommt es ausgehändigt?«

»Unter Vorlage seines Ausweises«, betonte Emmanuel.

»Na schön.« Der Kurier tat, als dächte er gründlich über den Vorschlag nach, dabei schlüpfte er schon in seine Motorradhandschuhe für die Rückfahrt in die Großstadt. »Ist es weit bis zum Postamt?«

»Nur die Straße runter«, sagte Emmanuel. »Ich bringe Sie hin und sorge dafür, dass Miss Byrd den Umschlag im Postfach der Polizei verschließt.«

13

Es war Viertel nach zwölf, als Emmanuel den Packard am Strandboulevard von Lorenzo Marques parkte. Vor ihm schwappten die sanften Wellen der Delagoa-Bucht auf den Sand, darüber drehten Möwen ihre Kreise. Touristen aller Hautfarben schlenderten über die Promenade. Die Frauen trugen bunte Baumwollkleider, die Männer kurze Drillichhosen und Hemden mit offenem Kragen.

Tief atmete Emmanuel die frische Salzluft ein. Es fühlte sich gut an, hier in der Sonne zu stehen und zu wissen, dass Security Branch und Pretorius-Brüder in einem anderen Land waren. Er überquerte die breite Straße und schlenderte ans Wasser. Es war Flut. Fischer warfen ihre Netze aus, am Horizont segelten tief im Wasser liegende arabische *Dhows* vorbei. Südlich von ihm lag ein langer hölzerner Anlegesteg, an dem Boote vertäut waren.

Emmanuel ging darauf zu und sah ein paar rotgesichtige Angler, die ein Fangschiff mit Vorräten für eine Hochseeangeltour beluden. Auf diesem Steg würde er bestimmt einen bezahlten Führer finden, der ihn zu diesem Fotoatelier brachte.

»Heiße Samosas, Eiscreme …« Strandverkäufer priesen ihre Waren an. Ein teiggesichtiger Straßengaukler unterhielt eine Gruppe Touristen damit, dass er für einen Affen, der an eine ausgefranste Leine gebunden war, Erdnüsse in die Luft warf. Am Zugang zum Steg warben allerlei handgepinselte Schilder für Inselfahrten und Angeltouren. Ein Schild fiel besonders auf. Es warb für die Insel Saint Lucia. Dahinter war ein schnittiges hölzernes Segelboot vertäut, ein Paradebeispiel kostspieliger alter Handwerkskunst. *Saint Lucia Lady* stand am Heck des Seglers.

»Baas … Señor … Mister …« Eine Gruppe dunkelhäutiger Straßenjungs wartete auf eine Gelegenheit, Touristen etwas Kleingeld aus der Tasche zu locken. Ein spindeldürrer Junge rannte auf ihn zu.

»Krabben, Bier, Piri-Piri-Huhn? Was immer der Baas möchte – ich besorge es«, versprach der Kleine. Den letzten Satz begleitete er mit einem Zwinkern und einem anzüglichen Grinsen, das zwei fehlende Zähne offenbarte. Der Bengel war etwa sieben Jahre alt und kannte sich aus mit weißen Männern auf der Suche nach verbotenen Freuden.

Emmanuel zog den Namen des Fotoateliers aus der Jackentasche und las ihn laut vor. Mit ziemlicher Sicherheit konnte der weltgewandte kleine Führer mit den dünnen Beinchen weder lesen noch schreiben. Seine Schule war die Straße.

»Fotoatelier Carlos Fernandez – weißt du, wo das ist?«

Der Bengel warf sich in die Brust. »Ich kenne alles in Lorenzo Marques. Für nur fünfzig Cent bringe ich Sie hin, Baas.«

Emmanuel kramte 25 Cent hervor und gab sie ihm. »Die Hälfte jetzt, die andere, wenn wir beim Atelier sind, okay?«

»Kommen Sie!« Der Junge winkte ihn die Strandpromenade entlang, vorbei an etlichen Verkaufsbuden für Eis, gegrillten Mais und wertlosen Schmuck. In den Straßen pulsierte das Leben, und zum ersten Mal, seit er den im Fluss treibenden Captain Pretorius gefunden hatte, fühlte Emmanuel sich halbwegs entspannt.

Sie überquerten eine breite, von Flammenbäumen und Jacarandas gesäumte Allee und liefen dann an einem Straßenmarkt mit frischem Obst und Fisch vorbei. Ein Stück weiter bog sein kleiner Führer zuerst links ein und dann sofort wieder rechts. Sie standen vor einem unauffälligen Gebäude ohne Hausnummer oder Geschäftsschild. Die altmodische leichte Boxkamera, die vor einem verstaubten blauen Samtvorhang im Schaufenster lag, war der einzige Hinweis darauf, worum es sich handelte.

Emmanuel gab seinem Führer das ausstehende Geld und drückte die Tür zum Fotoatelier auf. Hinter der niedrigen Holztheke saß ein korpulenter Portugiese, der auf dem Kopf ein fettiges schwarzes Toupet und um den wulstigen Hals ein halbes Dutzend Goldkettchen zur Schau trug. Lächelnd öffnete er den Mund und zeigte seine Gold- und Silberplomben.

»Was kann ich für Sie tun?« Der schmierige dicke Mann hörte sich an, als sei seine Luftröhre voller Kieselsteine.

»Ich bin hier, um die Lieferung für Willem Pretorius abzuholen«, sagte Emmanuel. »Er ist verhindert und kann diesen Monat nicht selbst kommen.«

Der Portugiese strich sich über die schwabbeligen Falten am Hals und tat, als dächte er nach. »Pretorius? Der Name sagt mir nichts.«

»Das hier ist doch das Fotoatelier Fernandez, oder?« Emmanuel blieb ruhig und ließ sich nicht abwimmeln.

»Natürlich. Aber trotzdem kenne ich den Mann nicht, für den Sie etwas abholen wollen.«

»Er ist groß, hat eine verbogene Nase und kurzes blondes Haar.«

Jetzt spielte Fernandez mit den Goldkettchen an seinem Hals. Sein grünes Seidenhemd war so weit aufgeknöpft, dass es seine üppigen Männerbrüste entblößte. »Nein.« Er schüttelte den Kopf. »An so einen Mann kann ich mich nicht erinnern.«

»Vielleicht kann sich sonst jemand, der hier arbeitet, an ihn erinnern. Ich werde meines Lebens nicht mehr froh, wenn ich ohne seine Bilder zurückkomme, und das hier ist die Adresse, die er mir gegeben hat.«

»Ahmed«, quäkte der portugiesische Ochsenfrosch laut. »Ahmed!«

Ein drahtiger dunkelhaariger Mann mit nervösen Seehundbaby-Knopfaugen schoss aus dem Hinterzimmer und nahm hinter Mr. Fernandez' Schultern Deckung. Er sah aus wie eine Mischung aus Araber und Schwarzafrikaner, trug einen weißen Laborkittel und roch nach Chemikalien und Schweiß. Auf seinem Hinterkopf saß ein mit vier überdimensionalen Haarklammern fixiertes Häkelkäppchen.

»Ahmed, dieser Herr fragt nach einer Bestellung für einen ...« Fernandez legte eine Kunstpause ein und sah Emmanuel hilfesuchend an.

»Willem Pretorius. Ein großer Mann mit gebrochener Nase«,

wiederholte Emmanuel die Beschreibung für Ahmed, dessen Blick rastlos durch den Raum irrte, ohne einen bestimmten Punkt zu fixieren.

»Mr. Fernandez?« Ahmed tippte seinem Chef mit gelbfleckigen Fingern auf die Schulter und wartete ergeben darauf, dass man ihm Aufmerksamkeit schenkte.

Fernandez schwenkte seinen massigen Körper gegen den Uhrzeigersinn herum und starrte seinen Mitarbeiter an. »Beantworte die Frage des Herrn, damit er weiß, dass er sich am falschen Ort befindet.«

»Die Samosas. Rosa hat die Samosas gebracht und Kaffee. Beides noch warm.«

Animiert durch die Aussicht auf Frittiertes und Kaffee hievte der Mann sein Gewicht aus dem Stuhl und kämpfte sich auf die Beine. »Es tut mir leid, dass wir Ihnen nicht helfen konnten, die Bestellung Ihres Freundes zu finden, aber jetzt schließen wir das Geschäft anlässlich meines Namenstages. Ahmed, bring den Herrn zur Tür und schließ hinter ihm ab.«

»Selbstverständlich, Mr. Fernandez.« Der Laborassistent huschte zur Eingangstür und riss sie mit überschwänglicher Geste auf. »Hier entlang bitte.«

Emmanuel überlegte, was er tun konnte. Das Einzige, was ihm blieb, war zu gehen und wiederzukommen, wenn der feiste Mr. Fernandez gesättigt und ausgeruht war. Als er über die Schwelle trat, schob sich Ahmed dicht an ihn heran.

»Sie sollten schwimmen gehen und ein Eis essen«, raunte der Assistent mit lautem Bühnenflüstern. »Um fünf Uhr sollten Sie zum Café Lissabon kommen. Ich werde dann auch da sein.«

»Um fünf im Café Lissabon?«

»Ja. Falls ich mich verspäte, möchten Sie vielleicht das Fisch-Curry bestellen. Es ist sehr gut.«

Die Tür schloss sich hinter ihm, und Emmanuel sah, dass sein kleiner Führer weiter oben an der Straße auf ihn wartete. Der Bengel kam angelaufen.

»Ich muss eine Badehose kaufen«, sagte Emmanuel. »Kennst du ein Geschäft?«

»Natürlich«, antwortete der Junge. »Aber zuerst bringe ich Sie in eine Wechselstube. Ich hole den besten Kurs für Sie raus, Baas. Dann besorgen wir die Badehose. Im Geschäft verschaffe ich Ihnen den günstigsten Preis.«

»In Ordnung«, sagte Emmanuel. »Kannst du mich dann auch Punkt fünf Uhr ins Café Lissabon bringen?«

»Ja, das kann ich für den Baas tun. Wenn Sie dort sind, sollten Sie unbedingt das Fisch-Curry essen. Es ist das beste in ganz Lorenzo Marques.«

* * *

Der Assistent aus dem Fotoatelier schlüpfte ins Café und warf einen raschen prüfenden Blick auf die Anwesenden. Mit den Händen umklammerte er eine schmale Ledertasche. Emmanuel hob grüßend die Hand, und Ahmed kam an seinen Tisch.

»Der neugierige weiße Herr.« Der Assistent setzte sich zu ihm und rückte seinen Stuhl so, dass er die Tür im Blick hatte. »Ich, Ahmed Said, habe beschlossen, dass ich mit Ihnen sprechen muss.«

»Worüber?«

»Über die Fotos natürlich.« Der Assistent zog ein Taschentuch heraus und wischte sich über die Stirn. Er schwitzte in Strömen. »Aber zuerst, glaube ich, müssen Sie mir etwas zu trinken spendieren. Einen doppelten Whiskey bitte.«

Emmanuel warf einen Blick auf das gehäkelte Käppi, das Ahmeds glänzenden Kopf bedeckte. »Ich dachte, Alkohol ist gegen Ihre Religion.«

»Ist er auch«, antwortete der Assistent ohne Groll. »Aber ich bin ein sehr schlechter Muslim. Deshalb bin ich ja auch gekommen, um mit Ihnen über die Fotos dieses Polizisten zu sprechen. Sobald meine Kehle nicht mehr ganz so trocken ist, erzähle ich Ihnen alles, was ich weiß.«

»Einen doppelten Whiskey und einen starken Kaffee«, bestellte

Emmanuel bei einem vorbeieilenden Kellner, dann wandte er sich wieder seinem Informanten zu. »Woher wissen Sie, dass der Mann, nach dem ich gefragt habe, Polizist ist?«

»Ich bitte Sie. Was sollte er denn sonst sein? Sogar seine Khaki-Shorts waren auf Falte gebügelt, genau wie eine Uniform.«

»Beobachten Sie alle Kunden so genau, die ins Atelier kommen?«

»Nur die, die namentlich nach mir fragen. Das sind die, die bereit sind, Mr. Fernandez für meine besonderen Dienste einen Aufschlag zu zahlen.«

Emmanuel gab dem Kellner sein Geld und wartete, bis er zu einem anderen Tisch gegangen war.

»Das Entwickeln von pornografischen Fotos?«

»Künstlerischen Fotos«, verbesserte ihn Ahmed lächelnd. »Der Kunde muss namentlich nach Ahmed fragen, um künstlerische Fotos entwickelt zu bekommen, sonst rühren wir den Film nicht an.«

»Der Polizist wusste, nach wem er fragen musste?«

»Natürlich.« Ahmed nippte altjüngferlich an seinem Whiskey. »Anfangs dachte ich, er will uns vielleicht nachspionieren und Beweise sammeln, um den Laden dichtzumachen. Also habe ich gesagt, dass ich keine künstlerischen Fotos mehr annehme.«

»Und dann?«

»Das war ein ganz Kaltschnäuziger. Die meisten Männer schwitzen so wie ich jetzt, weil sie Angst haben, dass man sie auf frischer Tat ertappen könnte. Der Mann aber nicht. Er sah mir nur direkt in die Augen und sagte: ›Keine Sorge, die sind für meinen persönlichen Gebrauch.‹«

Emmanuel nahm einen Schluck von dem pechschwarzen Kaffee. »Und waren es denn Fotos, die nach ›persönlichem Gebrauch‹ aussahen?«

»O ja.« Die Augen des Assistenten fingen an zu leuchten. »Und sogar sehr gute. Nicht wie sonst meistens, wo die Frauen Penisse schlecken wie Lutscher oder von hinten genommen werden wie eine Kuh. Seine Bilder waren sehr ... ungewöhnlich.«

»Zwei Mädchen?«, riet Emmanuel ins Blaue hinein.

»Nein.« Ahmed sah auf die Uhr und kippte dann sein Glas in einem Zug hinunter. »So was bekomme ich jeden Tag zu sehen. Diese Fotos sind nicht so wie die anderen, aber ich habe mir fest vorgenommen, Ihnen nicht zu viel zu verraten. Sie müssen sie sich selbst anschauen.«

»Sie haben Abzüge?« Emmanuel setzte sich auf und wurde hellhörig. Das war mehr, als er zu hoffen gewagt hatte. Der Mistkerl, der ihm auf den Schädel geschlagen hatte, würde nicht der Einzige bleiben, der die Beweise in die Finger bekam.

»Deshalb bin ich ja hier«, seufzte Ahmed. »Ich bin ein schlechter Muslim, der eine gute Muslimin heiraten will. So schwer es mir auch fällt – ich muss mich von dem Schmutz befreien, den ich über die Jahre angesammelt habe.«

»Sie haben die Fotos dabei?«

Ahmed stand abrupt auf. »Nein. Sie sind in einem Safe im Atelier. Sie müssen in zehn Minuten dort einbrechen und sie stehlen.«

»Was?«

»Mr. Fernandez ist ein Geizkragen«, erklärte Ahmed. »Der Nachtwächter tritt erst eine Stunde, nachdem das Atelier geschlossen hat, seinen Dienst an. Somit bleibt Ihnen eine Stunde, um die Fotos zu stehlen und Lorenzo Marques zu verlassen, bevor die Polizei alarmiert wird.«

Emmanuel traute seinen Ohren nicht. »Ich muss die Fotos stehlen? Ich dachte, sie gehören Ihnen.«

»So ist es.« Ahmed sah wieder auf seine Uhr. »Wir müssen los. Ich erkläre es Ihnen unterwegs.«

Der Lärmpegel im Café stieg an, als eine Gruppe sonnenverbrannter Touristen auf ein frühes Abendessen mit billigem Wein und Garnelen hereinkam. Emmanuel warf dem Assistenten einen nervösen Blick zu. Einbruch war hier ebenso ein Verbrechen wie in Südafrika und Ahmed nicht gerade der ideale Komplize. Schon jetzt, wo sie noch nicht einmal losgelegt hatten, troffen sein Hemd und seine Jacke vor Schweiß.

»Wie kommen Sie darauf, dass ich bereit bin, mir die Fotos auf gesetzwidrigem Wege zu beschaffen?«

»Sie sind den ganzen Weg nach Mosambik gekommen. Irgendwie habe ich das Gefühl, dass Sie nicht gern mit leeren Händen zurückfahren. Und jetzt los, bitte, wir müssen uns beeilen. Unterwegs erkläre ich alles – versprochen.«

»Sie haben nur die Strecke von hier bis zum Atelier, um mich zu überzeugen«, sagte Emmanuel und folgte Ahmed hinaus in die Dämmerung.

Draußen war die Luft erfüllt vom Geruch nach Holzfeuer und Meer. Rosa- und braunhäutige Strandschwärmer strömten die Bürgersteige entlang auf der Jagd nach scharfem Essen und billigem Schmuck. In diesem Gewühl packte Ahmed Emmanuel am Arm und zog ihn mitten auf die stark befahrene Straße.

»So geht es schneller«, schrie er, um das Hupen zu übertönen, das ihren Slalom zwischen Stoßstangen und stinkenden Auspuffrohren hindurch begleitete. Er schien die quietschenden Reifen und wütend auf Portugiesisch brüllenden Fahrer gar nicht zu bemerken. Erneut zweifelte Emmanuel an der Weisheit des Vorhabens, sich mit einem notorischen muslimischen Pornografen einzulassen.

»Erzählen Sie mir mehr über die Fotos«, verlangte er, als sie drüben vom heißen Asphalt auf den Bürgersteig traten. »Ist der Polizist jeden Monat gekommen, um sie abzuholen?«

Sie bogen in eine Gasse ein, in der zu beiden Seiten afrikanische Frauen Tierschnitzereien und Muschelschmuck feilboten. Ein dürres schwarzes Mädchen hielt ihnen ein dickes hölzernes Nilpferd hin. Ahmed scheuchte sie weg, und sie eilten im Stechschritt weiter zum Fotoatelier.

»Er ist nur zweimal gekommen, im Januar und dann nochmals im März. Jedes Mal hatte er einen Film dabei.«

»Sind Sie sicher?«

Ahmed blieb stehen, um zu verschnaufen und die Schweißbäche auf seinem Gesicht und Nacken abzuwischen. »Ich sagte es Ihnen schon. Meine besonderen Kunden vergesse ich nie. Er war nur zwei Mal da.«

»Ist es auf beiden Filmrollen dieselbe Frau?« Wenn nicht die du-Toit-Mädchen posiert hatten, wer dann?

»Wer sagt, dass es eine Frau war?« Ahmed kicherte bösartig und zwängte sich in ein enges Gässchen zwischen zwei Turista-Hotels mit bunt bemalten Fensterläden und luftigen Vorhängen. Emmanuel blieb schockstarr davor stehen.

»Die Fotos sind von einem Mann?«, fragte er ungeschminkt. Vielleicht war Louis mit seinen blonden Haaren und dem mädchenhaften Mund ja der eigentliche Nachfolger seines Vaters. Wie konnte man in Jacob's Rest ein solches Geheimnis bewahren? Fast unmöglich, aber der Captain hatte bereits unter Beweis gestellt, dass er Teile seines Lebens vor dem Blick der Öffentlichkeit zu schützen wusste.

Grinsend winkte Ahmed ihn weiter. »Wer sagt, dass es ein Mann war?«

»Was soll das heißen? Eins von beiden muss es doch gewesen sein.«

»Muss es?« Der Assistent lachte, er hatte sichtlich Spaß an dem Spielchen. »Sie können sich gar nicht vorstellen, was ich bei meiner Arbeit so alles zu sehen bekomme. Genau aus diesem Grund würde ich mir nie ein Haustier anschaffen.«

Emmanuel schmunzelte. Wider bessere Einsicht mochte er den verrückten Ahmed. »Nicht mal ein Huhn?«, fragte er, während sie weitergingen. »Es muss doch noch etwas geben, was tabu ist – sogar in Ihrer Branche.«

»Hmm …« Ahmed dachte ernsthaft über die Frage nach. »Sie haben recht. Eier habe ich schon an Orten gesehen, wo sie nicht hingehören, aber ein Huhn noch nie. Dank Ihnen werden meine neue Frau und ich also Hühner halten. Hühner und vielleicht ein paar Grashüpfer. Ja, genau so machen wir es.«

Jetzt lachte Emmanuel laut heraus. Was immer Ahmed fehlte – die gesamte Psycho-Abteilung der Armee hätte nicht genug Ärzte, um es zu kurieren.« »Wer ist die Frau, die Sie heiraten wollen?«, fragte er.

»Sie ist arm«, war die schnelle Antwort. »Meine Mutter hat sie auf dem Land gefunden.«

»Und sie hat keine Ahnung, was Sie treiben.«

»Nein«, sagte Ahmed, als sie einen schmalen Durchgang querten und am Hintereingang des Fotoateliers landeten. »Deshalb muss ich alles versuchen, um mich von meinem kleinen Problem zu befreien.«

Emmanuel blickte an den hohen Mauern hinauf, die mit heimtückischen Stacheldrahtrollen und Glasscherben gekrönt waren. Das Hintertor war mit einem Vorhängeschloss gesichert.

Ahmeds Verrücktheit war auf einmal nicht mehr so lustig. »Warum sind die Fotos im Safe, wenn sie Ihnen gehören?«, fragte Emmanuel. Noch war Zeit, einfach wegzugehen und den nervösen Assistenten seinen Mist selbst erledigen zu lassen. Ahmed zog einen Schlüssel aus der Tasche und steckte ihn in das Vorhängeschloss.

»Sie sind zu meinem Schutz dort. Nachdem ich ein, zwei Jahre hier gearbeitet hatte, verbrachte ich nach und nach immer mehr Zeit mit meinen Freunden.«

»Mit wem?«

»Den Leuten auf den Fotos. Sie können sich gar nicht vorstellen, wie viele Stunden ich mich ganz allein mit ihnen vergnügt habe. Einmal bin ich das ganze Wochenende nicht aus meinem Zimmer gekommen. Jeden Montag war ich erschöpft, weil ich meinem Körper die Lebenssäfte entzogen hatte. Eimerweise ...«

»Schon klar ...«, unterbrach Emmanuel die nostalgische Reminiszenz. »Sie hatten Schwielen in den Handflächen. Und dann?«

»Nein.« Der Assistent öffnete das Vorhängeschloss und streckte seine schwitzigen Hände zur Begutachtung aus. »Meine Handflächen blieben normal, nur meine Mutter fing an, sich Sorgen zu machen. Sie sprach mit Mr. Fernandez, der kam zu mir nach Hause und nahm mir meine Freunde weg. Er hat sie in den Safe gelegt. Ich darf sie zweimal die Woche für eine Stunde sehen.«

Das Hintertor öffnete sich quietschend einen Spaltbreit. Geh weg, sagte sich Emmanuel, das ist das einzig Sinnvolle. Bestimmt ließen sich in Jacob's Rest noch genug Beweise finden.

Er blieb, wo er war. »Erzählen Sie weiter«, sagte er. »Wo liegt nun das Problem?«

Ahmed machte ein betretenes Gesicht. »Ich habe angefangen, heimlich an den Safe zu gehen, wenn Mr. Fernandez nicht da war. Und ich habe Angst, dass keine Lebenssäfte mehr für meine Frau bleiben, wenn ich mich weiter mit meinen Freunden treffe.«

»Was passiert, wenn Sie die Fotos kriegen? Schließen Sie sich dann mit Ihren Freunden ein, bis der Kelch zur Neige geht?«

»Nein. Ich werde die Fotos zerstören. Sie und ich werden sie gemeinsam verbrennen.«

»Verbrennen?« Emmanuel trat zurück. »Wie kommen Sie darauf, dass ich da mitmache?«

Blitzartig schaltete Ahmed um von übergeschnappt zum gerissenen Fuchs. »Sie sind allein nach Mosambik gekommen und haben die hiesige Polizei nicht um Hilfe ersucht, obwohl Sie ein Mann des Gesetzes sind. Genau wie meine Spezialkunden können also auch Sie das, was Sie begehren, nicht auf legalem Weg erhalten.«

»Ich suche Spuren und Beweise. Das ist etwas anderes als bei Ihren Spezialkunden.«

»Trotzdem bin ich der Einzige, der Ihnen beschaffen kann, was Sie brauchen.«

Das Wort »beschaffen« ließ ihn nach einem Perversen klingen, der im Dunkeln auf den Straßen lauerte. Was gar nicht so weit hergeholt war. »Woher weiß ich, dass die Fotos mit dem Polizisten zu tun haben?«

Ahmed legte die Hand aufs Herz. »Beweise kann ich nicht bieten. Nur mein Wort.«

»In der Welt der Lustmolche mag Ihr Wort Gold wert sein, Ahmed, aber ich brauche schon ein bisschen mehr.«

Der Pornograf schüttelte den Kopf. »Die Fotos zu beschreiben schmälert das Erlebnis, sie zum ersten Mal, jungfräulich, zu sehen. Das mute ich weder mir noch Ihnen zu. Tut mir leid.«

Emmanuel klopfte dem Mann auf die verschwitzte Schulter. »Dann viel Glück beim Einbruch. Ich gönne mir einen Drink und mache mich dann wieder auf zur Grenze.«

Er wandte sich zum Gehen. Der Assistent wieselte hinter ihm her und hielt die leere Tasche hoch wie ein Stoppschild. »Nichts über die Bilder selbst. Keine Lieblingsmotive. Keine Reihenfolge. Schauplatz – also gut, ich nenne Ihnen den Schauplatz.«

»Also los.«

»Eine Polizeiwache mit zwei Zellen, sie liegen nebeneinander. Ein Schreibtisch mit Stuhl bei der Hintertür. Über dem Schreibtisch ein Schlüsselbrett, ein *Shambok* und ein *Knobkierie*. Mehr sage ich über die Fotos nicht. Drängen Sie mich nicht weiter!«

Es war zweifelsfrei eine Beschreibung der Polizeiwache von Jacob's Rest. »Wie lautet die Safekombination?«, fragte Emmanuel.

Ahmed holte einen Zettel aus der Tasche und hielt ihn zwischen Daumen und Zeigefinger. »Das hier gebe ich Ihnen nur, weil wir lautere Absichten haben.«

»Sie sind schon zu lange in diesem Geschäft, Ahmed. Wir brechen hier ein, um Pornobilder zu stehlen. Kein Richter würde unsere Absichten als lauter bezeichnen.«

»Es wird keinen Richter geben. Gehen Sie bitte direkt zur Hintertür. Hier ist der Schlüssel. Das Büro ist die erste Tür links. Der Safe ist unten in einem langen Schrank hinter dem Schreibtisch versteckt. Hier, in diese Tasche können Sie die Umschläge stecken und den Safe offen lassen, damit es wie ein Raub aussieht. Wenn Sie fertig sind, kommen Sie wieder zu mir raus.«

»So leicht?« Emmanuel steckte den Schlüssel und die Safekombination ein. Es wirkte zu glatt und zu einfach, aber die Beschreibung der Polizeiwache stachelte ihn an. Nur zwanzig Schritte entfernt befand sich der Umschlag mit den Schmuddelbildern des Captains: prallvoll mit verwendbarem Beweismaterial. Er war nicht besser als Ahmeds spezielle Kunden. Auch er war bereit, für verbotene Früchte Gefängnis zu riskieren.

»Glückauf«, flüsterte Ahmed, und Emmanuel schlüpfte auf den Hinterhof. Direkt an der Rückwand des Ateliers standen zwei Mülltonnen.

Zwölf Schritte bis zur Hintertür. Er schob den Schlüssel ins Schloss und betrat das Gebäude. Links war die Tür, die Ahmed ihm beschrieben hatte. Durch ein Fenster fiel schummriges Licht herein. Draußen dunkelte es.

Rasch betrat er das Büro. Seine Brust fühlte sich an wie eingeschnürt, als er sich neben den Safe kniete und die Kombination einstellte, die Ahmed ihm gegeben hatte. Er spürte ein Klicken unter den Fingern, die Tür ging auf, und er griff hinein. Der dicke Packen Umschläge, sorgsam in braunes Packpapier gewickelt, schien ihm schwer wie Gold.

Er stopfte ihn in die Tasche und lief zurück zur Hintertür. Zeit zu verschwinden. Noch ein kurzer Spurt, und das Beweismaterial gehörte ihm. Genauso glatt und einfach, wie Ahmed versprochen hatte. Er trat hinaus.

Ein grellweißer Lichtstrahl traf ihn voll ins Gesicht.

Er bekam eine Faust an den Kopf, fiel zu Boden und blinzelte benommen nach oben. Der Nachtwächter, ein geschmeidiger schwarzer Mann, ging ohne Verzug auf ihn los. Schmerz schoss durch seinen Brustkorb, dann seinen Kiefer, als der Wächter mit schweren Stiefeln das Prinzip Zuwendung-muss-wehtun vertrat.

Emmanuel rollte sich zur Seite, und der nächste Tritt ging daneben. Er spürte das Gewicht der Umschläge, als er sich hochkämpfte und seine Chancen abwog. Nicht gut. Der Wächter blockierte den Ausgang und er kam nicht weg.

Emmanuel wartete auf das nächste Manöver des Wächters. Der Mann starrte ihn an, die Nasenflügel gebläht, als witterte er die verwundete Beute. Emmanuel täuschte einen Schritt nach links an, und der Nachtwächter warf sich auf ihn. Er bückte sich, hebelte dem Mann die Beine weg und hörte ein dumpfes Klatschen, als er auf den harten Zement aufschlug.

Stöhnend kam der Wächter hoch auf die Knie. Emmanuel rannte los zum Tor. Er war nicht zu stolz, vor einem Gegner zu fliehen, der ihm gerade um Haaresbreite die Scheiße aus dem Leib geprügelt hatte.

Er kam ans Tor. Es war verschlossen. Er schlug mit der Faust gegen das Blech.

»Aufmachen!«

»Sie müssen über die Mauer klettern«, erklärte ihm Ahmed gelassen von der anderen Seite. »Hier kann ich Sie nicht rauslassen.«

»Machen Sie die verdammte Tür auf!«

»Sie müssen über die Mauer. Über die Mauer.«

Die Mauer war zu hoch, um mit einem Sprung hinaufzukommen, und die Oberfläche zu glatt, um Halt zu finden. Er blickte sich um und sah den Nachtwächter mit erhobenem Schlagstock auf sich zustürmen. Das Gewicht der Umschläge zog an seiner Schulter, und ein Plan nahm Gestalt an. Erstens den Wächter windelweich prügeln, zweitens eine Mülltonne heranziehen und hinausklettern, drittens Ahmed windelweich prügeln. Nicht so ausgefeilt wie die D-Day-Invasion, aber es würde reichen.

Emmanuel ließ den Wächter nah genug herankommen, um sich siegreich zu wähnen, dann wich er nach rechts aus. Der Schlagstock sauste herab und streifte seine Schulter, aber er lief weiter. In zwei Sekunden war er an der Mülltonne. Er hob den halbgefüllten Behälter an, drehte sich um und schon war der Schlagstock wieder da. Diesmal traf er ihn am Arm und schickte die Mülltonne dröhnend zu Boden.

Emmanuel packte den Deckel der Tonne und hielt ihn über sich wie einen Schild. Wild sauste der Schlagstock darauf nieder, jeder Treffer erfüllte die Nacht mit metallischem Scheppern. Eine streunende Katze jaulte in der Gasse, als Emmanuel die Tonne zur Mauer rollte. Mit der freien Hand stellte er sie auf und befasste sich dann mit dem Nachtwächter, der mit grimmiger Inbrunst auf den Deckel einprügelte.

Er duckte sich tief, langte unter dem schützenden Deckel

hervor nach den Fußgelenken des Wächters und zog. Wieder schlug der Mann hin. Der Schlagstock rollte weg, und Emmanuel warf ihn über die Mauer. Eine Sorge weniger. Er knallte den Deckel fest auf die Tonne, schlüpfte aus dem Jackett und warf es über den Stacheldraht auf der Mauerbrüstung. Er setzte einen Fuß auf den Deckel, und der Wächter rammte ihm die Faust zwischen die Schulterblätter.

Emmanuel wirbelte herum, duckte sich unter dem nächsten Schlag weg und landete einen satten Kinnhaken. Der Mann taumelte. Emmanuel schlug noch einmal mit der Rechten zu und schickte eine Linke hinterher. Der Wächter ging endgültig zu Boden. Schnell stieg Emmanuel auf die Mülltonne und stemmte sich auf die Mauer. Prompt drang ihm eine Glasscherbe in die Wade. Er landete drüben in der Gasse, zerschrammt und blutend, wo Ahmed wartete. Er hob den Schlagstock auf.

Ahmed rannte weg.

* * *

Emmanuel erwischte den schwitzenden Assistenten und stieß ihn heftig gegen die Mauer eines leerstehenden Geschäfts.

»Sie sind wütend. Das verstehe ich.«

Emmanuel stieß Ahmed erneut.

»Ich bin leicht ungehalten«, sagte er. »Wütend bin ich, wenn ich Ihnen mit diesem Schlagstock beide Kniescheiben zertrümmere.«

»Es ist natürlich wegen des Nachtwächters. Ich war zuversichtlich, dass Sie ihn schnell abfertigen.«

»Ach ja?« Emmanuel drückte Ahmed beide Daumen in das weiche Schultergewebe.

»Bitte.« Ahmed wand sich vor Schmerz. »Sie müssen mir zuhören. Wenn wir unseren Plan zu Ende bringen wollen, müssen wir uns beeilen.«

»Es ist Ihr Plan, Ahmed. Mein Plan war, die Fotos zu holen und damit durchs Hintertor zu gehen.«

»Die Fotos. Sie gehören jetzt Ihnen.« Der Assistent war so

kopflos, dass er regelrecht enthusiastisch klang. »Sie können Sie mit über die Grenze nehmen, wenn Sie mir gestatten, Sie zu führen.«

Emmanuel verringerte den Druck seiner Daumen an Ahmeds Schultern.

»Noch so eine Nummer wie die eben, und Sie bekommen diesen Schlagstock zu spüren. Versprochen.«

»Folgen Sie mir, dann beenden wir unsere Mission«, sagte Ahmed und schlüpfte mit der Sicherheit einer Gassenratte in die Dunkelheit. Sie passierten einen staubigen Durchgang und bogen auf eine breite Allee ein, die von weißen Stuckgebäuden im portugiesischen Kolonialstil gesäumt war.

Ahmed ging jetzt schneller; sie kamen an einer Gruppe älterer Männer vorbei, die vor einem hell erleuchteten Café Karten spielten. Dann überquerten sie einen abendlichen Markt, wo Affen in Käfigen angeboten wurden, Ständer mit Baumwollanzügen und Schüsseln mit feurigem Garnelenchili. Nachdem sie zehn Minuten steil bergauf marschiert waren, standen sie vor einem hölzernen, schief in den Angeln hängenden Gatter. Ahmed zwängte sich hinein und winkte Emmanuel in einen überwucherten Garten, durch den im Zickzack ein Pfad zu einem baufälligen Schuppen führte.

»Mein Haus«, verkündete Ahmed stolz und ging voraus zu einem freien Fleckchen im Garten, auf dem sich ein Steinkreis mit trockenem Laub und Kleinholz befand. Neben der Feuerstelle stand ein Benzinkanister.

»Sie haben mich erwartet?«, fragte Emmanuel.

»Jede Woche sage ich mir: ›Ahmed, verbrenn diesen Schmutz und bring es hinter dich‹, aber ich hatte nie die Kraft dazu. Jetzt werde ich mit Ihrer Hilfe all meinen Freunden Lebewohl sagen.«

Benzindunst erfüllte die Luft, als Ahmed das trockene Laub besprenkelte und dann ein brennendes Streichholz auf den entzündlichen Haufen warf. Mit einem dumpfen *Wusch* erfasste das Feuer den Brennstoff.

Emmanuel stellte die Tasche ab. Mit seinen »Freunden« konnte

Ahmed gern anstellen, was er wollte, er aber musste die Fotos des Captains sicherstellen und dann schleunigst aus Mosambik verschwinden. Als er sich hinhockte, um den Packen pornografischen Materials zu sichten, fuhr ihm krampfender Schmerz durch Schulter und Bein. Der Schnitt von der Glasscherbe war tief, und die Stelle, wo ihn der Schlagstock getroffen hatte, tat höllisch weh.

»Her mit den Fotos«, sagte er. »Ich muss zurück nach Südafrika, bevor die Grenze dichtmacht.«

Ahmed zog die Umschläge aus der Ledertasche und legte sie in regelmäßigem Abstand am Boden aus. Mit dem Zeigefinger fuhr er zärtlich über jeden einzelnen, beim drittletzten hielt er inne.

»Die hier gehören Ihnen.« Er nahm zwei identische Umschläge hoch, machte aber keine Anstalten, sie zu übergeben. »Sie müssen mir versprechen, die Fotos in der richtigen Reihenfolge anzuschauen. Das ist ganz wichtig. Anders geht es nicht. Anders *darf* es nicht sein.«

»Wozu?«, fragte Emmanuel mit aller Geduld, die er aufbringen konnte.

»Sie müssen es versprechen«, beharrte Ahmed. »Sie müssen sie unbedingt einzeln ansehen und in der richtigen Reihenfolge auf einem Tisch auslegen.«

»Und woher weiß ich die richtige Reihenfolge?«, fragte Emmanuel Ahmed zuliebe, der die Fotos an die Brust gedrückt hielt wie ein heißgeliebtes Wesen.

Ahmed griff in einen Umschlag und zog vorsichtig zwei Bilder heraus. »Ich habe sie nummeriert«, sagte er und legte die Abzüge neben das Feuer. »Sie müssen sie genau so hinlegen.«

Foto Nummer eins zeigte die Verwahrzellen in der Polizeiwache von Jacob's Rest. Foto Nummer zwei die Schreibtische im vorderen Büro. Hell tanzte der Feuerschein über die banalen Motive. Trotz seiner Schmerzen und der Hindernisse beim Erlangen der Fotos war Emmanuel gebannt. Was immer in diesen Umschlägen war, die Ahmed umklammert hielt – genau dafür hatte man ihn in der Hütte des Captains niedergeschlagen und angepisst.

»Ich verspreche, sie in der richtigen Reihenfolge anzusehen«, sagte er. Er würde Ahmed auch seinen Erstgeborenen versprechen, wenn er dadurch an die Bilder kam.

»Sie werden es nicht bereuen.« Ahmed steckte die Fotos zurück und händigte zögernd den Umschlag aus. »Sie sind wahrhaftig ein Glückspilz. Ich beneide Sie um den Moment, wo Sie diesen ganz besonderen Freund kennenlernen.«

Sanft legte sich der abgegriffene Umschlag in Emmanuels Handfläche. Jetzt war er der Wahrheit über Captain Pretorius einen Schritt näher, und hoffentlich auch der Ergreifung des Mörders. Er wandte sich zum Gehen.

»Herr Polizist«, sagte Ahmed, »bitte bleiben Sie noch einen Moment. Sie müssen sicherstellen, dass ich meine Aufgabe vollende.«

»Dann los«, sagte Emmanuel, und Ahmed zog die Fotos aus den Umschlägen und warf sie ins Feuer. Grobkörnige Bilder von nackten Blonden und Brünetten, schwarzen und weißen Frauen, Zwillingen und Pärchen in allen erdenklichen Stellungen warfen in der Hitze Blasen und wellten sich. Ahmeds Sammlung hatte keine Wünsche offengelassen. Nach wenigen Minuten blieb von den »Freunden« des verrückten Pornografen nur noch ein Häufchen graue Asche auf glimmenden Zweigen.

Ahmed schluchzte. Er zog ein Taschentuch hervor und schneuzte sich mit Nachdruck. »Danke, Herr Polizist. Sie waren meine Erlösung. Ich werde meiner Frau treu sein, wie es der Schöpfer gewollt hat. Bitte nehmen Sie diese Ledertasche als Zeichen meiner Wertschätzung.«

Emmanuel nahm das Geschenk entgegen und schob seine Umschläge hinein. Für Ahmed war er der Erlöser, für Familie Pretorius würde er sich möglicherweise als Zerstörer erweisen.

14

Die Dunkelheit lag wie eine Decke über Jacob's Rest, als Emmanuel aus Lorenzo Marques zurückkehrte. Er parkte vor seinem Zimmer im Protea Guesthouse und hievte seinen zerschundenen Körper aus dem Fahrersitz. Die Security Branch führte irgendwo weit weg eine Razzia durch, also konnte er sich zum ersten Mal in seiner Unterkunft aufhalten, ohne Eindringlinge fürchten zu müssen.

Mit der Ledertasche in der Hand humpelte Emmanuel zu seinem Zimmer und schloss die Tür auf. Drinnen schaltete er das Licht an und zog die Schubladen seines Nachtschränkchens auf. Er suchte alles ab, tastete noch in der letzten Ecke, ob eine der magischen Pillen aus der Schachtel gefallen war.

Die Schubladen waren leer, und Emmanuel schätzte, dass ihm vielleicht eine halbe Stunde blieb, bevor der lodernde Schmerz in seiner Wade sich über die Schulter bis in seinen Kopf ausbreitete – maximal eine halbe Stunde, bis er sich über den Kaffernpfad zu Dr. Zweigmans bescheidenem Backsteinhaus schleppen musste.

Als er die Hand nach dem ersten Umschlag ausstreckte und die Fotos herausnahm, traten Schweißtröpfchen auf seine Oberlippe. Seine angeschlagene Schulter protestierte gegen die Bewegung, und er verkürzte die geschätzte Zeit, in der er noch klar denken konnte, auf fünfzehn Minuten.

Er legte die Bilder eins bis vier aus. Sie zeigten die Zellen, die Schreibtische, das Tischchen mit dem Tee und den Tassen, das Fenster zum Hinterhof. Harmlose Bilder, die ein eifriger Zwölfjähriger bei einem Ausflug der *Voortrekker*-Scouts hätte aufnehmen können. Nummer fünf bis zehn zeigten den Hinterhof der Wache. Einen Baum. Einen Stuhl. Die Braai-Feuerstelle.

Panik stieg in ihm hoch. War Ahmed am Ende durch das jahrelange Entwickeln von harten Pornos so abgestumpft, dass ihn nur noch Bilder von normalen Dingen erregten? Der

Drang, den Packen Fotos zu nehmen und in der Mitte nachzusehen, war stark, aber er widerstand dem Verlangen. Vielleicht hatte Ahmeds Wahnsinn doch Methode.

Er legte Nummer elf und zwölf aus, und das Blatt wendete sich. Das elfte Foto zeigte einen sonnenbeschienenen Felsbrocken im Veld. Auf dem zwölften war derselbe Fels, aber nun lehnte sich eine junge Frau dagegen, die gebräunten Arme vor dem Oberkörper verschränkt. Sie war voll bekleidet. Kein bemerkenswertes Bild, abgesehen davon, dass eine Mischlingsfrau von einem weißen Mann fotografiert und ihr Gesicht nicht zu erkennen war.

Emmanuel legte die restlichen Fotos des ersten Umschlags in Reihenfolge aus und betrachtete eins nach dem anderen. Bild für Bild eine unbeholfene, geradezu pubertäre Erkundung des weiblichen Körpers, der Fotograf ein Novize, der für jedes Foto ein kleines bisschen mehr erbettelte. Das Kleid der Frau, ein einfaches, handgeschneidertes Baumwollgewand für Kirchenfeste und Familienpicknicks, wurde jedes Mal zwei Knöpfe weiter geöffnet, bis die geschmeidigen Rundungen der Brüste, Schenkel und Hüften zum Vorschein kamen. Dann war die schmucklose Hülle gefallen. Die Bilder zeigten jetzt braune Haut im Sonnenlicht, dunkle harte Brustwarzen und Schamhaar.

Das letzte Foto des Stapels, Nummer fünfundzwanzig, zeigte die Frau, ihr Gesicht immer noch nicht zu erkennen, wie sie nackt am Felsen lehnte und die Beine spreizte. Eine wunderschöne sonnenbeschienene Einladung zur Glückseligkeit.

Emmanuel betrachtete den Zeitlupen-Striptease. Er konnte verstehen, warum Ahmed die Fotos geliebt hatte, sie dokumentierten ein Abwerfen von Unschuld, das über das Ausziehen von Kleidung hinausging. Aus jedem Bild sprach der Eindruck, dass die Frau und der Fotograf sich langsam und unausweichlich auf einen Punkt zubewegten, an dem sie noch nie gewesen waren.

Als Beweismittel waren die Fotos weit weniger ergiebig. Rein gar nichts darauf stellte eine Verbindung zwischen Willem

Pretorius und der geheimnisvollen Frau her. Die ersten Bilder hätte jeder machen können, der Zugang zur Polizeiwache hatte. Und es gab nur Ahmeds Wort dafür, dass wirklich der Captain die Filme zur Entwicklung gegeben hatte. Ein dunkelhäutiger, halb arabischer Moslem galt einem südafrikanischen Gericht nicht als zuverlässiger Zeuge.

»*Los, mach den zweiten Umschlag auf.*« Auf einer Woge von Schmerz trieb der Sergeant Major in den Raum und setzte sich an die Spitze der Parade. »*Du kriegst erst deine Pillen, wenn du genau weißt, was du da hast, Jungchen.*«

Emmanuel klappte den Umschlag auf und zog einen frischen Stapel Fotos heraus. Der Schmerz in seiner Schulter wurde zu einem heftigen Pochen, das sich über den ganzen Rücken ausbreitete und ihn zwang, durch den Mund zu atmen.

Mit zitternden Händen legte er die ersten fünf Bilder aus und betrachtete sie. Dieselbe Frau an einem anderen Ort: ein Schlafzimmer mit einem breiten schmiedeeisernen Bett und Spitzenvorhängen vor dem Fenster. Es war nicht die Steinhütte mit ihrer schmalen Pritsche. Der Raum wirkte eher feminin, vielleicht das Schlafzimmer der Frau.

»*Das nackte Weib ist schon ein wundersames Ding, was, Soldat?*«, sagte der Schotte ehrfürchtig. »*Schau dir diesen Arsch an! So drall, darauf würde ein Schilling abprallen.*«

Emmanuel blätterte weiter, jetzt schneller, da der Schmerz schon den Hals hinaufkroch. In fünf Minuten würde sein Kopf voller Presslufthämmer sein. Die Fotos verschwammen in einem Nebel pornografischer Motive. Die Frau nackt auf allen vieren, dann nackt von hinten, mit gespreizten Beinen, so dass man jede Falte und jedes Detail ihres rasierten Geschlechts sah.

»*Oh ja, mein Junge.*« Der Sergeant Major war entzückt. »*Außer Essen, Wasser und Whiskey braucht man nur noch das zum Leben. Genau die richtige Arznei.*«

»Wenn ich die Fotos nicht mit Captain Pretorius in Verbindung bringen kann«, antwortete Emmanuel, »schmeißt die Security Branch sie aus dem Fenster, weil sie für den Fall nicht relevant sind. Schweinkram und Kommunistenspione passen schlecht zusammen.«

»Nicht so schnell. Du verpasst ja das Beste. Kannst du nicht mal einen Moment deine Arbeit genießen? Sieh dir doch das letzte da an.«

Emmanuel nahm das Foto hoch. Die Frau lag nackt auf dem ungemachten Bett, die Hüften angehoben, eine Hand tief zwischen den Beinen. Er besah sich noch einmal das Foto davor, das die Frau auf der Seite liegend zeigte, das lange dunkle Haar verdeckte ihr Gesicht. Ein neues Element war hinzugekommen, fast hätte er es übersehen. Sie hatte ein Kettchen um den Hals, der Anhänger war eine geöffnete Blüte mit einem kleinen Diamanten in der Mitte.

»Hübsch«, gurrte der Sergeant Major. *»Der Anblick gefällt mir.«*

»Das Kettchen oder das darunter?«

»Beides. Schmuck an einer nackten Frau ist etwas Heiliges, mein Junge.«

»Das würdest du auch sagen, wenn sie ein Montiereisen um den Hals hätte«, sagte Emmanuel. Der Stapel Bilder wurde dünner, schließlich legte er die letzten zwei Fotos aufs Bett. Die Identität der Frau blieb ein Geheimnis. Durch die schmale Taille kam Tottie nicht infrage, und bei den langen Haaren und der starken körperlichen Präsenz war Davida Ellis eine sehr unwahrscheinliche Kandidatin. War das Modell des Captains jemand von einer entlegenen Farm oder Siedlung? Emmanuel legte das letzte Foto aus und war im selben Moment wie hypnotisiert.

»Sieh an«, sagte er. Die Schmerzen in seinem Körper ließen nach und wichen einem durchdringenden Wohlgefühl. Vielleicht würde er die Schlacht ja doch noch gewinnen.

»Wie zur Hölle kann ein Mann sich für etwas so ... Geschmackloses hergeben?«, platzte der Sergeant Major heraus.

Emmanuel wischte sich den Schweiß von der Stirn und schaute genau hin. Auf dem ungemachten Bett lag ein nackter Mann, den Unterarm neckisch über die Augen gelegt wie eine

Parodie der Bemühungen der Frau, ihre Identität zu verbergen. Ein zerknittertes Laken reichte knapp bis zu seinen Hüften, buschiges Schamhaar lugte hervor. Der scharfe Umriss vom erigierten Penis des Mannes drängte gegen das Baumwolllaken und bewies Einsatzbereitschaft, obwohl das Lächeln auf seinem Gesicht vermuten ließ, dass er sich schon einige Zeit selig gerammelt hatte.

»*Himmel!*« Das Bild bereitete dem abgebrühten Sergeant Major großes Unbehagen. »*Es ist ganz falsch, dass ein Mann sich derart zur Schau stellt.*«

»Sie hat ihn gebeten, für sie zu posieren. Und er hat es getan.«
»*Um ihr eine Freude zu machen?*«
»Genau.«
»*Tja …*«, der Schotte überlegte. »*Was tut ein Mann nicht für eine süße Muschi.*«

»Da steckt mehr dahinter«, sagte Emmanuel und strich mit einem Finger über die gebrochene Nase und die unverwechselbare Armbanduhr, die diese Zurschaustellung von Afrikaaner-Männlichkeit eindeutig als Captain Pretorius auswies, moralische Stütze von Jacob's Rest und begeisterter Hobbyfotograf. Eine süße Muschi, wie der Sergeant Major vermutete, war nicht Grund genug für eine derart unverhohlene Selbstentblößung. Indem Willem Pretorius so vor der Kamera posierte, war er ein tödliches Risiko eingegangen.

»Er liebt es, wie sie ihn ansieht. Ihn so sieht, wie er wirklich ist. Guck dir seinen Gesichtsausdruck an. Das ist nicht Captain Pretorius, der Streiter für den heiligen Bund mit Gott. Das ist ein ganz schlimmer Kerl, der den ganzen Nachmittag lang schlimme Dinge mit einer Frau getrieben hat, die sein Stamm für unrein hält, und er könnte ums Verrecken nicht glücklicher sein.«

»*Vielleicht hat er es aus Liebe getan?*«

»Das bezweifle ich«, sagte Emmanuel. Das morphiumartige Hochgefühl ließ langsam nach, und der Schmerz drang vor bis zum Kiefer. »Über vierzig Bilder, auf denen sie zu seinem Vergnügen alles Mögliche anstellt, und ein Foto, auf dem er aussieht wie der größte Stecher aller Zeiten. Der weiße Induna zu sein – darauf war er scharf.«

»*Das Kettchen dürfte was gekostet haben.*«

»Glitzerkram.« Emmanuel begann die Fotos zusammenzulegen. Dunkle Gedanken hatten von ihm Besitz ergriffen. »Ein Köder, um sich ihrer Ergebenheit zu versichern. Glaubst du im Ernst, dass er zu ihr gestanden hätte, wenn seine perfekte Afrikaanerfamilie betroffen wäre? Er hätte sie mit zehn Pfund in den Bus nach Swasiland verfrachtet oder gleich mit nichts unter die Erde.«

»*Was zum Teufel macht dich so wütend? Ich meinte nur, er hat ihr Geschenke gemacht und dafür gesorgt, dass niemand weiß, wer sie ist. Er hat sie immerhin geschützt, oder?*«

»Er hat sich selbst geschützt«, sagte Emmanuel. Er verstaute die Fotos wieder in der Tasche, so schnell es ging, ohne sie zu beschädigen. Er brauchte die Pillen. Er brauchte irgendetwas, was ihn davon abhielt, zum Haus des Captains zu humpeln und Mrs. Pretorius dieses pornografische Festmahl in ihren lilienweißen Hals zu stopfen.

»*Das machst du nicht*«, mahnte der Sergeant Major. »*Der alte Jude flickt dich schon zusammen, und morgen früh schickst du als Erstes diesen ganzen Packen per Eilzustellung an van Niekerk. Dieser Scheiß ist deine Rettung, Soldat.*«

Der Sergeant Major hatte recht, aber Emmanuels Wut besänftigte das nicht. Es war wegen des letzten Fotos. Der befriedigte Ausdruck auf Willem Pretorius' Gesicht brachte ihn schier zur Weißglut. Er meinte förmlich die neckische Stimme der Frau zu hören, wie sie dem nackten Kapholländer ein Lächeln für die Kamera abverlangte, nachdem sie das Laken genau so zurechtgezupft hatte.

Emmanuel ließ die Tasche zuschnappen. Er bekam bloß Träume von einer Frau in einem ausgebrannten Keller, während der Captain alles in natura genoss. Seine Wut wurde noch verschlimmert von einer anderen Emotion. Er stutzte. Es war rasende, blinde Eifersucht auf den Captain und diese Frau, die den ganzen Nachmittag gefickt und sich dann auch noch einen riskanten Scherz gegönnt hatten.

Die Schmerzen scheuchten Emmanuel hinaus auf den Kaffernpfad, zum alten Juden und seiner zerschrammten Arzttasche.

* * *

Emmanuel klopfte zum dritten Mal an die Tür und wartete. Es war fünf nach halb elf, und in der kleinen Stadt Jacob's Rest hatte man bereits alles für die Nacht verrammelt. Es konnte eine Weile dauern, bis Zweigman öffnete.

»Ja?«, fragte der Deutsche durch die geschlossene Tür.

»Detective Sergeant Cooper. Es geht um eine Privatsache.«

Das doppelte Schloss klickte auf, und Zweigman spähte heraus. Sein weißes Haar stand wirr vom Kopf ab, aber seine braunen Augen blickten klar und scharf. Unter einem zerschlissenen Morgenmantel mit mottenzerfressenem grünem Samtkragen trug er einen schlichten Baumwollpyjama.

»Sie sind verletzt«, sagte der deutsche Arzt. »Kommen Sie hier entlang.« Er wies auf eine Tür gleich rechts, und Emmanuel schleppte seinen schmerzenden Körper in ein Zimmer, das kaum groß genug war für das Ledersofa und den Sessel in der Mitte. Auf einem Tischchen stand ein Grammofon, daneben ein Stapel Schallplatten in Papierhüllen, doch was den Raum beherrschte, waren die Bücher. Sie reihten sich an den Wänden, stapelten sich in den Ecken und zu beiden Seiten des Sofas. Mehr Bücher, als ein Mensch in seinem Leben lesen konnte.

Zweigman nahm eine alte Zeitung vom Sessel und warf sie achtlos beiseite.

»Lassen Sie mal sehen, was Sie da angestellt haben«, sagte er.

Emmanuel sank in den rissigen Ledersessel und streckte mit einiger Mühe sein verletztes Bein vor.

»Nur ein paar Wehwehchen. Nichts, was eine Ladung Schmerztabletten nicht in Ordnung bringen könnte.«

»Das habe ich zu entscheiden«, sagte Zweigman und zog sachte das zerrissene Hosenbein beiseite, um die Wunde zu untersuchen. Er ließ ein zufriedenes Grunzen hören. »Schmerzmittel werden helfen, aber die Wunde ist tief und muss gesäubert und genäht werden. Darf ich bitte Ihre Schulter sehen?«

Emmanuel fragte den Deutschen nicht, woher er von dem anderen Andenken wusste, das ihm der Nachtwächter in Lorenzo Marques hinterlassen hatte. Trotz seiner bescheidenen Lebensumstände konnte Zweigman den Mantel intellektueller Überlegenheit nicht abstreifen, der um seine eingefallenen Schultern hing. In einem früheren Leben hatte er allen Respekt eingeflößt, und Emmanuel stellte sich vor, wie der gute Doktor sein Können einst bei begüterten Familien in Salons mit schimmernd polierten Möbeln angewandt hatte.

Emmanuels Hemd war halb aufgeknöpft, als es an der Tür klopfte, erst ein leises Pochen, das dann, als nicht gleich geantwortet wurde, rasch in ein wildes Hämmern überging.

»Liebchen?« Die Stimme der Frau klang tränenerstickt. »Liebchen?«

»Bitte bleiben Sie sitzen«, bat Zweigman, ging zur Tür und öffnete sie sanft. Lilliana Zweigman stolperte ins Zimmer, in einem Morgenmantel aus blasser Seide, der mit Dutzenden von flatternden violetten Schmetterlingen bestickt war. Sie streckte die Hände aus und betastete Gesicht und Schultern ihres Mannes wie ein Feldarzt auf der Suche nach verborgenen Verletzungen.

»Wir haben Besuch.« Zweigman benahm sich, als wäre am Verhalten seiner Frau nichts Sonderbares. »Ob du wohl so lieb bist und uns eine Kanne Tee machst, am besten mit ein paar von deinen vortrefflichen Butterkeksen?«

»Ist er?«, murmelte Lilliana. »Er ist …?«

»Nein, ist er nicht. Der Detective ist ein Büchernarr, und wir sprachen gerade über unsere Lieblingsschriftsteller. Nicht wahr, Detective?«

»Ja.« Emmanuel griff sich das nächstbeste Buch und hielt es hoch. Seine Schulter schrie protestierend auf, aber er ließ sich nichts anmerken. »Ich hatte gehofft, ich könnte dieses Bändchen für ein paar Tage ausleihen.«

»Ah …« Jetzt, da keine Gefahr drohte, erhellte sich Lillianas Miene blitzartig wie eine Lötlampe. »Ja, natürlich. Ich gehe Tee machen.«

Sie schwebte aus dem Zimmer, und Emmanuel konnte nur staunen über die Fähigkeit des menschlichen Geistes, die Wirklichkeit nach seiner Vorstellung zu formen. Da saß er mit blutiger Hose, aufgeknöpftem Hemd und dem *Bestimmungsbuch für Pilze und Sporen* in der Hand in Zweigmans Haus, und Lilliana beschloss zu glauben, dass es sich um einen Höflichkeitsbesuch handelte.

»Die Schulter«, fuhr Zweigman fort, als wären sie nicht unterbrochen worden. »Lassen Sie mal sehen.«

Langsam zog Emmanuel das Hemd aus, und heißer Schmerz schoss durch seine Muskeln. Der Nachtwächter durfte dem gestrandeten Wal Fernandez berichten, dass er dem Dieb eine ordentliche Abreibung verpasst hatte.

»Eine alte Schusswunde, darüber eine frische Prellung. Ich frage nicht nach, wie Sie sich diese akuten Verletzungen zugezogen haben.« Zweigman tastete mit den Fingern rings um den Bluterguss. »Arnika gegen die Schwellung und Schmerztabletten gegen die Pein. Den Rest besorgt mit der Zeit die Natur.«

Der Arzt stöberte in dem Bücherchaos nach seiner Tasche, klappte sie auf und kramte darin herum. Er holte einen Tablettenbehälter heraus und schüttete vier Pillen in seine Hand.

»Schlucken Sie die gleich mit Ihrem Tee«, befahl Zweigman, kramte weiter und förderte einen Tiegel Salbe zutage. »Reiben Sie hiermit bitte Ihre Schulter ein, ich besorge derweil eine Waschschüssel und sterilisiere eine Nadel aus dem Nähzeug meiner Frau.«

Der Arzt verließ den Raum, und Emmanuel tauchte seine Finger in das Gefäß und verteilte Salbe auf seiner Schulter. Der alte Jude hatte recht. Durch den Schlagstock waren die Schmerzen seiner alten Verwundung wiederbelebt worden.

Zweigman kam zurück ins Zimmer und stellte die Waschschüssel neben dem Grammofon ab. Jede seiner Bewegungen verriet eine solche Selbstsicherheit, dass Emmanuel sich erneut fragte, wie der alte Jude und seine Frau ausgerechnet in Jacob's Rest gelandet waren.

»Woher hat der Captain gewusst, dass Sie Arzt sind?«, fragte er.

Der Deutsche tauchte einen Lappen in die Schüssel und begann die Wunde zu säubern. »Das haben Sie mich schon gefragt, und ich habe Ihnen geantwortet, dass ich es nicht weiß.«

»Im letzten April muss sich etwas ereignet haben, das ihn darauf gebracht hat. Was ist da passiert?«

»Ich kann mich an keinen solchen Vorfall erinnern, Detective.« Zweigman griff nach einer Pinzette und begann damit in der Wunde herumzustochern. »Bitte stillhalten, ich habe die Quelle Ihres Unbehagens gefunden. Hier.« Er hob die Pinzette hoch und präsentierte eine schartige Glasscherbe. »Auch jetzt werde ich nicht nachfragen, wo Sie die herhaben.«

»Sehr freundlich von Ihnen. Leider kann ich mich nicht revanchieren.«

Darauf antwortete der Arzt nicht, sondern griff zum Nähzeug. Irgendwann im Verlauf seiner persönlichen Katastrophe hatte er gelernt, den Mund zu halten. Freiwillig würde er nichts preisgeben.

»Welche von den farbigen Frauen hat dem Captain besonders nahegestanden?«, fragte Emmanuel unverblümt.

»Nahegestanden?« Zweigman bot eine erstklassige Vorstellung eines mittellosen Migranten, der zum ersten Mal die englische Sprache vernimmt. »Was bedeutet das, Captain?«

»Es bedeutet, nahe genug, um ihr die Zunge ins Ohr und noch ein paar andere Öffnungen zu stecken«, sagte Emmanuel und der Arzt wurde rot.

Zweigman schwieg einen Moment, dann warnte er: »Wenn Sie diese Anschuldigung außerhalb dieser vier Wände wiederholen, dann brauchen Sie ein ganzes Team von Chirurgen, um

Sie wieder zusammenzuflicken, ohne Gewähr, dass es überhaupt gelingt.«

»War es eine der Frauen aus der Nähwerkstatt?«, setzte Emmanuel nach, während der Deutsche einen Faden ins Nadelöhr schob und verknotete. Die Hände des Arztes waren ruhig, aber er hielt den Kopf seltsam zur Seite geneigt, so als wolle er sich so weit wie möglich von diesem Gespräch distanzieren.

»Tottie oder vielleicht Davida?«

»Ich fürchte, ich kann Ihnen nicht helfen«, sagte Zweigman und vernähte den Schnitt. Mit den flinken Stichen eines Chirurgen, der schon tiefere Wunden behandelt hatte, fügte er das Fleisch zusammen. Emmanuel war sicher, der alte Jude wusste mehr, als er zugab, aber im Gegensatz zur Security Branch bevorzugte er Geständnisse aus freiem Willen.

»Wissen Sie, was seltsam ist?«, sagte er zu Zweigman, als der Faden abgeschnitten und der stechende Schmerz abgeklungen war. »Sie haben nicht beteuert, dass ich mich in dem Captain irre. Auf die Unterstellung, dass ein achtbarer weißer Polizist sich mit einem farbigen Mädchen eingelassen hat, sind Sie gar nicht eingegangen. Kein Zeichen von Überraschung. Überhaupt nichts.«

Zweigman räumte sorgfältig das Nähzeug seiner Frau zusammen. Er sah alt und müde aus, seine Schultern so krumm, als laste ein großes Gewicht auf ihnen.

»Wir sind beide Männer von Welt, Detective. Wir haben einen Krieg erlebt und Städte niederbrennen sehen. Kann uns so etwas wie eine Affäre wirklich noch schockieren?«

»Vielleicht nicht. Aber die anderen in der Stadt und im ganzen Land werden das nicht so sehen. Das Unsittlichkeitsgesetz ist in Kraft, und dass ausgerechnet ein Polizist es gebrochen hat, wird etliche Leute schockieren.«

»Das Unsittlichkeitsgesetz.« Zweigman schnaubte. »Die Kräfte der Natur sind stärker als die Gesetze der Menschen.«

Die Tür des zur Bibliothek umfunktionierten Wohnzimmers ging auf, und Lilliana Zweigman kam rückwärts herein, in den

Händen ein Tablett mit Teekanne, Tassen und einem Teller Butterkekse in Form von Schneeflockenkristallen.

»Komm, ich helfe dir.« Zweigman nahm seiner Frau das Tablett ab und stellte es auf die breite Armlehne des Sofas. »Du bist ganz erstaunlich, Liebchen, ein regelrechtes Wunder. Jetzt hast du Ruhe verdient. Warum legst du dich nicht wieder hin, während wir noch reden?«

Lilliana rührte sich nicht vom Fleck. Sie spürte, dass die Anwesenheit des Detectives in ihrem Haus nicht ganz harmlos war.

»Bitte nehmen Sie sich Tee und einen der Kekse meiner Frau.« Emmanuel biss in ein gelbes, zuckerbestreutes Gebäckstück. Es war köstlich, und er hatte seit Stunden nichts zu sich genommen. Mit zwei Happen vertilgte er den Keks und griff nach einem zweiten.

»Siehst du?« Zweigman legte seiner Frau die Hand auf den Arm. »Du hast es nicht verlernt. Bestimmt würde unser Besucher sich freuen, ein Döschen von deinem Gebäck mitnehmen zu dürfen.«

»Ja«, sagte Lilliana und verließ in zögerlichem Rückwärtsgang das Zimmer. »Ich packe ihm welche in die Dose mit den roten Röschen drauf.«

»Genau die richtige Wahl«, sagte der Doktor und schob sanft die Tür hinter ihr zu.

»Bitte vergeben Sie meiner Frau, Detective. Sie fühlt sich in Gegenwart von Polizisten sehr unwohl.«

»Ich nehme das nicht persönlich«, sagte Emmanuel und schluckte die Schmerztabletten mit dem heißen Tee.

Zweigman setzte sich und balancierte die Teetasse auf dem Knie. Eine Fülle vergangener Kümmernisse schien von ihm auszustrahlen, seine Schwermut griff nach Emmanuel und schloss ihn in die Arme wie ein alter Freund. Männer von Welt hatte Zweigman sie genannt. Männer, geprägt von Krieg und Grausamkeit – und unverhoffter Güte.

Um den morbiden Zauber zu brechen, griff Emmanuel nach einem Buch und ließ seine Finger über den weichen Kalbsledereinband gleiten. *Stadt der Sünde* war auf den Deckel geprägt. Es hatte die gleiche Größe und Aufmachung wie *Himmlische Freuden*, das schmale Bändchen, das er im versperrten Allerheiligsten des Captains gefunden hatte. In einer so kleinen Stadt wie Jacob's Rest konnten solche Erotika doch nur aus diesem Raum stammen.

»Hat sich Pretorius Bücher von Ihnen geliehen?«

»Mit einer solchen Bitte hat er mich nie beehrt«, sagte Zweigman. »Ich glaube, sein Standbein war die Bibel.«

»Verleihen Sie Ihre Bücher?«

»Jeder ist herzlich eingeladen, Detective.«

Frustriert atmete Emmanuel aus. »Aber Namen werden Sie mir nicht nennen, nehme ich an. Zum Beispiel, wer sich ein Buch mit dem Titel *Himmlische Freuden* geliehen hat.«

»Weder kann ich mich an ein solches Buch erinnern, noch kann ich mir vorstellen, wem diese Lektüre zuträglich sein sollte.«

Emmanuel trank seinen Tee aus und stemmte sich aus den Tiefen des Ledersessels hoch. Das Schmerzmittel breitete sich in seinem Blut aus, und er fühlte sich ganz passabel.

»Wenn Constable Shabalala mir ausweicht, dann weiß ich, dass er es tut, um Captain Pretorius zu schützen. Wen schützen Sie, Doktor?«

»Mich selbst«, antwortete Zweigman ohne Zögern. »Ich tue alles, um meine Seele vor weiteren Bombardements aus Schuld und Scham zu schützen.«

»Ich hatte auf etwas so Bodenständiges wie einen Namen gehofft«, sagte Emmanuel und wandte sich zum Gehen. Er brauchte Schlaf. Morgen musste er versuchen, die Frau auf den Fotos zu identifizieren, und hoffen, dass sie ihn zu dem Mann führte, der die Beweise aus der Steinhütte geraubt hatte.

»Detective.« Zweigman hielt ihm den Tiegel mit Salbe hin. »Reiben Sie damit alle zwei bis vier Stunden Ihre Schulter ein. Dann geht die Schwellung zurück.«

»Danke. Ich brauche auch noch mehr Schmerztabletten. Ich habe nichts mehr.«

Zweigmans braune Augen musterten den verletzten Detektiv scharf, ehe er antwortete.

»Vor weniger als einer Woche haben Sie eine Drei-Wochen-Ration erhalten. Wo ist der Rest geblieben?«

»Weg.« Emmanuel war bewusst, wie sich das für einen Arzt anhören musste. »Normalerweise nehme ich nicht so viel.«

»Warum haben Sie die Dosis erhöht?«

Er war nicht gewillt, über die Stimme des Sergeant Majors und seine Erinnerung ans Rennen durch qualmende Holzfeuer zu sprechen – auch nicht mit einem hochqualifizierten Mediziner. Das Städtchen Jacob's Rest riss in ihm alle Käfige auf, die er sonst tunlichst verschlossen hielt, und er konnte nicht mal den Grund dafür benennen.

Zweigman griff in seine Arzttasche und gab ihm ein halb volles Schraubglas mit weißen Pillen.

»Die sind gegen körperliche Schmerzen. Gegen den Schmerz in Ihrem Herzen oder Ihrem Kopf vermögen sie nichts. Ein solcher Schmerz lässt sich nur heilen, indem man ihn fühlt.«

»Und was, wenn der Schmerz nicht mehr auszuhalten ist?«, fragte Emmanuel. Die Seelenklempner bei der Armee waren ganz groß darin, Schmerzen mit Medikamenten abzutöten, damit man nichts spürte, was einer Rückkehr in den aktiven Dienst im Wege stand. Wer abdrücken konnte, war auch tauglich fürs Schlachtfeld.

»Dann werden Sie wahnsinnig.« Zweigman lächelte. »Oder Sie verwandeln sich in ein neues Wesen, das nicht einmal Sie selbst wiedererkennen.«

»Haben Sie das auch getan? Sich verwandelt?«

»Nein.« Der alte Jude sah so uralt aus wie der Fels von Jerusalem. »Ich verstecke mich lediglich vor dem, der ich früher war. Ein trauriges und feiges Ende, passend zum Rest meines Lebens.«

»Sie sind für Anton eingetreten. Sie beschützen Ihre Frau und die Frauen, die für Sie arbeiten. Was ist daran traurig und feige?«

»Bloß Rückzugsgefechte, um die Vergangenheit auf Abstand zu halten.« Zweigman öffnete die Haustür und ließ frische Luft herein. »Kommen Sie morgen in den Laden, dann sehe ich mir Ihre Verletzungen an und gebe Ihnen die Kekse meiner Frau. Anscheinend hat etwas sie aufgehalten.«

Leises Schluchzen drang aus dem hinteren Teil des Hauses. Emmanuel trat hinaus in die schläfrige Umarmung von Jacob's Rest.

»Danke«, sagte er und humpelte zum Eingangstor. Er hatte das Gefühl, dass der deutsche Flüchtling und seine Frau vor der Vergangenheit geflohen waren, nur um feststellen zu müssen, dass sie sie in die entlegenste Ecke Südafrikas mitgebracht hatten.

Zweigman sah den verletzten Ermittler in der Nacht verschwinden, dann eilte er in die Küche im hinteren Teil des kleinen Backsteinhauses. Seine Frau stand am Tisch, die Dose mit Butterkeksen fest an die Brust gedrückt.

»Dieser Mann … er wird uns alles nehmen, was wir lieben.«

»Nein, Liebchen.« Zweigman versuchte seiner Frau die mit Rosen verzierte Dose zu entwinden, doch er konnte ihren Griff nicht lösen. Er streichelte ihre Wange. »Ich verspreche dir, dass uns das nie wieder passiert.«

* * *

Emmanuel war schon auf halbem Weg zum Protea Guesthouse, als der Gesang anhob. Die bekannte Melodie war kaum wiederzuerkennen, weil die schrille Stimme bei jedem fünften Wort brach und dann neu ansetzte wie eine Schallplatte mit einem tiefen Kratzer. Hinter der Kirche der Farbigen stieß er auf den betrunkenen Singvogel.

»Hansie«, begrüßte er die torkelnde Gestalt. »Was machen Sie hier draußen?«

»Hey, Sarge, was läuft?« Der halbwüchsige Polizist hielt triumphierend zwei Flaschen Whiskey hoch. »Hier! Louis meinte, er wird mir nichts geben, hat er aber doch, als er die Uniform gesehen hat. Meine Uniform.«

»Tiny hat Ihnen die Flaschen gegeben?« Eine war schon halb leer. Hansie ließ nichts anbrennen.

»Louis gibt er nichts. Mir aber schon, wegen der Uniform.«

»Und wo wollen Sie mit den Flaschen hin, Hansie?«

»Louis hat gewettet, dass ich nichts kriege. Hab ich aber doch.« Hansie schlug sich gegen die Brust. »Weil ich das Gesetz bin, die Leute haben Respekt vor dem Gesetz.«

»Wollen Sie zu Louis nach Hause?«

»Zum Schuppen.« Der Junge blinzelte ins dunkle Veld und drehte sich unsicher im Kreis. »Louis hat gesagt, nimm den Kaffernpfad, aber ich weiß nicht … wo … wo muss ich lang?«

Emmanuel legte Hansie einen Arm um die Schulter. Es interessierte ihn, wie der Löwe Gottes seinen Freund überreden konnte, einem farbigen Händler Schnaps abzuschwatzen.

»Ich zeige Ihnen den Weg«, sagte er und drehte Hansie in Richtung der nichtweißen Häuser, damit er mehr Zeit hatte, ihm auf den Zahn zu fühlen. »Warum hat Louis die Flaschen nicht geholt? Er kennt sich auf dem Kaffernpfad besser aus als Sie, oder?«

»Hier.« Hansie hob die Flaschen hoch. »Ich hab sie gekriegt. Ich.«

»Gut gemacht.« Emmanuel versuchte eine andere Taktik. »Besorgt normalerweise Louis die Flaschen?«

»*Jaa*. Aber diesmal hat er mich geschickt.«

»Warum das?« Es juckte ihn in den Fingern, dem dümmlichen Constable ein wenig Vernunft einzubläuen.

»Er war ja da, aber Tiny hat gesagt, nix da, keine Chance.«

»Wieso?«

»Der Captain hat das mit der Sauferei mitgekriegt. Er hat Louis weggeschickt, auf eine Farm in den Drakensbergen … ganz weit weg, hoch im Gebirge.« Hansie stieß einen gewaltigen Rülpser aus, der über das Veld hallte. Ein Stück vor ihnen durchstieß das Licht im Arbeitsschuppen des Captains die Dunkelheit.

»Da ist der Schuppen. Gehen Sie, aber sagen Sie keinem, dass Sie mich gesehen haben. Verstanden?«

»*Jaa.*« Der betrunkene Afrikaaner torkelte los, um stolz seine Beute zu präsentieren.

Emmanuel drehte Hansie noch einmal um und sah dem Polizeiknaben scharf ins Gesicht wie ein Schulleiter, der gleich Stockhiebe anzuweisen gedenkt.

»Vergessen Sie, dass Sie mich gesehen haben. Das ist ein Befehl, Hepple.«

»Jawohl, Sir, Detective Sergeant, Sir.«

Emmanuel drehte Hansie wieder um und schob ihn sanft auf das Licht zu. Der angetrunkene Junge stolperte durch die offene Tür und reckte die Flaschen hoch wie ein siegreicher Held. Ein Chor aus Jubelschreien begrüßte ihn. Louis war nicht der Einzige, der darauf wartete, dass der Whiskey floss.

An der offenen Schuppentür riskierte Emmanuel einen raschen Blick ins Innere. Hansie, Louis und zwei Burschen mit sommersprossigen Nasen saßen auf einer ölfleckigen Decke und reichten die angebrochene Pulle herum. Die zweite bernsteinfarbene Flasche stand mit abgeschraubtem Verschluss in der Mitte bereit.

»He, Hansie.« Ein Junge mit einer Zahnlücke, durch die ein Zug gepasst hätte, nahm einen Schluck aus der Flasche. »Louis hier behauptet, dass Bothas Tochter gar nicht das schönste Mädchen der Gegend ist. Er sagt, er hat schon Bessere gesehen.«

»Wen denn?« Hansie war entgeistert. »Wer soll noch schöner sein als sie? Da gibt's keine.«

»Ich habe einen anderen Geschmack als ihr.« Louis schob sich das wirre Haar aus der Stirn. »Eins dürft ihr nicht vergessen: Egal, wie anständig sich eine Frau gibt, egal, wie scheu und rein sie aussieht, ihretwegen ist Adam der Sünde anheimgefallen.«

»Genau darauf hoffe ich ja die ganze Zeit, Mann!«, gab Hansie zurück.

Die Antwort löste allgemeines Gelächter aus, das noch andauerte, als Emmanuel im Veld verschwand. Er brauchte nicht länger zu bleiben, um zu wissen, wie der Abend weiterging. Man würde über Mädchen reden, erfundene und echte, dann würde einer, vermutlich Hansie, den anderen vorlügen, wie er seine Jungfräulichkeit verloren hatte. Dann noch mehr Geplauder über Mädchen, Autos und das nächste Tanzvergnügen. Und die ganze Zeit würden Louis, der Löwe Gottes, und Louis, der jugendliche Sünder, miteinander um die Vorherrschaft ringen.

15

Früh am nächsten Morgen schaute Emmanuel beim *Grace of God*-Krankenhaus vorbei und traf Schwester Bernadette und Schwester Angelina auf der offenen Veranda an, wo sie etwa zwanzig Waisen kalten Haferbrei ohne Milch zum Frühstück gaben. Emmanuel wartete, bis sie die letzte Schale verteilt hatten, und ging dann auf sie zu. Er wusste selbst nicht, wie er seine Bitte formulieren sollte.

»Schwestern …« Er räusperte sich und fing noch einmal von vorne an. »Ich würde Sie gern bitten, mir auf einem Foto schriftlich die Identität von Captain Pretorius zu bezeugen.«

»Selbstverständlich«, sagte Schwester Bernadette. Die winzige weiße Nonne wischte sich die Hände an der Schürze ab. »Haben Sie einen Stift dabei, Detective?«

»Ja, habe ich … es ist nur … ich …« Er verstummte.

»Ja?«, hakte Schwester Angelina nach.

»Ich muss Sie wohl warnen, es ist ein … provozierendes Bild. Eins, das Sie verstören oder schockieren könnte.«

»Oh …« Schwester Bernadette lächelte gequält. »In dem Fall sollten wir es wohl möglichst schnell hinter uns bringen.«

Dem Herrn sei Dank für pragmatische katholische Schwestern, dachte Emmanuel und zog den zweiten der beiden Umschläge aus der Ledertasche. In fünfzehn Minuten sollten die Fotos per Expressbus den Weg nach Jo'burg antreten, im Gepäck von Miss Byrds Cousine Delores Bunton.

Schwester Angelina winkte ihn zum anderen Ende der Veranda, wo eine alte, mit einem Laken bedeckte Trage stand. Hier konnten die Kinder sie weder sehen noch hören. Emmanuel zögerte, dann zog er das Foto aus dem Umschlag.

»Sehen Sie sich das Bild an«, bat er, »und dann drehen Sie es bitte um und schreiben Sie: ›Ich bezeuge, dass dieses Foto Captain Willem Pretorius zeigt.‹ Darunter müssen Sie bitte mit Ihren vollen Namen unterschreiben und das Datum hinzufügen.«

Er legte das Foto offen auf die Trage und spürte heiß im Gesicht, wie er rot wurde.

»Ach du je«, japste Schwester Bernadette.

»Grundgütiger.« Schwester Angelina bekreuzigte sich und blinzelte heftig.

»Das ist eine Überraschung«, murmelte die kleine irische Nonne. »Ich hatte keine Ahnung.«

»Yebo.« Die schwarze Nonne räusperte sich. »Wer hätte gedacht, dass der Captain so breit lächeln konnte.«

»Ja.« Schwester Bernadette verstaute eine imaginäre Haarsträhne unter ihrem Häubchen. »Ich kann mich nicht erinnern, ihn je so glücklich gesehen zu haben.«

Reglos standen die Schwestern da und starrten das Foto an. Emmanuel drehte das Bild um und hörte die Nonnen seufzen. Er reichte ihnen den Füllhalter und sah zu, wie sie das Foto unterschrieben und datierten. Dann steckte er es zurück in den Umschlag.

»Ich danke Ihnen, Schwestern«, sagte er. »Falls jemand von der Special Branch oder aus der Familie Pretorius nach dem Bild fragt, haben Sie es am besten nie gesehen. Das ist am sichersten.«

* * *

In Poppies General Store war es still. Statt des üblichen Nähmaschinensummens war nur das leise Scharren von Zweigmans Schuhsohlen zu hören, der Sardinendosen aus einem Karton holte und in ein Regal stellte.

»Detective«, der Ladeninhaber grüßte ihn mit einem Nicken. Sein immer schon wirres Haar wirkte heute geradezu medusenhaft, so als würden rivalisierende Strähnen einen monumentalen, alles entscheidenden Kampf ausfechten.

Emmanuel deutete auf das stumme Hinterzimmer. »Niemand da?«

»Meiner Frau geht es nicht gut«, sagte Zweigman. »Sie hat den Damen heute freigegeben.«

»Hat das irgendetwas mit meinem Besuch zu tun?«, fragte Emmanuel.

»Der Schaden wurde lange vor Ihrem Auftauchen angerichtet, Detective Sergeant.« Der Deutsche stellte die letzte Sardinenbüchse ins Regal. »Sie kommen zur Nachsorge, ja?«

»Das auch, und um Ihr Telefon zu benutzen, wenn ich darf.« Er musste van Niekerk wissen lassen, dass das Päckchen mit den Fotos unterwegs an die Adresse war, die er vor zwei Tagen telegrafiert hatte.

»Natürlich.« Zweigman nahm das Telefon von der Theke und trug es ins Hinterzimmer, wo alle Nähmaschinen noch mit Schutzhüllen abgedeckt waren. Ohne die Damen, die sich unter Lillianas wachsamem Blick über Schnittmuster und Stecknadeln beugten, wirkte Poppies General Store ganz verlassen.

»Ich bin vorne und packe weiter aus.« Zweigman stellte das Telefon auf den Teetisch. »Rufen Sie mich, wenn ich Sie untersuchen kann.«

Emmanuel setzte sich und wählte die Nummer der Zentrale. Er wollte innerhalb der nächsten halben Stunde in der Polizeiwache sein und sehen, ob der Security Branch bei ihrer nächtlichen Razzia tatsächlich ein dicker roter Fisch ins Netz gegangen war.

Ohne Probleme kam er zum Hauptquartier durch und erhielt eine Nummer, die er anrufen sollte. Wenn es darum ging, das Radar der Security Branch zu unterfliegen, kannte van Niekerk sich aus.

»Ich habe Ihnen etwas geschickt«, sagte Emmanuel, sobald der Major abnahm.

»Was Brauchbares?« Für einen mächtigen Mann, der gezwungen war, in die Niederungen einer öffentlichen Telefonzelle abzusteigen, klang van Niekerk sehr gut aufgelegt.

»Höchst brauchbar«, antwortete Emmanuel.

»Schweinkram? Schmutziges Geld? Was Politisches?«

»Schweinkram.«

»Nachweisbare Verbindung zu unserem dahingeschiedenen Freund oder einem Mitglied seiner Familie?«

»Sagen wir einfach, der Captain war hinter der Kamera genauso gut wie davor.«

»Mein Gott! Sind Sie absolut sicher, dass er es selbst ist?«

»Hundertprozentig«, sagte Emmanuel. »Ich habe das Bild schriftlich von zwei Leuten verifizieren lassen, die ihn kannten.«

Er hatte ein schlechtes Gewissen dabei, Schwester Bernadette und Schwester Angelina so zu benutzen, aber Nonnen konnte man im Zeugenstand nicht ohne weiteres herumschubsen. Eine Braut Christi packte man nicht grob an.

»Guter Mann«, sagte der Major. »Ich wusste, Sie würden was ausgraben. Tun Sie immer.«

Van Niekerk diese Informationen zu liefern erfüllte Emmanuel nicht mit der Genugtuung, die er sich erhofft hatte. Der Mord an Willem Pretorius war noch nicht aufgeklärt, und dazu war er eigentlich nach Jacob's Rest gekommen. Die pornografischen Bilder waren nur von Wert, wenn sie dazu beitrugen, den Mörder zu fassen.

»Das Paket wird heute Abend persönlich bei der Adresse aus dem Telegramm abgegeben.« Plötzlich hatte er keine Geduld mehr mit van Niekerk. Für den Major war die Ergreifung des Mörders zweitrangig gegenüber dem Besitz der Fotos, weil der ihm Macht über die Security Branch und Teile der National Party verschaffte. »Ich muss los und herausfinden, was die Security Branch an Land gezogen hat«, sagte er. Er würde Jacob's Rest nicht verlassen, bis er wusste, wer Willem Pretorius umgebracht hatte und warum.

»Sie haben ihn erwischt«, sagte van Niekerk ohne Umschweife. »Ihren Mann aus dem Fort Bennington College.«

»Woher wissen Sie das?«

Van Niekerk lachte, als sei die Frage zu töricht, um zu antworten. »Ich weiß es eben, Cooper.«

»Können Sie mir sonst noch was sagen?«, fragte Emmanuel. Piet und Dickie würden ihm auf keinen Fall etwas verraten.

»Er war an der Furt in der Nacht, als der Captain ermordet wurde«, sagte der Major. »Das steht fest. Dieser Minenarbeiter

Duma aus der Location war sein Kontaktmann. Vielleicht ist es besser, wenn Sie in Betracht ziehen, dass die Security Branch auf der richtigen Spur sein könnte.«

»Mache ich, Sir«, sagte Emmanuel und hängte ein. Er hatte das untrügliche Gefühl, dass der kommunistische Agent nichts mit dem Mord zu tun hatte. Warum war die Leiche zum Wasser geschleift worden, wenn man sie ebenso gut im Sand hätte liegen lassen können? Und Shabalala war sicher, dass der Mörder nach Mosambik zurückgeschwommen war. Vielleicht hatte die Security Branch Antworten auf diese Fragen.

Er ging nach vorn in den Laden, wo Zweigman mit einem Wedel aus Straußenfedern die Regale abstaubte.

»Für meine Untersuchung komme ich heute Nachmittag wieder«, kündigte er dem Krämer an und stellte das Telefon auf die Theke. »Ich muss mich auf der Wache melden.«

»Natürlich. Ich bin bis gegen halb sechs hier.«

Emmanuel trat hinaus auf den löchrigen, unbefestigten Gehweg vor Poppies und dem Schnapsladen. Es war höchste Zeit, dass er Shabalala ernsthaft löcherte, bis der Schwarze ihm alles sagte, was er über Willem Pretorius' Geheimnisse wusste.

* * *

Vor der Polizeiwache standen vier Chevrolet-Limousinen, die blinkenden Chrom-Zierleisten fleckig von Staub und zerquetschten Insekten von der nächtlichen Fahrt. Auf der Veranda vor dem Gebäude stand eine Handvoll Zivilpolizisten in zerknitterten Anzügen herum, sie rauchten und palaverten mit einem stämmigen Mann, dem ein Fotoapparat um den Hals hing. Presse, nahm Emmanuel an. Vermutlich schrieb der Reporter für eins der speichelleckerischen Afrikaaner-Blättchen, die unabhängig von den Fakten immer die Parteilinie vertraten.

Emmanuel stieg die Treppe hoch und machte sich auf eine Abfuhr gefasst. Der Apparat der Security Branch hatte die Wache jetzt fest im Griff, und er stand nicht auf der Gästeliste. Einer der Neuankömmlinge von der Security Branch trat vor.

»Kein Zugang«, sagte der mondgesichtige Mann im schlecht geschnittenen Anzug. »Hier kommt nur rein, wer Lieutenant Lappings Segen hat.«

Emmanuel trat einen Schritt zurück. Pockennarben-Piet würde ihm kaum einen Freibrief erteilen, nicht in diesem Leben.

»Ich will zur regulären Polizei. Constable Shabalala, Lieutenant Uys und Constable Hepple. Ich bin hier mit einer Ermittlung betraut.«

»Sehen Sie hinten nach.« Das Mondgesicht grinste ihn an. »Hey, haben Sie Ihren Sittenstrolch schon gefangen, Detective Sergeant?«

Emmanuel verzog sich ohne Antwort. Lieutenant Lapping hatte ihn von der Mordermittlung ausgeschlossen und obendrein zum Gespött gemacht. Er musste vorläufig kleinere Brötchen backen, bis er Shabalala aufgetrieben und Willem Pretorius' schmutzige Wäsche durchwühlt hatte.

Er ging durchs Seitentor zum Hinterhof der Wache. Paul Pretorius und der kleinwüchsige Lieutenant Uys saßen mit drei Männern, die er nicht kannte, im Schatten des Avocadobaums. War die ganze Security Branch hier angerückt, die Büros in der Stadt verwaist?

Paul Pretorius stand auf und kam mit wiegendem Gang auf ihn zu. »Na?« Zum ersten Mal, seit sie sich begegnet waren, lächelte der hünenhafte Soldat ihn an. Es war kein schöner Anblick. »Wie fühlt es sich an, am Arsch der Ermittlung zu dienen, Detective Sergeant?«

»Haben Sie vom Verdächtigen schon ein Geständnis?«, fragte Emmanuel.

»Noch ein, zwei Stunden, dann ist das erledigt.« Paul strich sich über sein stoppeliges Kinn, um zu betonen, dass man im Epizentrum der Macht eine lange Nacht gehabt hatte. »Ich kann Ihnen versichern, die Jungs da drin wissen, was sie tun.«

»Sicher, dass er es war?«

»Absolut. Und Sie dachten, Pas Mörder wäre irgendein abartiger Weißer. Sieht aus, als müssten Sie mit leeren Händen nach Jo'burg zurück. Dumm gelaufen, was?«

Emmanuel wusste genau, wie er Paul Pretorius das Grinsen aus dem Gesicht wischen könnte: ein Foto, auf dem der angesehene weiße Police Captain im Bett einer Farbigen seinen gewaltigen Ständer zeigte. Das würde Wunder wirken. Gut, dass das Päckchen mit den pornografischen Bildern schon auf dem Weg zu van Niekerk war und nicht mehr in seinen Händen.

»Sind die Constables nicht da?« Er tat, als hätte der arrogante Pretorius-Sohn ihn nicht gerade bewusst gedemütigt. Eines Tages würde Paul unweigerlich die Wahrheit über seinen Vater erfahren, und Emmanuel hoffte, dass er das miterlebte.

»Hansie ist mit seinem Mädel unterwegs, und Shabalala habe ich nicht gesehen.« Paul Pretorius zuckte die Achseln zum Zeichen, dass er genug davon hatte, einen Detective ohne Macht und Einfluss zu piesacken, und schlenderte zurück in den Schatten zu den anderen Männern.

Emmanuel begab sich auf den Kaffernpfad. Er musste Shabalala finden und ihm klarmachen, dass es Zeitverschwendung war, das Andenken von Willem Pretorius zu schützen. Mit etwas Druck kam er vielleicht sogar dahinter, wer die geheimnisvolle Frau auf den Fotos war.

Da, wo der Kaffernpfad die Hauptstraße kreuzte, erspähte er Constable Hepple, der sich an eine riesenbrüstige Brünette mit den Armen einer Milchmagd schmiegte. Es war die junge Frau vom Kirchhof, die Hansie bei der Beerdigung des Captains ins Visier genommen hatte. Die Turteltäubchen bemerkten ihn erst, als er vor ihnen stand.

»Detective Sergeant.« Hansie fuhr zurück und strich sich das Jackett über den schmalen Knabenhüften glatt. »Ich ... ich hab Sie gar nicht kommen sehen.«

»Sie waren beschäftigt«, antwortete Emmanuel, und die junge Frau zupfte hastig den Ausschnitt ihres Kleids zurecht. »Wissen Sie, wo Constable Shabalala ist?«

»In der Location.« Hansie war rot im Gesicht. »Lieutenant Lapping hat gesagt, er soll morgen wiederkommen.«

»Der Lieutenant hat auch gesagt, Hansie kann sich den Tag freinehmen.« Nervös langten die abgearbeiteten Hände des Mädchens über ihren gewaltigen Brüsten nach dem glitzernden Anhänger ihres Kettchens. »Wir wollten spazieren gehen.«

Emmanuel deutete auf das Schmuckstück in ihrem Ausschnitt. »Das ist ein ungewöhnliches Teil. Darf ich mal sehen?«

»Natürlich.« Das Milchmädchen errötete vor Stolz und hob ihm den Anhänger entgegen. »Echt Gold und ein echter Diamant.«

»Eine Blume«, sagte Emmanuel und betrachtete den mit goldenen Blütenblättern eingefassten glitzernden Diamanten. Es war genau die Kette, die die braunhäutige Frau in der lüsternen Inszenierung des Captains getragen hatte. Hansie drängte sich näher, um sein Mädchen vor zu viel Aufmerksamkeit seitens des Großstadtpolizisten zu schützen. Emmanuel ignorierte ihn. Ihn interessierte am Busen der Jungfarmerin nur der Umstand, dass sie angesichts seiner spektakulären Größe nicht die Frau auf den Fotos sein konnte.

Emmanuels Verstand erging sich in bizarren Spekulationen, wie die Goldblume zu der brünetten Afrikaanerin gekommen sein mochte. Hatte Captain Pretorius einen vielfarbigen Harem unterhalten und alle Frauen mit identischen Goldkettchen belohnt?

»Wo haben Sie das her?«

»Von Hansie.« Sie strahlte ihren unterbelichteten Galan an. »Er hat sie mir eben geschenkt.«

Das erklärte die verschwitzte Umschlingung. Ein Farmermädchen bekam nicht alle Tage ein teures Schmuckstück zum Herumprotzen geschenkt.

»Sie haben einen guten Geschmack, Constable.« Emmanuel legte Hansie eine Hand auf die Schulter und schob ihn ein Stück in Richtung Kaffernpfad. »Wo haben Sie die Kette her?«

Der Junge duckte sich bei dem ernsten Tonfall und scharrte mit der Stiefelspitze im Sand. »Weiß ich nicht mehr.«

»Sagen Sie es mir.«

»Ich ... ich hab sie gefunden.«

»Wo?«

Die kornblumenblauen Augen des Constables füllten sich mit Tränen, genau wie neulich am Tatort, als die Pretorius-Brüder ihm Prügel verabreichen wollten.

»Am Fluss. Auf dem Pfad, der ins Veld führt.«

Emmanuel bereute, dass er die Pretorius-Jungs davon abgehalten hatte, Hansie ordentlich zu verdreschen. Der beschränkte Polizist hätte durchaus Schläge verdient.

»Sie reden von dem Ufer, wo der Captain gefunden wurde?«

»*Jaa.*« Tränen rollten dem Constable übers Gesicht und tropften auf seine gestärkte Uniform. Heute Abend würde seine Mutter den Stoff mit Fleckenwasser bearbeiten müssen.

»Die Kette lag auf dem Pfad, auf dem die zwei Jungs zurück zur Location gelaufen sind?«, fragte Emmanuel noch einmal nach und bemühte sich, seine Finger nicht zu brutal in Hansies Schulter zu krallen. Der National Party-Regierung musste doch klar sein, dass so einen Knaben in Uniform zu stecken dasselbe war, wie wenn man einen Affen damit einkleidete.

»Ja, da auf dem Pfad.«

»Warum haben Sie mich nicht gerufen, damit ich mir diesen ungewöhnlichen Fund anschaue?«

Hansie biss in seinen Daumennagel und dachte angestrengt über die Frage nach. »Na ja ... so ein Frauenkettchen hat doch mit dem Tod des Captains nichts zu tun. Ich meine ... das hätte ja bedeutet, dass eine Frau bei ihm war ... und ... da war ja keine Frau bei ihm ... weil ... so war der Captain nicht.«

»Hepple.« Emmanuel nahm die Hand von der Schulter des Jungen und kramte in seiner Jackentasche nach dem Autoschlüssel. »Diese Kette ist ein Beweisstück. Sie haben bis heute Nachmittag Zeit, um sie Ihrer Freundin wieder abzunehmen und mir auszuhändigen, verstanden?«

»Aber ... sie ... sie findet sie ganz toll.«

»Heute Nachmittag«, wiederholte Emmanuel und ging zum Packard. Er ahnte jetzt, was Shabalala geheim hielt und warum der Zulu-Polizist seinen Kindheitsfreund Willem Pretorius deckte.

* * *

Emmanuel lief durch das urwüchsige Labyrinth aus maroden Wohnstätten und suchte die rosa Tür, an der er angeblich das Zuhause des Zulu-Constables erkennen würde. Er fand sie und klopfte zweimal. Die Tür schwang auf, und Shabalala sah ihn überrascht an.

»Eine Frau war bei ihm«, sagte Emmanuel. »In der Nacht, als er am Flussufer erschossen wurde, war eine Frau bei Captain Pretorius.«

»Es hatte geregnet, und viele Spuren ...«

»Erzählen Sie mir nicht diesen Quatsch, den kaufe ich Ihnen heute nicht ab. Sie sind Fährtenleser. Sie wussten, dass Pretorius an dem Abend nicht allein war.«

Der Zulu-Shangaan versuchte etwas zu sagen, brachte aber nichts heraus und griff stattdessen in seine Overalltasche. Er zog einen unbeschrifteten Umschlag hervor und reichte ihn Emmanuel wortlos.

»Was ist das?«

»Lesen Sie das bitte, Nkosana.«

Emmanuel riss den Umschlag auf und zog ein gefaltetes, liniertes Blatt heraus, auf dem zwei Sätze standen. Er las laut vor: »Der Captain hatte eine Nebenfrau. Die Nebenfrau war mit ihm am Fluss, als er gestorben ist.«

»Sie waren es also, der mich zu Kings Farm geschickt hat«, sagte Emmanuel. Er erkannte die Handschrift wieder. Nun passte alles zusammen. Der Mensch, der den Zettel hinterlassen hatte, war schneller gelaufen, als er jemals jemanden hatte laufen sehen, mit einer erbarmungslosen Ausdauer, die ihn draußen im Veld keuchend zum Aufgeben zwang. Captain Pretorius und Shabalala hatten den Alten einst Tränen der Rührung entlockt, als sie ohne einmal anzuhalten oder zu trinken von einem Ende der Farm bis zum anderen gerannt waren. Wie so viele Weiße, dachte Emmanuel, wurde ich von einem Krieger der Impi besiegt.

»Was ist in dieser Nacht am Ufer passiert? Ich erzähle es weder Familie Pretorius noch anderen Polizisten. Also los, sagen Sie schon.«

Shabalala nahm sich Zeit, als könne er nur schwer in Worte fassen, was er so lange unter Verschluss gehalten hatte.

»Der Captain und die Nebenfrau waren zusammen auf der Decke. Der Captain wurde getroffen und fiel vornüber. Die Nebenfrau hat sich unter ihm hervorgewunden und ist über den Sand zum Pfad gelaufen, dann hat der Mann den Captain zum Wasser geschleift. Das ist alles, was ich weiß.«

»Herr im Himmel, Mann. Warum haben Sie mir das nicht gleich gesagt?«

»Die Söhne des Captains. Sie würden das nicht gern hören. Niemand von den Afrikaanern würde diese Geschichte gern hören.«

Die Pretorius-Brüder waren in Jacob's Rest inoffiziell das Gesetz. Anton mit seiner ausgebrannten Werkstatt war ein Beispiel dafür, welche Willkür einem zuteil wurde, der dieses Gesetz missachtete. Welche Chance hatte ein schwarzer Polizist gegen den mächtigen Arm der Familie Pretorius?

»Ich verstehe«, sagte Emmanuel.

Shabalala musste in Jacob's Rest leben. Anonyme Zettel zu schreiben war für ihn die einfachste Methode, die Ermittlungen voranzutreiben, ohne sich zu gefährden. Es war besser und sicherer für alle Beteiligten, wenn ein weißer auswärtiger Ermittler die Wahrheit über den Captain enthüllte.

»Detective Sergeant.« Der Zulu-Constable winkte ihn herein und ging nach hinten durch.

Emmanuel folgte Shabalala durch ein aufgeräumtes Wohnzimmer in die Küche. Am Tisch stand eine schwarze Frau. Sie blickte mit besorgter Miene auf, gab jedoch keinen Laut von sich.

Shabalala führte Emmanuel durch die Hintertür nach draußen. Sie setzten sich an einen kleinen Kartentisch. Im Hof hinter Shabalalas Haus befanden sich ein Hühnerstall und ein traditioneller Kraal, wo man über Nacht Tiere einsperren konnte. Hinter dem Kraal fiel das Gelände steil ab bis zum Ufer eines mäandrierenden Bachs.

Beide Männer blickten beim Sprechen auf die fernen Berge. Captain Pretorius' Entblößung war eine ernste Sache, die nicht Auge in Auge zu bewerkstelligen war.

»Wissen Sie, wer die Frau ist?«

»Nein«, sagte Shabalala. »Der Captain hat mir von der Nebenfrau erzählt, aber nicht, wer sie war.«

Emmanuel ließ die Schultern sinken. Willem Pretorius' Heimlichtuerei ging ihm auf die Nerven. Warum prahlte er nicht mit seinen Eroberungen wie jeder normale Mann?

»Was hat er Ihnen über seine Freundin erzählt?«

»Er sagte, er habe sich bei den Farbigen eine Nebenfrau genommen, und die Nebenfrau schenkte ihm … hm …« Die Pause zog sich hin, als Shabalala nach einer höflichen Umschreibung für die Worte des Captains suchte.

»Vergnügen? Macht?«

»Kraft. Die Nebenfrau schenkte ihm neue Kraft.«

»Warum nennen Sie sie seine Nebenfrau?« Er hatte die Fotos gesehen, darauf gab es rein gar nichts, was seine Exgattin Angela mitgemacht hätte.

»Sie war seine richtige Nebenfrau«, erklärte Shabalala. »Der Captain hat *Lobola* für sie bezahlt, wie es der Brauch ist.«

»Wem hat er den Brautpreis bezahlt?«

»Ihrem Vater.«

»Sie sagen, ein Mann, ein Mischling, war einverstanden, seine Tochter gegen Vieh einzutauschen?« Er beugte sich zu Shabalala vor. Glaubte der Zulu-Polizist diese weit hergeholte Geschichte wirklich?

»Der Captain hat mir erzählt, dass er es so gemacht hat. Er hat die alten Bräuche respektiert. Er konnte keine Nebenfrau nehmen, ohne zuvor *Lobola* zu entrichten. Das glaube ich.«

»Ja, sehr schön. Ich bin sicher, die weiße Mrs. Pretorius ist begeistert, wenn sie erfährt, dass ihr Mann sich fest an die alten Bräuche hielt.«

»Nein«, sagte Shabalala todernst. »Das würde der Missus nicht gefallen.«

Von einem abgelegenen Feld trug der Wind den Gesang einer Frau heran. Vor ihnen breitete sich das Grasland aus bis zu den fernen Bergen. Das hier war das eine Afrika, bevölkert von schwarzen Männern und Frauen, die noch die alte Lebensweise verstanden und achteten. Fünf Meilen südlich in Jacob's Rest gab es parallel dazu ein anderes Afrika. Wie hatte Willem Pretorius glauben können, dass er in beiden Afrikas gleichzeitig leben konnte?

»Wir müssen diese Frau finden.« Emmanuel zog den Kalender aus Mosambik aus der Tasche und legte ihn zwischen ihnen auf den kleinen Tisch. Die Zeit der Geheimnisse war vorbei. »Sie war die Letzte, die Pretorius lebend gesehen hat, und kann uns vielleicht sagen, was er an bestimmten Tagen getan hat.«

Shabalala musterte den Kalender. »Am Montag und Dienstag vor seinem Tod war der Captain in Mooihoek, aber an den anderen Tagen hat er die Stadt nicht verlassen.«

»Was bedeuten Ihrer Meinung nach die roten Markierungen? Ist er jeden Monat für ein paar Tage irgendwo hingefahren?«

»Nein. Er fuhr nach Mooihoek, um Vorräte für die Wache zu kaufen, und manchmal mit seiner Familie nach Mosambik und Natal, aber nicht jeden Monat.«

»Diese Markierungen müssen etwas zu bedeuten haben.« Emmanuel fürchtete eine neue Sackgasse. »Wenn Pretorius etwas Illegales tat ... wenn er geschmuggelt oder sich mit einem Komplizen getroffen hat ... hätten Sie davon gewusst?«

»Ich glaube schon, ja.«

»Und hat er etwas in der Art getan?«

Shabalala schüttelte den Kopf. »Der Captain hat niemals gegen das Gesetz verstoßen.«

»Sie finden, das Unsittlichkeitsgesetz zählt nicht?« Emmanuel staunte, wie hartnäckig Shabalala an seinem Respekt für den toten Freund festhielt. Von allen Menschen in Jacob's Rest stand es ihm am meisten zu, zynische Gedanken über Willem Pretorius zu hegen, einen weißen Mann, der sich Lügen und Ehebruch herausnahm.

»Er hat *Lobola* entrichtet. Ein Mann darf viele Frauen heiraten, wenn er den Brautpreis zahlt. Das ist das Gesetz der Zulu.«

»Pretorius war kein Zulu. Er war Afrikaander.«

Shabalala zeigte auf sein Herz. »Hier. Hier drin war er ein Zulu.«

»Dann überrascht es mich, dass er nicht eher umgebracht wurde.«

An der Hintertür war ein Scharren zu hören. Die Frau mit dem runden Gesicht und dem runden Gesäß brachte ein Teetablett auf die Stoep und stellte es auf den Tisch.

»Detective Sergeant Cooper, meine Frau Lizzie.«

»Unjani, Mama.«

Emmanuel begrüßte die Frau auf Zulu-Art, indem er zum Zeichen seines Respekts sein rechtes Handgelenk mit der Linken umfasste. Das Lächeln der Frau erwärmte die Stoep und die halbe Location. Sie war nur einen Bruchteil so groß wie ihr Mann und ihm doch in jeder Hinsicht ebenbürtig.

»Sie haben gute Manieren.« Ihr ergrauendes Haar gab ihr die Autorität, das Wort zu ergreifen, wo eine Jüngere geschwiegen hätte. Sie betrachtete den Kalender eingehend.

»Meine Frau ist Lehrerin«, rechtfertigte Shabalala ihre Wissbegier. »Sie unterrichtet alle Fächer.«

Lizzie legte ihrem Mann eine Hand auf die breite Schulter. »Nkosana, kann ich dich bitte kurz drinnen sprechen?«

Eine peinliche Pause folgte, dann stand der Zulu-Polizist auf und folgte seiner Frau ins Haus. Es gehörte sich nicht, dass eine Frau Männer bei ernsten Dingen unterbrach. Emmanuel nippte an seinem Tee. Aus der Küche waren ihre murmelnden

Stimmen zu hören. Wie Captain Pretorius den Erwerb einer zweiten Frau bewerkstelligt hatte, war nicht so wichtig, es galt vielmehr, sie zu finden. Sie war der Schlüssel zu allem.

Shabalala kam wieder heraus auf die Stoep, blieb jedoch stehen. Er zerrte an seinem Ohrläppchen.

»Was gibt's?«

»Meine Frau sagt, der Kalender gehört einer Frau.«

»Er gehörte aber dem Captain. Ich habe ihn in der Steinhütte auf Kings Farm gefunden.«

»Nein.« Shabalala wand sich wie ein verlegener Schuljunge. »Frauen benutzen einen Kalender so, um ... äh ...«

Shabalalas Frau trat aus der Küche und nahm den Kalender in die Hand.

»Wie kann ein erwachsener Mann sich so anstellen?«, fragte sie Shabalala und schnalzte mit der Zunge. Sie deutete auf die rot umrandeten Tage. »Einmal im Monat fließt es aus einer Frau wie ein Fluss. Versteht ihr? Das bedeutet dieser Kalender.«

»Sind Sie sicher?«

»Ich bin eine Frau und weiß so etwas.«

Emmanuel war verblüfft von der Einfachheit der Erklärung. Er hätte den Kalender hundert Jahre anstarren können, ohne darauf zu kommen. Es ging um den Monatszyklus einer Frau, nicht um rätselhafte Daten für illegale Geschäfte oder Lieferungen. Der Fotoapparat, der Kalender und die Fotos, alles hatte mit der geheimnisvollen Nebenfrau zu tun, wer immer sie war.

»Danke«, sagte er, dann wandte er sich an Shabalala. »Wir müssen die Frau finden, bevor die Security Branch aus dem Mann in der Zelle ein Geständnis herausprügelt und alle anderen Indizien aus dem Fenster wirft.«

»Der alte Jude«, schlug Shabalala vor. »Er und seine Frau kennen auch viele von den Farbigen.«

»Der redet nicht«, sagte Emmanuel. »Aber ich weiß jemanden, der vielleicht redet.«

* * *

Emmanuel überquerte die Straße zu Antons ausgebrannter Werkstatt, und Shabalala hielt Wache auf dem leeren Grundstück neben Poppies General Store. Falls Zweigman Reißaus nahm, während Emmanuel mit Anton sprach, sollte der schwarze Polizist ihn mit etwas Abstand verfolgen und beschatten.

Als Emmanuel das Werkstattgelände betrat, sah der farbige Mechaniker von der Schubkarre voll rußgeschwärzter Ziegelsteine auf, die er mit einer Drahtbürste säuberte. Langsam nahm die verkohlte Ruine seines einst florierenden Geschäfts wieder Form an.

»Detective.« Anton wischte sich die rußigen Finger an einem Lappen ab und gab Emmanuel die Hand. »Was führt Sie in diese Gegend?«

»Sie kennen doch die meisten der farbigen Frauen hier, oder?« Emmanuel verschwendete keine Zeit mit Höflichkeitsfloskeln. Wenn er von dem Mechaniker nichts erfuhr, würde er sich den alten Juden vorknöpfen.

»Die meisten. Geht es um den Triebtäter?«

»Ja«, log Emmanuel. »Ich will herausfinden, was die Opfer von den anderen farbigen Frauen in der Stadt unterschied.«

»Na ja ...« Anton legte weitere Ziegel in die Schubkarre. »Sie waren alle jung, alleinstehend und achtbar. Es gibt hier ein oder zwei Frauen, Namen nenne ich nicht, die mit ihrer Gunst eher freizügig umgehen. Denen hat der Triebtäter nicht nachgestellt.«

»Was ist mit Tottie? Wissen Sie etwas über ihr Privatleben?«

»Sie hat keins. Ihr Vater und ihre Brüder passen auf sie auf wie die Schießhunde, ein Mann kann von Glück sagen, wenn er eine Minute allein mit ihr sprechen kann.«

»Es gibt keine Gerüchte, dass sie etwas mit einem Mann außerhalb der farbigen Gemeinde angefangen hat?«

Der Mechaniker hielt inne und wischte sich ein paar Schweißtropfen von der Oberlippe. Seine grünen Augen wurden schmal. »Was wollen Sie wirklich von mir wissen, Detective?«

Emmanuel ging aufs Ganze. Mit Andeutungen und Taktgefühl

war hier nichts zu gewinnen. »Fällt Ihnen ein Farbiger ein, der noch die alten Bräuche praktiziert? Der einen Brautpreis für seine Tochter nehmen würde?«

Erleichtert lachte Anton auf. »Keine Chance. Nicht mal Harry mit seinem Senfgasschädel würde seine Töchter gegen ein paar Kühe eintauschen.«

Es war sehr wahrscheinlich, dass die Abmachung – jede Abmachung, bei der Eingeborenenbräuche im Spiel waren – geheim gehalten worden war, um nicht den Unmut einer Mischlingsgemeinde auf sich zu ziehen, die unermüdlich daran arbeitete, jede Verbindung zum schwarzen Teil des Familienstammbaums zu kappen.

»Ist irgendein farbiger Mann mal unverhofft zu Geld gekommen?«

»Nur ich.« Anton grinste und ließ seine Goldfüllung aufblitzen. »Vor ein paar Tagen habe ich meine ausstehende Rate erhalten, allerdings kein Papier, mit dem ich beweisen könnte, wo sie herkommt.«

Der diskrete Afrikaanercaptain und der Farbige, der auf den Kuhhandel um die sexuelle Gunst seiner Tochter eingegangen war, hatten ihr Tauschgeschäft wohl kaum an die große Glocke gehängt. Nur ein traditionsbewusster schwarzer Mann wäre geneigt, offen über den Brautpreis für seine Tochter zu reden.

»Also gut.« Emmanuel ließ von der Frage ab und schaltete einen Gang zurück. »Gab es mal Gerüchte über eine Frau in der Stadt oder auf einer der Farmen, die sich mit jemandem eingelassen hat, der nicht zu ihrer Gemeinde gehört?«

Anton wählte bedächtig einen rußgeschwärzten Ziegelstein aus und schrubbte los. »Wir lieben Gerüchte und Getuschel«, sagte er. »Manchmal scheint es, als wäre das das Einzige, was uns zusammenhält.«

»Erzählen Sie.«

»Wenn Granny Mariah hört, dass ich das weitergesagt habe, hängt sie meine Hoden zum Trocknen über ihren Zaun. Das ist keine Übertreibung. Die Frau ist eisern.«

»Ich verspreche, dass sie es von mir nicht erfährt.«

»Vor Monaten ...«, Anton sprach offenbar lieber zu dem Ziegelstein in seiner Hand, »hat Tottie einer anderen Frau gegenüber mal erwähnt, dass der alte Jude und Davida sich ihrer Meinung nach gut verstanden, zu gut.«

»Und ist da was dran?«

»Tja, Davida war ständig bei den Zweigmans, zu jeder Tag- und Nachtzeit. Sie ging dort ein und aus, wie es ihr passte, und das schien nicht richtig, dass eine von uns so dicke mit den Weißen war.«

»Hat jemand sie gefragt, was sie dort tat?« Er konnte sich die scheue braune Maus und den fürsorglichen alten Juden nicht beim hitzigen Austausch von Körperflüssigkeiten vorstellen. Sein Verhältnis zu ihr wirkte väterlich, nicht sexuell.

»Bücher lesen, nähen, backen, sie hatte immer irgendeine Erklärung parat.« Anton grub mit dem Fingernagel einen Ascheklumpen aus dem Ziegelstein. »Ich hatte selbst mal eine Schwäche für Davida. Wir sind wandern gegangen, und ich habe sogar ein paar Küsse ergattert, aber dann hat sie sich verändert, unsere Davida. Es war, als würde sie sich in ein Schneckenhaus zurückziehen, als das Gerede anfing. Früher war sie nicht so wie jetzt, so verschlossen und still. Damals hatte sie Feuer.«

»Tatsächlich?«

»O ja. Wunderschöne lange Locken, ganz natürlich, nicht etwa geglättet. Bei Feiern war sie die Erste auf der Tanzfläche und die Letzte, die sich setzte. Granny Mariah hatte alle Hände voll zu tun mit ihr, das können Sie mir glauben.«

Die Beschreibung passte nicht im Entferntesten auf die klösterliche Frau, die sich unter einem Kopftuch versteckte. Doch der Umstand, dass die scheue braune Maus einst lange schwarze Haare gehabt hatte, machte sie zur möglichen Kandidatin für die Unbekannte auf den Fotografien des Captains. Was für einen Körper hatte sie unter den unförmigen Kleidern, die wie Säcke an ihr hingen?

»Was ist passiert?«, fragte Emmanuel.

»Ich bin nie dahintergekommen«, sagte Anton. »Das mit dem Triebtäter hatte sie ganz gut überstanden, aber dann waren eines Tages ihre Haare ab, und sie ging nicht mehr mit mir wandern.«

»Wann hat diese Veränderung stattgefunden?«

»Irgendwann im April.« Anton warf den kaputten Ziegelstein in die Schubkarre. »Zweigman und seine Frau haben Davida gepflegt, weil sie krank war, und als sie wieder auftauchte, tja, da war alles anders.«

April. Im selben Monat hatte Captain Pretorius entdeckt, dass der deutsche Krämer in Wahrheit ein fähiger Chirurg war. Hatte Zweigman bei der Behandlung von Davidas mysteriöser Krankheit das Ausmaß seiner medizinischen Kenntnisse offenbart? Und wenn das zutraf, wie hatte Willem Pretorius das herausgefunden? Die scheue braune Maus war das einzige Bindeglied zwischen den beiden Männern.

»Danke für Ihre Hilfe, Anton«, sagte Emmanuel und streckte ihm zum Abschied die Hand hin. »Viel Glück beim Aufräumen.«

Er wollte mit Shabalala mögliche Verbindungen zwischen Willem Pretorius und Davida Ellis durchgehen, damit er die Zusammenhänge erkannte. Erst hatte Donny Rooke den Captain hinter den Häusern der Farbigen gesehen. Dann war Davida in der Steinhütte aufgetaucht. Und irgendwie waren auch die *Himmlischen Freuden* aus Zweigmans Bibliothek in Pretorius' verschlossenes Zimmer gelangt. Die Elemente begannen sich zusammenzufügen.

»Detective.« Anton lief ihm nach. »Das mit Granny Mariah war kein Scherz. Sie würde es mir nie verzeihen, wenn ich ihre Enkelin in Schwierigkeiten bringe.«

Emmanuel wusste nicht, wie er dem Mechaniker sagen sollte, dass Davida wahrscheinlich viel größere Schwierigkeiten hatte als nur ein von einem Exfreund gestreutes Gerücht. Wenn sich herausstellte, dass die scheue braune Maus Hauptzeugin des Mordes an einem weißen Police Captain war, dann würde bald ganz Südafrika ihren Namen und ihr Gesicht kennen.

16

Granny Mariah und Davida arbeiteten draußen, sie streuten Samen in eine Furche frisch umgegrabener Erde. Die grünen Augen der Älteren weiteten sich beim Anblick des weißen Polizisten und seines schwarzen Kompagnons, die an einem Frühlingstag durch ihren Garten kamen.

»Was wollen Sie?« Sie richtete sich auf und stemmte die Hände in die Hüften.

»Ich muss mit Davida sprechen.« Trotz Granny Mariahs offener Feindseligkeit blieb Emmanuel ruhig und höflich. Es gab nicht viel, was eine Nichtweiße gegen den Arm des Gesetzes ausrichten konnte.

»Was wollen Sie von ihr?«

»Das geht nur Davida und mich etwas an.«

»Tja, nicht mit mir. Ich lasse nicht zu, dass Sie herkommen und meine Enkelin in Schwierigkeiten bringen.«

»Dafür ist es zu spät«, sagte Emmanuel. Er bedauerte die hitzige Frau und bewunderte ihren Mumm in aussichtsloser Lage. Sie wussten beide, dass er diesen Kampf gewinnen würde.

»Granny ...« Die scheue braune Maus trat vor. »Ist schon gut. Ich rede mit dem Detective.«

»Nein. Das lass ich nicht zu.«

»Er hat recht«, sagte Davida leise. »Dafür ist es zu spät.«

Die braunhäutige Matriarchin packte die Hand ihrer Enkelin und drückte sie. »Dann geht ins Wohnzimmer, Schätzchen«, sagte sie. »Da ist es gemütlicher.«

»Wir reden in ihrem Zimmer.« Emmanuel ging auf das weiße Häuschen am Rand des Gartens zu und öffnete die Tür. Im Innern der alten Dienstbotenkammer zog er sich einen Stuhl zurecht, so dass er die Einrichtung im Blick hatte. Das schmiedeeiserne Bett und den Nachttisch erkannte er auf Anhieb von den Fotografien. Auf dem Boden neben dem Kopfende stapelten sich ledergebundene Bücher aus Zweigmans Bibliothek. Das

Einzige, was fehlte, war der riesige weiße Fleischberg, der sich auf dem Bett räkelte.

Davida trat ein, und die Bilder, die Emmanuel nach seiner Rückkehr aus Lorenzo Marques gesehen hatte, schossen ihm durch den Kopf. Die langen dunklen Haare vor ihrem Gesicht, die erigierten Brustwarzen, die auf den weißen Laken hart wie Edelsteine aussahen, die geschmeidigen Umrisse ihrer Beine, die in einem Büschel dunklen Schamhaars ausliefen ... und Willem Pretorius, bereit, von alldem zu kosten.

»Kannten Sie Captain Pretorius?«, fragte er.

»Jeder kannte ihn.«

»Ich meine, kannten Sie ihn gut genug, um mit ihm, sagen wir, ins Gespräch zu kommen oder etwas in der Art?«

Sie wandte sich zum Fenster, ihre Finger spielten mit der Gardinenborte. »Warum stellen Sie mir solche Fragen?«

»Warum antworten Sie nicht?«

»Weil Sie die Antwort schon kennen. Deshalb sind Sie doch hier.« Sie schnaubte unwillig. »Warum muss ich es aussprechen?«

»Ich muss es von Ihnen hören – in Ihren eigenen Worten.«

»Na gut.« Die scheue braune Maus drehte sich zu ihm um, und er erhaschte einen Blick auf ihren Anteil an Granny Mariahs Kampfgeist. »Ich habe in diesem Bett mit Captain Pretorius geschlafen. Sind Sie jetzt zufrieden?«

»Geschlafen im Sinne eines Nickerchens oder im Sinne von ficken?«

»In den meisten Nächten haben wir beides gemacht.« Sie war trotzig und willens, den Rest ihres guten Rufs zu ruinieren.

Die aufgebrachte Davida gefiel ihm viel besser als die Verwässerte-Milch-Version, die sie der Welt darbot.

»Ich frage mich, warum lässt sich eine farbige Frau mit einem verheirateten Weißen ein, dessen Familie nur ein paar Straßen weiter wohnt? Leben Sie gern gefährlich, Davida?«

»Nein. So war es nicht.«

»Wie war es dann?«

»Ich wollte es nicht.« Sie kratzte Flocken abplatzender Farbe vom Fensterbrett und zerrieb sie zwischen den Fingern. »Er wollte es auch nicht.«

»Er musste sich also zwingen, ja?« Emmanuel versuchte nicht, seine Skepsis zu verbergen. Wie lange hatte es wohl gedauert, bis Willem Pretorius die weiße Fahne gehisst und sich den Freuden des schmiedeeisernen Bettes ergeben hatte? Einen Tag, eine Woche oder gar einen ganzen Monat?

»Er hat es versucht«, beharrte Davida. »Erst mit Enthaltsamkeit, dann mit den Fotos, aber das hat alles nicht geklappt.«

»Erzählen Sie mir von den Fotos.«

Sie hatte freiwillig davon angefangen, ohne zu wissen, dass er im Besitz der Abzüge war. Womöglich erleichterte es sie, einen Aspekt ihres Lebens preiszugeben, den sie unter Verschluss gehalten hatte. Für pornografische Fotos zu posieren war höchst illegal und garantierte den Ausstoß aus der Liga rechtschaffener farbiger Frauen.

»Der Captain meinte, wenn er Fotos zum Anschauen hätte, bräuchte er nicht Hand an mich zu legen. Bilder ansehen fand er eine geringere Sünde, als Ehebruch zu begehen.«

»Verstehe.«

Der Unterschied zwischen den beiden Packen Fotos sprang ins Auge. Die ersten Bilder waren naiv und behutsam, der zweite Schub eindeutig und hemmungslos. Irgendwann zwischen den Aufnahmen des ersten und des zweiten Films hatte die Sünde den Kampf um die Seele von Captain Pretorius gewonnen.

»Aber die Fotografien reichten dann doch nicht, und so haben Sie beide letztlich Ehebruch begangen. Trifft das zu?«

»Ja.« Ihre Stimme war nur noch ein Flüstern. »So ist es passiert.«

»Was war das für eine Beziehung?«

»Das habe ich Ihnen schon gesagt.«

»Captain Pretorius hat also sexuell mit Ihnen verkehrt und ist dann unverzüglich gegangen? Sonst lief da nichts?«

»Nein, der Captain ist danach gern noch ein bisschen geblieben und hat geredet.«

»Wie würden Sie Ihr Verhältnis zu ihm beschreiben? Als gut?«

»So gut, wie es eben ging.« Sie zuckte die Achseln. »Kirchenglocken standen außer Frage.«

»Warum haben Sie es dann gemacht? Wäre nicht Anton oder irgendein anderer Farbiger aus der Stadt eine passendere Wahl gewesen?«

Sie stieß einen ungläubigen Kehllaut aus. »Nur ein weißer Mann kann im Ernst so eine Frage stellen und dann auch noch eine Antwort erwarten.«

Emmanuel hatte das Gefühl, sie zum ersten Mal zu sehen. Die duldsame junge Farbige konnte er handhaben oder sogar ignorieren. Aber diese wütende scharfsinnige Frau war ein ganz anderes Kaliber.

»Was hat die Frage damit zu tun, dass ich weiß bin?«

»Nur Weiße reden bei so etwas von Wahl, als wäre das eine Pralinenschachtel, aus der jeder sich etwas aussuchen darf. Ein Captain der Afrikaanerpolizei kommt hereingestiefelt, und was sage ich zu ihm? ›Nein danke, Captain Sir, ich möchte meine Aussichten auf eine gute Ehe mit einem guten Mann aus meiner Gemeinde nicht ruinieren, also gehen Sie, ma'Baas, jetzt bitte heim zu Ihrer Frau und Ihrer Familie. Ich verspreche, dass ich Sie nicht erpresse, wenn Sie mir versprechen, dass Sie meine Familie nicht bestrafen, weil ich Sie abgewiesen habe. Danke, dass Sie gefragt haben, Herr Polizist. Ich fühle mich geehrt.‹ Im Ernst, kommen nichtweiße Frauen in Jo'burg damit durch, Detective Sergeant?«

Emmanuel begriff, dass sie recht hatte. Ihm war, als hätte sie ihm eine Ohrfeige verpasst. Er lehnte sich vor und dachte über die Konsequenzen nach. Eine heimliche und illegale Affäre mit einem Afrikaaner minimierte gewiss jede Chance auf Heirat oder eine ernsthafte Beziehung mit jemandem aus ihrer Kaste. Jacob's Rest war zu klein, um diese Art Gesetzesbruch geheim zu halten. Davida Ellis saß in der Falle: eine unverheiratete Farbige, die an einen verheirateten weißen Mann gebunden war.

»Wann haben Sie Captain Pretorius zum letzten Mal gesehen?«

Die Röte, die ihr die Tirade über weiße Männer ins Gesicht getrieben hatte, verging und wich einem eigentümlichen Aschgrau.

»In der Nacht, als er starb«, sagte sie.

»Wo?«

»Er ist hier in mein Zimmer gekommen. Er sagte, ich soll mich fertigmachen, wir würden zum Fluss fahren. Ich wollte nicht, aber er war wütend und bestand darauf.«

»Worüber war er wütend?«

»Er hat Donny Rooke beim Schnüffeln erwischt und musste ihn zur Warnung windelweich prügeln. Bevor wir gingen, habe ich dem Captain die Hände mit einem Lappen saubergemacht, weil er aufgeplatzte Haut an den Fingerknöcheln hatte.«

Das war ein Punkt für Donny und eine Bestätigung, dass Pretorius sehr grob werden konnte, wenn er musste. Kaum anzunehmen, dass der Außenseiter Donny nach den Hieben, die er bezogen hatte, noch einen Meuchelmord begehen und einen Ausflug nach Mosambik machen konnte, um seine Spuren zu verwischen. Dafür war Donny nicht annähernd gerissen genug oder stark genug.

»Sie wollten an diesem Abend nicht weggehen?«

»Nein.« Sie fiel in ihre alte Gewohnheit zurück und starrte beim Sprechen auf ihre Hände. »Ich bin nie gern mit dem Captain rausgegangen. Ich hatte Angst, man könnte uns sehen.«

»Pretorius teilte diese Befürchtung nicht?«

»Er fand, es sei in Ordnung, weil er ja jetzt wusste, wer ihm hinterherschnüffelte, und am Fluss war sein Lieblingsplatz für … Sie wissen schon … Ausflüge.«

Emmanuel dachte an seinen ersten Eindruck am Tatort und das deutliche Gefühl, dass das Opfer gelächelt hatte, als die Kugel einschlug.

»Hatte Captain Pretorius schon vorher den Verdacht, dass ihm jemand hinterherschnüffelt, bevor er Donny erwischt hat?«

»Er sagte, er wüsste, dass sich draußen im Veld jemand herumdrückt, und er würde ihn sich schnappen.«

»Wann hat er Ihnen zum ersten Mal erzählt, dass ihm jemand nachstellt?«

»Drei oder vier Wochen, bevor er starb.«

»Und er nahm an, dass es Donny war?«

»Ja. Das hat mir der Captain gesagt.«

Was hatte Willem Pretorius bloß zu dem Glauben verführt, ausgerechnet Donny Rooke wäre fähig zu einer ausgeklügelten Beschattung? Die wachsame Präsenz in der Dunkelheit war immer noch da draußen, und es war nie und nimmer Donny.

»Was ist dann passiert?« Bisher glaubte er Davida jedes Wort, doch er fragte sich, wann sie ins Schlingern geraten und versuchen würde, eine Lücke in ihrer Geschichte zu übertünchen. Jeder Mensch hatte etwas zu verbergen.

»Wir sind zum Polizeitruck, und ich habe mich hinten unter eine Decke gelegt. Wir sind zur Farm vom alten Voster gefahren. Der Captain ist ausgestiegen und hat sich vergewissert, dass alles ruhig ist. Er kam längere Zeit nicht wieder, und ...« Sie holte tief Luft. »Ich bekam schon Angst, aber dann kam er und sagte, alles sei in Ordnung, also sind wir an den Fluss gegangen.«

Sie atmete jetzt heftiger, ihre Brust hob und senkte sich unregelmäßig. So hatte er sie auch in der Steinhütte erlebt. Todesangst.

»Fahren Sie fort.«

»Der Captain hat die Decke ausgebreitet, und dann ... also ... dann ist es passiert. Es hat zweimal geknallt, und er ist einfach vornübergekippt.«

»Captain Pretorius stand bei der Decke und Sie saßen drauf?«, fragte Emmanuel. Irgendetwas fehlte in ihrer Beschreibung der Ereignisse.

»Wir waren beide auf der Decke.« Sie starrte aus dem Fenster wie ein Häftling, der hinter Gittern hockt und einen Schwarm Vögel über den Stacheldraht hinwegfliegen sieht. »Wir waren ... er hatte ... Sie wissen schon ...«

»Davida, drehen Sie sich um und sehen Sie mich an«, sagte

er. »Erzählen Sie mir genau, was auf der Decke passiert ist. Lassen Sie nichts aus. Ich werde weder empört noch schockiert sein.«

Sie wandte sich ihm wieder zu, hielt aber ihren Blick starr auf den mittleren Knopf seines Jacketts gerichtet. Nach allem, was sie auf den Fotos gemacht hatte, war es erstaunlich zu sehen, wie jetzt die Röte ihren Hals hinaufkroch und ihr Gesicht dunkler färbte.

»Der Captain machte es von hinten mit mir.« Ihre Stimme war nur ein heiseres Flüstern. »Er war gerade fertig und knöpfte sich die Hose zu, als ich es zweimal knallen hörte. Ich wusste nicht, was es war. Dann fiel der Captain nach vorn, und ich konnte mich nicht mehr rühren. Er lag über mir. Ich habe mich zu bewegen versucht, aber er lag auf mir drauf.«

»Was haben Sie dann getan?«

»Mein Herz klopfte so laut, dass es mir in den Ohren dröhnte. Geweint habe ich auch. Und versucht, mich unter dem Captain hervorzuwinden. Deshalb habe ich ihn auch nicht gehört, bis er direkt hinter mir stand.«

»Wen?«

»Den Mann.«

»Was für einen Mann?«

»Den Mann mit dem Gewehr. Er trat gegen mein Bein und sagte: ›Hau ab. Wenn du dich umdrehst, erschieße ich dich.‹ Da bin ich unter dem Captain hervorgekrochen und weggerannt. Auf dem Kaffernpfad bin ich hingefallen, und mein Kettchen ist gerissen, aber ich konnte nicht danach suchen. Ich bin aufgestanden und weitergerannt, bis ich zu Hause war.«

»Dieser Mann. Welche Sprache hat er gesprochen?«

»Englisch. Mit Akzent.«

»Erzählen Sie mir von dem Mann. Haben Sie irgendetwas von ihm gesehen?«

»Ich lag auf dem Bauch und der Captain auf meinem Rücken. Ich habe ihn nicht gesehen. Ich habe nur gehört, wie er sagte, ich soll abhauen.«

»Und seine Stimme«, sagte Emmanuel, »wonach klang er, was würden Sie tippen? Weißer, Farbiger, Schwarzer oder Inder?«

»Kapholländer«, antwortete sie ohne Zögern. »Ein waschechter Afrikaaner.«

»Wie kommen Sie darauf?«

»Sein Tonfall. Ein Bure, der Befehlegeben gewöhnt ist.«

Diese Beschreibung passte auf neunzig Prozent der Männer bei Captain Pretorius' Beerdigung. Genauso gut konnte man nach einem Mann suchen, der Khaki-Arbeitshosen oder einen Overall trug.

Er hatte seine Zweifel, was das Auftauchen dieses Mannes anging. Erschien es nicht ein bisschen zu unwahrscheinlich und zweckdienlich, dass ein Afrikaaner wie ein Phantom vom Himmel fiel und sie von jeder Beteiligung an der Ermordung des Captains reinwusch?

»Kannten Sie den Mann, Davida?«

»Nein.«

»War es ein Farbiger? Jemand aus der Stadt?«

Jetzt sah sie auf, spürte, dass die Stimmung umschlug. Ihre Augen hatten die Farbe von Regenwolken.

»Es war ein weißer Mann«, wiederholte sie. »Er sprach mit mir wie mit einem Hund, er genoss es, Befehle zu geben.«

»Kannten Sie den Mann, Davida?« Er stellte dieselbe Frage nochmals und wartete ab, wie sie damit umging.

»Ich sagte es schon. Nein.« Ihre Stimme hob sich gereizt. »Ich weiß nicht, wer das war.«

Emmanuel betrachtete ihr Gesicht, umwerfend schön, seit sie ihr Novizinnengehabe abgelegt hatte und er sie deutlich sehen konnte. »Er hat Ihnen doch einen Gefallen getan, oder? Dieser Mann, meine ich. Nie mehr für illegale Fotos posieren müssen. Nicht mehr den Rock heben müssen, wann immer Pretorius vorbeikam.«

»Das stimmt nicht. Ich wollte dem Captain nichts Böses.«

»Warum nicht?«, gab Emmanuel zurück. »Dass er mit Ihnen schlief, war gegen das Gesetz. Pornografische Bilder machen ist ebenfalls gegen das Gesetz, und doch hat er Sie gezwungen, beides zu tun. Das stimmt doch, oder? Zu einem Captain der Afrikaanerpolizei konnten Sie nicht nein sagen.«

»Das ist wahr.« Die Regenwolken brachen auf, und Davida wischte sich hastig die Tränen ab. Vor einem Engländer einen toten Kapholländer beweinen. Konnte eine farbige Frau sich noch lächerlicher machen?

»Sie empfanden etwas für ihn«, sagte Emmanuel. Er hatte das Foto gesehen, das sie von Pretorius gemacht hatte. Was Davida und den Captain verbunden hatte, ging über wechselseitige körperliche Lust hinaus.

»Geliebt habe ich ihn nicht.« Sie war wütend wegen der Tränen und der kalten Aufmerksamkeit, mit der er zusah, wie sie um Fassung rang. »Aber gehasst habe ich ihn auch nicht. Er hat mir nie etwas Schlimmes angetan. Das ist die Wahrheit.«

»Man kann Menschen jede Menge Schlimmes antun, ohne die Hand gegen sie zu erheben.« Seine Wut kam schlagartig hoch, und er ließ einen kleinen Bruchteil heraus, um atmen zu können. »Was passiert wohl, wenn Sie vor Gericht aussagen und ganz Südafrika von den Fotos erfährt und dass Sie die *Skelmpie* eines weißen Polizisten waren? Wird sich das gut anfühlen, oder wird es schlimm? Was soll's. Sie haben ja noch Ihre Erinnerung daran, wie rücksichtsvoll Willem Pretorius war, als er ihnen jede Zukunft verbaut hat.«

»Sie sind grausam«, sagte sie.

Emmanuel schwieg einen Moment. Er war zu weit gegangen.

»Tut mir leid«, sagte er. »Zurück zum Flussufer. Gibt es noch irgendetwas, was Sie mir über den Mann sagen können, der Captain Pretorius erschossen hat? Jede Kleinigkeit könnte helfen.«

Sie brauchte etwas Zeit, um die heraufbeschworene Szene vom Gerichtssaal und der öffentlichen Erniedrigung beim Mordprozess zu verdauen.

»Er war leise«, sagte sie dann. »Wie eine Katze. Ich habe ihn nicht bemerkt, bis er direkt hinter mir stand.«

»Sie hatten Angst und haben geweint«, erinnerte Emmanuel sie. »Da wäre es schwer gewesen, jemanden zu hören.«

»Ich weiß, aber ... es war wie damals, als der Triebtäter mich überfallen hat. Da wusste ich auch nicht, dass er da war, bis er mich ansprang. Genauso war es.«

»War der Akzent des Mörders derselbe wie bei dem Mann, der Sie angefallen hat?«, fragte Emmanuel. Ganz gleich welche Wendung dieser Fall nahm, der Triebtäter blieb immer gegenwärtig, wie ein Schatten.

»Sie klangen beide merkwürdig.« Sie blickte ihn direkt an, stellte eine Verbindung her. »Wie jemand, der seine Stimme verstellt.«

Falls sie log, was den Mann am Fluss betraf, war ihr Auftritt bühnenreif. Sie wirkte völlig verblüfft darüber, dass ihr die Parallele zwischen dem Mörder am Ufer und dem Triebtäter bisher entgangen war.

Emmanuel ließ die Neuigkeit sacken. Sie verstärkte seinen Eindruck, dass der Mord am Captain eher mit Kleinstadtgeheimnissen und Heuchelei zusammenhing als mit einem raffinierten kommunistischen Komplott zur Entmachtung der National Party-Regierung.

Er stand auf und strich sich die Falten an der Hose glatt. Vor zwei Tagen hatte er Davida für eine schüchterne Jungfrau gehalten, furchtsam auf der Hut vor Männern, die nicht »von ihrer Art« waren. Diese Annahme hatte sich als purer Bockmist erwiesen, und er sah sich gezwungen, ihrer Darstellung der Ereignisse um den Mord am Captain Glauben zu schenken. Seiner Intuition traute er nicht mehr über den Weg, was die Nebenfrau des Captains anging.

Lag das daran, wie der Sergeant Major meinte, dass ihn irgendetwas an ihr anzog? Emmanuel mied den Anblick des schmiedeeisernen Betts und wehrte die Flut schamloser Bilder ab, die auf ihn einströmte. Dies wäre wirklich der ungünstigste Moment dafür, dass seine Libido wieder von den Toten erwachte. Davida Ellis war eine Farbige und obendrein Hauptzeugin beim Mord an einer Galionsfigur der Afrikaanerpolizei: Diese Mischung ergab ein echtes Höllengebräu.

Emmanuel drehte dem Bett den Rücken zu und sah zum Fenster, wo sie stand. »Wann haben Sie sich mit Pretorius eingelassen? Vor oder nach dem Ende der Übergriffe?«

»Danach. Der Captain kam zum ersten Mal hierher, um mich wegen des Angreifers zu befragen. Das war Ende Dezember.«

»Wissen Sie noch, ob der Captain Sie etwas Ungewöhnliches gefragt hat?«

»Also …« Sie überlegte. »Eigentlich war alles an dieser Befragung ungewöhnlich. Nicht wie bei Lieutenant Uys, der hat mir drei Fragen gestellt und mich dann aus der Wache gescheucht.«

»Inwiefern ungewöhnlich? Erzählen Sie mir davon.«

»Der Captain kam allein hier in mein Zimmer.« Sie ließ diesen Protokollbruch wirken, ehe sie weitersprach. »Ich sollte mich auf den Stuhl da setzen und die Augen zumachen. Das habe ich getan. Dann sollte ich an den Mann denken, der mich angefallen hatte. Der Captain stellte viele Fragen. War der Triebtäter größer oder kleiner als ich? Ich sagte, größer, aber nicht viel. Wie war seine Haut, rau oder glatt? Ich sagte, eher glatt, nur ein kleines bisschen rau wie bei jemandem, der gelegentlich mit den Händen arbeitet. Roch seine Haut nach irgendetwas Besonderem, nach Kaffee, Zigaretten, Fett oder Seife, irgendwas davon? Ich sagte, nein, aber seine Hände rochen irgendwie vertraut. Der Captain hieß mich die Augen geschlossen halten und nach einer Erinnerung suchen. Woher kannte ich diesen Geruch?«

»Haben Sie sich erinnert?«

»Ich sagte, dass Antons Hände genauso riechen. Nach zerstoßenen Eukalyptusblättern.«

»Sie glauben, Anton war der Triebtäter?«

»Nein«, antwortete Davida. »Antons Hände sind rau wie Sandpapier und seine Armmuskeln sind ausgeprägt und fest. Der Angreifer hatte weiche Hände und einen kleineren Körperbau als Anton.«

Er fragte nicht, woher sie so gut über Anton Bescheid wusste. Vermutlich hatte sie mehr als nur die frische Luft genossen, wenn sie mit dem schlaksigen Mechaniker wandern ging.

»Wie hat Captain Pretorius reagiert, als Sie ihm von dem Geruch an den Händen des Täters erzählt haben?« In dem getippten Verhörprotokoll, geschrieben und abgeheftet nach dem informellen Besuch des Captains im früheren Dienstbotenquartier, war der Eukalyptusgeruch nicht erwähnt. Es musste einen Grund für diese Auslassung geben.

Davida wand sich unbehaglich, dann schien ihr klarzuwerden, dass ihr Ruf wie auch der des Captains ohnehin ruiniert war. Sie hob den Kopf und sprach so direkt mit ihm, wie Granny Mariah es vor der Kirche getan hatte.

»Ich hatte die Augen zu. Ich habe sein Gesicht nicht gesehen, aber ich weiß, dass er zufrieden war. Er strich mir übers Haar und sagte: ›Dass du dich daran erinnert hast – du bist klug, Davida.‹ Als ich die Augen aufmachte, war er schon halb aus der Tür.«

Was war denn nur los in Jacob's Rest? Die Hitze oder die Abgeschiedenheit oder vielleicht auch das nahe Aufeinanderhocken verschiedener Kasten schien das Ausüben von Macht über andere unwiderstehlich zu machen. Auch Emmanuel selbst hatte draußen vor der Steinhütte beinahe Davidas nasses Haar berührt, um das erregende Wissen auszukosten, dass sie ihm gehorchen und seine Geheimnisse bewahren würde. War so ein Machtgefühl nicht auch nur eine Erweiterung der Weißer-Häuptling-Fantasien, die die National Party jetzt zum Gesetz machte?

»Haben Sie Anton von seiner Gemeinsamkeit mit dem Triebtäter erzählt? Oder ihn je gefragt, woher der Eukalyptusgeruch kommt?«

»Drei oder vier Tage später kam Captain Pretorius wieder, und danach fiel es mir schwer, mit Anton zu reden. Ich weiß nicht, was es für ein Geruch war, und der Captain hat es nie mehr erwähnt.«

»Haben Sie ihn immer ›Captain‹ genannt?«

Ihre Unbefangenheit war wie weggeblasen. Jetzt fixierte Davida wieder den magnetischen Punkt vor ihrem rechten Fuß. »Er mochte es, vorher und dabei Captain genannt zu werden. Und danach Willem.«

Nun gut. Ein Verhältnis mit einem kapholländischen Moralapostel, der einen Hang zu Pornografie und Ehebruch hatte, musste wohl ein schwindelerregendes Maß an Komplikationen und obskuren Regeln mit sich bringen. Emmanuel sah sich noch einmal im Zimmer um, bemerkte das nachlässig gemachte Bett und die über dem gestrichenen Zementboden tanzenden Staubflocken. Vielleicht hatte Willem daheim genug Ordnung und Sauberkeit für seinen Bedarf und kam hierher, um in köstlicher Liederlichkeit zu schwelgen.

»Haben Sie Pretorius in seiner Steinhütte besucht?«, fragte er. Die Hütte war so peinlich sauber gewesen wie das verschlossene Arbeitszimmer in dem mustergültigen Burendomizil, nur ohne die Hilfe eines Hausmädchens.

»Ja.«

»Wenn Sie ihn nicht mehr Captain nannten, sondern Willem, haben Sie dann auch für ihn geputzt?«

Sie blickte auf, die grauen Augen blitzten entrüstet. »Ich bin keine Dienstmagd.«

Nein, sie war keine Dienstmagd und auch nicht gerade ein Putzteufel. Aber jemand hatte die Hütte so sauber gehalten wie eine Krankenstation. Es fehlte nur der beißende Desinfektionsgeruch. »War der Captain pingelig, was die Ausstattung der Hütte anging? Ich meine, gab es für alles einen Platz und war immer alles am Platz?«

»Nein. Er legte nicht viel Wert auf Ordnung.«

»Nicht hier bei Ihnen und nicht in seiner Hütte«, sagte Emmanuel. In jeder anderen Hinsicht hatte Willem Pretorius durchaus größten Wert auf Ordnung gelegt. Das makellos weiße Haus mit der makellos weißen Frau, die gestärkte Polizeiuniform und die makellos reinen Unterhemden: lauter äußere Zeichen seiner makellos reinen Seele. Die Kehrseite der Medaille war der Schatten-Willem, der sich nackt mit breitem Grinsen in einem ungemachten Bett räkelte. Warum war die Steinhütte so sauber? Der Captain hatte keinen Besuch erwartet.

»Was wollten Sie in der Hütte?«, fragte Emmanuel.

»Die Fotos holen.« Sie wirkte jetzt nervös, richtete sich auf und reckte die Schultern. »Ich wollte nicht, dass jemand sie findet.«

»Hat Ihre Mutter die Hütte geputzt, Davida?«

»Nein.«

»Was hielt Ihr Vater von Ihrem Verhältnis mit dem Captain? Hat er es gebilligt?«

Das brachte sie aus der Fassung, sie legte sich die Hand an die erhitzte Wange. »Was reden Sie denn da? Mein Vater ist gestorben, als ich ein Kind war. Bei einem Unfall auf der Farm.«

»Ich dachte, Willem Pretorius hat Ihrem Vater einen Brautpreis für Sie entrichtet.«

»W–was? Wo haben Sie das denn her? Das ist eine Lüge.«

»Von welcher Lüge reden wir jetzt? Das mit dem Brautpreis oder dass Ihr Vater tot ist?«

Blitzschnell verbarg Davida Angst und Verwirrung hinter der Maske der scheuen braunen Maus. »Ich habe Ihnen über Captain Pretorius und mich die Wahrheit gesagt. Ich habe Ihnen sogar gesagt, was wir taten, als er erschossen wurde. Warum sollte ich Sie jetzt anlügen, Detective Sergeant Cooper?«

»Keine Ahnung.« Er registrierte die Anrede mit korrektem Dienstgrad. »Aber ich bin sicher, Sie haben Ihre Gründe.«

Er ging zur Tür. Ihm war bewusst, dass Shabalala draußen wartete und die Ermittlung Fahrt aufnahm. Er musste die Verbindung zwischen dem Triebtäter und dem Mörder des Captains so erhärten, dass sie vor Gericht standhielt. Er brauchte Beweise.

»Nehmen Sie mich mit auf die Wache?«, fragte sie.

»Nein.«

Der Security Branch und den Pretorius-Brüdern würde er sie auf keinen Fall zum Fraß vorwerfen. Sie war sicher, solange sie bloß eine austauschbare Farbige war, die für einen alten Juden in einem schäbigen Laden arbeitete. Sobald sie als Captain Willem Pretorius' Mätresse entlarvt wurde, würden die Messer gewetzt werden, und die Strafe für ihre Verfehlungen würde schrecklich sein.

»Was mache ich jetzt?« Sie klang verloren, jetzt, da alle ihre Heimlichkeiten ans Licht gekommen waren.

»Bleiben Sie hier. Sie können Ihrer Granny im Garten helfen, aber verlassen Sie nicht das Grundstück, bis ich wiederkomme und Ihnen sage, dass Sie gefahrlos herumlaufen können.«

»Wann wird das sein?«

»Ich weiß es nicht.« Emmanuel zog die Tür halb auf, hielt noch einmal inne. »Was genau ist im April geschehen?«

»Woher wissen Sie davon?«

»Ich weiß es nicht. Deshalb frage ich.«

Sie zögerte, dann sagte sie: »Ich hatte eine Fehlgeburt. Dr. Zweigman hat nur dafür gesorgt, dass alles ausgeschabt wurde und heilen konnte, aber der Captain dachte, er hätte das Baby abgetrieben. Sie sind darüber in Streit geraten. Danach habe ich nie wieder mit Dr. Zweigman über den Captain gesprochen oder mit dem Captain über Dr. Zweigman, aber wir alle wussten Bescheid.«

»Tut mir leid«, sagte Emmanuel, ging aus dem Zimmer und trat in den Garten. Es tat ihm leid, je von Jacob's Rest gehört zu haben. Und es tat ihm verflucht leid, dass der innere Schalter, den er betätigte, um noch bei den grässlichsten Mordermittlungen persönlich unbeteiligt zu bleiben, nicht mehr funktionierte.

17

»Zerstoßene Eukalyptusblätter ...« Emmanuel sprach mit dem Mechaniker, nachdem Shabalala und er zurück zur Werkstatt gegangen waren. »Benutzen Sie etwas für Ihre Hände, das danach riecht?«

Anton kramte in einem Holzkübel und zog eine Blechdose heraus, auf der ein längliches Blatt mit gezackten Blitzen drum herum eingestanzt war. »Fettlöser. Wir Mechaniker waschen uns damit die Hände. Damit kriegt man den Dreck unter den Nägeln und zwischen den Fingern weg.«

»Wer benutzt dieses spezielle Reinigungsmittel?« Emmanuel löste den Deckel und schnupperte an dem dicklichen weißen Brei. Ein intensiver Geruch nach Eukalyptusblättern. »Nur Mechaniker oder alle, die etwas zu reparieren haben?«

»Na ja, billig ist das Zeug nicht, also wer nur mal an seinem Fahrrad oder seiner Brunnenpumpe herumschraubt, hat so was eher nicht. Hier in der Stadt habe ich es sonst nur noch in der Pretorius-Werkstatt gesehen.«

»Bekommen Sie da auch Ihren Nachschub?«

Anton lachte. »Gütiger Himmel! Glauben Sie im Ernst, Erich Pretorius würde mir irgendwas verkaufen? Nein, meine kleine Schwester bringt mir immer zwei oder drei Dosen mit, wenn sie in den Ferien aus Mooihoek kommt. Sie geht da aufs Internat. Jetzt am Wochenende war sie nur zur Beerdigung hier.«

»Würden Sie es bemerken, wenn eine Dose fehlt?«

»Auf jeden Fall. Ich muss mit meinem Vorrat das Jahr über auskommen. Wie gesagt, es ist ziemlich teuer. Was ich im Dezember kriege, muss bis Ostern reichen, und die nächste Lieferung dann bis August.«

»Dezember und August?« Emmanuel gab Anton seine kostbare Reinigerdose zurück und zückte sein Notizbuch. Irgendetwas lauerte in seinem Gedächtnis. »Warum gerade diese Monate?«

»Schulferien«, sagte Shabalala. »Mein Jüngster kommt dann auch nach Hause.«

Der Triebtäter war in zwei Zeitspannen aktiv gewesen: im August und im Dezember. Emmanuel ging rasch seine Notizen durch. Richtig. Er glich mit Anton die Ferientermine ab. Die Angriffe hatten während der Schulferien stattgefunden und zu keiner anderen Zeit des Jahres. Vielleicht stand der Triebtäter auf Schulmädchen. Oder er selbst hatte Ferien.

»Meine Herren.« Zweigman tauchte auf, in der Hand eine Dose mit den Butterkeksen seiner Gattin. »Meine Frau wäre enttäuscht, wenn ich die hier nicht wie versprochen abgebe.«

»Der Triebtäter – wie kommen Sie darauf, dass der Mann ein Weißer war?«, fragte ihn Emmanuel.

»Beweisen kann ich es nicht. Nur so ein Gefühl, dass seine Hautfarbe der Grund ist, warum er nicht gefangen und vor Gericht gestellt wurde.«

»Gut.« Emmanuel wandte sich an alle drei. »Nehmen wir an, der Triebtäter war Kapholländer. Fallen Ihnen irgendwelche weißen Männer ein, die nur während der Schulferien in die Stadt kommen?«

Zweigman, Anton und Shabalala schüttelten verneinend den Kopf. Emmanuel fuhr fort. »Welche weißen Jungs waren letztes Jahr im Internat? Ich rede von Jungen über vierzehn.«

»Die Loubert-Jungs, Jan und Eugene«, sagte Anton. »Dann noch Louis Pretorius und der Sohn der Melsons, Jakob, glaube ich. Bei den Jungs draußen auf den Farmen weiß ich es nicht.«

»Was ist mit Hansie?« Eine haarsträubende Vorstellung, aber Emmanuel durfte nichts außen vor lassen. Die Liste der Verdächtigen einzugrenzen, indem er Informationen über weiße Schuljungen zusammenkratzte, war einfache Mathematik.

»Ausbildung«, antwortete Shabalala. »Der Constable war in der zweiten Jahreshälfte auf der Polizeischule.«

»Von den Burschen, die letztes Jahr auswärts auf der Schule

waren – ist da mal einer nach Einbruch der Dunkelheit auf dem Kaffernpfad erwischt worden?«

»Louis und die Loubert-Jungs«, erwiderte Anton. »Sie haben sich über den Kaffernpfad mit… ähm … Zeug versorgt, das der Captain ungesund fand.«

»Schnaps und Dagga von Tiny? Ging es darum?«

»*Jaa.*« Anton zog erstaunt die Augenbrauen hoch. »Ich dachte, nur Captain Pretorius und die Farbigen wüssten davon. Es wurde weitgehend gedeckelt.«

»Kleinstadt«, sagte Emmanuel. »Wer von diesen drei Jungs hätte an den Fettlöser herankommen können?«

»Louis auf jeden Fall«, antwortete wieder Anton. »Der Junge bastelt ständig an Motoren herum und repariert Sachen. Er ist ziemlich geschickt, und Erich überlässt ihm aus der Werkstatt alles, was er will.«

»War Louis im August und Dezember während der Ferien zu Hause?«, fragte Emmanuel Shabalala.

»Ja«, sagte Shabalala. »Er hat alle Ferien zu Hause verbracht. Die Missus mag es nicht, wenn er zu lange fortbleibt.«

Damit erfüllte Louis drei von drei Voraussetzungen. Er kannte den Kaffernpfad fast so gut wie ein Eingeborener, er war in den Ferien zu Hause und kam leicht an den nach Eukalyptus riechenden Fettlöser. Allein schon diese Fakten rechtfertigten eine Befragung, auch wenn es grotesk schien, sich den Jungen als Triebtäter vorzustellen.

Emmanuel kam noch einmal auf Antons Bemerkung zurück, dass der Junge handwerklich geschickt war. Am ersten Tag der Ermittlung hatte Louis ganz klar den Anschein erweckt, sein Vater sei der begabtere Bastler. Er hatte es sogar ausdrücklich gesagt. »Ich dachte, der Captain hat sich von Louis nur dabei helfen lassen, ein altes Motorrad wieder herzurichten.«

»Nein, andersrum. Der Captain hat Louis geholfen. Der Junge weiß praktisch alles über Motoren, der Captain dagegen musste immer um Hilfe bitten, wenn er etwas kaputt gemacht hatte.«

»Glauben Sie, Louis ist imstande, die alte Indian ohne Hilfe fertig zusammenzubauen?«

»Jederzeit.« Anton steckte seinen kostbaren Fettlöser-Vorrat zurück in den Holzkübel. »Will mir nicht in den Kopf, warum der auf die Bibelschule geht, wenn er in der Werkstatt seines Bruders arbeiten könnte. Mechaniker passt verdammt viel besser zu ihm als Prediger.«

»Ja, aber es passt seiner Mutter nicht.« Mrs. Pretorius hatte recht klare Vorstellungen von der Zukunft ihres Jüngsten, einer Zukunft ohne Ölflecken und Overalls.

»Die Frage nach den Schulferien ist interessant«, mischte Zweigman sich höflich ein. »Aber das erklärt noch nicht, warum die Angriffe mitten in den Weihnachtsferien aufhörten und es seitdem keine mehr gegeben hat.«

»Da haben Sie recht. Am sechsundzwanzigsten Dezember gab es den letzten dokumentierten Übergriff. Da bleibt noch wie viel Ferienzeit übrig?«

»Die erste Januarwoche«, antwortete Shabalala so leise, dass Emmanuel sich zu ihm umwandte. Der Zulu-Constable machte dasselbe Gesicht wie am Flussufer, kurz bevor sie Captain Pretorius aus dem Wasser gezogen hatten. Er sah unbeschreiblich traurig aus.

»Die Drakensberge.« Emmanuel erinnerte sich an Hansies betrunkenes Geschwätz draußen im Veld. Wann genau hatte der Captain Louis »ganz weit weg« geschickt, nachdem er hinter das Saufen und Dagga-Rauchen gekommen war? »Ist er zu der Zeit dort gewesen, Shabalala?«

»Yebo«, bestätigte der Zulu. »Der kleine Jungmann, Mathandunina, wurde vom Captain am ersten Tag des Januar zu einer Farm in den Drakensbergen in Natal gebracht. Ich weiß nicht, warum.«

Emmanuel schrieb van Niekerks Namen und Telefonnummer und eine Frage auf ein Blatt in seinem Notizbuch, riss es heraus und reichte es Zweigman.

»Rufen Sie diese Nummer an und fragen Sie diesen Mann, Major van Niekerk, ob er die Antwort auf diese Frage kennt. Constable Shabalala und ich sind in einer Stunde zurück. Falls nicht, finden Sie uns wahrscheinlich in einer Zelle.«

* * *

Es war fünf nach zwölf. Miss Byrd saß auf der Hintertreppe des Postamts und kaute ein Dosenfleisch-Sandwich aus zwei dicken weichen Weißbrotscheiben. Sie war überrascht, als der Detective Sergeant und der Zulu-Polizist auf sie zukamen.

»Ist das Motorenteil, auf das Louis gewartet hat, schon eingetroffen?«, fragte Emmanuel.

»Es kam an dem Tag, bevor sein Vater dahinschied. Tragisch, was? Dass der Captain gar nicht mehr dazu gekommen ist, auf dem Motorrad zu fahren, nachdem er und Louis so viel Arbeit hineingesteckt haben. So nah am Ziel, und dann ...«

»Ich dachte, Louis war jeden Tag beim Postamt und hat nach dem Teil gefragt?«

»Nein.« Miss Byrd lächelte. »Er ist gekommen, um die Post für seine Mutter abzuholen. Er ist ja so aufmerksam, ein wirklich lieber Junge.«

»Ja, und Luzifer war der Schönste von allen Engeln Gottes«, sagte Emmanuel. Er und Shabalala gingen zurück zum Kaffernpfad. Gemeinsam schlugen sie den Weg zum Schuppen des Captains ein. Er hatte dem Zulu-Constable von dem Angriff in der Steinhütte und dem mechanischen Rattern erzählt, das er gehört hatte, kurz bevor er das Bewusstsein verlor.

»Wie es aussieht, hat er das Motorrad wieder auseinandergenommen, nachdem er es schon fertig hatte, damit niemand wusste, dass er ein Fahrzeug hat.« Emmanuel ahnte, wie die Sache abgelaufen war. »Ich wette, Pretorius hatte keine Ahnung, dass das Teil aus Jo'burg schon da war.«

»Er hat zu mir nichts darüber gesagt.«

Sie fielen in Laufschritt und trabten nebeneinander über den Streifen Grasland, das sich vom Hinterhof der Polizeiwache bis zu den Zäunen hinter den Häusern der van Riebeeck Street zog. Die Mittagssonne hatte die Wolken verdunsten lassen und einen Baldachin aus makellosem Blau freigelegt.

»Sie müssen nicht mit hineinkommen«, sagte Emmanuel, als sie vor der Schuppentür standen. »So oder so wird es mächtigen Ärger geben.«

»Der da drin.« Shabalala war von dem Lauf nicht einmal ins Schwitzen gekommen. »Er hat als Einziger gewusst, auf welchen Teilen des Kaffernpfads der Captain gelaufen ist. Ich möchte hören, was er dazu zu sagen hat.«

Emmanuel stemmte die Schulter gegen die Tür und erwartete Widerstand, doch da war keiner. Die Tür schwang einfach auf, und vor ihnen lag das dunkle Innere des Arbeitsschuppens. Er trat ein. Louis war weg, ebenso das Motorrad. Emmanuel ging zu der Stelle, wo die Indian aufgebockt gewesen war, fand aber nur noch einen großen Ölfleck, sonst nichts.

»Der kleine Scheißer ist auf seinem Motorrad abgehauen. Haben Sie eine Ahnung, wo er hin sein könnte, Shabalala?«

»Detective Sergeant –«

Dickie und zwei von den neuen Security Branch-Männern zerrten den Zulu-Constable von der offenen Tür weg und stießen ihn aufs Veld hinaus. Lieutenant Piet Lapping trat ein, das Hemd voller Schweiß- und Ascheflecken, die Hose verknittert. Vom Schlafmangel sah sein zerklüftetes Gesicht aus, als hätte man Murmeln in einen weißen Nylonstrumpf gesteckt.

»Lieutenant Lapping.« Emmanuel witterte die Wut und Frustration, die Piet in dicken Tropfen ausschwitzte, und konzentrierte sich ganz darauf, ruhig zu bleiben. Die Security Branch konnte ihm nichts anlasten. Noch nicht.

»Hinsetzen!« Piet zeigte auf den Stuhl vor dem Jagdtisch. Dickie und seine zwei Bulldozerkumpel postierten sich zu beiden Seiten der Tür. Emmanuel tat wie geheißen und setzte sich.

»Dickie.« Piet streckte die Hand aus und bekam von seiner Nummer zwei einen dünnen Hefter, den er zur Begutachtung hochhielt. »Wissen Sie, was das ist, Cooper?«

»Eine Akte«, sagte Emmanuel. Es war das Dossier, das der Spezialkurier an dem Tag gebracht hatte, als er nach Mosambik gefahren war.

»Eine Akte ...« Piet machte eine Pause und kramte in den Hosentaschen nach einer Zigarette. »Die das Hauptquartier ausdrücklich an uns geschickt hat. Haben Sie diese spezielle Akte schon mal gesehen, Cooper?«

»Nein, noch nie.«

Piet zündete seine Zigarette an und ließ sein silbernes Feuerzeug länger brennen als nötig, bevor er es mit einem scharfen Klicken zuschnappen ließ. Er legte den Hefter behutsam auf Emmanuels Schoß.

»Sehen Sie sich die Akte genau an. Schlagen Sie sie auf und sagen Sie mir, ob Ihnen etwas daran komisch vorkommt.«

Emmanuel öffnete den gelben Aktendeckel und spähte theatralisch hinein, dann schlug er ihn zu und ließ seine Hände darauf liegen.

»Sie ist leer.«

»Hast du gehört, Dickie? Sie ist leer.« Der Lieutenant ließ Zigarettenasche auf die Akte fallen, aber Emmanuel entfernte sie nicht. »Jetzt ist mir klar, warum Cooper so schnell befördert wurde. Er ist nämlich schlau. Er hat was hier oben, im *Kop*. Da, wo es drauf ankommt. Nicht wahr, Detective Sergeant?«

Emmanuel zuckte die Achseln. Dies war keine Unterhaltung. Lieutenant Lapping hakte nur die übliche Standard-Eröffnung zum Verhör ab, bei der der Vernehmer wenigstens einen Versuch machen sollte, ein freiwilliges Geständnis zu bekommen. Verdächtige zu prügeln strapazierte Hände und Nackenmuskeln, und so wie Piet aussah, hatte er schon eine rabiate Nacht in den Verwahrzellen hinter sich.

»Ich bin nicht sauer.« Der Lieutenant ging in die Hocke wie ein Jäger, der die Wildlosung untersucht. »Ich will nur wissen, wie zum Teufel Sie es angestellt haben, eine streng vertrauliche Akte zu fleddern, während sie sich hinter Schloss und Riegel befand.«

Aus der Nähe sah Emmanuel die bläulichen Erschöpfungsringe unter Pockennarben-Piets Augen und roch die widerliche Ausdünstung von Blut und Schweiß, die von dem Mann ausging. Ein ranziger Schlachthofgestank, überlagert vom schwachen Lavendelaroma einer gängigen Seifenmarke.

Emmanuel tat sein Bestes, um nicht unwillkürlich vor dem Mann zurückzuweichen. »Vielleicht haben sie im Hauptquartier vergessen, die Akten reinzutun«, sagte er.

Piet lächelte, dann nahm er einen tiefen Zug von seiner Zigarette. »Wissen Sie was, bei jedem anderen Polizeidezernat würde ich Ihnen diese Erklärung abkaufen. Aber das ist meine Truppe, und meine Truppe macht keine Fehler.«

»Ich würde mal im Hauptquartier anrufen und fragen, wer den Bericht getippt und die Sendung auf den Weg gebracht hat«, schlug Emmanuel vor.

»Alles längst passiert«, antwortete Piet beinahe leutselig. »Und dabei habe ich Folgendes herausgefunden: Sie, Detective Sergeant Cooper, waren es, der dem Kurier geholfen hat, die Akte im Polizeipostfach zu deponieren, als sie in der Stadt eintraf.«

»Ich war nur hilfsbereit. Alle Polizeiressorts sollten einander helfen, meinen Sie nicht?«

»Mein erster Gedanke war, dass Ihr Busenfreund van Niekerk Ihnen einen Tipp gegeben hat, was sich im Hefter befand. Sie wussten, dass die Akte unterwegs war, und irgendwie haben Sie es geschafft, den Inhalt zu klauen. Hat eine von den alten Jungfern im Postamt Sie ans Polizeipostfach gelassen? Wir waren bislang zu beschäftigt, um sie persönlich zu befragen, aber ich glaube, nach einer Stunde mit mir allein dürften sie recht weich werden – in jeder Hinsicht.«

Die Security Branch-Männer lachten laut über Piets Wortwahl, und Emmanuel spürte ihre Vorfreude bei der Aussicht, zwei Jungfern vom Land ins Verhör zu nehmen. Die freundliche, vertrauensselige Miss Byrd mit ihrer Vorliebe für Federhüte. Fünf Minuten mit Lieutenant Lapping würden sie unwiderruflich zerbrechen.

»Warum wollen Sie denn Jagd auf Postfräulein machen? Ich dachte, Sie haben einen Kommunisten im Sack, bereit zum Geständnis. Ist auf der Wache was schiefgelaufen?«

Piets dunkle Augen wirkten tot. »Als Erstes müssen Sie akzeptieren, Detective, dass ich schlauer bin als Sie. Ich weiß, dass Sie diese Unterlagen gestohlen haben, und ich kriege noch raus, wie. Und auch warum.«

»Also kein Geständnis? Wie schade. Dabei war Paul Pretorius so sicher, dass es nur noch ein, zwei Stunden dauern würde, bis der Verdächtige weich wird – in jeder Hinsicht.«

Piet lächelte, und in der dunklen Mitte seiner Pupillen blitzte etwas Boshaftes auf. »Ich hatte Dickie versprochen, dass er Sie bearbeiten darf, wenn sich die Gelegenheit ergibt, aber ich hab's mir anders überlegt. Das Vergnügen, Sie zu knacken, lasse ich mir nicht entgehen.«

»So wie Sie den Verdächtigen auf der Wache geknackt haben?«, fragte Emmanuel. Er mochte bei der Security Branch sein, aber auch Lieutenant Lapping hatte an Vorgesetzte zu berichten, an Generäle und Colonels, die nach einem Sieg über Staatsfeinde gierten.

Lieutenant Lapping blinzelte zweimal heftig, dann stand er auf und schlenderte zur Tür. Er streckte die Hand aus, und Dickie gab ihm mit einem Blick, der Emmanuel einen Schauer über den Rücken jagte, einen braunen Umschlag.

Was zum Teufel hatten sie da? Etwas Gutes. Es musste gut sein. Ruhig Blut, ermahnte er sich. Du hast einen Krieg überlebt. Du hast Sachen gesehen, die andere Männer umgebracht haben, und du lebst noch. Was sollte ihm noch Angst machen?

»Wissen Sie, was hier drin ist?« Piet hielt ihm den Umschlag vor die Nase.

»Ich habe keinen blassen Schimmer.« Emmanuel fand, dass er sich gelassen anhörte, obwohl ihm speiübel war. Was zur Hölle steckte in dem Umschlag? Hatten sie es irgendwie geschafft, in den letzten vierzehn Stunden an ein neues Dossier über ihn zu kommen?

Piet öffnete den Umschlag und zog zwei Fotos heraus, die er lehrerhaft hochhielt. »Sagen Sie, Cooper, haben Sie diese Bilder schon mal gesehen?«

Es blieb keine Zeit, die Maske der Gleichgültigkeit zurechtzurücken. Er versuchte das Ganze zu durchschauen, alle Blickwinkel gleichzeitig zu erfassen, stattdessen starrte er paralysiert auf die Schwarzweißfotos von Davida Ellis, eins mit weit gespreizten Beinen und eins, wo sie sich ausgestreckt auf dem Bett räkelte wie eine Katze, die gestreichelt werden will. Seine Abzüge waren auf halbem Weg nach Jo'burg, sicher verstaut unter einer Schicht rosa Plastiklockenwickler in Delores Buntons Gepäck. Es sei denn … es sei denn, die Security Branch hatte seine Botin irgendwie abgefangen.

»Aha.« Piet trat seine Zigarette mit dem Absatz aus. »Sie haben sie also schon mal gesehen.«

»Wo haben Sie die her?«

»Wir haben sie da gefunden, wo Sie sie hingelegt haben. Unter Ihrem Kopfkissen.«

Sagte Piet die Wahrheit, oder versuchte er nur, ihm eine Falle zu stellen? Er hatte keine Ahnung, und so mochten es die Jungs von der Security Branch. Bis er wusste, wo die Fotos herkamen, musste er auf Zeit spielen und nach Hinweisen angeln.

»Was hatten Sie in meinem Zimmer zu suchen?«, fragte er. »Sie haben doch neulich schon alles durchwühlt und nichts gefunden.«

»Es sind neue Informationen reingekommen.« Piet gab Dickie ein Zeichen; der nahm die Fotos an sich, wich seinem Partner aber nicht von der Seite. »Ihre persönlichen Neigungen betreffend.«

Dickie schnalzte missbilligend und schielte lüstern auf die Fotos. »Damit brechen Sie gleich zwei Gesetze auf einmal, Cooper. Wenn sie eine Weiße wäre oder wenigstens hellhäutig, hätten wir ja noch ein Auge zudrücken können, aber so … das ist eine ernste Sache.«

»Wer hat Ihnen diese Informationen gegeben?«, fragte Emmanuel. Es schien, dass Dickie und Piet sein Privatleben aufs Korn nehmen wollten. Sie verbanden die Fotos nur mit seinen angeblichen Neigungen, nicht mit dem Mordfall. Gut. Das hieß, der Packen Fotos, den er heute früh mit dem *Intundo Express* auf den Weg gebracht hatte, war in Sicherheit. Doch das Triumphgefühl verging schnell. Er saß immer noch in der Klemme: Besitz von verbotenem Material.

»Wer hat uns noch gleich von den Fotos erzählt, Dickie?«

»Hat uns ein Vögelchen gezwitschert«, antwortete Dickie stolz, als hätte er sich die Redewendung spontan ausgedacht.

Emmanuel warf einen Blick auf die Fotos. Wenn seine Abzüge sicher auf dem Weg zu van Niekerk in Jo'burg waren, mussten diese hier aus dem Versteck in der Steinhütte des Captains stammen. Das war die einzig logische Erklärung, und alles, was er heute herausgefunden hatte, deutete auf des Captains jüngsten Sohn.

»Hat euch der hübsche Knabe Louis gesteckt, wo ihr die Fotos findet?« Emmanuel behielt Dickie im Auge, um zu sehen, ob der Name und das Prädikat eine Reaktion auslösten. Was er bekam, war nicht etwa ein subtiles Anspannen des Kiefers, sondern ein wütendes zähnefletschendes Knurren.

»Wie können Sie es wagen, auch nur seinen Namen in den Mund zu nehmen, nachdem –«

»Dickie! Ich weiß, dass dich solche Schandtaten zur Weißglut bringen, aber du musst bei der Arbeit deine persönlichen Gefühle außen vor lassen. Wir sind die Bergarbeiter, unsere Aufgabe ist es, im Dreck zu wühlen und das Gold zu finden. Lass dich von dem Dreck nicht aus der Fassung bringen.«

Schandtaten? Das Wort ließ Emmanuel aufhorchen. Was für Schandtaten konnten Dickie so aufregen, dass er mitten im Verhör von seinem Vorgesetzten zurechtgewiesen wurde? Als ihm die Antwort dämmerte, setzte Emmanuel sich aufrechter hin. Wie tief war die Grube, die der engelsgleich aussehende Knabe ihm gegraben hatte?

»Behauptet Louis, ich hätte ihm sexuell nachgestellt?«

»Was genau suchen Sie hier im Schuppen, Cooper?«

»Beweise.« Emmanuel unterdrückte aufsteigende Panik. Der Blondschopf hatte ihm eine böse Falle gestellt mit verbotenen Fotos als Köder und als Sahnehäubchen eine Anschuldigung, die jeden atmenden Mann in Jacob's Rest auf die Palme bringen würde.

Dickie schnaubte. »Ein Triebtäter, der einen Triebtäter jagt. Guter Witz.«

»Geh und stell dich mit den anderen an die Tür«, befahl Piet seinem Partner und dehnte seine verspannten Schultermuskeln. »Ich bin zu müde, um Cooper zu verhören und dir gleichzeitig Nachhilfeunterricht zu geben.«

»Aber –«

Piet schickte Dickie mit einem scharfen Blick zurück in seine Ecke, von wo er Emmanuel anstarrte, als sei der schuld, dass man ihn nicht mitspielen ließ.

»Also was denn nun?«, fragte Emmanuel. »Stehe ich auf Bilder von dunklen Mädchen oder stelle ich weißen Knaben nach?«

»Das schließt sich nicht unbedingt aus. Sie können die Fotos benutzt haben, um das Interesse eines Jungen zu wecken, der sonst nichts von Ihnen gewollt hätte. Können Sie mir noch folgen?«

»Warum zum Teufel sollte ich einem Afrikaanerknaben Fotos einer Farbigen zeigen, um ihn anzumachen? Wo ist da die Logik?«

»Vielleicht waren es die einzigen Fotos, die Sie sich beschaffen konnten.«

»Wir sind Polizisten. Jeder von uns kann sich Bilder besorgen, auf denen eine weiße Frau alles macht, außer einen Gorilla vögeln. Bullen und Ganoven haben immer das beste Zeug, das wissen Sie doch.«

»Stimmt.« Piet klopfte auf seine Hemdtasche und holte ein zerdrücktes Päckchen Zigaretten heraus. »Aber das ändert nichts an Louis Pretorius' Anzeige. Eine Jury schert sich nicht um Feinheiten wie die Hautfarbe der Frau auf den Bildern. Dass sie auch noch eine Farbige ist, bringt Ihnen bloß eine längere Haftstrafe ein.«

Warum hatte Louis sich derart entblößt? Emmanuel die Fotos unterzuschieben hieß doch eingestehen, dass er die Beweise aus der Steinhütte gestohlen hatte. Das musste ihm klar sein, trotzdem hatte er es getan.

»Hat Louis persönlich, schriftlich und vor Zeugen Anzeige gegen mich erstattet?«, fragte Emmanuel. Wie dringend wollte Louis ihn aus dem Spiel haben?

»Ja.«

»Zeigen Sie her«, sagte Emmanuel. Die Männer von der Security Branch standen kurz davor, den größten Fall ihrer Laufbahn zu knacken. Woher nahmen sie da die Zeit für Papierkrieg um einen englischen Triebtäter, der sich angeblich an einen jungen Afrikaaner vom Lande herangemacht hatte? Auffallend kleine Fische im Vergleich zu der Verbindung zwischen einem Mitglied der Kommunistischen Partei und dem vorsätzlichen Mord an einem Police Captain, der mit Frikkie van Brandenburgs Tochter verheiratet war.

»Sie haben hier gar nichts zu fordern«, sagte Piet.

»Verhaften Sie mich und bringen Sie es vor Gericht«, sagte Emmanuel klar und deutlich, damit es kein Vertun gab. Er glaubte nicht, dass sie von Louis mehr hatten als eine mündliche Beschwerde, und das reichte nicht, um einen weißen Polizisten hinter Gitter zu stecken. Und er hatte im Augenblick Wichtigeres zu tun, als den erschöpften Geheimpolizisten eine Verschnaufpause zu verschaffen.

»Wissen Sie, was ich glaube?«, fragte Piet. »Ich glaube, in der Akte, die Sie geklaut haben, standen schmutzige Details über Sie und Ihren Kumpel van Niekerk, über Ihre gegenseitige Zuneigung und Ihre gemeinsame Vorliebe für kleine Jungs. Ich wette eins zu hundert, deshalb hat er Ihnen den Tipp gegeben.«

»Warum rufen Sie nicht im Hauptquartier an und lassen sich haarklein berichten, was in der Akte stand? Oder ist es ein schlechter Zeitpunkt, um zuzugeben, dass Sie die Akte verloren haben? Kein Geständnis und keine Akte. Ihre Vorgesetzten werden begeistert sein.«

An der Tür rührte sich etwas, Dickie trat zur Seite und ließ den mondgesichtigen Polizisten in dem schlecht geschnittenen Anzug herein.

»Ja?« Piet erteilte dem Neuankömmling das Wort.

»Die Stunde ist um, Lieutenant. Sie hatten angeordnet, dass wir vorbeikommen und Sie an die Zeit erinnern.«

Mit einem müden Kopfschütteln sah Piet auf seine Armbanduhr. Wo waren die Minuten geblieben? »Sie können gehen, Cooper, aber vorher muss ich Ihnen noch eine Warnung zukommen lassen.«

Emmanuel wartete wortlos auf die Drohung. Er würde in Piets Konzert nicht den Part der zweiten Geige übernehmen und brav nachfragen.

»Louis war auf der Wache und hat sich bei seinem Bruder über Ihre ... Annäherungsversuche beschwert. Sie können von Glück sagen, dass wir da waren, um Paul Pretorius und die anderen davon abzuhalten, Sie zur Strecke zu bringen. Was Ihre Sicherheit angeht, kann ich für nichts garantieren, denn wir müssen uns jetzt um Wichtigeres kümmern.«

Die Security Branch-Männer kamen wieder in Gang. Ihn ließen sie laufen, denn er war nur ein unbedeutendes Hindernis im Getriebe ihrer Ermittlung. Eine Stunde, um ein bisschen auf den Busch zu klopfen, was es mit der fehlenden Akte und Louis' Beschuldigungen auf sich hatte, während das Mondgesicht den dicken Fisch in der Zelle bewachte. Gott allein wusste, in welcher Verfassung sie den jungen Mann vom Fort Bennington College zurückgelassen hatten, um ihre kleine Pause zu machen: Womöglich hatten sie ihn an den Daumen aufgehängt oder mit einem nassen Postsack halb erstickt.

»Ist Ihnen je in den Sinn gekommen«, fragte Emmanuel, »dass der Mann auf der Wache den Mord nicht gesteht, weil er nicht der Mörder ist?«

Piet fuhr herum. »Der Kaffer war am Fluss, er war zur gleichen Zeit am gleichen Ort wie Captain Pretorius. Wir haben den Richtigen, und bis heute Abend haben wir auch sein Geständnis. Und was haben Sie, Cooper? Ein paar traurige Bildchen von einer farbigen Hure und eine Sippschaft Afrikaaner-Kerle, die Ihnen bei lebendigem Leib die Haut abziehen will. Sie waren an dem Fall nur dran, weil Major van Niekerk unbedingt mitmischen wollte, und jetzt ist es Zeit, dass Sie sich verpissen und uns machen lassen. Sie sind hier völlig ungeeignet. Kapiert?«

»Vollkommen«, sagte Emmanuel. Wie würde der Tag für ihn ausgehen: aufgemischt von den Pretorius-Brüdern oder mit dem Mörder hinter Gittern? Jeder Spieler würde zwei zu eins auf Dresche setzen. Unklar waren nur der Zeitpunkt und das Ausmaß seiner Buße.

Der Schuppen leerte sich. Draußen erstreckte sich das weite Veld bis zum Horizont. Wie sollte er in diesem endlosen Gebiet einen Jungen aufstöbern?

* * *

Diesen Vogelruf, mehrere kurze Pfiffe gefolgt von einem Gurren, hatte Emmanuel noch nie gehört. Er trat auf den Kaffernpfad, und der Vogelruf wiederholte sich so laut und beharrlich, dass es kein Zufall sein konnte. Im dichten Buschwerk bewegte sich etwas, und wie ein Phantom trat Shabalala aus dem Unterholz. Der Zulu-Constable richtete sich zu seiner vollen Größe auf und winkte ihn drängend heran, seine Geste schien zu sagen: ›Renn, was das Zeug hält‹, also spurtete Emmanuel los. Er lief quer über Gras und Erde, hinter ihm drangen jetzt Männerstimmen aus dem Garten des Captains. Auf Höhe des Buschwerks packte ihn Shabalala und riss ihn zu Boden.

Emmanuel schmeckte Erde und fühlte, wie Schmerz durch seine Schulter fuhr, doch die mächtigen Hände des Zulu hielten ihn unten.

»Scht.« Shabalala legte einen Finger an die Lippen und zeigte in Richtung Schuppen.

Emmanuel spähte durch eine schmale Lücke, wo Shabalala das Gestrüpp beiseitegeschoben hatte. Die Pretorius-Brüder waren in dem leeren Schuppen, suchten nach dem Engländer, der sich an ihren kleinen Bruder herangemacht hatte. Henrick und Paul traten als Erste auf den Kaffernpfad, Gewehre geschultert, die reinste Streitmacht.

»Scheiße!« Paul spuckte Gift und Galle.

»Weit kann er nicht sein.« Henrick war besonnener. »Du und Johannes, ihr lauft da lang zum Krankenhaus und den Farbigenquartieren. Erich und ich gehen hier lang. Wir treffen uns hinter Kloppers.«

»Und wenn er nicht auf dem Kaffernpfad ist? Wenn er sich in den Busch verpisst hat?«

»Engländer aus der Großstadt verpissen sich nicht in den Busch.« Henrick winkte ab. »Er wird in der Stadt hocken und sich versteckt halten wie eine Ratte.«

Johannes, der stille Fußsoldat der Pretorius-Truppe, kam aus dem Schuppen, die Hände tief in den Hosentaschen. »Das Motorrad ist weg. Ich versteh das nicht. Louis wartet doch immer noch auf dieses Teil aus Jo'burg.«

»Was geht uns das scheiß Motorrad an!« Paul ließ seinen Zorn an seinem Bruder aus. »Wir versuchen diesen Detective zu finden.«

»Na, im Schuppen ist er jedenfalls nicht.« Erich gesellte sich zu dem muskelbepackten Trio. »Er muss uns kommen gehört haben und ins Veld verduftet sein.«

»Wenn er da draußen ist, macht er's nicht lange«, sagte Henrick. »Wir suchen erst den Kaffernpfad ab, dann das Protea Guesthouse. Wenn wir ihn nicht finden, setzen wir uns zusammen und besprechen, welche Häuser wir durchsuchen.«

Die Brüder trennten sich und zogen in entgegengesetzte Richtungen ab. Nur Johannes wirkte unsicher, was den Sinn der Mission anging. Er warf noch einen irritierten Blick auf den leeren Schuppen, dann folgte er Paul im Stechschritt zum *Grace of God*-Krankenhaus.

Die Jagdgesellschaft begann die Stadt zu durchkämmen. Die Pretorius-Sprösslinge hatten das Gesetz in eigene Hände genommen, und niemand würde sie aufhalten.

»Wie soll ich gleichzeitig Louis finden und seinen Brüdern aus dem Weg gehen?« fragte Emmanuel sich laut. Die Stadt war zu klein, um dem Pretorius-Clan zu entschlüpfen, und den Jungen im weitläufigen Veld zu finden war ohne eine Armee von Suchtrupps kaum denkbar.

»Wir finden ihn«, sagte Shabalala.

Emmanuel sah den Zulu-Polizisten an; Shabalala musste erfahren, wie tief er in der Klemme steckte, bevor er sich ihm anschloss. »Louis hat seinen Brüdern erzählt, ich hätte ihn sexuell bedrängt. Das ist nicht wahr, aber seine Brüder glauben es, und wenn Sie mit mir geschnappt werden, lassen die ihre Wut auch an Ihnen aus.«

»Sehen Sie.« Der Zulu tat die Warnung achselzuckend ab und zeigte auf eine flache Mulde im dichten Unterholz. Darin lag gut getarnt ein in Ölplane eingeschlagener Kanister. Er zog ihn heraus und reichte ihn rüber. Emmanuel wickelte den Kanister aus und roch an der noch feuchten Ölplane.

»Benzin«, sagte er. »Von Louis?«

»Ich denke, der Jungmann hat das hier versteckt, um sein Motorrad zu betanken. Der Kanister ist leer.«

»Mathandunina will verreisen«, sagte Emmanuel. Die Staatsgrenze war nur ein paar Meilen entfernt. Wenn Louis nach Mosambik entwischte, würde es Monate dauern, ihn aufzuspüren, sofern die mosambikanische Polizei überhaupt bereit war zu kooperieren. »Können Sie die Richtung ausmachen, die Louis eingeschlagen hat?«

»Ich kann den Ort finden, wo der Jungmann hin ist«, sagte Shabalala ohne Arroganz. »Ich gehe zum Schuppen und folge den Spuren. Sie müssen im Gebüsch bleiben und im Veld zu mir stoßen. Auf dem Pfad sollten Sie nicht sein.«

»Einverstanden«, sagte Emmanuel, und der Zulu-Constable ging zu dem verlassenen Schuppen, blieb eine Weile stehen und musterte die Abdrücke im Sand. Dann zog er ohne Eile los in Richtung *Grace of God*-Krankenhaus. Louis war also nicht wie ein unbesonnener Halbstarker in einer Wolke von Auspuffqualm losgerast. Er musste einen Grund haben, dicht am Rand des Städtchens zu bleiben. Einen guten Grund, da war Emmanuel sicher: Alles, was Louis bisher getan hatte, war sorgsam durchdacht. Der Junge war gerissen genug, um sogar seinen Vater mit dem Motorrad zum Narren zu halten – eine beachtliche Leistung, wenn man bedachte, wie geheimniskrämerisch und doppelzüngig der Captain gewesen war. Der Apfel fiel nicht weit vom Stamm.

Emmanuel lief schneller, um auf gleiche Höhe mit Shabalala zu kommen, der auf dem Pfad schon fast die Spielfelder des Sportclubs erreicht hatte. Sie verließen den weißen Teil von Jacob's Rest, passierten das Viertel der Farbigen und erreichten die Abzweigungen, die nach Norden zur schwarzen Location führten. Wo zum Teufel wollte Louis hin?

Die Krankenhausgebäude kamen in Sicht. Emmanuel und Shabalala drückten sich am Leichenhaus und am Flügel für die Nichtweißen vorbei. An diesem Abschnitt des Kaffernpfades hatte der Captain geparkt, als er Davida Ellis zu ihrer letzten gemeinsamen Spritztour abholte – und als Donny Rooke das Pech hatte, zur selben Zeit dort zu sein.

Weiter vorn stand linker Hand die unverwechselbare Reihe von Eukalyptusbäumen, an der man Granny Mariahs Grundstück erkannte. In seinem Gedächtnis regte sich etwas und er lief unwillkürlich schneller. Es gab guten Grund, sich an diesen Ort zu erinnern. Hier, in Sichtweite des Zauns da, hatte er den heimlichen Beobachter in der Dunkelheit gespürt.

Shabalala verließ den Kaffernpfad und bog scharf nach rechts ins Veld ab, sodass er fast genau vor Emmanuel landete.

»Was gibt's?«, fragte Emmanuel, als er die Stelle erreichte, wo der Zulu-Constable hockte und ein Stück Erde untersuchte.

»Er hat den Pfad verlassen und hier sein Motorrad abgestellt.« Shabalala deutete auf Spuren am Boden, die niemandem außer einem Fährtenleser etwas sagen würden. »Der Jungmann ist abgestiegen und zu Fuß in diese Richtung gegangen.«

Sie sahen hinüber zu der Reihe Eukalyptusbäume. Das Hintertor zu Granny Mariahs Grundstück stand offen und schwang im Wind hin und her. Schlagartig waren die Selbstjustizmaßnahmen der Pretorius-Brüder vergessen, er und Shabalala rannten auf den Kaffernpfad und zu dem offenen Tor.

Kaum hatten sie den Garten betreten, sah Emmanuel Granny Mariah in einer frisch umgegrabenen Furche liegen, aus einer klaffenden Wunde auf ihrer Stirn lief Blut und tränkte in einem stetigen Rinnsal die neuen Setzlinge. Er eilte hin und tastete nach einem Puls. Schwach, aber noch da. Er drehte sich um zu Shabalala, der umsichtig das Tor hinter sich verriegelte.

»Laufen Sie vorne herum und holen Sie den alten Juden her. Er soll seine Arzttasche und das Nähzeug seiner Frau mitbringen.«

Shabalala zögerte.

»Gehen Sie vorne raus«, beharrte Emmanuel. Die Farbigen von Jacob's Rest würden den schockierenden Umstand hinnehmen müssen, dass am helllichten Tag ein schwarzer Mann aus Granny Mariahs Haus kam und wieder hineinging. »Auf dem Kaffernpfad sind die Pretorius-Jungs, also müssen Sie die Straße nehmen. Kommen Sie so schnell wie möglich zurück, ohne Aufsehen zu erregen.«

»Yebo.« Der Zulu-Constable verschwand im Haus. Emmanuel zog sein Jackett aus, rollte es zusammen und bettete Granny Mariahs übel zugerichteten Kopf darauf. Er fühlte noch einmal ihren Puls. Keine Veränderung. Er lief zum ehemaligen Dienstbotenquartier, fast sicher, dass er es leer vorfinden würde. Er steckte den Kopf durch die Tür, keine Davida weit und breit, und warf einen Blick unters Bett, falls sie sich dort versteckt hatte.

»Davida? Hier ist Detective Sergeant Cooper. Sind Sie hier?« Er öffnete den Kleiderschrank. Ein paar Baumwollkleider und ein Wintermantel mit unechten Perlmuttknöpfen. Er ging wieder in den Garten, tauchte sein Taschentuch in den Wassereimer und wischte Granny Mariah sachte das blutige Gesicht ab. Jetzt war genau die Katastrophe eingetreten, auf die der gesamte Triebtäterfall zugesteuert war: eine Eskalation der Gewalt, mit Freiheitsberaubung und wer weiß was sonst noch allem. Der Captain hatte das Unausweichliche nur hinausgezögert, als er Louis auf eine Farm in den Bergen schickte und dann aufs Theologiekolleg, wo anscheinend auch der Heilige Geist das Feuer der Sünde, das in Louis brannte, nicht hatte ersticken können.

Granny Mariah stöhnte unter Schmerzen, kam aber nicht zu Bewusstsein. Was vielleicht ganz gut war. Das Verschwinden ihrer Enkeltochter wäre in ihrem geschwächten Zustand eine allzu schwere Bürde für die sonst so robuste alte Frau. Es brauchte schon Glück, damit sie in ein paar Tagen den Kopf vom Kissen heben konnte.

Zweigman kam mit Shabalala im Schlepptau in den Garten geeilt. Der weißhaarige Deutsche ging sofort ans Werk, prüfte mit kundiger Hand die Lebenszeichen und untersuchte Art und Ausmaß der Verletzungen.

»Übel. Übel, aber Gott sei Dank nicht tödlich.«

»Wie schlimm?«

»Eine tiefe Platzwunde in der Kopfhaut, die genäht werden muss. Schwere Gehirnerschütterung, aber keine Schädelfraktur.« Der Chirurg Zweigman übernahm das Regiment. »Wir müssen sie nach drinnen tragen, damit ich die Wunde säubern und verschließen kann. Gehen Sie bitte ins Haus und suchen Sie Handtücher und Laken, während Constable Shabalala und ich sie ins Schlafzimmer bringen.«

Emmanuel gehorchte, und binnen kurzem war alles bereit. Zweigman ließ seine Arzttasche aufschnappen und platzierte Mullbinden, Nadel und Faden sowie Desinfektionsmittel auf der Kommode neben dem Doppelbett, wo Shabalala die bewusstlose Granny Mariah abgelegt hatte.

Emmanuel winkte Shabalala, mit nach draußen zu kommen.

Sie stellten sich an die Hintertür und schauten auf die blutgefüllte Ackerfurche.

»Davida ist weg. Der jüngste Sohn des Captains hat sie entführt. Eine andere Erklärung gibt es nicht«, sagte Emmanuel.

»Ich sehe nach.« Shabalala suchte den Boden nach Spuren ab. Er arbeitete sich bis zum Hintertor vor, entriegelte es und ging weiter, ins Veld hinein. Wieso, fragte sich Emmanuel, war es ihm so wichtig, dass der Zulu-Constable das Offensichtliche noch einmal bestätigte? Lag es daran, dass er sich, wenn es um Davida ging, nicht auf seinen Instinkt verlassen konnte und deshalb das nagende Gefühl nicht loswurde, vielleicht, nur vielleicht, könnten Davida und Louis gemeinsame Sache machen? Ein Paar, dessen Liebe unter einem schlechten Stern stand, aneinandergekettet durch den kaltblütigen Mord an Willem Pretorius? Eigentlich war eine solche Überlegung auch nicht absurder als die, dass dieser Teenager höchstwahrscheinlich der Triebtäter war.

Shabalala kam zurück in den Garten und verriegelte das Tor. Seine Miene war düster. »Es ist so«, sagte er. »Der Jungmann hat das Mädchen mitgenommen, sie sind auf dem Motorrad fortgefahren.«

»Hat er sie entführt, oder ist sie freiwillig mitgekommen?«

Shabalala deutete auf die Schleifspuren am Boden. »Sie ist geflüchtet, aber er hat sie eingefangen und zu der Stelle geschleift, wo die Alte lag. Danach ist das Mädchen ohne Gegenwehr mitgegangen.«

»Warum hat Louis die Karten auf den Tisch gelegt, ehe wir ihn überhaupt befragt haben?«

»Wir müssen Mathandunina finden«, sagte Shabalala schlicht und beredt. »Dann wissen wir es.«

Louis zu finden war eine Herausforderung. Für die Suchaktion brauchte man Leute und Zeit, Emmanuel hatte beides nicht, und dabei würde es wohl auch bleiben.

»In welche Richtung ist er gefahren?«, fragte er und sah im Geiste das Veld vor sich, das gewaltige Savannenland, das

Jacob's Rest auf allen Seiten umgab und sich bis über die Grenze nach Mosambik erstreckte. Dann holte er sich zurück in den blutgetränkten Garten. Er musste mit dem auskommen, was er hatte: einen Zulu-Shangaan-Fährtenleser und einen rätselhaften deutschen Juden. Es könnte schlimmer sein; er könnte ganz auf Constable Hansie Hepple angewiesen sein.

»In Richtung Location. Das ist auch der Weg zu Nkosana Kings Land und zur Farm von Johannes, dem vierten Sohn.«

»Wohin fährt ein weißer Junge auf einem Motorrad mit einer Farbigen, die er gegen ihren Willen festhält?« Das Ganze lief auf eine Katastrophe hinaus. Das musste Louis doch klar sein?

»Nicht zur Location.«

»Und auch nicht zur Farm seines Bruders. Wo immer Louis hinfährt, er wird Aufmerksamkeit erregen. Ich würde sagen, er muss sich gut versteckt halten, bis er –«

»Mit ihr fertig ist«, beendete Zweigman aus dem Halbdunkel im Flur den Satz. Auf seinem Krämerhemd und den Hosen waren Blutflecken von der Operation. »Das denken Sie doch, oder, Detective?«

»Ich weiß nicht, was ich denken soll. Soweit ich sehe, ergibt die ganze Entführung überhaupt keinen Sinn.«

»Für Louis Pretorius ergibt sie vielleicht durchaus Sinn.« Zweigman fasste in seine Hosentasche, holte einen Zettel heraus und reichte ihn Emmanuel. »Ihr Major hat gesagt, ich soll Ihnen das so schnell wie möglich geben.«

Emmanuel faltete das linierte Blatt auseinander und las, was dort stand. Tief in den Drakensbergen gab es eine Farm, ein Refugium namens *Suiver Sprong*, Reine Quelle, wo vornehme reiche Afrikaaner mit gutem Draht zur Regierungspartei ihre Sprösslinge hinschickten, um sie auf Gott den Herrn »justieren« zu lassen. Schocktherapie, Medikamente, Wassertherapie – mit solchen Methoden kümmerte sich der Allmächtige um die verirrten Schäfchen, denen er »Justierung« angedeihen ließ. Ein gewisser Dr. Hans de Klerk leitete die Einrichtung, seine Ausbildung hatte er vor Ausbruch des Zweiten Weltkriegs bei dem

Eugeniker Klaus Gunther gemacht, einem Pionier der Rassenhygiene.

»Eine Klapsmühle mit religiösem Einschlag. Weiß van Niekerk das genau?«

»Ihr Major klingt wie jemand, der vieles sehr genau weiß. Er ist sicher, dass dieser Ort in den Drakensbergen die einzige Institution ist, die eine Familie vom Schlage Pretorius für die Behandlung einer psychischen Erkrankung wählen würde.«

Die Familie sollte sich die Ausgaben erstatten lassen. Welcher Therapie man Louis auch unterzogen hatte, gefruchtet hatte sie nicht. Nach wenigen Wochen in Jacob's Rest war er in seine alten Gewohnheiten zurückgefallen, schlimmer als zuvor.

Emmanuel ging noch einmal Schritt für Schritt durch, wie es zu der Entführung und der Körperverletzung gekommen war. Louis war nicht kopflos genug, um zu übersehen, dass Davida Ellis die Einzige war, die ihn mit dem Triebtäterfall und mit dem Mord an seinem Vater in Verbindung bringen konnte. Wenn Davida beseitigt war, stand zwischen ihm und seiner Freiheit nur noch das Wort des englischen Detectives, den er bezichtigt hatte, ihn verführen zu wollen. Ein cleverer Plan und gut ausgeführt. Bis jetzt.

»Vielleicht ist die Entführung nicht so irrational, wie es den Anschein hat.« Emmanuel rief sich die Akte über den Triebtäterfall ins Gedächtnis. Beim Lesen hatte er den Verdacht gehabt, dass der Täter auf einen gewalttätigen Höhepunkt seines Fantasielebens zusteuerte. »So kann Louis zu Ende bringen, was er im Dezember begonnen hat, und zudem die einzige Person aus dem Weg schaffen, die ihn auch nur im Entferntesten mit dem Mord an seinem Vater in Verbindung bringen kann.«

»Wenn das der Fall ist«, bemerkte Zweigman sachlich, »dann lässt er sie am Leben, bis er seine Fantasien an ihr ausgelebt hat.«

»Das glaube ich auch.« Emmanuel wollte nicht näher auf die Bemerkung des Deutschen eingehen. Er wandte sich an Shabalala. »Wo könnte Louis sich verstecken, ohne entdeckt zu werden? Es muss eine Unterkunft für zwei sein. Ich glaube nicht, dass er zur Hütte des Captains fährt, die ist nicht abgelegen genug. Gibt es irgendwo eine Höhle oder eine alte Jagdhütte?«

Der Zulu-Constable blickte einen Moment in den Himmel und dachte nach. Dann hob er schnell einen langen Stock auf und ritzte eine grobe Landkarte in die Erde. Er machte drei Kreuze, die jeweils fast am Rand weit auseinanderlagen.

»Auf Nkosana Kings Farm sind mir drei solche Plätze bekannt. Der Captain und ich haben uns als Jungen viele Male da verkrochen. Der Jungmann Louis war auch mit seinem Vater dort, als das Land noch seiner Familie gehörte.«

»Schaffen wir es, sie alle drei in einem Nachmittag abzuklappern?«

»Sie liegen weit auseinander, und an diesen Ort hier kommen wir nur zu Fuß. Es ist eine Höhle weit oben am Berghang, und ringsum ist dichter Busch.«

»Und die anderen beiden?«

»Das hier ist ein altes Haus, in dem früher ganz allein ein Bure lebte. Es fällt allmählich zusammen, aber einige Räume haben noch ein Dach.«

»Wie ist die Umgebung beschaffen?«

»Flach. Das Haus ist trostlos, so wie der weiße Mann, der es bewohnt hat.«

»Da ist er nicht.« Emmanuel vergegenwärtigte sich noch einmal den Tatort am Fluss, wo am Übergang zwischen Erde und Himmel ein Licht geschimmert hatte, wie man es nur in Afrika fand. Louis und sein Vater hatten beide eine Vorliebe für verbotenes Fleisch und mochten sich auch darin ähneln, dass sie Frauen am liebsten im Freien umgarnten. Nichts regte Adam- und-Eva-Fantasien so an wie die wilde Schönheit dieser Natur, wo man den Apfel mit Stumpf und Stiel vertilgte und es keine Rassentrennungsgesetze gab.

»Wohin würden Sie ein Mädchen mitnehmen, um ihr die schöne Aussicht zu zeigen?«

Shabalala deutete auf die Position der Berghöhle. »Von dem Felsvorsprung vor der Höhle sieht man das ganze Land und ein

Wasserloch, wo die Tiere zum Trinken hinkommen. Es ist ein Ort, der das Herz berührt.«

Genau das abgelegene, romantische Fleckchen Erde, wo ein gestörter Burenknabe eine Frau zum allerletzten Ausflug hinbringen würde. Die Liebe der Afrikaaner zum Land war so hartnäckig wie ein Grippevirus.

Die Höhle war ein Schuss ins Blaue. Aber plausibel. Der Junge war nicht mit einem entführten Mädchen einfach drauflos ins Veld gefahren, ohne ein Versteck im Sinn zu haben. Und Louis würde sich nicht auf einer bewirtschafteten Farm verkriechen, wo es vor Arbeitern und Viehherden wimmelte. Kings Reich, einst der Pretorius-Familiensitz, umfasste unendlich viel offenes Land und nur wenige Menschen, die die Illusion trüben konnten, dass Südafrika bei Ankunft der Weißen völlig leer gewesen war. Louis konnte sich dort lange verstecken, ohne aufzufallen.

»Wie weit ist es zu Fuß bis dahin?«, fragte Emmanuel.

»Wir müssen hier parken und etwa eine halbe Stunde bis zum Fuß des Berges laufen, dann noch eine Viertelstunde bis nach oben.«

Emmanuel rundete die benötigte Zeit auf eine Stunde auf. Der Zulu-Shangaan konnte in kürzerer Zeit weiter laufen als jeder andere, dem er je begegnet war, das schloss sogar Soldaten ein, die vor dem Einschlag von Mörsergranaten um ihr Leben rannten.

»Wir sollten in der Höhle nachsehen. Ein einsames geschütztes Plätzchen in einer unbewohnten Gegend scheint mir genau das Richtige für das, was Louis aller Wahrscheinlichkeit nach vorhat. Ich habe nichts, was meine Theorie stützt. Nur ein Gefühl, mehr nicht.«

»Ihr Instinkt und Constable Shabalalas Ortskenntnis sind alles, worauf Sie setzen können, Detective, also müssen Sie hin, und zwar schnell«, riet Zweigman. »Die Männer in der Polizeiwache werden keinen Stift fallen lassen, um nach einer Frau mit dunkler Haut zu suchen.«

»Außer sie ist Kommunistin«, sagte Emmanuel und wandte sich an den großen Mann an seiner Seite. Ohne Shabalalas Hilfe war er aufgeschmissen. »Wir müssen meinen Wagen holen und dann raus zu Kings Farm. Sind Sie weiter bei mir?«

»Bis zum Ende«, antwortete Shabalala.

18

In der Hoffnung, dass die Pretorius-Brüder weiterhin auf dem Kaffernpfad lauerten, riskierten sie es, die Straßen zu benutzen. Nichts rührte sich, als sie auf der Piet Retief Street an den Geschäften der Weißen vorbeikamen. Die Werkstatt war geöffnet, aber derzeit nur mit dem alten farbigen Mechaniker bemannt, der von seinem schattigen Plätzchen aus den schwarzen Jungen an den Zapfsäulen Anweisungen zurief. Keine Spur vom feuerspuckenden Erich oder bei Pretorius Farmzubehör von seinem großen Bruder Henrick.

Ein mit großen rostigen Pflugscheiben beladener Chevy-Laster bot ausreichend Deckung, um an der Wache vorbei auf die unbefestigte Straße zu gelangen, an der das Protea Guesthouse lag. Emmanuel und Shabalala überquerten den frisch geharkten Hof. Die silbernen Radkappen des schwarzen Packard blinkten in der Sonne. Ein Zweig knackte, und der Zulu-Constable erstarrte wie eine Katze. Erneut knackte ein Zweig, und der schwarze Polizist stieß den angehaltenen Atem aus.

»Hinter dem Jacarandabaum ist jemand«, sagte er. »Wir müssen schnell hier weg.«

Der Wagen stand jenseits des großen Jacaranda, und wenn dort Leute auf der Lauer lagen, würden sie mindestens einen von ihnen erwischen. Er konnte auf Shabalala nicht verzichten.

Emmanuel sah sich um. Rückzug schien möglich. Er nickte Shabalala zu, und sie rannten geduckt auf den weiß getünchten Zaun und den unbefestigten Weg zu, der gegen den Staub frisch mit Wasser gesprengt war.

»Los, los!« Paul Pretorius, ganz der Kommandosoldat, brüllte Befehle.

Johannes trat hinter dem Zaun hervor und bezog Posten mitten auf dem Weg. Hinter sich hörte Emmanuel das Knirschen von Pauls Stiefeln. Gemeinsam preschten sie auf den überraschten Johannes zu, Shabalala wich leicht nach rechts aus, Emmanuel nach links. Die Pretorius-Kerle hatten nur mit ihm allein gerechnet, und ihr halbgarer Hinterhalt zeigte, dass sie einen englischen Detective im Anzug für leichte Beute hielten.

»Nicht durchlassen!«, brüllte Paul Pretorius.

Erbarmungslose Rugby-Trainingseinheiten im Internat und ruppige Partien auf gottverlassenen Spielfeldern entstiegen den finstern Tiefen von Emmanuels Erinnerungen, als Johannes ihn abfangen wollte. Er streckte den Arm aus, stieß Johannes heftig vor die Brust und hörte das befriedigende Knirschen im Kies, als der vierte Sohn des Captains zu Boden ging. Es war das erste Mal, dass die harte Anleitung der Schulmeister Strijdom und Voss sich zu seinen Gunsten auswirkte.

»Hier lang.« Shabalala rannte zur Piet Retief Street und über den schwitzenden Asphalt zum gegenüberliegenden Kaffernpfad. Lautes Rufen aus der Richtung von Pretorius Farmzubehör ließ sie den Graspfad in Rekordzeit erreichen. Jetzt hatten sie den gesamten Pretorius-Clan am Hals.

»Da rein.« Shabalala schob zwei Latten eines baufälligen Zauns beiseite, und sie schlüpften geduckten in einen lauschigen Hof, in dessen Mitte eine Räucherhütte stand. Ein Gartenboy, ein älterer Mann mit milchigen Augen, eingefallenen Wangen und aschgrauem Haar, blickte erschrocken auf.

Shabalala legte einen Finger an die Lippen, und der Alte jätete weiter Unkraut, als sei nichts vorgefallen.

»Peter?«

»Ja, Missus?«, antwortete der Gartenboy, und Emmanuel und Shabalala duckten sich hinter die Räucherhütte. Sie lehnten sich an die rostige Blechwand und warteten, ob die Pretorius-Söhne oder die neugierige weiße Missus auftauchten.

»Was war das, Peter? Ich dachte, ich hätte etwas gehört.«

»Bloß der Wind, Missus.«

»In Ordnung.« Die Stimme wurde leiser, als die Missus zurück ins Wohnzimmer ging. »Sieh zu, dass du wirklich alles Unkraut wegmachst, hörst du?«

»Ja. Ich mach alles weg, Missus.« Peters milchiger Blick überflog kurz den Standort des weißen Ermittlers und seines angeheirateten Cousins dritten Grades, Constable Samuel Shabalala.

»Weiter! Da lang.« Das war Henrick Pretorius' Stimme. Emmanuel presste sich dicht an die Räucherhütte. Ein Ruf des Gärtners oder der Missus, und ihre Rettungsmission war zu Ende. Shabalala lehnte entspannt an der Wand der Räucherhütte. Emmanuel nahm sich ein Beispiel an dem schwarzen Constable und lockerte seine verkrampften Kiefermuskeln. Die lauten Schritte wurden leiser und verklangen, als die Pretorius-Brüder ihre Jagd anderswo fortsetzten.

»Mein Wagen fällt aus«, sagte Emmanuel. »Wenn sie einen Funken Verstand haben, haben sie die Reifen zerstochen oder jemanden da postiert, der ihn bewacht.«

»Wir brauchen einen anderen Wagen. Es gibt einen ganz in der Nähe.«

»Wo?«

»Bei der Wache.«

»Der Wache? Wie sollen wir das hinkriegen, Constable?«

Shabalala trat vor die Räucherhütte und zeigte auf ein Backsteinhaus mit bunten Bleiglasscheiben in der Tür und einem Zaun aus Wagenrädern um die Stoep. »Der junge Polizist. Er wohnt bei seiner Mutter und seinen Schwestern. Das ist sein Haus.«

»Sie wollen, dass Hansie den Wagen holt?«

»Ich weiß sonst niemanden, der den Polizeitruck vor der Wache abholen kann.«

»Gott steh uns bei.«

Emmanuel überquerte mit Shabalala die Straße und klopfte zweimal deutlich an die Tür. Durch das farbige Glas sah er den jungen Polizisten den Flur entlangkommen.

Die Tür schwang auf, und Hansie äugte mürrisch heraus. Seine blauen Augen waren rot gerändert, und seine Nase glühte stumpfrosa vom vielen Schneuzen.

»Ich habe das Kettchen.« Er schniefte. »Hab's mir zurückgeben lassen, genau wie Sie gesagt haben, Detective Sergeant.«

»Gut gemacht.« Emmanuel trat in den Flur und zwang Hansie ein paar Schritte zurück. Shabalala schloss die Tür hinter ihnen. »Ich brauche noch etwas von Ihnen, Constable.«

»Was?«

»Den Polizeitruck. Sie müssen zur Wache und den Polizeitruck holen.«

»Aber Lieutenant Lapping hat mir den Tag freigegeben. Er sagte, ich muss erst morgen wiederkommen.« Emmanuel ließ es klingen, als handele es sich um eine spontane Beförderung. »Sie sind der beste Fahrer hier bei der Truppe. Sogar besser als die meisten Kollegen in Jo'burg.«

»Ehrlich?« Das Kompliment beglückte den Jungen so, dass er darüber das Kettchen und den freien Tag vergaß.

»Ehrlich.« Emmanuel sah Hansie in die Augen, um zu prüfen, ob seine Worte auch hängenblieben. »Ich will, dass Sie zur Wache gehen, den Truck holen und damit herkommen. Kriegen Sie das hin?«

»Ja.«

»Falls jemand fragt, wo Sie mit dem Truck hinwollen, sagen Sie, Sie suchen nach gestohlenen ...« Seine Großstadterfahrung stieß an ihre Grenzen. Was stahl man hier auf dem Land?

»Nach einer Ziege«, half Shabalala aus. »Sie suchen nach einer gestohlenen Ziege.«

»Haben Sie verstanden?«

»Ich suche nach einer gestohlenen Ziege.«

»Gehen Sie geradewegs zur Wache und kommen Sie mit dem Truck sofort zurück«, wiederholte Emmanuel und hoffte, dass die Anweisung in Hansies vernebeltem Schädel haften blieb.

»Ja, Detective Sergeant.«

Der Junge strich sich die Uniform glatt und marschierte wie ein aufziehbarer Spielzeugsoldat zur Haustür. Alles – Louis' Ergreifung, Davida Ellis' unversehrte Heimkehr und die Lösung des Falls – alles lag jetzt in den Händen des achtzehnjährigen Constables Hansie Hepple. Emmanuel war nicht wohl dabei.

Ein spindeldürres blondes Mädchen tauchte auf, an deren

Händen und Schürze Brotteig klebte. In ihren blauen Augen, die dunkler waren und enger zusammenstanden als bei ihrem Bruder, glomm ein Fünkchen.

»Das war ein hübsches Kettchen«, sagte sie auf Afrikaans. »Hansie hat geweint, als er es zurückfordern musste, und seine Liebste war sauer auf ihn. Ma ist zum Laden gelaufen, Natron kaufen, damit Hansies Magen sich wieder beruhigt.«

Emmanuel sah Shabalala an. »Wir müssen auf anderem Weg hier raus. Männer wie wir sollten an einem solchen Ort nicht enden.«

* * *

Sie kämpften sich durch die Wildnis auf das vor ihnen aufragende Gebilde aus steilen Felsen und Wolken zu. Vor Urzeiten, lange vor der Ankunft weißer Männer, musste dieser Berg spirituelle Bedeutung gehabt haben. Emmanuel spürte seine Anziehungskraft, während er sich mühte, dem behenden Shabalala durch die verschwimmende Monotonie aus Ästen, Dornen und Termitenhügeln zu folgen.

Fünfundfünfzig Minuten und eine kurze Verschnaufpause später erreichten sie den Fuß des Berges und standen vor einer massiven Felswand, hier und da wuchsen in Spalten, die Wind und Regen im Laufe der Jahrhunderte gemeißelt hatten, ein paar Grasbüschel und verkrüppelte Bäume. Wie so oft bei solchen Naturschauspielen war der Anblick imposant, aber nicht einladend.

»Wie kommen wir da hoch?« Emmanuel lehnte sich an einen von der Sonne erwärmten Felsbrocken, der neben der Bergwand lag wie die Murmel eines Schulkinds. Die Pause tat ihm gut, das Gefühl, wieder ein- und ausatmen zu können, ohne dass ihm vom Sauerstoffmangel die Lungen brannten.

»Wir gehen erst drum herum und dann aufwärts«, sagte Shabalala, und Emmanuel stellte befriedigt fest, dass auch dem Zulu-Constable bei dem Querfeldeinlauf der Schweiß ausgebrochen war.

»Ist die Ziege auf dem Berg?«, fragte Hansie, nachdem er einen Schluck aus seiner Wasserflasche genommen hatte. Die Gesichtsfarbe des Jungpolizisten war von Weiß über Rosa zu einem Feuerrot übergegangen, das eine aufgeschnittene Wassermelone blass aussehen ließ.

»Ich hoffe es«, sagte Emmanuel und folgte Shabalala um den Fuß des großen Felsmassivs herum. Nach fünf Minuten kamen sie an eine tiefe Spalte im Berg. Shabalala zeigte auf einen Pfad, der sich bergauf wand und hinter einem windzerzausten Baum mit Ästen wie ausgebleichten Knochen verschwand.

»Hier lang.« Shabalala ging auf dem schmalen Steig voraus, blieb ab und an stehen und untersuchte ein Grasbüschel oder einen abgeknickten Zweig.

»Irgendwelche Spuren von ihnen?«, fragte Emmanuel, der mehrfach auf lockeren Steinen ausglitt und über freiliegende Wurzeln stolperte. Louis und Davida konnten sich ebenso gut hundert Meilen entfernt befinden.

»Es führen drei Pfade zu der Höhle. Bis jetzt kann ich nur sagen, dass sie diesen nicht gegangen sind.«

»Vielleicht sind sie gar nicht hier.« Die Sorge, die an Emmanuel nagte, seit sie aus der Stadt losgeprescht waren, saß ihm mittlerweile wie ein Stachel im Fleisch. Er hatte aus den Brosamen, die man ihm im Laufe der Ermittlung hingeworfen hatte, sein eigenes Süppchen gekocht, und jetzt würde er feststellen, ob all seine Ahnungen und Mutmaßungen zu etwas führten.

An einer Stelle, wo drei schmale Pfade zusammenliefen und nur einer weiter hinaufführte, blieb Shabalala stehen und untersuchte den Boden und die losen Steine am Rand.

»Sie sind hier«, sagte er.

Spontane Erleichterung erfasste Emmanuel, und er erklomm den Anstieg deutlich schneller, als der Adrenalinstoß seine erschöpften Muskeln speiste. Louis hatte gut drei Stunden Vorsprung. Kein Mensch konnte wissen, was Davida Ellis inzwischen zugestoßen war.

Der Pfad endete an einem breiten flachen Felsvorsprung, der über die steile Bergwand hinausragte und einen atemberaubenden Blick auf die ungezähmte Landschaft in allen Himmelsrichtungen gewährte. Ein Kampfadler, die weißen Brustfedern leuchtend vor dem fahlen Himmel, kreiste vor ihnen auf einer Warmluftströmung. Tief unten in der Ebene glitzerte im Licht des späten Nachmittags ein Wasserloch. Es war, wie Shabalala gesagt hatte, ein Ort, der das Herz berührte.

»Da.« Der Zulu-Constable zeigte über den Felsvorsprung auf die dunkle Höhlenöffnung, die in der Bergwand klaffte.

»Detective Sergeant –«

»Scht …« Emmanuel brachte Hansie zum Schweigen. »Sie warten hinter diesem Busch und bewachen den Pfad. Wenn jemand kommt, rufen Sie mich. Verstanden?«

»Ja. Rufen.«

»Gut.« Zum ersten Mal seit seiner Ankunft in Jacob's Rest öffnete Emmanuel das Halfter an seiner Hüfte und zog seinen .38er Webley-Revolver. Mit Shabalala an seiner Seite lief er geduckt über den Felsvorsprung und lauschte angestrengt auf Stimmen oder das Klicken eines Abzugshahns. Eine gespenstische Stille folgte ihnen in die Höhle.

Emmanuel sah sich blitzartig um. Die Höhle bildete ein Oval, groß genug, dass ein ganzer Trupp *Voortrekker*-Scouts darin einen Liederabend hätte veranstalten können. Im diffusen Nachmittagslicht war ein provisorisches Lager zu erkennen. In der Mitte zusammengerolltes Bettzeug aus einem Laken und einer grauen Decke, daneben eine Laterne und ein Kübel mit Wasser. Auf einem flachen Stein ein Behälter mit Zwieback, in Streifen geschnittenes Trockenfleisch, zwei Teller und Tassen aus emailliertem Blech. Eine aufgeschlagene Bibel, eine Schachtel Kerzen und ein zusammengerolltes Seil lagen auf einem leeren Rucksack wie auf einem Altar.

»Wo sind sie?«, fragte er. Die Höhle war häuslich hergerichtet zum Schlafen, zum Essen und wofür auch immer die Bibel und das Seil dienen sollten. Der Teenager hatte sichtlich vor, hier in seiner privaten Kapelle zu übernachten, vielleicht auch länger zu bleiben.

»Ich sehe nach.« Shabalala untersuchte die Spuren am Boden und trat dann aus der Höhle, um draußen weiterzusuchen. Schnell kehrte er zurück.

»Sie sind über den schmalen Steig zu einer Stelle mit einem Wasserfall gegangen. Es ist Frühling. Das Wasser wird fließen.«

»Können wir ihnen nach?«

»Es ist eng. Es geht nur, wenn man hintereinander läuft. Ich kann Sie hinbringen.«

»Dann los«, sagte Emmanuel. »Ich will nicht noch eine Leiche im Wasser.«

Er folgte seinem Kollegen hinaus und zum Beginn eines Pfades, der sich wie der Schwanz einer Schlange am Berg entlangwand. Beim Klang einer tiefen, schönen Stimme, die ein holländisches Kirchenlied sang, blieben sie wie angewurzelt stehen. Ein paar schnelle Schritte, dann hockten er und Shabalala hinter einem stacheligen Busch, zusammen mit dem jungen Constable, dessen erstauntes Gesicht hochrot glühte.

»Was ist los?«, fragte Hansie.

»Egal, wer gleich auftaucht, Sie dürfen keinen Ton von sich geben«, befahl Emmanuel. »Keinen Mucks, verstanden?«

Davida Ellis stolperte barfuß auf den Felsvorsprung, die Arme wie zum Schutz um sich selbst gelegt. Sie war klatschnass, und das hellgrüne Kleid klebte an ihrer braunen Haut. Wasser tropfte auf den Fels und bildete zu ihren Füßen eine Lache. Trotz der milden Frühlingsluft zitterte sie.

Dann tauchte Louis Pretorius auf, mit bloßem Oberkörper und dem Gewehr über der Schulter wie ein eingeborener Fährtensucher. Er sang weiter, dabei rieb er sich mit einem Taschentuch Gesicht und Haare trocken und steckte es in die Tasche seiner feuchten Niethose. Die Worte des Afrikaaner-Kirchenlieds stiegen zum Himmel empor, als wären sie auf direktem Weg zum Allmächtigen. Louis hatte nicht nur das Gesicht, sondern auch die Stimme eines Engels.

Er beendete das Lied und berührte leicht Davidas Schulter. Sie zuckte heftig zusammen, was er nicht zu bemerken schien. Dicht an ihrem Ohr sagte er: »Und ich will reines Wasser über euch sprengen, dass ihr rein werdet. Hesekiel 36, Vers 25. Fühlt sich gut an, gereinigt und erneuert zu sein, nicht wahr?«

Seine Hand wanderte zu ihrem Hals, die Finger glitten über ihre Luftröhre. »Gott hört uns besser, wenn wir laut reden und unsere Stimme zu Ihm erheben.«

Emmanuel macht sich bereit, über den Felsvorsprung zu sprinten, sobald sich die Finger des Jungen um Davidas Hals legten.

»Pahhh …« Hansie stieß einen fassungslosen Laut aus, der von den harten Felswänden zurückprallte. Ebenso gut hätte er einen Stein werfen können. Louis erstarrte, riss sich das Gewehr von der Schulter und packte es mit beiden Händen, den Finger am Abzug. Er richtete den Lauf auf das Gebüsch.

»Kommt raus!«, rief er in beinahe leutseligem Ton. »Wenn nicht, feuere ich das ganze Magazin ab. So wahr ich hier stehe.«

»Nicht!« Hansie sprang auf und hob kapitulierend beide Hände. »Nicht schießen. Ich bin's doch. Hansie.«

»Wer ist noch bei dir?«, fragte der blonde Junge. »Du hast nicht den Grips, allein hierher zu finden.«

»Nicht den Grips? Was –«

Emmanuel und Shabalala standen auf. Emmanuel wollte vermeiden, dass Louis durchdrehte und Davida auf dem kürzesten Weg zu Gott dem Herrn schickte, indem er sie in den Abgrund links von ihm stieß. Und ganz bestimmt würde er Hansie Hepple nicht die Verhandlung über die Freilassung der Geisel überlassen.

»Detective Sergeant Cooper.« Mit einem Nicken begrüßte Louis ihn wie jemanden, dem er an der Straßenecke oder vor der Kirche begegnete. »Wie ich sehe, sind Sie aus der Grube entkommen, die ich für Sie gegraben habe. Und Sie haben zur Gesellschaft Constable Shabalala mitgebracht. Was führt euch drei in die Berge?«

»Dasselbe könnten wir Sie fragen.« Emmanuel bemühte sich um einen freundlichen Ton und registrierte, wie außergewöhnlich souverän der halbnackte Junge sein Gewehr handhabte. Er sah aus wie der geborene Bandit. Davida neben ihm schauderte.

»Ziemlich weiter Weg für eine Dusche, finden Sie nicht, Louis?«, plauderte er und versuchte Davidas Zustand einzuschätzen. In ihrem Blick lag das stumpfe Entsetzen, das er oft auf den Gesichtern von Zivilisten gesehen hatte, die zwischen die Fronten kämpfender Armeen geraten waren. Ihre Augen flehten um Rettung und Erholung.

»Ich handle auf Gottes Geheiß. Ich erwarte nicht, dass Sie verstehen, was ich hier heute tue, Detective.«

»Erklären Sie es mir. Ich möchte es gern verstehen.«

»Und Er wird hinwegnehmen die Sünden der Welt.« Louis legte eine Hand um Davidas Arm und riss sie ruckartig an sich. »Ich habe den Schmutz von ihrer irdischen Hülle gewaschen mit reinem Wasser und Steinen, und jetzt werde ich ihre Seele von der Sünde reinigen, die aus ihr ein unreines Gefäß gemacht hat.«

»Soweit ich weiß, sind Sie nicht Gott der Herr. Sie sind Louis Pretorius, Sohn von Willem und Ingrid Pretorius aus Jacob's Rest. Was befähigt Sie dazu, andere Seelen als Ihre eigene zu reinigen?«, fragte Emmanuel.

»Und Er hat mir ein neues Lied in meinen Mund gegeben, zu loben unsern Gott. Das werden viele sehen und sich fürchten und auf den Herrn hoffen.«

Im Wettstreit um Bibelzitate hatte Emmanuel gegen Louis keine Chance, das war ihm klar. Der junge Pretorius war so tief in seine heilige Vision verstrickt, er merkte nicht mal mehr, dass das, was er Davida und ihrer Großmutter angetan hatte, ein Ausbund an Sünde war. Für Louis war das alles heilig und dem Herrn ein Wohlgefallen, begleitet vom Chor der Engel.

»Aber ...« Hansie hatte Schwierigkeiten, dem Wortwechsel zu folgen. »Das Mädchen da ist ein Mischling. Was machst du mit so einer hier oben?«

Die Glut in Louis' Augen konnte es mit dem berühmten lodernden Blick seines Großvaters aufnehmen. »Als ich Kind war, sprach ich auch wie ein Kind, doch dann wurde ich erwachsen und habe alles Kindliche abgelegt. Du, Hansie, bist so etwas Kindliches.«

»Was redest du denn da? Du sollst keine von denen waschen oder sonst was mit ihr treiben. Es ist gegen das Gesetz, und ich weiß, deine Mutter wäre gar nicht glücklich darüber, wie dicht ihr zwei beieinandersteht.«

»Meine Mission geht weder meine irdische Familie noch dich etwas an. Gott hat mich berufen, und ihr stellt euch gegen Sein Wirken.«

»Nur damit ich es richtig verstehe.« Emmanuel versuchte zu ergründen, wie weit Louis' Wahnvorstellungen gingen. »Gott der Erlöser hat Sie dazu berufen, pornografische Fotos zu stehlen, Lügen zu verbreiten und unreine Frauen zu überfallen und zu entführen? Wann haben Sie diesen Ruf vernommen, Louis? In Suiver Sprong oder danach, am Theologiekolleg?«

Louis' hübsches Gesicht verzerrte sich. »Alles, was ich tue, geschieht im Dienste des Herrn.«

»Hat Ihnen der Herr befohlen, letztes Jahr all diese Frauen zu schikanieren?«

»Das war das Werk des Teufels. Ich habe mich aus seinen Ketten befreit und bin jetzt von aller Sünde reingewaschen.«

»Hat man Ihnen so auf der Farm die Sünde ausgetrieben? Mit Freiluftduschen und nackter Furcht?« Laut van Niekerk wurde in der religiös verbrämten Klapsmühle unter anderem »Wassertherapie« als Heilmethode angewandt. Was für Methoden mochte der in Deutschland ausgebildete Dr. Hans de Klerk noch eingesetzt haben, um dem Pretorius-Jungen die Sünde auszutreiben?

Louis blinzelte heftig. »Alles, was mir angetan wurde, geschah im Dienste des Herrn. Ich war verloren und bin nun erneuert.«

Emmanuel verspürte einen unerwarteten Anflug von Mitleid. Louis war von seiner Mutter im Glauben erzogen worden, er sei das Licht der Welt, doch von seinem Vater hatte er den Sinn für ein Leben jenseits des strikten Moralkodex des Burenvolks. Er war gespalten, desorientiert, und der Bann dieser »Justierung« in den Drakensbergen hatte ihn nur gefährlicher gemacht.

»War Ihr Vater ein unreines Gefäß, Louis?«, fragte Emmanuel. Wie stand der Junge zu der Scheinheiligkeit des Captains?

»Pa wurde vom Teufel verführt, genau wie ich.« Der Junge sah den Zulu-Constable an. »Mein Pa war ein guter Mann, oder, Shabalala? Ein gottesfürchtiger Mann.«

»Ich glaube das.«

»Ich bezweifle gar nicht, dass Ihr Pa gut war«, sagte Emmanuel. »Ich frage mich nur, wie heftig er mit dem Teufel gekämpft hat. Sie selbst sind auf diese Farm gekommen und haben den Teufel besiegt, aber Ihr Vater, der ist hiergeblieben und, tja … er hat dem Teufel wohl jede Woche ein paar Nächte überlassen. Fast ein Jahr lang.«

»Captain Pretorius war nicht mit dem Teufel im Bunde!« Hansies Stimme überschlug sich und sprang drei Oktaven höher. »Sie haben ihn nicht gekannt. Er war durch und durch rein.«

»Kein Mensch ist durch und durch rein.« Emmanuel wandte sich wieder an Louis und sprach bewusst gelassen und friedfertig. »Sie wissen, wie es ist, mit dem Teufel zu ringen, stimmt's, Louis? Sie wollen geweiht sein, und doch stehen Sie hier auf einem Berggipfel mit einer verängstigten Frau, einem Gewehr und einem Stück Seil auf Ihrer Bibel.«

»Diese Frau ist die Wurzel allen Übels.« Louis packte Davidas Unterarm fester, bis sie vor Schmerz aufkeuchte. »Sie ist diejenige, die von ihrer Fleischeslust gereinigt gehört.«

»So wie Sie Ihren Vater am Fluss gereinigt haben?« Emmanuel suchte das Bindeglied zwischen Triebtäter und Mörder. Ein unausgeglichener Junge mit einem Scharfschützengewehr und Wahnvorstellungen von Göttlichkeit war ein sehr gefährliches Tier. »Genau das haben Sie doch getan, oder? Sie haben ihm eine Audienz beim Allmächtigen verschafft, und dann haben

Sie seine Leiche ins Wasser gezogen, um ihn von der Sünde zu reinigen. War es so?«

»Keine Ahnung, wovon Sie reden.«

»Sie haben Ihren Vater getötet, um ihn zu reinigen, stimmt's, Louis?

»Natürlich nicht.«

»Sie wussten, er würde nicht aufhören zu sündigen, also haben Sie ihm geholfen, der Falle des Teufels zu entkommen. Das verstehe ich. Ich verstehe, wie es dazu kam.«

Louis lockerte seinen Griff um Davidas Handgelenk und warf dem englischen Detective einen vernichtenden Blick zu. »Ich habe meinen Vater geliebt. Als mich der Teufel in den Klauen hatte, hat mein Vater mit mir gebetet, und gemeinsam haben wir einen Ausweg gefunden. Nie hätte ich die Hand gegen ihn erhoben. Er hat mich gerettet.«

»Sie haben ihn also nicht am Fluss erschossen?«

»Nein. Du sollst deinen Vater und deine Mutter ehren, auf dass du lange lebest in dem Lande, das dir der Herr geben wird. Das ist Gottes Gebot und Verheißung.«

»Aber Sie haben Ihren Vater bespitzelt, als er am Leben war. Damit ehren Sie ihn doch nicht?«

»Ich war sein Zeuge.« Louis ließ Davidas Arm los und strich sich das wirre blonde Haar aus der Stirn. »Ich musste das Ausmaß seines Frevels bezeugen, um zu begreifen, wie weit er vom rechten Wege abgekommen war.«

»Sie haben das nicht genossen?« Emmanuel sah, wie sich Davida erschöpft an die Felswand lehnte und nach Luft rang. Sie zitterte immer noch und stand vermutlich unter Schock. »Es hat Ihnen kein Vergnügen bereitet, Ihren Vater beim Sex mit einer von den Frauen zu beobachten, denen Sie letzten Dezember nachgestellt haben? Wie oft waren Sie denn Zeuge, dass Ihr Vater vom rechten Wege abkam, Louis?«

»Ich weiß es nicht mehr«, murmelte der Junge.

»Ein Mal müsste doch reichen? Sie sehen Ihren Vater mit einer dunkelhäutigen Frau und wissen Bescheid, oder? Sie wissen, dass eine Sünde begangen wird, auch ohne dass Sie ein zweites und drittes Mal zusehen müssen.«

»Ich war sein Zeuge. Was ich sah, hat mir kein Vergnügen bereitet.«

»Wirklich nicht?« Emmanuel hatte den Tiger am Schwanz gepackt, und er würde ihn nicht loslassen, bis er seine Lunge ausspie. »Dass Sie etwas bezeugen wollten, glaube ich gern, aber Sie hatten genauso viel Vergnügen daran wie Ihr Vater, nur aus der Ferne.«

»Shabalala.« Der halbnackte Junge appellierte an den schwarzen Polizisten. »Du kennst meine Familie. Wir sind reinblütige weiße Afrikaaner. Du bist ein reinblütiger afrikanischer Schwarzer. Diese ganze Geschichte ist passiert, weil es unter uns welche gibt, die unreines Blut haben. Ist es nicht so?«

»Ihr Vater war rein. Die Frau ist rein. Wenn sie zusammen waren, war daran nichts Falsches.«

»Das kann nicht dein Ernst sein.« Shabalalas ruhige und nachsichtige Antwort warf den Jungen aus der Bahn. »Sie ist der Grund, warum mein Vater vom Weg abkam und getötet wurde. Sie trägt die Schuld.«

»Diese da, sie war Ihres Vaters Nebenfrau, und ich sage es noch einmal, an ihnen war nichts Falsches. Der Captain hat nach alter Sitte um sie geworben, und er wollte nicht, dass ihr zu seinen Lebzeiten Respektloses widerfuhr, und auch nicht jetzt, wo er fort ist.«

Louis errötete bei Shabalalas Kritik, aber er senkte seine Waffe nicht. »Eure eingeborenen Bräuche sind nichts für unser Volk. Unser Gott erlaubt uns nicht, unsere Körper oder unser Blut mit dem eines niederen Geschöpfes zu besudeln. So steht es geschrieben.«

Davida hatte sich, immer noch zitternd, Stückchen für Stückchen an der Felswand entlanggeschoben und stand jetzt nicht mehr in unmittelbarer Reichweite des halbwüchsigen Propheten.

Emmanuel trat vor und zog Louis' Aufmerksamkeit auf sich.

»Haben Sie Ihrem Vater je angeboten, herzukommen und sich im Wasserfall von der Sünde reinzuwaschen?«, fragte er.

»Nein.«

»Warum nicht?«

»Der richtige Zeitpunkt hat sich nie ergeben. Ich wusste nicht, wie ich ihm sagen sollte, dass ich über sein Treiben Bescheid wusste.«

»Tja ... zum Beispiel, wenn er zum Höhepunkt gekommen war und Sie beide befriedigt und mit der Welt im Reinen waren? Sie hätten ihn doch mal auf dem Kaffernpfad abpassen und sich vor dem gemeinsamen Beten noch ein bisschen über Ihr Erlebnis austauschen können.«

»Sie sind ein unflätiger Engländer. Zu schade, dass meine Brüder Sie nicht erwischt und Ihnen eine Lektion erteilt haben.«

Emmanuel zuckte die Achseln und starrte über den Felsvorsprung in die endlose Landschaft. Davida war nur noch Zentimeter vom sicheren Höhleneingang entfernt. »An ihren Taten sollt ihr sie erkennen.« Aus den Tiefen seines Gedächtnisses kramte er ein Bibelzitat hervor. »Was hält wohl eine weiße Jury von einem jungen Afrikaaner, der sich hier draußen mit einer entführten farbigen Frau herumtreibt? Glauben Sie wirklich, Ihre Glaubensbrüder verstehen, dass Sie ihren Körper gewaschen haben, um sie zu reinigen, und dass Sie Ihren Vater beim Geschlechtsverkehr mit ihr belauert haben, nur um vor Gott Zeugnis abzulegen?«

»Gott ist mein Stecken und mein Stab. Es ist nicht an den Menschen, darüber zu urteilen, was ich getan habe.«

»Die Zeiten haben sich geändert, Louis. Als Sie Ihren Vater losgeworden sind, haben Sie sich um den einzigen Menschen gebracht, der willens war, das Gesetz zu brechen, um Sie zu beschützen.«

Louis' Finger spannte sich um den Abzug. »Ich hatte nichts zu tun mit dem, was meinem Vater widerfahren ist. Er wurde vor der Zeit abberufen, und ich bete zum Allmächtigen, dass er in sein Herz schaut und ihm seine Verfehlungen vergibt.«

»Louis ...« In Hansies blauen Augen standen Tränen der Überforderung. »Sag dem Detective Sergeant endlich, dass das alles ein Irrtum ist. Du hast diese farbigen Frauen nie angerührt, und der Captain hat nie getan, was er da behauptet ... mit dem Geschlechtsverkehr und dem Teufel und der Nebenfrau.«

Louis lächelte wie der schönste unter allen Engeln Gottes. »Weißt du, was mir Pa mal gesagt hat, Hansie?«

»Nein.«

»Du kennst Gott erst, wenn du mit dem Teufel gerungen hast und der Teufel gesiegt hat.« Er wandte sich Davida zu, um ihr den Sinn zu erläutern, doch sie war weg. Mühelos schwang das Gewehr in seinen Händen hoch und zielte auf den Höhleneingang, wo noch der flüchtende Schatten der Frau zu sehen war. Breitbeinig stand er da, die klassische Schützenposition, um dem Torso Stabilität zu verleihen und die Chance auf einen sauberen Treffer zu erhöhen.

»Waffe runter, Louis!«, rief Emmanuel über den Felsvorsprung, den Revolver im Anschlag. »Fallen lassen oder ich schieße.«

Der Schatten im Höhleneingang verschwand, und Louis senkte sein Gewehr langsam auf Hüfthöhe. Sein Finger am Lauf zuckte leicht, doch die Waffe blieb unten.

»Keine Bewegung.« Emmanuels Ton war scharf und befehlsgewohnt, er trat auf ihn zu. »Waffe fallen lassen und mit dem Fuß zu mir schieben. Los.«

Louis ließ los, und das Gewehr glitt scheppernd über den Fels. Shabalala hob es auf und schwang es sich über die Schulter. Der jüngste Sohn des Captains ging langsam in die Hocke und starrte in die Weite des grün und braun getupften Velds. Das Licht des fortgeschrittenen Nachmittags ließ alles weich und nachgiebig erscheinen, als wäre die Wildnis der Savanne mit einem Pinsel auf die Leinwand der Erde gemalt.

»Jetzt«, sagte Louis, »wird sie nie errettet.«

Emmanuel gab Shabalala ein Zeichen, aufzupassen, während er in der Höhle nachsah.

»Davida.« Er rief nach ihr und betrat Louis' bizarres Bergdomizil. Sie kauerte mit angezogenen Knien neben dem Eingang.

Emmanuel hockte sich neben sie, berührte sie aber nicht, obwohl sie zitterte wie Espenlaub. Von weißen Männern, die ihr zu helfen versuchten, hatte sie gewiss genug für ein ganzes Leben.

»Ist schon gut. Sie sind in Sicherheit.« Ihre Haut war mit feinen roten Strichen übersät, Kratzspuren von der Waschung, die Louis mit Steinen und reinem Quellwasser vorgenommen hatte. »Hat er Sie irgendwo verletzt, wo ich es nicht sehen kann, Davida?«

»Nicht so, wie Sie denken. So nicht.«

»Können Sie mir sagen, was passiert ist?«

»Nein, jetzt nicht. Haben Sie meine Granny gefunden?«

»Zweigman ist bei ihr. Er sagt, sie ist ernstlich verletzt, aber sie wird wieder gesund. Sie wissen ja, dass er sich gut um sie kümmert.«

»Gut. Gut.« Sie fing an zu weinen, und Emmanuel holte die graue Decke von dem improvisierten Lager. Er hielt sie ihr zur Begutachtung hin.

»Darf ich Ihnen die umlegen? Sie müssen trocken werden und sich aufwärmen, bevor wir gehen können.«

»Draußen. Ich lege sie mir draußen um. Ich will nicht hier drin bleiben.«

Sie verließen die Höhle, und sie hockte sich instinktiv dicht an die Felswand. Emmanuel schlug ihr die Decke um die Schultern und bemerkte, dass sie nicht in Louis' Richtung blickte.

»Sie riecht nach ihm«, sagte sie. »Wie Blumen auf einem Grab.«

»Sie müssen sie umbehalten, bis Sie sich aufgewärmt haben. Dann können wir zurück nach Jacob's Rest.«

»Ich komme mit Ihnen mit«, sagte sie, legte das Kinn auf die Knie und sah zu den langen weißen Wolkenfahnen am Himmel hoch. Emmanuel ging zu Shabalala und stellte sich neben ihn.

Der Zulu-Constable sah müde aus, als sei dieses Ende schlimmer, als er befürchtet hatte.

»Und was jetzt?«, fragte Louis über Hansies Schniefen hinweg. »Verhaften Sie mich?«

»Mir bleibt keine Wahl«, sagte Emmanuel. »Hier geht es um Körperverletzung und Entführung. Das sind beides Schwerverbrechen, Sie kommen vor Gericht.«

»Meine Mutter ...« In Louis' Augen glomm Furcht auf. »Dann erfährt sie, auf was für Abwege mich der Teufel geführt hat.«

»Höchstwahrscheinlich, ja.« Emmanuel sah nach dem Stand der Sonne. Sie mussten los, wenn sie vor Einbruch der Dunkelheit in Jacob's Rest sein wollten. In der Polizeiwache konnten sie sich weiterhin nicht blicken lassen. Sie würden Zweigmans Laden als behelfsmäßige Arrestzelle zweckentfremden müssen, wenigstens bis Davida sicher zu Hause war. Danach würde er nach Mooihoek fahren müssen, mit dem jüngsten Sohn des Captains in Gewahrsam. Wenn die Pretorius-Söhne ihn mit ihrem süßen kleinen Bruder erwischten, würden sie ihn bei lebendigem Leibe häuten und aus seinen Knochen Suppe kochen.

»Sie wollen ihn ins Gefängnis stecken?« Hansie war entsetzt.

»Da kommen Leute hin, die wegen Körperverletzung und Entführung angeklagt werden, Hepple. So will es das Gesetz.«

»Aber es ist nicht recht, einen weißen Mann wegen einer von denen ins Gefängnis zu stecken. Das gehört sich nicht.«

»Was sich gehört oder nicht, muss ein Richter entscheiden. Ich suche Indizien, vervollständige die Akte und sage vor Gericht aus. Das ist meine Aufgabe. Und Ihre übrigens auch.« Emmanuel warf einen Blick auf Davida, um zu sehen, ob sie aufgehört hatte zu zittern. Der lange Marsch zurück zum Wagen würde nicht einfach werden mit Hansie, Louis und einer traumatisierten Frau im Schlepptau.

»Ich nehme sie«, sagte er zu Shabalala. »Sie nehmen Mathandunina.«

Sie setzten zum Aufbruch an, kamen aber nicht weit. Das unverwechselbare Klicken einer Waffe, die entsichert wurde, ließ sie innehalten. Emmanuel drehte sich um und sah Hansie, das Gesicht von Tränen und Rotz verschmiert, mit seinem Webley-Revolver genau auf seinen Bauch zielen. Von einem stumpfsinnigen Afrikaanerknaben eine Kugel in die Eingeweide verpasst zu bekommen war eine lausige Art zu sterben.

»Constable Hepple.« Er sprach den Teenager mit seinem Rang an, um ihn daran zu erinnern, dass er Polizist war. »Bitte nehmen Sie die Waffe runter.«

»Nein. Ich lass nicht zu, dass Sie Louis ins Gefängnis stecken.«

»Was sollten wir denn mit Ihrem Freund tun, Constable Hepple?«

»Ihn gehen lassen.«

»In Ordnung«, sagte Emmanuel. Jetzt musste Hansie mit einem plötzlichen Machtvakuum zurechtkommen.

»Geh«, drängte der junge Polizist seinen Freund. »Los! Lauf weg!«

Der halbnackte Prophet hockte am Boden und starrte über das Land, als hätte das Veld, das sich mit seiner ganzen Farbenpracht unter ihm ausbreitete, ihn verzaubert.

»Louis.« In dieser Arena aus Felsen und Wolken klang Hansies Stimme laut und heiser. »Was machst du denn? Hau ab!«

Der Junge stand auf, trat an den äußersten Rand des Felsvorsprungs und breitete die Arme aus, wie um den Wind zu spüren, der vom Veld heranwehte. Dann drehte er sich wieder zur Höhle um, das Haar leuchtend wie ein Heiligenschein.

»Dies ist ein heiliger Ort. Spüren Sie es, Detective? Die Macht Gottes ist ganz nahe.«

»Ja«, sagte Emmanuel.

»Sie haben recht, Detective. Ich hätte meinen Vater hierher mitnehmen und versuchen sollen, seine Seele zu retten. Wenn ich das getan hätte, wäre er noch am Leben.«

»Es war nicht Ihre Aufgabe, ihn zu retten.« Emmanuel spürte, wie die Schwerkraft von hinten an Louis zog und ihn über den Rand in die Tiefe zu ziehen drohte. »Jeder ist selbst für die Pflege seiner Seele verantwortlich.«

Louis lächelte. »Die Sünde war, dass ich es nicht versucht habe. Ich ließ ihn in einem Meer des Lasters treiben.«

»Für Söhne ist es schwer, mit ihren Vätern zu sprechen. Sie haben selbst gesagt, dass sich nie der rechte Zeitpunkt fand, die Rede auf seine Abwege zu bringen.«

»Ich wollte nicht, dass er aufhört. Wissen Sie, es gab Nächte, da lag ich im Gras, wenn Pa fertig war, und sah in die Sterne. Und verspürte Glückseligkeit bei dem Gedanken, dass er und ich uns ähnlich waren. Ich war meines Vaters Sohn, nicht Mathandunina.«

Hansie ließ den Revolver etwas sinken, sodass er nun zwischen sein Becken und seine Kniescheiben zielte. Noch immer konnte Emmanuel nicht riskieren, sich auf Louis zu werfen, der gefährlich nah an der Klippe stand. Constable Hepple war zu begriffsstutzig, um zu merken, dass die eigentliche Bedrohung für seinen Sandkastenfreund aus dessen Innenleben kam.

»Weißt du noch, Shabalala?« Louis sprach jetzt Zulu. »Als ich ein Kind war, haben oft Leute gesagt: ›Guck doch nur. Von wem ist der Junge? Kann er wirklich von dem Mann da abstammen?‹«

»Ihr Vater wusste genau, dass Sie sein Sohn waren«, sagte Shabalala. »Er trug Sie tief in seinem Herzen.«

»Deshalb tut es mir weh, dass ich nichts getan habe, um ihn zu retten.«

»Sie waren nicht am Fluss.« Shabalala warf dem Jungen einen Rettungsring zu in der Hoffnung, dass der ihn ergreifen würde. »Der Mann, der Ihren Vater erschoss, der trägt die Schuld.«

»Der Lohn der Sünde ist der Tod. Ich habe das gewusst, und doch habe ich nichts unternommen, weil das, was Pa tat, auch mir Vergnügen bereitet hat. Meine Mutter wird es erfahren, aber n<u>i</u>cht verstehen. Sie wird mir nie vergeben.«

»Ihre Mutter liebt Sie auch.«

»Ich kann ihr nur Schande machen. Wenn ich ins Gefängnis muss, wird ihre Familie sie verstoßen.«

»Sie werden von ihr geliebt.« Langsam ging Shabalala auf den Jungen zu. »Sie wird Sie wieder in die Arme schließen. Es ist so.«

Der Wind, der vom Veld aufstieg, fühlte sich auf Emmanuels Gesicht kalt an. Nicht einmal Shabalala mit seiner atemberaubenden Schnelligkeit konnte den wehmütigen Knaben rechtzeitig erreichen, um ihn davon abzuhalten, seine Engelsflügel auszuprobieren.

»Sag ihr, es tut mir leid. Machst du das, Shabalala? Sag ihr, ich weiß, dass wir uns eines Tages an einem wunderschönen Gestade wiedersehen.«

»Nkosana …« Shabalala sprang auf den Jungen zu, den er schon als kleines Kind hatte stolpern und hinfallen sehen. Seine Hände waren in einem wortlosen Versprechen ausgestreckt: Halt dich an mir fest, ich werde dich beschützen.

»Sala kahle«, sagte Louis, trat rückwärts von der Klippe und fiel in die Arme des Herrn. Ein trockenes Knacken von Zweigen, dann nur noch das Atmen des Windes in der Stille.

19

Emmanuel stand am Rand des Abgrunds. Keine Spur von Louis Pretorius. Er war nicht mit leichten Verletzungen in einer Felsspalte gelandet, noch hing er an einem Ast und wartete auf Rettung. Der Junge war bis ganz hinunter ins Veld gestürzt.

»Ich muss ihn holen.« Shabalala wandte sich dem Pfad zu, der den Berg hinabführte. Er atmete schwer, seine riesige Brust hob und senkte sich unter dem gestärkten Stoff seiner Uniform. »Ich muss ihn finden und heimbringen.«

»Sie konnten nichts machen.« Emmanuel spürte die Qual des Schwarzen. Sie steckte tief in seinem Fleisch wie ein Dorn. »Sie haben alles getan, was man für Mathandunina noch tun konnte.«

Shabalala nickte, behielt aber seine Meinung für sich. Es konnte Jahre dauern, bis der Dorn sich zur Oberfläche vorarbeitete und von ihm abfiel.

»Wir treffen uns bei dem Felsbrocken.« Emmanuel ließ den schwarzen Constable seine Aufgabe erfüllen und den Toten bergen. Nichts, was er sagte, konnte den Schmerz lindern, den Shabalala empfand, weil er den Sohn seines Freundes nicht hatte retten können. »Wir warten dort, bis Sie so weit sind.«

Der Zulu machte sich auf den Weg, ohne sich noch einmal zu der Höhle umzudrehen, wo er als Junge so viele Stunden gespielt hatte. Er würde diesen Ort nicht wieder aufsuchen, jedenfalls nicht ohne den Beistand einer Sangoma, einer mächtigen Medizinfrau. Geister und Gespenster beherrschten nun die Luft hier, sodass ein Mensch nicht atmen konnte, ohne zu ersticken. Mathanduninas Körper und Geist mussten gefunden und gemeinsam nach Hause gebracht werden, damit es nicht noch mehr Blutvergießen und Unglück gab.

Shabalala verschwand, und Emmanuel holte die Flasche mit den weißen Pillen aus seiner Jackentasche. Ein Ort, der das Herz berührt oder es zerschmettert, dachte er, als er die Schmerztabletten schluckte und den Blick über die afrikanische Ebene schweifen ließ. Das Licht hier war vollkommen anders als der kühle weiße Sonnenschein des europäischen Winterhimmels, und doch fühlte er sich jetzt, wo Louis tot war, so wie dort: alt und müde.

»Lieber Jesus!« Hansie hatte sich hingekniet und die Hände zum Gebet gefaltet. Zwischen verzweifelten Schluchzern stieß er hervor: »Hilf ihm, Herr. Verleih ihm Kraft, dass er den Sturz übersteht. Heb ihn auf, Herr.«

»Er ist tot, Hansie.«

»Ja ...« Der Junge stieß einen Klagelaut aus und hockte sich auf die Fersen. »Ich hätte helfen sollen, ihn nach unten zu bringen, als Sie es wollten.«

Emmanuel fehlte die Kraft, Hansie zu maßregeln. Er wartete, bis die Schluchzer nachließen. »Sie konnten es nicht wissen«, sagte er.

Hansie schüttelte den Kopf, wie um ihn freizubekommen. »Es tut mir leid, Sir. Ich versteh immer noch nicht, was passiert ist.«

»Irgendwann. Vielleicht.«

Emmanuel ging zu Davida, die mit der Decke über den Schultern dasaß. Sie zitterte nicht mehr und betrachtete die atemberaubende Landschaft.

»Wir müssen los.« Wohin genau, wusste Emmanuel selbst nicht. Davida zurück nach Jacob's Rest zu bringen kam nicht infrage. Sobald Louis' Tod bekannt wurde, war sie Brennstoff für das Feuer, das die kleine Stadt erfassen würde. Draußen bei ihrer Mutter auf Kings Farm war sie besser aufgehoben.

Davida stand auf und ließ die Decke fallen. Dann trat sie an die Felskante und starrte ins Nichts.

»Ich hoffe, die Löwen fressen ihn«, sagte sie.

* * *

Am Horizont glühten die Lichter von Elliot Kings Anwesen hell gegen den Nachthimmel. Emmanuel atmete tief durch. Ihm war übel. Hinten auf der Ladefläche des Trucks wiegte Shabalala den Körper von Louis: eine leere Hülle aus Fleisch und Knochen, unwiderruflich zerstört. Der Zulu-Constable war überzeugt, dass Louis' Geist die grausamste Rache gegen sie heraufbeschwor. Das Einzige, was dagegen helfen konnte, so Shabalala, war, den Jungen zu seiner Mutter zu bringen, doch das konnte Emmanuel nicht zulassen.

»Halten Sie dicht bei der Treppe«, sagte er, als sie über das Viehgitter am Anfang der Einfahrt fuhren. Sie mussten Davida bei ihrer Mutter abliefern, dann Louis ins nächste Leichenschauhaus bringen. Eine polizeiliche Untersuchung des Todes war sicher, eine öffentliche Anhörung möglich. Das Scheinwerferlicht würde all die Geheimnisse von Jacob's Rest zutage fördern.

Hansie parkte hinter dem roten Jaguar, der in der Einfahrt stand, und machte den Motor aus.

Elliot King und sein mustergültiger Neffe Winston standen oben an der Verandatreppe. Ringsum ging die Welt zu Bruch, und die beiden schlürften Dämmerschoppen und erfreuten sich an ihrem kleinen Stückchen Paradies.

Wie aus dem Nichts tauchte ein schwarzer Wildhüter in Bayete-Lodge-Uniform auf und stellte sich mit einem Schlagstock in der Hand vor den Polizeitruck. Wie alle Häuptlinge verfügte der reiche Engländer über eine Privatarmee.

King entließ den Wildhüter mit einem Schwenk seines Gin Tonic, und Emmanuel langte nach dem Türgriff.

Davida packte seinen Arm. Sie zitterte. »Ich will nicht da raus«, sagte sie.

»Hepple«, befahl er dem Constable, »gehen Sie hinein und holen Sie die Haushälterin Mrs. Ellis. Sagen Sie ihr, sie soll sofort kommen.«

Hansie glitt vom Fahrersitz und nahm zwei Stufen auf einmal. Er kreuzte den Weg der Kings, die herunterkamen.

»Ihre Mutter kommt gleich«, sagte Emmanuel zu Davida, die sich an ihn klammerte. »Ich muss mit King reden.«

»Halten Sie die da von mir fern«, flehte sie.

»Mach ich«, versprach er, stieß die Tür auf und stieg aus.

King und Winston spähten durch die Windschutzscheibe auf Davidas gekrümmte Gestalt.

»Ist sie verletzt?«, fragte King gebieterisch.

»Wo ist meine Davida?« Mrs. Ellis kam die Treppe hinunter auf das Trio weißer Männer zugestolpert, das zwischen ihr und ihrer Tochter stand.

Emmanuel winkte King und Winston beiseite, damit die Haushälterin Davida dazu bringen konnte, aus dem Wagen zu steigen und ins Haus zu gehen.

»Bringen Sie sie nach drinnen. Ich nehme nachher ihre Zeugenaussage auf. Bleiben Sie bei ihr, bis ich da bin.«

»Zeugenaussage?« Die Haushälterin war benommen und ängstlich. »Warum muss meine Kleine eine Aussage machen?«

»Bringen Sie sie hinein« wiederholte er, »und besorgen Sie ihr eine Decke und eine Tasse Tee. Sie braucht Wärme.«

»Davida? Meine Kleine?« Mrs. Ellis lehnte sich in den Truck und legte die Arme um das gekrümmte Geschöpf. »Mami ist da. Los komm, mein Liebling.«

Davida streckte die Arme aus, und die beiden Frauen umklammerten sich. Emmanuel entfernte sich ein paar Schritte und versuchte das Schluchzen zu überhören.

»Komm schon, Kleines …«, sagte Mrs. Ellis und führte Davida zur Treppe.

Emmanuel sah zu, wie die Frauen im Haus verschwanden. Bald würde er mit Davida über den Mann am Fluss sprechen.

»Waren Sie das?«, fragte Winston. »Haben Sie ihr all die blauen Flecke und Kratzer zugefügt, Detective Sergeant?«

»Nein.«

»Das war Louis«, mischte Hansie sich ein. »Er war das.«

»Louis Pretorius?«, fragte Winston.

»Ja. Er hat sie auf den Berg gebracht und da im Wasserfall mit Steinen abgerieben. Er hat versucht, sie zu retten. Das hat er jedenfalls gesagt.«

»Hat er sie vergewaltigt?«, fragte King.

»Ich glaube nicht.« Emmanuel war sicher, dass unter dem

Wasserfall etwas anderes geschehen war, wenn auch möglicherweise ebenso unangenehm und übergriffig.

Winston wirkte schockiert und wütend.

»Wenn ich mit ihr gesprochen habe, weiß ich mehr.« Emmanuel ließ King und Winston nicht an den Truck heran. Winstons Blick gefiel ihm nicht.

»Und?«, fragte Winston. »Wo ist Louis jetzt? In Gewahrsam?«

»Er ist mit Shabalala im Truck«, sagte Hansie. »Shabalala will ihn heim zu seiner Ma bringen, aber das geht nicht. Noch nicht.«

»Was?« Winston eilte auf den Truck zu und zerrte am Griff der Heckklappe. Emmanuel packte ihn an den Schultern, riss ihn herum und stieß ihn hart gegen die Hauswand. Winston wirbelte herum und trat wieder auf ihn zu. Emmanuel nagelte ihn mit beiden Händen auf der Brust fest.

»Bleiben Sie von dem Auto weg.«

»Dafür muss er bezahlen«, sagte Winston.

»Das wird er«, sagte Emmanuel. »Und jetzt weg von dem Wagen.«

Winston starrte ihn an. Irgendetwas in seinem Blick kam Emmanuel vertraut vor. Wo hatte er diesen Blick schon einmal gesehen? Dann schaute Winston weg und ging aufs Haus zu. King streckte ihm die Hand entgegen, doch Winston stieß ihn weg und lief die Treppe hoch.

Hier stimmt etwas nicht, dachte Emmanuel. Warum war Winston dermaßen aufgebracht, dass die Tochter der Haushälterin überfallen wurde?

»Sie müssen Abstand halten«, befahl er King. »Ich will weder Sie noch Winston in der Nähe des Polizeitrucks sehen, verstanden?«

King nickte. »Was jetzt?«

»Ich nehme Davidas Zeugenaussage auf, dann bringen wir Louis nach Mooihoek.«

»Sie bringen ihn nicht nach Hause?«

»Nein«, sagte Emmanuel. »Gehen Sie rein und trinken Sie in Ruhe aus. Constable Hepple begleitet Sie.«

Hansie folgte dem Engländer die Treppe hoch und bezog Posten zwischen der Veranda und dem Fahrzeug. Emmanuel öffnete die Heckklappe des Trucks und winkte Shabalala heraus.

Die Anspannung war dem Zulu-Constable an Gesicht und Körperhaltung abzulesen. »Kommen Sie klar?«, fragte Emmanuel.

»Der da –« Shabalala drückte eine Hand gegen die Heckklappe. »Er wird uns überall Ärger machen. Er versucht, einen von uns mit auf die andere Seite zu nehmen. Ich spüre es ganz deutlich.«

»Wenn wir ihn nach Hause bringen, gibt es auch Ärger. Egal, wo wir hinfahren, es wird nirgendwo einfach mit ihm.«

»Das weiß ich.« Der Zulu-Constable sah Emmanuel in die Augen. »Sie müssen vorsichtig sein, Nkosana. Mathandunina weiß, dass Sie es waren, der sein Versteck auf dem Berg erraten und ihm die Nebenfrau des Captains weggenommen hat. Sie haben sie angefasst, und das gefällt ihm nicht.«

»Ich habe nichts dergleichen getan.«

»Sie haben ihr seine Decke umgelegt, das meinte ich, Nkosana.«

»Tja«, sagte Emmanuel, als die Verlegenheit abebbte, die sein energisches Abstreiten ausgelöst hatte. Woher sollte denn ein Kadaver von dem Gespräch in Davidas Zimmer wissen oder wie ihm bei ihrem Anblick neben dem schmiedeeisernen Bett heiß und kalt geworden war?

»Was ist zu tun, Shabalala? Ich sehe nicht, wie wir uns den Ärger mit Louis vom Hals halten können.«

»Wir müssen seiner Mutter sagen, wo er ist. Wenn wir das tun, geht es für uns vielleicht nicht so schlimm aus.«

»Sobald wir dort sind, wo sein Leichnam untersucht wird«, sagte Emmanuel, »rufe ich Mrs. Pretorius an und sage ihr, wo ihr Sohn ist.«

»Das ist gut.« Shabalala sah weiterhin besorgt aus. »Ich erkläre ihm das, und wenn er mich gut hören kann, verlangt er vielleicht kein weiteres Blutvergießen mehr.«

»Das fände ich gut«, sagte Emmanuel. Weniger Blutvergießen.

Drei Jahre lang hatte er genau darauf gehofft, und dann war er nach Hause gekommen und sofort wieder in die Gesellschaft der Toten eingetreten.

* * *

Emmanuel las die handgeschriebene Zeugenaussage ein zweites Mal durch und sah Davida über den Tisch hinweg an. Sie sah erhitzt und unbehaglich aus, als würde ihr die Wärme des Ofens auf einmal zu viel. Mrs. Ellis wachte über ihre Tochter wie ein Schutzengel, der Angst hat, einen wichtigen Einsatz zu verpatzen.

»Kommen wir noch mal zu dem Mann am Fluss. Sind Sie sicher, dass Sie nicht gesehen haben, wer es war?«

»Ja.«

»Kannten Sie den Mann, der Captain Pretorius erschossen hat, Davida?«

»Nein.« Sie blieb eisern. »Ich habe nicht gesehen, wer es war. Ich weiß nicht, wer es war.«

»Er hat sich angehört wie der, der Sie überfallen hat, richtig? Wie jemand, der seine Stimme verstellt.«

»Ja.«

»Louis hat zugegeben, dass er der Triebtäter gewesen ist«, sagte Emmanuel. »Aber er hat abgestritten, seinen Vater getötet zu haben.«

»Glauben Sie diesem Verrückten etwa mehr als mir?« Ihre grauen Augen sprühten vor Zorn. »Weiße sagen immer die Wahrheit, das ist es doch, was ihr Polizisten glaubt. Das macht Verbrecherfangen so schön leicht. Einfach nach dunkler Haut Ausschau halten, wer braucht schon Beweise.«

Etwas an ihrer Aussprache ließ ihn aufhorchen. Nicht direkt höhere Tochter, aber auf dem besten Weg dorthin.

»Wo sind Sie zur Schule gegangen, Davida?«

»Was?«

»Verraten Sie mir, wo Sie zur Schule gegangen sind.«

»Stonebrook Academy.« Sie stutzte. »Warum?«

»Ihre Aussprache«, sagte er. »Sie klingt ... elegant.«

»Und?«

»Wieso hocken Sie hier in Jacob's Rest und arbeiten für den alten Juden und seine Frau in ihrer kleinen Schneiderei?«

»Meine Granny und meine Mutter leben hier«, antwortete sie. »Ich wollte bei ihnen sein.«

»Aber aus Ihnen sollte bestimmt mal Besseres werden? So eine Aussprache bekommt man nicht billig.«

»Schneidern macht mir Freude.«

»Sind Sie durch die Abschlussprüfung gefallen, Davida?«

Sie funkelte ihn erbost an, beschloss dann aber, diese Beleidigung ihrer Intelligenz nicht zurückzuweisen. Ihr wurde klar, dass ihre Antworten Gefahren bargen. Sie schwieg verbissen.

»Sag's ihm, Davida.« Mrs. Ellis warf sich für ihre Tochter in die Bresche. »Sie hat mit Bravour bestanden und einen Studienplatz an der Western Cape University bekommen. Klassenbeste in vier Fächern.«

»Was ist dann passiert?«

»In den Weihnachtsferien kam sie Granny und mich besuchen und beschloss, ein Jahr dazubleiben. Nächstes Jahr geht sie auf die Universität, was, Davida?«

Emmanuel beugte sich vor, plötzliches Verstehen zog ihn zu Davida hin. All die Zeit in Gesellschaft des alten Juden und seiner Frau, viel lesen und von der Welt da draußen träumen. Ihm war es im Internat genauso gegangen – stundenlang hatte er über die staubigen Felder auf die Welt geschaut, die jenseits davon lag.

»Sehen Sie mich an, Davida«, bat er und wartete, bis sie es tat. »Sie hatten gar nicht vor, wegzugehen, oder?«

»Nein«, flüsterte sie.

»Deshalb hat der Captain die Hütte gebaut. Ein Plätzchen außerhalb der Stadt, nur für Sie beide. Ein Zuhause.«

»Stimmt.«

»Nein ...«, murmelte Mrs. Ellis. »Das ist doch Unsinn.«

Emmanuel sah Davida unverwandt in die Augen und spürte, wie das Band zwischen ihnen stärker wurde. Davidas Atem beschleunigte sich.

»Pretorius hat eine Vereinbarung getroffen, die Sie zu seiner Nebenfrau machte ... richtig, Davida?«

»Was?« Mrs. Ellis gab die Rolle der perfekten Dienerin auf und hieb mit der flachen Hand auf den Tisch. »Was fällt Ihnen ein? Sie kommen in mein Haus und denken, Sie könnten so mit meiner Tochter reden? Meine Kleine hat mit Captain Pretorius nichts zu schaffen. Sie hat ihm ein paarmal irgendwelche Papiere von Mr. King vorbeigebracht, das war alles.«

Davida wirkte um hundert Jahre älter und weiser als ihre Mutter, als sie sich an die Kacheln mit den hübschen ländlichen Motiven lehnte und die Arme vor der Brust verschränkte.

»Ma ...«

Für einen Augenblick herrschte tiefe Stille in der Küche.

»Nein. Nein!« Mrs. Ellis trat dicht an ihre Tochter heran und suchte ihren Blick. »Das ist kein Leben für dich, mein Liebling. Du sollst auf die Universität, damit du nicht so eine Frau werden musst. Eines Tages wirst du auf eigenen Füßen stehen und einen richtigen Beruf haben.«

»Was glaubst du denn, in was für einem Land wir leben, Ma?« Die Frage war voller Trauer. »Eine Farbige hat kein Recht, sich ihr Leben auszusuchen. Nicht mal, wenn sie auf der Universität war. So ist das hier, so liegen die Dinge.«

Emmanuel hätte gern weggesehen, denn Mrs. Ellis stand ins Gesicht geschrieben, dass der Traum, den sie für das Leben ihrer Tochter gehabt hatte, gerade starb. Stumm wurde er Zeuge der Tragödie am Küchentisch.

Die Haushälterin legte ihrer Tochter die Hand an die Wange und wischte eine Träne weg.

»Schon gut, mein Liebling«, sagte sie und entwickelte eine neue Zukunftsvision. »Wir vergessen diese ganze Geschichte und machen weiter wie bisher. Du bist jung genug, um noch einmal von vorn anzufangen, wenn niemand Bescheid weiß ... So ist es doch, oder?«

»Detective Sergeant!«, rief Hansie von draußen. »Detective Sergeant! Schnell!«

Vor dem Haus waren eilige Schritte zu hören und berstendes Glas. Emmanuel stürzte aus der stickigen Küche und durch den Luxus des Salons voller Eingeborenenkunst zur Veranda. Elliot King taumelte gegen die Hausbar, aus seiner Nase tropfte Blut auf den hellen Leinenanzug. Winston stand mit geballten Fäusten vor ihm.

»Scheiße.« Der Engländer zückte ein besticktes Taschentuch und hielt es sich an die Nase, um das Blut zu stillen. »Verdammt, tut das weh.«

Emmanuel spähte an King vorbei und sah die Rücklichter des Polizeitrucks in der Dunkelheit verschwinden. Er sprang die Stufen hinunter zur Kieseinfahrt und rannte los.

»Shabalala ist weg ...«, rief Hansie ihm nach.

Emmanuel sprintete über das Viehgitter und auf das dunkle Band der unbefestigten Straße, die Kings Besitz in zwei Hälften teilte. Er rannte fünf Minuten lang. Das Motorengeräusch vor ihm wurde schwächer und verklang. Schwer atmend blieb er stehen. Er stützte die Hände auf die Knie und versuchte zu ergründen, was passiert war.

Nach einer Minute richtete er sich auf und blickte hoch in den sternenübersäten Himmel. Der einzige Mensch, dem er fest vertraut hatte, war wegen eines Eingeborenen-Aberglaubens mit Louis' Leichnam abgehauen. Schwarze Polizisten durften kein Dienstfahrzeug steuern. Emmanuel machte kehrt und ging langsam zurück zu Kings Haus. Soll es so enden?, fragte er sich. Verarscht und mit leeren Händen auf einer gottverlassenen Landstraße?

Die schweigende nächtliche Landschaft verschluckte das Knirschen seiner Schritte und das Zischen seines mühsamen Atmens. Er hatte schlimmere Tage erlebt, als er sich über hartgefrorene Äcker vorkämpfen musste, aber dies war die Entsprechung in Friedenszeiten. Sobald Shabalala Louis' Leichnam zu seiner Mutter brachte, würde die Familie Pretorius durchdrehen. Kings Farm und Davida würden dann zur Zielscheibe maßloser Rachsucht.

Er verfiel in einen gemäßigten Dauerlauf, dann hörte er hinter sich ein schwaches Geräusch. Er blickte über die Schulter. Rote Rücklichter durchschnitten die Dunkelheit, als der Polizeitruck rückwärts auf ihn zufuhr. Emmanuel lief ihm entgegen und riss die Fahrertür auf, sobald der Wagen zum Stehen kam.

»Was war los?«

»Der junge Mann.« Shabalala hatte einen Schlag abbekommen und eine geschwollene Lippe. »Er stritt sich mit Nkosi King, dann kam er zum Wagen und stritt sich auch mit mir. Er wollte Louis, aber ich ließ ihn nicht rein. Da sagte er, er würde sich eine Waffe holen und mich ›peng‹ abknallen und den Wagen auch. Er rannte ins Haus, und Nkosi King sagte, ich soll wegfahren, weil der junge Mann es ernst meint.«

»Hat Winston Ihnen die dicke Lippe verpasst?«

»Yebo«, sagte der Constable. »Ich habe ihm erlaubt, mich viele Male mit der Faust zu treffen, aber ich möchte nicht von vielen Kugeln getroffen werden.«

»Das haben Sie gut gemacht.« Emmanuel warf einen Blick zurück auf die Lichter des Anwesens. Aus irgendeinem Grund war Winston ausgerastet. »Bleiben Sie hier. Ich schicke Ihnen Hansie, wenn sich die Lage beruhigt hat.«

»Ich komme zurück, sobald Sie es sagen.«

»Danke.« Shabalala hatte gegen seinen Instinkt gehandelt und die Gelegenheit nicht genutzt, um Louis zu seiner Mutter zu bringen. Winstons wilde Drohungen wären Grund genug, nicht zu der Farm zurückzukehren, aber der Zulu-Constable blieb bei der Stange.

Emmanuel rannte zurück und stieß beim Viehgitter auf Hansie, der ihn erwartete. Die Uniform des Teenagers war voller Dreckstreifen und Schotter.

»Dieser Winston hat mich die Treppe hinuntergestoßen«, sagte Hansie. »Dann ist er auf Shabalala los.«

Emmanuel versuchte eine Erklärung für Winstons Verhalten zu finden. Welcher Idiot legte sich mit der Polizei an? Und warum nur? Er setzte die Stufen hinauf und dachte an Shabalalas geschwollene Lippe und Hansies derangierten Zustand.

»Sie bleiben hier draußen und passen auf, dass niemand das Haus betritt oder verlässt, Hepple.«

»Jawohl, Sir.«

Emmanuel ging ins Haus. Er hörte Stimmen aus der Küche, durchquerte den Salon und blieb an der Tür stehen. Mrs. Ellis beugte sich über King und wischte ihm mit einem feuchten Handtuch die blutige Nase ab, Winston stand mit gesenktem Kopf in der Ecke. Davida saß am Tisch und drehte einen Löffel in den Händen.

»Sachte«, stöhnte King. »Du musst vorsichtig mit mir umgehen, Lolly.«

»Schsch«, flüsterte die Haushälterin dicht an Kings Ohr. »So schlimm ist es gar nicht, dummer Kerl.«

Emmanuel betrat die Küche.

»Ihr seid eine Familie«, stellte er verblüfft fest. »Mutter, Vater, Schwester und Bruder.«

»Machen Sie sich nicht lächerlich.« King verpasste jedem Mitglied seiner illegitimen Familie einen warnenden Blick. »Sie haben keinen Beweis für Ihre Behauptung, und sollten Sie diese Verleumdung wiederholen, dann nehmen meine Anwälte Sie in die Mangel, Detective Sergeant.«

»Shabalala hatte recht.« Emmanuel ignorierte King und sprach direkt mit Davida. Ihm wurde schlagartig klar, warum die Pretorius-Farm weit unter Wert verkauft worden war. »Der Captain hat wirklich einen Brautpreis entrichtet, nur nicht in Form von Vieh oder Geld, sondern in Form von Land. Diesem Land hier.«

Davida warf ihrem Vater einen fragenden Blick zu.

»King war es, der die Hütte nach dem Tod des Captains saubergemacht hat. Und Sie hat er losgeschickt, um das belastende Material zu suchen, das er beim Putzen nicht gefunden hat. Das stimmt doch, oder?«

»Davida.« King benutzte ihren Namen wie eine Peitsche. »Der

Detective Sergeant trägt einen Anzug, aber er ist Polizist und vertritt das Gesetz. Verstehst du, was ich sage?«

»Ja, Mr. King.«

»Sie brauchen ihn nicht mehr zu schützen, Davida. Erzählen Sie mir, was passiert ist.«

Sie verstummte hinter ihrer Maske der scheuen braunen Maus. Emmanuel fragte sich, wie er an sie herankommen konnte.

»Einen Brautpreis?« Mrs. Ellis legte das nasse Handtuch auf dem Tisch ab. »Was soll das heißen?«

»Der Detective versucht Spielchen mit uns zu treiben, Lolly«, sagte King.

Winston schnaubte ungläubig, und die Haushälterin trat einen halben Schritt rückwärts. Sie starrte den lädierten Engländer grimmig an. »Du hast gewusst, was da lief«, sagte sie.

»Nein.« King gab sich gelassen, trommelte aber mit dem Daumen gegen sein Bein. »Ich habe mit Pretorius Geschäfte gemacht, mehr nicht.«

»Du sagst, du kannst Afrikaaner nicht leiden, aber mit dem Kerl hast du stundenlang darüber palavert, wie sehr ihr beide Afrika liebt. Warum hast du so viel Zeit mit ihm verbracht?«

»Geschäfte«, sagte King. »Es zahlt sich aus, bei Leuten, mit denen man Geschäfte macht, gemeinsame Interessen zu finden. Wenn zwischen Davida und diesem Kapholländer irgendetwas lief, war das ihre Entscheidung, mit mir hatte das nichts zu tun.«

Der Schlag kam wie aus dem Nichts. In hohem Bogen spritzte Blut aus Kings verletzter Nase auf Mrs. Ellis' gestärkte Uniform und die handbemalten Kacheln. Emmanuel sprang vor und packte die Haushälterin am Arm, bevor sie ein zweites Mal zuschlagen konnte.

»Du Lügner!« Mrs. Ellis raste vor Wut. »Du hast gesagt, dieses Kind gehört mir, aber du hast dein Versprechen gebrochen. Du hast sie gestohlen und hast sie verkauft.«

»Lolly ...« Rote Blutbläschen sprühten aus Kings Nase, als er versuchte, gleichzeitig die Blutung zu stillen und zu sprechen. »Nicht! Nicht vor einem Polizisten, Himmel noch mal.«

Jahre harter Arbeit hatten sie stark gemacht, und Emmanuel hatte Mühe, sie von King fernzuhalten. Wenn er sie losließ, würde sie dem Mann die Augen auskratzen.

»Wie konntest du ihr das antun? Sie sollte studieren und Lehrerin werden, vielleicht sogar Ärztin –«

»Meine Güte, Lolly. Was glaubst du denn, wie lange ein dunkelhäutiges Mädchen wie sie arbeiten muss, um auch nur einen Bruchteil von dem zu verdienen, was uns dieser Landkauf eingebracht hat? Fünfzehn, zwanzig Jahre, wenn sie Glück hat. Pretorius war bereit, mir viel mehr für sie zu geben, als sie wert war –«

Emmanuel ließ Mrs. Ellis los. Elliot King wusste nicht, wann man besser den Mund hielt.

»Lolly –« King versuchte die Schläge abzuwehren, aber die Haushälterin hieb auf ihn ein und grub ihre Nägel in seine sonnengebräunte Haut. Sein Stuhl kippte um, und King plumpste mit einem dumpfen Geräusch zu Boden.

Mrs. Ellis stieß auf ihn nieder und riss an seinen Haaren. Emmanuel ließ sie noch einen Augenblick gewähren, aber als sie kein Stück nachließ, zog er sie schließlich weg; ein Leichnam reichte ihm.

»Schon gut.« Er zog die rachedurstige Frau hoch und hielt sie an beiden Armen fest, bis ihre Muskeln sich lockerten und sie sich außer Atem gegen ihn lehnte. »Ist gut jetzt«, sagte er.

Winston trat auf seine Mutter zu, und sie wollte sich auf ihn werfen. Emmanuel hielt sie fest.

»Du hast es gewusst«, schrie sie. »Ihr habt es beide gewusst.«

»Nein«, sagte Winston. »Ich war sechs Monate weg, die Lodge auf Saint Lucia fertig machen. Ich habe nichts von dem Kuhhandel gewusst, bis er längst gelaufen war. Ich hätte nie zugelassen, dass dieser Bure sie anrührt.«

»Du lügst –«

»Diesen Kuhhandel lasse ich mir nicht in die Schuhe schieben«, sagte Winston.

»Hört auf.« Davida stieß ihren Stuhl zurück und sprang auf. »Hört sofort auf!«

King rappelte sich auf und stützte sich schwer auf die Stuhllehne. Sein Haar sah aus wie ein zerrupftes Vogelnest. Mrs. Ellis fing leise an zu weinen, und Emmanuel entließ sie in Davidas Arme.

Der Name Saint Lucia sagte ihm irgendetwas. Er grub in seinem Gedächtnis und sah es plötzlich vor sich: das Schild am Anlegesteg von Lorenzo Marques und dahinter das schöne hölzerne Segelboot, das am Ankerplatz vertäut war.

»Was ist Saint Lucia?«, fragte er.

»Eine Insel.« King schien froh, das Thema wechseln zu dürfen. »Wir haben dort Anfang des Jahres eine Lodge eröffnet.«

»Und was tun Sie auf der Insel, Winston?«

»Ich leite die Lodge«, sagte Winston.

Emmanuel fügte das neue Puzzlestück ein. Der Mörder des Captains war nach Mosambik geflüchtet. Was, wenn er einfach nach Hause gefahren war?

»Was hielten Sie von Captain Pretorius?«, fragte er Winston.

»Dieser Afrikaaner Polisie Kaptein …«, perfekt ahmte Winston den harten Afrikaaner-Dialekt nach, »war mir völlig gleichgültig.«

Davida holte scharf Luft, und Emmanuel drehte sich zu ihr um. Sie war leichenblass.

»Wenn ich die Augen zumache«, sagte Emmanuel, »könnte ich Sie für einen waschechten Afrikaaner halten. Einen Afrikaaner, der es gewohnt ist, andere herumzukommandieren.«

Winston stand ganz still da. »Alle möglichen Leute können diesen Akzent nachmachen.«

»Hat Davida Ihnen je von dem Mann erzählt, der letztes Jahr die farbigen Frauen schikaniert hat?«

Winston zuckte die Achseln. »Davon haben wir alle gehört.«

»Er hat einen Akzent vorgetäuscht, um seine Stimme zu verstellen.«

»Und?«

»Hat Davida Ihnen erzählt, dass der Mann einen Akzent hatte?«

»Das weiß ich nicht mehr«, sagte Winston.

»Haben Sie es ihm erzählt, Davida?«

»Nein …« Sie verknotete ihre Finger. »Ich kann mich nicht erinnern.«

Emmanuel behielt sie fest im Blick. »War es Winstons Stimme, die Sie am Fluss gehört haben?«

»Er war es nicht«, sagte sie hastig. »Es war jemand anderes. Ich schwöre.«

»Wo waren Sie letzten Mittwochabend, Winston?«

Mrs. Ellis hörte auf zu weinen, in der Küche wurde es totenstill. Davidas Gesicht war verkniffen vor Schreck. Auf Kings blutigem Gesicht machte sich eine entsetzliche Erkenntnis breit.

»Waren Sie letzten Mittwochabend auf der südafrikanischen Seite der Watchman-Furt, Winston?«, fragte Emmanuel, und irgendwo im Haus begann ein Telefon zu klingeln.

»Er war in Lorenzo Marques und hat Vorräte für die Insel besorgt«, antwortete King für seinen Sohn. »Bis morgen Nachmittag kann ich Ihnen ein Dutzend schriftlicher Zeugenaussagen auf den Schreibtisch legen, die das belegen.«

»Da bin ich sicher«, gab Emmanuel zurück. Das Telefon klingelte hartnäckig weiter. »Constable Hepple! Kommen Sie bitte mal rein.«

Hansie steckte den Kopf durch die Tür.

»Könnten Sie bitte ans Telefon gehen und dem Anrufer sagen, dass Mr. King und Winston beschäftigt sind?«

»Jawohl, Sir.«

»Also, wo waren Sie letzten Mittwochabend, Winston?«, wiederholte er, als das Klingeln aufgehört hatte. »Nehmen Sie sich Zeit und versuchen Sie sich genau zu erinnern.«

»Ich sag es Ihnen doch. Er hat Vorräte besorgt –«

»Alle raus hier«, sagte Emmanuel. »Winston, Sie bleiben.«

»Detective Sergeant –« Hansie zappelte in der Tür herum. »Es ist für Sie. Der Anruf.«

»Wer ist dran?«

»Der alte Jude. Er sagt, es ist dringend und ich muss Sie *sofort* holen. Auf der Stelle.«

Davida eilte herbei und flüsterte so, dass ihre Mutter es nicht hören konnte: »Granny Mariah.«

»Ich prüfe das«, sagte Emmanuel, und dann zu Hansie: »Halten Sie Wache und lassen Sie niemanden weg, bis ich wieder da bin. Verstanden? Niemanden.«

»Niemanden!«, wiederholte Hansie, postierte sich mitten im Türrahmen und stemmte die Hände in die Hüften, genau wie auf der Rekrutierungsanzeige für den Polizeidienst, die in englischen und kapholländischen Zeitungen erschienen war. »Warum auf der Farm schuften oder im Laden hocken?«, schien die Werbung zu fragen. Ja, warum nur, wo doch ein paar Monate Ausbildung ausreichten, um unmittelbare Macht über neunzig Prozent der Bevölkerung zu erlangen?

Emmanuel ging in den Raum, wo King ihm die Eingeborenen-Zaubermittel vom alten Pretorius gezeigt hatte, und hob den Hörer ans Ohr.

»Detective Cooper?« Zweigman klang, als wäre er eine Meile in Holzschuhen gelaufen.

»Geht es um Granny Mariah?«

»Nein, sie erholt sich gut. Davida?«

»Erholt sich auch.«

»Und der Junge?«

»In Verwahrung«, sagte Emmanuel. »Wir bringen ihn in ein paar Stunden nach Mooihoek.«

»Gut.« Zweigman senkte die Stimme zum Flüstern. »Kommen Sie nicht in die Stadt und nehmen Sie sich auch auf den Landstraßen in Acht.«

»Was ist passiert?«

»Die Brüder haben mein Haus durchsucht und das von Anton. Nichts Ernstes. Zerrissene Bücher, umgeworfene Möbel. Amateurtheater.«

Von den Schlägermanieren der Pretorius-Brüder ließ sich der alte Jude nicht ins Bockshorn jagen. Zweifellos hatte er mitansehen müssen, wie auf den Scheiterhaufen der Nazis ganze Bibliotheken verbrannt waren, und erlebt, wie ein Kontinent in

Schutt und Asche gebombt wurde. Ihm machte man nicht so leicht Angst.

»Sie fahnden weiterhin nach Ihnen«, fügte Zweigman hinzu.

Emmanuel hörte aufmerksam zu. Es gab keine Möglichkeit, in die Stadt zurückzukehren. Nicht nach dem, was auf dem Berg mit Louis geschehen war.

»Was meinten Sie mit den Landstraßen?«, fragte er. Wenn er heute Abend nicht nach Mooihoek kam, musste er sich etwas anderes überlegen. Auf der King-Farm saß er auf dem Präsentierteller, eine Zielscheibe für die Pretorius-Brüder und die Security Branch.

»Die Security Branch hat vier Einheiten losgeschickt, um Straßensperren zu errichten.«

»Warum?«

»Das weiß ich nicht. Tiny hat Befehl erhalten, seinen besten Schnaps auf die Wache zu liefern, und er hat mir das berichtet.«

»Haben Sie eine Ahnung, wo die Straßensperren sind? Oder wonach die suchen?«

»Keine Ahnung.«

Emmanuel durchdachte seine Lage. Wenn es zwischen Kings Farm und Mooihoek eine Straßensperre gab, hing er bis Tagesanbruch hier fest.

»Doktor«, sagte er nach einer kurzen Pause. »Wie lagert man am besten über Nacht eine Leiche?«

* * *

Emmanuel setzte sich Winston gegenüber an den Küchentisch und musterte ihn gründlich. Die übrige Familie befand sich unter Hansies Obhut im Salon. Winston machte einen gefassten Eindruck. Zweigmans Anruf hatte ihm Zeit verschafft, sich zu sammeln.

»Reden wir über Captain Pretorius«, begann Emmanuel. Er schlug einen freundlichen, lockeren Ton an.

»Ich bin ihm nur ein paarmal begegnet«, sagte Winston.

»Seltsam, wie Geschichte zur Wiederholung neigt. Ihre Mutter muss ungefähr in Davidas Alter gewesen sein, als sie etwas mit Ihrem Vater anfing. Vielleicht ein bisschen jünger.«

»Ich habe nie nachgerechnet«, sagte Winston.

»Doch, ich glaube schon. Sie wissen besser als die meisten anderen, was für ein Leben Davida erwartete.«

»Meine Mutter hat ein angenehmes Leben geführt.«

»Ein Kind weggenommen und als weiß ausgegeben, das andere für ein Stück Land eingetauscht. Das ist ein angenehmes Leben?«

Winston sprang abrupt auf, ging zum Ofen und wärmte sich die Hände, obwohl es heiß in der Küche war. »Ich habe einen Fehler gemacht«, sagte er. »Jetzt weiß ich das.«

»Erklären Sie mir das, Winston.«

»Ich hätte mir stattdessen meinen Vater vorknöpfen sollen.«

Emmanuel fragte langsam und betont: »Haben Sie letzten Mittwochabend an der Watchman-Furt Captain Pretorius getötet?«

Winston sah ihm in die Augen. »Er hat Davida um ihre Chancen gebracht, als hätte sie nicht wenig genug. Das war unverzeihlich.«

»Haben Sie ihn getötet, Winston?«

»Mittwochabend war ich in Lorenzo Marques. Ich habe Vorräte für die Lodge auf Saint Lucia eingekauft. Ich habe fünf Zeugen, die bereit sind, das vor Gericht zu beeiden.«

»Nur fünf? Ihr Vater kann sich bestimmt mehr leisten.«

»Könnte er. Aber fünf dürften reichen.«

»Ich bin neugierig. Captain Pretorius wurde ins Wasser gezerrt. Warum?«

»Vielleicht wollte der Mörder ihn nicht mit offenem Hosenstall und nach Sex stinkend im Sand liegen lassen. Vielleicht hatte der Mörder am Ende Mitleid mit ihm.«

»Dann bedauern Sie es, Captain Pretorius letzten Mittwochabend erschossen zu haben?«

Etwas in Winstons Gesicht verhärtete sich unter der Oberfläche. Als Mogelpackung in der Welt weißer Männer zu überleben hatte ihn gelehrt, sich und seine Familie um jeden Preis zu schützen. Er lächelte, sagte aber nichts.

Emmanuel fragte sich, in was für einer Welt Winston King lebte. Sein ganzes Leben war eine Lüge. Sogar seine helle Haut und seine blauen Augen waren eine Lüge. Es machte die Sache nicht besser, dass er in einer Zeit lebte, wo der Begriff »unsittlich« auf Beziehungen zwischen Menschen verschiedener Hautfarbe angewandt wurde statt auf die zahlreichen Gesetze, die so viele Menschen ihrer Freiheit beraubten.

»Was ist mit Davida?«, fragte Emmanuel. »Haben Sie eine Ahnung, was mit ihr passieren wird?«

»Sie hat Pretorius ja nicht getötet. Man kann ihr nichts zur Last legen.«

Emmanuel hätte Winston am liebsten geohrfeigt. Er zeigte keine Gewissensbisse wegen des Mordes an Captain Pretorius und begriff nicht, wie seine Tat sich für seine Schwester mit ihrer dunkleren Haut auswirken würde.

»Also kann Davida lustig in den Sonnenuntergang reiten? Glauben Sie das wirklich? Und zwar dank Ihnen?«

»Sie geht auf die Western Cape-Universität und kann ihr eigenes Leben leben. Ist das etwa nichts?«

»Davida ist die Hauptzeugin beim Prozess um den Mord an einem weißen Polizisten. Man wird sie in die Mangel nehmen. Vor Gericht. In der Presse. Der Dreck wird für den Rest ihres Lebens an ihr hängen bleiben. Bilden Sie sich wirklich ein, dass sie auf die Universität gehen kann?«

»So weit habe ich nicht vorausgedacht«, murmelte Winston. »Ich habe das nicht bedacht.«

»Dass mussten Sie auch nicht«, sagte Emmanuel. »Sie sind ja ein Weißer. Schon vergessen?«

* * *

Emmanuel setzte sich neben Shabalala und schätzte den Stand der Dinge ein. Übel, aber nicht hoffnungslos. Immerhin hatte er eine schriftliche Zeugenaussage von Davida für die Fallakte und eine fünf Sätze lange Lüge von Winston, der angab, am Abend der Ermordung von Captain Pretorius in Lorenzo Marques Vorräte eingekauft zu haben. Kein Geständnis, aber genug, um Winston in naher Zukunft für eine formelle Befragung vorzuladen. Damit endeten die guten Nachrichten.

»Ein paar Meilen die Hauptstraße rauf, ja?«, wiederholte er, was der Zulu-Constable ihm berichtet hatte und hoffte, etwas missverstanden zu haben. Die Männer der Security Branch lauerten genau zwischen ihnen und Mooihoek.

»Yebo. Zwei Männer und ein Wagen warten an der Straßensperre.«

»Irgendeine Möglichkeit, an ihnen vorbeizukommen?«

»Quer über viele Farmen und durch viele Zäune, aber nicht bei Nacht. Nicht im Dunkeln.«

Der Polizeitruck parkte jetzt in der kreisförmigen Einfahrt vor Kings Wohnsitz. Es stand nicht in van Niekerks Macht, eine Straßensperre der Security Branch aufzulösen, und Emmanuel hatte nicht vor, ihn über seine prekäre Lage in Kenntnis zu setzen.

»Die lassen uns nicht durch, ohne den Wagen zu durchsuchen«, sagte er. »Wir müssen die Nacht hier verbringen und im Morgengrauen unser Glück versuchen.«

»Was machen wir mit ihm? Dem Jungmann?«

»Kings Kühlhaus hinter der rückwärtigen Veranda. Zweigman sagt, das ist der beste Ort für ihn.«

»Zu Hause« sagte Shabalala, »wäre der richtige Ort für ihn.«

»Was für ein Zuhause soll das sein nach all den Lügen, die sein Vater erzählt hat?«

»Um in diesem Land zu leben, muss ein Mann ein Lügner sein. Wer die Wahrheit sagt«, Shabalala klatschte hart und laut die Hände zusammen, »den zerbrechen sie.«

20

Er fiel aus dem Himmel. Wie ein Blatt im Wind wirbelte sein Körper machtlos durch die Luft. Er roch wilden Salbei und hörte die schöne hohe Stimme von Louis Pretorius auf Afrikaans ein Kirchenlied singen. Ein Zweig brach, und er stürzte mit unbeschreiblicher Geschwindigkeit weiter auf die harte Erdkruste zu. Er rief um Hilfe, spürte einen kalten Windstoß im Gesicht und fiel wie ein Stein.

Emmanuel setzte sich in der Dunkelheit auf und rang nach Luft. Er tastete seine Umgebung ab, seine Finger strichen über eine Decke und die harte Kante eines schmiedeeisernen Betts. Er hatte keine Ahnung, wo er war. Keine Erinnerung daran, sich in ein breites Bett mit weichen Laken gelegt zu haben in einem Zimmer, das nach frischem Stroh und Schlamm roch.

Rechts neben dem Bett ertastete er eine Streichholzschachtel und fand im schwachen Licht des Flämmchens eine unbenutzte Kerze mit jungfräulichem Docht. Er zündete sie an und versuchte langsamer zu atmen. An auf den nackten Betonboden gemalten Eingeborenenmotiven erkannte er, wo er sich befand. Er war im gerade erst fertiggestellten Gästezimmer in dem neuen Anbau an der Rückseite von Elliot Kings Wohnsitz.

Ein kaum hörbares Rascheln der Schilfmatte vor seinem Bett verriet ihm, dass sie da war, und er hielt die Kerze hoch, um das Zimmer auszuleuchten. Da saß sie am Boden mit dem Kinn auf den angezogenen Knien wie ein grübelndes Kind.

»Hat Ihr Vater Sie geschickt?«, fragte er. »Oder Ihr Bruder?«

»Haben Sie vom Berg geträumt?« Sie rutschte ein Stück vor und stützte die Ellbogen auf die Matratze. Er war schweißgebadet und zittrig, doch sie schien keine Angst vor ihm zu haben.

»Ja.« Emmanuel sah keinen Grund zu lügen, und es half, wahrheitsgemäß mit einer zu reden, die dabei gewesen war.

»Kam er in dem Traum vor?«

»Nur seine Stimme. Er hat gesungen«, sagte Emmanuel. »Ich fiel von der Klippe und stürzte wie ein Stein. Und Sie?«

»Er hat mich unter dem Wasserfall gewaschen, und als ich an mir hinabsah, war die Haut an meinen Armen zu Streifen zerfetzt. Durch das Fleisch konnte ich die weißen Knochen sehen.«

»Er ist weg. Die Träume werden aufhören, aber das dauert«, sagte Emmanuel. Nach der Tortur auf dem Berg stellte er für sie einen sicheren Hafen dar, der sie vor all dem Schrecklichen schützte, was Louis ihr im Namen der Reinheit angetan hatte. Opfer von Krieg und Gewalt entwickelten eine Bindung an jene, die sie gerettet hatten. Doch diese Bindung war nicht belastbar und sollte nicht ermutigt werden. Jetzt war der Zeitpunkt gekommen, ihr zu sagen, dass sie sich lösen musste. Das Leben ging weiter, und bald schon würden sie wieder Fremde füreinander sein. So sollte es sein.

Sie rückte näher, und Emmanuel tat nichts dagegen.

»Denken Sie, dass ich verdorben bin?«, fragte sie.

»Warum sollte ich?«

»Wegen dem Captain und was ich mit ihm gemacht habe.«

»Sie hatten gute Gründe für alles, was Sie getan haben.« Dann wurde ihm mit Unbehagen bewusst, dass er zum allerersten Mal seit seiner Rückkehr aus Europa mit einer nichtweißen Person ein persönliches Gespräch führte. Befragungen, Zeugenaussagen, Vernehmungen und Verhöre, ja: Er hatte beruflich mit Menschen aller Hautfarben zu tun, aber dies war anders. Sie sprach mit ihm. Von Mensch zu Mensch. Das Kerzenlicht ließ ihre Haut samtig schimmern.

»Glauben Sie, Gott weiß alles?«

»Wenn es einen Gott gibt, dann wird er verstehen, in was für einer Situation Sie waren. Mehr Philosophie bringe ich mitten in der Nacht nicht zustande.«

»Hmm ...«

Ein tiefes nachdenkliches Summen. Sie kostete von der Vorstellung eines verständnisvolles Gottes. Dann streckte sie die Hand aus und berührte die Narbe an seiner Schulter. Er sah

Zuflucht in ihren Augen aufblitzen und spürte die Wärme ihrer Haut und ihres Atems. Sachte, sagte sich Emmanuel. Das ist ein Polizeieinsatz: eine Mordermittlung, bei der sie eine zentrale Rolle spielt. Ganz und gar kein guter Zeitpunkt, um einzuknicken wie ein Cop von der Sitte nach Dienstschluss.

»Du bist verletzt«, sagte sie.

Der Ärmel ihres Nachthemds rutschte zum Ellbogen herunter, und er berührte die langen roten Male an ihrem Arm.

»Du auch.«

Sie beugte sich vor und küsste ihn. Ihr Mund war saftig und warm und weich. Ihre Zunge probierte ihn. Sie kletterte auf das Bett und schlüpfte zwischen seine Beine. Dann legte sie ihm ihre Hände auf die Knie und küsste ihn weiter, ein endloser Tanz.

Er zog sich etwas zurück. Nicht weit genug, um sich selbst oder sie davon zu überzeugen, dass er vorhatte, aufzuhören.

»Warum tust du das?«, fragte er.

»Diesmal möchte ich bestimmen.« Ihre Hände glitten über seine Schenkel zu seinen Handgelenken, die sie mit festem Griff packte. »Lässt du mich bestimmen, Detective Sergeant Emmanuel Cooper?«

Sie gab ihm Macht und forderte sie im gleichen Atemzug zurück. Ihr kruder Appell an seinen Rang war erregend und zugleich bloßstellend.

»Ja«, sagte er.

* * *

Der Schlaf zog ihn hinab, vorbei an gefährlichen Strömungen und Strudeln bis an einen sicheren Ort. Er schlief wie ein Toter, doch die Toten ließen ihn in Ruhe. Er lag in dem ausgebrannten Keller aus seinen Träumen, die Frau warm an seinen Rücken gekuschelt.

»*Aufstehen!*« Das Kommando drang laut und deutlich an sein Ohr. »*Das ist ein Befehl. Soldat!*«

Emmanuel drückte das Gesicht ins Kissen. Er wollte noch nicht aus dem Kokon schlüpfen. Sollte der Krieg ohne ihn weitergehen.

»*Auf jetzt. Los!*« sagte der Sergeant Major. »*Steig in die Unterhose. Du willst nicht, dass sie dich mit nacktem Arsch erwischen, Jungchen.*«

Die Flasche mit weißen Pillen, noch fast halb voll, stand neben dem heruntergebrannten Kerzenstummel. Emmanuel griff danach und sah mit halb geöffneten Augen das fahle Licht des Morgengrauens durch die Vorhänge kriechen.

»*Vergiss die Pillen*«, sagte der Sergeant Major. »*Unterhose zuerst, und wasch dir das Gesicht, verdammt. Du stinkst wie ein Franzose.*«

Emmanuel setzte sich auf, jenseits der Zimmertür waren tiefe Stimmen zu hören. Er griff nach seiner Unterhose und zog sie an, dann berührte er Davidas Schulter.

»Steh auf«, flüsterte er. »Zieh dein Nachthemd an.«

»Warum?« Schläfrig und warm lag sie in den zerknautschten Laken.

»Wir kriegen Gesellschaft«, sagte er und zog sie an den Schultern hoch, damit er ihr das baumwollene Nachthemd über den Kopf streifen konnte.

»Egal, was passiert, bleib in Deckung und keinen Mucks.« Jetzt war sie hellwach und vernahm die Schritte vor der Tür. Wie eine Katze glitt sie vom Bett und huschte in eine Ecke.

Draußen hob sich Kings Stimme protestierend: »Das ist doch wohl nicht nötig –«

Emmanuel stand auf, und die Tür flog ins Zimmer. Silberne Angeln schwirrten durch die Luft, und Dickie und Piet tauchten als schwarze Umrisse vor dem grauen Morgenlicht im Türrahmen auf.

»Runter! Runter!« Piets Revolver war im Anschlag, der Hahn gespannt, der Finger am Abzug. »Los, runter!«

Emmanuel setzte sich auf die Bettkante, bange um Davida, die sich in der dunklen Ecke hinter ihm versteckte. Sie kauerte geräuschlos tief am Boden, trotzdem würden Piet und sein Partner sie unweigerlich entdecken.

»Die Vorhänge auf, Dickie.«

Zwei andere Security Branch-Männer stießen King zurück in Richtung Haupthaus.

»Das ist mein Haus!«, schäumte King. Die Security Branch-Männer drängten ihn in die Küche. Einer blieb als Wache im Flur stehen, der andere kam zu der zerstörten Tür zurück. Piet und Dickie hatten Verstärkung dabei. Ein Glück, dass der verrückte Schotte ihn geweckt hatte. Er hatte seine Unterhose an und Davida ihr Nachthemd. Immerhin.

»Sie stecken tief in der Scheiße«, sagte Piet. »Die Pretorius-Brüder brechen gerade das Kühlhaus auf. Was werden Sie da finden, Cooper?«

Emmanuel versuchte das Gehörte zu verarbeiten. Ob Shabalala seine einsame Totenwache vor dem Kühlhaus aufgegeben hatte und mit der Neuigkeit nach Jacob's Rest lief? Nein, Shabalala würde Louis nie allein lassen, keine Sekunde.

Das Geräusch – halb Aufschrei, halb Heulen – hörte sich schrecklich an. Die Pretorius-Jungs hatten ihren kleinen Bruder gefunden, der kalt und blau zwischen Limonaden und Eiswürfelbehältern lag. Emmanuel stand auf, er dachte an Shabalala allein mit der entfesselten Wut der trauernden Familie Pretorius.

»Hinsetzen.« Piet steckte die Waffe zurück ins Holster und wanderte langsam durch den Raum. Er trat einen Haufen Kleidung beiseite und nahm wahllos Artefakte und Bücher in die Hand. Am Fuß des Bettes blieb er stehen und spähte in die Ecke.

»So so, Cooper«, sagte er. »Das erklärt, warum es hier stinkt wie in einem Bordell.«

Kalte Angst strich über Emmanuels Rücken. Er musste Piet von Davida wegkriegen, selbst wenn ihr das nur ein paar Minuten seiner speziellen Aufmerksamkeit ersparte.

»Ist das der einzige Ort, wo Sie an Frauen herankommen? Im Bordell? Bei Ihrem Gesicht kein Wunder. Ich hoffe, Sie geben ordentlich Trinkgeld.«

»Schnapp dir das Paket da, Dickie.« Piet zeigte auf Davidas Versteck und schlingerte zum Bett, wo Emmanuel immer noch stand.

»Sie sind jetzt in meiner Welt, Detective Sergeant Cooper.« Piet wirkte unnatürlich ruhig. »Sie sollten mal etwas Respekt zeigen.«

In Piets Welt war Respekt dasselbe wie Angst, und kampflos würde Emmanuel ihm weder das eine noch das andere zeigen. Er sah, wie Davida sich in Dickies Schatten klein machte, und ging zum Angriff über.

»Was tun Sie hier?«, fragte er scharf. Es gab Regeln, wie weiße Polizisten miteinander umzugehen hatten, und Piet wandelte auf schmalem Grat.

»Ich wurde eingeladen.« Piet kramte in seinem schmuddeligen Jackett und förderte ein neues Päckchen Zigaretten zutage. Er stank nach schalem Bier, Schweiß und Blut. »King hat einen von seinen Kaffern zur Polizeiwache geschickt und um Hilfe gebeten. Kaum zu glauben, dass der alte Kaffer es im Dunkeln mit dem Fahrrad bis dahin geschafft hat.«

»Wozu sollte King Sie brauchen?« Er kannte die Antwort. Warum auf einen Stab hebräischer Anwälte warten, wenn man eine Polizeieinheit gegen die andere ausspielen und damit noch mehr Unklarheit schaffen konnte? King hatte seine Abspaltung von der Truppe gewittert und gegen ihn eingesetzt: simple Kriegstaktik. Nur hatte sein Plan einen Haken. Der reiche Engländer hatte nicht damit gerechnet, dass die Security Branch Davida in seinem Zimmer antreffen würde, und gegen jede Vernunft war Emmanuel froh darüber. Davida war aus eigenem Antrieb zu ihm gekommen.

Piet zündete eine Zigarette an und inhalierte.

»Seit gestern Abend haben wir ein Geständnis«, sagte er. »Der Colonel kommt aus Pretoria, um für Pressefotos zu posieren. Das wird ein Riesenfall. Alle sind scharf drauf.«

»Der Mann hat unterschrieben?« Niemand, wirklich niemand in der Regierung würde das Geständnis eines aktenkundigen Kommunisten hinterfragen, schon gar nicht van Niekerk, der politische Ambitionen hatte. Piet und Dickie waren unantastbar und Emmanuel halbnackt.

»Natürlich«, sagte Piet. »Sie können sich also meine Überraschung vorstellen, als ich hörte, Sie hätten einen anderen Kandidaten für den Mord. Einen Mord, für den ich ein getipptes und unterschriebenes Geständnis in der Hand habe.«

Wenn er jetzt aufgab, wenn er sagte, er habe sich in Bezug auf Winston Kings Beteiligung vertan, und sich für die Unannehmlichkeiten entschuldigte, die er verursacht hatte, dann konnte er den Kampf vielleicht ein andermal aufnehmen. Die Security Branch hatte ihn ausgetrickst, und jetzt würde ein schwarzer Mann vom Fort Bennington College dafür hängen, dass er den Fluss an einem Mittwoch überquert hatte statt am Samstag.

Schweigend rauchte Piet seine Zigarette zu Ende und blies wie ein Schuljunge Ringe in die Luft. Ein schlechtes Zeichen. Dann schlenderte er zu dem Kleiderhaufen, hob Emmanuels hingeworfenes Jackett auf und durchwühlte die Taschen, bis er fand, was er suchte.

Zwischen Daumen und Zeigefinger hielt er Davidas Zeugenaussage hoch.

»Ihr Beweis?«, fragte er.

»Eine Aussage.« Mehr gab ihm Emmanuel nicht. Nichts würde Lieutenant Lapping davon abhalten, die Liste vernichtender Anschuldigungen zu lesen, die Captain Pretorius belasteten: Ehebruch, Herstellung pornografischen Materials, Körperverletzung und Verstoß gegen das Unsittlichkeitsgesetz.

Piet entfaltete das Papier und las die handgeschriebene Aussage durch. Als er fertig war, blickte er in die Ecke, wo Davida zu Dickies Füßen kauerte.

»Hast du das geschrieben?«, fragte er.

Davida drückte sich tiefer in die Ecke und wagte weder aufzublicken noch zu antworten. Dickie bückte sich und schlug ihr mit der offenen Hand so fest ins Gesicht, dass Blut aus ihrem Mundwinkel lief. Angst machte sie stumm.

»Antworte«, sagte Dickie.

»Ja.« Sie presste die Hand auf die pochende Wange.

»Hören Sie …« Emmanuel lenkte Piets Aufmerksamkeit auf

sich. »Sie haben doch Ihr Geständnis. Das hier ist nichts verglichen mit dem, was sich auf der Wache abspielt.«

Piet lächelte. »Ich gehe, wenn Sie Ihre Strafe dafür weghaben, dass Sie sich Befehlen widersetzt haben und mir verdammt auf die Nerven gegangen sind, und keine Sekunde eher, Cooper.«

Der pockennarbige Lieutenant trat beiseite und gab den Blick auf Henrick und Paul Pretorius frei, die nebeneinander im Türrahmen standen. Er hielt das Blatt hoch, damit sie es sehen konnten.

»Wissen Sie, was das ist?«, fragte er. »Es ist eine Zeugenaussage des Inhalts, dass Ihr Vater ein Abweichler und Lügner war, der sich mit Rassenschande besudelt hat. Was haben Sie dazu zu sagen?«

Die Pretorius-Brüder stürzten sich auf Emmanuel. Er wehrte einen Fausthieb von Paul ab und duckte sich unter Henricks Vorschlaghammer weg, doch dann schickte ihn eine kurze Gerade in die Magengrube rücklings aufs Bett. Die Holzbalken der Decke schienen absurd schief zu stehen. Paul beugte sich über ihn.

»Dafür bezahlen Sie«, sagte er. »Für Louis und für die Lügen über meinen Pa.«

»Jedes Wort ist wahr«, sagte Emmanuel und versuchte, sich nicht zu verkrampfen, als von allen Seiten Schläge auf ihn einprasselten. Er schmeckte Galle und Blut und hörte das satte Klatschen, mit dem sein Fleisch den Fäusten nachgab. So musste sich Donny Rooke auf dem Kaffernpfad gefühlt haben: wie ein Sandsack in der privaten Sporthalle von Familie Pretorius.

»Halt, halt, halt«, befahl Piet. »Sie dürfen ihn nicht so mir nichts, dir nichts fertigmachen. Das ist gefährlich. Sie müssen es langsamer angehen. Überlegen Sie sich vorher, wo Sie welche Botschaft anbringen wollen und wie.«

Emmanuel versuchte hochzukommen. Wenn Piet bestimmte, wo es langging, saß er tief in der Scheiße. Der Security Branch-Mann konnte ihn tagelang unter Schmerzen am Leben halten. Piet zog sein Jackett aus und krempelte sein Hemd bis zu den Oberarmen hoch.

»Henrick. Halten Sie ihn unten und gut fest«, ordnete er an.

»Ich bin Polizeiermittler«, knurrte Emmanuel. »Was Sie tun, ist gegen das Gesetz.«

»Ich tue ja gar nichts«, sagte Piet. »Das hier ist die Privatangelegenheit von zwei Männern, deren Bruder Sie umgebracht und in einem Kühlhaus verstaut haben.«

Das klang übel. Unzutreffend, aber jede Jury hier würde Hemmungen haben, die Pretorius-Brüder zu bestrafen, weil sie ihre Wut an dem Mann ausgelassen hatten, der sich laut Louis an ihm zu vergreifen versucht hatte.

»So«, fuhr Piet fort. »Zuerst eine Backpfeife. Mit der flachen Hand. Weder schwach noch zu hart. Gerade fest genug, um ihn wach zu machen.«

»Ich bin wach«, sagte Emmanuel, und Paul verpasste ihm einen Schlag auf die Wange. Nicht zu hart und nicht schwach. Der Zinnsoldat war ein Naturtalent.

»Gut.« Piet war zufrieden. »Jetzt stellen Sie ihm eine Frage und warten auf die Antwort.«

»Warum haben Sie diese Lügen über meinen Pa erzählt?«

»Keine Lügen«, sagte Emmanuel. »Ihr Pa hat gern dunkle Mädchen gefickt. Im Freien und von hinten.«

Paul schlug ihm fest ins Gesicht, dass Blut und Speichel flogen. Die Haut über seinem linken Auge brannte. Er musterte den tobenden Paul Pretorius, der sich in Piet Lappings Griff wand.

»Ruhig Blut«, sagte Piet. »Das war zu früh zu heftig.«

»Er hat gesagt –«

»Cooper stellt Sie auf die Probe«, erklärte Piet mit schulmeisterlicher Betulichkeit. »Stärkere Häftlinge tun das manchmal. Dann müssen Sie Ruhe bewahren.«

»Was ich fast vergessen hätte«, Emmanuel blinzelte das Blut weg, das aus der aufgeplatzten Braue lief, »Louis war es übrigens, der letztes Jahr die farbigen Frauen malträtiert hat. Ihr Pa hat ihn darum weggeschickt, in eine Klapsmühle. Prüfen Sie es nach, wenn Sie mir nicht glauben.«

»*Verdammt, halt die Klappe*«, flüsterte der Sergeant Major, als Henrick aufsprang und mit den Fäusten willenlos auf ihn eindrosch, wo immer er ihn treffen konnte. Piets kleiner Vortrag übers Ruhebewahren hatte eindeutig bei ihm nicht gewirkt.

»Ziehen Sie ihn weg«, wies Piet Paul an. »Wir wollen keinen toten Polizisten am Hals haben.«

Henricks Gewicht wurde von ihm gezogen, der Schmerz aber blieb und zog in Wellen von den Zehen bis zum Schädel. Sein Mund war geschwollen und aufgeplatzt, was es zur sprachlichen Herausforderung machte, die Pretorius-Brüder weiter zu reizen. Er hörte seinen Atem, röchelnd und stoßweise. Noch eine Stunde, und er war Hackfleisch.

»Jetzt begreifen Sie es, oder?«, sagte Piet. »Sie stecken bis zum Hals in der Scheiße.«

Emmanuel zuckte die Achseln. Er wusste, dass er in Schwierigkeiten war. Sein Gesicht, seine Brust und sein Magen meldeten es ihm.

»Bring das Mädchen her«, befahl Piet seinem Partner, und Emmanuel richtete sich auf. Er hatte Angst, um sich und um Davida, die in ihrem weißen Baumwollnachthemd schmächtig und nymphenhaft wirkte. Ein schlimmer Morgen für alle Beteiligten. Was musste Mrs. Ellis durchmachen, die ihr Kind bei bewaffneten und gewalttätigen Männern eingesperrt wusste? Selbst King musste klar sein, dass er einer Macht die Tür geöffnet hatte, die er nicht kontrollieren konnte. »Keine Angst«, sagte Piet zu Emmanuel, während Davida grob um das Fußende des Bettes herumgestoßen wurde. »Der körperliche Teil ist vorbei, jetzt kommen wir zur langfristigeren Strafe. Die Sie mir freundlicherweise selbst zugespielt haben, in Gestalt dieses Mädchens.«

Emmanuel versuchte aufzustehen, aber Henrick schlug ihn nieder. Davidas Gesicht war tränennass, doch sie gab keinen Laut von sich.

»War sie es wert?«, fragte Piet. »Ich hoffe, denn die nächsten Jahre verbringen Sie im Knast und können sich fragen, warum

Sie für eine Nacht im Lotterbett Ihr Leben und Ihre Karriere weggeworfen haben.«

Emmanuel drückte seine geschwollene Zunge an den Gaumen, bis er sie wieder spürte. Er wollte Davida aus dem Zimmer und aus der Gefahrenzone haben, selbst wenn er dabei gegen van Niekerks strikte Anweisung verstieß, seine Vergangenheit geheim zu halten.

»Kein Gesetz gebrochen.« Er brachte die drei Worte heraus, lallend, aber verständlich.

Dickie kicherte. »Vergessen, in welchem Land Sie leben? Man hat Sie mit einer Nichtweißen erwischt. Das heißt Knast.«

»Nicht weiß.« Emmanuel dachte bedrückt an van Niekerks Reaktion auf das, was er anrichtete.

»Ich weiß, dass sie keine Weiße ist«, sagte Piet. »Deshalb sind Sie ja erledigt.«

»Nicht weiß«, wiederholte Emmanuel.

Piet starrte ihn perplex an. »Kein Scheiß.« Er packte Emmanuels Hand und suchte die Haut unter den Fingernägeln nach dunklen Pigmenten ab. Dieser Idiotentest galt allgemein als wissenschaftlich. Mit einem Grunzen ließ er die Hand los. »Sie sind so weiß wie ich und Dickie.«

Emmanuel griff neben das Bett und hob einen seiner Lederschuhe hoch. Er fuhr mit einem Finger unter die Innensohle und zog ein Stück Papier heraus.

»Ah, das verlorengegangene Dossier …« Piet lächelte. Die meisten Verhöre waren vor allem langweilig: immergleiche Fragen, gequältes Leugnen, stundenlanges Prügeln. Es gab in seinem Job wenig echte Überraschungen.

Piet faltete den Zettel auf und stieß unwillkürlich einen leisen Pfiff aus. »Der kleine Emmanuel Kuyper«, murmelte er. »Ich erinnere mich an die Fotos in der Zeitung. Sie und Ihre kleine Schwester. Ihr habt das ganze Land zum Weinen gebracht.«

»Was redest du da?« Dickie versuchte dem Gespräch zu folgen. Er las nicht viel, nicht mal die anspruchslosen Tageszeitungen, in denen es mehr Bilder als Text gab.

»Emmanuel Kuyper. Das war sein Name, bevor er ihn geändert hat, wahrscheinlich, damit er nicht mit seinen berühmten Eltern in Verbindung gebracht wird«, erklärte Piet. »Unser Cooper hier ist der Knabe, dessen Vater die Jury von der Totschlag-Anklage freigesprochen hat, weil er Gründe hatte anzunehmen, dass ein Halbblut-Ladenbesitzer seine Kinder gezeugt hat. Ein Malaienmischling, wenn ich mich recht erinnere.«

»Blödsinn«, sagte Dickie. »In dem ist kein Tropfen Malaienblut. Sieh ihn dir doch an. Weißer geht's nicht.«

»Genau das hat den Skandal ausgelöst.« In Erinnerung versunken zündete Piet sich noch eine an. »Das halbe Land dachte, die Version des Vaters wär ein Haufen Lügen, die andere Hälfte hielt die Mutter für eine Hure. Während der Prozess lief, hat die Familie des Vaters die Kinder zur Adoption freigegeben. Irgendeine Afrikaanerfamilie wollte nicht, dass man sie ins Waisenhaus für Farbige steckt, und hat Cooper und seine Schwester bei sich aufgenommen. Also sind Sie in einem anständigen Afrikaaner-Haushalt aufgewachsen, was, Cooper? Haben wahrscheinlich mit den anderen Voortrekker-Scouts beim *Groot-Trek*-Fest Ihre Fackel ins Feuer geworfen.«

Emmanuel hatte wieder Gefühl in der Zunge. Er war im Begriff, alle möglichen Brücken hinter sich abzureißen, aber die Konsequenzen scherten ihn nicht, solange Davida unversehrt hier herauskam und er ihr folgen konnte.

Piet kniff die Augen zusammen und warf das Papier auf den Boden. »Mag sein, dass Ihre Mutter den Malaien gefickt hat«, entschied er, »aber in Ihnen ist kein Tropfen braunes Blut.«

»Beweisen Sie es«, sagte Emmanuel.

Es entstand eine Pause, während Lapping das Problem von allen Seiten durchdachte.

»Interessant«, sagte er schließlich. »Wir können Sie nicht nach dem Unsittlichkeitsgesetz belangen, wenn Sie ein Mischling sind, aber Ihr Leben geht trotzdem vor die Hunde, wenn ich nämlich Ihre rassische Neueinstufung beantrage.«

»Nur zu«, sagte Emmanuel.

»Sie verlieren Ihren Posten«, fiel Paul Pretorius ein. »Sie verlieren Ihr Zuhause und Ihre Freunde. Alles.«

»Das verliert er alles sowieso, auch wenn er wegen Unsittlichkeit belangt wird.« Lieutenant Lapping umkreiste Davida und dachte dabei laut. »Aber so bewahrt er sich und das Mädchen vor einem öffentlichen Verfahren und macht sie beide zu schuldlos Beteiligten, die kein Gesetz gebrochen haben. Gar nicht dumm.«

»Er versucht nur, seinen Kopf aus der Schlinge zu ziehen.« Dickie war wütend. »Er spielt nicht sauber. Sieh ihn dir doch an! Das ist ein Weißer.«

»Das glaube ich auch«, sagte Piet ruhig. »Aber wir haben keine Chance, es zu beweisen, genau deshalb hat Cooper sich entschieden, uns das Dossier zu übergeben. Indem er behauptet, kein Weißer zu sein, ist er fein raus. Keine Haftstrafe und so viele schwarze Fotzen, wie er ficken kann. Stimmt's, Cooper?«

Emmanuel zuckte die Achseln. Sein Leben ging den Bach runter, und Piet stellte sich vor, wie er es sich in einer Kaschemme voller schwarzer Frauen gut gehen ließ. Überraschend war das nicht. Schwarze und Farbige hatten mehr zu lachen, so dachten viele Weiße. Er würde die Arbeit vermissen, seine Schwester und sein Leben.

»Er kommt einfach davon?« Paul Pretorius konnte es nicht fassen. »Die rassische Neueinstufung reicht nicht als Strafe für das mit Louis.«

Piet trat seine Zigarette mit dem Absatz aus und zündete sich sofort eine neue an, als sei der Sauerstoff für sein Blut giftiger als das Nikotin. Er zog heftig, bis die Spitze heiß und hellrot glühte.

»Cooper vergisst, dass ein Nichtweißer vom Gesetz wenig Schutz erfährt.« Der Lieutenant reichte die Zigarette an Paul weiter. »Jetzt sind wir gezwungen, die Strafe für das, was Louis widerfahren ist, sofort und hochgradig schmerzhaft zu vollziehen.«

Mist, dachte Emmanuel. Gab es denn kein Entrinnen vor Piet Lappings nicht enden wollendem Karneval der Grausamkeit?

Der Security Branch-Mann an der Tür fuhr herum und legte die Hand an die Waffe.

»Was ist los?«, blaffte er in den Flur.

»Lieutenant Lapping?« Mrs. Ellis' Stimme, grell vor Furcht, rief aus dem Salon. »Lieutenant Lapping?«

»Mami –«, flüsterte Davida, bevor Dickie ihr die Hand auf den Mund drückte.

»Ja?« Piet zog einen Flunsch. Der Klang einer Frauenstimme dämpfte das Hochgefühl, das er bei Folterverhören empfand: etwa so, wie wenn kurz vor dem Abspritzen die eigene Mutter ins Zimmer kam.

»Anruf für Sie«, rief die Haushälterin schnell. Instinktiv war ihr klar, dass die Männer in dem Raum nicht daran gewöhnt waren, dass eine Frau sie bei ihrem finsteren Treiben störte.

»Was?« Piet trat an den demolierten Türrahmen und horchte. Er wirkte drauf und dran, die Haushälterin anzuspringen und zu erwürgen, wenn sie jetzt das Falsche sagte.

»Da ist ein Mann am Telefon. Er verlangt, sofort mit Lieutenant Lapping zu sprechen.«

»Der Colonel?«, fragte Dickie.

»Nein«, sagte Lapping, krempelte seine Ärmel herunter und knöpfte die Manschetten zu. Außerhalb dieses Zimmers wahrte man besser den Schein. »Der weiß nicht, dass wir hier sind.«

Also – Emmanuels Verstand kam nur langsam in Gang – hatte Piet diesen Ausflug geheim gehalten. Er war entschlossen, alles aus dem Weg zu schaffen, was das Geständnis in Zweifel ziehen könnte, das er dem Kommunisten abgepresst hatte.

»Macht die Zigarette aus und unternehmt nichts, bis ich wieder da bin«, sagte Piet und ging hinaus in Richtung Telefon.

»Machen wir Pause.« Dickie schlüpfte in die Schuhe des Bosses und fühlte sich gleich wohl darin. »Cooper und seine Freundin laufen uns nicht weg.«

Die Pretorius-Brüder zogen sich ans Fenster zurück und sprachen flüsternd miteinander, während Dickie Davida auf einen Stuhl stieß und sich vor ihr aufbaute. Emmanuel ließ seinen dröhnenden Schädel in seine Hände sinken. Es war seine Schuld, dass Davida hier war, in diesem Raum voller Männer, die nach Gewalt und Hass stanken. Ihrer beider Vergnügen kostete sie einen hohen Preis.

»Hersehen.« Piet Lapping war zurück und alles andere als gelassen. »Sehen Sie mich an, Cooper.«

Piet tigerte vor dem Bett hin und her, wobei er fieberhaft sein Feuerzeug an und aus machte wie ein Leuchtturmsignal. Etwas hatte ihn kalt erwischt und um die Ruhe gebracht, die er als tragende Säule dieser Art von »Arbeit« betrachtete.

»Sie sind mir schon einer«, sagte Piet schmallippig. »Sie und Ihr schwuler Kumpel van Niekerk.«

Emmanuel hatte keinen Schimmer, worum es ging. Van Niekerk saß in Johannesburg und wusste gar nichts von dem Fiasko mit Louis oder dass die Security Branch auf Elliot Kings Jagdsitz Verhöre durchführte.

»Was ist passiert?«, fragte Dickie.

Piet ignorierte ihn und beugte sich zu Emmanuel hinab, seine Kieselsteinaugen feucht vor Wut.

»Mosambik. Da haben Sie sie her, richtig?«

Statt zu antworten, hob Emmanuel eine Augenbraue. Piet konnte ihn mal.

»Was?« Dickie trat an die Seite seines Partners, hielt aber Abstand für den Fall, dass er sich schnell wegducken musste. In Wut war Lieutenant Lapping unberechenbar, und so wütend wie jetzt war er selten.

»Ich hätte es wissen müssen«, sinnierte Piet laut. »Es war der Tag, als Sie nach Lorenzo Marques mussten, um diesen Unterwäschevertreter zu befragen … Ich hab doch gerochen, dass da was faul war …«

»Was für ein Unterwäschevertreter?« Dickie gab sein Bestes, um ein echter Partner zu sein statt nur der Mann fürs Grobe.

»Halt's Maul, Dickie«, sagte Piet. »Ich muss das klar kriegen, damit wir nichts Dummes machen. Ich muss nachdenken.«

Piet machte das Feuerzeug an und aus, was in der angespannten Stille laut wie Schüsse klang. Ein Muskel zuckte an seiner zerklüfteten Wange, und Emmanuel hielt den Atem an.

»Er will die Fotos veröffentlichen, wenn wir Ihnen noch ein einziges Haar krümmen«, sagte Piet nach einer ganzen Weile. »Er will, dass Sie in zehn Minuten anrufen, damit er weiß, dass Sie in Sicherheit sind, wie eine scheiß Jungfrau beim ersten Tanz.«

Emmanuel stand auf, am ganzen Körper steif von den eingesteckten Schlägen. Es juckte ihn nicht, womit die Security Branch ihn bewarf. Van Niekerk hatte die Fotos, und deren Macht ließ sich mit kindischen Bosheiten nicht wegpissen. Er warf Davida einen raschen Blick zu und sah, dass sie verstand. Sie beide würden aus diesem Zimmer rauskommen, und dann würden sie auf der Flucht sein.

»Sie lassen ihn gehen?« Paul Pretorius zeigte mit einem anklagenden Finger auf den pockennarbigen Lieutenant. »Sie haben versprochen, dass er kriegt, was er verdient.«

Piet packte Pauls Finger und drehte, bis er ihn ausgekugelt hatte. Paul Pretorius stöhnte auf, der Schweiß brach ihm aus.

»Wir lassen ihn gehen, weil euer Pa seine Hosen nicht anbehalten konnte und dieser aalglatte Scheißer van Niekerk Beweise dafür hat.«

»Das ist eine Lüge!« Paul war hochrot vor Schmerz. »Er lügt.«

Piet ließ Pauls ausgerenkten Finger los. »Ich habe durchaus in Betracht gezogen, dass er lügt, aber irgendwas hat er in die Finger bekommen, dieser van Niekerk. Ich habe es an seinem Tonfall gehört. Er genießt es zu sehr, Macht über uns zu haben. Über mich.«

Dickie bemühte sich um einen brauchbaren Gedanken und warf ihn in den Ring. »Vielleicht ist er bloß ein guter Lügner.«

»Sieh dir die Fakten an«, sagte Piet geduldig. »Van Niekerk kennt meinen gottverdammten Namen, und er weiß, wo ich bin, wenn davon nicht mal der Colonel eine Ahnung hat. Den Kerl darf man nicht auf die leichte Schulter nehmen, und deshalb kann ich es nicht riskieren, darauf zu setzen, dass er uns nur etwas vormacht.«

Emmanuel humpelte an den zankenden Security Branch-Männern vorbei und hielt Davida die Hand hin, die auf der Stuhlkante hockte und es kaum erwarten konnte wegzukommen.

»Gehen wir«, sagte er.

Sie stand auf und nahm seine Hand. Ihre Finger schlossen sich um seine und drückten fest zu. Emmanuel wandte sich zur Tür und sah, dass Piet sie beide heimtückisch anstarrte. Nicht gut. Emmanuel ging weiter. Lieber Gott, bitte. Die lädierte Türöffnung war schon so nah. Nur noch vier Schritte.

»Wie süß«, knurrte Piet. »Wie Sie die Kleine gerade angesehen haben. Als ob Sie sie wirklich gern haben.«

Emmanuel spürte, wie ihm Davidas Hand entglitt. Piet zog sie mit einem Ruck ins Zimmer zurück und legte seine Arme um sie wie einen Ring. Davida wand sich und trat, aber sie blieb Gefangene des übelriechenden Mannes mit dem zerklüfteten Gesicht.

»Tun Sie das nicht.« Emmanuel hörte, wie flehend das klang, und versuchte es erneut, diesmal entschlossener. »Lassen Sie sie los, Lieutenant!«

»Die Abmachung«, sagte Piet, »betrifft nur Ihre Freilassung. Wir behalten sie.«

»Nein!« Davida krümmte sich und versuchte sich aus der Umklammerung zu winden, aber Piets Bullenkraft und seiner Erfahrung mit aufsässigen Gefangenen war sie nicht gewachsen. »Loslassen!«

Piet hob sie hoch in die Luft, so leicht, als wäre sie ein leerer Wäschekorb, und warf sie zurück aufs Bett. Die Federn quietschten, als er sich blitzschnell auf sie schwang und ihr die Arme über dem Kopf festhielt.

Emmanuel folgte dichtauf. Sein lädierter Körper fand in einer Stelle unter den verletzten Nieren eine letzte Kraftreserve. Er hieb Piet mit aller Kraft die Faust gegen die Schläfe. Keine Reaktion. Sein zweiter Schlag landete in der Luft. Dickie und

Paul zogen ihn weg und warfen ihn auf den Stuhl. Die dunkle Angst aus seinem Traum fraß an ihm und wurde stärker.

»Gut«, sagte Piet, als Davida sich wand und gegen seine Schenkel presste. »Ich mag heißblütige Frauen und ein bisschen Rauferei.«

»Sie haben doch, was Sie wollten«, sagte Emmanuel. »Sie nützt Ihnen nichts.«

»Ich will die Fotos. Die Fotos gegen das Mädchen, das ist der Handel.«

»Und wenn van Niekerk sie nicht hergibt?«, fragte Emmanuel. Das war durchaus möglich. »Was dann?«

»Tja ...« Piet drückte seinen Daumen auf Davidas Mund und zwang ihre Lippen auseinander. »Dann können Sie sich entweder verpissen oder hierbleiben und zusehen, wie ich sie bearbeite. Liegt ganz bei Ihnen, Cooper.«

»Nein.« Emmanuel kämpfte gegen den Rohstoffreichtum burischer Muskelmasse an, konnte sich aber nicht befreien. »Tun Sie das nicht.«

»Sie können sich gar nicht vorstellen«, Piet atmete schwer, während der Körper unter ihm sich weiter aufbäumte und wand, »wie wunderschön meine Arbeit manchmal ist. Ich werde diese Frau auf eine Art kennenlernen, die Sie sich nicht vorstellen können. Ich werde sie aufbrechen und ihre Seele anfassen.«

»Bitte –« Davida krümmte sich. »Emmanuel – Hilfe –«

»Moment«, sagte Emmanuel. Er musste es schaffen, dass Piet von Davida abließ und ihm zuhörte. »Warten Sie. Ich rede mit van Niekerk und versuche, etwas auszuhandeln.«

»Das Mädchen für die Fotos. Das ist der einzige Handel, der mich interessiert. Ich lasse Ihren Major keine Beweise behalten, die mir womöglich später meinen Fall kaputt machen.«

»In Ordnung«, sagte Emmanuel. »Lassen Sie sie aufstehen und sich auf den Stuhl setzen. Ich rufe ihn an.«

Piet verlagerte sein Gewicht und dachte über die Forderung nach. Es widerstrebte ihm, auf den brutalen intimen Tango zu verzichten, den Gefangene und Vernehmer in der Dunkelheit der Untersuchungszellen tanzten. Schließlich hievte er sich hoch und ließ das Mädchen sich herauswinden. Wenn er die Fotos nicht bekam, konnte er sich immerhin hierauf freuen. Auf den Akt, die Frau seinem Willen zu beugen.

Emmanuel setzte Davida auf den Stuhl und berührte sie kurz, sanft und respektvoll. Es tat weh, ihr in die Augen zu blicken und in den dunklen Pupillen panischen Schrecken flackern zu sehen.

»Lass mich nicht hier«, flüsterte sie. »Bitte geh nicht.«

»Ich muss«, sagte er. »In ein paar Minuten bin ich wieder da. Versprochen.«

»Versprochen?«

»Ja.« Er wusste nicht, ob er mit dem Schlüssel zu ihrer Freiheit oder mit nichts in Händen zurückkommen würde. Er musste alles auf eine Karte setzen.

»Geh mit«, sagte Piet zu Dickie. »Pass auf, dass er keine Mätzchen macht.«

»Ich gehe allein«, sagte Emmanuel. »Van Niekerk redet nicht, wenn jemand mithört. Oder ist es das, was Sie hoffen, Lieutenant? Ein Nein von van Niekerk, damit Sie an das Mädchen rankommen?«

»Hauen Sie ab!«, sagte Piet und kramte nach seinen Zigaretten. »Sie haben zehn Minuten.«

»Fünfzehn«, sagte Emmanuel und drückte sich an der Wache im Flur vorbei.

21

Er kam nur langsam voran, seine geprellten Muskeln zuckten unter fünf verschiedenen Arten Schmerz. Die Wunde an seiner Braue war wieder aufgegangen, und er blieb stehen, um das Blut wegzuwischen, das ihm in die Augen lief. Durch den roten Schleier sah er Mrs. Ellis in der Tür zur Küche stehen, adrett und gepflegt.

»Mein Gott … mein Gott«, flüsterte sie. »Haben die Ihnen das angetan?«

Emmanuel nickte. Er war noch immer in Unterhosen: ein kläglicher, verprügelter Mann, überall grün und blau geschlagen.

»Meine Kleine –« Mrs. Ellis fasste ihre schlimmsten Befürchtungen in Worte. »Meine Kleine ist allein mit diesen Männern?«

»Ja«, antwortete Emmanuel und hinkte zum Arbeitszimmer. Er hatte fünfzehn, maximal zwanzig Minuten, um das Schlimmste abzuwenden. »Ich versuche sie da rauszukriegen.«

»Sie versuchen es?« Vor ihm tauchte Elliot King auf, das Gesicht verzerrt vor ohnmächtiger Wut. »Sie haben sie doch in das Zimmer gelockt. Es ist Ihre Schuld, dass sie jetzt in dieser Lage ist.«

Emmanuel stieß Elliot King hart vor die Brust, dass der gegen die Wand prallte. Dann beugte er sich ganz nah über Kings sonnengebräuntes Gesicht. »Ihre Tochter ist aus freien Stücken zu mir gekommen, und ohne Sie und Ihre hirnlose Einmischung hätte sie den Raum auch frei wieder verlassen. Das hier geht von Anfang an auf Ihre Kappe.«

»Ich habe die Polizei gerufen, nicht eine Bande Burenschläger. Ich hätte wissen müssen, dass man den Kapholländern nicht trauen kann.«

»Sie haben Davida mit Haut und Haaren für ein Stück Land an einen Kapholländer verschachert«, sagte Emmanuel. »Und jetzt sind Sie nicht mal mehr Herr im eigenen Haus. Was ist das für ein Gefühl, Mr. King?« Emmanuel ließ ihn stehen und humpelte ins Arbeitszimmer.

Drinnen saß Winston King, das Telefon am Ohr und eine Liste mit durchgestrichenen Namen auf den Knien. Er hängte ein und rieb sich die Augen.

»Niemand will eingreifen«, sagte Winston. »Botha will in etwa einer Stunde versuchen, den Polizeipräsidenten zu erreichen, mal sehen, was er tun kann. Versprechen kann er allerdings nichts. Kein Mensch hat Lust, diesen Scheißkerlen von der Security Branch in die Quere zu kommen. Da reichen die dicksten Spenden nicht aus.«

»Der Polizeipräsident wird sich nicht sprechen lassen«, sagte Emmanuel. »Gestern Abend hat ein Mitglied der Kommunistischen Partei den Mord an Captain Pretorius gestanden. Die Security Branch hat ein unterschriebenes Geständnis. Niemand legt sich mit denen an.«

»Scheiße.« Winston sah elend aus. »Verdammter Dreck.«

»Ich nehme das als Ausdruck ehrlichen Bedauerns für das, was Sie getan haben«, sagte Emmanuel und winkte ihn aus dem Zimmer. »Etwas zu spät für das arme Schwein, das man zum Geständnis geprügelt hat, und zu spät für Davida. Also halten zwei andere Menschen den Kopf für Sie hin, aber das sind Sie ja gewöhnt, nicht wahr, Winston? Dass andere die Zeche zahlen.«

»Davida hat gar keine Bedeutung für diese Kerle«, begehrte Winston auf. »Warum halten sie sie fest?«

»Sie ist ein Tauschobjekt«, sagte Emmanuel. »Sie wollen sie gegen ein Beweismittel eintauschen, das ihre Version des Verbrechens torpedieren könnte.«

»Ich sage es ihnen –« Winstons Gesicht war aschfahl. »Ich gestehe alles, wenn sie Davida gehen lassen. Ich geb es ihnen schriftlich.«

»Warte.« King stand in der Tür. »Ich zahle denen einen guten Preis, wenn sie verschwinden. Wie viel nehmen die wohl dafür, was glauben Sie?«

»Es mag Ihnen schwerfallen, das zu verstehen«, Emmanuel ließ sich in den Bürostuhl sinken, »aber Geld nützt in diesem Fall nichts. Diese Männer bilden sich ein, über Südafrikas Zukunft zu wachen. Ihr Zaster bedeutet ihnen nichts. Nicht, wenn sie einem Kommunisten den Prozess machen können.«

»Jeder ist bestechlich«, konstatierte King voller Überzeugung.

»Schön.« Emmanuel nahm den Hörer ab. »Sie und Winston gehen hin, bieten ihnen Schmiergeld an und sehen mal, was passiert.«

Die beiden Kings starrten auf das Blut, das ihm vom Kinn auf den geschundenen Oberkörper tropfte.

»Können Sie etwas für Davida aushandeln?« Winston errötete über seine eigene Feigheit.

»Ich versuch's«, sagte Emmanuel und nahm den Hörer ans Ohr. »Jetzt raus hier. Alle beide.«

* * *

Emmanuel drückte das Schiebefenster hoch und lehnte sich hinaus, um einmal tief durchzuatmen. Die Sonne stand über dem Horizont, ihr goldenes Licht schien auf den sich dahinschlängelnden Fluss und die flachen Hügel. Es würde wieder ein schöner Tag werden, mit Wildblumen und neugeborenen Springböcken. Hinter ihm öffnete sich die Tür des Arbeitszimmers, doch er drehte sich nicht um. Er hatte im Moment weder den Mut noch die Nerven, jemandem ins Gesicht zu sehen.

»Er gibt die Beweise für mein Mädchen nicht her, oder?«, fragte Mrs. Ellis.

»Nein«, antwortete Emmanuel. »Macht er nicht.«

Van Niekerk war so kaltschnäuzig gewesen, dass es an Beleidigung grenzte. Das Angebot brachte ihm gar nichts. Warum sollte er ein erstklassiges Erpressungsinstrument gegen ein verängstigtes Mädchen austauschen? Er besaß sowohl ein Hausmädchen als auch eine Köchin. Für eine weitere Nichtweiße hatte er keinerlei Verwendung.

»Sie werden sie schon nicht umbringen«, so das brutale Fazit des Majors. »Ich habe die Fotos gesehen. Alles, was diese Männer ihr antun könnten, kennt sie sowieso schon. Meine Güte, klinken Sie sich da aus und hauen Sie ab.«

Bei van Niekerk konnte er sich das sofort vorstellen. Er war imstande, einen hilflosen Menschen im Stich zu lassen, ohne sich weitere Gedanken zu machen. Das war seine Stärke, und die würde ihn bis ganz nach oben tragen.

»Was kann ich tun?«, fragte die Haushälterin in ihrer Machtlosigkeit demütig. »Was muss ich tun, um meiner Kleinen zu helfen?«

Emmanuel hörte das Klirren von Besteck und roch frisch gebrühten Kaffee. Er sah auf die Uhr: zehn vor sieben. Ihm blieben drei Minuten, um zu einer Entscheidung zu kommen. Mit van Niekerk mitziehen und in der Pyramide des Bösen emporkommen. Oder hierbleiben und im Kampf für die gerechte Sache untergehen.

Er drehte sich zu Mrs. Ellis um. Sie hatte ihm einen Becher Kaffee und ein in Dreiecke geschnittenes Schinkensandwich mitgebracht. Das reichte, um einen Funken zum Glimmen zu bringen.

»Was hat die Speisekammer zu bieten?«, fragte er.

»Alles«, antwortete die Haushälterin. »Wir sind sehr gut bestückt. Mr. King legt Wert darauf.«

Gott segne die gierigen Reichen, dachte Emmanuel, und aus dem Funken wurde eine durchführbare Idee.

»Fleisch?«, fragte er.

»Schinken. Und Boerewors und Steaks vom Wild.«

»Süßes?«

»Ich habe ein paar Marmeladenkekse gebacken und Biskuitkuchen zum Tee. Sonst gibt es noch Dörrobst und gekaufte Süßigkeiten.«

»Ist Constable Hepple noch da?«

»Er sitzt draußen auf der Veranda und wartet auf Sie. Er hat

Johannes und Shabalala gesagt, er kann nicht mit ihnen in die Stadt zurück, weil er seinen Posten nicht verlassen darf.«

»Holen Sie Hansie, Elliot King und Winston her«, sagte er. »Wir müssen schnell machen.«

* * *

Mit seinem Kaffeebecher in der einen und einem angebissenen Sandwich in der anderen Hand humpelte Emmanuel zurück zum Gästezimmer. Im Eingang blieb er stehen und nahm einen Schluck. Das heiße Getränk brannte in der Platzwunde in seinem Mund, umspülte den Kloß in seinem Hals und floss ab zu dem schmerzenden Angstknoten in seinem Magen.

Sonnenlicht fiel ins Zimmer, doch die Security Branch-Männer und die Pretorius-Brüder behielten ihren Grauschimmer, das Ergebnis von zu wenig Schlaf, zu wenig Essen und zu viel Bier.

»Na?« Piet fläzte sich auf dem Bett, zweifellos, um es für die Rückkehr der Frau warm zu halten. Rings um ihn war der Boden übersät mit Zigarettenkippen.

Emmanuel zwang mehr Kaffee in seinen wunden Mund und sah nach Davida: starr vor Angst, aber aufrecht. Er gab ihr den Kaffee, den sie mit durstigen Schlucken leerte. Sie langte nach dem Sandwich, aber das behielt er fest in der Hand. Es war ein Schuss ins Blaue. Ein einfaches Schinkensandwich, um Davidas Haut zu retten. Aus dem Augenwinkel sah er zu Dickie. Der Hüne hatte nur Augen für das Sandwich.

»Van Niekerk verlangt Bedenkzeit. Er ruft in einer halben Stunde zurück und gibt uns seine Antwort.« Emmanuel biss von dem hausgemachten Brot ab und kaute gründlich. »Können Sie so lange warten?«

Piet stand auf und schnippte sich Asche von der Hose. »Klare Antwort: ja oder nein?«

»Was ist Ihnen wichtiger, Lieutenant? Die Fotos oder die Gelegenheit, für Ihr Land die Hose runterzulassen?«

Piet lief rot an. »Und was zur Hölle sollen wir tun, während Ihr Major Mätzchen macht?«

Emmanuel zuckte die Achseln und sah auf die Uhr. Jeden Moment würde Mrs. Ellis die erste Salve der Schlacht abfeuern. Er nahm noch einen Bissen von dem Sandwich und spürte, wie Dickie und die Pretorius-Brüder jede Bewegung seiner Hand mit hungrigen Blicken verfolgten. Er leckte sich Butter von den Fingern.

»Wo haben Sie das Essen her?«, platzte Dickie heraus. »Und den Kaffee?«

»Das?« Emmanuel hielt das Sandwich hoch. »Hat mir die Haushälterin von der Braai-Platte abgezweigt.«

»Was für ein Braai?« Dickie nahm Witterung auf wie ein Jagdhund. Der Geruch eines Holzfeuers mischte sich mit den Aromen von Schinken, Zwiebeln und gebratenen Würsten.

»King, dieser Mistkerl.« Emmanuel schüttelte den Kopf. »Hat genug Fressalien in der Küche, um eine Armee satt zu bekommen. Wobei, als ich durch Frankreich marschiert bin, hab ich so was nie gekriegt. In der Feldration war weder Boerewors noch Biskuitkuchen.«

Dickies Magen knurrte, die Pretorius-Brüder zog es zum Türrahmen. Das Brutzeln von Öl und Fleisch zog die Männer an wie ein Magnet.

»Wartet«, befahl Piet. »Das ist ein Trick. Warum sollte jemand so früh am Morgen ein Braai veranstalten?«

Der Lieutenant war wirklich eine Laune der Natur, so, wie er überall Gefahr witterte. Er brauchte weder Essen noch Schlaf, solange seine Arbeit nicht beendet war.

»Es ist zur Übung …« Davida beugte sich vor und drückte den leeren Kaffeebecher an ihre Brust. »Mr. King will seinen Gästen zur Eröffnung der Lounge ein großes Frühstücks-Braai bieten. Er probiert gern vorher alles aus und prüft, was ihm am besten gefällt.«

»Und was wird aus dem, was er nicht isst?«, fragte Dickie.

»Das überlässt er den Arbeitern«, sagte Davida. »Denen, die die Hütten bauen.«

Dickie stöhnte bei der Vorstellung, wie das schöne Weißen-Essen schwarzen Arbeitern zum Fraß vorgeworfen wurde, wo denen doch zweimal am Tag ein Maiskolben und ein Stück Brot genügte. Er schnupperte und meinte neben dem Duft gerösteten Fleischs auch den von frischem Kaffee wahrzunehmen.

»Lieutenant ...«, flehte Dickie. Er war ein großer Kerl. Er stand auf richtiges Frühstück mit Rührei aus sechs Eiern und einem Laib Brot zum Tellerabwischen, dazu eine Kanne schwarzen Kaffee. Sein Magen fing schon an, sich selbst zu verdauen. »Bitte ...«

Piet musterte seine Männer und sah, dass sich eine Meuterei anbahnte. Er hatte das Problem vernachlässigt, sie hatten seit achtundvierzig Stunden nichts Richtiges zu essen bekommen. Er zog die Frau zum Bett und fesselte sie mit seinen Handschellen ans Gestell.

»Eine halbe Stunde«, sagte er.

* * *

Emmanuel reichte Hansie einen vollgeladenen Teller mit drei Sorten Fleisch und einer dicken Scheibe Brot obendrauf. Die Security Branch-Truppe schlug sich die Bäuche voll mit dem Festmahl, kredenzt von Mrs. Ellis und King persönlich, der sich für diesen Anlass eine Küchenschürze umgebunden hatte. Winston servierte Kaffee und Tee mit dem glitschigen Charme, bei dem jungen Engländerinnen der Schlüpfer rutschte und Männer mehr Trinkgeld springen ließen.

»Bringen Sie das dem Mann, der das Gästezimmer bewacht«, trug Emmanuel Hansie auf. »Sagen Sie ihm, der Lieutenant erlaubt, dass er in der Küche isst, wenn Sie ihn solange ablösen.«

Hansie zog ab, und Emmanuel wartete. Alles lief nach Plan, abgesehen von Piets Rastlosigkeit. Er aß und trank mit seinen

Männern, unterbrach aber alle paar Minuten, um auf die Uhr zu sehen und einen kurzen Rundgang zu machen.

Emmanuel wartete, bis Piet wieder seine Runde gedreht hatte, dann schlüpfte er ins Haus und eilte zum Gästezimmer. Er schätzte, dass ihm zwei Minuten blieben. Er zog ein Schlüsselbund aus seiner zerknitterten Hose und gab es Hansie, der vor der Tür wachte.

»Sie wissen, was zu tun ist?«

»Natürlich«, sagte Hansie und nahm die Schlüssel.

»Gut ...« Emmanuel warf einen Blick in den Flur. Leer. »Denken Sie dran, nicht anhalten, bis Sie in Mosambik sind.«

»Ja, Sir.« Hansie machte sich auf, fröhlich klingelten die Autoschlüssel.

Emmanuel schloss Davidas Handschellen auf und befreite sie. Ihre Handgelenke waren aufgeschrammt und blutig, aber das waren Kinkerlitzchen im Vergleich mit dem, was Piet Lapping ihr antun würde, wenn sie bei seiner Rückkehr noch hier war.

»Wir müssen schnell machen. Steig aus dem Fenster und renn zur Hütte des Nachtwächters. Lauf, so schnell du kannst.« Sie musste draußen und unterwegs sein, bevor Hansie den Sportwagen anließ und die Männer zur Vorderseite des Hauses lockte. Quietschend ging das Fenster auf, und er hob sie hoch.

»Und du?«, fragte sie.

»Ich komme klar.« Er schob sie durchs Fenster. »Lauf!«

Sie rannte in ihrem weißen Baumwollhemd los über ein Stück Buschland. Sie lief schnell und sah sich nicht um. Als ihre Gestalt sich entfernte, kam eine Erinnerung in ihm hoch ...

Emmanuels kleine Schwester rannte die Straße entlang, barfuß in ihrem Nachthemd mit den gestickten blauen Vergissmeinnicht am Kragen. Emmanuel rannte neben ihr. Er roch Holzfeuer in der Luft, als sie auf die Lichter des Hotels an der Ecke zuliefen. Angst verdrängte die Kälte der Winternacht. Zorn brannte in ihm, weil er nicht stark genug war, das Messer aufzuhalten. Wenn er älter und größer war, würde er standhalten und kämpfen. Die Schreie ihrer sterbenden Mutter hinter ihnen trieben sie weiter und weiter in die Dunkelheit ...

Der Sportwagen röhrte laut auf, Schotter spritzte, und Hansie schoss auf die Straße hinaus. Emmanuel stellte sich Hansies Grinsen vor, wenn er in dem schnittigen Jaguar übers Veld jagte. Er hörte Hupen, dann rennende Schritte und überraschte Stimmen. Die Security Branch schluckte den Köder. Motoren sprangen an, Reifen drehten durch. Die Verfolgung hatte begonnen.

Er horchte nach Davida, aber mit Glück hatte sie es schon zur Hütte des Nachtwächters geschafft und war entkommen. Der Plan war, sie an einen sicheren Ort zu bringen, den nur King und seine treuen Dienstboten kannten.

Emmanuel wandte sich zum Gehen. Genau genommen war der Ausgang dieses Falles ein Fiasko. Man hatte den Falschen zum Geständnis geprügelt, die Security Branch triumphierte, und van Niekerk konnte mit Erpressung die Karriereleiter emporklettern. Davidas Rettung war das einzig Gute. Damit musste er sich zufriedengeben.

»Sie denken, Sie wüssten, was Schmerzen sind?« Piet stand im Türrahmen, still wie eine Kobra, die eine Feldmaus beäugt. »Eine Schusswunde und ein paar Beulen? Das ist gar nichts. Kindergekritzel auf Ihrem Körper.«

Emmanuel wirbelte herum und stürzte zum offenen Fenster. Noch waren seine Leber, seine Lunge und seine Milz intakt. Eiserne Pranken zerrten ihn ins Zimmer zurück, und Lieutenant Piet Lapping machte Ernst mit seiner Lektion.

* * *

Emmanuel schmeckte Blut. Es war dunkel. Atmen tat weh. Gezeiten unter der Kontrolle von Pockennarben-Piet spülten ihn zwischen Bewusstsein und Ohnmacht hin und her. Piets unscharfe Silhouette ragte über ihm auf und er dachte: Die Pretorius-Jungs haben keinen Schimmer, wie man jemanden richtig zusammenschlägt. Von Piet könnten sie viel lernen.

Hinter Piets Kopf gab es eine dunkle Bewegung, Glas splitterte. Der Lieutenant ging zu Boden. Ein Spritzer Whiskey landete auf Emmanuels aufgeplatzter Lippe, und er kämpfte sich hoch und versuchte klar zu denken.

»Sie?«, keuchte er.

Johannes, der Fußsoldat in der Pretorius-Truppe, zog ihn hoch und schleifte ihn zum offenen Fenster. Emmanuels Muskeln zitterten, er versuchte zu stehen. Keine Chance. Er kam sich vor wie Wackelpudding.

»Warum?«, ächzte er, als der hünenhafte Bure ihn hochhob und aus dem Fenster hievte wie einen Sack geschmuggelter Tierfelle.

»Als wir Louis nach Hause brachten, hab ich unter seinem Bett die Fotos gefunden. Hab sie verbrannt. Alles, was Sie über Louis und meinen Pa gesagt haben, ist wahr. Muss die Sache wieder ins Lot bringen.«

»Oh …« Emmanuel rutschte über die Fensterbank auf eine breite Schulter. Eine Khaki-Uniform blockierte sein Sichtfeld, dann tanzte ein Gewirr aus gelben Wildblumen, roter Erde und grünem Veldgras vor seinen Augen. Er hörte den Gesang der Bäume und roch die Verheißung von Frühling, die der feuchten Erde entstieg. Er wurde auf den Schultern eines Riesen übers Land getragen. Seine Augen fielen zu.

* * *

Constable Samuel Shabalala und Daniel Zweigman saßen Seite an Seite und schauten zu, wie das erste Morgenlicht am Horizont erschien. Shabalala zeigte mit dem Finger auf den blassrosa Streifen, der den Vorhang der Nacht durchstieß.

»Gottes Licht«, sagte er.

»Ja«, stimmte Zweigman zu. »Ich hatte schon vergessen, wie es aussieht.«

Mühsam öffnete Emmanuel die Lider. Die verschwommenen Umrisse der beiden Männer tauchten links und rechts von ihm auf. Er brauchte seine ganze Kraft, um die Augen noch eine Sekunde offen zu halten.

»Aha ... Sie sind wieder bei uns, Detective.«

Unscharfe Gesichter, eins weiß und eins schwarz, beugten sich herab und betrachteten ihn. Er schmeckte bittere Flüssigkeit auf der Zunge und versuchte zu schlucken. Alles tat weh.

»Eine halbe Dosis zerstoßener Tabletten gemischt mit Wildkräutern, die Constable Shabalala im Veld gesammelt hat«, erklärte das weiße Gesicht. »Sie sind der erste Patient, den ich mit dieser wundertätigen Mischung aus deutscher und Zulu-Medizin behandle. Sie können sich glücklich schätzen.«

Zweigman. Der Name blieb hängen. Zweigman der Krämer und Shabalala der Polizist. Die beiden Männer, die van Niekerk seinen Aufenthaltsort gesteckt und ihm das Leben gerettet hatten.

»Wie lang war ich weg?« Fetzen aus Himmel zwinkerten durchs Geäst eines stämmigen Baums. Er lag in Decken gewickelt auf einer dünnen Unterlage irgendwo im Veld.

»Drei Tage«, antwortete Constable Shabalala. »Sie sind einen langen Weg gegangen, aber jetzt sind Sie wieder hier.«

»Davida?«

»Fort.« Zweigman drückte mit den Fingern gegen die geprellten Muskeln an Emmanuels Oberkörper. »Bald geht es Ihnen gut genug, um zu reisen. Sie haben einen festen Lebenswillen.«

»Der Lieutenant und seine Leute sind auch fort«, sagte Shabalala. »Sie sind in vielen Wagen weggefahren mit dem Kommunistenmann in Handschellen. Viele Zeitungskameras sind ihnen gefolgt. Sie sind die neuen Indunas.«

Emmanuel ließ sich behutsam in Sitzhaltung hieven und schmeckte kühles Wasser im Mund. Unter geschwollenen Lidern hervor sah er sich um. Das Veld umgab ihn auf allen Seiten, breite Streifen aus Grün und Braun. Eine Taube gurrte, das hohe Gras wogte im frühmorgendlichen Licht. Die Landschaft leuchtete golden und der Anblick tat weh, sodass er die Augen schloss.

»Ich bin zurückgekommen ...«, murmelte Emmanuel. Er hätte mit seiner Frau in England bleiben und sich an Regen und Kälte gewöhnen können. Aber er war zurückgekommen, obwohl er wusste, wie grausam das Land war und wie hart der Gott, der darüber herrschte.

»Du liebst dieses gottverdammte Fleckchen Erde, Jungchen.« Der Sergeant Major brachte seine Ansicht vor. *»Es ist das Land, in dem du standhalten und kämpfen willst. Ganz einfach.«*

»Ich hab einen Tritt in den Hintern gekriegt. Die Runde hab ich verloren«, sagte Emmanuel und dachte an den Unschuldigen, der für den Mord an Pretorius vor Gericht kam.

»Delirium«, sagte Zweigman, und sie legten ihn wieder auf die dünne Matte.

»Was ist mit Ihnen?« Emmanuel setzte sein Gespräch mit dem Schotten fort. »Was suchen Sie hier?«

»Du hast mich hergebeten«, sagte der Sergeant Major. *»Aber ich glaube, jetzt brauchst du mich nicht mehr. Du hast jetzt den Deutschen und den Afrikaner, also keine Sorge, Jungchen. Ruh dich ein Weilchen aus.«*

Zweigman prüfte den Puls des Detectives und wickelte die Decken fest um seinen geschundenen Leib. Dass Emmanuel die Schläge überlebt hatte, grenzte an ein Wunder, doch die Narben würde er sein Leben lang tragen, manche sichtbar und manche verborgen.

»Eines Tages«, sagte der deutsche Krämer, »erzähle ich Ihnen, wie es kam, dass ich mich in Jacob's Rest verkrochen habe. Eins kann ich jetzt schon sagen: Meine Frau und ich gehen hier weg, und das ist sehr gut so. Ich mache eine Praxis auf und fange von vorne an. Ich habe beschlossen, aufzustehen. Mal sehen, ob mich jemand niederwirft.«

»Warum?«

»Fühlet die Klage, das Gute jedoch sei siegreich. Was sonst bleibt unsereins übrig, Detective?«

Emmanuel spürte die harte Erde unter sich und hörte Shabalalas tiefen Bariton ein Zulu-Lied singen. Ein Schwarzer und ein

Jude hatten ihm das Leben gerettet, eine Mischlingsfrau hatte sein körperliches Wesen wiedererweckt, ein waschechter Afrikaaner hatte seinen zerschmetterten Leib in Sicherheit gehievt. Ein Puzzle aus Menschen, die sich ineinanderfügten und zusammenpassten, den neuen Gesetzen der National Party zum Trotz.

Er schloss die Augen und döste ein. Shabalalas Stimme trug ihn aus dem dunklen Keller seiner Träume ins Sonnenlicht. Er sah sich auf der Lichtung im Veld liegen, geschlagen, aber nicht besiegt. Zweigman hatte recht. Was blieb ihm anderes übrig, als wieder aufzustehen und erneut gegen die Welt anzutreten?

Dank

Wenn es ein Dorf braucht, um ein Kind großzuziehen, braucht es zwei Dörfer, um eine Familie zusammenzufügen und einen Roman zu schreiben. Dies sind die Menschen meines Dorfs, denen ich zu Dank verpflichtet bin.

Imkulunkulu, das große Große Wesen. Die Vorfahren. Meine Eltern, Patricia und Courtney Nunn, für Liebe, Hoffnung und Glauben. Penny, Jan und Byron, meine Geschwister und Mitreisenden auf der staubigen Straße vom ländlichen Swasiland nach Australien.

Meine Kinder Sisana und Elijah, unvergleichlich liebenswert. Mein Mann Mark Lazarus, der mir Zeit und Raum und seinen unfehlbaren Blick für Geschichten zur Verfügung stellte. Ihr seid Dach und Wände meiner kleinen Hütte. Vielen Dank auch an Dr. Audrey Jakubowski-Lazarus und Dr. Gerald Lazarus für ihre Großzügigkeit und Unterstützung.

Die Literaturagentinnen Siobhan Hannan, Cameron Creswell Agency, und Catherine Drayton, InkWell Management, die die Kluft zwischen meinem Schreibtisch und der Welt mit Scharfblick und Enthusiasmus überbrücken. Ich könnte nicht in besseren Händen sein.

Für geschichtliche und kulturelle Hilfestellung besonderen Dank an Terence King, Autor, Polizei- und Militärforscher und Historiker. Gordon Bickley, Militärhistoriker. Audrey Portman von Rhino Research, Südafrika. Aunty Lizzie Thomas für Hilfe mit dem Zulu. Susie Lorentz für Hilfe mit dem Afrikaans. Alle Fehler oder Auslassungen gehen auf meine Kappe.

Dank auch den Mitgliedern der Clans Nunn und Whitfield für Geschichten und Erinnerungen, helle wie dunkle, vom Leben im südlichen Afrika.

Den Randwick-»Gals« und den Kingsgrove-»Gals«, weil sie eine großartige Clique von Frauen sind, mit denen ich den wilden Ritt in die Mutterschaft bewältigen konnte. Kerrie McGovan, die mich in die Geheimnisse gewisser Intranets einweihte sowie in köstliche Mahlzeiten auf Restaurantniveau. Loretta Walder, Maryla Rose und Brian Hunt, die mir in den dunkelsten Nächten den Weg geleuchtet haben. Und dem »Blind Faith Club«, einer Gruppe Freund*innen von unschätzbarem Wert, die ohne jeden Beleg daran glaubten, dass ich das Buch fertigkriege und dass es veröffentlicht wird – das sind Penny Nunn, die tollen Türken Yusuf und Burcak Muraben, Tony McNamara, Steve Worland, Georgie Parker und Paula McNamara.

Ngiyabonga. Ich danke euch allen.

Glossar

Afrikaaner: in Südafrika beheimatete, Afrikaans sprechende Nachfahren der zumeist niederländischen, aber auch deutsch- und französischsprachigen Siedler des 17. Jh. Früher Buren geheißen (Afrikaans: Boere, wörtlich Bauern), nennen sie sich seit Anfang des 20. Jh. Afrikaners (deutsch: Afrikaaner), der Begriff Buren ist entweder abwertend oder nationalistisch geprägt.

Afrikaans: früher Kapholländisch, die Sprache der Buren, heute eine der elf Amtssprachen in Südafrika und Muttersprache von rund sieben Millionen Südafrikaner*innen, weit weniger als die Hälfte davon (ca. 38 %) ist weiß.

Baas: Herr, Meister, Chef, Vorgesetzter, Anführer, Leiter, Häuptling, Kapitän, Besitzer. Ma'Baas – mein Herr – war eine nichtweißen Bediensteten aufgezwungene Anredeform gegenüber weißen Vorgesetzten, weißen Farmern, weißen Respektspersonen.

Boerewors: zu einer Schnecke gerollte Grillwurst aus gehacktem Rind, Schwein und Wildfleisch (meist Antilope), stark gewürzt mit Kräutern, Muskat und Koriander

Braai: traditionelles geselliges Beisammensein mit Grillmahlzeit, wichtiger sozialer Akt in allen sozialen Gruppen Südafrikas. Bevorzugter Braai-Brennstoff ist Kameldornbaumholz (hält die Glut länger als Holzkohle). Gegrillt wird v. a. Boerewors, Rind, Lamm, Geflügel, Antilope, Springbock und am Meer Fisch.

Location: In der Apartheid-Ära war die »Location« ein von der Verwaltung festgesetztes Stück Land, meist abseits einer Stadt oder Ortschaft, wo gemäß den Segregationsgesetzen alle Eingeborenen zu wohnen hatten. Es ging darum, »Schwarze«, »Farbige« und »Weiße« streng zu trennen. Manche größeren Locations fern der Städte hatten den Charakter der Indianerreservate Nordamerikas mit eigenen Stammesgesetzen, andere waren eher wie die Townships, Quartier der in den Städten und Dörfern arbeitenden Eingeborenen.

(Quelle: Africanderisms, https://archive.org/stream/cu31924026563795/cu31924026563795_djvu.txt)

National Party: 1914 von dem nationalistischen Politiker James Barry Munnick Hertzog gegründet, regierende Partei in Südafrika von 1924 bis 1934 und von 1948 bis 1994, verantwortlich für den Aufbau des Apartheidstaats, um die Vorherrschaft der weißen Minderheit zu sichern. Sorgte ab 1948 für Inkrafttreten der Segregationsgesetze, z. B. das Verbot von Mischehen, das Unsittlichkeitsgesetz (jede sexuelle Beziehung zwischen Weißen und Nichtweißen), das Gesetz zum Einwohnermeldewesen (teilte alle Südafrikaner*innen in drei Gruppen ein: Weiße, Schwarze und Mischlinge/Farbige) sowie Gesetze über Gebietszuweisungen und Zuzugskontrolle.

Nkosana: ältester Sohn, junger (unverheirateter) Mann, Prinz (auch als respektvolle Anrede)

Nkosi: Häuptling, König

Nkosikazi: Hausherrin, Ehefrau, vornehme Frau (respektvoll)

Rhodesian Ridgeback: Hunderasse aus Südafrika, geht zurück auf alte Züchtungen von Kolonialherren zur Bewachung ihrer Farmen und zur Jagd auf Löwen und anderes Großwild. Rhodesian Ridgebacks sind 30–40 kg schwer und muskulös, sie gelten als charakterfest und nicht aggressiv. Das Fell, kurz, dicht, glatt und hell weizenfarben bis rot, hat auf dem Rücken einen Ridge (Kamm), bei dem es entgegen der normalen Haarwuchsrichtung wächst. Rhodesian Ridgebacks werden heute vor allem als Spür-, Schweiß- und Rettungshunde eingesetzt oder als Familienhund gehalten.

Sala kahle: (Zulu) wörtlich »Verweile gut«, Abschiedsgruß dessen, der geht (analog zu hamba kahle: »Gehe gut« – Abschiedsgruß dessen, der bleibt)

Schlacht am Blood River: 1838 errangen burische Voortrekker unter Andries Pretorius einen entscheidenden Sieg über die Streitmacht der Zulu. Am Fluss Ncome, der nach der Schlacht den Namen Bloedrivier erhielt, trafen zehntausend Zulu-Krieger auf eine »Strafexpedition« von ca. 500 Buren mit rund 500 eingezogenen Schwarzen sowie 64 Planwagen. Die Krieger der Zulu griffen die Wagenburg mehrfach an, wurden aber durch das konzentrierte Gewehrfeuer der Buren immer wieder zurückgeschlagen und mussten den Kampf unter schweren Verlusten abbrechen, womit der Niedergang des mächtigsten Volksstammes im südlichen Afrika einsetzte.

Stoep: erhöhte oder ebenerdige Veranda, auf der man – je nach Wohlstand – hauptsächlich sitzt oder auch arbeitet, eine Art Freiluftzimmer an Häusern und Hütten

Veld: Savanne, Buschland. Als Veld bezeichnet man in Südafrika hauptsächlich die plateauartigen Regionen im Innern des Landes. Klima und Vegetation variieren von subtropischem Grasland bis Hochlandsteppe. Das Lowveld ist eine streifenförmige Region im Nordosten nahe Mosambik und liegt etwa 150 bis 900 Meter hoch; das Middleveld ist eine Region nördlich vom Mittellauf des Vaal, überwiegend Flachland mit Trockentälern auf Höhen zwischen 900 und 1800 Metern; das Highveld ist das nach Norden hin abfallende Plateau im südlichen Transvaal zwischen 1340 und 1830 Metern über dem Meeresspiegel.

Voortrekker: die burischen Bewohner der Kapkolonie, die nach der britischen Annexion ab 1835 im Großen Treck in Richtung Nordosten auswanderten. Gründe waren die Einführung britischen Rechts mit Gleichstellung von Weißen und freien Nichtweißen, die Abschaffung der Sklaverei 1833 und die Abschaffung der niederländischen Amtssprache sowie der Möglichkeit, vor Gericht Afrikaans zu sprechen. Die mehrheitlich konservativen, als Farmer lebenden Buren entzogen sich dem Einflussbereich der Briten, um »freies« Land zu erreichen und dort ihre gewohnte Lebensweise fortzusetzen. Von 1835 bis 1841 wanderten ca. 12 000 Buren ins Landesinnere, um sich neues Farmland zu suchen. Diese Volkswanderung wurde als Großer Treck bezeichnet und die Beteiligten als Voortrekker (Afrikaans »Pionier«).

Malla Nunn: Der Emmanuel-Cooper-Zyklus

»Zu den sympathischsten Eigenschaften von Emmanuel Cooper gehört seine Unfähigkeit, Ärger aus dem Weg zu gehen. Ohne Sentimentalität deckt er Lügen, Gier und Niedertracht auf, die in der einen Welt zum Glauben an böse Geister gerinnen, in der anderen zur Staatsräson.«
Thekla Dannenberg, Perlentaucher

»Keine Folklore im Kraal, sondern eine sparsam orchestrierte Landeskunde.« Hannes Hintermeier, Frankfurter Allgemeine Zeitung

Ein schöner Ort zum Sterben – Emmanuel Cooper 1
Ariadne 1261 · 978-3-86754-261-6

Südafrika 1952 – Detective Emmanuel Cooper klärt an der Grenze einen Mordfall auf. Fanatischer Oldschool-Rassismus und neue Segregationsgesetze erschweren die Wahrheitsfindung.
Der Auftakt der großen Reihe.

Lass die Toten ruhen – Emmanuel Cooper 2
Ariadne 1262 · 978-3-86754-262-3

Strafversetzt nach Durban, stolpert Emmanuel Cooper über einen erstochenen jungen Inder, trifft auf eine Femme Fatale und weigert sich wegzusehen.

Tal des Schweigens – Emmanuel Cooper 3
Deutsch von Laudan & Szelinski · Ariadne 1207 · 978-3-86754-207-4

Südafrika 1953, die Apartheid blüht. Zwei Außenseiter-Cops ermitteln in den Drakensbergen, aber niemand hier redet mit Polizisten aus der Stadt.

Zeit der Finsternis – Emmanuel Cooper 4
Deutsch von Laudan & Szelinski · Ariadne 1217 · 978-3-86754-217-3

Shabalalas Sohn ein Mörder? Ein klarer Fall für die weiße Apartheid-Polizei. Doch Cooper, der selbst Geheimnisse hat, schießt quer – und riskiert alles.

»Ist die Erde hart, tanzen die Frauen.«

Malla Nunn erzählt ein Stück Apartheidsgeschichte aus der Perspektive einer Heranwachsenden. Das Befolgen der Regeln ist der sicherste Weg, Konflikte zu vermeiden. Um sich anzupassen, ignoriert man die Bruchlinien in sich selbst. Swasiland (heute Eswatini) war in der Apartheid-Ära britisches Protektorat, die rassistische Segregation allgegenwärtig und selbstverständlich. Wie fühlt sich das für eine 16-Jährige an? Adele Jouberts Suche nach einem eigenen Kompass, nach dem Mut zur inneren Emanzipation ist von großer Aktualität. Ein wichtiges Buch.

Malla Nunn: Ist die Erde hart
Roman · Literaturbibliothek · Gebunden mit Lesebändchen
Deutsch von Else Laudan · 978-3-86754-409-2
Neu im Sommer 2022